도동 사람

도동 사람

1판 1쇄 발행 2021년 6월 30일
1판 2쇄 발행 2021년 7월 30일

지은이 | 안삼환
발행인 | 신현부

발행처 | 부북스
주소 | 04613 서울시 중구 다산로29길 52-15(신당동), 301호
전화 | 02-2235-6041
팩스 | 02-2253-6042
이메일 | boobooks@naver.com

ISBN 979-11-91758-03-0 03810

도동 사람

안삼환 지음

차례

부탁

'핑계 없는 무덤이 없다'라는 속담이 있다. 이것을 뒤집어 생각해 보자면, 모든 무덤에는 그 나름의 이야기가 있다는 말도 될 것이다. 이 세상 어떤 사람이든, 산 사람이든 죽은 사람이든, 그가 세인의 관심 마당 안으로 들어오는 그 순간 그는 이미 하나의 이야기로 된다. 이를테면, 나 허경식이란 인간의 삶도 나름대로 하나의 이야기로 될 수도 있을 것이다. 하지만, 여기서 문제시되고 있는 이야기는 내가 아니라 안 교수님이다. 안동민(安東民) 교수님! ― 그와의 악연 때문에 내가 얼마나 그를 원망했고, 또 얼마나 그 악연에서 완전히 벗어나고 싶어 했던가!

근자에는 내가 드디어 안 교수님으로부터 속 시원히 벗어났다고 생각했고, 얼마 전부터는 나 자신의 일에 몰두해서 편안하게 잘 살아 기고 있었다. 몇 해 전에 독문과 시간강사라는 한 많은 직업을 과감히 청산하고 곽우출판사(藿友出版社)라는 1인 출판사를 꾸려가면서 나와 그와의 사이는 출판사 사장과 역자(譯者)라는 사무적 관계로 한두 번 만난 정도였고, 내 쪽에서는 그와의 관계는 일단 정리된 옛일로 치부하고 있었다. 그래서, 나는 최근 몇 년간은 제법 어떤 해방감까지 느껴 왔었다.

그런데, 지난 7월 초순이었던가, 어느 여름날 오전 11시쯤 뜻밖에도 안 교수님한테서 전화가 왔다. 출판사라고는 하지만 심부름하는 사원도 없고 도시의 막다른 골목 안에 있는 셋방에 책들만 여기저기 어지럽게 쌓여 있어서, 손님이 온다 해도 어디 앉으라고 권할 만한 좌석도 없다. 저자 중에는 마지막 교정쇄를 직접 출판사에 전달하겠다며 전화하는 사람이 더러 있는데, 이럴 때마다 나는 사무실이 비좁으니 골목 어귀에 있는 카페에서 만나자며 역제안을 하곤 한다.

안 교수님이 출판사로 오시겠다기에 극구 말리며 광화문 근처의 어느 일식집에서 점심을 대접하겠다고 했다. 하지만, 교수님은 이미 골목 어귀에 와있고, 곽우출판사 번지는 금방 찾을 수 있겠다고 하시니, 더는 말릴 수도 없었다. 전화를 끊자마자 단 하나뿐인 손님용 의자 위에 층층이 쌓여 있는 책들을 황급히 치우고 있는데, 벌써 노크 소리가 났다.

"허 박사, 안녕하신가? 한창 바쁜 시간일 듯한데, 예고도 없이 갑자기 들이닥쳐서 미안하이!"

"아, 교수님! 어떻게 갑자기 이런 귀하신 걸음을 다…… 앉으실 자리가 마땅치 않습니다만, 우선 여기에라도 좀 앉으시겠어요?"

"고맙네! 아, 여기가 자네의 일터인 게로군!" 안 교수님이 방 안을 휘 한번 둘러보시면서 말씀하셨다. "이 좁은 공간에서 그 많은 책을 냈으니, 자네 참으로 장하네!"

"여기는 제가 혼자 일하는 사무실이고요, 제가 낸 책들은 보관료를 주고 창고에 맡겨두고 있습니다. 그런데, 교수님, 신색이 좀 덜 좋아 보이시는데요?"

"그래? 그렇게 보이는가?" 안 교수님이 대답하셨다. "요즈음 들어 자주 내 체력에 한계를 느낀다네!"

"어디 편찮으신 데는 없으시죠? 늘 건강하셨잖아요!"

"응, 그렇긴 했지. 그런데, 요즘 들어 부쩍 여기저기가 아프다네! 대상포진을 앓고 났는데, 금방 치통이 심하게 오더니, 요 며칠 전에는 또 엉덩이에 종기가 나서 고생 중이라네. 이제는 면역력이 거의 바닥이 나지 않았나 싶으이! 아, 근데, 여보게, 허 박사! 내 오늘은 자네한테 긴한 부탁이 하나 있어서 이렇게 찾아왔네."

"예, 무슨 일인지 말씀만 하십시오!" 내가 말했다. "제게 무슨 그리 큰 부탁이 있으시겠어요? 책이라면 언제든 또 내어드리겠습니다."

"글쎄, 책 부탁이라고도 할 수 있을지!? 실은, 이번에는 번역이 아니라, 그동안 내가 소설이랍시고 뭘 좀 써 온 게 있어요. 쓰다가 포기한 것이라서 아주 폐기해 버릴 생각을 했어요. 그런데, 사람 마음이란 게 참 묘해서 막상 폐기하려니까 버리기는 아깝다 싶은 대목도 더러 있더라고! 그래서, 내 머리에 문득 떠오른 사람이 자네 허경식 박사였다네. 자네가 결국엔 소설을 써 볼 생각이라고 말하던 게 생각나더라고! 요컨대, 내 부탁은, 자네가 이 골칫거리를 좀 맡아뒀다가 내 죽고 나거든 적절히 좀 처리해 보라는 말일세. 원고를 검토하는 데에 수고도 들고 책을 내자면 비용도 들 텐데, 그건 내가 미리 떠맡겠다는 생각일세. 폐기하려던 원고와 그 비용 등은 내가 오늘 이렇게 대강 정리해서 싸고 왔다네."

이렇게 말씀하시면서 안 교수님은 제법 두툼한 봉투 하나를 가방에서 꺼내어 내게 건네주셨다. 봉투는 제법 묵직했다. 함부로 개봉하지 못하도록 불투명 테이프로 단단히 봉인되어 있었다. 나는 얼결에 봉투를 받아들기는 했지만, 당황해서 일순 아무 대답도 못 한 채 그를 그저 쳐다보기만 하다가, 잠시 후 가까스로 말문을 열었다.

"제가 이런 큰 부탁을 받을 만한 자격이 있는지가 우선 의문입니다. 또한, 교수님께서 마치 곧 돌아가실 것처럼 말씀을 그렇게 심각하게 하시니, 저로서는 당황스러워서 어쩔 줄을 모르겠습니다."

"여보게, 허 박사, 내 지금까지 자네한테 뭐 하나 제대로 챙겨 준 게 없는 터에, 갑자기 이런 황당한 부탁까지 하게 되니, 미안한 마음 그지없네. 하지만, 지금 나로서는 자네야말로 이 원고를 적절하게 처리해 줄 가장 적임자라는 생각이 드네. 자네가 소설 쓰고 싶단 말도 했고, 또한 소설이론으로 논문을 쓴 사람이기도 하니 말이야! 그래서, 오늘은 미완성 원고를 아예 자네한테 일임하려고 이렇게 갖고 나왔다네. 글의 뒷부분에 가서는 그만 내 기력이 달려서 결국 어지러운 가닥들을 미처 간추리지 못했네. 혹시 자네한테 도움이 될지도 몰라서 이것저것 자료들까지도 조금 첨부해 두었네. 요컨대, 내 죽은 뒤에 자네가 이 봉투를 뜯어보고, 한번 대강 훑어보시게. 이걸 바탕으로 아예 자네 이름으로 소설을 쓰시게. 또는, 그냥 폐기해 버리든지! 모든 것을 자네한테 일임하겠네. 나 자신이 이 원고를 버리는 것보다는 이렇게 누구한테 맡겨놓으면, 그래도 마지막 눈을 감을 때 내 마음이 좀 편할 듯해서, 내 오늘 이걸 대강 수습해서 자네한테 이렇게 갖고 온 것일세. 그 봉투를 좀 맡아 주시겠나? 아까는 출판 비용이라고 말했지만, 자네 수고비라고 해도 상관없겠네."

"아이고, 이것 참!" 내가 말했다. "그 많은 애제자님들 다 어디 두시고, 하필이면 이 못난 허경식한테 이런 막중한 소임을 맡기시려는 것인지요? 황망해서 저는 도무지 무슨 대답을 어떻게 드려야 할지 모르겠습니다."

"그래, 갑자기 좀 어처구니없는 부탁인 줄은 나도 알아!" 안 교수님이 말씀하셨다. "하지만, 나 또한 아무리 생각해도 이 골칫거리를 떠맡길 사람은 자네 허경식 박사뿐이더라고! 미안하지만, 그 봉투를 어디 책상 서랍에 처넣어두시게. 설령 자네가 그 존재를 아예 까마득히 잊어버린 나머지 그 원고가 사장되어 버린다 하더라도 내가 지하에서 자네를 조금도 원망하지 않을 테니, 부디 아무 걱정하지 마시게. 나는 다만 이것저것 마지막 정리를 하던 중이었는데, 이 골칫거리를 어떻게든 처리해 버리고 싶었다네."

"교수님, 점심 식사나 하고 가시지요! 저는 창졸간에 그만 정신이 혼란해서 교수님 말씀을 좀 더 들어보고 싶습니다."

"아니, 아닐세!" 안 교수님이 말씀하셨다. "나도 자네하고 식사라도 함께하려고 이렇게 일부러 점심시간에 맞추어 나왔네. 그런데 지금 시간을 더 오래 끌었다가는 자네 마음이 어떻게 변할지 알 수 없어서, 내 자네한테 그 골칫거리를 떠넘겼고 하니, 이만 얼른 내빼야겠네. 잘 있게나! 허 박사의 건필을 비네!"

* 그동안 나 허경식은 정말이지 이 봉투가 내 서랍 속에 들어있다는 사실조차도 새까맣게 잊고 지냈다. 그러다가 지난 8월 중순에야 신문에서 안 교수님의 부음을 읽었다. "숙환으로 별세"란 말만 적혀 있어서, 무슨 병으로 어떻게 돌아가셨는지도 알 수 없었다. 코로나 사태 때문에 장례를 가족끼리만 지낸다 해서, 조문도 가지 못했다. 부음을 듣고 나서도 어쩐지 이 봉투를 꺼내 볼 기분이 아니었다. 그래서, 또 며칠을 그냥 흘려보냈다. 그런데, 요즘 코로나 사태 때문에 출판사에 나와 있어도 일거리가 거의 없어서 좀 퀭한 기분이 들었다. 그래서 그랬는지는 분명치 않지만, 조금 전에야 문득 이 봉투 생각이 나서, 큰맘 먹고 개봉해 보았다. 봉투 안에서 또 하나의 종이 상자 같은 것이 나왔는데, 그 안에 5만 원권 돈다발들과 몇몇 서류들이 무슨 기

정 떡 같은 것을 포장해 놓은 것처럼 가지런하게 꽉 들어차 있었고, 그 한가운데에 '외장 메모리 스틱'(USB) 하나가 투명 테이프로 고정되어 있었다. 돈다발들은 아마도 안 교수님이 '출판 비용', 또는 '수고비'라고 넣어 놓았다는 그 돈일 터였다. 매사에 이렇게 계산이 분명하신 안 교수님의 그 꼿꼿한 성품이 연상되자, 문득 가슴 속에서 그 어떤 '반감' 같은 것이 와락 솟구쳐서, 돈은 건드려 보지도 않고 그냥 책상 서랍 속에다 다시 쏟아 넣어 버렸다. 그러고 난 다음, 우선 그 메모리 스틱을 컴퓨터에 꽂아 보았다.

허경식 박사에게

자네가 이 글을 읽을 때는 내가 이미 이 세상 사람이 아닐 걸세.

내가 이미 자네를 찾아가서 직접 부탁을 해놓았겠지? 내일쯤 출판사로 자네를 찾아가서, 이 편지가 든 봉투를 자네한테 전하면서, 내가 죽고 나거든 열어보라고 할 작정이네.

실은, 지난 3년여 동안 갑자기 나의 면역력이 급격히 떨어져 감을 실감할 수 있었다네. 사람이 죽기 전에 다 이렇게 쓸데없는 욕망을 갖게 되는지는 모르겠으나, 내 경우에는 젊은 시절에 쓰고자 했던 소설을 단 한 편이라도 쓰겠다는 소망이 내 마음 한구석에 아직 남아 있더군. 자네도 알다시피 나는 노년에 접어들자 어느 정도 체관(諦觀)에 도달해서 제법 평정심을 얻은 듯했잖은가 말일세! 그런데, 이렇게 뒤늦은 시점에 나 자신 안에 아직도 이런 노욕이 남아 있다는 사실이 내가 생각해도 가증스러웠어요. 하지만, 또 다른 한편으로는 내 젊은 날의 꿈이 아직 이런 식으로나마 살아있다는 사실이 제법 신기하기도 했다네.

아무튼, 나는 틈날 때마다 조금씩 글을 쓰기 시작했어요. 소설이니까 무슨 재미있는 이야기를 써야 할 텐데, 지금까지의 내 삶이 학자의 단조로운 길이었기에, 자연히 내 집안 내력과 나의 삶에서 특별히 기억나는 것들을 이것저것 조금씩 글로 적기 시작했다네. 내 선친의 유년 시절부터 나의 최근 생활까지 약 100여년 동안의 이야기가 그 바탕이라고 할 수 있겠지만, 자서전을 쓰는 것이 아니고, 어디까지나 소설을 쓰고 있다는 의식을 늘 갖고 있었다네.

아무튼, 최근에는 내 기력이 버텨내지 못해서, 소설이 되려다 만 미완성의 잡동사니 한 꾸러미만 남게 되었네. 자네도 잘 알다시피, 장편소설이란 것은 인간 세사를 아주 유기적인 구조물로 잘 짜 놓아야 비로소 하나의 완결된 이야기로서, 작자 자신도 전혀 의도하지 못했던 어떤 유기체적 광채를 은은히 발산하게 될 터인데, 나는 말하자면 에피소드들을 이것저것 모아놓기만 해놓고, 그것들을 잘 조합(組合)해서 하나의 작품으로 만들어 내지 못한 것일세.

그런데, 며칠 전 내가 이 원고를 버리려다가 마지막으로 한 번 죽 훑어보던 중, 문득 자네한테 이 골칫거리를 떠넘길 생각이 났다네. 어느 땐가 자네가 독문학 공부의 끝에 가서는, 가능하다면, 직접 소설을 써서 작가가 되고 싶다고 했던 말이 얼핏 기억났거든! 자네가 평소에 고분고분한 사람이 아니고 늘 좀 뻣뻣해서 학과 교수들 사이에서는 자네를 그다지 탐탁지 않게 생각하는 분위기였어요. 그렇지만, 난 진작부터 자네의 사람됨과 능력을 알아보긴 했다네. 하지만, 여러 복잡한 학과 사정 때문에 내가 만학도(晩學徒)인 자네를 결국 시간강사의 '구덩이'에서 건져내어 주지 못해서 늘 미안하고 면목이 없었네. 근년에는 자네가 1인 출판사 사장으로 변신해서 좋은 책을 많이 내고 있으니, 나로서는 그나마 큰 다행으로 여기고 속으로 자네의 사업이 번창하기만을 빌었다네. 내 지금까지 자네한테 아무것도 베푼 것이 없는데, 마지막에 이런 잡동사니를 떠넘기고 가려는 발상 자체가 참으로 염치없고 미안하네.

자네가 이 물건에다가 손을 더 대어 아주 자네 자신의 작품으로 완성해서 이 세상에 내어놓는다면, 지하에서도 나는 만족하고 더 바랄 것이 없겠네. 죽음을 앞둔 노인이 무슨 자서전 같은 것을 남기려 하는 것으로 속단하지는 마시게. 앞에서도 말했지만, 나는 절대 자서전을 쓰려던 게 아니었네. 이 이야기가—누구의 손을 거치든—한 편의 장편소설로 완성되기를 바라는 것일세. 이걸 잘 정리한다면, 여기에서도 어쩌면 에른스트 블로흐(Ernst Bloch)가 말한 저 새 시대의 희망이랄까, 아니, 그런 희망의 '예조(豫兆, Vor-Schein)'라도 얼핏 엿보일 수도 있겠다 싶어서 하는 말이네! 만약 자네가 이 잡동사니를 소설이란 장르로 승화시켜 놓을 수만 있다면 말일세.

자네의 옛 소원대로, 앞으로 문필의 길에서도 부디 큰 성취가 있기를 빌면서,

2020년 6월 30일
안동민

* 안 교수님은 당신의 이 원고를 토대로 내가 아예 나 자신의 소설을 쓰라고 하셨다. 그러나, 앞으로 더 읽어보아야 알겠지만, 우선 보기에는, 글 자체가 아예 새로 써야 할 정도까지는 아닐 것같이 보이기도 한다. 적어도 지금 나는 그런 소망이라도 가져 보는 것이다. 정말이지 뜻밖에도 귀찮고 부담스러운 일이 생겼다.

그래서, 나는 안 교수님이 메모리 스틱에 남기신 이 글을 우선 조금씩 읽어나가 보기로 한다. 그러다가 꼭 필요한 경우가 생기면, 우선 내 느낌이라도 조금씩 메모해 두어야겠다. 아무튼, 앞으로 나 허경식

이 메모해 두는 글은 모두 서체를 다르게 표시하겠다.

　**『도동 사람』이란 제목은 원고에 이미 적혀 있었지만, 작자 이름은 적혀 있지 않았다. 언젠가 나도 소설을 쓰게 될지는 알 수 없지만, 적어도 나는 안 교수님의 이 원고에 내 손을 대 그것을 내 작품으로 세상에 내어놓고 싶지는 않다. 아마도 그런 일은 없을 것이다.

제1부: 정자와 과수원

1. 비밀의 방

1

금호강의 상류 하천 중의 하나인 호계천(虎溪川)은 도동(道東) 마을 북측을 감돌아 서남쪽으로 흐르다가, 저 멀리 포항시 죽장면 가사리에서 발원하여 영천읍을 휘돌아 장대하게 흘러오던 금호강(琴湖江) 본류와 동강포(東江浦)에서 합류한다. 그래서, 이제부터 금호강은 금호, 하양, 청천, 반야월, 동촌을 거쳐 대구시의 북부를 가로질러 계속 서쪽으로 흐르다가 달서에서 낙동강 본류와 합류한다.

영천 도동 마을의 남쪽 들판 한복판에는 광주(廣州) 안씨 완귀공파(玩龜公派) 문중이 여러 세기 동안 가꾸어 온 앞솔밭이 있고 마을의 북쪽 강너머에는 뒷솔밭이 있다.

뒷솔밭에 서서 호계천 건너편의 남쪽을 바라보자면, 약 30미터 높이의 청석 절벽을 이루고 있는 강변 언덕 위에 기와집과 초가집들이 옹기종기 자리를 잡고 있고, 거대한 너럭바위들이 들쑥날쑥한 그 언덕의 한복판에 고색창연한 정사 하나가 아담하게 서 있다. 이것이 도동 마을의 입향조(入鄕祖) 안증(安嶒)이 살았던 완귀정(玩龜亭)으로서, 강정(江亭)에 살림집이 함께 붙어 있다 하여 조선조 선비 가옥의 드문 예로 그 문화재적 가치가 높은 것으로 평가받고 있다.

완귀정의 넓은 대청마루로부터는 호계천의 흐르는 강물이 내려다보인다. 그리고 그 대청마루 둘레에는 사람이 몸을 기대고 강물을 내려다볼 때 절벽으로 떨어지지 않도록 나무오리 모양으로 정교하게 세공한 목제 난간이 빙 둘러 쳐져 있다.

뒷솔밭 쪽에서 강 건너 완귀정을 올려다보자면, 마치 정자가 반쯤은 수풀 위에 떠 있는 것처럼 보이기도 한다. 너럭 바위와 언덕의 모래땅 사이에는 수많은 관목과 잡초들이 어지럽게 우거져 있어서, 여름철에는 정자 건물이 수풀에 가려 반쯤밖에 보이지 않는다.

하찮은 일이 아이들의 세계에서는 경이로운 발견이 된다.

여섯 살의 병규(秉珪)가 5월 어느 날 오후에 봄날의 풀섶을 헤치고 정자 마루 밑으로 기어들어 간 탐험과 발견도 그저 심심해서 저질러 본 장난의 결과였다. 꼬마가 잡초와 덤불을 헤치고 한참을 기어들어 가자 거미줄투성이인 좁은 정자 마루 밑이 나왔고, 바싹 몸을 땅바닥에 대고 마루 밑을 조금 더 기어들어 가 보니, 청석 바위 밑에 자갈과 모래가 쌓여 있는 아담하고 햇살이 약간 내리쬐는 아주 조그만 귀퉁이가 하나 나왔는데, 사람 하나 겨우 앉을 만한 아주 비좁은 공간이었다. 그날부터 그는 이곳을 자신의 '비밀의 방'으로 정하고 아무에게도 말하지 않기로 하늘과 조상님께 굳게 맹세했다.

하지만, 이 맹세는 불과 사흘도 지나지 않아 깨어졌다. 그것은 병규가 그 사흘을 참지 못하고 그만 금자(錦子)에게 그 방 얘기를 털어놓았기 때문이었다. 금자가 그 방에 자기도 데려가 달라고 졸라대자 병규는 마지 못해 금자를 데리고 그곳으로 기어들어 갔다. 금자가 대청마루 밑을 잘 기지 못해 애를 먹었으나, 결국 둘은 — 아이 둘도 마주 앉을 만한 공간이 채 못 되었기 때문에 — 거기 모래와 자갈 위에 단둘이 바싹 붙어 앉아 호계천 강물과 그 건너편의 뒷솔밭을 내려다보았다. 금자가 재미없고 답답하다며 금방 나가겠다고 칭얼거리자 둘은 애써 들어온 길을 금방 다시 기어나가야 했다. 바깥에서 먼지투성이가 된 옷을 털면서, 병규는 금자에게 아무한테도 이 사실을 말하지 말 것을 여러 번 당부했고, 결국 그러겠다는 금자의 약속을 받아내었다.

아이들이라도 서로 남모르는 비밀을 공유한다는 것은 아주 특별한 일이었다. 금자의 어머니 정동(貞洞)댁은 대체 어디 갔다 왔기에 이렇게 치마와 저고리를 잔뜩 더럽혔냐며 딸을 다그쳤다. 그래도 금자는 정자 마루 밑 밀실에 관해서는 — 자기 어머니한테도 — 끝까지 말하지 않았다며 병규에게 자랑스럽게 말했고, 병규도 그런 금자를 은근히 미덥고 귀하게 여겼다.

그 후 둘은 이따금 기회 있을 때마다 남몰래 그 정자 마루 밑 공간을 찾아 들어갔다. 단둘이 함께 있었고 소꿉장난 같은 것을 더러 했던 기억은 나지만, 둘이 구체적으로 무슨 말을 나누었는지는 훗날에는 기억이 잘 나지 않았다. 대개는 둘이서 그저 말없이 강물과 강 건너 뒷솔밭을 내려다보면서 가만히 앉아 있었던 듯했다.

그런데, 그해 여름이었다. 그들 둘이 땀을 뻘뻘 흘리며 정자 마루 밑을 기어 그 비밀의 방으로 들어가자 무엇인가 황급히 모랫바닥을 기어 달아나는 것들이 있었다. 놈들 중에는 그 자리에서 30미터 아래의 강물을 향해 그냥 다이빙을 한 놈도 있었던 것 같았는데, 무슨 개구리 종류 같기도 했다.

"뭐야?"하고 그를 뒤따라 기어들어 온 금자가 물었다.

"뭔가 도망을 쳤는데, 나도 잘 못 봤어!"

"나보다 먼저 왔으면서, 그것도 못 봤어?"라며 금자가 볼멘 소리를 했다.

"어쩌나 빨리 달아났는지 자세히 못 봤네. 나도 깜짝 놀랐거든!"

병규는 그 이튿날 금자에게는 말하지 않은 채 혼자 정자 마루 밑을 조심스럽게 기어들어 갔다. 병규가 마루 밑을 거의 다 기어들어가서 어둑한 마루 밑으로부터 가만히 밝은 모랫바닥을 내다보았을 때, 그는 깜짝 놀랐다. 여러 마리의 자라가 모래밭 위에서 꼼짝도 하지 않고 해바라기를 하고 있었다. 그 광경을 한참 바라보던 병규가 마침내 밀실로 들어가려 하자 갑자기 자라들이 놀라서 황급히 달아났고, 어떤 놈은 바로 강물 위로 다이빙을 하기도 했다. 병규는 자신이 자라들을 잡을 생각이 전혀 없었는데, 그것들이 자기를 피해 달아난 것이 몹시 서운하고 안타까웠다. 병규는 자라들을 위해서라도 이 사실을 아무에게도 말하지 않겠다고 굳게 결심했다.

그러나, 병규는 그 이튿날 벌써 금자에게 이 사실을 털어 놓았고, 나중에는 금자를 데려와 둘이서 몰래 자라들을 구경하기도 했다. 그만큼 병규에게는 금자가 둘도 없는 친구였다.

그 후 어느 날 어른들 심부름으로 둘이서 뽕밭에서 함께 뽕잎을 따던 중에 금자가 말했다.

"엄마한테 물어봤더니, 자라는 모래밭에 알을 낳아두고 그것을 지키기 위해 망을 본대!"

"금자야, 너 설마 자라 본 걸 네 엄마한테 말한 건 아니겠지?"

"미쳤어? 그냥 자라의 습성에 관해 엄마한테 한번 물어본 것뿐이야!"

"응, 그랬구나!"

"글쎄, 자라라는 동물은 무척 오래 산다네! 백 년도 넘게 산다나?"

"혹시 거북이 얘기 아냐?"

"거북이가 자라 아닌감?"

"응, 자라나 거북이나 비슷하긴 해! 거북은 등에 마름모꼴의 무늬가 있는 게 다를 걸, 아마도!"

"거북이건 자라건 간에 그것들처럼 우리도 오래 살아야 할 텐데, 엄마 말로는 사람은 백 년도 채 못 산대."

"우리 둘은 백 년은 살아야지!"하고 병규는 자기가 마치 금자의 신랑이라도 되는 듯이 의젓하게 말했다.

동네 어귀에서 완귀정으로 들어오는 길섶에 조그만 공터가 있고 그곳에 해묵은 향나무 한 그루가 있었다. 어른들 말에 의하면 수령이 400년쯤 되었다는데, 저 아래 경상남도 합천이란 고을의 어떤 어른이 이 마을을 찾아온 기념으로 심어놓은 귀한 나무라 하였다. 이 나무는 그 밑둥치에서부터 약 80센티미터 지점까지만 곧추서 있고, 그다음부터는 옆 가지가 하나만 남아 그것이 거의 수평으로 강변 비탈을 향해 뻗어나 있었다. 병규와 마을의 어린이들은 그 향나무의 큰 가지 위에 올라앉아 놀았다. 예로부터 이 나뭇가지 위에 앉아서 노는 아이들이 많았던 탓인지 수평으로 뻗은 그 큰 가지의 윗부분은 늘 반질반질하게 윤기가 났다.

향나무는 이 수평의 큰 가지 말고는 다른 큰 가지가 더는 없었다. 나무가 수직으로 자라다가 아마도 다른 큰 가지들은 썩어서 잘려 나가 버린 듯했고, 거의 수평인 이 가지에서 여러 잔가지가 파생해서 강변 비달 위를 향해 뻗어나고 있는 것이다.

어린 병규는 이 큰 가지에 매달리거나 그 위에 올라가 자기 체중으로 나무를 한껏 흔들어 보기도 했다. 하지만 그 큰 가지는 약간 움직일 뿐 아이의 체중 정도에 크게 요동치지는 않았다. 도동 마을의 아이로서 이 짓을 해 보지 않은 아이는 없을 듯했다. 어른들이 이 광경을 보면 헛기침을 한번 하거나 한마디 나무라는 말을 하고는 그냥 지나가곤 했다. 그들 자신도 어린 시절에 익히 해본 장난이어서 그냥 적당히 넘어가 주는 듯했다.

향나무는 말하자면 동네 아이들이 만나는 장소였다. '점심 먹고 나서 향나무 앞에서 만나자!'라든가, '저녁 먹고 나서 향나무 앞에 모여라!'라는 것은 이 마을 아이들이라면 늘 듣고 또 스스로 제안해 보가도 하는 말이었다.

그날도 병규가 저녁을 먹고 나서 심심해서 혼자 향나무 앞으로 놀러 나갔을 때였다. 대구에서 교편을 잡다가 주말에 잠시 고향에 온 듯한 종가의 차석(次席) 민수(敏洙) 아저씨가 웬 낯선 친구 한 분과 둘이서 향나무 가지 위에 걸터앉아 이야기를 나누는 중이었다. 병규는 자기 자리를 빼앗긴 기분이라 좀 서운했지만, 민수 아저씨를 본 것이 기뻐서 반가이 인사를 했다.

"아저씨 오셨어요?"

"응, 병규냐? 인사드려라. 여긴 대구사범학교에서 나와 함께 교편을 잡고 계시고 하양(河陽)에 본가를 두신 조영섭(曺榮燮) 선생님이시다. 그리고 조 선생, 이 아인 병규라고 내 당질(堂姪)이야. 이 마을에 사는 사람은 거의 모두 우리 일가권속(一家眷屬)이지."

"안녕하십니까. 안병규입니다"하고 병규가 고개를 숙이며 넙죽 인사를 했다.

"응, 그래! 반갑구나!"하고 조 선생이란 분이 말했다. "그것참, 인사성이 바르고 똑똑하게 생긴 아이네!"

"응, 지금은 우리 마을 서당에 다니고 있는데, 착한 데다 명민해서 우리 문중 사람들의 촉망을 받고 있지!"하고 민수 아저씨가 말했다. "참, 조 선생, 아까 하던 말의 계속인데, 이 나무가 바로 남명(南冥) 선생이 우리 마을 입향조이신 완귀공을 찾아오신 기념으로 심었다는 그 향나무야. 두 친구분이 저기 완귀정에서 함께 담소하시고, 남명 선생이 오신 것을 환영하기 위해 인근 마을의 선비들이 모여 시회(詩會)도 열었다는 거야. 지금도 정자 안에는 그때 남명 선생이 남기신 완귀정 제영시(題詠詩)가 걸려 있지. 이따 정자 안으로 들어가 그 시를 같이 한번 읽어보세."

이에 민수 아저씨의 친구라는 조영섭 선생이 고개를 끄덕이며 말을 받았다. "아, 그래? 내가 창녕 조가라 남명 선생에 대해서는 귀에 못이 박이도록 많이 들었지. 늘 칼과 방울을 차고 다니신 것으로 유명하시지."

"경(敬)과 의(義)를 좌우명으로 삼고 유학(儒學)을 실제의 삶 속에서 실천하신 분으로, 그 제자들이 임진왜란 때에 의병 활동의 주축이 됐지. 그러나저러나 왜놈들의 위세가 점점 더 커져만 가니, 이 나라가 언제 해방될 수 있을지 걱정이야!"

"글쎄 말이야, 왜정이 점점 더 굳어가고만 있으니, 이거야 원, 세상이 어떻게 돌아가는 건지!"

"우리가 일찍 개국을 못 한 설움 아니고 뭣이겠나? 어떻게든, 국민을 계몽시켜 국력을 길러야지, 다른 길이 뭐 있겠나? 왜놈들이 곧 자기네 말과 글을 강요할 듯한데, 이러다간 나라를 되찾기 전에 먼저 우리 겨레의 문화가 아예 말살되지나 않을까 걱정이야!"하고 민수 아저씨가 말했다.

"설마 우리 조선 사람들한테 일본말만 쓰라는 건 아니겠지요?"하고 어린 병규가 대화에 끼어들며 민수 아저씨에게 물었다. "저는 지금 서당에서『동몽선습』과『명심보감』을 읽고 있는데, 이젠 한문을 통한 동양고전 공부도 다 불필요한 세상이 오는 건가요?"

"유감스럽게도 그렇게 될 것 같구나! 이제 한문 따위로는 이 세상을 헤쳐나갈 수가 없이 되었지"하고 민수 아저씨가 대답했다.

"앞으로는 영어를 배워야 할 거야, 아마도. 그래야 나라 안에 서구의 과학을 빨리 들여올 수 있거든!"하고 조 선생이 말했다.

"이것 참, 한문에서 청나라 말로, 다시 일본말로, 그리고 앞으로는 영어까지 배워야 하는 판이니! 약소 민족의 슬픈 운명이군!"하고 민수 아저씨가 말했다. "병규야, 너도 한문 공부만 하고 있을 게 아니라 이제 어떻게든 대구까지라도 나와서 영어 공부를 해야 할 것 같구나!"

민수 아저씨의 이 말에 병규는 처음으로 자신이 조석으로 드나들며 공부하고 있는 도동 마을의 서당이란 것이 시대에 뒤떨어진 교육기관이며, 자신도 언젠가는 이 울타리를 벗어나지 않으면 안 되리라는 자각을 어렴풋이나마 하게 되었다.

2

안씨 문중의 유사(有司)로서 도동 서당의 운영을 책임져 오던 직천(直川) 어른은 이제 서당교육을 단념하고 마을 아이들을 읍내의 소학교에 보내야 하겠다는 큰 결단을 내리게 되었다. 그는 일가의 아이들을 일제의 소학교에 보내지 않고 옛 조선의 전통학교라 할 수 있는 문중의 서당에다 유명한 반촌의 선비를 사장(師丈)으로 모셔다 놓고 아이들에게 한문 교육을 무상으로 시행해 오던 터였다. 하지만, 일제의 간섭이 점점 더 심해졌을 뿐만 아니라, 이제는 식민지 상황이 장기화될 기미가 보여 직천 어른도 시대와 어느 정도 타협하지 않을 수 없다고 생각한 것이었다.

직천댁, 즉 병규의 어머니 말에 의하면, 금자의 어머니 정동댁은 금자를 읍내학교에 보내지 않겠다고 했다는 것이었다. 이젠 시대가 달라져 반상(班常)과 남녀의 구별이 없어졌으므로 금자도 학교에 보내야 한다는 직천 어른의 말씀이 계셨지만, 정동댁은 여식 아이를 학교에 보내면 그 뒷감당이 어렵겠고, 집안 일손도 부족한 터에 주인댁에 미안해서 안 된다며, 굳이 사양했다고 했다.

병규는 십 리도 더 되는 읍내학교 길을 혼자 다니기 싫다며 금자와 짝이 되어 함께 다니면 좋겠다고 어머니한테 자기 소망을 말해 보았다. 그러나, 평소 인자하시던 어머니의 시선이 한순간 냉담해졌다. 이어서, 어머니는 뜻밖의 말 한마디를 입 밖에 내었다.

"병규야, 금자는 네 짝이 아니다!"

"왜요?"

"그것은……" 어머니의 말이 잠시 끊어지더니, 이윽고 다음과 같은 의외의 말이 떨어졌다. "아무튼, 금자는 안 돼! 세월이 달라져 이제 새 세상이 되었다지만, 반상(班常)이 유별한데, 금자가 네 짝이 될 수는 없다. 이제 너도 일곱 살이 되어 읍내 소학교에 다니게 되었으니, 금자하고 더는 놀지 않도록 해라."

"반상의 구별이 그렇게도 중요한가요?"

"넌 양반의 후손이니 정동댁의 딸 금자하고는 짝이 될 수 없단 말이다!" 하고 어머니의 어조에 다소 엄한 결기 같은 것이 들어있었기 때문에, 병규는 눈을 아래로 내리깔고 너는 말을 잇지 못했다. 병규의 두 뺨으로 자신도 모르게 눈물이 주르륵 흘러내렸다.

"어, 이런! 대장부가 함부로 눈물을 보여서는 못쓰느니라." 하며 옷고름으로 눈물을 닦아주는 어머니의 손길이 병규에게는 전에 없이 차갑게만 느껴졌다.

안방을 뛰쳐나온 병규는 하릴없이 사랑채 근처를 어슬렁거려 보았지만, 사랑채 댓돌 위에는 손님들의 짚신이 여러 켤레 놓여 있었고, 간혹 그의 아버지 직천 어른의 말소리만 조금씩 분간되며 흘러나오고 있었다. 병규는 아버지한테라도 통 사정을 해 볼 생각이었지만, 사랑방에는 손님들이 여럿 계셨다. 갈 데를 모르게 된 병규가 대문께에서 잠시 망설이며 서성거리고 있었다. 그러다가 그는 마침 행랑채를 나오는 정동댁과 딱 마주쳤다.

"도련님, 우셨어요? 눈이 왜 그래요?"

"아뇨, 뭣이 들어갔는지 눈을 좀 세게 비볐더니…… 그런데, 금자를 읍내학교에 보내면 안 돼요?"

"아, 그것이…… 그 애는 학교에 갈 형편이 아니라서…… 참, 도련님은 이제 읍내 소학교에 다니시면 좋으시겠어요!"

"금자 어디 갔어요?"

"고추 빻은 것 찾아오라고 윗마을 방앗간에 심부름 보냈어요. 올 때가 다 됐는데…… 그 애는 심부름할 게 많아서 읍내학교 다니고 있을 팔자가 못 되어요."

병규의 눈에 자신도 모르는 사이에 또 눈물이 글썽하였다. 정동댁의 눈빛이 잠시 어두워졌지만, 그녀는 짐짓 병규의 눈물을 못 본 체하고는 딸 마중을 가는지 윗마을 길을 총총 올라가고 있었다.

병규에게는 도동에서 읍내의 학교까지 가는 길이 한없이 멀게만 느껴졌다. 우선 호계천의 징검다리를 건너 솔밭 길을 오른쪽에 끼고 호계서원 옆의 가파른 언덕길을 올라가야 했다. 일단 언덕길을 다 올라가면 거기서부터 삼거리까지는 내리막길이어서 그래도 쉬웠지만, 삼거리부터 영천읍까지가 문제였다. 영천의 곡창지대라 할 주남 평야의 한복판을 관통해서 약 3킬로미터쯤 일직선으로 곧장 뻗어 있는 이 도로는 소학교 1학년생이 매일 다니기에는 제법 먼 길이었다. 경주 방향으로부터 영천읍으로 들어가는 이 대로는 자갈을 깔아 놓은 신작로이긴 했으나, 늘 먼지가 풀풀 나는 멀고 고달픈 길이었다.

사실, 학교에서는 병규가 새로 배울 것이 그다지 많지는 않았다. 그것은 병규가 이미 서당에서 한문 교육을 받았기 때문이었다. 이를테면, 수업 시간 중에 '태평양'이라든가 '삼한사온'이라는 말이 나올 때 다른 아이들은 그 의미를 잘 몰라서 쩔쩔매었지만, 병규는 그 한자가 먼저 머리에 떠올랐으므로 금방 그 의미를 유추하고 한자로 기억하면 그것으로 그만이었다.

그래서 병규는 금방 학급에서 똑똑한 아이로 인정을 받았으며, 안병규라는 이름은 차츰 다른 반 학생들이나 다른 반을 맡으신 선생님들한테까지도 잘 알려지게 되었다.

병규가 3학년이 된 어느 여름날 일요일이었다. 병규의 담임 선생님과 교장 선생님이 가정 방문을 겸해 호계천으로 낚시하러 오신 적이 있었다. 아버지는 집이 누추하다고 하시며 손님들을 완귀정 대청에 모셔다 놓고 대접하셨는데, 병규는 매우 신이 나서 어머니와 정동댁이 정자 행랑채에서 챙겨주는 술과 안주를 정자 마루로 날라 대다가 조금 짬이 생겨 정자 마루 난간에 어색하게 기대고 서서 어른들의 대화를 듣고 있었다.

"그러니까, 도동이란 지명에서 동 자는 동네라는 동(洞) 자가 아니라 동녘 동(東) 자로서 동쪽으로 온다는 의미의 동사인 셈입니다."하고 아버지가 말씀하셨다. "도(道)가 해동(海東)으로 왔다는 의미로 알고 있습니다. 성리학을 하신 저희 입향조(入鄕祖)의 자부심이 깃들어 있는 마을 이름입니다"

"이 강정(江亭)에서 거북을 완상하시면서 안빈낙도하셨다는 그 선비님이 바로 완귀공이시군요?"하고 교장 선생님이 물었다. "밀양에서 오셨다면, 아마도 점필재(佔畢齋) 선생의 문하이셨겠습니다?"

"공의 부친이셨던 태만공(苔巒公) 구(覯) 자 어른께서 점필재 김종직(金宗直) 선생의 친자(親炙) 문인으로서 사간(司諫)이란 벼슬을 하셨는데, 증(嶒) 자 어른, 즉 완귀공께서는 엄친한테서 직접 글을 배우신 것으로 전해 듣고 있습니다"하고 아버지가 대답했다.

"아, 오늘 이렇게 유서 깊은 선비 가옥 완귀정에 와서 큰 대접을 받게 되어 참으로 영광입니다"하고 교장 선생님이 말했다.

"아니올시다. 병규의 학교 선생님들을 이렇게 모시게 되어 제가 오히려 큰 영광이올시다"하고 아버지가 정중하게 말을 받으며, 매화문(梅花紋) 백자 호리병으로부터 선생님들의 잔에 약주를 따라 드리고 계셨다.

"병규가 아주 총명하고 행실이 발라서 장래가 촉망된다 싶었는데, 역시 유서 깊은 명문가의 자손이었습니다!"하고 병규의 담임인 심범윤(沈範允) 선생이 말했다.

이때였다. 금자가 엿과 유과, 그리고 과일이 올려진 상을 들고 와서 병규가 기대어 선 난간 옆의 마루 위에 내려놓고는 잠시 병규 옆에 서 있었다. 금자는 손님들의 눈길을 느끼자, 종종걸음으로 정자 행랑채 안으로 달아나 버렸다.

"병규의 여동생인가 보네요?"하고 교장 선생님이 물었다.

"아닙니다. 집에서 일하는 아이입니다"하고 아버지가 말했다.

이때 마침 행랑채에서 정동댁이 잠시 밖으로 나와 무엇인가 더 나를 게 생겼다는 듯이 손짓으로 병규를 부르는 시늉을 했기 때문에 병규는 금자가 가져온 상을 아버지 쪽으로 조심스럽게 더 밀어 놓고는 정자 행랑채 안으로 들어갔다. 금자는 심부름이 싫었던지 아무 말도 하지 않고 부엌에서 허드렛일을 거드는 시늉을 하고 있었다.

그날 저녁이었다. 평소처럼 사랑방에서가 아니라 드물게도 안방에서 저녁상을 물린 직천 어른이 딱히 누구에게랄 것도 없이, 직천댁, 정동댁, 병규, 그리고 금자를 보고 모두 들으라는 듯이 말씀하셨다. "병규는 내일 아침 학교에 갈 때 금자를 함께 데리고 가도록 해라. 낮에 학교 선생님들과 얘기하는 가운데에 내가 문득 깨달은 바 있어서 금자를 내일부터 읍내 소학교에 보내기로 결정했느니라. 아무도 더는 토를 달지 말고 내 뜻대로 따라 주었으면 한다. 이제는 시대가 바뀌어 여자도 제대로 교육을 받아야 한다는 선생님들의 말씀도 계셨더니라. 오히려 내 조치가 늦은 감이 있다. 교장 선생님께서도 쾌히 허락하신 일이니, 금자는 내일 아침 병규를 따라 바로 3학년 교실로 들어가기만 하면 되도록 부탁 말씀을 잘 드려 놓았다."
금자는 이렇게 어렵게, 그러나 마침내 병규와 함께 나란히, 읍내의 소학교에 다닐 수 있게 되었다.

병규는 금자가 결국 자신과 함께 학교에 다니게 된 것이 몹시 기뻤다.
하지만, 그는 금자 때문에 곤란한 경우도 디디 겪게 되었다. 금자가 예쁘장한데다 새침데기였기 때문에, 같은 반 아이들이나 등·하교를 함께 하는 또래의 남학생들이 금자에게 괜히 귀찮은 말을 걸고 짓궂은 장난을 치는 일이 잦았는데, 이런 장난질을 병규가 금자를 위해 모두 다 막아주기란 여간 버거운 일이 아니었다.

이런 때에 병규가 말리려고 나서면, '네가 뭔데 끼어드니? 금자 신랑이라도 되나?'라는 말을 듣기 일쑤였다. 병규는 원래 기골을 약하게 타고난 편은 아니었지만, 말다툼이나 주먹질 따위는 그의 장기가 아니었기 때문에, 이런 경우에는 그만 한발 물러설 수밖에 없었다.

이렇게 금자와 병규가 불리하고 난처한 상황에 빠질 때마다 대개는 삼거리 철공소 집 아들인 장봉덕(張奉德)이 어딘가에서 불쑥 나타나서 시답잖은 장난을 거는 아이들에게 눈알을 부라리며 그들을 물리쳐 주곤 하였다. 그래서, 병규는 봉덕에게 은근히 호감을 지니게 되었고, 학교에서 삼거리까지 오는 동안 자주 봉덕과 어울려 함께 걸었다. 금자는 봉덕이 싫다며 저 혼자 멀찌감치 뒤따라오다가 삼거리가 훨씬 지나서야 병규와 함께 나란히 걷곤 하였다.

그러던 어느 해 겨울, 호계천이 꽁꽁 얼어붙어서 아이들이 썰매로 신나게 얼음을 지치고 있을 때였다. 삼거리에서 어쩌다가 도동 호계천 변까지 올 생각을 했는지는 몰라도 봉덕이가 썰매를 하나 어깨에 메고 와서는 그 엄청 빠른 성능을 실컷 뽐내며 신나게 얼음을 지치더니, 나중에 그 썰매를 금자한테 슬쩍 건네주고 나서 자신은 빈손으로 삼거리 자기 집으로 돌아갔다.

"그런 선물을 그냥 받아도 되겠어?"하고 병규가 호계천에서 집으로 올라오는 길에 금자에게 물었다.

"자기 아버지 철공소에 좋은 철사가 많아서 자기는 금방 또 새것을 만들 수 있다며 날 보고 이걸 그냥 가지래. 공부도 못하는 주제에 썰매 만드는 재주라도 있으니, 그나마 다행이지 뭐!"

병규는 봉덕이 금자를 은근히 혼자 좋아하는 눈치여서 어딘가 좀 마음에 걸리긴 했지만, 잠깐 그런 생각이 머리를 스쳐 지나갔을 뿐, 그 사실을 크게 마음에 두지는 않았다. 그만큼 그는 금자를 자신의 귀여운 누이동생 정도로 생각하고 있었고, 금자가 이미 사춘기에 눈 떠가는 소녀라는 사실까지는 미처 생각하지 못했다.

3

어느 날 도동 마을에 큰 변고가 일어났다. 갑자기 낯선 사람들이 마을에 들이닥치더니 종갓집과 종가의 전답을 내어놓으라는 것이었다. 연유를 알고 보니, 일본 동경 유학에서 최근에 경성(京城)으로 돌아왔다는 소문만 들리던 종손 덕수(德洙) 씨가 ― 고향에 한 번 내려 와 보지도 않고서 ― 자기 명의로 되어 있는 재산을 객지에서 모두 처분해서 만주로 건너갔다는 것이었다. 그 후에 간혹 풍문으로 안덕수라는 이름의 독립군 장교가 두만강 북쪽에서 활약하고 있다는 소식이 고향에까지 들려오기도 했지만, 차츰 그의 소식이 잦아들었다. 훨씬 뒤의 일이었지만, 그가 길림성 통화(通化) 근처에서 큰 부상을 당해서 신고(辛苦) 끝에 사망했다는 짤막한 소식이 동생 민수 씨한테 늦게서야 인편으로 전달되었다. 도동 사람들한테는 인생세사가 허무하다는 옛말이 이보다 더 실감 나게 느껴질 수가 없었다.

아무튼, 아직 따로 살림도 채 나지도 않은 채 종가의 별채에서 살고 있던 직천 어른은 이 변고로 인하여 갑자기 살 집과 부쳐 먹을 진답을 대부분 빼앗긴 채 우신 완귀정으로 거처를 옮기지 않으면 안 되었다.

그 이듬해인 1919년에는 설상가상으로 종가의 차석 민수(民洙)

씨가 기미 독립 만세 사건의 대구지역 주동자로 지목되어 대구 형무소에 갇히게 되었다. 덕수, 민수 씨의 4촌으로서 그들의 가장 가까운 친척이 되는 직천 어른은 대구를 드나들면서 종제(從弟)의 구원과 옥바라지에 온갖 힘을 쏟아야 했고, 큰집과 문중에 들이닥친 환난을 힘이 자라는 대로 수습해야 했다. 이 환난 통에 정동댁과 금자도 직천댁의 친정인 직천(일명: 정동)으로 되돌려 보내야 했고 집안 살림도 직천댁이 손수 맡아 해야 했다. 그래서, 직천댁의 그 곱고 기품 있던 얼굴이 많이 일그러지고, 물을 거의 묻히지 않아 곱던 손도 부엌살림으로 인하여 거칠게 변해 갔다.

이런 판국에 병규는 1920년 3월에 대구에 있는 D고등보통학교에 입학 원서를 내었다. 영천소학교에서 도합 4명이 원서를 내었는데, 입학시험을 치를 때에는 담임인 심범윤 선생님이 병규 등을 대구로 인솔하고 가서 학교 근처의 어느 여관에서 합숙했다. 입학시험을 치를 동안의 기억은 병규에게 별로 남아 있지 않지만, 심 선생님이 배달 주문을 해 주셔서 여관방에서 친구들과 함께 나누어 먹었던 고기만두가 무척 맛있었던 기억이 퍽 오래 남았다.

다행히도 병규 등 넷은 모두 D고보에 합격했다. 담임 선생님과 교장 선생님은 병규 등이 영천소학교의 명예를 드높였다며 크게 기뻐해 주셨다.

그러나, 이 합격 소식에 접한 병규의 아버지 직천 어른의 고민은 컸다. 종손인 덕수 씨가 만주로 가면서 아무 의논도 없이 종가의 가산을 대부분 팔아치운 끝인데다 그 동생인 민수 씨까지 감옥에 갇힌 터라 옥바라지를 하느라고 이리저리 돈을 구처해 쓰고 나니, 집안 살림이 궁핍했고 더는 어디다 빚을 낼 수도 없는 형편이었다. 직천댁 혼자서 살림을 도맡아 왔지만, 이번 보릿고개를 넘길 일조차 아득하기만 했다. 이 판에 아들 병규가 대구의 좋은 학교에 당당히 합격하고 나니, 입학금을 마련할 궁리가 나지 않았고, 설령 입학금은 어떻게 구한다고 치더라도 다달이 밀려올 월사금은 또 어떻게 하며, 또 객지인 대구에 아들을 보내어 놓고 그 감당을 어떻게 해야 할지 눈앞이 캄캄하기만 했다. 그렇다고 남편의 옥바라지에 고생이 많은 큰집 제수씨한테 병규의 숙식을 부탁하기도 차마 못 할 일이었다.

직천 어른은 생각다 못해 완귀정 사랑방에 병규를 불러놓고 아들에게 답답한 자기 속을 털어놓았다. "나는 너를 꼭 대구에 유학시키고 싶었다. 하지만, 그동안 큰집의 가세가 급격히 기울고, 그 여파로 우리 집도 지금 살림이 말이 아니어서 너를 대구에 보낼 힘이 이 아비에게는 없구나. 미안하다. 너보다 내 속이 더 아프다. 부디 이 못난 아비를 용서하여라."

이런 집안 사정을 진작부터 짐작하고 있던 병규는 이미 어떤 결심이 서 있었기에 부친에게 담담히 고했다. "집안 형편은 익히 짐작하고 있었습니다. 그래도, 담임 선생님과 친구들이 권하는 바람에 한 번 응시해 본 것뿐입니다. 일단 D고보에 한번 합격은 해 보고 싶었거든요. 그것으로 저의 자긍심은 지킨 셈이니까, 이제 미련 없이 입학을 포기하겠습니다. 다행히도 심범윤 선생님께서 청도군 농산물검사소장이신 형님께 부탁을 드려 저를 검사소 급사로 일하도록 주선해 주셨습니다. 그래서, 소자는 내일부터 슬하를 떠나 청도로 가야 합니다. 아버님, 부디 기체 보중하시기 바랍니다."

이로써 병규의 슬픈 객지 생활이 시작되었는데, 그 후 그가 3년 여 세월을 청도에서 어떻게 보냈는지 주위에서는 소상히 아는 사람이 없었다. 그것은 그 자신이 그 시절에 대해서는 입을 잘 열려고 하지 않았기 때문이었다. 어떤 사람은 그가 고향에 일체 발을 끊고 청도에서 일만 한 것은 D고보에 못 간 한을 안으로 삭이기 위해서였을 것이라고 추측하기도 했고, 또 다른 사람은 그가 일시적으로나마 일본인들 밑에서 심부름을 하고 살았던 사실을 마음속으로 심히 부끄럽게 생각했던 때문일 것이라고 추단하기도 했다.

그야 어쨌든, 청도에 간 병규는 1년이 지나도, 2년이 지나도 한 번도 고향에 걸음을 하지 않았다. 자식이 무소식으로 일관하자 직천 어른의 회한과 상심은 이루 말할 수 없었고, 직천댁은 매일 외아들 걱정 때문에 가슴을 조여야 했으며, 밤마다 정화수를 떠 놓고 아들의 무병과 무사 귀환을 신령님께 빌었다.

어느덧 3년의 세월이 흘러 마침 추위가 풀리고 봄기운이 완연하던 어느 날, 숙환이 도져서 직천 어른이 갑자기 숨을 거두었다. 문중에서 여기저기 부고를 내고 있는 중이었는데, 어떻게 알았는지 장례일에 맞추어 병규가 도동 완귀정에 나타났다.

돌아온 병규는 그동안 외아들의 소식을 몰라서 근심과 기도와 눈물로 세월을 보내느라 완연히 늙어버린 직천댁의 손을 잡고 완귀정과 동네가 떠나가도록 큰소리로 울부짖었다. 완귀정에 모인 일가 친척들과 문상객들도 그 처절한 곡성에 저절로 눈시울을 붉히지 않을 수 없었다.

친상이 나고서야 3년 만에 고향 집으로 돌아온 병규는 어디서 났는지는 몰라도 적지 않은 금액의 돈을 갖고 온 듯했다. 그는 호계천이 금호강 주류와 만나 조그만 삼각주를 이룬 동강포(東江浦)에 밭을 하나 사서는 사과나무 묘목을 구해다가 대꼬챙이 같은 그 묘목들을 그 밭에 심었다.

그 후 얼마 지나지 않아 병규는 직천댁을 모시고 완귀정을 나와 도동 마을에서 한 반 마장 떨어진 동강포의 이 과수원 안에 임시로 초가를 짓고 이사를 했다. 바로 이곳이 장차 그의 아들 동민의 유년 시절의 배경이 되는 사과밭이며, 바로 이 과수원이 동민을 도청 소재지인 대구에까지 나아갈 수 있게 하고, 서울로 유학할 수 있게 했으며, 또 나아가서는 멀리 독일까지 유학할 가능성을 열어준 경제적 토대이기도 했다.

* 지금까지 읽어 오면서도 나는 반신반의해 왔는데, 이 이야기가 안 교수님 부친의 유년시절부터 시작된다는 사실이 여기에서야 비로소 확실히 드러났다. 말하자면, 안 교수님은 자기 집안 이야기를 써나가시는 듯하다. 혹은, 한 집안의 이야기를 통해 궁극적으로는 우리 한국의 최근 역사를 조명해 보시겠다는 것일까? 사실, 안 교수님의 집안 이야기도, 한국의 최근 역사도 내겐 그다지 큰 관심사가 아니다. 내가 학부 때 안 교수님한테 배우고 그 가르침에 영향을 받은 건 사실이지만, 나는 그를 존경했다기보다는 늘 약간 삐딱한 마음을 품어 온 불손한 제자였다. 그것은 내가 홀어머니 슬하에서 버릇없이 자란 놈으로서, 누구를 존경하고 마음으로 따르는 법을 배우지 못한 탓도 있었겠지만, 무엇보다도 그를 만남으로써 내 꽃다운 청춘이 피어나지도 못하고 그만 시들고 말았다는 원망 때문이었다. 지금도 나는 '그 노인'의 부탁이 다소 귀찮다는 생각을 떨쳐 버리지 못한 채, 마지못해 이 글을 읽어 내려가고 있는데, 이런 어정쩡하고 성의 없는 태도야말로 이미 사회적으로 검증된 내 큰 단점 중의 하나이다.

4

병규가 사과나무 묘목 사이에 심어놓은 감자를 캐고 있던 어느 여름날이었다.

뜻밖에도 금자가 봉덕과 함께 과수원으로 그를 찾아왔다. 병규는 놀라움을 감추지 못하면서 둘을 번갈아 쳐다보았다.

"우리 결혼했어!"하고 금자가 이미 잡고 있던 봉덕의 손을 새삼 흔들어 보이면서 꽤 자랑스럽게 말했다.

"아, 그래?"하고 병규는 놀라서 얼떨결에 물었다. "언제? 어떻게……?"

"아, 작년 가을이었는데, 이 사람이 갑자기 정동으로 왔지 뭐야! 나한테는 인사도 하지 않고서 엄마한테 다짜고짜 나와 결혼하겠다고 우겨대고 졸라대더니, 기어이 우리 엄마의 허락을 받아내더라고!"하고 금자가 자기는 그저 옆에서 구경만 하고 있었다는 듯이 깔깔 웃으며 말했다. "오빠, 축하 안 해줘?"

"응, 축하하지, 축하하고말고! 봉덕아, 진심으로 축하한다!"하고 병규는 봉덕에게 손을 내밀었다.

봉덕의 설명에 의하면, 그들은 이제 정동댁을 모시고 삼거리 철공소의 뒤채에 산다고 했다. 그 사이에 봉덕의 아버지가 돌아가시고, 철공소는 아버지 밑에서 일하던 일본인 직공의 소유로 넘어갔지만, 봉덕은 그 일본인의 소개로 영천경찰서에 순경 촉탁으로 근무하게 됐다고 했다. 금자가 병규 오빠를 한번 만나고 싶다며 조르는 통에 오늘은 봉덕 자신이 금자를 데리고 이렇게 동강포까지 찾아왔다는 것이었다.

금자와 봉덕이 이것저것 그동안의 흥미 있는 소식을 많이 남기고 간 그날 밤, 병규는 잠시 이상야릇한 기분에 사로잡혔다. 금자가 장봉덕과 결혼한 것이 좀 서운한 일 같기도 했지만, 또 다른 한편으로는 참 잘된 일 같기도 했다.

5

일본인들은 언제부턴가 식민지 백성들에게 다소 유화적인 정책을 취하기 시작했다. 그동안 출옥은 했으나 직장을 잃은 민수 아저씨는 대구의 집에서 폐인처럼 지내기가 답답하다며 처자는 대구에 둔 채 혼자 도동에 와서 완귀정 사랑채에서 기거하고 있었다. 그는 비슷한 사정으로 교직에서 쫓겨나 고향인 하양에 은거해 있던 조영섭 선생과 뜻을 같이하고, 도동 서당에다 도창(道昌) 학교라는 임시 간판을 내걸고 인근 고을의 젊은이들에게 야학으로 신교육을 실시할 계획을 세웠다.

도동 안문(安門)에서는 유명한 반촌 출신의 박식한 사장(師丈)을 모셔다가 마을의 청소년들에게 무료로 한문 교육을 실시해 왔으나, 직천 어른이 돌아가신 이후에는 그 명맥마저 끊어지고 말았다. 민수 아저씨는 서당의 한문 교육 대신에 도창 학교를 연 것이었다. 그는 영천, 경산, 청도, 청송, 경주 등 인근 고장의 농촌 청년들을 상대로 야간에 영어, 과학 등 신학문 교육을 하였다. 도회에 진학할 기회를 놓친 농촌의 청년들에게 신학문을 교육하고, 나아가서는 대구 등지의 공·사립 학교에 진학할 수 있는 자격도 갖추도록 해 주겠다는 생각이었는데, 궁극적으로는 우리 대한의 백성이 앞으로 일본의 속박에서 벗어날 경우, 자주독립할 수 있는 민족적 역량을 함양해 놓겠다는 위대한 계획이었다.

병규는 존경하는 당숙 민수 아저씨의 뜻을 받들어 도창 학교의 제1회 입학생이 되는 동시에 두 선생님의 교무를 돕는 서무 겸 사환 역할도 아울러 맡게 되었다. 민수 아저씨는 영어와 동양고전을 맡고, 하양의 조영섭 선생은 주로 사회 과목과 수학 및 과학 과목을 맡았는데, 영천과 인근 군에서 모여든 남녀 청·장년 학생들이 스무 명 가까이나 되었다.

그중 여학생도 둘이 있었는데, 하나는 봉덕의 아내 금자였고, 다른 하나는 영천 뒷고개 너머 대전(大田) 마을 전주 이씨 가문의 규수로서 말수가 적으나 예절이 바르고 처신이 다소곳한 아가씨였다. 만이(晩伊)라는 이름의 이 아가씨는 야학이 끝난 늦은 밤에 영천의 뒷고개를 넘어가기에는 너무 멀고 위험한 밤길이라 자연히 금자가 권하는 대로 삼거리 금자네 집으로 함께 가서 금자의 어머니 정동댁의 방에서 함께 자다가 새벽녘에 부리나케 일어나 대전 마을 자기 집으로 되돌아가곤 하였다.

도창 학교의 야학은 월, 수, 금요일의 저녁 일곱 시에 시작해서 밤 열 시 경에 끝나곤 했다. 수업이 끝나면, 먼 객지에서 온 학생들은 대개 완귀정 사랑채 작은방에서 묵었지만, 금자와 만이는 삼거리로 돌아가야 했다. 금자가 호계천을 건너 삼거리로 올라가는 밤길이 무섭다며 병규에게 자기들 둘을 언덕 위의 변전소 골목까지만 배웅해 달라고 부탁했다. 병규는 이른바 주경야독(晝耕夜讀)의 신세라 몸이 몹시 피곤하긴 했지만, 그녀들을 변전소 골목까지 기꺼이 배웅해 주곤 했다.

이럴 때마다 금자는 은근히 만이를 자신과 병규 사이에서 걷도록 하는 등 갖가지 기지를 발휘해 가면서 만이가 병규 오빠와 가깝게 되도록 유도하고 배려했다. 신기한 것은 만이가 평소의 그 수줍어하는 태도를 거두고 순순히 금자의 말을 따른다는 사실이었다. 하긴, 만이가 상황을 너무 어색하게 만들지 않으려고 짐짓 금자의 말을 따라주는 것 같기도 했지만, 병규는 이런 금자와 만이의 태도가 아주 싫지만은 않았다.

6

병규는 아직 소출을 내지 못하는 사과나무들이 자랄 동안 그 나무들 사이에 파, 고추, 가지, 옥수수, 감자, 고구마, 땅콩 등을 심어 그 소출로 연명해야 했으므로 낮에는 밭일을 부지런히 해야 했다. 어느 봄날 밭고랑 사이에서 김을 매던 직천댁이 문득 옆에서 사과나무를 돌보고 있는 아들에게 물었다.

"너 혹시 그 만이라는 아가씨를 좋아하느냐?"

병규는 깜짝 놀라서 잠시 대답을 못 하다가, 이윽고 "아뇨, 그런 사이가 아닌데요!"하고 대답했다. "금자가 또 뭐라고 쓸데없는 소리를 했나 보네요?"

"금자가 아니라 그 어미다. 어제 양동댁 환갑잔치에서 삼거리 정동댁을 만났다. 정동댁이 그 아가씨 칭찬을 많이 하더구나. 난 또 혹시 네가 그 아가씨한테 마음을 두고 있지나 않나 싶어서……"

"아닙니다. 저 같은 농사꾼이 탐을 낼 아가씨가 아닌 듯해요!"

"왜? 네가 어때서? 너만 괜찮다면, 그 아가씨에 관해 큰집 아주버님께 한번 물어볼 생각이다. 직접 가르치는 선생님이 학생을 제일 잘 알 것 같아서 하는 말이다. 뒷고개 너머의 대전 마을은 반촌이다. 정동댁 말로는 양반 가문에서 반듯하게 자란 아가씬 모양이던데……"

"어머니, 저는 괜히 복잡하게 되는 게 싫으니, 그냥 가만히 계셨

으면 해요. 될 일이면 저절로 되겠고, 안 될 일이면 그저 이러다 말
겠지요."

"으음! 될 일이면 저절로 된다고? 네가 아무래도 그 아가씨한테
마음이 있나 보네!"

"아니, 그저 이치가 그렇단 말입니다." 이렇게 대답한 다음, 병규
는 멀리 하늘을 올려다보았다. 그러고는, 다시 사과나무들을 바라보
았다. 어린 사과나무가 분홍색이 약간 도는 하얀 꽃들을 활짝 피우
고 있었는데, 올해부터는 과수원에 약간의 소출이나마 날 듯도 했
다.

그런 일이 있은 지 얼마 안 되어 민수 아저씨가 어머니의 부탁으
로 뒷고개 너머의 대전 마을로 만이의 부친을 만나러 갔고, 곧 이어
서 그쪽에서도 정식으로 매파(媒婆)가 왔다.

바로 그 무렵, 영천경찰서에서 순경이 둘이나 완귀정에 들이닥
쳐 거기 사랑채 큰방에서 함께 기거하던 민수 아저씨와 조영섭 선
생을 경찰서로 연행해 갔다. 며칠 뒤에, 두 교사는 풀려났지만, 도창
학교 수업이 더는 지속될 수 없게 되었다.

하지만, 곧 이어서, 안병규와 이만이의 결혼식이, 도창 학교의 폐
교식이라도 되는 듯이, 도동 서당에서 거행되었다. 주례는 조영섭
선생님이 맡으셨고, 하객으로는 도동 마을과 대전 마을의 여러 일가
친척 외에도 옛 도창 학교의 학생들과 마을 사람들이 많이 참석해
주었다.

완귀정의 행랑채 부엌의 가마솥에는 쇠고기뭇국이 펄펄 끓었고,
삶은 돼지고기와 메밀묵, 그리고 각종 부침개 등이 술과 함께 여러
소반 상에 올려지고 있었다. 하양에서 아버지 조영섭 선생의 새 옷
가지를 챙겨 갖고 왔던 조순주도 마침 그 결혼식에 참석했다. 그녀

는 신이 나서 정자의 행랑채와 사랑채를 오가며 잔치 심부름을 하고 있었다.

기쁜 결혼식이었지만, 거기에는 마치 도창 학교의 폐교식을 연상시키는 어떤 서글픈 분위기도 함께 뒤섞여 있었다.

7

이듬해에 만이는 예쁜 딸을 낳았다. 병규는 속으로 만이가 늘 '현숙(賢淑)'한 여자라고 생각해 왔기 때문에, 아내에 대한 자신의 한없는 사랑을 딸의 이름 속에다 숨겨놓는 기분으로 아이 이름을 현숙이라 지었다. 병규는 또한 3년 후에 출생한 장남은 대한(大韓)의 백성을 위하라고 위민(爲民)이라 이름 지었고, 그 3년 후에 출생한 차남은 '대한 백성'을 잘 가르치라는 소망을 담아 화민(化民)이라 이름 지었으며, 그 4년 후에 출생한 막내는 부디 해동(海東)의 독립된 백성으로 잘 살아가기를 바라는 자신의 소망을 담아 동민(東民)이라는 이름을 붙여 주었다.

비록 못 배우고 가난한 백성이라도 늘 불행하게 사는 것만은 아니며, 비록 식민지 백성이라 해도 늘 분하고 슬프게만 사는 것도 아니었다. 병규는 일제 강점의 현실을 어쩔 수 없이 받아들이면서 평범한 백성으로서 큰 걱정 없이 조용히 살아가고자 했다. 그는 이런 농촌 생활에 함몰되어 살아가고 있는 자신이 부끄럽고 못나 빠졌다는 생각에 친구들을 멀리하고 집안일과 문중 일에만 전념했다. 때때로 그는 슬프고 마음이 아팠다. 하지만, 그는 기어이 그 고설한 뜻을 펴지 못하고 몇 년 전에 작고하신 종가의 민수 아저씨나 하양이 향리에서 은거하시며 식민지 지식인의 슬픈 운명을 체념한 채 담담히 노경을 보내고 계시는 조영섭 선생님을 생각할 때, 그분들보다 늦게 태어났으면서도 배운 것은 그분들보다도 턱없이 모자라는 자신에게 무슨 다른 길이 있겠는가를 아무리 궁리해 보아도, 결국 그에게는 이렇게 살아가는 길 말고 다른 방도라곤 있을 수 없다고 체념했다. 그는 비록 도동 안문의 종손은 아니었지만, 종가의 일원으로서 밖으로는 도동 마을을 대표해서, 경남 함안에서 개최되는 광주(廣州) 안씨 대종회(大宗會)의 춘향제(春享祭)와, 경남 밀양의 소종회에서 받드는 각종 제례 등에 빠짐없이 참례하고, 문중에서 사장(師丈)을 모셔다가 학동들을 가르치는 도동 서당의 한문 교육을 다시 일으켰으며, 안으로는 노모를 봉양하고 현숙한 아내와 어린 자식들을 돌보았다. 그러면서 그는 앞으로는 문중 일도 좀 줄이고, 오직 자라나는 4남매의 장래만을 위해 헌신하겠다고 결심했다.

사람들이 식민지 치하에서 아무 저항도 못 하고 이렇게 향리에서 농사를 지으며 사는 그를 가리켜 비겁하다 욕할 리도 만무했지만, 병규는 때로 이런 자신의 무력함이 슬펐다. 일찍이 도동 마을에 처음 들어오신 입향조 완귀공도 세자시강원에서 인종을 가르치신 분이셨지만, 인종이 즉위한 지 9개월 만에 안타깝게도 승하하시자 인종의 배다른 동생 명종이 즉위하고 그 모후 문정왕후의 섭정이 시작되었다. 이에, 완귀공은 을사사화의 조짐을 예감하고는 과감히 벼슬을 버리고 호계천 변에 정자를 짓고 그 현판을 완귀정이라 걸었다고 하지 않던가. 병규 자신 또한 어쩔 수 없이 이 완귀공의 후예가 아니겠는가! 이런 생각을 하면서 그는 홀몸이 된 어머니 직천댁의 불효자식으로서, 현숙한 여인 만이의 못난 지아비로서, 4남매의 힘없는 아비로서 자신의 소임을 묵묵히 행하며, 겸허하게, 남의 눈에 띄지 않는 가운데에 조용히 살아가고자 했다. 거기에는 '수기치인'

을 실천함에 있어서 우선 성의정심(誠意正心)으로 먼저 자신을 다스려야 한다는 유가의 가르침이 바탕에 깔려 있었고, '안빈낙도'라는 조선(祖先)의 지혜를 본받으려는 마음이 깃들어 있었다.

2. 해방과 한국 전쟁

1

온 나라에, 그리고 병규의 마을에도 큰 시련의 시대가 찾아왔다. 태평양 전쟁의 물자 조달을 위한 공출(供出) 경제 체제 아래에서 식민지 백성들은 수탈과 가난에 시달려야 했다. 또한, 마을의 많은 청년이 징집되어 전쟁터로 끌려가야 했고, 40대와 50대의 중늙은이들도 이른바 보국대(報國隊)로 차출되어 전쟁터로 가지 않으면 안 되었다. 그의 아버지 직천 어른이 작고하신 이래로 사실상 서당 운영 등 문중 대소사와 마을의 자질구레한 일들을 도맡아 처리하지 않으면 안 될 처지에 놓인 병규는 천행으로 보국대에의 징집은 간신히 면했지만, 면사무소와 지서의 온갖 지시를 한 몸에 받아 그 곤란한 짐을 일가들에게 다시 배분해야 하는 지극히 난처한 일을 묵묵히 감내하지 않으면 안 되었다.

"이런 사태가 언제까지 이어질지 몸서리가 다 쳐집니다"하고 병규가 노환으로 병석에 누우신 하양의 조영섭 선생께 문병 간 자리에서 잠시 이런 푸념을 입 밖에 내게 되었다. "왜놈들 시키는 대로 하자니, 일가끼리 원수질 일이 곧 생길 것만 같아 늘 마음이 조마조마합니다."

"조금만 더 참으시게. 뭐 길게야 가겠나?!"하고 조 선생님께서 말씀하셨다. "물자가 무진장 풍부한 부국(富國) 미국을 상대로 섬나라 일본이 감히 전쟁을 일으켰지만, 길게 가지는 못 할 걸세. 또한, 소련군까지 참전한다는 소문이 들려오고 있네. 일제가 오래 버티지는 못할 거야. 조금만 더 참으시게. 이제 곧 왜놈들이 손을 들게 될 것이고, 우리 민족은 해방과 독립을 맞이할 것이네. 문제는 해방 후에 우리 대한 국민이 독립할 수 있는 역량이 턱없이 부족하다는 거야. 중국에 있는 우리 임시정부가 귀환하고 만주에서 활약하고 있는 우리 광복군이 압록강을 넘어 들어오는 그 날, 우리가 어떤 국가 형태로 어떻게 이 백성들을 끌고 나갈 것인가 하는 문제가 참으로 아득한 난문이란 말일세! 이런 시기에 자네 당숙 안민수 선생이라도 살아 계셔야 하는 건데, 그 친구도 참, 왜 그리 명이 짧았던 것인지…… 오호통재라! 흐어 헉!"

갑자기 슬픔이 북받쳐 꺼이꺼이 우시는 노인을 간신히 다독이며 말리고 있는데, 조 선생의 딸 순주가 찻잔을 받쳐 들고 병실로 들어왔다.

"아버지, 그렇게 비감하시면 안 되어요!"하고 순주가 기겁하며 부친을 자리에 다시 눕게 하였다. 그러고는 병규에게 차를 권했다.

"순주야, 안병규 군을 알지?"하고 조 선생이 누워서 눈을 감은 채 딸에게 물었다.

"그럼요, 제가 아버지 새 옷가지를 갖다 드리려고 도동 갈 때마다 뵌 걸요!"하고 순주가 대답하고는 이내 병실을 나갔다.

"아, 이 홀아비 노인이 어서 죽어야지!"하고 조 선생이 기침을 해 가면서 더듬더듬 간신히 몇 마디를 하시고는 이내 잠이 드셨다.

문병을 마친 병규는 금호를 거쳐 철길을 따라 걷고 또 걸어 마침

내 금호강 철교를 도보로 건넜다. 그리고 구역(舊驛)을 지나고, 호계천 징검다리를 건너 동강포의 과수원집에 당도하니, 아들 삼 형제는 아랫목에 나란히 누워 잠들어 있었고, 아내와 어린 장녀 현숙이가 그를 반겨 주었다.

그날부터 불과 며칠 뒤의 어느 날 아침이었다. 삼거리의 장봉덕이 경찰서에 출근하기 전에, 병규의 과수원 앞에 새로 사들인 자기 논에 물을 대기 위해선지 장대 삽을 어깨 위에 둘러메고 동강포로 건너왔다. 그는 사과나무 밑에 두엄을 뿌려주고 있던 병규한테 잠시 다가오더니 지나가는 투로 뜬금없이 중얼거렸다.

"일본이 항복했대. 이제 해방이야!"

"뭐라고?! 자네 지금 뭐랬어?"

"해방이란 말 안 들려? 이제 일본인 철공소 주인도 일본으로 돌아가지 않으면 안 될 것이고……"

"그게 정말이야? 그럼, 이러고 있을 때가 아니잖아!"하고 병규가 갑자기 들떠서 소리쳤다.

"지금 우리가 할 수 있는 일이 뭔데? 어디 영천 장터에 나가서 만세라도 부르려고?"하고 봉덕이 픽 웃었다.

그렇게도 기다리던 해방의 소식은 감격과 흥분 속에서 거창하게 오지 않고, 어느 날 아침 이렇게 평범한 일상사로서 병규에게 다가왔다.

해방 소식이 전국 방방곡곡에 퍼지고, 일본인들이 풀은 다소 꺾였으나 여전히 군정과 경찰서를 장악하고 있던 9월의 어느 날, 병규는 하양이 조영선 선생으로부터 잠시 들르라는 기별을 받았다. 병규의 처, 만이도 참석하라는 걸 보면, 아마도 옛 도창 학교의 제자들을 불러 모으시는 것 같았다.

"삼거리의 금자 언니도 이번에는 안 간다고 하니, 동민 아버지 혼자 다녀오세요."하고 만이는 세 살배기 막내아들 동민을 등에 업고 얼러주면서 이렇게 말했다. "이제 동민이가 이름 그대로 '해동의 백성'으로 살아갈 것은 확실해졌으니까요."하고 그녀는 약간 농담기를 섞어 말을 하면서 보일락 말락 미소를 짓는 것이었다. 이윽고, 그녀는 삼거리의 금자가 남정네들의 일에 끼어들지 말고 일단은 한번 빠지자 해서 자기도 그냥 집에 있을 작정을 했다고 사정을 약간 풀어서 설명해 주었다.

조 선생의 사랑방에는 아닌 게 아니라 옛 도창 학교의 동창생들이 15명 정도 모여 앉아 있었는데, 그중에는 이미 머리카락이 희끗희끗해진 친구도 있었다. 그동안 모두 제법 나이 들어 보이는 장년들이 되어 있었다. 조 선생은 불과 얼마 전에만 해도 자리를 보전하고 누워있던 노인이라고는 믿어지지 않을 정도로 화문석 위에 가부좌를 틀고 꼿꼿이 앉아서는 카랑카랑한 목소리로 말했다.

"여러분 오랜만이오. 반가워요! 오늘 이렇게 부른 것은 다름이 아니라 이제 이 나라가 일제로부터 해방되었기 때문에 여러분들의 책무와 사명이 막중하다고 생각되어, 내 비록 늙고 병들어 아무 힘을 쓸 수 없는 일개 촌로(村老)에 불과하지만, 여러분에게 몇 마디 당부의 말을 드리고자 함입니다. 여러분은 도창 학교의 동창생들입니다. 비록 도창 학교가 이 나라 제도권 안에 아무 공식 기록도 남기지 못한 채 문을 닫아 한때의 꿈으로 끝나고 말았지만, 이 학교 창립의 정신은 일제 강점기의 우리 역사의 한 페이지에 남을 만한 심원한 의미를 품고 있습니다. 우리 민족의 전통학교라 할 서당에서 한문교육만 하고 있다가는 더는 새 나라를 이끌 인재를 양성할 수 없을 것이라는 인식하에 고(故) 안민수 선생과 나는 유서 깊은 도동 서당에다 도창 학교를 열어 근방 농촌에 거주하고 있는 젊은이들에게 영어와 과학, 그리고 정치, 사회, 경제 등 신학문 교육을 실시함으로써 장차 이 민족이 일제의 기반(羈絆)에서 해방될 때 자주독립하여 신생 공화국을 짊어지고 나갈 인재들을 키워놓겠다고 생각한 것이었습니다. 적어도 그런 정신을 품고서 우리 둘은 비록 짧은 기간이었지만 여러분을 만나 행복한 시간을 함께 보냈습니다. 안민수 선생은 옥고를 치른 후유증으로 애통하게도 이 기쁜 순간을 맞이하지 못하고 이미 우리와 유명(幽明)을 달리하고 말았지만, 우리는 이제 평소 길러온 역량을 모으고 일치단결하여 새로운 민족국가, 신생 민주 공화국 건설을 위해 매진해 나가야 할 것입니다. 지하에 계신 안 선생의 혼령과 이 세상을 하직할 시간이 얼마 남지 않은 이 사람이 여러분의 활동을 응원하며 지켜볼 것입니다."

"선생님께서 말씀하시는 뜻을 엄중히 받들겠습니다."하고 경산(慶山)에서 술도가를 하고 있는 설하순(薛瑕淳)이 도창 학교의 제자들을 대표해서 조 선생님께 말했다. "다만, 미국과 소련이 한반도를 두고 각기 뜻을 달리 할 것 같기도 하고, 김구 선생을 비롯한 우리 임시정부의 지도자들과 여운형, 송진우 선생 등 국내의 지도자들, 그리고 미국에서 곧 귀국할 것으로 보이는 이승만 박사 등등이 각각 노선을 달리하고 서로 다툴 조짐도 없지 않아 보이는 듯한데, 선생님께서는 저희가 어떤 분, 어떤 노선을 따라야 한다고 생각하시는지 하교해 주십시오!"

"아, 그게 나도 많이 헷갈리고 고민이 되는 부분이긴 해요."하고 조 선생이 대답했다. "아베 노부유키(阿部信行) 주선 총독이 지난 9월 9일에 물러가면서 '일본이 비록 패망했지만, 조선이 승리한 것도 아니다. 나는 다시 돌아올 것이다!'라고 말했다지요. 이게 다 일본인들이 서로 헐뜯고 단결할 줄 모르는 우리 대한 백성을 깔보고 하는 말입니다. 이제 우리 지도자들이 서로 분열하여 다투지 말고 한데 뭉쳐서 새 나라를 건설해야 할 텐데, 참으로 큰 걱정입니다. 어느 지도자를 따라야 할지를 이 늙은이한테 묻지 말고, 여러분이 성의정심(誠意正心)과 공의(公義)의 자세를 견지하면서 앞으로의 사태 추이를 예의 주시하다가 보면, 반드시 합당한 판단이 설 것으로 봅니다. 다만, 여러분들끼리는 늘 빈번하게 서로 통기를 해 가면서, 서로 소식과 의견을 나누고 뜻을 모아 함께 분투해 주시기 바랍니다.”

그 자리에서 의견 개진과 토론이 약간 더 있었으나, 조영섭 선생은 '성의정심'과 '공의'라는 두 개념만 한 번 더 되풀이하실 뿐 더는 다른 말씀이 없으셨다. 조 선생의 댁을 나온 옛 도창 학교의 동창생들은 설하순의 제안에 따라 하양 장터의 국밥집으로 자리를 옮겨 막걸리를 곁들인 갑론을박을 조금 더 벌여 보았지만, 쉽사리 결론이 날 사안이 아니어서 그날은 미진한 채 모두들 다시 뿔뿔이 흩어지게 되었다.

“또 연락함세!”하고 설하순이 병규를 보고 말했다.

“그러세! 하지만, 나하고는 별 상관없는 일일 듯하이!”하고 병규가 말했다. 그러고는, 또 그 멀고 먼 삼십 리 길을 걸어서 동강포로 되돌아왔다.

그러나 해방 직후의 어수선한 정국이 병규와 아주 상관없을 수는 없었다. 그날 이후부터 병규는 매사에 필연적으로 이 문제와 부딪히지 않을 수 없는 자신을 발견하게 되었다. 해방은 되었으나, 아닌 게 아니라 아직은 독립 국가를 자주적으로 건설할 민족적 역량이 부족해서 그런지는 몰라도, 병규에게도 집성촌과 종회를 둘러싼 어려운 문제들이 끊임없이 들이닥쳐 왔다. 전통적 서당교육은 받았지만, 공식적으로 내세울 만한 학벌이 없는 병규는 민족과 국가가 나아가야 할 큰 방향이 서울에서 정해지지 않은 가운데에 마을의 사소한 일들에 부딪혀 어찌할 바를 모르고 고심해야 할 때가 한두 번이 아니었다.

과수원이나 잘 가꾸어 모친을 봉양하고 아이들을 먹여 살리는 데에도 힘이 모자랄 판에, 병규는 ― 마을의 동장이 최근에 따로 생기기는 했지만 ― 문중 유사(有司)로서 마을의 여러 자질구레한 일에 정력과 시간을 빼앗기는 것이 몹시 피로하고 힘에 부쳤다. 종손인 덕수 아저씨가 성가도 하지 않고 만주로 떠나버린 뒤 객사 소식이 전해지는 바람에, 종가의 차석 고(故) 민수 아저씨의 아들 병주(秉柱)가 종손이 된 형국이었다. 대구에서 고등학교에 다니고 있는 재종(再從) 동생한테 종무를 일일이 의논할 수도 없었기 때문에, 선친 직천 어른이 타계한 이후에는 병규 자신이 어쩔 수 없이 도동 문중을 사실상 대표하지 않으면 안 되었다. 학벌은 없지만, 학식이랄까 양식이 병규만한 인물도 도동 마을 안에서는 드물었다. 그래서 그런지는 몰라도 도동 마을의 젊은 동장 길환도 무슨 일이 터질 때마다 병규에게 달려와 일 처리를 의논하곤 했다.

이런 병규에게 어느 날 갑자기 영천군 금호면 인민위원회 부위원장을 맡으라는 제안이 들어왔다. 그것은 군정이나 면사무소 등 관청에서 온 제안이 아니라 여운형 선생의 건국준비위원회 계통의 민간인 조직인 것 같았는데, 병규는 경산의 설하순이 동강포까지 찾아와 소영섭 선생의 뜻이라며 간절히 권하는 바람에 그 부위원장이 어떤 일을 하는 자리인지도 모르는 채 얼결에 그만 수락하고 말았다. 그 후 어쩐 셈인지 건준 영천지부 금호면 인민위원회란 회의는 한

번도 소집되지 않았고, 병규 자신은 자기가 그런 직책을 맡겠다고 수락한 사실조차도 그만 까마득하게 잊고 있었다.

나중에 알게 된 일이지만, 그 당시 조영섭 선생은 다시 지병이 도져서 그런 판단이나 지시를 직접 내리시지는 못했던 것 같고, 건준의 지방 조직에 잠시 뛰어든 것은 뜻밖에도 경산의 설하순이었다. 원효 대사와 설총의 후예임을 자처하는 '정의로운 행동대의 기수 설하순'은 민족의 자주적 역량을 키우고 외세의 부당한 간섭을 물리치며 우리 대한 국민 자신이 먼저 건국을 준비할 태세를 갖추어야 한다는 대의명분 아래 영천, 경산, 청도, 청송, 경주 등에 거주하는 도창 학교의 옛 동창생들과 그가 평소 사귀어 오던 대구 지역 유지들을 설득하여 그들의 대부분을 경상북도 건준 산하의 각 지역 인민위원회의 정·부위원장, 또는 위원을 맡게끔 설득하고 다닌 모양이었다. 건준 산하의 이 인민위원회는 후일 6·25 때 남하한 공산당의 인민위원회와 명칭이 같아서 혼동될 만도 했다. 실은, 해방 직후에 조선총독부 경무총감이란 자가 국내에 있던 독립운동 세력 중 조선인의 신망을 가장 두터이 받고 있던 여운형 선생을 장차 유력한 민족 지도자로 지목하고, 일본인들의 '무사도해(無事渡海)'를 보장해 준다는 조건 아래 조선인을 대표하여 조선 반도에서의 일제의 행정권을 이양받기를 종용한 적이 있었기 때문에, 일제로부터 행정권을 성공적으로 이양받자면, 건준은 건준 나름대로 지방 조직이 필요했다. 그래서 이런 조직이 전국에 산발적으로 조직되던 중이었는데, 전승국 미국이 자신들의 점령군이 38선 이남에 진주할 때까지 당분간 일본이 종전의 행정권을 그대로 유지하도록 명령함으로써, 건국준비위원회와 그 산하의 인민위원회들은 사실상 그 동력을 중도에 그만 상실하고 말았다.

사실 해방 직후에 가장 이상하고 이해할 수 없던 일은 지금까지 이 나라 백성을 억압하고 핍박해 왔던 일본인들이 보복을 당하거나 바다를 건너 섬나라 본국으로 달아나기는커녕 미군이 들어올 때까지 당분간 식민지 백성 위에 여전히 상전으로 군림하고 있던 사실이었다.

38선을 경계로 한반도를 남북으로 분할한 미국과 소련은 여운형 등의 건국준비위원회가 관공서를 일본인들로부터 인수하는 절차 따위는 전혀 인정하지 않았다. 그들은 해방군이 아니라 점령군으로 이 땅에 들어왔다. 적어도 미국은 자기들이 직접 일본인들을 무장 해제시키고 당분간 점령지를 자신들의 군정(軍政) 체제로 다스리겠다는 것이었다. 아무튼, 미국과 소련은 여러 우여곡절을 거쳐 이나라를 이른바 5년간 신탁통치(信託統治)하겠다는 데에 합의하였다.

공산당 계열의 김규식, 건준위의 여운형, 임시정부의 김구 등 민족 지도자들이 이런 뜻밖의 사태에 직면하여 현명하게 대처하지 못하고 분열상을 드러낸 것은 많은 국민을 혼란과 환멸에 빠뜨렸다. 한편, 1945년 10월 16일에 미국에서 귀국한 이승만은 민족공동체의 미래보다는 자신에게 가장 유리한 길을 선택해 나갔다. 당시 시국하에서 이승만이 지닌 최대의 장점은 국제 정세에 밝고, 앞으로 남한에 다가올 정치적 제도, 즉 민주적 선거 제도를 미리 내다보고 있었다는 사실이었다. 한국민을 5년 동안 신탁통치하겠다는 미소공동위원회의 결의에 대해서 김구 등 많은 독립지사는 남북의 민족공동체를 유지하는 선에서 다협점을 찾으려고 필사적 노력을 기울이고 있었다. 이에 대해 이승만은 비교적 신중한 태도를 취했다. 그는 뜻밖에도 남한의 각 지역을 돌면서 시국 연설을 하고 다녔다. 앞으로 남한에 미군정 체제가 들어서면, 그다음에는 반드시 선거를 치러야 할 것을 미리 내다본 그는 미래의 유권자들에게 자신의 명망과 얼굴을 알리고 다닌 것이기도 했다. 이에 반해, 주로 중국 상해나 만주, 또는 러시아에서 활동해 왔던 김구 등 여타의 독립지사들은 애국 애족 정신은 투철하였지만, 안타깝게도 이승만과 같은 국제적 안목을 갖추고 있지는 못했다.

미군정이 처음부터 이승만을 지원한 것은 아니었고, 오히려 그의 능력을 경계하기까지 했다. 그런데 때는 냉전 시대가 시작되기 직전이었다. 미국 정부는 극동에서 세력을 구축하고 팽창하려는 소련과 중공의 공산주의를 효과적으로 견제하려면, 그들과 협상하거나 타협하기보다는 그들의 남하를 봉쇄해야 하겠다는 냉전전략을 채택하지 않을 수 없었다. 이런 냉전체제의 등장에 편승하여 이승만은 반소 및 반공을 앞세우고 갑자기 친미로 급선회했다. 이에 미군정도 결국 본국의 지시에 따라 이승만을 지원하고 그를 이용하지 않을 수 없게 된 것이었다.

미군정의 반공정책과 이승만의 이런 고도의 전략적 처신은 38선 이남에서의 친일파 세력의 온존과 계속 득세를 가능하게 했으며, 이승만이 지주 계급이며 수구세력인 한민당과 야합하는 결과를 초래했다. 미국의 이해관계에 영합한 이런 이승만의 노선은 그의 무리한 비민주적 개헌을 통한 12년 동안의 장기집권 기간을 거치는 동안 절대적 반공 이데올로기로 경직화되었고, 그가 나중에 정계에서 물러나고 군사정권이 들어선 뒤에도 향후 수십 년 동안 반공은 남한 국민의 자유를 옥죄는 절대적 독재 이데올로기로 자리 잡게 되었다.

아무튼, 이승만은 미군정과 결탁한 권력을 이용하여 여운형, 김구, 조봉암 등 자신의 행보에 걸림돌이 되는 정적들을 차례로 제거하고 대한민국을 세계 역사상 유례없는 반공 국가로 만들어 갔다.

2

해방 후 이 땅의 서민 대중들은 국토가 분단될 위기에 직면한 이런 정치적 소용돌이에 관심을 쏟을 여유가 없었다. 그들은 흉년과 수재로 인한 극심한 식량난과 천정부지의 물가고에 시달리고 있었다.

1946년 여름에는 설상가상으로 콜레라가 창궐하기 시작했다. 중국 쪽에서 선편으로 부산항에 들어온 귀국 백성을 통해 전국으로 전염되었다고는 하지만, 실은 해방 직후의 혼란상 가운데에 온 나라를 덮쳐온 빈곤과 기아, 그리고 비위생적 환경이 콜레라가 창궐한 원인이었다.

마침내 도동 마을에도 콜레라 환자들이 생겨나기 시작했다. 병규는 젊은 나이에 동장을 맡아 애쓰는 양동댁 아들 길환(吉煥)과 밤 늦도록 윗마을과 아랫마을을 오르내리며 콜레라 환자들을 돌보다가 날이 희붐하게 새기 시작해서야 한숨 붙이려고 동강포로 내려왔다. 동강포 집에 들어와 보니, 어머니와 아내 만이가 속이 불편하다며 안채의 큰방과 작은방에 각각 드러누워 심하게 앓고 있었고, 현숙이 혼자서 미음을 쒀서 이 방 저 방을 드나들며 할머니와 어머니를 돌보고 있었다.

고부가 한꺼번에 드러누운 것만 봐도 빌써 콜레라가 틀림없기 때문에 병규는 잠자리에 들지도 못하고 그 길로 바로 영천읍으로 달려가 국민학교 동창생 홍구(弘救) 의원 심재민(沈在珉)을 찾아가, 아직 새벽 잠자리에 들어있는 친구의 집 문을 두드렸다. 자다가 깬 심 박사는 난감한 표정을 지으면서 콜레라에는 수액 주사가 필요한데 주사약이 동이 나서 어떻게 손을 쓸 수가 없다고 했다. 하는 수 없이 해열제 두어 병을 받아 쥐고 다시 주남 들을 달려 삼거리에 도착한 병규는 금자한테 들러 사태를 설명하고 삼거리 한의원에서 약 몇 첩을 지어서 동강포로 와 달라고 부탁한 다음, 자신은 바로 집으로 달려 들어와 보니, 어머니와 만이는 이미 단말마의 고통에 빠져들어 있었다.

병규는 현숙을 도동의 길환에게 보내어 발병 사실을 알리게 하고 손수 어머니와 아내를 돌보고 있는데, 정동댁과 금자가 한약 첩을 지어서 동강포로 달려왔다. 한약이 약탕관에서 끓고는 있었지만, 환자들이 그것을 기다려 마실 수 있을 것 같지 않았다.

"금자야, 미안하다. 네 어릴 적에 매정하게 대했던 나를 용서해 다오"하고 직천댁이 정동댁의 손을 잡고 마지막 숨을 몰아쉬면서 말했다.

"별말씀을 다 하십니더. 금자는 아무것도 모릅니더. 그런데 시방 저는 금자가 아니고 그 어미, 정동댁입니더! 그만 고정하시이소!"하고 정동댁이 직천댁의 손을 꼭 잡아주면서 말했다.

이때 금자는 만이에게 미음을 떠먹이려 하고 있었다. "어쩌든지 털고 일어나야지 이게 뭣고?"하고 금자는 힘이 거의 다 빠져버린 만이를 내려다보면서 말했다. "아이들이 넷이나 되는데, 어미가 꿋꿋하게 살아 있어야제!"

"언니, 고마워요. 덕분에 행복했어요."하고 만이가 숨을 헐떡이며 금자에게 말했다. "우리 동민이를 좀 잘 부탁드려요."

"안 돼! 일어나야 해! 살아야 해! 죽으면 안 돼! 아이들을 생각해 봐! 만이는 죽어도 되는 사람이 아니야!" 하고 금자가 나지막하게 부르짖으며 만이의 몸을 흔들어 대었지만, 만이는 이미 눈을 감아버린 채였고, 곧이어서 그만 숨을 거두고 말았다.

3

하루아침에 어머니와 아내를 함께 잃은 병규에게는 1946년 여름이 악몽 그 자체였다.

온 도동 마을에 전염병이 창궐하고 집마다 사람이 죽어 나가는 통에 장례를 치러줄 사람들을 구할 수조차 없었다.

마침 소식을 듣고 달려온 길환 등 마을 청년들의 도움을 받아 병규는 어머니와 아내의 시신을 청못(菁堤) 근처의 문중 산으로 옮겨 우선 간신히 토감(土坎)을 해놓고 동강포 과수원집에 돌아와 보니, 어린 동민은 금자가 우선 자기 집으로 데려가고 현숙이 두 남동생을 거두어 뭔가 먹이고 있었다.

병규는 현숙에게 동생들을 잘 보살피라 이르고, 그 길로 다시 도동 마을로 올라갔다. 마을 전체가 온통 병마로 인해 아수라장으로 변해 있었다. 병규는 이런 때일수록 문중 공동체를 지켜야 한다며 동장 길환을 독려하여 반드시 물과 음식을 끓여 먹어야 하고, 음식물을 취급하기 전에 반드시 비누로 손을 잘 씻어야 한다는 사실을 마을의 각 가구에 알리게 하고 이미 생긴 환자들은 격리 조치하도록 했다. 그는 여기저기서 사망자가 속출하는 대로 시신들을 수습하고, 혼신의 힘을 다하여 병이 더 번지지 않도록 예방 조치를 했다.

병규와 길환 등이 병에 걸리지 않고 이런 구조 활동이나마 할 수 있었던 것은 그래도 하늘과 조상이 도왔다고 하지 않을 수 없었다.

300여 명의 동민들 중에서 죽은 사람이 50여 명이나 되었고, 청못 주변의 제공산(祭供山)은 임시로 토감해 놓은 무덤으로 어지러웠으며, 형편이 어려운 환자들과 그 가족을 응급 구완하느라고 문중의 비축 양곡도 아주 바닥이 나 버렸다.

그런 가운데에 선선한 바람이 약간 부는 듯하더니 금방 가을이 되었다. 병규는 잇달아 일어난 집안과 문중의 상사(喪事)에 큰 충격을 받았던 탓인지 심신이 극도로 쇠약해져서 드디어 몸살이 나 그만 자리에 드러눕게 되었다. 큰딸은 살림 밑천이란 옛말도 있듯이, 다행히도 현숙이가 동생들(그 사이에 금자가 잠시 돌봐주었던 막내아들 동민도 동강포 집에 돌아와 있었다)을 잘 거두었고, 미음이라도 쒀서 아비의 병구완을 했다. 병규는 현숙이가 애처로워 보였고, 볼 때마다 만이를 연상시키는 사랑스럽고 귀한 딸임을 절감하였다. 어느새 처녀로 부쩍 자라 버린 딸에게 혼잣말처럼 한두 마디 중얼거리는 것이 당시 그의 유일한 위안이었다.

불행은 겹쳐 온다는 말도 있지만, 이런 병규에게 10월 어느 날 또 뜻하지 않은 일이 들이닥쳤다.

10월 1일 대구역 앞에서 이른바 10.1 사건이 터졌다. 애초에는 남로당 계열의 지시에 의한 철도노조의 파업으로 시작되었던 시위가 미군정의 식량정책 등에 대한 불만으로 가득 찬 대구 시민들의 시위로 번졌는데, 경찰의 발포로 무고한 시민이 죽자 그 시위가 경찰서 습격 등 폭력적 민중항쟁으로 돌변하고 말았다. 미군정은 대구 지역에 계엄을 선포하였고 미군과 경찰이 그 이튿날 다시 대구시의 치안을 회복하긴 했지만, 식량정책에 실패한 미군정과 친일 경찰 및 우파 인사들의 계속 득세에 불만을 품은 민중들의 항쟁이 달성·고령·성주·칠곡·군위·의성·선산·김천·영천·경산·청도·

경주 등 경상북도의 여러 고장으로도 번져나갔다. 그 여파로 미군정과 경찰은 전국의 좌익계 인사들을 검거하기 시작했다.

나중에 이른바 '10월 항쟁'이라 불리게 된 이 사건의 여파로 병규에게도 금호면 인민위원회 부위원장이란 경력 때문에 체포령이 떨어졌다. 한 번 회의가 열린 적도 없는 '인민위원회 부위원장'이란 이 생경한 직책이 — 어딘가에 기록으로 남아 있었던 까닭에 — 병규에게 치명적인 올가미가 될 줄은 병규 자신은 물론 주위의 그 어느 누구도 예측하지 못했다.

영천경찰서에서 순경으로 일하고 있던 장봉덕이 이런 낌새를 미리 알아채고서 금자를 동강포로 급히 보내어 병규에게 목숨이 위험하니 어디든 빨리 피하라고 했다.

"좌익 경력이 있는 사람들을 모두 잡아다가 경찰이 재판도 거치지 않고 사람들을 마구 죽인다니 어서 피해야 해요. 오늘 밤 안으로 체포조가 덮칠 것 같대요. 정자 마루 밑 '비밀의 방'에 숨는 것이 좋을 성싶어요. 미리 마을에 가 있다가 날이 어두워지거든 아무도 모르게 숨어 들어가 있어요. 내가 틈 봐서 마루 밑으로 오빠가 먹고 마실 것을 넣어드릴게요."

병규는 몸살기가 아직 남아 있는 데다 자신이 좌익이 아닐 뿐만 아니라 금호면 인민위원회란 것이 한 번도 소집된 일조차없고 그 부위원장이란 직책으로 아무 일도 한 적이 없다고 금자에게 말했다. 하지만 금자가 하도 다급하게 굴기에 병규는 불편한 몸을 이끌고 먹고 마실 것을 조금 챙겨 부득이 그녀의 말을 따랐다.

그날 밤 자정 무렵에 봉덕을 앞세운 경관들이 병규의 과수원집에 들이닥쳐 현숙과 그 어린 동생들한테 아버지의 간 곳을 대라고 다그쳤다. 그러나 아무리 윽박질러도 아이들은 사실 아버지가 어디로 간 것인지 모르고 있었기 때문에, 경관들은 허탕을 쳤다. 연이어서 그들은 도동으로 올라가 마을을 샅샅이 뒤졌지만, 정자 마루 밑 '비밀의 방'에 숨은 병규를 찾아낼 수는 없었다.

이날 밤 체포된 많은 사람이 좌경인사들로 지목되어 영천역 앞의 무슨 창고에 갇히고 그중 대부분이 불과 며칠 뒤에 영천에서 청송으로 넘어가는 상송리(上松里) 인근의 산골짜기에서 집단 살해되었다. 경찰관들과 그들을 돕는 청년 왈패들은 죄가 없는 양민들을 트럭에 태워 산골짜기로 데려갔다. 그러고는 한 줄로 세워놓고 총격을 가하고, 죽지 않은 사람들은 확인 사살했다. 그러고 나서, 그들은 시체들을 땅에 묻지도 않고 골짜기 아래로 내던져버렸다.

대구의 10.1 사건이 잦아든 뒤에도 전국에서 이와 비슷한 양민 학살이 잇달아 일어났다. 제주도의 4.3사건, 여순(麗順) 항명 사건 등도 남한의 공산화를 저지하려던 미군정청과 그 노선을 따르며 자신의 정치적 입지를 굳히려던 이승만의 야합 때문에 일어났다. 이런 와중에 많은 지방 유지들이 '잠재적 빨갱이 세력'으로 내몰려 미리 죽임을 당하고, 잠적했거나 인근 산중에 숨어든 좌익 인사들에게 양식을 제공한다든지 어떻게든 도울 가능성이 있다고 해서 산간 지대에 살고 있던 많은 양민이 무고하게 학살되었다.

4

병규는 정자 마루 밑 '비밀의 방'에서 달포 가까이나 피신 생활을 했다. 금자가 밤중에 아무도 모르게 먹고 마실 것과 옷가지 등을 가져다주고 정성껏 보살펴 준 덕분에 병규는 피신 중에 오히려 건강을 회복할 수 있었다.

경찰과 군인, 그리고 무슨무슨 반공 청년단의 횡포가 전국 곳곳에서 큰 비판에 직면하자 잠재적 반대 세력에 대한 탄압이 다소 주춤해지고, 봉덕의 정보에 따르면 당분간 또 잡혀가는 일은 없을 것 같다고 해서, 병규는 과수원으로 되돌아왔다. 혼자 동생들을 데리고 처녀 가장 역할을 훌륭히 해낸 현숙은 아버지가 집에 돌아오자 반갑고 안도한 나머지 그만 울음을 터뜨렸다. 병규는 현숙을 꼭 안아주면서 달래었다. 여식 아이가 만이를 너무 닮아 만이가 생각난 나머지 병규 자신도 눈물이 주르륵 흘러내리는 것을 주체할 수 없었다.

하지만 미처 안도할 시간도 없이 뒷고개 처가로부터 장인이 변을 당했다는 소식이 왔다. 병규의 장인은 해방 전에 좌익 독립지사들에게 자금을 대었다는 이유로 체포되어 봉변을 당했다는 것이었다. 병규는 황급히 처가로 달려가서 처족들과 함께 상송리 산골짜기에 버려져 있는 시신들 중에서 장인의 유해를 간신히 수습해서 장사를 치렀다.

어른들의 수난과 고통 속에서도 어린 아들들은 아무것도 모른 채 그런대로 무탈하게 무럭무럭 자라났다.

병규의 첫아들 위민은 D고보의 후신인 K중학교에 다니고 있었는데, 이 사실이 D고보에 합격하고도 그 학교에 다니지 못한 병규의 맺힌 한을 풀어준 셈이었다. 둘째 아들 화민은 읍내의 국민학교에 다니고 있었다. 화민은 오늘 학교에서 미국과 소련의 신탁통치안에 대해 배웠다면서, 안방에서 저녁 밥상을 차리고 있는 누나한테 신탁통치의 부당성을 조목조목 설명해 주고 있었다.

"무엇보다도 반만년의 역사를 지닌 문화민족을 신탁통치하에 두겠다는 것이 전승구들의 횡포이며, 도대체 말도 안 되는 폭거란 말이다!"하고 화민이 누나에게 학교에서 배운 것을 앵무새처럼 외위대었다. "빨갱이들은 소련의 꼭두각시니까 신탁통치를 지지했지만, 신탁통치를 반대하시는 이승만 박사는 남한에서만이라도 반공적인 단독정부를 수립해야 하겠다는 영단을 내리신 것이다!"

병규는 밥상머리에서 어린 아들이 철없이 외워대고 있는 이런 말을 듣자니 만감이 교차하는 착잡한 심경이 되었다.

"화민아, 학교에서 선생님들이 반탁이 옳다고 말씀하시더냐?"

"예, 우리 겨레와 같은 문화민족이 결코 신탁통치를 용납할 수 없다고 그러시던데요?!"

"그래, 맞는 말씀이다. 하지만, 신탁통치를 반대하면, 자칫 남북이 분단되어, 각각 미국과 소련의 새 식민지로 전락할 수도 있겠단 말씀은 안 하시더냐?"

"그럼, 아버진 신탁을 찬성하시는 겁니까?"하고 화민이 물었다.

"아니다. 아버지는 잘 모르겠다. 아직 판단이 잘 서지 않네. 해방된 우리 겨레의 지도자들이 의견이 갈려서 서로 다투고 계시니, 그들의 영도를 받아야 할 우리 백성들은 이리저리 헷갈릴 수밖에 없구나! 정치란 것은 그 옳고 그름을 함부로 단정할 수 없는 면도 있어서 하는 말이다!"

병규는 화민에게 이렇게 대답해 놓고는 그 말에 자신조차도 만족할 수가 없는 것이 슬펐다. 참으로 답답한 노릇이었다. 도창 학교의 동창생 중 여러 명이 지난 10.1 사건의 여파로 무고하게 희생되었다. 그런데도 어쩐 연유인진 몰라도 그 건준인지 인민위원회인지를 주도하다시피 한 경산의 설하순은 수난을 면한 것은 물론이고 변신을 해서 경산의 국회의원 후보로 나선다는 소문이 나돌았다. 병규는 사실상 남북이 분단되고 말 듯한 작금의 정치 상황을 생각하면 학식과 판단력이 부족한 자신의 초라한 모습이 새삼스럽게 부끄럽

고, 아무것도 도모할 수 없는 자신의 무력감에 때때로 울적한 심경
이 되곤 했다.

5

어느 따뜻한 봄날이었다.

장봉덕이 정식 순경의 복장을 하고 과수원으로 병규를 찾아왔
다. 병규가 건준의 금호면 인민위원회 부위원장이란 전력이 어딘가
기록으로 남아 있는 까닭에, 언젠가 또다시 좌익사상에 물든 사람
으로 오해받을 소지가 없지 않다는 것이었다. 그래서 병규에게 '국
민보도연맹(國民保導聯盟)'이란 단체에 가입하는 것이 좋겠다는 권
고였다. 과거 어떤 좌익 전력이 있던 사람도 이 단체에 가입한다면
국가가 보호하고 선도해 주기 때문에 새로운 대한민국 국민으로 정
당한 대접을 받으며 이제 더는 사상적인 혐의를 받지 않아도 될 것
이라고 했다. 또한, 봉덕이 실토한 바에 의하면, 실은 자신에게도 영
천군 내에서 수십 명의 가입자를 포섭하라는 할당량이 내려와 있어
서 이렇게 친구를 찾아왔다고 했다. 물론, 그는 병규가 이 보도연맹
에 가입해 놓으면 앞으로 병규에게 큰 도움이 될 것이라고 진심으
로 확신하기 때문에, 그에게 보도연맹 가입을 자신 있게 권한다고
했다.

병규는 뒤늦게 이런 단체에 구태여 가입할 필요성이 없다고 느
끼긴 했지만, 자신의 보도연맹 가입이 순경 장봉덕에게도 도움이 된
다는 바람에 그가 내미는 가입원서에 웃는 낯으로 도장을 찍어 주었
다. 이로써 병규는 대한민국 관변단체로 출범한 국민보도연맹에 가
입하여 이제는 명목상으로도 국가가 공인하는 '반공주의자'가 된

셈이었다.

하지만, 그동안 병규는 자신이 꼭 반공주의자인지조차 모르는 중에 완전히 농사꾼이 되어 살아가고 있었다.

1950년 6월 25일, 인민군이 38선을 넘어 남침하고 있다는 방송이 라디오를 통해 흘러나왔다. 그런 흉흉한 소식이 있은 지 불과 사흘 만에 정부가 대전으로 이전하고 서울 사람들이 남으로 피난을 오고 있다는 소식도 들려왔다.

병규는 문득 가슴이 먹먹하고 정신이 아득해짐을 느꼈다. 콜레라가 창궐하여 어머니가 돌아가시고 같은 날에 아내까지 잃었다. 게다가 좌익 세력으로 몰려 자신이 영문도 모르는 피신을 해야만 했고, 뒷고개의 장인어른이 해방 전 좌익계 독립운동가에게 자금을 대어주었다는 사실 때문에 해방된 조국의 하늘 아래에서 무참한 변을 당하셨다. 그래도 그동안 현숙을 비롯한 어린 자식들을 데리고 간신히 몸을 추스르고 과수원 일에 매달려 왔던 병규로서는 또 한바탕 난리를 겪어야 한다는 생각에 온몸에 저절로 맥이 쑥 빠지는 것 같은 무력감과 절망감을 느꼈다.

서울시민들이 나중에 알게 된 사실이지만, 이승만 대통령은 6월 27일 오후 2시에 이미 서울을 버리고 남으로 떠났다. 이런 줄도 모르고 적지 않은 수의 서울시민들은 그 시점에도 아직 피난을 가야할지 말아야 할지 수소문을 하고 다닌다든가 함께 피난을 떠나야 할 가족이나 친인척들을 서로 찾느라고 이미 적화된 서울 거리를 우왕좌왕하고 있었다.

북한군은 그야말로 파죽지세로 남으로, 남으로 내려오고 있었다.

이승만 정부는 임시수도를 대전으로 옮겼다가 금방 부산으로 옮겨가지 않으면 안 되었다.

왜관의 낙동강과 영천의 금호강을 사이에 두고 인민군과 국군 사이에 격렬한 전투가 벌어지고 있다는 소문이 병규의 귀에까지 들려왔다.

이런 어느 여름날 초저녁에 금자가 동강포로 병규를 급히 찾아왔다. 남편 장봉덕의 긴급 전달이라며, 한시바삐 피신하지 않으면 병규의 생명이 위험하다고 해서 달려왔다는 것이었는데, 이번에는 천만뜻밖에도 병규가 국민보도연맹에 가입한 것이 도리어 탈이 되었다는 기막힌 설명이었다. 즉, 서울과 인천 등 북한군 점령지에서 좌익 전력이 있는 보도연맹원들이 다시금 공산정권에 협조하면서 미처 피난하지 못한 우익 인사들을 색출하는 데에 가담하고 있기 때문에, 후방의 경찰과 CIC 부대, 헌병대 등 군경과, 서북청년단을 비롯한 극우단체들이 비점령지의 보도연맹원들을 긴급 소집, 연행 또는 색출하여 유치장이나 창고 등에 대량 구금하고 장차 인민군이 점령할 지역의 잠재적 공산정권 협력자로 간주, 예방적 차원에서 별다른 재판 절차 없이 무차별 사살하고 있다는 것이었다.

그날 밤 병규는 다시 한번 '비밀의 방'으로 기어들어 가지 않으면 안 되었다.

바로 그날 밤 자정 무렵에 영천의 헌병대에서 나왔다며 허리에 권총을 찬 육군 소위 한 명과 운전병, 그리고 우익 청년단원들로 보이는 왈패들 두 명 등 도합 네 명이 동강포 과수원집으로 들이닥쳐 병규를 찾았다. 집 안을 수색해 봐도 가장을 찾지 못하자 그들은 현숙과 그녀의 세 남동생을 둑담 위에 세워놓고 아버지가 간 곳을 대라고 윽박질러 대었다. 아이들이 모른다고 하자 왈패들은 매를 맞아야 바로 댈 것이냐고 아이들을 겁박하고 나섰다.

다행스럽게도 병규와 금자는 아이들이 보고 듣지 않은 가운데에 급한 얘기를 나누었기 때문에, 아이들은 실제로 아버지가 갑자기 왜, 어디로 간 것인지 전혀 알지 못하고 있었다. 현숙은 초저녁에 금자 아지메가 동강포로 와서 대문 앞의 탱자 울타리 옆에서 아버지와 무엇인가 긴급한 얘기를 나누던 장면이 얼핏 머리에 떠오르긴 했으나, 어쩐지 말하지 않는 편이 나을 듯해서 그 사실은 일절 입 밖에 내지 않았다.

우익 청년단원들이 삼 형제에 매질을 하려 들자 현숙이 동생들을 가로막고 앞으로 나서며 말했다.

"철없는 아이들이 무슨 죄가 있다고 때리려 합니까? 차라리 저를 때리세요"하고 현숙이 울며 덤비니, 세 남동생도 일제히 울음을 터뜨려서 외딴 과수원집이 갑자기 울음바다가 되었다.

"그만해! 그만 가자!"하고 육군 소위가 청년들을 말리면서 마당으로 내려섰다. "아버지가 오시면 꼭 영천국민학교 앞 헌병대나 영천경찰서로 출두하셔야 한다고 전해요. 전시에는 서로 협조할 일이 많으니까요!"하고 그 젊은 장교가 현숙을 보고 다소 부드러운 어투로 말했다. 그 젊은 장교는 키가 훤칠하고 얼굴에 제법 귀티가 있어 보였는데, 현숙에게 이제 동생들을 데리고 방 안으로 들어가도 좋다는 시늉을 해 보였다.

그들 일행이 탄 지프차가 집을 떠나자 현숙은 대문을 굳게 닫아걸고, 동생들을 달래어 잠자리에 들게 했다. 그리고 안방에 홀로 남게 되자 그녀의 눈에서는 하염없이 눈물이 흘러내렸다. 그녀는 자신도 모르게 돌아가신 어머니를 불렀다.

'어머니, 제가 죽을 각오로 동생들의 앞을 가로막고 나선 것은 잘한 일이지요? 저는 동생들이 맞는 것을 보고 있느니 차라리 제가 맞아 죽을 각오였답니다. 실은 제가 무슨 용기를 낸 것이라기보다 동생들이 너무 가엾어서 얼결에 그렇게 나서게 된 것입니다. 아버지는 대체 어디에 계실까요? 부디 어머니가 아버지를 무사히 지켜주셔요! 아, 전쟁이 무엇인지 저는 무서워 죽겠어요. 어머니, 부디 저와 동생들을 이 전쟁 통에도 무사하도록 도와주셔요!'

이때 현숙의 나이 열아홉이었다. 이렇게 그녀는 하루아침에 또다시 처녀 가장이 되었다. 그녀가 아침에 일어나 쌀독에 마지막으로 남은 쌀을 긁어 아침밥을 지었다. 그래서, 그녀가 동생들을 챙겨 먹이고 있는데, 금자 아지메가 동강포로 왔다. 아지메는 전쟁 중에 외딴집에 이렇게 있으면 무슨 화를 입을지 모르니, 도동 완귀정으로라도 피난을 해야 한다며 옷가지와 수건, 이부자리 등 피난 짐을 챙기도록 했고, 언제 혹시 필요할지도 모르니 아버지의 옷가지도 함께 좀 챙기라고 했다. 그리하여, 현숙은 그날부터 동생들과 임시로 완귀정의 행랑채에 거처하게 되었고, 이삼일마다 밤중에 금자 아지메가 쌀과 반찬 등을 갖고 완귀정에 들러 주셨다. 현숙은 밤낮으로 정화수를 떠 놓고 아버지가 무사히 돌아오시기를 신령님께 빌었고, 틈날 때마다 저승에 계신 어머니께 부디 모두가 무사하도록 보호해 주십사 하고 간절히 빌었다.

그러던 며칠 뒤 현숙은 버려두고 온 과수원의 여러 밭일이 걱정되었을 뿐만 아니라, 감자를 캐거나 옥수수라도 따 와서 동생들 식량에 보태야 할 것 같았기 때문에, 전쟁 중이라 무섭긴 했지만 밝은 대낮을 틈타 동강포 과수원으로 내려갔다. 그 며칠 사이에 과수원에는 잡초가 많이 자라 있었다. 현숙이 마낭 옆 사과나무 밑에 널어서 있는 낙과(落果)를 좀 줍고 나서 감자를 캐고 있는데, 갑자기 지프차한 대가 요란한 소리를 내며 대문 안으로 달려 들어왔다. 현숙이 소스라쳐 놀라 밭에서 마당 쪽으로 나와보니, 일전에 우익 청년단원들과 함께 집에 와서 아버지를 찾던 그 육군 소위가 차에서 훌쩍 뛰어 내리고 있었다.

"아버지께서는 아직 집에 오시지 않았는데요?"하고 현숙이 놀라서 엉겁결에 말했다.

"그래요? 이 난리 통에 대체 어딜 가셨단 말이오?"하고 그 장교가 말했다. "그런데, 처녀가 이 전쟁 중에 혼자 밭에서 일하고 있으면 어떻게 해요? 모두 피난 갈 준비를 하고들 있는데?"

"……"

현숙이 적절한 대답을 미처 찾지 못하고 흙 묻은 손을 치마에 비비고 있는데, 보아하니 그 육군소위는 이번에는 아버지를 찾는 일에는 그다지 관심이 없는 듯, 현숙과 집 안을 휘 한번 둘러보고는 갑자기 좀 부드러운 말투로 물었다.

"그때 그 동생들은 다 어디 있어요?"

"전쟁 중이라 도동의 정자에 머물고 있어요. 외딴집이라 정자 행랑채로 거처를 옮겼습니다."

"아, 그래요? 그건 잘했군요. 목이 마르니 우리 둘한테 물 좀 주시겠어요?"하고 그 장교가 마당에서 지프차의 방향을 돌려세우고 있는 운전병도 가리켜 보이면서 말했다.

현숙이 부엌에서 두 사발의 물을 가져와서 한 그릇은 장교에게 주고, 또 한 그릇은 지프차를 돌려놓고 운전석에 단정히 앉아 있는 운전병한테 주었다.

장교는 목젖이 세차게 아래위로 움직이도록 벌컥벌컥 물을 들이켰다. 그러고는 빈 물 사발을 마루 위에 내려놓으며 뜻밖의 질문을 했다. "외갓집이 영천읍 뒷고개 너머의 대전동이지요?"

"예"하고 현숙이 대답했다.

장교는 한동안 아무 말 없이 축담 앞에 멀거니 서 있더니 이윽고 한결 부드러운 어조로 말을 이었다.

"실은 그날 도동 마을로 올라갔다가 대전댁이란 택호(宅號)를 들었어요. 나중에 부대에 돌아가서야 생각이 난 일인데, 아가씨의 돌아가신 어머니가 우리 동네 사람이었습니다. 아랫마을에는 전주 이씨 집성촌이고, 윗마을에는 우리 영일 정가들이 몇 집 살고 있지요. 저의 집이 일찍 대구로 나와 버려서 제가 고향 마을 사정에 좀 어둡긴 합니다만, 제가 어릴 때 동네에서 아가씨의 어머니를 뵌 적도 있었는데, 아주 얌전하고 예쁜 아가씨였습니다."

현숙은 분위기가 무엇인가 달라지는 것을 느끼고 속으로 다소 안도하는 마음이 생겼다. 그러나 이런 변화에 그녀는 기민하게 대응하지는 못하고 그 청년 장교의 말을 잠자코 듣고만 있었다.

"그날은 미안했습니다. 상관의 명령을 따르다 보니…… 저와 함께 온 청년들이 어린 동생들을 추달하려고 겁박한 사실이 온당치 않았던 것 같고, 아가씨가 울면서 동생들을 보호하려고 했던 그 장면이 영 잊혀지지 않았답니다. 또한, 영천의 전세가 국군에 좀 불리하게 되는 것 같기도 해서, 아가씨와 동생들이 어떻게 지내나 걱정이 되었어요. 그래서, 근처에 온 김에 한 번 들러 본 것입니다. 실은 죄 없는 인사들이 많이 체포되어 조사를 받고 있습니다. 생명이 위험하니 아가씨 아버지는 당분간 집에 오시지 말고 지금 계시는 곳에 그대로 머무시는 것이 좋을 듯합니다만…… 그리고, 아가씨도 몸조심하시기 바랍니다."

누가 엿들어서는 안 된다는 듯이 조신조신, 그러나 꼭 해야 할 말을 조목조목 빠트리지 않고 나열하듯, 이런 말을 남긴 장교는 갑

자기 지프차에 훌쩍 올라타는 것이었다. 지프차가 부르릉 소리를 내
며 출발하고 있었다.

"잠깐만요!"하고 현숙이 소리치면서, 그들을 멈추게 한 다음, 광
주리에서 다소 성한 홍옥 낙과(落果) 몇 개를 집어서 장교에게 건넸
다. "가시면서 드세요. 그날은 감사했습니다!"

장교는 고맙다는 듯이 웃으면서 두 손으로 사과들을 받았다. 지
프차가 대문을 향해 달려가는 듯하더니, 이윽고 다시 멈춰 섰다. 그
러고는 장교가 현숙을 손짓하며 불렀다.

"이렇게 혼자 밭에 있는 건 위험합니다. 마을 근처까지 태워다
드릴게요."

이렇게 말한 청년 장교는 현숙이 캐어 놓은 감자를 광주리에 담
아주기까지 하면서, 그녀가 빨리 지프차에 타도록 재촉했다. 그러고
는 좌우에 과수원의 울타리로 탱자나무가 우거진 동강포 길을 달리
다가 도동 마을로 올라가는 논둑길 입구에서 현숙을 내려주고는 서
둘러 차를 출발시켰다.

"조심해서 잘 지내요!"하는 청년 장교의 말이 무거운 광주리를
든 채 논둑길 위에 선 현숙의 귓전에 몇 초 동안 남아 있었다. 어딘
지 부드럽고 따뜻한 데가 있는 우렁우렁한 목소리였다. 그때에서야
현숙은 감자를 캐던 자신의 손과 초라한 치마저고리 차림이 문득 부
끄럽게 생각되었다. 또한, 그녀는 대낮의 폭양 아래에서 문득 자신
의 가슴이 쿵덕쿵덕 뛰고 있음을 느꼈다.

6

금자는 검정색 보퉁이를 들고 초저녁에 이미 삼거리 집을 나와

도동 마을을 향해 걸어가고 있었다. 변전소 골목길에 접어드니, 예전에 도창 학교에서 야학을 마치고 만이와 함께 삼거리 집으로 되돌아오던 때가 생각났다. 병규는 그들 둘을 이 지점까지 배웅해 주곤 했었다. 지금은 만이가 이 세상 사람이 아니고 병규 오빠는 경찰의 눈을 피해 '비밀의 방'에 숨어 있으니, 세상살이가 참 허무하고도 고달프다 싶었다. 남편 봉덕에게 슬쩍 물어보았더니, 지금 잡혔다간 목숨이 위험하니 부디 어딘가에 잘 피신해 있었으면 좋겠다고 했다. 병규가 얼마나 더 이렇게 숨어 살아야 할지 아무도 모를 일이었다. 그녀는 가슴이 답답했다. 그런데다, 혹시 길에서 누군가와 마주치지나 않을까 마음이 조마조마했다.

"정동댁 누님 아니십니까?"하고 갑자기 뒤에서 어떤 남정네가 그녀를 따라잡으며 말을 걸어왔다. 깜짝 놀라 돌아보니 도동 마을의 동장 길환이었다.

"아, 동장님이시구먼! 난 또 누구라고?!"하고 금자는 놀란 가슴을 쓸어내리며 말했다. "영천 장에 다녀오는 모양이제? 이 난리 통에 장이 서기는 서던가?"

"오늘이 아버지 제삿날이라 제수품을 사러 장에 갔다가 옵니다. 뒷고개 쪽에서는 콩 볶는 듯한 총소리가 간간이 들립디다만, 장터에서는 전쟁 통에도 사람들이 웅성거리며 물건들을 사고팔더라고요. 근처에서 총소리가 나더라노, 나들 먹고 살기가 우선 급하니까요. 하긴, 아무리 전쟁 중이라지만, 시골 장터 사람들한테 군인들이, 어느 쪽 군인들이든 간에, 총을 쏠 리도 없지요. 그런데, 이 어두운 저녁에 어디로 그렇게 총총 기시는지요? 이 여름에 옷은 왜 또 그렇게 새까맣게만 입으시고?"

"옥수수를 좀 삶았는데, 현숙이한테 갖다주려고! 그 애가 동생들

하고 뭘 먹고 지내는지도 궁금하고……"

"그러게 말입니다. 저도 어제 먹을 것을 조금 갖다주려고 잠시 완귀정에 들렀는데, 동생들을 아예 굶기는 것 같지는 않았어요. 마침 여름철이라 과수원에서도 뭔가 먹을 것이 조금 나는 모양이더라고요. 이 전쟁 통에 처녀 가장 노릇이 쉽지 않을 터인데…… 그러나저러나, 대전 아제가 부디 어디선가 온전히 살아는 계셔야 할 텐데…… 우리 문중의 기둥이신데다가 법 없이도 사실 분인데, 세상이 어찌 이리 돌아가는지 도무지 앞뒤 분별이 되지 않네요. 참, 봉덕 아저씨도 안녕하시지요?"

"그래, 덕분에 잘 있다. 그 사람도 전시에 무슨 일이 그리 많은지 한밤중에야 녹초가 되어서 집에 들어온다!"하고 금자가 대답했다.

그들은 호계천의 징검다리 앞에 도달했다.

"그 보따리 이리 주시지요. 제가 들어 드릴 테니, 그냥 다리나 건너세요!"

"아니! 그냥 들고 건너뛸 수 있으니, 걱정하지 말아요. 동장님도 양손에 든 짐이 만만찮은데……"

"보따리는 제가 현숙이한테 대신 전해 줘도 되겠습니다만……"

"아니, 아니다! 현숙에게 할 말도 있고 해서……"하고 금자는 깜짝 놀라서 길환의 제안을 거절하고 완귀정으로 접어드는 오르막길을 앞장서서 올라갔다.

금자가 길환과 헤어져 완귀정 안으로 들어서니, 행랑채 부엌에서 설거지하던 현숙이 반가이 그녀를 맞이하였다.

"삼거리 아지메네요! 바쁘실 텐데 또 와 주셨군요! 고맙습니다."

"너희들 먹이려고 옥수수를 조금 삶아 왔다. 어서 방으로 들어가자!"

삼 형제가 인사를 하는 둥 마는 둥 하고는 정신없이 옥수수를 먹고 있는 동안 금자는 현숙의 손을 꼭 잡아주며 말했다. "아버지 소식 아직 없제?"

"없네요. 어디선가 살아만 계셨으면 좋겠어요!"하고 현숙은 금방 눈물을 글썽거렸다.

"걱정하지 마라. 꼭 살아서 돌아오실 것이다!"하고 금자는 '꼭 살아서'에 힘을 주어 말함으로써 현숙을 안심시켰다. 이윽고 위민과 화민은 공부하겠다면서 옆방으로 건너갔고, 어린 동민이 금자의 보퉁이에 눈을 돌리며 무엇이 더 들어있는지 궁금해하는 듯했다.

"동민이 너 여기 이 보퉁이에 남은 것이 무엇인지 궁금한 모양이구나!"하고 금자가 동민의 머리를 쓰다듬어 주면서 말했다. 그녀는 아직 아이가 없었지만, 동민이 자기 자식처럼 귀하게 생각되었다. "하지만, 먹을 건 아니란다. 누나하고 얘기할 게 있어서 그러니, 동민이도 이제 형들 있는 데로 그만 건너가 볼래?"

동민이 미닫이문을 살그머니 열고 닫으면서 옆방으로 건너가자, 현숙이 다소곳하게 고쳐 앉으며 금자를 그윽이 쳐다보았다. 무슨 하실 말씀이라도 있으시면 듣겠다는 자세였지만, 금자는 그만 더는 할 말이 없어서 천정을 쳐다보면서 혼잣말처럼 중얼거렸다. "이 시련이 언제 끝이 날꼬?"

"삼거리 아지메, 저는 부디 아버지만 무사하셨으면 좋겠어요!"하고 현숙이 말했다. "저는 돌아가신 어머니께 매일 빌어요. 제발 아버지를 살려달라고!"

"그래! 내 이미니가 빈드시 보호헤 주실 게디!"하고 금자가 말했다. "너희 4남매를 두고 차마 누이 안 감겠을 텐데, 저세상에 가서도 네 아버지는 꼭 살려 주실 것이다. 아무 염려 말아라!"

이렇게 금자는 현숙을 달래면서 시간을 보내다가 밤이 깊어지자 삼거리로 돌아간다며 완귀정 행랑채를 나왔다. 배웅을 해 주겠다며 뒤따라 나오는 현숙을 한사코 말려 그냥 방으로 다시 들어가게 해놓고는 징검다리로 내려가는 척하다가 근처에 아무도 없음을 확인하고는 재빨리 정자를 향해 다시 올라왔다. 그러고는 '비밀의 방'으로 들어가는 입구인 정자 마루 밑 바로 앞에 쪼그리고 앉았다. 그리고는 보퉁이를 마루 밑으로 살그머니 밀어 넣었다. 잠시 후에 보퉁이 뒤에서 조심스러운 인기척이 났다.

"아이들은 잘 있어요! 봉덕 씨의 말로는 아직 위험하대요. 좀 더 고생해야겠어요. 사흘 뒤에 또 올게요!"하고 금자는 그동안 생각해 두었던 말을 순식간에 늘어놓았다. 그러고 나서 황급히 그곳을 떠났다.

떠나오면서 뒤를 돌아보니, 마루 밑에 밀어 넣어두었던 검은 보퉁이가 안으로 조금씩 끌려 들어가고 있었다. 그것을 확인한 금자는 안도의 숨을 쉴 겨를도 없이 황급히 걸음을 옮겼다. 징검다리를 건너 변전소 골목으로 올라와서야 비로소 금자는 자신의 숨이 턱에까지 올라와 있음을 알았다.

'아무도 알아서는 안 돼! 병규 오빠가 안전하려면! 오빠, 부디 잘 견뎌요. 아이들을 봐서라도 반드시 살아야 해요!'하고 금자는 속으로 말했다. 결혼을 하고도 달리 마음이 쓰이는 사람, 오빠인지 애인인지 피붙이인지 남남인지 금자는 병규에 대한 자신의 마음을 정말 자기 자신도 알 수 없었다. 그녀는 병규 오빠가 이번에 다시 목숨을 보전할 수만 있다면, 자신은 깨끗이 병규 오빠를 잊을 수 있다고 마음속으로 벌써 몇 번이나 다짐하고 있었다.

그녀가 삼거리 집에 도착하니 봉덕이 집에 들어와, 어머니가 차려준 밥상 앞에 앉아 있었다.

"그 집 아이들은 잘 있던가?"하고 봉덕이 식사를 하면서 물었다.

"예. 현숙이가 착해서 애들 걱정은 크게 안 해도 되겠어요. 얘들을 달래고 위로해 주다 보니 좀 늦었어요"하고 금자가 대답했다. 그녀는 현숙에게도, 어머니에게도, 남편에게도 자신의 속을 털어놓지 못하고 끊임없이 둘러대어야 하는 자신이 무척 괴로웠다. 하지만 이 모두가 병규 오빠를 살리기 위해서 꼭 지켜야 할 일이었다. 그러나, 언제까지나 이렇게 살아가야 할지 그녀로서는 하루하루가 몹시 견디기 어려웠고 초조하였다.

 * 이 글을 아직 여기까지밖에 못 읽은 것은 그사이에 출판사에 급한 일이 하나 끼어들었기 때문이었다. 적어도 여기까지는 안 교수님이 소설의 형식과 내용을 비교적 잘 지키고 있는 듯해서, 나는 글 자체를 읽는 데에 그쳤다. 앞으로도 이 이야기가 계속 이런 식으로만 전개되어 부디 나의 개입이 전혀 필요 없기를 바랄 뿐이다. 하지만, 이 '메모리 스틱(USB)' 외에도 여러 문서와 자료들이 첨부된 것을 보면, 끝까지 이렇게 무난하게 가기는 아마도 어려울 듯하다.

3. 빨갛지 않은 빨갱이

1

전쟁 통이라 대구에서 학교에 다니던 위민도 집에 내려와 있었다. 위민은 아침을 먹고 나자 금방 건넌방으로 들어가 소리 내어 영어책을 읽고 있었고, 연이어서 화민이 영어책 읽는 형의 흉내를 낸다고 장난으로 뭔가 웅얼거리는 소리도 함께 들려왔다.

멀리 영천읍 쪽에서 포성과 총소리 같은 것이 간간이 들려오고 있기는 했지만, 마을 전체는 이상하게도 조용했다. 여름날의 태양은 아침부터 뜨겁게 내리쪼이고 있었다. 동장인 양동댁 길환 오빠와 삼거리 금자 아지메가 이따금 먹을 것을 조금씩 갖다주곤 해서 동생들을 간신히 거두어 먹이고는 있었다. 그렇지만, 현숙은 동강포의 과수원으로 내려가서 과수 사이에 자라고 있는 옥수수나 감자, 오이, 가지, 파 같은 것을 좀 거두어 와야겠다고 생각했다. 그래서, 큰 광주리 하나를 들고 완귀정을 막 나서는데, 향나무 근처에서 친구들과 놀고 있던 동민이 쪼르르 따라나서며 말했다.

"누나, 과수원 가는 길이지? 나도 같이 갈래."

"그래? 그럼 같이 가자! 누나를 좀 도와줘야 한다?"

"그럼! 이 동민은 늘 누나를 돕는 충직한 기사지!"

동민은 어디선가 '기사'란 말을 얻어듣고 그 단어를 써먹는 것이 자랑스러운지 현숙의 손에서 광주리를 덥석 받아 들었다. 일곱 살 동민의 키가 광주리의 지름보다야 컸지만, 광주리를 들고 이리저리 흔들며 장난을 치는 동민이 아무래도 광주리의 부피에 힘이 좀 부치는 듯했다.

이윽고 그들 남매는 과수원에 도착했다. 현숙이 옥수수를 따기 시작하면서, 동민에게 말했다. "감자를 캐어야 하니 헛간에서 호미를 좀 갖고 와 주렴!"

호미를 가지러 갔던 동민이 좀처럼 돌아오지 않자, 현숙이 동민을 부르며 마당 안으로 들어섰을 때였다. 갑자기 한 병사가 현숙을 향해 총을 겨누며 꼼짝 말고 서라고 했다. 현숙이 소스라쳐 놀라 마당 한복판에 우뚝 멈춰 서면서 흘낏 보았더니 그것은 말로만 듣던 인민군의 따발총이 틀림없었다. 짧은 총신에 둥그런 탄창이 달려 있기 때문이었다.

"정말 너희 둘뿐이냐?"하고 그 병사가 마루 위에 앉아서 총을 겨눈 채 물었다. 동민은 마루 앞 축담 위에 선 채로 그 병사의 왼팔에 꽉 붙잡혀 있었다.

"예, 저와 제 남동생뿐입니다. 먹을 것을 가지러 밭에 왔습니다"하고 현숙이 침착하게 대답했다.

그때에서야 병사는 따발총을 내려놓고 동민을 붙잡았던 손도 내려놓았다. 현숙이 찬찬히 살펴보았더니, 병사는 한쪽 다리를 다친 듯했다.

"배가 고프니 먹을 것을 좀 주시오!"하고 병사가 말했다. 현숙이 부엌에서 옥수수를 삶고 있는 동안, 병사가 동민에게 물었다.

"너 몇 살이니?"

"일곱 살입니다."

"학교 다니니?"

"예, 영천국민학교 1학년입니다."

"부모님은?"

"어머니는 돌아가시고, 아버지는 어디 피신 가셨습니다."

"피신?"

"예, 피신 가셨다는데, 저는 잘 모르고, 집에 안 들어오신 지가 벌써 오래예요. 누나가 형들과 저를 돌봐주고 있어요. 그런데, 이게 따발총이에요?"

"응, 따발총을 처음 보니?"

"예. 따발총이 있다는 말은 들었지만, 보기는 처음이에요. 그런데, 뭐 한 가지 물어봐도 돼요? 아저씨는 왜 빨갛지 않지요? 어른들이 빨갱이라 그랬기 때문에 저는 인민군 아저씨는 다 빨간 것으로 생각했거든요."

"아, 그래? 사람이 빨간 게 아니라……"

"다 같은 사람, 그냥 보통 우리나라 사람이잖아요. 그게 참 신기해요!"

"그래, 그냥 보통 사람이지. 나는 원산 사람인데, 그냥 어쩌다가 인민군이 된 것뿐이야."

병사와 동민은 금방 친해져서 여러 말을 주고받고 있는데, 현숙이 옥수수를 삶아 왔기 때문에 둘은 그것을 함께 나누어 먹었다. 식사가 끝나자 현숙은 장독대에서 된장을 조금 가져와 병사의 상처에 발라주고, 어머니의 장롱에서 천을 조금 끊어다가 병사의 상처를 동여매어 주었다.

"여기 이렇게 오래 계시면 위험하실 텐데……"하고 현숙이 말했다. 이때 현숙은 지프차를 타고 과수원에 왔던 그 장교를 연상했다. 그러고는 그 장교와 이 병사가 서로 적이라는 사실에 생각이 미치자 스스로 소스라쳐 놀랐다.

"나하고 함께 척후병으로 왔던 내 동무가 오늘 밤에 이리로 날데리러 오기로 했소. 내 걱정은 마시오. 마을에 가면 날 봤다는 말을 절대 해서는 안 되오. 꼬마야, 너도 말조심해!"하고 병사가 말했다.

"그 정도는 나도 알아요. 걱정하지 마세요. 그리고 목이 마르거든, 사과나무 밑에 떨어진 낙과를 주워서 마음대로 드세요." 동민이 사과를 드시라는 인심까지 쓰는 말을 하자 병사는 빙그레 웃으며 동민의 머리를 쓰다듬어 주었다.

"나도 고향에 너 같은 동생이 있어. 참 똑똑하구나! 공부 잘하고 누나 말 잘 들어라!"

현숙은 남은 옥수수와 몇 개의 낙과와 과도, 그리고 냉수 한 사발을 큰 쟁반에 담아 병사가 누워있는 마루 위에 놓아준 다음, 병사를 보고 "부디 무사히 원대 복귀하시기 바랍니다!"라고 말했다. 그러고는, 동민을 데리고 도동 마을의 정자로 올라왔다.

그날 저녁, 동민은 완귀정 앞 향나무 주위에서 동네 친구들에게 자랑스럽게 말했다.

"너희들, 빨갱이가 빨간 줄 알면 큰 오산이야! 빨갱이도 보통 우리나라 사람이야!"

"너 그걸 어떻게 알아? 그게 정말이야?"하고 호기심이 발동한 또래의 아이들이 물었지만, 동민은 그 대답은 해 주지 않고, 자꾸만 '빨갱이가 빨갛지 않다!'라는 수수께끼 같은 소리만 혼자 되풀이해서 말하고 있었다.

* 안 교수님의 어린 시절이 나오기 시작하니, 왠지 조금 친근감이 들기는 한다. 솔직히 말해서, 지금도 나는 안 교수님에 대해 다소 삐딱한 비판안을 버리지 못하고 있다. 그가 뭐 내 비판을 받아야 할 분은 아니지만, 어떤 점에서는 그를 만났기 때문에, 내 인생행로가 온통 뒤틀리고 꼬였다. 흔히들 애증(愛憎)이 교차한다고 말하는데, 안 교수님과 나의 관계란 것이 바로 이런 양면 감정을 자아내는 악연이 아닐까 싶다.

2

바로 그날 밤이었다. 한밤중에 현숙과 그녀의 동생들은 정자 마루를 짓밟는 구둣발 소리와 남자들의 조심스러운 말소리에 놀라 잠을 깨지 않으면 안 되었다. 4남매가 무서워서 벌벌 떨며 한 방에 모여 앉아 숨을 죽이고 있는데, "현숙이 있나?"하고 동장 길환 오빠의 목소리와 함께 완귀정 행랑채 대문 두드리는 소리가 났다.

"예!"하고 현숙은 길환 오빠의 목소리를 들은 것만도 무척 다행이다 싶어서 반갑게 문을 열었다.

"현숙이 너 좀 나와서 여기 이 쌀로 밥 좀 지어 줘야겠다. 나는 가마솥에다 국을 끓일 테니……"하고 길환이 조용조용히 말했는데, 현숙이 정자 마루 쪽을 힐끗 건너다보니, 낮에 보았던 그 인민군 병사와 꼭 같은 복장을 하고 따발총을 든 인민군 7~8명이 마루 위에 정렬해서 앉아 있었고, 그중 장교인 듯한 사람 하나가 병사들에게 무엇인가 주의를 주고 있었다. 이윽고 길환 오빠의 부인 옻골 아지메가 채전에서 뽑은 파 여러 단과 양념 통 등을 머리에 이고 완귀정으로 왔고, 길환 오빠의 동생인 정환 오빠가 이 밤중에 어디서 났는지 양손에 각각 큰 닭 두 마리씩을 움켜쥐고 나타났다.

"우리 인민군은 해방지역의 인민들에게 절대로 폐를 끼치지 않습니다. 그리고 인민의 재산을 절대 함부로 빼앗지 않습니다. 오늘 우리가 얻어먹은 것은 후일 반드시 갚아 드릴 테니 아무 걱정하지 마십시오!"하고 장교가 가마솥에 물을 붓고 국 끓일 준비를 하는 길환에게 다가와서는 자못 공손한 어투로 말했다. 그러고는 정자 마루 위에 앉아 있던 병사 중 몇 명을 차출하여 음식 마련하는 일을 돕도록 했다.

인민군들이 식사를 끝낸 다음, 설거지하는 것까지 도와준 뒤에 채약산 방향으로 사라진 것은 새벽 3시쯤이었다. 현숙이 놀란 가슴을 쓸어안고 잠깐 눈을 붙인 것 같았는데, 갑자기 대문을 뒤흔드는 소리에 놀라 잠을 깨니 벌써 아침 해가 동녘 하늘에 높이 솟아 있었다. 대문을 열어보니, 삼거리의 장봉덕 아저씨와 영천경찰서의 경찰관들이었다.

"간밤에 인민군들이 다녀갔지?"하고 모자에 금테를 두른 경찰관이 무서운 얼굴로 물었다. "인민군에게 밥을 해 준 사람이 누군지 말해라!"

"밤중에 와서 총을 들이대는 바람에 하는 수 없어서 한 일입니다"하고 현숙이 말했다.

"너 혼자? 누군가 분명 쌀과 부식을 제공한 사람이 있을 것이다. 누구냐? 말해라! 말하지 않으면 너도 경찰서로 가야 한다!"

"저는 그저 부엌일을 도와준 것뿐입니다. 일은 모두 인민군 병사들이 했습니다."

"이것 봐라! 안 되겠다. 이 처녀를 서(署)로 연행하고, 다른 마을 사람들을 문초해 보도록!"

"예!"하고 경찰관들이 나서서 현숙을 붙잡아 트럭에 태우려 하자, 위민과 화민, 그리고 동민까지도 울음을 터뜨리며 누나를 붙들고 늘어졌다.

이때였다. 도동 서당의 담 너머로 이 광경을 다 엿보고 있었던 모양으로 길환이 완귀정 안으로 들어서면서 말했다. "철없는 아이들 건드릴 것 없습니다. 밤중에 인민군들이 따발총으로 협박을 하며 밥을 지어 달라길래 내가 식구들을 동원해서 그들을 먹여 보낸 것뿐이외다. 죄가 있다면, 내가 받을 테니, 아이들은 그냥 두십시오."

"그래?! 자네 이름이 뭔가?"

"이 마을 동장으로 안길한이라고 합니다."

"뭐라고? 동장이 그런 짓을 하다니! 이 자를 서(署)로 연행하라!

처녀는 그냥 두고! 인민군에게 밥을 해 주든가 무슨 일이든 그들을 도울 경우, 엄벌을 받게 된다는 것을 마을의 다른 사람들에게도 소상히 알리도록 하라!"

경찰관들은 안길환을 데리고 영천읍으로 되돌아가고, 장봉덕 순경 아저씨만 혼자 남아서 현숙에게, 그리고 완귀정으로 모여든 마을 사람들에게 어젯밤에 있던 일을 자세하게 캐묻고 무엇인가 수첩에 적곤 했다. 길환 오빠의 부인 옻골 아지메와 정환 오빠가 장봉덕에게 다가와서 길환이 어떤 벌을 받게 되겠느냐고 물었다. 장봉덕은 미안하고 난감한 표정으로 말했다. "난들 어찌 알겠소? 이것 참 큰일이오. 따발총을 들이대고 밥을 해 달라니, 밤에는 인민군의 말을 들어야 하고, 날이 새면 또 우리 경찰이 찾아오니, 이런 난리 통에 누군들 죄 없이 살아남을 사람이 있겠소?"

"아, 그렇지요, 삼거리 양반? 경찰서에 들어가시거든, 부디 우리 동장님 풀려나도록 좋은 말 좀 해 주소. 법 없이도 살 사람입니더!" 하고 옻골 아지메가 눈물이 글썽하고 목이 멘 채 말했다.

"아, 저야 뭐, 여부가 있겠습니까? 걱정하지 마십시오! 서장님께 잘 말씀드려 보겠습니다"하고 봉덕이 말했다. 그러고는, 아직도 동생들을 거느리고 어른들 틈에 섞여 서 있는 현숙을 보고 말했다. "아, 많이 놀랐지? 아버지도 안 계시는 중에 동생들 챙겨 먹이느라고 너 참 고생이 많다. 동강포에 있어도 외딴집이라 위험하고, 완귀정에 피난을 와도 또 인민군들 등쌀에 이 고생이지!"

"저는 괜찮습니다. 금자 아지메가 많이 도와주셔서 항상 감사하게 생각하고 있습니다!"하고 현숙이 말했다. "삼거리 아제, 혹시 우리 아버지 소식 듣거든, 좀 알려주시기 바랍니다."

"그래, 알았다. 어디 잘 숨어 지내시는 듯한데, 무슨 큰일이야 있을라고!"하고 장봉덕 아저씨가 말했다. 그러고는, 마을 사람들에게 여러 가지 사항을 더 물어보더니, 인민군에게 절대로 밥을 해 줘서는 안 된다는 말만 되풀이하고는 경찰서로 되돌아갔다.

하지만, 인민군은 그날 밤에도 또 도동 마을에 왔다. 자정이 조금 지난 시점에 이번에는 윗마을 현풍댁에 들이닥쳤다. 현풍 아제는 현숙의 아버지 병규와 항렬이 같고 나이도 비슷해서 평소 절친하게 지내는 사이인데, 기와집에다 문전에는 제법 큰 채전이 있어서 인민군들의 표적이 된 듯했다. 날이 새자 영락없이 또 경찰관들이 들이닥쳐서 현풍 아제를 연행해 갔다는 소문이 마을에 나돌았다. 이번에도 장봉덕 순경이 더욱더 상세한 조사를 하기 위해 마을에 잠시 남았는데, 길환 오빠의 부인 옻골 아지메가 남편의 상태를 물어보았지만, 장 순경의 얼굴이 더욱 어두워졌을 뿐, 속 시원한 대답을 들을 수는 없었다.

어떤 날에는 그 인민군 분대가 이웃 마을 봉동에 나타났다는 소문이 나돌기도 했다. 아무튼, 그 인민군 분대가 나타나 식사를 구걸하고 갈 때마다 그 이튿날 아침에는 어떻게 알았는지 어김없이 경찰관들이 들이닥쳐서 사람을 한둘씩 영천경찰서로 연행해 갔다. 아낙네들이 영천경찰서 앞을 배회하며 연행되어 유치장에 갇힌 남편들을 면회하고자 애를 태웠지만, 경찰서의 그 누구도 그들의 딱한 사정을 한 번이라도 귀담아 들어주려 하지 않았다.

한때 영천읍까지 내어주어야 했던 국군이 간신히 영천읍을 다시 탈환했다는 소문이 나돌았다. 주간에는 야산에 숨어 있다가 한밤중이 되어서야 도동 마을이나 인근 마을에 출몰하던 그 인민군 분대도 청송 쪽으로 철수를 했는지 벌써 일주일째 나타나지 않고 있었다.

그런 중에 하양의 조영섭 선생이 별세하셨다는 소식을 갖고 온 것은 남편 장봉덕이었다. 그러나, 정작 금자의 정신을 번쩍 들게 만든 것은 남편의 그다음 말이었다. "당신 하양으로 문상 가야 하지 않나? 전쟁 중이긴 하지만, 아마도 설하순 의원도 문상을 올 것 같아. 여당 국회의원이니까 좌익이라는 의심을 받을 소지도 전혀 없을 테니까 말이야!"

"무슨 말이에요? 여당 국회의원이면 좌익 혐의는 받지 않나요?"

"그야 물론이지! 혐의를 받지 않는 것은 물론이고, 좌익 혐의를 받는 죄인까지도 구출해 줄 수 있을 걸, 아마도!"

"경산 지역구 의원이 영천 사람도 구해 줄 수 있나요?"

"그게 뭐 그리 큰 문제가 되겠어? 여당 국회의원이면 그 권세가 나는 새도 떨어뜨릴 수 있는 세상인데!"

이 말에 금자는 남편에게 날이 새는 대로 내일 아침에 당장 하양으로 조 선생님 문상을 가겠다고 말했다. 한참 생각에 잠겨 있는 듯하던 봉덕이 말했다.

"이 전쟁 중에 당신 혹시 병규 구명운동 하러 하양 가려는 것 아닌가? 하긴, 인민군이 금호나 하양까지 들어가지는 못했으니, 당신이 오가는 길은 안전할 거야."

"설하순을 만나서 병규 오빠를 구해달라고 부탁하고 싶어요. 따지고 보면, 가만히 있는 병규 오빠한테 무슨 인민위원회 부위원장을 맡으라고 부추긴 것도 그 양반 아니었던가요? 병규 오빠가 이 지경까지 이른 것이 다 설하순 때문이지요. 나도 조 선생님한테 배운 제자이니, 어차피 문상은 가야 되고……"

금자의 말에 어떤 결기 같은 것이 들어있음을 느낀 봉덕이 말했다.

"조심해서 잘 다녀오구려! 설의원이 정말 나타날지 확언할 순

없어요. 좌익에 가깝다고 의심을 받아오던 조 선생님 댁을 조문하기가 좀 꺼려지기는 하겠지. 하지만, 노회한 정치인이니까 조씨 상가에는 꼭 나타날 거야. 경산 지역구 국회의원이 경산군 하양면의 창녕 조씨 일가 표를 무시할 수는 없을 테니까 말이야!"

오후에 완귀정 행랑방으로 찾아오신 금자 아지메가 오늘 밤중에 아버지가 오실 거라고 하셨다. 현숙은 기쁜 중에도 오후 내내 눈코 뜰 새 없이 바빴다. 금자 아지메가 일러주신 대로 현숙은 동강포 집에 들러 아버지가 내일 입고 출타하실 두루마기 등을 가져다가 깨끗이 손질해 놓았고, 집에 들어오시면 금방 더운 진지를 해 드리기 위해 쌀도 미리 씻어 놓았으며, 우선 손발을 좀 씻으실 수 있도록 가마솥에 물도 데워 놓았다. 현숙은 너무나 기뻤던 나머지 금자 아지메가 그 소식을 어떻게 미리 아시게 되었는지 그 경위도 미처 여쭈어 보지 못했다. 저녁을 먹으면서 동생들에게 밤중에 아버지가 돌아오실 것이라고 했더니, 대뜸 동민이 눈을 반짝이면서 물었다. "삼거리 아지메는 그걸 어떻게 미리 아시지?"

"인마, 어른들은 아버지가 어디 숨어 계시는지도 다 아셨던 것 아니겠어?"하고 화민이 아는 체하면서 동민의 말을 받았다. "삼거리 아저씨는 경찰이시니까, 그런 것쯤은 다 파악하고 계셨을 거야, 아마도. 그동안 아버지의 은신처를 아시면서도 눈감아 주셨던 것이겠고……"

"그런 것 같지는 않다만……"하고 현숙은 화민에게가 아니라 혼자 히는 말처럼 중얼거렸다.

밤이 제법 깊어갔다. 옆방에서 큰소리로 영어책을 읽던 위민과 그에 질세라 국어책을 큰소리로 마주 읽어대던 화민도 이제 그만 잠든 모양이었다. 현숙의 무릎을 베고 누워 아버지가 오시는 것을 꼭 보고 나서야 자겠다던 동민도 마침내 견디지 못하고 사르르 잠들고 말았다. 현숙이 동민을 안아다가 화민의 옆자리에 누여 주고 자기 방에 돌아와 또 한참을 앉아 있는데, 드디어 대문 밖에서 인기척이 났다.

아버지인가 싶어서 현숙이 반기며 뛰어나가 보니 삼거리의 금자 아지메였다. 금자 아지메는 말없이 현숙을 이끌고 방으로 들어왔다. 그러고 나서 삼거리 집에서 가져온 닭국과 반찬 가지들을 풀어놓았다. 잠시 뒤에 완귀정 행랑채 앞에서 귀에 익은 아버지의 헛기침 소리가 들리고 연이어서 아버지가 들어오셨다. 아버지는 어디 굴 같은 데에 숨어 계셨던 것인지 남루하게 해어지고 더러워진 옷은 흙과 먼지투성이였고, 얼굴을 얼른 알아보지 못할 정도로 수염이 길게 자라 있었다.

"어디 보자! 내 딸 현숙이냐? 그동안 고생이 많았다!"하고 아버지는 현숙의 손을 꼭 잡아주셨다.

"아버지, 괜찮으셔요? 많이 피곤해 보이세요. 밥 차려 드릴게요. 세숫대야에 더운물을 담아 드릴 테니 우선 좀 씻으세요!"하고 현숙은 기쁜 나머지 눈물이 솟구쳐 그만 다시 부엌으로 나가고 말았다.

"조영섭 선생님께서 숙환으로 돌아가셨어요. 제가 문상 갔다가 설하순 의원을 만났어요. 그래서 오빠의 사정을 설명하고 도와달라고 부탁했어요"하고 금자가 말했다.

"그래?!"

"그 약은 사람이 잠시 망설이는 눈치더라고요. 그래서, 인민위원회 부위원장이고 뭐고 다 당신 머리에서 나왔던 것 아니냐고 좀 따지고 들었지요. 그가 한참 생각하더니, 내일 오전 11시에 병규 오빠를 데리고 영천경찰서로 나오라고 했어요. 내일 아침 일찍 삼거리 우리 집으로 오세요. 우리 집에서 봉덕 씨와 같이 아침 식사하고 나서 삼거리 이발소에서 수염도 좀 깎아요. 그리고, 봉덕 씨한테 자수한 형식을 취해서, 영천경찰서로 함께 가세요. 봉덕 씨의 말로는 설하순 의원이라면 죽을 사람도 살릴 수 있다 합디다!"

병규는 금자를 그윽이 쳐다보더니, "그동안 고마웠어!"하고 한마디 했다. 그러고나서 그저 무덤덤하게 언제까지나 입을 다물고 있을 태세였다. 그 순간, 금자는 '이 목석같은 사람을 살리고자 그동안 내가 그렇게도 속을 썩였나!' 싶은 생각에 왈칵 목구멍이 뜨겁게 막혀오는 것 같았다. 하지만, 사람이 크게 상하지 않은 것만도 얼마나 다행인가 싶어서, 혼자 속마음을 가다듬고 조용히 말했다. "오빠, 우선 손발이나 좀 씻으세요. 현숙이 물을 데워 방에 들여놓았네요."

3

어수선한 전쟁 중에도 찌는 듯한 더위가 계속되었다. 9월에 접어들자 언제 그렇게 더웠더냐는 듯이 아침저녁으로 선선한 바람이 불기 시작했다. 9월도 하순에 접어들자 맥아더 원수의 지휘 아래 미군이 인천상륙작전에 성공했다는 소식이 들리고 각 전선에서 인민군은 패색이 짙어져 가는 모양이었다.

병규는 완귀정 행랑채에서 다시 동강포 과수원집으로 돌아와 있었다. 홍옥(紅玉)이 붉고 탐스럽게 익어가고 있는 과수원 안에 서서 높아가는 가을 하늘을 이따금 쳐다보는 병규에게는 지난 몇 날 동안의 수난의 세월이 그저 아득한 과거사로만 여겨졌다. 하지만, 그는 옛일을 두고 오래 생각에 잠길 여유가 없었다. 당장 그에게는 과실

을 따서 선과(選果) 작업을 하고 나무 상자에 담아 영천군 능금조합
에 내다 파는 일이 시급했다. 현숙이 인근 마을에서 모집한 처녀 일
꾼들을 지휘해서 홍옥(紅玉) 따는 일을 잘 맡아 하고 있었다. 위민은
다시 대구로 나가 학교에 다니고 있었고, 화민도 대구의 K중학에 다
니고 있었다. 동민은 읍내의 국민학교에 가고 집에 없었다.

병규의 나이가 이제 지천명(知天命)이라는 50이 넘었다. 함께 소
학교에 다니던 친구들은 그동안에 의사가 되고 영관급 장교도 되었
으며 대학교수도 되었다. 도창 학교에서 함께 공부한 친구 중에는
국회의원까지 나와서 새 나라의 역군으로서 큰일을 하고 있었다. 그
런데, 향리에 남은 병규 자신은 뜻밖에도 사상범으로 몰려 두 번이
나 고초를 겪은 끝에 지금은 영락없는 촌부로 전락해 버린 꼴이었
다.

"이 사람은 법 없이도 살 사람입니다. 도동 마을의 옛 선비 완귀
공의 후손으로서, 향리의 신망이 두터울 뿐만 아니라 일제 강점기에
도창 학교에서 나와 함께 공부한 동창생인데, 좌익인사 혐의란 것이
천부당만부당하오. 이 설하순이 국회의원의 명예를 걸고 책임질 테
니, 내 친구를 당장 풀어주시오!" ― 설하순 의원의 이런 말로 병규
는 쫓기는 신세를 면하게 되었다. 그리고 보도연맹원이라는 경찰서
의 기록도 차제에 말소 처분되었다. 옆에 임석했던 장봉덕 순경이 원
래 권유자가 자기 자신이었다며 설의원에게 고백함으로써, 즉석에
서 경찰서장의 기록 말소 명령까지 얻어내었다. 또한, 병규는 그 와
중에도, 이적행위를 했다는 이유로 영천군 농협창고에 갇혀 있다는
길환과 현풍 형님을 좀 빼내어 달라고 설하순 의원에게 간청했다. 서
장실을 일단 나왔던 설하순이 다시 서장실로 되들어가 안길환과 안
병준도 아울러 석방해 줬으면 좋겠다는 부탁을 추가로 해 주었다.

병규는 설하순이 자기 때문에 영천까지 일부러 어려운 걸음을 하여 자기 혐의를 풀어주고 결과적으로 길환과 현풍 형님까지 풀려나게 도와준 것이 참으로 고마웠다. 하지만 다시 생각해 보면 병규로서는 마냥 고마워하고 있을 수만도 없는 어떤 괴로운 자괴감이 들기도 했다. 그러나 어쩌랴. 그에게는 자식들이라도 남부럽지 않게 잘 키워서 이 서러운 한을 푸는 수밖에 다른 길이 없었다. 내일 영천 '능금조합'에 사과를 내다 팔면, 그 길로 대구로 가서 큰집 당숙모님한테 인사를 드리고, 이런 어수선한 전시에 위민과 화민을 맡아 숙식을 돌보아 주신 경비도 좀 갚아드릴 요량이었다. 병규는 이렇게 향리에서 농사를 지어 자식을 남과 같이 공부시키는 것이 그래도 그 자신에게 부여된 작은 소명이 아니겠는가 싶었다.

일을 하는 중에도 병규가 이렇게 이 생각 저 생각에 잠겨 있는데, 갑자기 지프차 한 대가 과수원 안으로 쑥 들어오더니 마당 입구에 우뚝 멈춰 서는 것이었다. 병규가 깜짝 놀라 머뭇거리다가 갑자기 어디 또 피할 데도 없었기 때문에, 하는 수 없이 마당 쪽으로 천천히 걸어 나갔다. 어떤 청년 장교 하나가 지프차 운전석에서 홀쩍 뛰어내리더니 병규에게 공손히 거수경례를 했다.

"뉘신지?"

"저는 영천읍에 주둔하고 있는 제xxx 헌병대 소속 정흥원(鄭興遠) 소위입니다. 달포 전에 어르신을 연행해 오라는 상관의 지시를 받고 밤중에 이 과수원으로 출동한 적이 있었습니다. 어르신께서 피해 계셨던 것이 결과적으로 천만다행이었습니다. 오늘은 어르신과 현숙 씨한테 그동안의 실례를 사죄드리고자 이렇게 찾아뵈었습니다."

"내 딸을 아시는기?"

"예, 알고 보니 현숙 씨가 제 고향 대전 마을의 외손이 되더이다.

제가 어릴 때 대전 마을에서, 현숙 씨 어머님을 한두 번 뵌 적도 있었습니다."

"대전 마을이라면, 전주 이씨이신가?"

"아니올시다. 저는 영일 정가이온데, 대전 마을 안쪽에 저의 일가들이 따로 몇 집 살았지요. 제 이름은 정흥원입니다."

"아, 그래요?! 누추하지만, 사랑방으로 좀 들어가세!"하고 병규는 청년 장교를 사랑방으로 들어가는 계단으로 오르도록 하고서, 자신도 모르게 현숙 쪽을 한번 힐끗 뒤돌아보았다. 현숙도 이쪽을 관심 있게 건너다보고 있는 것 같기에 병규는 손짓으로 현숙을 불러 손님이 왔으니 마실 것이라도 좀 내어오도록 하고는 청년 장교를 안내하여 사랑방에 들도록 했다.

"어르신, 절 받으십시오!"

"아, 그냥 앉으셔도 되겠는데…… 으흠, 그럼 이렇게 같이 보기로 하세나…… 자, 이제 인사도 끝났으니, 좀 편히 앉으시게!"

"네, 감사합니다. 이렇게 옥체를 보존하신 채로 뵙게 되어 참으로 반갑고 기쁩니다. 어디선가 꼭 살아계실 것 같았고 반드시 무사히 귀가하실 것으로 믿었습니다."

"허어, 조금 전의 말로는 날 잡으러 오셨다지 않았나요? 그런데, 살아 돌아온 것이 반갑다는 말은 또 무슨 말씀이신고!?"

"네, 저는 직업 군인이 아니옵고 대학에 다니다가 간부후보생으로 자원입대했습니다. 훈련 기간이 끝나자 고향 근처 부대로 배속되었는데, 하필이면 헌병대라서 그날 상관의 지시를 받고 이리로 어르신을 연행하러 왔던 것입니다. 그러다가 어르신이 이미 피신하신 뒤라 허탕을 치고 귀대했습니다. 그런데, 대전댁이란 택호(宅號)를 듣고 어딘가 짚이는 데가 있어서 어르신의 이력과 기록을 다시 한번 유심히 살피게 되었습니다. 그래서, 저 나름대로 무고하신 분이라는 확신을 얻게 되었고, 부디 무사히 그 위험천만한 기간을 잘 피해 계시기를 빌었습니다."

이때 현숙이 찬물에 미숫가루를 두 그릇 타서 소반에 받쳐 들고 사랑방 쪽마루 앞까지 다가왔다. 정흥원 소위가 자리에서 벌떡 일어나더니, 병규가 앉아 있는 사랑방 아랫목을 스쳐 지나서, 쪽마루 상공에서 소반을 받아 사랑방 안으로 들이면서 말했다. "아, 현숙 씨, 아버님께서 무사히 귀가하셔서, 참 다행입니다!"

청년 장교에게 목례만 하고 급히 돌아서서 부엌 쪽으로 달아나는 현숙의 두 귀가 빨갛게 물들어 있었다. 그 순간 병규는 오늘 정흥원 소위의 이 방문이 자신의 딸 현숙에게 심상치 않은 일이 될 것임을 직감했다.

4

정서방은 통상 주말에 집에 왔다가 월요일 아침에 대구선의 첫 기차를 타고 영천의 부대로 출근하곤 했다. 군인이라 좀 고지식하고 단순했지만, 부모님에게는 한없이 착한 효자요, 현숙에게는 믿음직스럽고 다정한 남편이었다. 시부모와 남편 외에 손아래 시누이가 둘이 있어서 정서방의 박봉으로는 여섯 식구의 살림살이가 늘 좀 쪼들리는 편이었다. 바깥 시어른은 비록 더는 직장에 나가시지는 않지만, 그래도 매일 신사복을 단정히 차려입으시고 출근하듯 기원이나 노인정 같은 곳에 나가셔서 친구들을 만나고 소일을 하시되 절제된 교제의 분수를 지킬 줄 아시는 분이었다. 가정교육을 잘 받은 듯한 두 시누이는 현숙을 늘 진심으로 공손히 대하였고, 언제든 새언니를 도울 마음의 준비가 되어 있었다.

하지만, 가장 마음에 드는, 어쩌면 남편보다도 더 현숙을 사랑해 주는 시집 식구는 뜻밖에도 시어머니였다. 이분은 현숙을 친딸을 대하듯 사랑으로 대해 주셨다. 현숙이 대구 시집에 처음 들어가서 며칠 안 되었을 때였다. 안 시어른이 제일 먼저 해 준 일은 상당의 옷감을 동네 바느질하는 여인에게 맡겨서 현숙의 치마저고리 두 벌을 해 준 것이었다. 홀로 된 아버지를 봉양하다가 친정어머니 없이 시집온 며느리가 신혼 며칠 뒤에 갈아입을 옷이 마땅하지 않음을 눈치 챈 시어머니의 첫 배려였는데, 현숙이 부끄러워 머뭇거리다가 감사하다는 말씀을 드리자, 시어머니가 말했다.

"아가, 이제부터는 내가 네 어머니이니라. 우리 집에 시집와서도 가난이야 갑자기 면하기 어렵겠다만, 내 너를 내 두 딸과 똑같이 대할 것이니라. 너도 나를 어머니로 생각하면 틀림이 없을 것이다."

"예, 그렇게 하겠습니다, 어머님! 감사합니다." 이렇게 말하면서 현숙은 뜨거운 눈물을 참지 못하고 그만 주르륵 흘리고 말았다. "죄송합니다, 어머님! 너무 기쁘고 감사해서 저도 모르게 그만 눈물이 흘러내리네요."

"괜찮다! 내 앞에서는 실컷 울어도 된다. 나도 친정이 가난해서 많은 고생을 한 여자다. 그리고 자손이 귀한 집에 시집와서 아들을 하나밖에 낳지 못하여 속을 많이 태웠느니라. 아가야, 너는 부디 아들을 둘만 낳아 자손 귀한 이 집의 한을 풀어주었으면 한다. 이것이 5대 독자이신 네 시어른의 간절한 소원이기도 하니, 인력으로 되는 일은 아니겠다만, 꼭 유념하도록 해라!"

시어머니는 마음이 한결같고 무엇보다도 배려가 깊으신 분이었다. 현숙이 일찍이 도동 서당에 다니며 '역지사지(易地思之)'라는 사자성어를 배웠지만, 그녀의 시어머니야말로 상대방의 형편을 금방 꿰뚫어 보고 그것을 자기의 상황으로 바꾸어 이해한 다음, 상대방이 원할 법한 대로 따뜻한 배려와 실행을 보여주는 분이었다.

현숙은 시집와서도 가난한 형편을 당장 면치는 못했지만, 그녀에게는 가난이 이미 숙명처럼 되어 있어서 가난한 살림이 그리 어렵지 않았다. 정말 그녀는 가난해도 행복했다. 그래서 그녀는 지하에 계신 친정어머니께 늘 감사드리며 기도하곤 했다 — '어머니, 저에게 좋은 남편과 좋은 시집 식구들을 만나게 해 주셔서 감사합니다. 비록 많이 배우지는 못했으나, 어머니의 딸로서 남부끄럽지 않게 처신하면서 성실하게 살아가겠습니다. 제가 가난 속에서도 늘 성실할 수 있도록 인도해 주시기 바랍니다. 자손 귀한 집에 시집왔으니, 아들 형제를 점지해 주실 것도 아울러 비옵니다. 그리고 친정의 아버님도 늘 건강하시도록 도와주시고, 사랑하는 남동생들도 부디 무탈하게 장성하여, 훌륭한 인물들로 커나가도록 보살펴주소서!'

5

요즘 들어 병규가 자주 삼거리 주막집 나무 의자에 앉아 혼자 막걸리를 마시고 있는 장면이 목격되곤 했다.

금자가 부엌을 드나들거나 빨래를 널기 위해 자기 집 마당에만 나와도 주막집 마당의 긴 탁자와 그 앞에 늘어선 나무 걸상들이 낮은 담 너머로 훤히 다 건너다보였다. 병규가 거기에 홀로 앉아 술을 마시고 있으면 금자는 괜히 마음이 쓰이어 하릴없이 부엌이나 마당을 자주 들락거리게 되었다.

남정네들만 드나드는 주막이라 금자가 병규의 술 상대를 해 주기 위해 주막으로 건너가는 것은 꽤 꺼려지는 일이었다. 하지만, 하루는 병규가 하도 오래 혼자 거기에 앉아 있길래, 금자는 주저하던 끝에 용기를 내어 주막집으로 건너가서 병규 맞은편의 걸상에 털썩 앉았다. 그러고는 말했다.

"병규 오빠, 혼자 이 무슨 청승이요? 나도 한 잔 줘 봐요!"

병규는 힐끗 금자 쪽을 건너다보더니, 자기 잔을 단숨에 죽 비운 다음, 그 잔을 금자 앞 탁자 위에 딱 소리 나게 놓고는 주전자를 들어 막걸리를 한잔 가득 부어 주었다.

"오빠, 무슨 말 좀 해 봐요!"

"응, 무슨 말을?"

"왜 그렇게 넋이 나간 사람처럼 앉아 있어요?"

"……"

"현숙이 시집보내고 나니 허전해서 그러지요?"

"아니! 딸자식은 당연히 자기 갈 데를 간 것이지! 난 괜찮아!"

"그래도 오빠 마음이 얼마나 허전할까 싶어서 내 마음이 다 아려요!"

"……"

"참, 그런데, 전번에 하양 조 선생님 문상 갔다가 그 따님 순주 씨를 만났어요. 조 선생님이 어디 충남 대전 쪽에 친구분을 두었던 인연으로 순주가 그쪽으로 시집을 갔었는데, 그동안 혼자가 되어 요즘 친정에 와 있는 모양이더라고요. 친정 부친상 중인 상주한테 혼자된 연유까지 캐물어 볼 수는 없었지만, 나도 모르게 얼핏 병규 오빠를 생각하게 되더라고요. 오빠도 처녀 적의 순주 씨를 만나본 적은 있지요?"

"응, 조 선생님 옷가지를 바꿔드리려고 몇 번 도동 서당으로 온

적이 있었지."

"순주 씨 어때요?"

"무슨 소리야?"

"속현(續絃)을 해야지, 오빠, 끝까지 이렇게 혼자 사실 거예요? 위의 두 아들은 다 컸다고 치더라도, 동민은 아직 보살펴 줄 어머니 손이 필요한데……"

"쓸데없는 소리 말고 그 술잔이나 이리 돌려다오!"

"오빠, 내 생각인데, 하양으로 한번 걸음 하시는 것이 어떻겠어요? 초상 때는 피신 중이셨으니까 사정상 장례식에 참석할 수 없었지만, 때가 지났어도 문상은 해야 하는 것 아니겠어요?"

"늦었지만, 문상은 갈 생각이다. 하지만, 부디 딴생각은 더 하지 말아라. 그렇지 않아도 심사가 복잡한 터에, 그런 생각까지 하기 싫구나. 네가 상관할 일이 아니다!"

"에그, 오빠 그 성깔 또 나왔다! 예, 아무 상관하지 않고 그저 속 끓이며 구경만 하고 있을게요!"

병규가 대취해서 동강포 집의 마당으로 들어서니 정동댁이 막 설거지를 끝냈는지 부엌에서 나오다가 병규를 맞으면서 말했다.

"아이고, 어디서 또 이리 많이 드셨는고? 저녁 식사는?"

"밥 생각 없어요. 동민은요?"

"저녁 먹고 나서 사랑채 작은방에서 공부하고 있구먼! 그런데, 집에 빨리 여자가 들어와 안방에 앉아 있어야 할 텐데…… 이 늙은 이가 언제까지나 여기 이렇게 와 있을 수는 없는 노릇이고……"

"고맙습니다. 무슨 구처를 하긴 해야 할 텐데…… 이렇게 차일피일하고만 있네요. 고맙고, 또 죄송합니다."

"아, 나야 뭐, 삼거리 딸네 집에 얹혀 지내는 것보다 이 과수원에서 이렇게 지내는 것이 가슴이 탁 트이는 것 같아서 좋다만…… 남정네라면 그래도 집에 여자가 앉아 있어야 남 보기에도 구차스럽지 않지!"

"주무세요. 저는 그만 들어갈게요."

이렇게 정동댁에게 인사를 하고 병규가 사랑방으로 들어서니, 사랑채 큰방에 미리 아버지의 이부자리를 깔아 놓고 작은방에서 공부하고 있던 막내아들 동민이 아버지께 인사를 하고 그의 취한 모습을 보더니, 조심스럽게 중간 미닫이문을 살그머니 닫아 주었다.

문득 병규의 머리에 순주의 모습이 떠올랐다. 아닌 게 아니라 좀 늦었지만, 하양으로 문상을 가기는 가야 할 참이었다. 그러나, 오늘 금자가 순주 얘기를 꺼냈기 때문에, 하양으로 문상 가기가 심리적으로 꽤 부담스럽게 되고 말았다.

그렇게 병규가 차일피일하며 문상을 미루던 중이었는데, 뜻밖에도 순주 쪽에서 과수원으로 병규를 찾아왔다. 병규가 사랑방으로 순주를 안내하고, 정동댁이 생강차 두 잔을 내어왔다. 병규는 자신이 보도연맹 가입 건으로 수배가 되고 피신해 있었기 때문에 때에 맞추어 조 선생님 문상을 하지 못한 데에 대하여 순주에게 사죄하는 말을 했다.

"저번에 문상 온 금자 언니 편에 들어서 잘 알고 있습니다. 오늘 이렇게 찾아뵌 것은 다름이 아니라, 아버님의 유품을 정리하다 보니, 병규 씨에게 제가 꼭 직접 전해 드리라는 조그만 보자기가 하나 있어서 오늘 이렇게 가져왔습니다. 실례가 될 줄 알면서도, 제가 보자기를 살짝 풀어보았더니, 무슨 서찰류인 듯한데, 그것도 다시 또 봉인이 되어 있어서, 더는 뜯어보지 못하고 지정 수취인에게 제가 직접 전해 드리러 온 것입니다. 그럼, 저는 이만 돌아가겠습니다."

순주는 병규가 미처 말릴 새도 없이, 찻잔에는 손도 대지 않은 채, 금방 자리에서 일어나서는 총총 떠나가고 말았다.

친애하는 안병규 군에게

해방 후에 내가 자네들을 한 차례 내 집으로 부른 적이 있었지?

그때 내가 자네들한테 터놓고 말을 못 했는데, 사실 그 당시 나는 여운형 선생의 밀지를 받고 건국준비위원회의 경상북도 책임을 맡기로 되어 있었다네.

그런데 우리 국민한테 주권을 넘겨주고 간신히 목숨을 부지하여 섬나라로 패주해야 할 일본인들이, 미군이 진주할 때까지, 계속 한반도 남쪽에서 행정권을 행사, 유지하라는 전승국 미국의 해괴한 명령이 떨어졌네. 그래서, 일제에 협력해 오던 경찰과 헌병이 그동안의 악행과 행패에 대해 겨레의 심판을 받기는커녕 여전히 그 더러운 권력을 행사하는 믿을 수 없는 사태가 벌어졌고, 그 뒤 여운형, 김구 선생 등이 차례로 쓰러지고 이승만 대통령이 반공 이데올로기를 앞세워 한국 정치판을 완전히 장악하는 세상이 되어 오늘에 이르렀네.

이에 나는 그만 운신할 기력을 잃고 다시 병석에 드러눕고 말았다네. 그간에 몹쓸 전연병이 돌아서 자네가 하루아침에 모친상과 상배(喪配)를 당했다는 소식을 병석에서 들었네만, 조문하지 못한 내 죄가 크니, 부디 용서하시게.

그동안 설하순 군이 경산군 국회의원에 당선되어 중앙의 정치무대에서 활약하게 된 것은 외양상으로는 참 잘된 일 같아요. 하지만, 웬 까닭인지 딱히 말하기는 어렵지만, 우리 도창 학교의 정신과 혼이 실현될 것처럼 보이질 않아. 그리고 무엇보다도 슬프고 원통한 일은 우리 도창 학교에서 함께 공부한 도내 여러 고을의 뜻있는 사람들이 좌경인사 또는 보도연맹원으로 내몰려 억울한 죽임을 당했다는 사실일세. 오호라, 참으로 슬프고 원통한 일이로다!

이제 와병 중에 내가 살날이 며칠 남지 않았음을 예감하네. 그래서, 자네에게 내가 소장하고 있던 여러 주요 문서들을 넘겨주고 싶어서 인편에 통기를 했더니, 동강포로 갔던 사람이 자네가 피신 중이라 간 곳을 모르겠다 하더군. 문서 중에는 삼일운동 당시의 대구지방 인사들이 교류한 서찰들과 당시의 중요 자료들, 내가 여운형 선생 등 여러 우국지사들한테서 받은 서신들, 그리고 안민수 선생과 함께 작성한 도창 학교 설립취지문 등이 있네. 지금 나는 자네가 살아서 내 이 편지를 읽게 되기를 천지신명께 빌면서, 부디 자네가 이 동봉한 서찰들을 잘 보관해 두었다가 나중에 후세에 전할 수 있기를 바라네.

자네는 내가 왜 하필이면 자네를 택하여 이 서찰들을 전하려 하는지 의아해할 수도 있을 것일세. 그래서 내가 평소 자네한테 품어 왔지만 따로 말해 주지는 못한 생각을 이제 글로나마 남기려 하니, 죽음을 앞둔 사람이 하는 말의 진의를 깊이 새겨 앞으로의 처신에 참고하게.

자네 안병규란 사람은 내가 보기에 순정(純正)하고 온후한 기질을 타고나 주위 사람들의 신망을 받고 살아갈 것이며, 또 주위 사람들을 돕고 잘 이끌어갈 향토의 드문 인재일세. 비록 공식적으로 내세울 만한 학벌은 없다 하겠으나, 조선조의 훌륭한 선비 완귀공의 후손으로서 전통적인 서당교육을 착실히 받았고, 도창 학교에서 잠시나마 안민수 선생과 나한테서 신교육을 받기도 하지 않았던가. 일찍이 안민수 선생과 나는 완귀공과 남명 선생의 세의(世誼)를 바탕으로 신생 공화국과 향토의 공동체를 위해 같은 뜻을 펴나가기로 굳게 맹세한 바 있는데, 그것은 경상좌도 남인의 후예와 경상우도 북인의 후예가 모처럼 단합을 이룬 아름다운 면모이기도 하지만, 일제 강점으로 인해 끊어져 버린 이 땅의 정신적 전통을 이어받은 한 줄기 맥이라고도 할 수 있네.

내 조상 남명 선생께서는 만년에 지리산 천왕봉이 올려다보이는 덕산에 들어가 사셨는데, 그때 「덕산 냇가 정자 기둥에 붙여(題德山溪亭柱)」 쓰신 속칭(俗稱) 「천석종(千石鐘)」이란 시가 후손들에게 전해져 내려오고 있다네.

청컨대, 천 섬들이 큰 종을 보시라!(請看千石鐘)
크게 치지 않으면 소리를 내지 않는다.(非大扣無聲)
그러나 이 종이 어찌 감히 지리산에 미치리오!(爭似頭流山)
그 산은 하늘이 울어도 울지 않나니!(天鳴猶不鳴)

이 시를 보면, 남명 선생께서는 경거망동(輕擧妄動)하지 않으시고, 이 세상 법도를 지리산처럼, 천석종처럼 무겁게 지켜내신 분이였나는 사실을 알 수 있을 걸세.

이 나라 선비들이 지켜온 이러한 맥의 치후에 자네 안병규가 자리하고 있단 말일세. 남명 선생께서는 제수되는 벼슬을 모두 물리치시고 일생 백면서생으로 사셨지만, 그 실천적 삶은 백 세의 귀감이 되고 있네. 자네 안병규도 비록 학벌이나 관직은 없다 하나 부디 경거망동하지 말고 향리에 안거(安居)하되 매사에 자긍심과 체통을 지키고 자손을 잘 기르시게. 지금은 비록 자타에게 다 미약하게 보일지라도, 장차 자네 문중에 광풍제월(光風霽月)이 찾아오고 큰 인물들이 속출할 것이네. 자네의 수기치인(修己治人)을 비네.

임박한 황천길을 앞둔 노인의 할 말이야 태산같이 쌓여 있지만, 몇 자 적고 나니 벌써 손이 떨리고 기가 다하여 이만 총총 줄이네.

1951년 4월 2일
조영섭

추신:

또 한 가지 부탁은 내 딸 순주 얘긴데, 이 애가 나의 병구완을 한다고 잠시 친정에 와 있던 사이에 전쟁이 터졌고, 어떻게 시집에 돌아갈 채비를 미처 차릴 겨를도 없이, 회덕의 시집 식구들이 밤에 찾아온 인민군의 강압에 못 이겨 밤참을 제공했다는 이유로 그 이튿날 아침에 경찰과 서북청년단원들에 의해 연행되어 비슷한 처지의 인근 고을 사람들과 함께 회덕의 어느 야산 골짜기에서 무참히 학살을 당했다는 소식이 인편으로 전해져 왔다네. 순주가 그동안 시집으로 가서 대강 살림을 수습하고 다시 내 집에 돌아와 머물고 있는데, 평소 순하고 무던하던 딸이 아주 신경이 날카로워졌고, 때로는 넋을 잃은 듯한 꼴을 보인다네. 병석에 누

운 채 이런 딸의 꼴을 보고 있자니, 아비로서 가슴이 찢어지는 듯
하고 속절없이 이 생각 저 생각에 잠기곤 했다네.

안군, 자네가 홀몸이 된 것을 알고서, 내 한번 해 보는 소리네
만, 혹시 자네가 순주를 재취(再娶)로 거두어 준다면, 이렇게 아무
런 구처도 못해 주고 이 세상을 떠나게 된 그 아비로서는 참으로
고마워해야 할 일이 아닐까 하고 혼자 곱씹어 생각해 보았다네.
실은 안민수 선생이 살아 계실 적에 내가 한번은 영천 도동에서
자네를 사위로 삼고 싶다는 의사를 표한 적이 있었지. 그런데 안
선생의 말이, 자네의 마음이 이미 이만이 학생에게 가 있는 듯하
다더군. 그래서 그때는 금방 내 마음을 접고 말았었지. 아무튼, 그
때 자네 결혼식의 주례를 맡았던 사람의 마지막 부탁이니, 한번
고려해 준다면 고맙겠네. 내 이런 마음을 딸한테는 전혀 입 밖에
낸 적이 없고, 또 지금 그 아이의 마음이 어떠한지 나로서는 도무
지 짐작이 가지 않는다네. 그저 이 세상과 하직하는 날을 앞둔 노
인의 노파심 정도로 생각하고 부디 일고(一顧)가 있기 바라네.

순주가 친정집 앞의 채전(菜田)에서 동생의 댁과 더불어 밭을 매
고 있는데, 갑자기 어디선가 엄청나게 큰 울음소리가 들려왔다. 처
음에는 웬 남자의 울음소리가 저렇게도 크고 구슬픈가 싶어서 귀에
좀 거슬리는 듯도 했다. 하지만, 이윽고 그 소리가 자기 친정집 사랑
채에서 나는 소리임을 알고는 소스라쳐 놀라 일어섰다.

"형님, 문상객이 온 모양이네요!"하고 동생의 댁도 갑자기 벌떡
일어서며 걱정스럽게 말했다. "동생분노 상에 가고 시금 집에 없는
데, 어쩌지요?"

"집으로 들어가세! 내가 상복으로 갈아입고 먼저 빈소로 나가볼

테니, 올케도 곧 뒤따라 들어오시게. 차라도 한잔 대접해야 하겠으니 말이네."

순주가 안채로 들어가면서 빈소가 차려져 있는 사랑채 작은방을 힐끗 쳐다봤더니, 열려 있는 방문 사이로 뜻밖에도 아버지의 옛 제자인 영천 도동의 안병규가 혼함(魂函) 앞에 꿇어앉아서 대성통곡하고 있는 모습이 얼핏 보였다. 그 통곡은 보통 문상객이 하는 곡(哭)의 형식을 엄청나게 벗어난 것이었다. 그 울음소리가 너무나 크고 또 한없이 비통하게 들렸기 때문에 흙 묻은 손을 대강 씻고 초상 때 입었던 흰 치마저고리를 갈아입는 순주 자신도 돌아가신 친정아버지 생각에 두 눈에 눈물이 고이기 시작했다.

잠시 후에 순주가 빈소 앞 상주 석에 서서 마주 곡을 시작하니, 갑자기 병규 씨의 울음이 잦아들기 시작했다. 잠시 후 그가 일어서서 '어이야 어이야!' 하며 문상객의 형식적 곡으로 바꾸어 울었다.

이윽고, 문상객과 상주가 서로 인사를 주고받고 나자, 병규가 말했다. "문상이 늦어 큰 죄를 지었습니다. 깊이 사죄드리니, 용서해 주시기 바랍니다."

"일전에 동강포의 댁에서 이미 저에게 용서를 구하셨습니다. 이렇게 먼 길 와 주셔서 감사합니다."

"그리고, 아버님의 서한을 읽고서 순주 씨의 시댁이 큰 변고를 당하고 순주 씨가 홀몸이 되신 사연을 알았습니다. 시댁의 참사에도 삼가 조의를 표합니다."

"아, 아버지께서? 거기에 그런 사연도 쓰셨던가요?!"하고 순주는 깜짝 놀라 병규의 얼굴을 쳐다보았다. 병규의 얼굴에 일순 어떤 난처한 기색이 스쳐 지나가는 듯했다. 이때 동생의 댁이 차 두 잔을 빈소로 내어왔다. 순주는 병규에게 차를 권하면서 말했다. "제 아버님은 평소 그런 사연을 함부로 쓰실 분이 아니신데……"

"아뇨, 별다른 언급은 없었고, 저에게 주시는 글월의 추신(追伸)에서 잠시 그런 짤막한 언급이 있었을 뿐입니다."

"그래도 그렇지, 제 아버님께서 그런 사적이고도 사소한 일을 그 중요한 서한에서 언급하셨다니 참으로 뜻밖이네요!"

"그것이 어찌 사소한 일이라 하겠습니까? 경천동지할 일대 변고이지요! 아무리 전시였다 하지만, 나라가 그 백성을, 그것도 무고한 백성들을 함부로 살육하고 그 시신들을 산골짜기에 버렸습니다! 그야말로 천인공노할 공권력의 남용 아니겠습니까! 친정 부친의 병구완 중에 부군과 시집 식구들이 모두 그런 엄청난 변고를 당하신 데에 대해 충심으로 조의를 표합니다. 부디 마음을 잘 다스리셔서 옥체를 보중하시기 바랍니다."

"감사한 말씀입니다. 어려운 걸음을 하셨으니, 잠시 요기라도 하고 가시지요"하고 순주가 말했다.

"아닙니다!"하고 병규가 대답했다. "차 대접을 받았으니, 지금 그만 일어서겠습니다. 과수원에 하던 일이 있어서, 괜히 마음이 급합니다."

순주는 병규를 더 붙잡을 수가 없었다. 자기도 저번에 병규의 과수원에 갔다가 어쩐지 어색한 기분에 휘말린 나머지 불필요하게도 그렇게 순식산에 작별을 고하고 부리나게 병규 곁을 떠나오지 않았던가! 순주는 지금 병규 역시 그때 동강포 과수원에서의 자기 자신과 비슷한 감정에 휘둘리고 있을지도 모르겠다고 생각했다.

'이 남자는 내게 무엇인가? 내 아버지가 그렇게도 신뢰하던 인물이라 해도 나는 이 남자와는 더 가까이 될 수 없는 인연일까? 인연이 그것뿐이라면 어쩔 수 없는 일이다!'하고 순주는 생각했다. 그러고는 작별을 서두르는 그 남자를 그냥 떠나보낼 수밖에 없었다. 슬픈 일이었다. 하지만 박복한 그녀 자신에게나 어쩌면 그 남자를 위해서도 이렇게 그냥 헤어지는 것이 더 좋을 지도 모르겠다는 생각도 들었다.

4. 월하 강변 포옹

1

금자는 어머니 정동댁을 억지로 떠밀다시피 해서 동강포로 보내 놓고는 꽤 오랫동안 자신은 거기에 코빼기도 보이지 않은 데에 대해 문득 어머니한테 미안한 생각이 들었다. 거기다가 실은 병규가 요즈음에는 삼거리 주막에도 잘 나타나지 않기 때문에 그의 근황이 궁금하기도 했다. 그래서, 그녀는 아침나절에 삼거리를 출발해서 동강포로 한번 건너가 보기로 했다. 동민이야 학교에 갔을 테고 과수원 집에서 병규라도 만나는가 했지만, 그는 아침 식사 후 도동 마을로 올라갔다면서 어머니 혼자 그녀를 맞이하였다. 오랜만에 만난 모녀는 이 얘기 저 얘기를 나누었다. 그러던 중에 우연히 어머니가 말하기를, 작고하신 하양 조 선생님의 따님이 일전에 과수원으로 병규를 찾아와서 뭔가 보자기 하나를 전하고 돌아갔다고 했다.

"엄마는! 그걸 왜 이제 이야기해?"

"그럼 언제 하나? 내가 여기 과수원에 처박혀 남의 살림 해 주느라고 삼거리에도 못 나가고 있는데……"

"엄마, 나 그 보자기를 한번 보고 싶은데, 병규 오빠가 그걸 어디에다 뒀을까?"

"아서라! 내가 네 어미지만, 그건 안 된다! 내가 이 집 살림을 대신 봐주고 있는 한, 네가 이 집 물건에 함부로 손대는 건 그냥 두고 보지 않겠다!"

"그런데, 엄마! 내 맘 몰라? 난 병규 오빠의 사정이라면 뭣이든 다 알고 있어야 한단 말이야! 그래야 병규 오빠를 도와줄 수 있지 않겠어?!"

"젊은 여자가 다녀갔다니, 궁금증이 생긴 건 아니고?"

"솔직히 말해서 약간 궁금한 것도 사실이지만, 병규 오빠한테 또 무슨 변고라도 생길까 싶어서 난 늘 마음이 조마조마하단 말이야! 난 다만 병규 오빠가 무사하기를 바랄 뿐이야. 그건 엄마도 마찬가지 아냐? 병규 오빠한테 더는 무슨 일이 일어나서는 안 되잖아?"

"흥, 열녀 났군! 이것아, 네 서방이나 잘 섬겨라! 늘 하는 이 어미 말은 귓전으로 흘려듣고선……"

"엄마, 나 지금 사랑방으로 들어가 그 보자기 한번 찾아봐야겠어! 엄마는 그냥 모른 척해 줘! 절대 물건에는 손 안 댈게."

"하긴 나도 궁금하지 않은 건 아니다만……"하고 정동댁은 슬그머니 그만 묵인하겠다는 태도로 돌아서면서, 문득 무슨 할 일이라도 생각났다는 듯이 부엌으로 나가 버렸다. 적어도 딸하고 함께 남의 사랑방을 뒤질 수는 없겠다는 마음의 표현인 듯했다.

순주는 며칠 전 문상 왔다가 서둘러 돌아간 안병규를 생각하면 그 남자가 과연 자기한테 조금이라도 관심이나 있는 것인지 심히 의심스러웠다. 심지어는 그가 자기와는 아무런 인연이 없는 사람같이 여겨지기도 했다. 그러나, 아버지가 제자 중에서 유독 그를 가장 신임하셔서 귀중한 서찰들과 기록 문서들을 물려주신 것을 보면, 역시 그가 남다른 품성과 자질을 갖춘 신실한 인물임에는 틀림이 없을 듯했다. 그리고 그녀는 아버지가 왜 그 문서들을 딸인 자기나 남동생한테 물려주지 않고 그렇게 보자기에 싸고 또 봉인까지 해서 홀몸이 된 불쌍한 딸을 동강포까지 먼 걸음을 하게 만들어 직접 안병규한테 전해 주게 만드신 것일까 하고 그 이유를 곰곰이 생각해 보지 않을 수 없었다. 거기에는 필시 노인의 어떤 복선 같은 것이 깔려 있을 것 같기도 했다. 우편으로 부치거나 사람을 시키지 말고 딸이 그 보자기를 친히 전달하도록 신신당부한 바로 그 부분에 노인의 의도가 숨어 있을 수도 있었다. 이런 생각을 곰곰이 오래 하고 있다는 사실 자체가 이미 순주 자신이 안병규라는 사람의 어딘가에 끌리고 있고, 실은 그녀 자신이 그를 다시 만나고 싶어 한다는 증좌가 아닐까 싶기도 했다. 혼자 하는 생각이 바로 여기까지 이르자, 순주는 그만 가슴이 뛰고 얼굴이 화끈거리는 듯해서 애써 그 생각을 지워버렸다.

바로 그런 시점에 금자가 하양으로 자신을 찾아왔다. 순주는 금자가 나타났다는 사실 자체가 안병규와 무슨 관계가 있으리라는 것을 직감으로 알아챘다.

아니나 다를까, 금자는 간신히 수인사가 끝나자마자 대뜸 순주에게 아버지가 안병규에게 서한을 통해 무슨 부탁을 했는지 알고 있느냐 하고 물었다. 순주는 물론 펄쩍 뛰며 모른다고 할 수밖에 없었다. 그게 또한 명백한 사실이기도 했다.

하지만 순주는 실제로 있었던 진실만 내세우며 모든 것을 허황한 소리로 돌릴 수만도 없었다. 웬 까닭인지는 몰라도 자신도 알고 있었던 것 같기도 했다. 그 순간, 순주는 차라리 그 사실을 알고 있었노라고 말도 안 되는 고백을 해버리고 싶은 충동마저 느꼈다.

그런데 다음 순간, 안병규가 보내서 온 것이 아니라 금자 언니 스스로 생각하다 못해 이렇게 대신 데리러 왔다는 통에, 그녀는 그만 온몸에 힘이 쭉 빠지는 절망감에 휩싸였다.

연이어서 금자와 밀고 당기는 설전이 벌어졌다. 순주는 '도대체 금자 언니라면 같은 여자로서 이런 경우를 받아들일 수 있겠느냐?' 며 따지고 들었다. 두 번이나 죽을 고비를 치르고 자신을 무능하고 불행한 사람으로 치부하고 있는 데다 결코 과한 욕심이라곤 내지 않는 안병규의 사람됨, 그리고 돌아가신 친정아버님의 원대하셨던 배려 등을 부디 잘 생각해 보라는 금자 언니의 말을 듣고 또 들어도, 순주는 그 말만 믿고 자기 쪽에서 차마 영천 동강포까지 들어갈 수는 없었다.

금자도 물러서지 않고 그날 하양을 떠나지 않았다. 그녀는 그 밤을 순주 곁에서 묵으며 자꾸만 했던 말을 되풀이하면서 설득을 거듭하였다. 병규 오빠에게는 장녀가 출가한 뒤에 아들 삼 형제가 남았는데, 특히 그 막내 동민은 명민하여 장래가 촉망되는 소년이라는 것이었고, 음식이나 의복을 챙겨 줄 자비로운 손길이 꼭 필요하다고 했다. 자기 어머니가 옛정을 생각해서 임시로 그 일을 해 주고 있지만, 어디까지나 임시변통에 불과하며, 그것이 지속 가능한 대안은 될 수 없다는 것이었다.

당시의 순수 자신도, 따지고 보면, 살 데가 마땅찮은 사람이었다. 줄초상이 나서 가까운 친척도 없는 시집으로 잠시 돌아가 보았지만, 아무래도 그곳에서 젊은 여자 혼자 살 수는 없을 듯한 형편이어서, 그만 내킹 징리해서, 친정으로 되들이온 것이었다. 그렇디고 헤서, 부모님도 안 계시는 친정에 계속 머물기에는 동생의 댁한테도 짐이 되는 노릇이었다. 결국, 순주는 금자 언니의 설득을 당하는 것이 자신에게 남아 있는 유일한 선택지임을 자인하지 않을 수 없었다. 하지만 그냥 무작정 금자 언니를 따라나서는 것은 여자로서 심히 자존심 상하는 일이었다. 그러나 안병규의 사람됨으로 미루어 볼 때, 하양으로 자신을 데리러 올 만큼 용기 있는 위인이 못 된다는 것 또한 자명한 사실이었기 때문에, 우선 굽히고 들어가야 할 쪽이 자신이라는 것은 유감스럽지만 사실이었다. 자신이 안병규를 좋아한다면, 그리하여 그와 살 각오가 되어 있다면, 그 정도 굴욕은 우선 감내하지 않을 수 없는 상황이었다. 그 이튿날 아침 식사 후에 순주는 결국 금자 언니를 따라나서고 말았다.

동민이 학교에서 풀려나 막 주남 평야의 신작로로 들어서는데, 갑자기 번개가 치고 천둥이 몇 번 크게 울더니 이내 소나기가 내리쏟아지기 시작했다. 소나기는 금방 그치긴 했다. 그러나 옷이며 책보자기가 흠뻑 젖은 동민은 그야말로 물에 빠진 생쥐 꼴이 되고 말았다. 여름날인데도 몸이 부르르 떨리고 오슬오슬 추웠다. 그가 삼거리에 도착해서 동강포 방향으로 빠지는 내리막길로 막 접어드는데, 금자 아지메가 하교하는 동민을 기다리고 있었던 듯, 대문 앞에 혼자 서 있다가 동민의 한 손을 덥석 잡더니 집 안으로 끌고 들어갔다. 동민이 금자 아지메를 따라 안방으로 들어가 보니, 어떤 곱상한 아주머니 한 분이 구들목 옆자리에 앉아 있다가 반쯤 일어서면서 말했다.

"이 애가 그 막낸가요?"

"응, 동민이라고 병규 오빠의 셋째 아들이야. 동민아, 인사드려라. 하양에서 오신 조순주 아지메다. 아이고, 이 빗물 떨어지는 것 좀 봐! 아주 흠뻑 젖었구나! 옆방으로 가자. 우선 봉덕 아제 옷으로라도 좀 갈아입어야겠다!"

동민은 금자 아지메가 이끄는 대로 옆방으로 갔다. 그리고 금자 아지메가 챙겨주는 대로 우선 수건으로 몸을 닦고 나서 봉덕 아저씨의 옷으로 갈아입었다. 옷이 풍덩하고 헐렁해서 기분이 좀 어색했지만, 그래도 그만하면 이제 한기도 좀 가시고 제법 견딜만했다. 동민이 큰방으로 다시 들어서니, 두 아지메는 그동안 동민의 젖은 책보자기를 풀어서 빗물에 불은 책과 노트를 말린다고 방바닥 위에 죽 늘어놓고 있었다.

"아이참, 동민이 글씨가 참 반듯반듯하네!"하고 하양 아지메가 동민의 노트를 펴들고 들여다보면서 말했다. 동민은 그 아지메가 마치 국민학교 학생의 글씨를 처음 보기라도 하듯이 자기 글씨를 소중하게 들여다보는 모습이 어린 마음에도 심상치 않게 느껴졌다. 그리고 동민은 '동민이 글씨'라고 말하는 그 음성에 자기한테 그 어떤 친근감이 들어 있음을 어렴풋이 느낄 수 있었다.

"한자를 섞어서 필기해 놓은 부분이 참 많구나! 아, 이 이룰 성 (成) 자 써놓은 것 좀 봐! 창 과(戈) 자의 삐치고 끌어당기고 점을 찍은 획들이 아주 근사하네!"하고 하양 아지메가 딱히 누구에게라고 할 것 없이 혼잣말처럼 중얼거렸다.

"그래, 동민이 글씨가 참 멋지지?"하고 금자 아지메가 자랑스럽나는 듯이 내꾸했다. "이 애가 어릴 직에 서당 공부를 했기 때문에 한문에도 능하고 글씨가 국민학교 3학년생 것이라곤 믿어지지 않을 정도로 활달해. 그렇지?"

"정말 그러네요! 동민이가 도동 서당에서 이 필법을 배웠겠구나, 그렇지?"하고 하양 아지메가 동민을 보고 미소를 띠면서 물어왔다.

"예! 그런데, 도동 서당을 아세요?"하고 동민이 궁금한 듯 물으면서, 처음으로 하양 아지메의 얼굴을 똑바로 쳐다보았다. 그녀의 얼굴은 갸름한 데다 전체적으로 밝고 희었는데, 그 위에 미소를 곱게 띤 모습에는 어딘가 약간 슬픈 분위기를 띠고 있었다. 문득 동민은 이 아지메가 자기한테 큰 관심을 보여주고 있음을 느꼈을 뿐만 아니라, 그 사실이 어쩐지 예사롭지 않음을 깨달았다. 동민은 자신의 시선을 하양 아지메로부터 거두고 금자 아지메한테 말했다. "삼거리 아지메, 혹시 이분이 오늘 동강포 우리 집으로 들어가실 건가요?"

동민의 이 질문에 금자 아지메가 깜짝 놀라면서 금방 하양 아지메 쪽을 쳐다보았다. 하양 아지메도 놀란 나머지 갑자기 몸을 옴츠리면서 입을 다물고 말았다. 몇 초 동안의 긴장된 정적이 흐른 뒤에야 금자 아지메가 나직이 말했다. "동민아, 너 참 명민하구나! 그래 맞다, 맞아! 이따 여기서 우리 저녁 같이 먹고, 네 옷과 책이 마르거든, 오늘 밤에 동민이 네가 새어머니를 모시고 동강포로 들어가렴!"

'새어머니' ─ 이 말이 떨어지자 동민의 놀람과 당혹감은 정말 컸다. 어렴풋이 짐작되던 것이 사실로 드러나자, 슬픔과 기쁨이 한데 뭉쳐진 듯한 그 어떤 뜨거운 핏덩어리 같은 것이 동민의 가슴께에서 솟구쳐 올라와 갑자기 목구멍을 콱 메우는 것 같았다.

"동민아, 내가 오늘 하양에 가서 네 새어머니를 여기까지 모셔왔다. 네 아버지가 직접 데려와야 하는 건데, 이 삼거리 아지메가 어려운 일을 대신 맡아 했단다. 네 아버지는 이 일을 아직 모르신다. 동민아, 네가 동강포 집으로 새어머니를 모시고 들어가야 하고, 우선 네가 새어머니한테 잘해야 한다. 동민이는 착하고 똑똑한 아이니까 이런 형편을 잘 파악해서 올바르게 잘 처신해 나가리라 믿는다! 동민아, 알겠지?"

"……"

동민이 슬쩍 하양 아지메 쪽을 봤다. 그녀는 두 무릎을 곧추세우고 앉은 채 치마폭 위에 얼굴을 파묻고 죽은 듯이 가만히 있었다. 한참 동안 침묵이 흘렀다. 아무도 감히 무슨 말을 꺼낼 수 없는 무거운 침묵이 흐르고 있었다. 이때 경장 제복 차림의 장봉덕 아저씨가 집에 들어온 것이 침묵 중인 세 사람을 위해 무척 큰 다행이었다.

"아, 순주 씨 오셨군요! 병규 결혼식 때 도동 서당에서 뵌 적이 있었지요. 참 오랜만이네요! 환영합니다! 아, 동민이도 있구나! 주남 들에서 소나기를 맞은 모양이네!?"하고 봉덕 아저씨는 거침없이 이 말 저 말 해대더니, 방 한구석에 엉거주춤 서 있는 순주를 향해 말했다. "편히 앉으시지요! …… 그것참! 안병규라는 위인이 천생 선비라, 워낙 말수가 적고 숫기라곤 없지요. 남의 일은 참 잘도 돌봐주면서, 정작 자기 일은 잘 처리해 내지 못하는 숙맥입니다. 중이 제머리 못 깎는 격으로 숫기 없는 그 사람이 일을 제대로 못 추어낼 듯하니까, 집사람이 보다 못해 대신 나선 것 같습니다. 아무튼, 잘 오셨습니다. 지금 심경이 좀 복잡미묘하실 듯합니다만, 곧 다 잘 풀릴 것입니다. 동민아, 너 새어머니를 잘 모셔야 한다! 알지, 내 말?"하고 봉덕 아저씨는 동민의 어깨를 가볍게 한 번 툭 쳐 주시는 것이었다.

그날 밤 날이 제법 어두워지자 동민은 금자 아지메가 지시해 주는 대로 새어머니를 모시고 동강포를 향해 발걸음을 옮기고 있었다. 밤하늘에는 보름달이 다 되어 가는 큰 반달이 훤히 떠 있다가도 금방 구름 뒤로 쑥 들어가 버리곤 했다. 동민이 한두 걸음 앞장서서 걷고 새어머니가 조그만 보퉁이 하나를 들고 동민을 뒤따라 걷는 형국이었다. 그들이 구역(舊驛)에서 호계천 강변으로 내려가는 내리막길로 접어들자 문득 뒤에서 그녀가 동민에게 묻는 소리가 들렸다.

"지금 집에는 누가 있니? 형들은?"

"아버지가 집에 계시는지는 잘 모르겠어요. 주로 동네 정자나 서당에서 문중 일을 보시다가 밤늦게야 집에 들어오시거든요. 두 형은 지금 대구 큰집에서 학교에 다니고 있어요. 큰형은 고등학교에, 작은형은 중학교에 다니고 있습니다. 그리고, 삼거리 아지메의 모친이신 정동 할매가 우리 집안일을 임시로 돌봐주고 계십니다." 하고 동민은 세세하게 차근차근 대답하면서, 이제는 새어머니와 나란히 걷기 시작했다.

"그래, 외딴집에서 살기가 심심하지 않니?" 하고 새어머니가 물었다.

"아뇨! 전혀 그렇지 않아요. 사과나무들이 자라 꽃을 피우고 열매를 맺는 것이 신기하고 참 보기 좋아요. 채전에서 철 따라 자라나는 각종 채소들을 보는 것도 좋습니다. 그리고 우리 집 뒤쪽을 굽이쳐 흐르는 금호강은 정말 아름답고 정다워요. 하지만, 어머니한테는 낯선 곳이라 당분간 좀 쓸쓸하실지도 모르겠네요."

"어머니라! 방금 어머니라고 했느냐?" 하고 그녀는 떨리는 목소리로 물었다.

"예! 새어머니라고 부르기는 어쩐지 어색하고 싫어서요…… 앞으로 그냥 어머니라 부를게요! 오늘부터 그냥 제 어머니 하세요! 저는 이런 순간이 오기를 기다렸거든요."

"그래, 고맙구나!" 하고 새어머니가 다소 밝은 투로 대답했다. "기다렸다고? 그래, 누구한테서 나에 대한 말을 들은 게 있더냐?"

"아, 아녜요! 그냥 이런 일이 조만간 생길 것 같았을 뿐이에요. 누나가 시집가고 나서, 정동 할매가 임시로 실림을 해 주고 계시는데, 우리하고 아무 피도 안 섞인 정동 할매가 이렇게 계속 집안일을 돌볼 수는 없다는 걸 저도 짐작은 하고 있었거든요. 정동 할매도 맨날 넋두리처럼 하시는 말씀이니까요. '계속 이렇게 갈 수는 없다!'라든가, '집에 여자가 들어와 안방에 앉아 있어야 한다'는 말씀을 늘 달고 사시니까 말이에요. 아, 어머니, 여기서 이제 호계천의 징검다리를 건너야 해요! 강물 사이에 놓인 큰 바윗돌 사이를 뛰어서 건너야 하는데, 이렇게, 이렇게! 풀쩍 풀쩍 뛸 수 있겠어요? 보퉁이는 이리 주시고요!"

"응, 보퉁이는 괜찮아. 하지만 숨이 좀 가빠지는구나!"

"이제 다 건넜어요. 숨이 가쁘다 하시니, 여기 강변 자갈밭에서 좀 앉아서 쉬었다가 가기로 해요!"

"그래, 그러자! 그게 좋겠구나!"하고 말하면서 새어머니는 보퉁이를 자갈밭 위에 놓고 거기에 반쯤 기대는 듯이 앉으셨다. 여름 하늘의 반달이 마침 그 크고 환한 얼굴을 다시 내밀고 그들을 내려다보고 있었는데, 밤의 강변 자갈밭은 달빛을 받아 유달리 밝은 하얀색이었다.

"큰형에 이어 이젠 작은형까지 대구로 가 버린 뒤에는 이 징검다리를 늘 저 혼자 건너다가 오늘 어머니와 함께 이 다리를 건너니 참 좋아요!"하고 동민이 말했다. 그러고는 조그만 돌멩이 하나를 주워 징검다리 아래의 깊은 강물 위에다 수제비를 떴는데, 달빛 아래의 강물 위로 다섯 개의 크고 작은 동그라미들이 차례로 명멸했다.

"동민아, 이리 가까이 와 봐라!"하고 새어머니가 자갈밭에서 일어서면서 말했다. 동민이 머뭇거리며 새어머니한테 가까이 나아갔다. "동민이, 네가 방금 나를 어머니라 불러주니, 기뻐서 하는 말인데, 이 어머니가 너를 한번 안아 봐도 되겠니?"

"예!"하고 동민이 어머니 앞에 가만히 서 있자니, 그녀가 갑자기 그를 꽉 끌어안고 한동안 가만히 서 있는 것이었다. 그녀의 품 안은 따뜻했고 어떤 은은한 향기가 풍기는 듯했다. 하지만, 어머니의 몸이 약간 들썩거리는 것 같아서 동민이 가만히 생각해 보니 어머니가 흐느껴 우시는 것 같았다.

"어머니, 우시는 거예요?"하고 동민이 낮은 소리로 물었다. "왜요? 동민을 만난 게 슬프세요?"

"아니다! 기뻐서, 네가 믿음직스러워서 이런다!"하고 어머니는 그때에서야 동민의 몸을 풀어주면서 말했다. 그녀의 얼굴에 고운 미소가 피어났지만, 동민은 그녀의 두 눈에 눈물이 고여 달빛에 어른거리는 것을 쳐다볼 수 있었다. "동민아, 내 아들아, 이제 네 집으로 가자! 거기가 이제부터는 또한 내 집도 될 것이니라!"

* 달이 훤히 비추는 강변에서 모자가 포옹하는 장면이 참 슬프고도 아름답게 그려져 있다. 평소 매사에 빈틈없고 엄격하게만 느껴지던 안 교수님보다 이 장면의 어린 안 선생님이 훨씬 더 내 마음에 든다.

여기에서야 비로소 나는 안 선생님의 이 이야기를 끝까지 읽어 드리고, 잘 정리해서 정말 작품다운 작품으로 만들어 드리고 싶다는 생각이 든다. 무슨 재미가 있어서라기보다도, 뭐라고 해야 할까, 안 선생님이라는 한 특이한 인물을 배출한 사회적 배경이 서서히 어떤 그림으로 내 머리에 떠오르기 시작했는데, 그것이, 싫든 좋든 간에, 결국 나 자신의 삶과도 불가피하게 연결되어 있겠다는 생각이 이제야 비로소 내게 희미하게나마 느껴지기 때문이다.

지금에야 의식하게 된 사실인데, 나는 애초부터 고집스럽게 안

'교수님'이라고 써 오다가 이 대목에서야 비로소 나도 모르게 안 '선생님'이라고 쓰게 되었다. 그것은 아마도 소년 안 선생님이 내게 퍽 친근한 인물로 다가왔기 때문인 것 같다.

2

"동민 아버지, 하양에서 이렇게 색시가 왔는데, 무슨 말이라도 한마디 해 보소!"하고 아침 식사가 끝난 자리에서 정동댁이 병규에게 말했다. 재빨리 식사를 마친 동민은 학교 갈 준비를 한다며 이미 사랑채 작은방으로 물러가 책보를 싸는 모양이었다.

"……"

"이제 안주인이 오셨으니 안심하고, 나는 학교 가는 동민을 따라 그만 삼거리로 돌아갑니다. 부디 잘 지내시기 바랍니다."

"아, 그동안 정말 감사했습니다. 큰 보살핌을 받았습니다. 이 은혜는 잊지 않겠습니다!"하고 병규가 갑자기 숟가락을 놓으며 말했다.

"은혜랄 것은 없고…… 그저 옛날에 이 댁 일해 주던 이력이 도져서 잠시 심부름 좀 해 드린 것뿐이지요."

방 안에 한동안 침묵이 흘렀다.

"아, 참! 내가 이러고 있을 때가 아니라 그만 일어서야지!"하고 말하면서 정동댁이 일어나서 그만 바깥으로 나가 버리자 방 안에는 더욱 무거운 침묵만 흘렀다.

이윽고 문밖에서 동민이 외치는 소리가 들렸다.

"학교 다녀오겠습니다!"

"동민아, 이 할매하고 삼거리까지 같이 가자!"하는 정동댁의 목소리가 들렸다. 연이어서 동민의 필통 안에서 각종 문구들이 달그락거리는 소리가 잠깐 들렸지만, 이윽고 그 소리마저 잦아들고 말았다.

"……"

"……"

방 안에서는 계속 무거운 침묵이 흐르고 있었다.

"아버지의 편지 중 저를 거두어 달라고 부탁하신 내용이 있었던 모양이던데, 저번에 하양 오셨을 때는 왜 그 말씀은 저한테 안 해 주셨지요?"

"……"

"금자 언니가 하양에 오셔서 설득하는 바람에 어젯밤 이 집에 들어오긴 했지만, 막내아들 동민이만 저를 어머니로 대해 주었을 뿐, 정작 그 아버지는 만나보지도 못한 채 정동 아지메하고 첫날밤을 보냈네요. 아침에도 이렇게 아무 말 없으실 거예요?"

"……"

"이것참, 시집 식구 다 잡아먹고 혼자 살아남은 여자가 죄 밑이 되어 시집 동네에서는 살 수가 없었고, 친정살이도 오래 하니까 동생의 댁 눈치가 보이는 듯해서 편하지 않았는데…… 그 판에 금자 언니가 찾아와서, 저의 아버지가 쓴 편지를 직접 읽어보았다며 아버지의 유지(遺志)를 앞세우며 강권하는 바람에, 그 사연을 직접 알아보기 위해, 이렇게 어려운 걸음을 했습니다만……"

"뭐라고요? 금자가 그 편지를 읽었다고요? 그럴 리가 없는데요?!"

"설마 금자 언니가 그런 거짓말을 했을 리가요?! 아버지가 그 편지에 뭐라고 쓰셨지요? 저는 정말이지 제 아버지가 거기에 뭐라고 쓰셨는지 직접 한번 확인해 보고 싶었어요. 그렇게도 깐깐하시던 노인이 종국에 무슨 망령이 드셔서, 왜 그런 글을 쓰셨는지 도무지 믿어지지가 않아서요."

"……"

"실은, 그걸 확인하기 위해서 굳이 이 집까지 들어온 건 아니에요! 보시다시피 저는 갈 데가 없어서 여기까지 온 여자예요. 아주 이 집에서 살 작정을 하고 금자 언니를 따라나선 것이 사실이고요. 오는 길에 명민한 동민이가 갑자기 '어머니'라고 불러줘서 기뻤고, 어젯밤 달빛이 훤한 강변에서 동민의 어머니가 되기로, 진정 좋은 어머니가 되어 주기로 굳게 결심했어요. 하지만, 막상 그 아버지가 박복한 이 몸을 이렇게 냉대하니, 갑자기 저는 그만 설 자리 앉을 자리가 한꺼번에 다 없어져 버렸네요. 남편과 시집 식구들을 모두 잡아먹은 여자가 다시 한번 팔자를 고쳐보고자 딴은 제법 큰 마음을 먹었건만, 박복한 여자에게는 그것마저 용납이 안 되는 모양이지요? 갈 곳 없는 이 몸이 이제 또 어디로 향해야 할지 모르겠네요! 그만 큰 소리로 울고 싶을 뿐입니다. 그날 문상 오셔서 우리 아버지 혼함 앞에서 그렇게도 슬프게 대성통곡하셨던 분 맞아요? 그러시고는, 그 딸한테는 왜 이리 매정하신대요? 우리 아버지도 참, 사람 잘못 보셨지! 이런 목석같은 양반한테 불쌍한 딸을 부탁하시다니! 이제 저는 갈 데 없는 몸이 되었으니, 이번에는 제가 목을 놓아 통곡할 수밖에 없겠어요!"하며 순주가 섧게 흐느끼기 시작했다.

갑자기 병규가 자기 앞에 아직도 거추장스럽게 놓여 있던 아침상을 옆으로 치우더니, 둘레 상 앞에 무릎을 곧추세우고 있아 그 위에다 얼굴을 파묻고 흐느끼고 있는 순주에게로 급히 다가가 앉았다. 그리고는 순주의 한 손을 덥석 잡으면서 황급히 말했다. "미안합니다, 순주 씨! 정말 미안합니다! 내가 살림이 가난한 데다 자식들도 많아서, 이 고생 구덩이에 순주 씨를 처넣는 것이 염치없는 짓 같아서, 내가 뻔뻔스러운 놈 같아서…… 실은, 순주 씨를 만나기 위해, 순주 씨를 데려오기 위해, 동민의 어머니로 모셔오기 위해 하양에, 마음속으로는 열 번도, 아니, 백 번도 더 갔었답니다! 하지만, 나 자신이 불행하고 못난 남자인 걸 잘 알기에, 순주 씨가 나에게는 너무나 과분하고 소중한 사람이기에, 차마 용기를 내지 못하고 바보처럼 주저하고만 있었습니다. 정말입니다! 미안합니다! 용서하십시오! 이제부터는 순주 씨 하자는 대로 다 할게요. 제발 울지 말아 주십시오! 우리는 이미 너무 많이 울었습니다. 여기 도동에서, 영천 상송리 (上松里)에서, 저 회덕에서, 그리고 또 하양에서…… 이 나라 이 땅의 방방곡곡에서 이미 너무 많은 사람들이 너무 많이 울었습니다! 나는 용기 없고 못나고 용렬한 남자입니다. 이제부터 제발 내 곁에 있어 주시고, 내가 죽을 때까지 부디 날 버리지 말아 주십시오! 부디 동민의 어머니가 되어 주십시오! 이 목숨이 다하는 날까지 순주 씨만을 사랑하겠습니다!"

* 여기까지 읽은 지금, 나도 모르는 사이에 내 눈에 눈물이 조금 고였다. 어디가, 무엇이, 이리 슬픈지 나 자신에게 물어보았지만, 딱히 맞을 만한 답은 쉬이 생각나지 않는다. 안 선생님의 부모님 사연에 왜 내 눈에서 눈물이 난단 말인가? 이 이야기 속의 명민하고 착한 어린 안동민이 나의 눈물을 자아낼 만큼 불행하단 말인가? 소위 말하는 문학의 보편적인 힘 때문일까? 아니면, 이 나라 인문계 시간강사를 오래 하다가 지금은 시골의 유산을 정리해서 출판사를 경영하고 있는 나의 특수 상황 때문일까? 하지만, 내 개인적 상황 때문이라기보다는

아마도, 분단된 이 나라 백성들이 그동안 겪어온 신산한 삶에 대한 새삼스러운 인식 때문이 아닐까? "여기 도동에서, 영천 상송리에서, 저회덕에서, 그리고 또 하양에서…… 이 나라 이 땅의 방방곡곡에서" 민초들이 흘린 그 많은 눈물의 '후산(後産)'으로서, 나같이 뼈딱하고 인정머리 없는 인간의 눈에도 이렇게 눈물이 고이는 것은 아닐까? 안 선생님이 자신의 성장 과정을 얘기하시는 중에, 이 이야기가 어느새 우리 모두의 이야기로 된 것일까?

내가 그다지 기껍지 않은 심정, 약간 귀찮은 마음으로 이 원고를 읽기 시작했다는 것은 이미 앞에서도 고백했다. 나는 아직도 여기에 첨부된 여러 자료들을 한번 훑어 보지도 않은 채 컴퓨터 모니터로부터 이 이야기를 그냥 순차적으로만 읽어 내려가고 있다. 이 방법이 더 좋겠다는 확신에서 이러는 것이 아니라, 이 일에 너무 복잡하게 얽혀 들고 싶지 않아서, 즉 이 기껍지 않은 과업을 가능한 한 쉽게 마무리해 버리고 싶어서, 그냥 이렇게 수동적으로 일을 따라가고 있는 것이다. 내가 생각해도 이런 태도는 매사에 정성을 다하시던 안 선생님과는 딴판이며, 안 선생님한테서 옳게 배우지 못한 제자라는 말을 들어도 싸다. 하지만, 일을 이미 이렇게 시작한 판이니, 당분간 어디 한번 이런 식으로 계속 가 보자는 것이 또한 지금의 내 심산이기도 하다.

3

지금 생각해도 순주는 요 며칠 동안의 자기 삶의 역동적 변화과정이 마치 한바탕 꿈만 같았다.

달밤의 호계천 강변에서 동민이란 아들을 얻고, 병규의 아내보다 그 아들의 어머니가 먼저 된 것은 참으로 잊지 못할 아름다운 순간이었다. 하지만, 동강포에서의 첫날밤을 정동댁과 함께 보내며 날이 밝기를 기다린 것은 여인으로서 견뎌내기 어려운 착잡하고도 긴 시간이었다. 그러나 그 이튿날 아침에 목석같던 병규 씨가 갑자기 덥석 그녀의 손을 잡아준 것은 정말 가슴 벅찬 일이었다. 그 뒤 며칠 동안 연이어진 그와의 은근한 대화, 어머니의 마음으로 명민하고 사랑스러운 동민을 보살펴주는 일, 안주인으로서 마당의 개와 닭, 그리고 돼지 등 가축들을 거느리고 과수원과 채전에서 온갖 작물들과 낯을 익히는 과정 등은 순주에게는 무척 즐겁고 새로운 경험이었다. 집 뒤를 감싸고 흐르는 금호강 줄기에다 자기 마음을 실어 그 하류에 있는 자기 고향 하양으로 내려보내는 것도 큰 위안이었다. 결국, 그녀는 자기 고향 하양을 감돌아 대구 쪽으로 흐르는 금호강을, 금호 쪽, 영천 쪽 상류로 15킬로미터쯤, 거슬러 올라와서 자신의 새 둥지를 튼 셈이었다. 그래서 금호강이야말로 그녀에게는 참으로 아름답고도 정다운 의지처였다.

그러나, 이런 행복 가운데에는 아직도 순주가 미처 예상하지 못한 시련이 더 남아 있었다. 주말이 되어 위의 두 아들이 대구에서 집으로 돌아왔을 때가 그러하였다.

토요일 오후였다. 남편은 도동 마을로 출타하고 집에 없었고, 국민학교에서 일찍 돌아온 동민과 더불어 모자가 마루 위에 앉아 다정하게 채소를 다듬고 있었다. 그때, 교복을 입은 두 남학생이 대문 안으로 들어섰다. 동민이 반가이 형들을 맞이하면서 말했다 —"어머니가, 아니, 새어머니가 오셨어!"

순주가 엉거주춤 일어서면서 동민의 두 형을 맞이하고자 했다. 동민과 거의 닮은꼴이라 할 수 있는 중학생이 모자를 벗고 공손히 고개를 숙여 절을 했다. 하지만 아버지를 많이 닮아 조금 엄숙한 기색을 보이는 고등학생은 아무 인사도 하지 않은 채, 갑자기 사랑채 작은방으로 쑥 들어가 버렸다. 그러자 공손한 태도를 보이던 중학생도 그만 형을 따라 그 방으로 따라 들어갔다. 순식간에 일어난 일이라 순주로서는 아무 말도 꺼내지 못한 채, 거기 그렇게 장승처럼 서 있기만 했다. 그러자, 동민이 말했다 — "어머니, 괘념하지 마십시오. 형들이 아마 어색해서 저럴 거예요. 제가 들어가서 다시 데리고 나오겠습니다." 형들을 뒤따라 사랑채로 들어간 동민까지도 감감무소식이 되었다. 그러자 순주는 무어라 형용할 수 없이 고적한 심정이 되었다.

삼 형제는 사랑방에서 좀처럼 나올 기색이 아니었다. 온 집 안에 답답한 긴장감이 감돌았다. 어느덧 해가 뉘엿뉘엿 서산을 넘어가려 하고 있었다. 순주가 저녁밥을 지어놓고 아들들이 안채로 건너오기를 애타게 기다리고 있는데, 다행히도 그때 병규가 귀가했다.

"대구에서 동민의 형들이 왔네요. 삼 형제가 사랑채 작은방에 들어앉아 무슨 얘기를 하는지 꼼짝도 하지 않아요. 저녁 식사하도록 아버지가 삼 형제를 안방으로 좀 데리고 오세요."

"아, 그래?!"하고 대답하며 병규가 사랑채로 올라갔다.

순주가 남편의 독상과 삼 형제의 둘레상을 차려놓고 안방에서 기다리고 있는데, 이번에는 삼 형제를 데리러 간 그들의 아버지조차 좀체 건너오지 않았다. 안방에 홀로 앉아 식어가는 밥상을 바라보는 순주는 마치 자신이 무슨 죄인이나 된 듯이 풀이 죽고 불안하였다.

아버지가 사랑채로 올라간 지 한 삼십 분이나 좋이 지나서야 사 부사가 함께 안방으로 건너왔다. 식사 시간 내내 침묵이 흐를 뿐 아무도 말을 꺼내지 않았다. 이날 순주는 장성한 아들들의 '새어머니'가 된다는 것이 결코 쉬운 일이 아니라는 사실을 뼈저리게 실감했다.

순주가 복잡한 심경에 잠겨 혼자 설거지를 하고 있는데, 무득 부엌문 앞에서 인기척이 났다. 남편이었다. 그가 조심스럽게 부엌 안으로 들어서더니 순주의 물 묻은 손을 잡아주며 나직한 목소리로 말했다 ― "미안하오. 큰 애들은 우선 저희들 엄마 생각이 나는 듯해요. 아마도 적응하는 데에 시간이 좀 필요할 것 같소! 잘 타일러 놓았어요. 원래 양순한 아이들이라 차차 달라질 것이오. 너무 조급히 생각 마오! 정말 미안하오! 이게 다 가장으로서 사태를 예상하고 아이들을 미리 잘 타일러 놓지 못한 내 불찰이오!"

4

1959년 9월 16일 밤부터 17일 아침까지 불어 닥친 태풍 사라호는 동강포 생활에 간신히 적응하여 살아오던 순주에게 덮쳐온 또 하나의 크나큰 시련이었다.

간밤부터 불기 시작한 폭풍우로, 호계천이 금호강 본류와 만나는 동강포의 강물이 엄청나게 불어나서, 도도히 밀려드는 흙탕물이 과수원 안으로까지 마구 덮쳐 들어왔다. 어느 마을 누구의 가재도구, 누구 집의 가축인지도 모르는 작은 장롱이나 돼지와 닭들까지도 도도한 흙탕물에 마구 떠내려 오고 있었다.

오늘이 마침 추석이어서 대구에서 공부하는 삼 형제가 다 동강포 집에 와 있었다. 사부자가 추석 차례를 지내고 나자 다행히도 웃비는 그쳤다. 하지만 상류에서 밀려오는 흙탕물은 오히려 더 불어나고 있어서 자칫하면 부엌 안으로까지 흙탕물이 쏟아져 들어올 듯 말듯 한 아슬아슬한 순간도 있었다. 정오 무렵이 되자 다행히도 큰물이 조금씩 줄어들기 시작했다.

순주는 고향 집에 온 고등학생 아들 동민과 함께 부엌 앞에 서서 이 무정하고 광막한 흙탕물 천지를 바라보고 있었다. 위의 두 아들은 사랑채 작은방 앞의 축담 위에 서서 무엇인가 걱정스럽게 의견을 나누고 있었다.

남편은 사랑채 큰방에 앉아서 문을 활짝 열어놓은 채 모든 것을 하늘에 맡긴 듯한 허망한 표정으로 세찬 흙탕물 속에서 간신히 서 있는 사과나무들을 내다보고 있었다. 강변 모래땅에 손수 사과밭을 일구어 놓고 이번 가을에는 제법 큰 소출이 나기를 기대하고 있던 그의 낙망, 그의 절망이 순주의 가슴에까지 아려왔다.

태풍 사라호가 할퀴고 지나간 상처는 병규네에게는 너무 엄청난 것이었다. 사과나무들이 이제 막 전성기를 맞이했기 때문에 유달리 농비도 많이 필요했었다. 그래서 병규는 농협으로부터, 지인들로부터, 심지어는 대구 사돈한테서까지 농비를 빌려 농사를 지어왔는데, 초가을에 접어들어 수확기를 바로 눈앞에 둔 채 이렇게 큰 태풍이 불어닥친 것이었다. 과실이 거의 다 떨어진 빈 나무들의 가지들조차 태풍에 마구 부러져 그 허연 속살을 드러내고 있었다. 심지어 어떤 사과나무는 물에 떠밀려 내려오던 쓰레기 더미에 휘감겨 밑둥치가 반쯤 뽑힌 채 비스듬히 쓰러져 있기도 했다.

이 엄청난 자연재해로 말미암아 병규와 순주는 거의 재기하기 어려운 재산상의 피해를 입었다. 그들은 이 해의 농사를 망쳤다. 봄에 빚을 내어 과수원에 쏟아부은 농비를 건질 길이 없는 데다가 빚의 이자가 자꾸 불어나는 통에 간신히 일어나던 집안 살림이 일거에 기울게 되었다.

순주에게는 이 모든 불행이 마치 자기 자신이 이 집에 몰고 들어온 재앙처럼 느껴졌다. 그녀가 늘 마음의 의지처로 삼아오던 아름다운 금호강이 갑자기 노한 나머지 그녀를 벌하는 것 같기도 했다. 그래서, 순주는 마치 박복한 그녀 자신이 병규와 그 세 아들에게조차도 불행을 몰고 온 것처럼 느끼기도 했으며, 미안하고도 부끄러운 마음에 속으로 마른 울음을 삼켰다.

제2부: 독일 유학의 꿈

1. 2 · 28 학생의거와 별난 전공 선택

1

삼 형제는 대구 큰집에서 나와서 월세방 하나를 구해 자취생활을 하고 있었다. 영문과 대학생이 된 위민은 진작부터 온갖 세상사에는 초연한 채 늘 책만 읽고 있었기 때문에, 주말에 고향 집에 내려가서 새어머니가 주중에 손질해 놓은 옷가지와 양말, 그리고 밑반찬 따위를 새로 가져오는 일은 자연히 둘째인 화민이 맡아 하게 되었다. 그는 천생 샌님으로 태어난 듯한 형을 잘 받들었고, 자기보다는 어딘가 월등한 재기를 타고난 듯한 동생을 귀히 여겨, 힘들고 어려운 일은 웬만하면 자신이 도맡아 했다. 일반적으로 삼 형제 중 중간은 자칫 이렇게 자신을 희생하며 살기 마련이다. 형에게는 의당 형 대접을 해야 했고, 어린 동생은 또 동생이니까 험한 일 시키기가 애처로워서 화민은 웬만한 수고는 차라리 자신이 감당해 내는 것이 마음 편했다. 그사이에 화민은 새어머니와 가장 마음을 잘 맞추는 아들이 되어 있었고, 아버지의 어려운 사정을 가장 잘 이해하는 아들로서 모든 면에서 볼 때 다섯 식구의 구심점 역할을 잘 해내고 있었다.

그사이에 대구 K고교에 진학한 동민은, 이렇게 화민 형이 자기 한테는 어렵고 험한 일을 거의 시키지 않았음에도 불구하고, 학교생활에 많은 어려움을 겪어야만 했다. 그 당시에는 사글세 방값이나 등록금 이외에도, 수재민 의연금이라든가 상이군경 원호금 등등 사회적 비용조차도 학생들을 통해 걷어 들이는 일이 잦았으므로, 동민은 매일 담임 선생님으로부터 납입금과 잡부금 독촉을 받곤 했는데, 성격이 곧고 예민했던 그에게는 담임 선생님한테서 이런 독촉을 받는 일을 유달리 못 견뎌 했다.

어느 주말에는 화민 형이 무슨 부득이한 사정이 생겼던 모양인지, 동민이 고향 집에 가게 되었다. 사글세 방값에다 형제들의 등록금, 그리고 그 당시 유달리 많던 여러 잡부금 등을 부모님께 말씀드리기로 되어 있었다. 그러나, 고향 산천은 그를 반겼지만, 사과를 수확할 수 있는 철도 아니고 해서, 그가 아무리 주위를 둘러봐도 어디 돈 나올 구석이 없는 것이 뻔했다. 이런 상황에 부모님께 돈 이야기를 꺼낸다는 것 자체가 불가능할 듯했다.

동민은 과수원 뒷길을 걸어 나가 금호강 변에 홀로 앉았다. 그러고는 유유히 흘러가는 푸른 강물을 물끄러미 바라보았다. 곧잘 노해서 붉은 흙탕물로 넘쳐나기도 하지만, 금호강은 유장하고 검푸르게 흘러가고 있었으며, 언제 보아도 아름답고 인자한 고향의 젖줄이었다. 그는 차라리 학교를 그만두고 여기 금호강 변 동강포에서 아버지의 농사를 거드는 편이 훨씬 더 사람답게 사는 길이 아닐까 하는 생각에 잠겨 보기도 했다.

그 이튿날인 일요일 아침, 동민은 비정한 도회에서 가난에 부대끼느니 차라리 부모님의 농사일을 거들며 사람답게 살고 싶다는 자신의 솔직한 심경을 고향 집 밥상머리에서 부모님께 털어놓았다. 아버지는 문득 밥상을 물리시고는 아무 말씀도 없이 멀리 대문 밖 들판으로 걸어 나가셨다. 아버지의 뒷모습이 어딘가 허허롭고 고적하게 보여서, 동민은 아차 싶은 후회를 느꼈지만, 이미 입 밖으로 튀어나온 자신의 경솔한 말을 주워 담을 수는 없었다.

들판과 선산을 헤매셨는지 옷이 흙투성이가 되신 아버지가 어둠이 짙어서야 집에 들어오셨다. 동민은 사랑채 큰방에서 아버지의 당부 말씀을 듣게 되었다.

"지난날 내가 너희들이 다니는 바로 그 학교에 합격했지만, 당시 집안 사정이 어려워 입학금을 구하지 못할 형편이었다. 나는 선선히 진학을 단념하고 담임 선생님의 주선으로 낯선 고장의 농산물검사소에서 급사로 일하는 길을 택했다. 나중에 마을로 돌아와 과수원을 일구고 서당에서 한학과 신학문을 익혀 내 딴에는 고향 땅에서 떳떳하게 살고자 애를 써 왔다. 하지만, 이 나라에서 사람이 고향 땅에 산다는 것은 패배자로 살아가야 한다는 것을 의미한다. 나는 그때 그렇게도 쉽게 학업을 포기했던 내 경솔한 행동을 두고두고 얼마나 후회했는지 모른다. 오늘 아침에 네 말을 듣자니, 지난날의 나 자신을 빼닮은 듯해서, 슬프고 괴로운 심정 한량없었다. 짐작하겠지만, 너는 우리 집안의 장래를 짊어졌을 뿐만 아니라, 온 문중이 다 너를 쳐다보고 있다고 해도 과언이 아니다. 지난 6·25 전쟁 때, 마침 우리 마을이 격전지 부근에 위치해 있었기 때문에 낮에는 국군, 밤에는 인민군 세상으로 뒤바뀌곤 했다. 그 와중에 동네 사람들이 서로 고발하고 서로 죽고 죽이는 일이 반복되어 마을에 남자들이 귀하게 되고 말았다. 온 문중 사람들이 네가 잘되기를 바라고 있는 까닭이기도 하다. 내 비록 살림이 구차해서 네가 객지에서 편히 공부할 만큼 넉넉한 지원은 못 하고 있다마는, 오늘 네가 그런 나약한 마음을 이 아비에게 보이니, 이 아비 마음이 뼈를 깎는 듯 아프구나. 내 앞으로 무슨 일이 있더라도 너희들이 공부는 할 수 있도록 뒷받침할 테니, 다시는 약한 소리 말고 오직 공부를 계속해다오. 그것이 이 아비의 한 맺힌 소원이라는 점을 명심해라."

동민은 아버지의 말씀에 그 어떤 통한 같은 것이 서려 있음을 온몸으로 느낄 수 있었다. 그래서, 그는 경솔한 말을 입 밖에 내 죄송하다며 아버지에게 진심으로 용서를 빌었다.

"아니다. 네 잘못이 아니니라. 이 아비가 못난 탓이다. 가난을 벗어나고자 애를 써도 전염병과 수재 등이 잇달아 덮쳐오니, 일가들을 다독이고 문중을 대표해서 '봉제사 접빈객(奉祭祀接賓客)'의 도리를 하기도 버거웠다. 게다가 워낙 내세울 만한 학벌이 없으니 그런 내 역할에도 한계가 있었다. 네가 대구라는 도회에 나가 공부해 내기가 어렵다 보니, 그런 말이 저절로 튀어나온 것으로 내 다 짐작이야 한다마는, 젊은 시절에는 가난이 수치가 아니니, 참고 견디면, 반드시 좋은 시절도 찾아올 것이니라. 이 아비 탓을 해도 좋다마는, 부디 네 공부만은 계속하도록 해라! 이 아비의 한 맺힌 부탁이다."

동민이 사랑채에서 물러나 잠시 갈 데를 몰라 안방으로 들어가 봤더니, 어머니가 호롱불 밑에서 내일 월요일 아침에 동민이 갖고 갈 삼 형제의 양말을 깁고 있었다. 집안 형편이 어렵게 되어 고생하시는 어머니의 얼굴에는 그 곱상하던 얼굴빛이 거의 사라지고 문득 일말의 궁기 같은 것도 언뜻 엿보이는 듯했다. 동민은 갑자기 슬픈 마음이 들어 바느질 때문에 높이 치켜든 어머니의 오른손을 꼭 잡고 그 옆에 다가앉았다.

"얘가 왜 이런다냐? 바늘에 찔리겠다!"하고 어머니가 영문을 몰라 동민을 힐끗 쳐다보았다.

"어머니, 우리 아버지하고 사시는 게 행복하세요?"하고 동민은 얼결에 전혀 뜻밖의 질문을 흘리고 말았다.

"동민이 너 갑자기 그게 무슨 소리냐? 행복이 다 뭐냐! 그저 팔자로 알고 이렇게 살아가는 것이지! 왜? 너 사랑방에서 야단맞았구나! 아침에 숟가락을 탁 놓고 바깥으로 내닫는 품새에 어쩐지 찬바람이 이는 것 같더라니! 너한테 기어이 한바탕하신 모양이구나!"

"아뇨, 어머니! 좋은 말씀으로 타일러 주셨어요."

"네가 무슨 말을 해도 내 다 짐작한다. 자기 공부 못한 한을 자식한테 풀려고 하는 그 심사! …… 하긴, 과수원을 일구어 가난을 극복하려고 혼자 안간힘을 썼고, 너희들을 그래도 도청 소재지인 대구까지는 내보내어 놓으신 아버지다. 아버지 탓만 할 수는 없느니라. 딴 생각 말고 공부나 열심히 하도록 하렴! 이 어머니는 네가 장차 우리 도동 마을을 빛낼 훌륭한 인재가 되리라고 굳게 믿고 있단다!"

"어머니, 미안해요. 제가 더욱 성심껏 공부할 테니 아무 걱정하지 마십시오. 학교에서 여러 명목의 사소한 잡부금들이 많아서 자주 담임 선생님의 독촉을 받곤 하는데, 그걸 느긋이 참아내지 못하고 그만 이 입에서 경솔한 말이 잘못 흘러나왔습니다. 어머니, 제가 본의 아니게 아버지의 심기를 심히 불편하게 해 드린 것 같은데, 진심으로 죄송하다고 느낍니다. 내일 아침에 제가 대구로 떠나고 나거든, 아버지께 잘 말씀드려 주세요. 제가 정말 큰 불효를 저질렀습니다. 이제부터는 정신을 바짝 차리고 오직 공부에만 전념하겠습니다."

그런데, 그 월요일 아침, 동민이 작별 인사를 드리자, 아버지는 어디서 마련하셨는지는 알 수 없었지만, 뜻밖에두 밀린 방세와 형제들의 납입금 등을 다 내고도 넉넉하게 남을 만한 큰돈을 내어주시면서, 앞으로는 고향 집 걸음도 형들에게 맡기고, 너는 오직 학업에만 전념하라고 당부하셨다. 그 순간, 동민의 머릿속에서는 아버지가 그 날 선산을 헤매시다가 자신의 외가인 직천까지 들어가셔서 그 큰돈을 구해 오신 것이 아닐까 싶기도 했고, 혹은, 그 큰돈이 어쩌면 어머니가 그날 밤 호계천 징검다리를 건너실 때 꼭 들고 뛰셨던 그 보퉁이에서 나온 것일지도 모르겠다는 두 가지 추측이 얼핏얼핏 스쳐 지나갔다. 그러나 후일에도 동민은 그의 이 추측을 그 누구한테서도 확인받지는 못했다. 그로서는 감히 그런 말을 다시 꺼내거나 부모님께 여쭈어볼 만한 적절한 기회를 잡지 못한 채 그만 아까운 시간을 그냥 흘려보내고 만 것이었다.

아무튼, 이런 일이 계기가 되었던 것인지는 분명치 않았으나, 동민의 학교 성적이 급격히 좋아지기 시작했다. 사실, 동민은 그때까지만 해도 공부라고는 대개 학교 시간 중에만 정신을 집중해서 유념했을 뿐, 집에 와서는 숙제 정도는 했지만, 따로 예습이나 복습 같은 걸 해 가면서 어떤 목표나 경쟁심을 갖고 공부할 줄을 몰랐다. 말하자면, 그는 그냥 학교에 착실히 다니고만 있었는데, 그때부터는 좀 더 적극적으로 공부를 해 보겠다는 결심을 하게 된 것이었다.

그러던 어느 날이었다. 체육 시간이 끝나고 학급 학생들이 모두 운동장으로부터 교실 안으로 들어오고 있었는데, 담임 선생님이 종례를 하기 위해 미리 교실 안에 들어와 기다리고 계셨다. 이윽고, 그는 안동민이 자신의 기하 과목 시험에서 전 학년에서 유일하게 만점을 받았다며 큰 칭찬을 하셨다. 일부러 한 문제만은 교과서에 없는 것을 출제해 보았는데, 막상 채점을 해 보니, 전 학년에서 단 한 학생만, 그것도 자기가 담임을 맡은 이 반에서, 전혀 예상하지도 못했던 학생이 만점을 받았다고 했다. 이것은 아마도 안군이 요즈음 공부를 제대로 하기 시작했다는 증좌가 아닌가 싶다며, 담임 선생님은 다들 안 군처럼 마음을 다잡고 열심히 공부하라는 요지의 훈시를 하셨다.

이것은 고등학교 1학년 학생이 간혹 받을 수 있는 그런 우연한 상찬의 말에 불과했다. 그렇지만, 이 기하 점수 100점이 결국 그 어떤 신호탄처럼 되었다. 이때부터 동민은 반에서, 그리고 나중에는 학년 전체에서 우수한 성적 때문에 주목받는 학생으로 급부상했다. 사실, 동민은 영천국민학교에서는 선생님들의 촉망을 받는 우등생이었었는데, 대구에 온 이래 성적이 늘 그저 중상(中上) 정도에 머물러 있었으며, 그다지 주목을 받지 못하던 학생이었다. 아마도 — 동민이 나중에 생각하기로는 — 도회 생활에 잔뜩 주눅이 들어있던 그가 자신의 저력을 발휘하기 위해서는 이렇게 상당한 도움닫기 기간과 그 어떤 구체적 계기가 필요했던 것 같았다.

 * 이 대목에서 나는 적잖게 놀랐다. 우리 제자들 생각으로는 안 선생님은, 본인이 그런 말씀을 하신 적은 없지만, 중·고등학교를 막론하고 늘 전교에서 1등만 하신 분이었다. 그런데, 대구에서 중·고등학교에 다니실 적에 학급에서도 중상 정도밖에 못 하신 기간이 제법 길었었다는 사실을 여기서 처음으로 알게 되었다. 나는 이 대목에서 안 선생님을 오히려 보다 가까이, 더욱 인간적으로 느낀다. 이 세상 그 누구도 완벽하지 않으며, 그 어떤 천재도 중·고등학교 전 학년을 통틀어 늘 전교 수석을 할 수는 없지 않겠는가 말이다.

나는 우리네 사회 선반에서도 '선교 수식' 운운하는 그런 터무니없는 과장된 신화 따위는 부디 사라졌으면 한다. 학교 성적에서는 누구든지 다소의 기복이 있기 마련이며, 또한, 우수한 성적을 보인 학생이 후일에 반드시 훌륭한 인물이 되는 것도 아니라는 사실은 너무도 자명해서, 내 생각 같아서는 이런 화제 자체가 우리 사회에서 아예 사라졌으면 좋겠다.

2

동민이 고등학생으로서 매일같이 느끼지 않을 수 없었던 가장 큰 부조리는 도시와 농촌의 빈부격차였다. 아버지가 시골에서 과수원을 하는 농부였기 때문에, 향리에서는 논밭밖에 없는 농부보다는 그래도 집안 형편이 조금은 나은 편이었다. 그러나 동민이 막상 대구에 오자, 어쩔 수 없이 가난한 집안의 아들이 되지 않을 수 없는 사회구조였다.

차츰 고향 집을 드나드는 빈도가 줄어들기는 했지만, 그래도 주말에는 가끔 대구와 영천 도동을 오가면서 동민은 도시와 농촌의 그 현저한 경제적 격차와 문화의 차이에 대해 놀라지 않을 수 없었으며, 이런 현상에 대해 그는 자연히 많은 비교와 사색을 하게 되었다.

그가 도동 서당에 다닐 때 배운 한(漢) 나라 사람 동중서(董仲舒)의 '왕도통삼(王道通三)'이란 글에 따르자면, 왕(王)이라는 글자 자체가 원래 천(天), 지(地), 인(人)을 뜻하는 삼(三) 자의 가운데를 세로로 관통하는 획을 그어 놓은 꼴이라, 왕도란 곧 하늘과 땅, 그리고 그 양자 사이에 사는 인간 등 삼자를 관통하는 '길'이라고 했다. 동중서의 주장은 천도와 인도가 따로 난 두 길이 아니고, 인간의 희로애락이나 자연의 춘하추동이 하나의 이치로 통할 수 있어야 한다는 것이었다. 즉, 왕도의 요체는 하늘과 백성을 하나로 볼 수 있는 지혜이며, 왕이 백성을 잘 다스리지 못하면 하늘이 천재지변으로 벌을 내린다는 동중서의 이런 생각은 그 근거가 다소 허황한 듯했지만, 맹자의 '역성혁명' 사상이래 우리 동양인들의 마음속에 깊이 스며 있는 생각 같았다.

그런데, 이승만 대통령은 '왕도통삼'의 지혜는커녕 너무나 무능하여, 온 나라를 부패사회의 표본으로 만들고 있었다. 물론, 동중서의 옛 왕도를 현대의 민주주의적 정치이념과 비교할 수는 없겠지만, 헐벗은 농촌과 타락한 도시 간에 현저히 대비되던 당시의 엄청난 빈부격차는 때로는 동민의 젊은 가슴을 의분으로 끓어오르게 하였다. 잡기장으로 쓰는 자신의 특별 노트에다 그는 "한국 농촌경제 연구"라는 제목을 한자로 크게 써 놓고 한국의 농촌경제가 어떻게 하면 살아날 수 있을까를 고민하면서, 그 방안들을 생각나는 대로 이것저것 적어 놓기도 했다.

어느 날, 흑판에 잔뜩 무엇인가를 적어 놓고는 학생들이 필기를 하는 동안에, 교실을 이리저리 거닐던 국사 선생님한테 이 특별 노트가 눈에 띄었다. 그 노트를 집어 들고 그 제목과 내용을 대강 훑어 보신 국사 선생님이 공무원 부패와 우리 경제의 외세 의존성을 동시에 해결하지 않고서는 우리 농촌을 살리기 어려울 것이라는 말씀을 해 주셨다. 그 당시 동민은 아직 정경유착이란 개념까지는 모르고 있었지만, 한국 농촌의 빈곤이 한 청년의 관심과 모색만으로 해결될 수 없는 사회구조적 문제라는 것만은 분명히 깨달았다.

1960년 3월 15일은 대한민국 제4대 대통령 선거일이었다. 이 선거를 앞두고 자유당의 정·부통령 후보 이승만/이기붕과 민주당의 정·부통령 후보 조병옥/장면 후보의 대결이 점점 첨예화되어 가는 중이던 2월 15일에 민주당의 대통령 후보 유석(維石) 조병옥 박사가 안타깝게도 지병으로 서거하였다. 1956년 5월 15일 제3대 대통령 선거 때에도 이미 '못 살겠다 갈아 보자!'고 외쳐 오던 민주당 지지자들의 간절한 소망이 민주당의 대통령 후보였던 해공 신익희 선생의 서거(5월 5일)로 무산되었는데, 이번 1960년에도 선거를 해보기도 전에 또 유석 조병옥 후보의 서거로 인하여, 이승만의 당선이 선거일 한 달 전에 일찌감치 확정되고 말았다. 이에, 민주당 부통령 후보인 장면 박사라도 — 실권은 없는 부통령이지만 — 꼭 당선시켜야 하겠다는 국민적 열망이 온 나라를 뜨겁게 달구고 있었다.

한편, 이승만 대통령이 고령이기 때문에 만약 임기 중에 사망하게 된다면, 헌법상 그 권력을 부통령이 승계하게 되어 있는 까닭에, 당시 자유당 정부는 부통령 승계에 의한 의외의 정권교체를 막기 위해서라도 반드시 이기붕 후보를 당선시키고자 공무원과 경찰을 동원하는 것은 물론이고 정치 깡패 투입 등 온갖 불법 행위를 자행할 태세였다.

선거일인 3월 15일을 약 2주일 앞둔 2월 28일(일) 장면 부통령 후보가 대구 수성천 변에서 선거유세를 한다는 사실이 널리 공지되고 엄청난 숫자의 청중이 수성천 변으로 모여들 것으로 예견되자, 경상북도 학무과(현재의 교육청 업무를 관장하던 당시 도청의 행정부서)는 학생들이 유세장에 가는 것을 미리 방지하고자 대구 시내 각 고등학교에 — 대청소, 영화관람, 특별 학력고사, 토끼 사냥 등 갖가지 구실을 내세워 — 학생들을 일요일에 등교시킬 것을 지시하였다.

동민의 경우에는 일요일 아침에 학생비상연락망을 통해 12시까지 긴급 등교하라는 연락을 받았다. 그는 그렇지 않아도 오후에 있을 장면 박사 유세에 갈 예정이었기 때문에, 이것이 자유당 정권의 못된 술책인 줄 뻔히 짐작되었지만, 일단 등교는 해 보기로 했다. 그가 12시에 학교에 당도해 보니, 교문에서 학생회 간부들이 바로 운동장으로 집결하라는 안내를 하고 있었다. 운동장으로 가니, 3학년은 이미 졸업하고 없었기 때문에, 학생부위원장 이대우 등 2학년 선배들이 한 사람씩 차례로 조회단 위로 올라가 장면 박사의 선거유세가 있는 문제의 일요일에 엉뚱한 구실을 내세워 학생들을 등교시키도록 조치한 경상북도 도청의 부당한 지시를 규탄, 성토하였고, "학원의 자유를 달라!", "학생을 정치 도구화하지 말라!" 등의 구호를 채택하였으며, 마침내는 정의와 민주주의를 위해 경상북도 도청 앞까지 행진해 가면서 항의 시위를 하자는 데에 뜻을 모으게 되었다.

그렇지 않아도 동민은 12년 이승만 정권의 부패와 '사사오입 개헌' 등에는 물론이고, 또 이번 선거에까지 갖가지 부정선거를 책동하고 있는 데에 의분을 느끼고 있었기 때문에, 동급생들과 함께 스크럼을 짜고 교문을 나섰다. K고 학생 800여 명이 도중에 D상고, K부고 등 다른 고등학교 학생 일부와도 합류하여 삽시간에 1000여 명이 훨씬 넘는 큰 시위행렬이 형성되었다. 그들이 삼덕우체국으로부터 반월당 쪽으로 행진해 가던 도중에, 마침 유세를 하러 수성천 변으로 가던 장면 부통령 후보 일행이 탄 지프차와 연도에서 마주쳤다. 그래서 시위행진 중이던 학생들은 장면 부통령 후보 일행에게 환영의 환호성과 큰 박수를 보낼 수 있었다. 그런 연후에 그들은 다시 계속해서 반월당과 중앙동을 거쳐 경북도청으로 행진해 갔다. 행진해 간다는 것이 ─ 당시에는 시위를 어떻게 해야 하는 것인지도 모두들 잘 몰랐기 때문에 ─ 실은 모두 도청을 향해 힘껏 뛰어가고 있었다. 학생들의 시위를 저지할 경찰도 아직 출동하지 못했고, 길거리에는 가혹 놀라서 허둥대는 교통순경들이 더러 보일 따름이었다.

동민은 ─ 보폭이 좁고 숨이 차서 그랬던 것 같았지만 ─ 시위

본대보다 조금 늦게 도청 앞에 도착했다. 시위 본대는 이미 도청의 뜰에 가득히 들어가 연좌 중이었고, 동민과 그의 친구들은 막 도청 정문 앞에 당도했는데. 마침 그때서야 데모 진압을 위해 긴급 출동한 기마 경관들과 정면으로 맞닥뜨리게 되었다. 그래서 도청 정문 앞에서는 날뛰는 말들과 난무하는 경관의 곤봉들, 그리고 이를 피하려는 학생들의 아우성이 뒤엉키는 일대 난장판이 벌어졌고, 이 혼란 중에 떠밀린 동민은 도청 정문 앞 도로 위에 그만 쓰러지고 말았다. 쓰러진 동민의 몸 주위에 말발굽들이 어지럽게 달그락거렸지만, 짐승들이 알아서 사람의 몸을 피해 주었던 것인지 동민은 다행히도 말발굽에 밟히지는 않은 채 간신히 털고 일어날 수 있었고, 그 와중에도 그는 다행히도 경찰에 붙잡히지 않고 몇몇 학우들과 함께 만경관 쪽으로 달아난 다음, 연이어서 대구시청 방향으로 힘껏 달렸으며, 나중에는 대구여고 근처까지 도망쳤다.

하지만 도청 정문 앞에서 기마 경관들이 마구 휘몰아 대던 말들의 어지러운 발굽들 사이에 쓰러졌다가 그야말로 천우신조로 다친 데 없이 빠져나온 그때의 그 위험천만한 순간들이 동민의 뇌리에 오랫동안 무서운 트라우마로 남게 되었다.

아무튼, 이렇게 1300여 명이나 되는 대구 시내 K고, K여고, K사대부고, D고, D상고, D여고, D공고, D농고 등 8개 남녀 고등학교 학생들에 의한 반독재, 반부패 시위가 대한민국 건국 이후 처음으로 대구에서 일어난 것인데, 사람들은 후일 이것을 '2·28 대구 학생 의거'라 부르게 되었으며, 더 훗날에는 '2·28 민주운동'이라고 일컫게 되었다.

이 학생 의거는 약 일주일 뒤에 비슷한 상황에서 대전고등학교 학생들이 일으킨 '3·8 민주의거'를 불러왔다. 그 후에도 이기붕을 부통령으로 당선시키기 위해 혈안이 된 자유당 정권의 부정선거 행태가 깡패 동원 등 그 극에 달하자, 그에 항의하여 '3·15 마산 의거'가 일어났다. 경찰의 발포로 7명이 사망하고 870명이 부상을 당했다. 이 의거에 참여했던 마산상고 학생 김주열이 행방불명되었다. 경찰이 그의 시신을 돌덩이에 묶어 마산만에 버렸지만, 시신과 돌덩이를 묶은 끈이 풀려 실종 27일 만인 4월 11일에 최루탄 파편이 왼쪽 눈에 박힌 김주열 학생의 변사체가 마산 앞바다에 떠올랐다. 일제에서 해방된 우리 조국에서 일제 강점기에나 자행되던 경찰의 이런 만행이 그대로 재현된 이 꼴을 보자, 전국 국민들의 분노가 하늘을 찌를 듯 들끓었고, 이승만 정권의 이러한 만행에 대한 국민적 공분이 4·19 대학생 시위로까지 번졌다. 4·19 시위 중에 많은 대학생들이 경찰의 총탄에 희생되자, 4월 26일에 마침내 서울의 대학교수들이 거리로 나와 시가 행진을 하며 이승만 대통령의 하야를 요구하기에 이르렀다. 이에, 이승만은 더 버티지 못하고 마침내 하야 의사를 발표하였다.

이렇게 '2·28 대구 학생의거'는 한 달 반 이후에 일어난 4·19 혁명의 도화선이 되었으며, 향후 대구 사람들의 정의감과 자긍심의 원천이 되기도 했다. 지금 회고해 보건대, 이런 가증스러운 반민주적 폭거하에 당시 국민들은 도대체 다 무엇을 하고 있었기에 어린 고등학생들이 분연히 일어서지 않으면 안 되었을까 하는 한심한 생각이 들기도 한다.

현재 수유리에 있는 국립 4·19 민주 묘지에 1960년 2월 28일 K고 학생부위원장으로서 2·28 학생시위를 주동했던 이대우 [교수]의 유해가 '2·28 민주운동'을 대표해서 묻혀 있는 이유이기도 하다.

＊여기서 나 허경식이 사족을 달자면, 학생의거라면 일제 강점기인 1929년 광주에서 일어난 11·3 학생독립운동이 먼저다. 이렇게 광주와 대구는 그 고교 학생들의 정의감이 강했다는 점에서 서로 닮은 데가 있는 것 같다. 최근 코로나 사태 때 광주 시민들이 자발적으로 대구 시민들을 도운 사례만 보더라도 이른바 '동서갈등'이란 것이 이 나라 정치인들의 정치공학적 술수에 의해 조작된 측면이 있음은 명백하다. 좁은 나라에서 무슨 대단한 동서갈등이 있겠는가? 만약 동과 서도 서로 마음을 합해서 살 수 없다면, 남과 북은 왜 통일되어야 하는가? 동서화합도 못 하는 사람들이라면, 남북이 합해서 살 생각도 하지 말아야 옳지 않겠는가!

3

'2·28 대구 학생의거' 때의 동민은 고교 1학년이었지만, 그것은 그가 금방 고교 2학년이 되기 직전이었다.

고교 2학년 때의 동민에게 특기할 만한 사항이 두 가지 있었다.

첫째는 그가 독일어 시간에 큰 흥미를 느꼈고, 독일어를 특히 열심히 공부하게 된 사실이었다. S대 독문과를 막 졸업하고 K고의 교장 선생님에 의해 특별 채용되어, 동민의 학년에 독일어를 가르치게 되신 김성도(金成道) 선생님은 그들의 교실에 신선한 바람을 몰고 온 젊은 인기 교사였다. 교사들이 흔히 함몰되기 쉬운 자기 자랑 따위는 일절 하지 않는 대신, 헤르만 헤세 등 독일의 시인·작가들의 소개와 서독의 선진 사회 제도에 관한 갖가지 놀라운 정보를 들려줌으로써, 그는 딱딱한 독일어를 일종의 복음처럼 전해 줄 줄 알았다. 발음이 균정(均整)하지 않고 들쑥날쑥한 영어보다 정서법(正書

法)에 더 부합하는 듯한 발음 때문에도 동민은 독일어가 무척 마음에 들었다. 그리고, 김성도 선생님이 전해 주는 독일의 시인·작가들의 이야기가 그의 흥미를 끌었다. 그중에서도 특히 동민에게 큰 감동을 준 것은 이미륵(1899-1950)이란 한국인이 독일어로 썼다는 『압록강은 흐른다(Der Yalu fließt)』(1946)라는 소설 이야기였다. 물론, 동민은 아직 그 소설을 직접 읽지는 못하고 우선 김 선생님한테서 이야기로만 전해 들은 것이었지만, 그에게는 이미륵이 황해도 해주의 한 유가(儒家)의 아들로 태어나 서당교육을 받았다는 사실이 어쩐지 자신과 비슷한 데가 있는 것처럼 느껴졌다. 서울에서 경성의학전문학교에 다니던 중에 3.1 운동에 가담했던 이미륵은 일경에 쫓겨 1920년에 멀리 독일까지 가게 된 것이었는데, 동민은 이때부터 이미륵의 그 소설을 독일어로 한번 읽어보고 싶다는 간절한 소망을 품게 되었다. 그러려면, 독일어 공부를 착실히 해야 한다는 것은 자명했다.

둘째로 특기해야 할 만한 것은 그해 어느 봄날 학교에서 전교생 백일장이 열렸는데, 동민의 글이 산문부 장원으로 뽑혔다는 사실이었다. 당시 대구의 길거리에서는 각종 옹기를 산더미처럼 진 채 골목 골목을 다니면서 서민들한테 옹기를 파는 행상이 가끔 관찰되곤 했는데, 동민은 도시의 골목들을 다니며 '옹기 사요, 옹기!'를 외치는 어느 옹기상수의 심중을 그렸다. 사랑스러운 어린 두 아들의 장래가 창창함을 굳게 믿고 있는 옹기장수의 '내면 독백(內面獨白)'을 다룬 그 대수롭잖은 글이 장원으로 뽑히자 동민 자신도 깜짝 놀랐다.

그 직후에 경상북도 단위의 추계 고교생 학생백일장이 개최되었는데, K고 대표로 나간 동민이 거기서도 산문부 장원으로 뽑혔다.

'낭패'라는 제목이 주어져서, 동민은 도회에서 자취생활을 하는 한 고교생이 기차간에서 간장병을 깨뜨려 낭패를 보는 이야기를 썼다. 이것은 그가 그의 형 화민의 실제 경험담을 쓴 것이었다. 그 고교생은 주말에 농촌의 집에 왔다가 월요일에 도시로 돌아갈 때 고향 집 장독에서 간장을 조금 퍼갖고 가야, 반찬도 만들 수 있고, 급할 때는 밥만 지어서 간장에라도 비벼 먹고 학교에 다닐 수 있었다. 그런데, 어느 월요일에는 집의 간장을 담아 나를 만한 적당한 용기(容器)가 마침 집에는 아무것도 남아 있지 않았다. 일단 자취방으로 가져갔던 병 같은 것들을 챙겨서 도로 갖고 오지는 않았기 때문에, 그 흔하던 정종 술병 같은 것도 마침 집에 더는 남아나 있지 않았다(물론, 그 당시에는 아직 오늘날의 플라스틱 생수병 같은 것이 없었던 시절이었다). 그래서, 어머니가 집안에 대대로 내려오던 매화문(梅花紋) 백자 호리병에다 간장을 담아주시며, 조심해서 가져갔다가 꼭 다시 챙겨와야 한다며 신신당부를 하셨다. 하지만, 그 학생이 월요일 아침의 통학 기차에 간신히 올라타긴 했지만, 초만원 기차간에서 이리저리 떠밀리다가 그만 그 백자병의 가녀린 목을 부러뜨리고 말았다. 그 결과, 곁에서 함께 밀리던 여학생들의 여름 교복에 간장이 튀고, 온 기차간이 순식간에 간장 냄새로 가득 차게 되어, 그 학생이 큰 낭패를 보는 사연이었다. 동민의 이 이야기가 산문부 장원으로 뽑힌 것은 아마도 그가 맞춤법을 바르게 쓰고 정확한 문장을 구사한 것이 심사위원들의 인정을 받은 까닭도 있었겠지만, 아마도 몰락한 시골 양반집의 후예가 도회지에서 공부하며 겪게 되는 고난이 매화문 백자 호리병이 깨어지는 것으로 상징되었던 점이 인정을 받은 게 아니었을까 추측되었다.

아무튼, 이 무렵 동민의 그 특별 노트의 겉장에는 더는 '한국 농촌경제 연구'가 아니라, '새로운 인간형의 창조'라는 제목이 적혀 있었다. 아닌 게 아니라, 이즈음에는 독어 담당 김성도 선생님뿐만 아니라 국어 담당 J 선생님 등 학교의 여러 선생님들이 동민의 문학적 재능에 특별한 관심을 보이기 시작했다.

4

1960년 당시 국내 정국은 3·15 부정선거와 4·19 혁명을 거치면서 극심한 혼란의 소용돌이에 휘말려 있었다. 이승만이 하야하자 이기붕 일가는 자살극으로 그 종말을 고했으며, 허정 과도정부가 들어섰다. 과도정부의 수반이었던 허정은 하와이로 떠나는 이승만의 망명길을 사실상 배웅해 주는 예우를 베풀었다.

허정 과도정부는 1960년 6월 15일에 의원내각제로 헌법을 개정하였고, 7월 29일의 총선에서 민주당이 압승함으로써 윤보선을 대통령으로, 장면을 국무총리로 하는 제2공화국이 들어섰다. 하지만, 집권한 민주당이 민주적인 의원내각제의 장점을 살리지 못한 채 윤보선 등 구파와 장면 등 신파가 서로 갈려 사사건건 다투기만 하는 통에 대다수 국민들은 민주당의 신구파 싸움에 넌더리를 내었다. 한편, 대학생들은 분단 현실을 자주적으로 극복하겠다며, '가자 북으로, 오라 남으로!'라는 구호 아래 북한 내학생들과 판문점에서 회동할 계획을 세웠는데, 대학생들의 이와 같은 자연스러운 민족주의의 발현은 당시 많은 보수파 인사들의 빈축을 사게 되었음은 물론, 냉진체제의 현상 유지를 바라던 미국의 시각으로 볼 때도 귀찮고 성가신 일이 아닐 수 없었다. 남북 대학생들 회동 문제 이외에도, 평소 억압되어 있던 각계각층의 수많은 요구가 한꺼번에 각종 시위로 분출되어 나오자, 1960년 후반기 정국은 대혼란에 빠졌다. 이에, 민주주의자이긴 했지만 우유부단했던 장면 국무총리는 어지러운 시국을 다잡지 못하고 쩔쩔매는 실망스러운 꼴을 보여주었는데, 이것이 박정희를 비롯한 군인들에게 국가의 정치적 혼란상을 극복함으로써 북한 공산당의 재남침을 방지하겠다며 군사쿠데타를 일으킬 빌미를 제공하고 말았다.

1961년 5월 16일 군사쿠데타 당시 동민은 고등학교 3학년이었다. 그날 박정희, 김종필 등 군사쿠데타의 주역들은 방송을 통해 '반공을 국시(國是)의 제일의(第一義)'로 삼으며 우리 사회의 제반 부정과 부패를 척결하겠다는 이른바 '혁명공약'을 발표했다. 학교 선생님들 중에는 이제 우리 한국 정치판의 오랜 부패가 청산되고 정의로운 사회가 도래할 것이라며 희망적인 견해를 표명하는 분도 전혀 없지는 않았다. 하지만, 사회 과목 담당 C 선생님은 5·16은 민중이 주체가 되어 정권을 바꾼 경우라고 볼 수 없으므로, '혁명'이라 부르기 어렵고, 냉전체제의 유지를 원하는 외세를 등에 업은 군사쿠데타에 지나지 않음을 명백히 가르쳤고, 군부 세력은, 아무리 무능하다 하더라도 합법적이었던 장면 정권의 행보를 인내심을 가지고 우선 지켜보아야 했었다며, 소위 '혁명군'을 신랄하게 비판했다.

하지만, 점점 그 억압적 정체를 드러내기 시작한 군사독재의 시퍼런 서슬 앞에 C 선생님도 차츰 정치적인 발언을 삼가고 모두들 자중하는 태도를 취했다.

일찍이 도동 서당에서 맹자의 역성(易姓) 혁명과 동중서의 왕도통삼(王道通三)에 관해 공부한 바 있는 동민은 5·16이 아무래도 4·19혁명을 계승한 '혁명'으로 볼 수는 없겠다는 확신을 굳히지 않을 수 없었고, 성숙한 정치의식에 도달하지 못해 있던 우리 국민의 싹트는 민주 의식을 너무 일찌감치 짓밟아 버린 일부 군인들의 정의롭지 못한 '거사'와 그 후속 행위들을 큰 의구심을 지닌 채 바라보지 않을 수 없었다. 4·19 혁명을 서울의 현장에서 직접 겪지 못한 그로서는 4·19를 2·28의 연장선으로 파악할 수밖에 없었는데, 그는 5·16을 일으킨 군인들이 4·19를 계승하기는커녕, 2·28과 4·19를 계기로 새로이 피어나는 민주 정신과 점점 명확하게 떠오르는 자주적 민족의식을 일찌감치 꺾어버림으로써, 계속 외세에 의존해 가면서 한반도 분단을 고착시키려는 비민주적 세력으로 느끼지 않을 수 없었다.

물론, 그 당시 고3이던 그가 민족의 분단 상황을 확실히 인식하고 있었다고는 말할 수 없었다. 하지만, 적어도 그는 5·16 군사쿠데타가 어쩐지 '미국을 등에 업은 이승만의 득세'와 어딘가 닮은꼴이라는 인상을 지울 수 없었고, 그들 군인들이 어딘가 그의 젊은 혈기를 갑자기 옥죄고 그의 앞길을 콱 막고 나서는 듯한 숨 막힘과 답답함을 느꼈다.

5

동민이 재학하던 K고교는 당시 대구에서뿐만 아니라 대한민국 전체에서도 세 손가락 안에 꼽히는 명문이었다. 후일, 동민은 자신의 모교인 K고가 명문이었다면, 그것은 경북 도내의 각 고을에서 모여든 수재들이 훌륭하신 교장 선생님의 '명품 훈화'를 경청한 결과, 그들이 후일 재학시절에 배운 그 공의(公義)를 실천하고자 노력했다는 데에서 그 이유를 찾아야 한다고 생각하곤 했다 "이룩지라 삼천 리 / 문화의 전당!"이라는 교가 중의 한 구절도 젊은 청년의 벅찬 소

망과 기백을 노래하고 있었다. 하지만, 당시 세인들은 누구나 K고가
서울의 S대에 매년 일백 수십 명의 합격생을 내기 때문에, 또 나아
가서는 S대 중에서도 특히 법과대학에 수십 명의 합격생을 내기 때
문에 전국 굴지의 명문이라고 생각하고들 있었다.

당시의 이런 상황에서 동민이 S대 법학과에 진학한다는 것은 집
안과 향리에서는 물론이고, K고에서도 이미 기정사실로 되어 있었
을 뿐만 아니라, 동민 자신도 으레 그렇게 될 것으로 여겨 왔다.

그런데, 바로 그 무렵, 대구 시내에서는 푼돈을 받고 2~3일 동
안 책을 빌려주는 대본점(貸本店)들이 성업하고 있었는데, 거기서 동
민은 이광수, 김래성, 심훈, 염상섭 등의 소설을 빌려 탐독하곤 했
다. 그러던 어느 날 그는 독일의 소설가 토마스 만의『부덴브로크 가
(家)의 사람들』이란 소설책을 빌려서 읽었다. 이 작품의 내용인즉,
북부 독일의 유서 깊은 가문이라 할 대상인(大商人) 집안 부덴브로
크 가의 4대에 걸친 흥망성쇠의 과정이었다. 특히, 그 제4세대인 하
노 부덴브로크라는 병약한 소년은 장차 자신이 가문의 부(富)와 명
예를 지켜내어야 한다는 과부하된 임무를 정신적으로 견뎌내지 못
하고 티푸스에 걸려 죽어가고, 그 결과 부덴브로크 가는 허무하게도
몰락하게 된다는 이야기였다.

특이한 우연의 고리들이 서로 연결된 결과였지만, 이 소설을 읽
고 난 동민은 자신이 하노와 거의 흡사한 상황에 처해 있음을 자각
하게 되었다.

K고의 선생님들은 동민이 S대 법학과에 진학하여 합격자 수를
올려 주기를 바라고 있었다. 또한, 아버지와 어머니는 물론, 길환 동
장님과 현풍 아재와 삼거리 아지메를 비롯한 온 고향 사람들은 장
차 동민이 S대 법학과에 진학을 하고 사법고시에 합격하여 유능한

인재가 되기를 간절히 바라고 있었다. 6·25 전쟁 때 밤에는 인민군이, 낮에는 경찰이 마을에 와서 사람을 잡아가고, 그런 과정에서 서로 고발을 하는 바람에 남자들이 거의 다 희생되다시피 된 고향 마을이었다. 그들은 어디 의지할 데 없는 일가 아이들이 장차 우리 사회의 상층부로 진입할 수 있도록, 동민이 앞으로 출세하여 그들을 잘 이끌어 줄 것을 애타게 소망하고 있었다.

그런데, 문제는 동민 자신이 장차 그런 유능한 인물이 되자면, 우선 군사정권 하의 부패한 관료 사회와 어떻게든 타협해 나가지 않으면 안 될 것이고, 장차 고향 사람들을 이끌어 주자면, 어쩌면 자신도 부정한 짓을 저질러야 그런 일이 가능하게 될 듯했다. 한편, 만약 동민이 S대 독문과를 선택한다면, S대에 합격은 했으니까 K고의 요청 사항은 그래도 반은 충족시켜 주는 결과이지만, 법대에 간 것은 아니니까 가문과 온 향리의 장래를 짊어지는 책무에서는 조금 벗어날 수 있을 듯했다. 독문학이란 별난 전공을 선택하여 장차 소설을 쓰겠다는 청년한테 온 마을이 무슨 큰 기대를 걸지는 않을 것이기 때문이었다.

K고 독어 담당 김성도 선생님은 동민에게 독문과를 선택하기를 권한 적은 한 번도 없었다. 하지만, 그분의 성품으로 보아 동민이 독문학을 선택한다면, 기뻐해 주실 것은 틀림없을 듯했다. 그런데다가 동민에게는 독문학이 법학보다도 훨씬 더 자유롭고 심원한 학문일 것으로 짐작되었다.

그래서 동민은 어느 주말에 동강포로 갔을 때, 우선 어머니의 허락을 얻고자 했다. 어머니는 동민의 얼굴을 한참 동안 물끄러미 바라보시더니, 이윽고 말문을 떼셨다.

"네가 많이 힘 드는 모양이구나! 평소에도 나는 가끔, 앞으로의 네 삶이 참으로 녹록지 않으리라 짐작되어 은근히 걱정이 되었더니라. 그런데, 이제 드디어 올 것이 왔구나! …… 이 어머니가 뭘 알겠느냐? 하지만, 너는 누가 봐도 글을 쓰면 좋을 선비 기질을 타고난 사람이다. 네가 앞으로 이 나라 정치판에 말려 들어가 그 순한 마음에 상처를 입거나 크게 마음고생 할 걸 상상해 보자면, 나는 일찌감치 너를 거기서부터 건져내어 주고 싶은 마음이 간절했단다. 아무튼, 이 어머니는 어떤 일에도 네 편이다. 네 아버지가 허락하실지 큰 걱정이구나!"

뜻밖에도 아버지의 반응은 부드러웠다. 동민의 설명을 묵묵히 듣고 나시더니, 갑작스러운 말이라 좀 당황스럽다고 하시면서, 조금 더 생각해 보자고 하셨다.

"그리고, 너도 다시 한번 신중하게 생각해 보도록 해라. 다음 주말에 다시 집에 오너라. 그때 이 아비의 생각도 말해 주마."

그다음 주말에 아버지는 동민의 뜻에 변함이 없는지 다시 한번 물어보시고는, 동민이 그렇다고 대답하자, 이윽고 다음과 같은 말씀을 하셨다.

"나도 그동안 혼자 좀 생각해 봤는데, 내 욕심이 과했다는 생각이 들더구나! 피는 못 속인다는 생각도 들었다. 네 15대조이신 우리 마을 입향조 완귀공께서는, 한양에서 벼슬하실 적에, '입은 마치 말을 못 하는 듯이 무겁고, 몸은 마치 옷의 무게를 감당하지 못하는 듯 신중하셨으며'(口若不出言 身若不勝衣), '종일토록 단정히 앉으신 채 경서와 사기를 외우고 풀이하셨다'(終日斂膝危坐講論經史)는 관찰담이 전해지고 있다. 또한, '수기치인을 자기 공부의 필생의 목표로 삼으셨고'(以修己治人爲自家下工地), '한 번도 당대 권문세가의 대문에 발걸음을 한 적이 없으신'(足跡一不到權貴之門) '진정한 군자이셨다'(儘

君子人也)는 기록도 전해져 내려오고 있다. 조정의 분위기가 흉흉하고 장차 을사사화가 일어날 조짐이 엿보이자 과감히 벼슬을 버리시고 처가가 있던 이 마을로 내려오셨다. 당대의 올곧은 선비로 유명하셨던 남명 조식 선생도 완귀정을 방문하시고, 숨어 사는 선비의 안빈낙도를 찬탄해 주신 완귀정 제영시(題詠詩)가 지금도 우리 마을 정자에 걸려 있지 않더냐! 호계천의 거북을 완상하시며 사시겠다던 분의 후손이 이 험한 세상을 살아나갈 방도가 무엇이겠느냐? 선비의 지조를 지키며 살아가는 길뿐이리라. 네가 살아가야 할 네 인생이다. 이 아비가 너와 끝까지 함께 살아줄 수도 없는, 너의 삶이다. 네 뜻대로 해라. 이 아비는 더는 참섭하지 않고 네 가는 길을 그냥 지켜봐 주마."

도동에서 대구로 가는 동민의 발걸음이 그날보다 더 가벼운 적은 없었다. 법학이 아니라 문학이 ― 그중에도 특히 독문학이 ― 그의 전공 학문으로 선택된 것이었다.

6

1962학년도의 대학입학 시험은 전국의 수험생들을 전공과목별로 지원하게 하는 형태의 국가 고사였다.

전국의 각 일간지에 전공과목별 수석합격자 명단과 그의 국가고사 총점이 보도되었는데, 동민의 이름이 독어독문학 전공의 수석으로 각 일간지에 났고, 당시에 누가 봐도 놀라웠던 것은 그의 국가고사 총점이 그해 문과 지망생 전체 수석이었던 법학 전공의 수석보다 불과 몇 점밖에 뒤지지 않는다는 사실이었다. 아무튼, 이로써 동민은 K고 졸업반 학생 중에서 가장 먼저 S대에 이미 합격한 것이나 다름없게 되었다. 대학별 입학시험에서 추가로 보게 되어 있던 체능 시험의 점수가 아직 유일한 변수로 남아 있긴 했지만, 체능 점수에는 이미 기본 점수가 주어져 있었기 때문에, 동민이 설령 기본 점수만 받는다 치더라도, 그는 이미 넉넉히 S대 독문과의 합격권 안에 들어있다는 추정이 가능했기 때문이었다.

도동과 인근 마을에서 신문을 보았거나 소문을 들은 사람들이 병규의 과수원에 몰려와 축하의 뜻을 표했고, 동강포의 사랑채에서는 때아닌 막걸리 잔치가 벌어졌다.

병규는 이번에 셋째 아들이 대학입학 국가 고사에서 우수한 성적을 거두어 그 이름이 신문에까지 나게 되었고 길 가던 인근 고을 사람들이 그의 사랑채에 들러 축하를 해 주는 것이 이루 말할 수 없이 기뻤다. 근자에 아들이 법학과를 선택하지 않아서 그 자신의 속마음을 꽤나 섭섭하게 만든 것 이상으로 이번에는 바로 그 아들이 또 자신을 이렇게도 기쁘고 영광스럽게 해 준 것이었다.

예전에 가정 형편이 곤란하여 대구에 진학하지 못한 채 도동 서당에 임시로 세워진 사설(私設) 도창 학교에 다니며 신학문을 익히던 서러운 시절을 회고할 때, 병규에게는 동민이야말로 '자신의 뜻을 이루고 이름을 떨쳐 부모를 드러내어 준(立身揚名以顯父母)' 자랑스러운 아들이었다. 그래서 그는 인근 향리의 여러 축하객을 물리치지 않고 일일이 막걸리 한 잔이라도 대접해서 보내곤 했다. 그러나 그는 이번 봄에 당장 동민을 서울에 유학 보낼 학비 걱정 때문에 남몰래 속이 바싹바싹 타들어 가고 있었다.

하늘이 무너져도 솟아날 구멍이 있다는 말이 있지만, 이렇게 기쁜 일을 당하여 오히려 궁지에 몰린 병규에게 예기치 않았던 해결책이 저절로 생겼다. 홍구의원 심재민 박사가 동강포로 사람을 보내어 병규를 좀 보자고 청했다. 영천읍 홍구의원에 들른 병규에게 심 박사가 말했다.

"축하하네! 이번에 자네 셋째가 대학입학 국가 고사에서 독문과 수석을 했다는 소문이 내 귀에까지 들려오더군. 신문에 난 점수가 아주 높아서 S대 법대를 가고도 많이 남을 점수라던데?"

"글쎄, 내 막내가 제법 높은 점수를 받긴 한 모양이야!"하고 병규가 대답했다. "그런데 갑자기 왜 사람을 부른 거야?"

"퉁명스럽기는! 하긴, 우리가 가까이 살면서도 오래 서로 만나지 못했지. 적조했네. 미안하이! 자, 그럼, 용건을 말하겠네. 내 며느리의 친정 언니가 서울의 초동이란 데에서 사는데, 그 댁에 수험생이 있어서 가정교사를 구하는 모양이야. 자네 아들이 그 댁에 기거하면서 수험생의 공부를 좀 도와주었으면 좋겠다는 부탁이 왔다네."

"……"

"내 며느리가 언니한테 뭐라고 자랑을 했는지는 몰라도, 그 댁에서는 자네 아들의 점수는 물론, 집안 내력까지 이미 다 알아보고 나서 간곡한 부탁을 해 오는 판이니, 지금으로서는 거절하기가 막상 더 어려울 듯하네! 그러니, 아들의 뜻도 물어봐서, 내게 곧 가하다는 답을 알려 주시게."

친구의 약간 사무적인 태도 때문에 병규의 마음에 일말의 서운한 생각이 휙 스쳐 가긴 했지만, 병규로서는 이런 뜻밖의 방책이라도 생긴 것이 여간 고마운 일이 아니었다.

병규가 약간 머뭇거리며 홍구 의원의 말을 전하니, 동민이 선선히 그렇게 하겠다고 대답했다. 참으로 다행스러운 일이었다.

그래서, 동민은 S대에 정식으로 입학하기도 전에 벌써 서울로 올라가 예기치도 않은 입주 가정교사를 시작하게 되었다. 그것이

1962년 2월의 일이었다.

그 댁은 서울 중구 초동에 있었는데, 두 쪽으로 갈라지는 큰 개폐형 대문을 통해 자가용이 드나들었다. 하지만 대문은 평소에는 대개 닫혀 있었고, 그 댁 식구들은 한쪽 대문짝에 별도로 나 있는 조그만 쪽문을 통해 드나들곤 했다. 아래층에는 40쯤 되어 보이는 주인 내외가 거처하고, 2층에는 곧 고3이 될 딸과 곧 중2로 진학하게 될 아들의 방들이 있었다. 본채와 차고 사이에 추가로 지은 듯싶은 2층짜리 부속 건물이 하나 있고, 1층의 방 둘은 식모 아주머니와 운전기사가 각각 쓰고 있었다. 2층의 넓은 한 칸은 현재도 주인의 서재로 사용되고 있는 듯했는데, 책으로 가득 차 있었다. 그 서재에는 육중한 책상과 간이침대 하나가 놓여 있었는데, 여기가 동민이 임시로 쓰게끔 허락된 공간이었다.

동민의 머리에 언뜻 떠오른 생각은 자신이 과연 이런 과분한 공간을 임시로나마 사용해도 될 것인가 하는 의문이었다. 그래서 처음에는 그의 마음이 썩 편치 않았다.

마음이 편치 않은 것은 비단 그것만이 아니었다. 그날 저녁이었다. 그 댁 안주인이 동민의 입주를 축하한다면서, 저녁 식사에 불고기를 준비했다. 양념한 불고기를 가득 채워 넣은 조그마한 양철 버킷을 가져왔고, 풍로 불 위에 프라이팬을 올려놓고 안주인이 딸과 아들 그리고 동민을 위해 직접 고기를 구워주었다.

이것이 동민을 놀라게 했고 일순 그에게 약간의 거부감까지 불러일으켰다. '이 무슨 굉장한 잔치란 말인가!'하고 동민은 속으로 생각했다. '도동 마을에서라면 고기가 조금 생기면, 무와 대파, 그리고 마늘과 고춧가루 등을 넣고 붉은색의 멀건 국을 끓여 동네의 이웃 어른들을 모셔와 함께 한 끼를 나누어 먹을 텐데, 아무리 조그만 버킷이라 해도 이렇게 쇠고기를 가득 담아놓고서는 마구 구워 먹다니! 이 풍요는 너무 과한 것이 아닌가!' 이런 생각에 동민은 순간 목이 콱 막히고 눈시울이 울컥 뜨거워져 왔다.

"안 선생, 오늘은 우리 집에 처음 들어온 날이라 특별히 불고기를 준비했으니 많이 들어요"하고 안주인이 친히 고기를 구워주면서 자기 자식들과 동민에게 앞으로 지켜야 할 주의사항 등을 친절하게 일러 주고 있었다. "안 선생은 고기를 별로 좋아하지 않나 보네! 영 안 먹네?"하고 안주인이 동민을 그윽이 쳐다보면서 말했다.

"예, 잘 먹고 있습니다."하고 동민이 말했다. 그러나 그는 입 안에 든 고기를 미처 목구멍으로 넘기지를 못했다. "잠깐 실례합니다!"하고 그는 황급히 화장실로 들어갔다. 그사이에 고기는 이미 목구멍을 넘어가긴 했고, 뜨겁던 눈시울도 수습이 되어 동민이 화장실에서 더는 해야 할 일이 없었다. 그는 하릴없이 세수를 좀 하고 마음을 진정시킨 다음, 다시 식당으로 되돌아왔다. 그 댁 남매들은 어머니가 구워주는 불고기를 잘 먹고 있었다. 고기도 먹어본 사람이 잘 먹는다는 말이 있지만, 결과적으로 동민은 그 친절하고 교양미가 넘치면서 예의범절이 몸에 배어 있는 듯한 주부의 호의에 부응하기 위해 그날 저녁 꽤 많은 불고기를 먹은 셈이 되었다. 하지만 그렇게 다소 억지로 고기를 많이 먹은 체험은 앞으로도 오랫동안 그의 기억에 남았다. '다 같은 대한민국 땅에서 어떻게 삶의 질과 양태가 이렇게도 판이할 수 있단 말인가?' ― 이것이 동민이 서울에서 처음 겪은 일종의 문화충격이었다.

7

동민의 서울 생활은 이렇게 비교적 여유 있게 시작되었다. 곧 고3으로 진학하는 화진(華眞)은 매일 두 시간씩 동민의 방으로 건너와 주로 영어와 수학 공부를 했고, 중2로 진학 예정인 남동생 화수(華洙)는 때때로 건너와서 모르는 것을 묻거나 주말을 이용하여 한두 시간씩 영어와 수학 과목의 특별 지도를 받았다.

화진은 영리하고 무척 예쁜 여고생이었지만, 처음에는 다소 당돌한 듯한 태도가 엿보이기도 했다. 자기 어머니의 여러 차례에 걸친 권유에도 불구하고 그녀는 동민을 '선생님'으로 호칭하지 않고 그저 어정쩡하게 넘어가겠다는 태도였다. 아마도 그것은 한 살 차이밖에 안 되는 남학생을 선생님이라고 부르며 배워야 하는 데에 대한 사춘기 여학생의 자존심이 그런 태도로 나타나는 것 같기도 했다. '국가고사에서 성적이 출중했다고 해서 엄마가 특별히 불러온 모양이지만, 시골 출신이 우리 남매를 가르칠 수 있겠어? 어디 얼마나 실력이 있는지 두고 보자!'라는 듯이 그녀는 좀 유보적인 태도로 동민을 대했다. '엄마가 그러시니까 시키는 대로 하긴 하지만, 뭐 대단한 효과야 있겠어?'하는 듯한 그녀의 그 약간 얕보는 듯한 태도는 한동안 쉽게 잦아들지 않았다. 동민이 우선 애를 먹은 것은 영어 발음 때문이었다. 문장을 해석하기 전에 동민이 우선 영어 텍스트를 읽으니까, 화진이 몇 번인가 쿡 하고 웃음을 참는 듯했다. 나중에 안 사실이지만, 화진은 외교관인 아버지 덕분에 이미 미국에 살면서 그곳 중학교에 다닌 적이 있었다. 그래서 동민의 약간 느릿한 영국식 영어 발음이 화진에게는 꽤 어색하게 들린 모양이었다.

동민은 화진의 그런 약간 당돌한 듯한 태도를 그냥 못 본 체했고, 그녀를 사무적으로 대했다. 화진이 특히 약한 과목은 수학과 화학이었지만, 그녀가 동민의 실력을 다소 인정하는 태도를 보이기 시작한 과목은 뜻밖에도 영어 해석과 국어에서였다. 동민이 낱말의 뜻 자체보다도 글에 담겨 있는 의미와 그 상징성을 정확한 언어로 설명해 줄 줄 안다는 것을 여러 차례에 걸쳐 실감하고 나서야 그녀는 어느 날부터인가 간신히 '선생님'이라는 호칭을 쓰기 시작했다. 그것도 동민을 보고 직접 '선생님'이라고 부르는 것이 아니라, "화수야, 선생님 어디 계셔?"하는 식이었다. 화수는 처음부터 동민에게 호감을 보이면서 동민을 형처럼 잘 따랐다. 화수는 동민의 중학생 시절에 관한 이야기나 동민의 고향 마을 이야기를 좋아했다. 특히, 동민의 형 화민이 기차간에서, 고향 집에 대대로 내려오던 매화문(梅花紋) 백자 호리병을 깨어 먹고, 옆에 서 있던 여학생들의 여름 교복에다 간장을 튀게 만들어 큰 낭패를 본 이야기 같은 것을 즐겨 듣곤 했다. 또한 그 둘은 시간이 조금 날 때면 차고 옆에 설치된 간이탁구대에서 이따금 함께 탁구를 치기도 했다. 화수 어머니도 이것을 좋게 여기는 것 같았기 때문에, 그들은 운동 삼아 자주 탁구를 쳤고 차츰 형제처럼 가까워졌다.

동민에게 특히 좋았던 점은 자신의 임시 거처로 지정된 그 방이 대한민국 외무부 미주(美洲) 과장님의 서재였기 때문에, 서가에 각종 책이 가득 꽂혀 있어서 여러 분야의 책들을 자유로이 골라 읽을 수 있다는 사실이었다. 동민이 『신역 논어』라든지 『알기 쉬운 수역 풀이』 등 한문 관련 영문 서적들을 읽고서, 평소 서당에서 대강 배워 알던 내용을 서구적 논리로 재정리할 수 있었던 것도 이 무렵의 소득이었고, 『톰 소이어의 모험』이나 『오 헨리 단편집』 등을 직접 영어 원문으로 읽을 수 있었던 것도 이 시기의 큰 수확이었다.

아무튼 동민은 이렇게 큰 불편 없이 대학 생활에 진입할 수 있었다. 처음 등교한 S대 문리대 교정은 차분하고 안정된 분위기를 띠고 있어서, 들뜬 신입생들의 마음 같은 것은 금방 그 고요하고 심오한 학문적 분위기 속으로 빨아들이는 것 같았다. 특히, 영, 독, 불문과의 교수연구실과 학과사무실이 있는 문리대 동부연구실의 복도를 지나다니노라면, 어떤 유현(幽玄)한 기운 같은 것이 훅 끼쳐 오는 바람에 동민 같은 신입생은 일순 맥을 못 추고 학문적 전통이란 무한한 시간적 직선 위에 하나의 보잘것없는 점으로 서 있는 듯한 아득한 무력감에 빠져들곤 했다.

8

신입생 시절의 동민은 한 가지 기이한 사실을 통해 S대 문리대 학생들에게 잘 알려지게 되었는데, 그가 매주 고향의 부친한테서 엽서를 받고 있다는 사실이 그것이었다.

S대 문리대 학생과 입구에는 당시 26개 학과 학생들에게 온 우편물을 꽂아놓고 학생들에게 자기 편지를 찾아가도록 하는 학과별 우편함들이 죽 배열되어 있었는데, 독문과 우편함에는 자주 '安東民 앞'이란 엽서가 꽂혀 있곤 했다. 그 당시에는 각별한 비밀 사항이 아니라면, 값이 싼 관제엽서가 흔히 이용되었는데, 동민의 아버지는 아들에게 편지를 쓸 때 주로 이 관제엽서를 이용했다. 엽서 때문에 그 수신자가 동료 학생들의 주목을 받을 이유는 없었다. 문제는 그 필체 때문이었는데, 달필의 반(半) 초서로 주소와 수신자가 쓰여 있는 그 엽서가 자주 거기에 꽂혀 있어서, 이따금 그 앞에 서는 학생들은 같은 엽서가 늘 거기에 꽂혀 있다고 착각하곤 했다.

"東民아 보아라,

綠陰芳草 勝花時라는 5월이다. 草野에서 늘 自然의 無窮造化를 보면서 살아가고 있는 이 아비는 네가 客地에서 몸 건강히 잘 지내는지 無時로 궁금하구나!

居處하는 宅의 主人 內外分께서도 平康하시고 너도 서울 생활에 큰 不便은 없느냐?

늘 아랫사람의 道理를 잘 지키고, 가르치는 일이든, 배우는 일이든 每事에 精誠을 다하여라!

그리고, 客地 生活을 無事히 견디는 要諦는 무엇보다도 三時를 때맞춰 잘 챙겨 먹는 일이니, 부디 失時하지 말아라!

너의 배움의 길에 큰 發展이 있기를 빌면서,

道東에서

아비 書"

주소란의 아들 이름 석 자를 한자로 쓴 그 필체가, 특히 편안 안(安) 자를 거의 원형으로 돌려쓴 그 초서가 아주 달필이었을 뿐만 아니라 마지막에 '아비 書'로 그치는 그 엽서의 내용이 거의 대동소이하였고, 대체로 동어반복에 가까웠다. 학생들은 처음에는 그 엽서의 수신인이 누군지 초서로 써 놓은 한자를 잘 읽을 줄도 몰랐고 또 관심도 없어서 그냥 지나쳤다. 하지만, 같은 관제엽서가 늘 거기에 꽂혀 있는 듯한 착각을 느끼기 시작하면서부터는 학생들이 차차 그 엽서에 주목하기 시작했고, 사신들끼리 귀띔으로 그것이 동민의 고향에서 부친이 꾸준히 써 보내시는 엽서인 줄 알게 되자 그들은 동민에게 은근히 경탄과 존중의 마음을 표하곤 했다.

한번은 독문과 동급생 중에서 아주 선량하지만, 때로는 꽤 짓궂은 장난기를 발휘하는 임성재(林聖載)가 동민을 보고 문득 "매사에 정성을 다하여라!"하고 말하자, 주위에 있던 학우들이 빙그레 웃었다. 또 한 번은, 동급생 오영길(吳永吉)이 동민을 보고 느닷없이 점잖은 어른의 말투로 "실시(失時)하지 말아라!"하고 말하자, 마침 그 자리에 함께 있던 여학생들까지도 미소를 머금고 서로 곁눈질해 가면서 동민을 쳐다보곤 했다.

이런 일이 있고 나서부터, 동민은 등교하면 제일 먼저 학생과 문전의 우편함부터 체크하곤 했다. 그가 부친의 엽서를 우편함에서 빨리 거두고자 한 것은 부친이 혹여 부당하게도 사람들의 웃음거리가 되지 않을까 염려했기 때문이었다. 하지만, 그는 자기 부친을 조금도 부끄럽게 생각하지 않았다. 그는 고향에 계시는 자기 부친이야말로 이 땅에서 가장 떳떳한 학부형이라고 생각했으며, 그 부친의 사랑과 가르침을 받고 자신이 영천 도동으로부터 오늘 여기 S대까지 오게 된 것을 마음속으로 늘 감사하다고 생각했고 자랑스럽게 여겼다.

* 여기서 나는 안 선생님이야말로 정말 훌륭하신 부친의 슬하에서 성장한 행운아라고 여기면서, 돌아가신 안 선생님을 새삼 부러워하는 마음이 든다. 세상에는 부친을 일찍 여의어서 이런 아버지의 사랑과 가르침을 받지 못한 이 허경식 같은 버르장머리 없는 인간이 얼마나 많은가! 또한, 내가 알기로는, 부친이 너무 유명인사이어서 오히려 부담스러워하는 젊은이들도 많았던 것 같다.

안 선생님에게 고향과 부친은 그의 인격 형성과 학문적 성취를 위한 중요한 전제조건이었던 듯하다.

말이 난 김에 내 경우를 잠깐 말해 보자면, 외동아들로 홀어머니 슬하에서 응석둥이로 자라다가 나중에 대학생이 되어 안 선생님의 열렬한 강의를 듣다 보니 화천 촌놈이 뜻밖에도 물불 안 가리는 데모꾼이 되었다. 정보요원들이 화천까지 내 어머니를 찾아가 갖은 협박과 회유를 해대는 바람에, 나는 결국 휴학을 한 채 군에 자원입대하게 되었고, 육군에서 제대하고 나서는, 불안해하시며 그저 목숨만 보전하고 살아 달라는 어머니를 안심시켜 드리고자 두문불출하고 모친 슬하에서 긴긴 세월 농사를 도우며 살았다. 이 기나긴 좌절의 시간 동안, 나는 대학에서 안 선생님을 만난 악연을 곱씹으며 그를 얼마나 원망해 왔던가!

9

　독문과 강의는 주로 독일 작가들의 산문 작품을 독일어 텍스트로 읽고 그것을 우리말로 해석하면서 필요한 경우에는 해설을 곁들이는 방식으로 전개되었다. 향리와 부친의 큰 기대를 저버리고 고집을 부려 기어이 독문과에 들어온 동민으로서는 이런 독문과 강의가 다소 실망스러웠다. 하지만, 외국 문학을 공부하는 학생이 우선 그 나라의 말과 글을 익히는 것이야 자명한 사실이니까, 동민은 일단 큰 불만 없이 그런대로 학과 공부에 열중했다.

　동민에게 큰 감명을 준 독문과 교수는 '현대 독소설'이란 과목을 맡은 K 교수였다. 그는 독일 하이델베르크 대학에서 연구하다가 그곳에서 학위과정을 마치지는 않은 채 그냥 귀국하여 다른 대학에서 근무하다가 모교인 S대 독문과에 전임교수로 부임한 지는 1년 정도밖에 안 되는, 당시에는 젊은 교수였는데, 풍채가 우람하고 목소리도 우렁우렁하였다. K 교수가 토마스 만의 중편소설 『토니오 크뢰거』에 나오는 그 만연체 문장 하나를 그 웅장한 목소리로 죽 한번 읽고 나서, 연이어 유창한 우리말로 줄줄 해석해 가노라면, 학생들은 숨을 죽이고 토니오 크뢰거가 처해 있는 모순된 상황을 자기 머릿속에 상상해 보는 것이었다.

그러나, K 교수가 동민을 감동하게 만든 것은 그의 그 독특한 독문 독법이나 유창한 우리말 구사 능력 때문만은 아니었다. K 교수는 강의 중에 가끔 자신의 독문학자로서의 한계와 어쩔 수 없는 절망감을 토로하곤 했는데, 이 공부는 정말 해도 해도 끝이 보이지 않을 뿐만 아니라, 결국 남의 나라 문학을 탐구하는 학문이기 때문에, 이 학문에 종사하는 사람은 필연적으로 늘 우리 한국문학을 함께 생각해야 하고 궁극적으로는 우리 문학으로 되돌아와야 한다고 했다. "하기야 모든 독문학자가 다 자기 생전에 우리 문학에 직접 이바지해야 하는 것은 아닐 것입니다. 그 가르침을 받은 누군가가 언젠가 우리 문학에 이바지해도 되는 것이긴 하지요. 하지만, 그 길이 너무 멀고, 중간의 부득이한 굴절 때문에 애초에 설정된 목표에 도달하기가 정말 어렵습니다. 여러분은 굳이 독문학이란 머나먼 길을 돌고 돌아서 간접적으로 우리 문학의 발전에 이바지하는 것보다는 가능하다면 부디 본인이 직접 글을 씀으로써 우리 문학을 발전시키는 주역이 되시기 바랍니다."라고 그는 자신의 견해를 피력하곤 했다.

동민은 이러한 K 교수의 말이 절절한 자기 체험에서 우러난 듯한 인상을 받았기에 그의 이런 가르침을 감명 깊게 받아들였다. 그래서 그 자신은 K 교수와 같은 교수가 아니라 토마스 만과 같은 작가가 되겠다는 결심을 다시 한번 굳혔고, 이런 자기 생각을 어떤 자연스러운 기회에 K 교수에게 고백하기도 했다.

"그래?! 그것참 좋은 생각이다! 남의 나라 문학을 너무 깊이 공부하는 것보다는 스스로 글을 쓰는 것이 더 만족스러운 일이지. …… 그런데 말이야, 안 군은 내가 보기에 작가가 되기 어려운 점이 한 가지 있어요. 사람이 성실해서 그야말로 진국인 셈인데, 이것이 장차 작가가 되는 데에는 오히려 큰 걸림돌이 될 수도 있겠다는 생각이 들어요!"

"그렇다면 선생님, 제가 작가가, 그것도 책을 내어 돈이나 버는 그런 인기 작가가 아니라, 토마스 만과 같이 인생사를 예리하게 분석해 내고 이 세상이 돌아가는 운행의 법칙을 정치(精緻)하게 그려 내는 그런 빼어난 한국 작가가 되자면, 장차 어떻게 해야 하겠습니까? 하고해 주십시오!"

"내가 보기에 자넨 훌륭한 교수는 될 수 있겠는데, 과연 작가가 될 수 있을지는 의문이네! 이상한 얘기 같지만, 우선 그 우등생티를 좀 벗어던지고 약간 '타락'의 길을 걸어보게. 그러면, 작가의 길이 조금 보일 걸세. 정도(正道)를 걷고자 성실히 노력하다 보면, 학자는 될 수 있겠지만, 작가의 길에서는 점점 더 멀어지게 될 것이네. '타락'의 길을 걸어보라는 말은 이것저것 다양한 체험을 함으로써 상궤(常軌)를 벗어나는 사고와 행동도 좀 할 줄 알아야 한다는 의미야!"

K 교수는 술을 좋아해서 크고 작은 술자리에서 동민에게 이와 비슷한 말을 자주 해 주시곤 했다.

아무튼, K 교수는 동민에게는 잊을 수 없는 스승이었고, 그의 이런 특이한 충고는 오래오래 그의 기억에 남았다.

10

그 이듬해에 화진은 그녀와 부모님이 원하던 대로 E대학 영문과에 넉넉한 성적으로 합격했다. 동민은 자신의 과외지도를 받지 않았더라도 화진이 그 학과에 무난히 합격했으리라는 판단이 들었다. 그 사이에 화진은 영특하고 자주성이 강한 아리따운 여대생이 되어 있었다.

화진의 어머니는 딸의 합격이 전적으로 '안 선생이 수고해 준 덕분'이라고 크게 고마워했으며, 그만 좋다면 화수를 계속 지도해 주면 고맙겠다고 했다. 그래서, 동민은 화진이 대학에 합격하고 나서도 초동의 그 외교관댁에서 계속 기거할 수 있었다. 화진의 아버지는 공무로 바쁜 탓인지 아침저녁으로 잠시 스쳐 뵐 수 있을 뿐, 동민은 그와는 깊은 대화를 나눌 기회가 없었다. 그 대신 화진의 어머니는 마음이 따뜻하고 배려심이 깊은 분으로서 동민을 정말 한 식구처럼 잘 대해 주셨다.

어느 봄날 저녁이었다. 동민이 차고 안 간이탁구대에서 화수와 탁구를 치고 있는데, 화진이 내려와 잠시 구경하는 듯했다. 이윽고 그녀는, 잠깐 쉬면서 수건으로 땀을 닦고 있는 동민에게 다가오더니 말했다.

"모레 목요일 오후에 시간 있으세요? 우리 반 아이들이 창경원에 벚꽃 구경 가기로 했는데, 파트너가 있어야 한대요. 제 파트너 좀 되어 주실래요?"

"아, 파트너? 파트너라! 춤은 못 추는데?"

"뭐, 별것 아니에요. 춤판을 벌이자는 게 아니고, 그냥 짝을 맞추어 벚꽃 길 산책이나 한번 해 보자는 것이에요. 싫으시다면 달리 알아볼게요."

"오전 수업뿐이라 시간은 괜찮아요. 화진 씨의 부탁인데, 영광스럽게 받아야지!"

"그런데, 이종사촌 오빠라고 할게요. 선생님이라고 하면 애들한테 놀림감이 될 듯해서요."

"오빠라, 그것참 근사한 역할이 될 듯한데……"

"그럼 약속하신 거예요?! 언제 어디서 만나는지는 나중에 말해 드릴게요."하고 말한 다음, 화진은 재빨리 자기 방으로 올라가고 있었다. 그녀의 뒷모습에서 동민은 문득 수줍은 처녀티를 엿본 것 같기도 했다.

이렇게 동민은 뜻밖에도 화진의 파트너가 되어 벚꽃이 활짝 핀 창경원에서 E대학 영문과 신입생들과 하룻저녁을 함께 보내었다.

"어색해서 혼났네! 어때? 낙제 점수는 면했나?"하고 동민이 함께 귀가하면서 화진에게 물었다.

"아, 생각보다 의젓하던데요! 능수능란하지는 않았지만, 의젓해서 정말 이종 오빠 같았지 뭐예요. 샛노란 반코트 입은 그 순영이 생각나지요? 얼굴도 예쁘고 병아리 같아서 귀엽잖아요! 그 애는 진짜 자기 사촌 오빠를 데리고 나왔는데, 동민 오빠가 자기 마음에 든다면서 저한테 슬쩍 말하기를, 나중에 동민 오빠를 자기한테 따로 좀 소개해 달라는 거예요. 순영이 어때요? 소개해 드릴까요?"

"아니, 사양하겠어! 갑자기 동생이 둘이나 생기면 곤란할 듯해서……"

"저의 이종사촌 오빠 노릇은 오늘로 그만 면헤 드릴게요"라고 말하면서 생긋 웃는 화진의 얼굴에서 동민은 문득 그녀가 더는 자신한테서 수학이나 영문 해석법을 배우던 여고생이 아니라는 사실을 실감했다.

11

S대 문리대 건물 앞에 누가 마로니에를 심었는지 아는 사람은 아무도 없었다. 하지만 유달리 잎이 무성한 이 마로니에 나무 그늘 밑에서 문리대 학생들의 수많은 만남과 대화가 이루어졌고, 갖가지 의미 있는 담론들이 전개되었다.

1962년 동민이 이 대학 신입생이 되었을 무렵, 이 대학 학생들은 사각형 안에 '대학'이라는 두 글자가 적혀 있는 배지를 달고 다녔다. 그것은 S대 문리대야말로 '대학의 대학'이란 자긍심의 표징이었다. 사실, 그들 모두가 1960년대의 대한민국 주요 담론을 일으키고 거기에 대한 토의를 서로 주고받아 장차 이 나라 이 사회가 지향해 나갈 공론을 만들어 내는 '민족 지성'으로 자부했다.

그들은 해방 직전에 태어났기 때문에 식민지교육과 일본어 세례를 전혀 받지 않은 새로운 세대였다. S대 전체 학생을 위한 「대학신문」 외에 문리대 학생들만을 위한 「새 세대」라는 학내 신문이 따로 나오고 있었고, 한때는 진취적이고 과감한 「새 세대」가 무미건조한 관보(官報) 냄새를 풍기는 듯하던 「대학신문」보다 더 인기를 끌었다. 아무튼, 당시 문리대생들은 기성세대의 의식과 처신을 단순히 답습하기를 거부하는 '새로운 세대'의 자부심과 진취성을 보였다. 물론, 그들은 기성세대 선각자들의 계몽적 노력에 힘입어 당시 경쟁적으로 출간되기 시작한 동아출판사, 을유문화사, 정음사 등의 세계문학 전집의 영향을 크게 받기도 했다. 그들은 이렇게 새로 출범한 대한민국 초창기 출판문화에 힘입어 서양의 온갖 사상과 제도를 간접적으로 수용할 수 있었다. 그러나 그들은 일본어를 배우지 않아 일본어로 책을 읽지 않고 바로 영어, 독어, 불어 등 서양어로 필요한 지식과 정보를 직접 얻기 시작한 대한민국의 제1세대 지식인이었다. 당시 그들은 강의실에서, 마로니에 나무 그늘 밑에서, 대학천 건너편의 '학림' 다방에서, 그리고 그 옆의 허름한 술집 '쌍과부집'에서 각자 기염을 토하며, 수많은 정치적, 사회적 담론들을 생산해 내고 기성세대의 부패상과 비민주성을 극복하고자 그들끼리 논쟁과 토론, 분열과 단합을 거듭해 나갔다.

이러한 그들의 대학 생활을 요약해서 말해 보자면, 그들은 모두 가난했지만 비굴하지 않았고, 우정으로 서로 도울 줄 알았으며, 공권력의 탄압과 감시를 받았으나, 늘 기개가 하늘을 찌를 듯해서 권력 따위는 무시하거나 거의 경멸하면서, 당당하고도 의연하게 처신했다.

대학 생활에서 동민에게 가장 생생히 남아 있는 기억은 무엇보다도 '쌍과부집'에서 막걸리를 마시던 장면들이었다.

어느 여름날이었다. 문리대 6강의실에서 1교시 강의가 시작되기를 기다리던 동민은, 담당 교수의 소속 학과 조교인 듯한 약간 낯익은 청년이 강의실에 들어와 흑판에다 'xxx 교수 담당 OOO 과목 — 휴강'이라고 써놓고 나가는 바람에, 때마침 뚝뚝 듣는 빗방울을 맞고 후드득후드득 소리를 내고 있던 창밖의 무성한 마로니에 잎들을 쳐다보며, 자못 허탈한 심정으로 강의실 의자에서 일어났다. 하지만, 비가 내리기 시작하고 있었기 때문에 선뜻 강의실을 빠져나가지 못하고 그냥 머뭇거리고 있었다. 그때 낯익은 몇몇 나른 학과 친구들을 기느린 미학과 K형이 강의실 문밖에서 비를 피하면서 기다리고 있다가 동민에게 말했다. "아침부터 휴강에다 비까지 내리니 한

자 겹치지 않고 어이 배기겠나! 우린 '쌍과부집'으로 간다. 동민이 자네도 함께 가지 그래!?"

쌍과부집이란, 말 그대로 두 과수댁이 막걸리를 파는 집이었다. 문리대 서부연구실에서 대학천 너머를 건너다보자면, 중국집 진아춘(進雅春)에서 혜화동 로터리 쪽으로 한 50미터쯤 더 가다가 명륜동 시장 쪽으로 접어드는 골목 어귀의 바로 왼쪽 모퉁이에 있는 허름한 막걸릿집이었다. 간판도 없는 술집이었는데, 학생들이 그 집을 그냥 쌍과부집이라고 불렀다. '쌍과부집'이라 해서 무슨 애절한 사연을 지닌 아름다운 두 여인이 술을 파는 가게쯤을 연상한다면, 전혀 잘못 짚은 요즈음 시대의 문학적 상상력이 될 것이다. 두 과수댁은 당시 40대 초반쯤 되었던 듯한데, 한 분은 키가 크고 언동이 좀 퉁명스럽고 거친 듯했으나 속정이 깊었으며, 다른 한 분은 키가 작은 데다 말이 없어 늘 그 자리에 없는 듯하였고 대개는 채소 따위를 다듬거나 설거지 같은 허드렛일을 말없이 감당해 내고 있었다. 당시 우리나라 어디서나 볼 수 있던 수더분한 아주머니들이었는데, 누가 누구의 아들딸인지 얼른 분간이 안 되는 어린아이들이 국민학교에 다니고 있었다. 마침 두 과수댁은 술집 탁자와 의자 위에 무와 배추 따위를 잔뜩 올려놓고 바닥에 앉은 채 채소를 다듬고 있었다. 아침부터 들이닥친 낯익은 학생 손님들이라 그랬던지, 키 큰 과수댁이 K형 일행에게 다락방으로 올라가라고 했다. 그들은 좁은 사다리 층계를 타고 다락방으로 기어 올라갔다. 두 과수댁과 아이들이 함께 쓰는 방이었으나, 마침 아이들이 학교에 가고 없었으므로 그들은 이내 간이 술상 앞에 마주 앉게 되었다. 술상이라야 막걸리와 김치, 그리고 우거지 술국이 전부였다.

오늘의 '물주' K형은 이른바 문리대 '칫솔부대원'이었다. '칫솔

부대'란 당시에 거처할 데가 없어서 칫솔 하나만 지닌 채 친구의 하숙방을 전전하면서 생활하는 학우들을 지칭하는 말이었다. 하숙생은 주인아주머니에게 아침상에 수저 하나만 더 얹어달라고 부탁해서 친구인 칫솔부대원과 아침밥을 나눠 먹은 뒤에 둘이 함께 문리대로 등교하곤 했다. 당시 그런 일은 그야말로 다반사여서, 하숙생은 그런 친구와 며칠 동안 함께 기거해야 하는 것을 당연한 우정으로 생각했다. 지방 출신 학생들은 그 당시에는 누구나 잠재적 칫솔부대원이었으며, 심지어는 서울에 집을 두고도 자원해서 가출 칫솔부대원이 되는 학우도 더러 있었다. 시골의 부모로부터 올라오는 학비나 생활비가 넉넉할 수 없었기에, 당시 지방 출신 문리대 학생들은 그 돈을 불과 두어 주일 안에 자신과 친구들을 위해 다 써버리기 일쑤였고, 그렇게 되고 나면 아르바이트를 해서 용돈을 따로 벌 때까지는 당분간 다른 친구들의 신세를 지며 사는 수밖에 없었다.

보아하니 K형은 거기 있던 친구 중의 누군가에게 그동안 칫솔부대원으로 끼친 폐를 오늘 술대접으로 갚으려는 모양이었다. K형은 자기 전공 학과인 미학과의 교수들이 아직 식민지 시대의 잔재를 극복하지 못하고 칸트 미학에 머물고 있다면서, '아름다운 것(das Schöne)'뿐만 아니라 '추(醜)한 것(das Häßliche)'에 대해서도 학문적 관심을 지녀야 진정한 미학자가 될 수 있다는 논지를 펴나갔다. 좌중의 학우들은 그가 끌어대는 카를 로젠크란츠(Karl Rosenkranz)라는 독일 학사 이름과 그의 책 제목을 흘려들으면서, K형의 입에서 거침없이 흘러나오는 독일어 개념들을 어안이 벙벙해서 가만히 듣고만 있었다. 마침내 아이들이 학교에서 돌아와 나락방으로 올라오기 시작했다. K형 일행과 동민이 사다리를 타고 내려오니, 아래에서는 이미 다른 술판이 벌어져 있었는데, 불문과의 양(兩) 김 선배와 독문과의 염 선배 등 「산문시대」의 동인들이었다. 미학과 K형 일행은 강의가 있다며 먼저 떠나가고, 동민은 「산문시대」의 선배님들한테 붙들리게 되었다. 동민이 엉거주춤 염 선배 앞에 앉아서 좌중의 이야기를 듣자니, 바야흐로 사르트르와 카뮈의 실존주의 문학에 관한 토론이 진행 중이었다. 그러던 중에 뒤늦게 합류한 불문과 H 선배가 앙드레 브르통의 초현실주의 문학의 중요성에 대해서 일장 연설을 하기 시작했다. 다들 일단은 그의 열변에 귀를 기울여 주었지만, 이윽고 H 선배는 양 김 선배의 수정과 이의 제기에 시달리기 시작했다. 이를 틈타서 동민은 바로 자기 앞에 앉은 염 선배한테 낮은 목소리로 독일의 동시대 문학이 현재 돌아가는 상황에 관해서 물어보았다.

"패전국 서독은 우선 당면한 가난에 시달리면서 나치의 가공할 전쟁범죄를 극복하느라 아직 새로운 문학 이론까지 내지는 못하고 있는 것 같아."하고 염 선배가 말했다. "독일 전후문학으로서는 그래도 47그룹의 활동 정도가 괄목할 만하지. 베를린에서 활동하고 있는 교수 겸 문학비평가 발터 횔러러(Walter Höllerer)가 발행하는 문학잡지 「역점(力點, Akzente)」을 읽어보는 것이 아마도 좀 도움이 될 거야."

동민이 염 선배한테 들은 횔러러란 이름과 「역점」 지(誌)를 수첩에 적고 있는데, 「산문시대」의 선배들이 강의가 있다며 모두들 술집을 나갔다. 그때 동민이 그들을 따라 쌍과부집을 나오지 못한 까닭은, 마침 그의 중·고등학교 동기동창으로서 당시 문리대 정치학과에 다니던 박성옥(朴成玉)이 사학과 L 선배와 함께 들어오다가 동민을 보고 반갑다며 그를 도로 붙들어 주저앉혔기 때문이었다. 막걸릿잔이 한 순배 돌자 성옥은 상해 임시정부의 정통성을 물려받은 백범

김구 선생이 대권을 잡지 못하고 미국에서 귀국한 이승만 박사에게
제압당한 통한의 우리 현대사를 당시의 국제정치적 역학관계로 설
명해 가면서 신탁통치안의 부당성과 그 안으로 인한 한반도의 비극
적 분단에 대해 열변을 토하기 시작했다. 이를 듣고 있던 L 선배가
한반도 분단이란 것이 어차피 미·소의 신(新) 냉전체제의 현상 유
지 정책의 결과에 불과하다며, 화제를 1930년대 유럽의 국제 정세
로 돌려서, 무슨 '민중 전선'이니 '사회주의 리얼리즘'이니 하는 굉
장한 개념들과 스탈린, 트로츠키, 막심 고리키 등 많은 슬라브계 이
름을 거론하는 통에, 동민은 바짝 긴장하고서 그의 주장의 핵심이라
도 파악해 보고자 애를 써야 했다.

그러면서도, 동민은 자기가 지금 있어야 할 곳이 여기가 아니라
대학천 건너편의 중앙도서관이라는 생각만은 끊임없이 하고 있었
다. 하필이면 그날따라 그에게는 더 들어야 할 강의가 없었던 탓에
이런 상황에까지 이르게 된 것이기도 했다. 동민은 간이화장실을 드
나들며 문득문득 도서관으로 건너가야겠다고 생각하기는 했으나,
이미 얼큰하게 취해서 그 자리에 그렇게 엉거주춤 계속 머물고 있었
다. 비는 이미 그친 지 오래였고, 곧 날이 저물 판이었다. 그러다가
동민이 어느 순간 정신을 차리고 보니, 박성옥과 L 선배도 이미 가
고 없고, 동민 자신은 뜻밖에도 미학과 K형과 다시 마주 앉아 있었
다. K형은 언제 다시 들어왔는지 아침과는 다른 친구들을 몰고 와서
다시 술자리를 벌이고 있었다. 그때에서야 동민은 정신을 바짝 차리
고, 이제는 아르바이트하는 집으로 들어가야 한다며 K형의 만류를
뿌리치고 '쌍과부집'을 나왔다.

동민이 뒷날 생각해 보면, 이런 모습은 당시 문리대생들이 술을
마시던 전형적인 풍속도였다. 이를테면, 그가 쌍과부집을 나오면서

술값이 얼마냐고 묻자, 그 키 큰 과수댁이 하는 말이, 그때그때 나간 학생들이 술값을 다 내고 갔기 때문에 동민은 내어야 할 액수가 없다며, 지금 다시 술판을 벌이기 시작한 "저 손(孫)들의 술값"이라도 내고 싶으면 내주고 가든지 마음대로 하라는 식이었다. 그래서 동민은 미학과 K형이 막 다시 벌여놓은 그 술값만 지불하고서 쌍과부집을 나왔다.

요컨대, 학생들은 그 가난 속에서도 술자리를 뜰 때면, 각자 그때까지 자기와 친구들이 마신 술값은 책임지고 다 내고 갔다는 말이 되는데, 결과적으로 맨 마지막까지 남은 사람은 술값을 전혀 내지 않아도 되거나 아주 조금만 낼 수도 있는 그런 특이한 지불 방식이었으며, 요즘 인심으로는 상상하기조차 어려운 불문율이었다.

동민의 생각으로는, 이 불문율이야말로 약간 거친 말씨의 그 속정이 깊고 키 큰 과수댁과 당시 새 세대의 기개와 긍지로 넘치던 S대 문리대 학생들의 자연스러운 합작품이 아니겠는가 싶었다.

12

1964년 1학기 초였다. 동민은 대학 3학년이 되어 있었다.

S대 독문과의 원로 L 교수가 10여 년의 독일 체류를 끝내고 드디어 귀국해서, 3학년 전공 강의인 '현대 독산문 강독'을 맡게 되었다는 소식이 학생들한테까지도 전달되었다. S 조교는 K 교수의 당부라면서 3학년 학생들에게 — L 교수의 귀국을 환영하는 의미에서도 — 이 강의를 될 수 있으면 많이 수강하도록 독려하고 있었다.

"어떤 선생님이십니까?"하고 동민이 궁금해서 낮은 목소리로 S 조교께 개인적인 질문을 해 보았다.

"S대의 초창기에 독문과 학과장으로 계셨던 원로 선생님이야." 하고 S조교가 말했다. "나도 소문으로만 들었는데, 이분이 초창기의 우리 학과 커리큘럼에 '낭만 건달'이라는 과목을 넣은 것으로 전해지고 있어."

"'낭만 건달'이라면 아이헨도르프의 소설 『어느 쓸모없는 인간의 삶에서(Aus dem Leben eines Taugenichts)』의 주인공을 그렇게 번역한 것입니까?"하고 동민이 물었다.

"글쎄, 그런 것 같긴 한데, 실은 L 교수님 자신이 워낙 그런 낭만적 풍모를 보이기도 하기 때문에, 그게 그만 그분의 별명 비슷하게 돼 버린 것 같아요. 일본 독문학의 영향으로 독문학이라면 곧 '낭만주의'를 연상하던 시절이 있었잖아! 아무튼, 이 어른이 독일에 가신 것까지는 좋았는데, 휴직해 둔 상태에서 한번 독일에 가시고 나서는 그야말로 '낭만 건달'답게, 아무런 행정적 조치도 취하지 않은 채 무단 해외 장기 체류를 하셨나 봐. 그동안 독문과 후배 교수들이 어떻게든 대신 변명해드리고 필요한 서류들도 대신 만들어 제출하기도 한 모양이야. 그것도 처음 몇 년까지는 통했지만, 끝내는 그만 해임당하시고 만 것 같아요. 그래서, 이번 학기에는 우선 시간강사 신분으로 '현대 독산문 강독'을 맡게 되셨어요. 아무튼, 일이 좀 복잡 미묘하게 된 모양이니, 자네들이 예의를 갖추어 잘 모시고, 혹시나 섭섭하게 생각하실 일이 생기지 않도록 유념해요."

하지만, 실제 L 교수의 강의는 동민 등 수강생들의 상상을 초월하는 방향으로 진행되었다. 니체의 『차라투스트라는 이렇게 말했다』라는 독문 텍스트를 스텐실에다 디지히여 등사한 교재였는데, L 교수는 부문장 하나를 해석하려다가 거기에 나오는 어떤 명사를 두고 연상에 연상을 거듭하고 그 연상에다 또 가지를 쳐 가면서 주제탈선을 수없이 하시던 중에 그만 종료 벨이 울리고 말았다. 문제는 그 연상과 주제탈선에 그 어떤 서사나 논리도 찾을 수 없었다는 사실에 있었다. 학생들은 연로하신 선생님께서 첫 시간이어서 그랬겠거니 하면서 두 번째 시간을 맞이했는데, 원문을 한 반 페이지 정도 해석해 나가시다가 L 선생님은 또다시 그 특유의 연상과 주제탈선을 시작하셨다. 이번에는 그 연상과 주제탈선이 첫 시간의 그것과는 전혀 다른 방향으로 흘러 흘러가다가 그만 또 종료 벨이 울리고 말았다. 두 번 강의실에 들어오셨는데, L 선생님은 교재의 진도를 한 페이지도 채 나가지 못하신 것이었다.

　세 번째 만남이 다가오고 있었다. 강의실에 수강생들이 띄엄띄엄 앉아서 L 선생님이 들어오시기를 기다리고 있는 참이었다. 막 군 복무를 마치고 복학한 Y 선배는 — 그의 동기생인 60학번 염 선배 등은 이미 졸업한 뒤라서 그랬던 것인지는 몰라도 — 강의실 뒤 구석에 엉거주춤 서서 남산을 바라보면서 담배를 뻑뻑 피워대고 있었다. 그때 누군가 — 순진한 장난꾸러기 임성재 군이었던가, 아니면, 정의파 오영길 군이었던가? — 한 사람이 교단 위로 올라가더니, 흑판에다 '동방박사'라고 써 놓고는 자기 자리로 되돌아가 앉았다. 그러자 Y 선배와 함께 뒤에서 담배를 피우며 그 광경을 지켜보고 있던 3수생 N형이 흑판 앞으로 나가더니, '동방박사'의 바로 뒤에다 '……를 국회로 보냅시다!'라고 덧붙여 써놓고는 미소를 머금고 다시 뒷자리로 물러갔다. 동민은 속으로 그 문장의 의미를 생각해 보다가, 아무튼 좋은 의미는 아니겠다 싶어서, 그것을 지워버리고자 막 교단 앞으로 나가려는데, 공교롭게도 바로 그 순간, 헌헌(軒軒) 신사 풍모의 L 선생님이 강의실에 들어서셨다. 그는 미처 교탁 앞까지 다가오지도 않고 교단 위에 한 발만 척 올려놓은 채 흑판을 그윽이 바라보셨다. 그러고는 좌중을 휘 한번 둘러보면서 물으셨다.

"이것 누가 썼어?"

"……"

아무도 대답이 없자, 갑자기 그가 말했다. "강의를 하지 않겠다!" — 이 말을 남기고 그는 그만 강의실을 휙 나가버렸다. 순식간에 아무도 예측하지 못한 돌발사태가 벌어진 것이었다.

3교시 강의였으니까 이것은 아마도 오전 11시 15분쯤 생긴 일이었다. 그날 오후였다. 독문과 3학년 학생들은 '현대 독산문 강독' 시간의 그 해프닝은 이미 까마득히 잊은 채, 마침 체육 시간이어서 체육복을 갈아입은 채, 축구 실습을 하고 있었다. 다들 운동장에서 땀을 흘리며 자기 위치에서 나름대로 열심히 뛰고 있는데, S 조교가 운동장으로 와서 동민을 찾았다.

"오전에 L 선생님 시간에 무슨 일 있었어?"하고 S조교가 동민에게 물었다.

"글쎄요. 갑자기 생긴 해프닝이라 설명하기도 난처하네요."

"아무튼, 어서 K 선생님 연구실로 가 봐! 무엇 때문인진 몰라도 화가 잔뜩 나셨어!"

동민이 K 선생님 연구실로 들어가 고개를 꾸벅하며 인사를 드리자, K 선생님이 몹시 걱정스러운 표정으로 말했다. "자네들이 무슨 짓을 했길래 L 선생님께서 그렇게 내노하셨나? 내가 자네들한테 잘 모시라고 특별히 당부했을 텐데……"

"아, 예! 그게 순식간에 벌어진 일이라…… 학생들 중 하나가 흑판에 '동방박시'라고 써놓은 것을 선생님께서 보시고 화를 내시면서 강의를 안 하시다고 선언하시고 강의실을 나가셨습니다. 물론, 저희들이 잘못했습니다만, 무슨 악의는 없는 장난에 불과했습니다."하고 동민은, 자기도 모르게 '······를 국회로 보냅시다!'라는 부분은 빼고, 보고를 드리고 있었다. 너무 세세하게 보고드릴 필요까지는 없을 듯해서였다.

"아무튼, 찾아뵙고 사과드려! 오랫동안 외국에 계시다가 옛 직장에 복귀하셨는데, 그런 대접을 받으셨으니 심기가 몹시 불편하셨을 거야. 문리대 뒤편 동숭동의 교수 관사 3호실에 기거하고 계시니, 자네 혼자 가지 말고 학우를 두어 명 더 데리고 함께 가 뵙고 잘못했다고 용서를 빌어요!"

K 선생님 연구실을 나온 동민은 체육 시간에서 막 풀려난 학우 둘과 함께 관사 3호실로 L 선생님을 찾아가 무릎을 꿇고 오전의 잘못에 대해 깊이 반성한다며 공손히 사죄를 드렸다.

L 선생님은 학생들의 사죄는 듣는 둥 마는 둥 하고는 그때부터 길고 긴 독백 삼매경에 빠져들어 가기 시작했다. 동민이 그의 그 긴 긴 얘기를 다 기억할 수는 없지만, 요약하건대, 현재 독문과에 전임으로 재직 중인 사람들이 모두 자신을 배신했다는 것이었다. "H도 내가 데려왔고 K도, C도 다 내가 가르친 사람들이야. ······ 그 사람들이 나한테 이럴 수 있나 이 말이야! 굴러온 돌이 박힌 돌을 빼내 던져버린 격이니, 이거야 원, 상전벽해도 분수가 있지, 이건 도무지 언어도단이로고!"

동민이 생각하기에 L 선생님은 장광설이 그만 습관이 된 분 같았다. 아마도 이분은 전혀 역지사지(易地思之)를 못하시는 분 같기도 했다. 공무원 신분으로 10년 동안 외국에 무단 체류했다가 귀국해 보니, 후배들이 자리를 차지하고 있고 자기는 갈 데가 없이 되었다 해서 학생들의 사소한 실수를 빌미로 후배 교수들에게 화를 내고 계시는 듯했는데, 그 후배들이 그동안 자신을 위해 대학 당국에 무슨 평계든 둘러대느라고 얼마나 곤란했을까, 그리고 끝내는 자신의 자리를 더는 지켜주지 못해서 지금 얼마나 송구하게 생각하고 있을까 하는 데에 대해서는 전혀 상상하지 못하고 계셨다. 또한, 그는 지금 자기 앞에 무릎을 꿇고 있는 이 학생들이 너무 오랜 시간을 꼼짝하지 못하고 꿇어앉아 있어서, 다리가 몹시 저릴 것이라는 생각까지는 전혀 못 하고 계셨다.

드디어 관사의 방이 어둑어둑해지자 L 선생님은 중국집에 전화를 걸어 짜장면 네 그릇을 주문해 놓은 다음, 연이어서 자신의 푸념을 계속했다. 음식이 배달되어 오자 그는 학생들에게 음식을 권하고 자신도 식사하기 시작했다. 동민은 무엇보다도 심하게 저렸던 다리를 간신히 움직여 마침내 응접실 의자에 앉을 수 있게 된 것이 무척 기뻤다.

식사 후에도 L 선생님의 장광설은 계속되었는데, 이윽고 전화벨이 울렸다. 독문과의 어느 교수한테서 전화가 걸려온 모양이었는데, L 선생님은 그 통화 중에 마침내 학생들을 향해 손짓과 표정으로 이제 가도 좋다는 시늉을 해 보였다.

세 명의 독문과 학생들은 이날 그 당시 한국 교수사회의 어처구니없는 한 단면을 우연히 엿본 셈이었다.

허전한 귀갓길에 동민이 생각하기에, L 선생님은 결코 나쁜 사람일 수는 없었다. 다만, 그는 현실을 무시하고 사기 멋내로 살아가는 비현실적이고도 낭만적인 인물 같았다. 자신이 속한 학과의 장래나 한국 독어독문학의 미래를 위해 헌신해야 하겠다는 사명감 따위는 애초에 느껴 본 적도 없는 듯했다. 순수한 사람이었을지는 몰라도 그런 세상 물정 모르는 귀골풍(貴骨風)의 신사가 신생 공화국의 새로 출범한 국립대학에서 한 학과의 책임을 맡고 나서부터는 이 학과에서 실로 곤란한 일이 많았을 것 같았다.

이런 생각을 하면서, 동민은 앞으로 자신은 이 학과의 교수가 되느니보다 작가의 길을 가야겠다는 결심을 다시 한번 굳혔다.

2. 3 · 24 학생시위와 6 · 3 항쟁

1

1964년 3월 24일, 동민은 중앙도서관에서 토마스 만의 장편소설 『부덴브로크가의 사람들』을 ─ 이번에는 독문으로 ─ 다시 한번 찬찬히 읽어 내려가고 있었다. 이 소설 중 제3대 요한 부덴부르크와 제4대 하노 부덴브로크가 도동의 자기 부친과 자기 자신의 이야기와 얼추 비슷하게 읽혔다. 집성촌 도동 마을의 후예로서 법과대학에의 진학을 기어이 마다하고 부친과 마을 사람들로서는 상상하기도 힘든 독문학의 길에 들어선 동민은 그들에게 늘 미안한 죄책감을 느끼고 있었다. 그는 독문학이란 기약 없는 공부를 하는 자신이야말로 장래가 암담한 무력한 청년의 표본처럼 느껴졌다. 그래서 그에게는 하노의 무기력과 불안, 그리고 피할 수 없는 죽음이 결코 남의 일이 아닌 것처럼 느껴졌다. 그는 자신이 하노와는 달리 비교적 성실히 공부하고 있는 편임에도 불구하고, 자신의 장래에 대한 그 어떤 확신이나 자신감도 지닐 수 없었기에, 매우 막막하고 괴로운 심정에 시달리고 있었다.

그때 누군가 자신의 어깨를 툭 치는 바람에 동민이 깜짝 놀라 쳐다보니, 정치과 박성옥이었다. 성옥은 김 · 오히라 메모에서 비롯된 한일 굴욕외교 반대 시위가 지금 곧 마로니에 나무 아래에서 시작될 예정이니, 좀 내려와서 시위에 동참해 달라고 했다. 끝이 보이지 않는 막연한 공부를 하면서, 이른바 '언어'를 선택한 동민으로서는, 이런 '행동'을 통한 현실 참여가 자신과는 일차적으로 무관하겠다는 생각이 들기도 했다. 하지만, K고 동기생 성옥이 시위 학생들을 모으고자 도서관을 돌아다니고 있는 모습이 딱한 데다가 김·오히라 메모에 대해서는 동민 자신도 역시 군사정권의 대일 굴욕 외교로 보고, 그렇지 않아도 분개해 오던 터였다. 그래서 동민은 마로니에 나무 밑에까지 가기는 가되, 먼발치에서 바라보기만 하면서 동료 학생들의 시위에 대해 암묵적 지원만 하고, 시위에 직접 가담하는 것은 삼가기로 작정했다. 읽던 책과 자신의 책가방은 도서관에 그대로 둔 채, 그는 문리대 본관 앞마당을 향해 천천히 걸어 나갔다. 잠깐 내려가 학우들의 시위 현장에 함께 있어 주어야겠다는 마음이었다.

'비록 문학을 공부하는 사람이라도 동시대 학우들의 고뇌의 현장에 늘 함께 있어야 하고, 역사적 총체성 속에서 지금의 자신의 좌표를 가늠할 수 있는 안목을 길러야 함은 자명하다! 하지만 지금 남의 집에서 기식하며 입주 가정교사 노릇을 하고 있는 나 자신의 상황에서는, 만약 데모를 하다가 경찰서에 구류라도 된다면, 정말 곤란하지 않겠는가! 더욱이 일이 더 잘못되어 고향에 계신 아버지가 경찰서에 출두하셔야 하는 지경에 이른다면, 그 불효를 어찌 감당할 셈인가? 절대 안 될 일이다!' ─ 대강 이런 생각을 하면서, 그가 마로니에 나무 밑으로 들어서는데, 이미 백여 명의 학생들이 여기저기 무리를 시어 서 있었고, 박성옥 등 몇몇 시위 주동자들이 번갈아가며 마이크를 잡고, 박정희의 사자(使者) 김종필이 군사 독재정권의 유지를 위한 자금을 마련하기 위하여 대일 청구권 명목으로 일본에 말도 안 되는 소액을 구걸한 이번 회담의 부당성과 그 굴욕적 결과를 성토하고 있었다. 1962년 11월에 이미 오고 간 김·오히라 메모에는, 을사늑약과 대한제국의 병합에 대한 일호의 사죄도 없이, 종군위안부 문제, 전시 강제 노역자 보상 문제, 독도 문제 등을 모두 그냥 덮어둔 채, 오직 말도 안 되는 소액을 일본에 구걸하는 내용뿐이라는 것이며, 이번 김-오히라 메모에 합의한 김종필은 민족의 배반자로서 제2의 이완용이나 다름없다는 것이 주된 성토 내용이었다. 이미 대충 도열해 서 있던 학생들은 성토자의 열변이 끝날 때마다 큰 박수로 화답했고, 그 박수부대 속에는 동민의 독문과 동기생 오영길의 상기된 얼굴도 언뜻 보였다.

그사이에 법대 학생들도 상당수 가담했는지 도열해 있는 학생 중에는 동민에게 낯이 익은 법대 학생들도 더러 끼어 있었다. 사실 그 당시에는 문리대와 법대가 조그만 구름다리로 연결되어 있었고, 학생들이 서로 단과대학의 구분 없이 자유로이 넘나들면서 관심 있는 강의를 함께 듣곤 했기 때문에, 마로니에 나무 아래의 누가 문리대 학생이고 누가 법대 학생인지 분간조차 잘되지 않았다. 이윽고 학생들의 숫자가 한 삼백 명 가까이 늘어났다. 15명 정도의 횡렬이 종대로도 한 20열 정도 길어진 시위대열은 교문 앞으로 조금씩 다가가고 있었다. 원래 동민은 마로니에 나무 그늘 밑에 서서 시위 학생들의 대열을 그저 먼 발치에서 지켜보고만 있었는데, 성옥이 다가와 대열에 끼어들기를 독려했을 뿐만 아니라, 동민은 자신이 생각해도 너무 비겁한 꼴을 보이며 서 있는 것 같았기 때문에, 그사이에 시위대의 맨 뒷줄에 엉거주춤 끼어들어 있었다.

오전 11시 가까이 되자 시위대의 선두는 이미 문리대 정문까지 나아가 있었고, 맨 뒤의 열이 마로니에 나무 바로 밑에 와 있었다.

이화동 네거리 미술대학 근처로부터 시위 진압을 위해 방독면과 곤봉 등으로 무장한 경찰 대열이 문리대 정문 쪽으로 행진해 올 준비를 하고 있는 광경이 가로수들 사이로 힐끗 엿보이기도 했다. 그런데 불안하게도 동민의 위치가 자꾸만 대열의 앞쪽으로 밀리고 있었다. 그러다가 시위대가 교문을 나설 즈음에는 이미 경찰도 연건소방서 근처까지 다가와 잠시 전열을 가다듬고 있는 판이었다. 동민은 앞으로 들이닥칠 위험성을 충분히 예측할 수 있었기 때문에, 이때야말로 대오를 벗어나 도서관으로 다시 올라가 버릴 때라고 생각하면서 혼자 대열을 빠져나갈 시점을 재고 있었다. 그런데 바로 그 순간, 박성옥이 동민을 향해 무엇인가 휙 던져주며, 총총 교문 안으로 되들어가 버리는 것이었다. 동민이 그 물건을 얼결에 받아 쥐고 보니, 그것은 바로 시위대의 선두가 들고 가야 하는 플래카드의 한쪽 끝 막대기였다. 그는 순간, '아, 때를 놓쳤구나! 이제 플래카드를 들었으니, 이걸 내팽개치고 도망칠 수는 없지 않겠는가! 그렇다고 나 역시 이것을 다른 친구한테 던져주고 나서 뒤에서 사태를 지휘해야 할 만큼, 무슨 지도자급도 아니고……' — 이런 생각을 하면서도 그는 뒤에서 자꾸 밀어붙이는 통에 어쩔 수 없이 연건소방서 쪽으로 전진해 가고 있었다. '굴욕적 한일회담 결사반대!'라는 구호가 적힌 플래카드의 다른 쪽 끝에는 그것을 들고 오던 학우가 이미 달아나고 없어서 구호가 쓰인 천 조각이 아스팔트 위로 질질 끌리며 비스듬히 따라오고 있었다.

"그만 달아나야지 미련하게 이걸 여기까지 들고 오나?!"하고 야단을 지르며, 남테 누른 모자를 쓴 어느 고위 경찰관이 곤봉으로 가볍게 동민의 머리를 타 소리 나게 쳤다. 그것은 잔인하게 힘껏 내리친 일격은 아니었다. 그러나 머리에 직격을 당한 동민은 어질어질하여 그만 아스팔트 드루 위에 픽 쓰러지고 말았다. 쓰러져 있는 그의 몸을 피해 경찰의 어지러운 신발들이 아스팔트 위를 달려가는 소리가 동민의 귀에 또렷이 들렸다. 4년 전 대구 2·28 시위 당시에 경상북도 도청 정문 앞에서 쓰러진 그의 몸 주위를 어지러이 짓밟던 말발굽 소리가 어렴풋이 겹쳐 들리는 듯도 했지만, 이윽고 그는 의식을 완전히 잃고 말았다.

시간이 얼마나 흘렀는지 주위에 무슨 웅성거리는 소리가 들리는 듯했다. 간신히 눈을 뜬 동민은 신선의 수염과 흡사한 웬 허연 수염이 수직으로 드리워져 있음을 올려다보게 되었다. 희미하게 정신이 든 그는 자신이 이제 저승에 와서 그야말로 신선을 만난 듯한 생각이 얼핏 들었다.

"선생님, 학생이 눈을 떴습니다. 정신이 좀 드는 모양인데요!"하고 누군가가 옆에서 말하는 소리가 들렸다.

"허, 그것참! 큰 다행이로고!"하고 그 신선이 대답했다.

동민이 정신을 좀 더 가다듬고 올려다보자니, 그 신선은 당시 반독재 재야인사로 온 국민의 숭앙을 받던 함석헌 옹이 틀림없었다. 굴욕적 한일회담에 항의하던 시위 도중에 대학생들이 중·경상을 입고 S대 부속병원에 긴급 입원해 있다는 라디오 방송을 접하고 위문을 오신 두루마기 차림의 함석헌 옹이 침대에 누워있는 부상 학생을 걱정스럽게 내려다보던 그 순간, 동민이 깨어난 것이었다.

함석헌 옹 일행이 다녀가고 잠시 적막이 찾아왔을 때, 동민은 자신의 상태를 대강 점검해 보았다. 머리에 붕대가 여러 겹 감겨 있기는 했다. 그러나 다행히도 또 다른 부상은 없는 듯했으며, 링거 주사액이 체내로 흘러 들어오고 있었다. 옆자리에도 학생들 여럿이 링거

주사를 맞으며 누워있었으나, 다들 잠이 들었는지 고요하기만 했다. 동민이 자신의 침대에 종이쪽지 같은 것이 매달려 있기에 읽어보니, 어떻게 알았는지 '독문과 3학년 안동민'이라는 이름표였다. 동민은 이름표와 링거 주사기를 슬쩍 떼어 버리고는 그 길로 혼자 병원을 걸어 나왔다. 그러고 나서 도서관에 둔 가방을 찾아들고 일찌감치 초동의 집으로 들어갔다.

주인아주머니는 너무나 놀라서 한동안 입을 열지 못했다.

"…… 아, 안 선생!"하고 그녀가 간신히 말을 했다. "아침에 멀쩡하게 나간 사람이 이게 웬일이에요? 데모를 한 거예요? 아이참, 아주 많이 다친 모양이네! 어떻게, 얼마나 다친 거예요?"

"죄송합니다. 피가 조금 난 모양인데, 머리 부위라서 붕대를 감은 모양이 좀 야단스럽게 보입니다. 별일 아니니 아무 염려 마십시오. 놀라게 해 드려 정말 죄송합니다. 앞으로 조심하겠습니다."

"정말 큰일 날 뻔했네요. 그만하기 만행(萬幸)이에요. 어서 서재로 올라가셔서 좀 쉬어요!"

훗날 동민이 그날의 시위를 회상해 보곤 했는데, 그때 그 자신은 애초에 비겁했다고 할 수밖에 없었다. 시위에 가담하지 않고 멀리서 지켜보기만 하자고 굳게 마음먹었던 것부터가 벌써 시위 학생의 올바른 태도가 아니었다.

그러나 3월 24일 자 석간 H일보가 "쓰러진 최선봉"으로 크게 보도하는 바람에 동민은 3·24 학생시위를 이끈 가장 '용감한' 부상 학생으로 문리대와 법대 학우들의 큰 인정을 받게 되었다. 그 후 이른바 6·3 항쟁이 일어나는 6월 초까지 두 달 남짓한 기간 동안 그는 — 그 갑작스러운 허명(虛名)에 부응하기 위해서이기도 했겠지만

— 거의 모든 데모에 적극적으로 가담하고, 심지어는 자신이 직접 박정희 대통령과 김종필 중앙정보부장을 성토하는 즉흥 연설까지 해가면서, 겉보기에는 거의 시위 주동자의 반열에까지 올랐고, 일약 S대 문리대 유수의 데모꾼이 되었다.

S대 학생들이 문리대 교정의 마로니에 나무 아래에서 5월 30일부터 벌써 닷새째 단식투쟁을 하고 있던 6월 3일 낮, 검은색 투피스 차림에 하늘색 머플러를 걸친 전혜린 여사가 박카스 두 상자를 가슴에 안고 격려 위문을 왔다.

"앞으로 큰일을 해야 할 학생들이 이렇게 곧이곧대로 단식을 해서 몸을 상하면 안 돼요!"하고 그녀가 비통하게 말했다. 그러고는, 이미 거의 탈진해 있던 동민과 동료 학생들에게 박카스를 나누어 주며 마시도록 했다.

하지만, K형과 함께 6·3항쟁의 현장을 지키면서 곧이곧대로 정말 단식을 해 왔던 동민은 — 전혜린 여사가 건네준 박카스 한 병을 마셨음에도 불구하고 — 그날 오후에 이미 탈진상태에 빠져서 들것에 실린 채 S대 병원으로 가서 링거 주사를 맞으며 누워있었는데, 비상계엄이 선포되었다는 방송을 듣게 되었다. 그는 지난 3·24 때와 마찬가지로 병원 침대에서 털고 일어나 즉각 초동으로 들어갔다.

동민이 간신히 좀 몸을 회복하고 서재에서 화수의 수학 공부를 돌봐주고 있는데, 화수 아버님이 드물게도 자기 서재 안으로 들어와선 채로 말없이 그들의 공부하는 모습을 한동안 물끄러미 내려다보았다. 이윽고, 그는 아들에게 자기 방으로 가 있으라고 명하고는, 동민의 앞에 앉으면서 말했다.

"짐작하겠지만, 안 선생의 데모에 대해서 나는, 기성세대의 국가 공무원이지만, 비교적 너그럽게 잘 이해해 온 편입니다. 내가 보기에는 안 선생이 다 옳다고 할 수만은 없어요. 하지만, 젊은 학생이 그만한 정의감과 기개는 있어야 하겠다 싶어서 지금까지는 아무런 참섭도 하지 않았어요. 안 선생, 지금부터 내가 하는 말 잘 들어요! 오늘 밤 8시 서울특별시 전역에 비상계엄령이 선포되었으니, 앞으로 시국이 험하게 돌아갈 가능성이 커요. 지금 고등학교 1학년인 화수 공부보다 더 중요한 것이 있어요. 공무원인 나의 처지도 고려해야 하겠고, 또 무엇보다도 안 선생의 신변에 안전을 기해야 하겠다는 생각입니다. 아무튼, 내일 날이 밝는 즉시 어디 먼 곳으로 가서 당분간 몸을 좀 피해 있는 것이 좋겠어요. 고향 집에는 가지 말고, 사람들이 짐작조차 하지 못할 어디론가로 가서 당분간 좀 숨어 있어요. 여기 이 봉투에 이번 달의 사례금과 우선 한 달포쯤 지낼 만한 비용을 넣었어요. 짐은 모두 우리 집에 그냥 둔 채로 간단한 소지품만 챙겨서 떠나도록 해요. 사람들의 눈에 도피자로 보이면 안 되니까! 나로서도 이런 제안을 하는 것이 미안하기도 하고 헤어지는 것이 섭섭하기도 하지만, 회자정리(會者定離)라고 한번 만난 사람들은 언젠가는 또 헤어지게 마련이니까, 피차 너무 슬퍼할 일은 아니지요. 언젠가 또다시 만나야 할 사람들이기도 하고……"

그리하여 그 이튿날 새벽 동민은 무작정 동해안으로 떠났다. 생전 처음 해 보는 기약 없는 여행이었다. 언젠가 누군가의 기행문에서 '바닷바람 시원하고 해송(海松) 향기 그윽한 어항' 주문진에 대해 읽으면서 그곳에 꼭 한 번 가 보고 싶다고 생각한 적이 있었다. 그 때문에 여행의 목적지가 동해안의 주문진이 되었다. 동해의 높고 검푸른 파도를 바라보면서 그는 '결코 미쁘지 않을' 동해의 물에다 대고 물어보았다 ― 순국선열들이 그렇게도 간절히 염원했던 독립 대한민국이란 나라가 젊은 가슴을 이리도 아프게 만드는 것은 무엇 때문이냐고? 그리고 그는 동해물에다 맹세했다 — '아버님과 향리의 기대를 저버리고 어렵게 '언어'의 길을 선택했으니, 난 앞으로는 데모 같은 건 두 번 다시 하지 않겠어! 일제 강점기에 독일로 가서 『압록강은 흐른다』라는 소설을 쓴 이미륵처럼, 나도 장차 이 독재의 땅을 떠나 독일로 갈 거야. 거기서 우선 국제적 안목을 얻은 다음, 우리 집안과 이 나라의 이야기를 글로 쓰리라!'

훗날 동민은 결국 독일까지 가긴 갔다. 그러나 소설을 쓰지는 못했다. 토마스 만과 괴테라는 망망대해 위를 떠도는 일엽편주 꼴이었으니, 소설 '공부'만 하다가 직접 쓰지는 못하고 귀국한 것이었다.

아무튼, 훨씬 뒤인 1976년의 일이지만, 동민이 독일 유학에서 귀국해 보니, '6·3 동지회'라는 단체가 하나 생겨 있었다. 갓 귀국한 그로서는 그것이 무엇을 하는 단체인지 쉽게 헤아릴 수 없었다. 하지만, 동민이 그 당시 좀 씁쓸하게 생각한 것은 그 '동지들' 중에 6·3 항쟁 당시 그와 함께 단식을 했던 친구들의 이름은 아무도 찾아볼 수 없다는 사실이었다. 그를 기억해 주거나 그를 신입 회원으로 맞이해 주려는 사람도 물론 없었다. 생각하면, 사필귀정이기도 했다. '3·24 학생시위 당시의 그 비겁했던 학생이 어찌 감히 그들의 동지가 될 수 있겠는가!' — 이런 생각을 하면서 동민은 쓴웃음을 지었다.

2

주문진에서의 도피 생활은 단조롭고도 지루했다.

시원한 바닷바람과 향기 그윽한 해송(海松) 숲이 동민을 반겨주었고, 어촌 사람들의 각박한 일상과 해변으로 뻗친 아름다운 해안길이 내륙 출신인 그에게 복잡하고도 깊은 인상을 주었다. 하지만, 그는 독문학도로서의 자신의 기약 없는 미래 때문에 부모님과 고향 사람들에게 늘 미안하고 불안한 마음이었으며, 또한, 자신의 무한한 충성심과 선의에도 불구하고, 젊은 자기를 이렇게 '도피자'로 내몰고 있는 대한민국이란 조국 때문에 슬프고 불행한 기분에 빠져들곤 했다.

그날도, 아침 여섯 시밖에 안 되었는데도, 초여름 햇살이 벌써 여관의 동창을 넘어와 '도피자'의 아침잠을 사정없이 깨워놓았다. 아침부터 후텁지근한 여름 더위가 느껴졌기 때문에 동민은 벌떡 일어나 수돗가에서 대강 세수를 하고 나서 곧장 바닷가로 걸어 나갔다. 생선 비린내가 풍기는 듯한 더럽고 좁은 골목길을 벗어나 부두 쪽으로 접어드니, 좌판을 앞에 놓고 오징어 회 등을 파는 아주머니들이 "오늘 새벽에 들어온 생물!"이라며 각자 자기 좌판 앞 조그만 걸상에 자리를 잡고 앉기를 권하느라 갑자기 부두가 시끌벅적해졌다. 동민은 자기의 산책길이 일으켜놓은 그 엄청난 소동에 민망해하면서 달아나듯 걸음을 빨리하여 방파제 쪽으로 걸어 나갔다.

동해의 푸른 바닷물은 언제 보아도 시원하였다. 방파제에 가볍게 부딪힌 파도가 흰 거품을 내면서 사그라지는 동안, 물결에 떠밀려 온 게들이 재빨리 어딘가 숨을 곳을 찾아다니고 있었다. 동민은 한창 공부해야 할 시기에 몸을 피해 이 어촌까지 흘러와 있는 자신의 신세가 자기가 생각해도 무슨 코미디 같기만 했다.

3·24 학생시위 때 부상을 당한 사실을 신문을 통해 아신 부친이 초동 집에 어려운 전화를 걸어 동민을 바꿔 주도록 부탁을 하신 다음, 아무 탈 없이 잘 있으니 안심하시라는 동민에게 무슨 말씀을 하셨던가? ─"이 아비와 네 어머니가 신문 쪽지를 보고 얼마나 놀랐

는지 모른다. 부디 몸조심해라! 데모에 가담한 네 심정을 짐작 못 하는바 아니다만, 앞으로는 부디 네 신체발부(身體髮膚)의 소중함을 으뜸으로 여기도록 해라. 그래서 이 아비를 다시는 놀라게 하지 말아다오." 남의 전화를 빌려 통화하시는 중에도, 하필이면 어딘가 고전에 나오는 '신체발부'라는 단어까지 발설하신 것을 보면, 다시는 그런 '불효'를 저지르지 말고 몸 성히 잘 있으라는 부친의 간절한 자정(慈情)이 느껴졌다. 그런데, 불과 두 달여 만에 또 이런 도피 생활에까지 이른 것이었다. 부모 말을 듣지 않은 불효가 정말 크다 하지 않을 수 없었다. 특히, 부친의 말씀 중에 '네 어머니'라는 표현도 들어있는 것을 보면, 어머님 역시 많은 걱정을 해 주셨음이 틀림없었다. 한결같은 마음으로 자기를 친아들처럼 길러주신 고마운 어머님을 생각해서라도, 동민은 다시는 더 이런 꼴을 부모님께 보여서는 안 되겠다는 다짐을 했다. 그는 또 이런 자신의 결심을 부모님께 편지로라도 알리고 싶었다. 하지만, 지금은 수배 중일지도 모르기 때문에 편지 같은 것을 쓰는 것이 바람직하지 않을 것 같았다.

동민은 방파제 위에 날아 앉는 갈매기 한 마리를 무연히 바라보고 있었다. 이윽고 좀 관심을 두고 관찰하자니, 갈매기는 한 마리만이 아니었다. 또 한 마리가 뒤따라 날아와 방파제 위에 날아 앉더니, 조금 전의 그 갈매기 옆으로 종종걸음으로 다가가고 있었다. 무슨 말인지 알아들을 수는 없었지만, 그들은 분명히 무슨 정다운 대화를 나누는 듯했다.

문득, 초동을 떠나던 날 새벽이 생각났다. 안주인이 특별히 차려주는 이른 아침밥을 먹으면서 그녀의 위로와 격려의 말을 듣고 있는데, 마침 목이 말랐던지, 또는 두런거리는 말소리에 잠이 깨었던지, 화진이 눈을 비비며 식당 안으로 들어왔다.

"웬 새벽밥이에요? 오빠 어디 가요?"하고 화진이 물었다. 창경원에 갔던 날 밤에 '이종 오빠'를 면제해 주겠다던 화진이었지만, 그 이래로 그녀는 동민을 계속 '오빠'라고 부르고 있었다.

"아니, 어디 급히 좀 갈 데가 생겨서……"하고 동민이 얼버무렸다.

"그런데 왜 엄마까지 이렇게 나와 야단인 건데? 아무래도 수상해! 엄마, 무슨 일 있지?"

"네가 알 바 아니야. 물 마셨으면 그만 네 방으로 들어가 봐!"

"이것 봐라! 아무래도 수상하네! 어제 발표된 계엄령하고 무슨 상관이 있는 것 같긴 한데……" 여기까지는 어렴풋이 생각이 미친 화진이었지만, 그녀는 더는 자기 생각을 진척시키지 못하고, 한 차례 하품을 길게 하더니, "그럼, 오빠, 잘 다녀오세요!"하고 인사하고는 그만 자기 방으로 올라갔다.

"애가 아직 사태를 확실히 알아채지는 못한 모양이네. 다행이에요! 제 딴엔 속으로 안 선생을 많이 따르는데, 눈치챘으면 울고 난리가 났을 텐데……"

그날 새벽 화진이 눈치를 챘더라면 정말 '울고 난리가 났을까?' 하고 동민은 생각해 보았다. 그러고 나서 방파제를 떠나 다시 수협 공판장 쪽으로 발길을 돌렸다. 공판장 옆의 해장국 집에는 생선 장수인 듯한 남자 둘이서 아침부터 소주잔을 기울이고 있었다. 동민이 그 안으로 들어서자 그사이에 벌써 안면을 익힌 주인아줌마가 아는 체를 하면서 다가왔다. 동민은 구석 자리에 털썩 앉으면서 해장국을 주문했다.

이렇게 동민이 공판장 옆의 해장국집에서 식사하거나, 방파제 위에서 그물 손질을 하는 어부와 얘기를 나누거나, 또는, 자연 풍광이 아름다운 해안을 따라 죽 뻗어 있는 도로를 산책하면서 무료한 시간을 보낸 지 한 열흘쯤 되던 어느 날이었다. 더운 여름날 오후라서 숙소에서 깜빡 낮잠이 들어 있었는데, 여관 주인아저씨가 깨워서 일어나 보니 문밖에 제복을 입은 경찰관 한 명이 서 있었다.

"실례합니다. 주문진 지서에서 나왔습니다."

"아, 그래요? 무슨 일이시지요?"

"신고가 들어와서요. 수상한 사람이 있다 해서…… 혹시 신분증 갖고 계십니까?"

동민은 벽에 걸려 있던 윗옷에서 자신의 학생증을 꺼내어 경찰관에게 건네주었다.

"아, S대 학생이시군요? 실례지만, 주문진에는 어떻게 오셨지요?"

"예, 폐가 좀 좋지 않은데, 시원한 바닷바람을 쐬면 좋을 거라 해서, 잠시 쉬려고 왔습니다."

"그래요? 혹시 방에 들어가서 소지품을 좀 살펴봐도 되겠습니까?"

"그러시지요."하고 동민이 응낙하면서 방문에서 약간 옆으로 비켜섰다.

"독한사전이라…… 독일어 사전인가요? 이건 무슨 책이지요?"

"괴테의 소설 『젊은 베르테르의 슬픔』이란 책입니다."

"독일어인데, 이걸 직접 읽으시는 겁니까?"

"예, 사전을 찾아가면서 독파해 보려고 갖고는 왔습니다만, 여기서는 조금밖에 읽지 못했네요."

그때 주인아저씨가 끼어들며 경찰관에게 말했다. "아닌 것 같아요! 내가 뭐랬어요? 얌전한 대학생이라 그랬잖아요. S대 독문과 학생이 틀림없네요. 그만하셔도 되겠습니다."

이에, 경찰관이 동민을 다시 한번 쳐다보더니, "실례했습니다. 우리는 신고가 들어오면 의무를 다해야 하니까, 기분 나쁘게 생각하지는 마십시오!"라고 말하고는 금방 물러갔다. 경찰관을 배웅하고 다시 집 안으로 들어온 주인이, 아직도 멍한 표정으로 방 안에 무연히 서 있는 동민을 보면서, 혼잣말하듯이 말했다. "동해안에 간첩이 자주 출몰하곤 하니까, 우리 집 손님을 수상한 사람으로 신고하는 주민들이 가끔 있답니다. 별일 아니니 그만 기분을 푸세요."

"괜찮습니다, 저는! 그런데, 참, 그렇지 않아도 내일 아침쯤 서울로 돌아갈 생각을 하고 있었습니다. 그동안 고마웠습니다."하고 동민이 말했다. 사실 그는 조금 전에 자신이 체포되는 것으로 생각하고 마음속으로 단단히 각오하고 있었는데, 일이 뜻밖에도 아주 쉽게 풀린 셈이었다. 그렇게 된 데에는 학생증, 독일어 사전, 그리고 독일어판 『젊은 베르테르의 슬픔』이 큰 작용을 한 것임이 틀림없었다. 그 경찰관은 간첩으로 의심되는 '수상한 사람'이라는 혐의에만 꽂힌 나머지, 아마도 이 학생이 데모 때문에 시골로 피해 온 '시국사범'일 수 있다는 데까지는 미처 상상하지 못한 것이었다. 그만큼 1964년 당시에는 아직도 시국사범이 일상의 큰 관심의 대상은 못 되었다. 서울 일원에 비상계엄령이 내려져 있었지만, 경찰관조차도 당시에는 그런 생각까지는 미처 하지 못한 것이었다.

서울행 버스를 타고 난 뒤에야 동민은 자신이 서울에 도착해도 막상 갈 곳이 없다는 사실과 정면으로 맞닥뜨리게 되었다. 서울까지 오는 동안에 검문소는 또 왜 그렇게도 많은지 헌병이나 경찰이 버스 위에 올라와 검문할 때마다 동민은 간이 콩알만 하게 되곤 했다.

도중에 이 궁리 저 궁리에 몰두하던 동민은 결국 소설을 쓰는 불문과 김형을 찾아가 보기로 했다. 불문과 60학번에는 김 씨가 많아서, 문학평론을 하는 양김(兩金) 선배 외에도 당시 「산문시대」의 동인으로 소설을 쓰는 김형도 있었다. 소설가 지망생이었던 동민은 비평을 주로 하는 양 김 선배보다는 이 김형을 더 가깝게 생각하고 있었다. 지난겨울, 눈이 펑펑 내리던 어느 날 동민은 삼선교에 있는 그의 하숙방까지 따라가 앙드레 지드의 『좁은 문』을 빌려 읽은 적이 있었었다.

다행히도 김형은 하숙집에 있었다. 선풍기를 틀어놓은 채 흩날리려는 원고지 위에다 글을 쓰고 있던 김형은, 마침 글도 잘 안 되던 판에 잘 왔다면서, 동민을 반갑게 맞이해 주었다. 때마침 늦은 오후 시간이라 출출했던지 김형은 성북천 변의 '삼선옥'으로 동민을 데리고 갔다.

"몰랐어? 학교는 당분간 휴교야. 현재는 군인들이 학교에 들어와 있어!"하고 김형이 말했다. "그것도 모르고 동민이는 지금 어디서 오는 길이야?"

"주문진이란 곳까지 가서 피해 있다가 답답해서 오늘 오후에 서울로 기어들어 오는 길입니다."

"그래? 피신할 필요까지 있었을까? 우리 문과생들, 특히 불문과나 독문과 학생들은 그네들의 관심 밖이야. 정치과나 사학과 정도는 돼야 그래도 조사라도 받는 것이지!"

"그래요? 현장에서 단식까지 했던 제가 괜찮을까요?"

"걱정할 것 없어! 아무도 동민이를 주목하지도 않았을 걸, 아마도! 미학과 K 있잖아?! 들어보니, 계엄령 직후에 시경에 끌려갔던가봐. 그런데, 온종일 빈방에 가두어 두고 아무도 코빼기조차 보이지 않더래. 그래서 자기도 마침 피곤하던 판이라 그냥 바닥에 누워 한숨 잤대. 저녁 무렵이 가까워서야 설렁탕 같은 것을 한 그릇 들여보내 주더라는 거야. 그것을 먹고 심심해서 탁자 위를 살펴봤더니, 마침 백지 몇 장과 볼펜이 아무렇게나 나뒹굴고 있더래. 그때서야 전에 잡혀갔던 정치과 선배들한테 들은 말도 있고 해서, K는 그 종이 위에다 '카를 로젠크란츠'니. '추의 미학'이니, 칸트의 '순수이성비판', 쉴러 미학의 '숭고미(崇高美)' 따위를 아무렇게나 휘갈겨 놓았다는 거야. 나중에 누군가 들어와서 그 종이쪽지를 한참 유심히 들여다보더니, 갑자기 약간 성가시다는 듯이 퉁명스럽게 그만 가도 좋다고 하더라는 거야. 말하자면, K가 자신이 미학과 학생이라는 점을 십분 활용해서 위기를 모면한 게지. 동민이는 아마 수배도 되지 않았을 걸! 자, 걱정하지 말고 그냥 술이나 마셔요!"

"정말 그랬으면 좋겠네요. 공부할 것이 태산 같은데, 괜히 데모에 끼어들었어요. 앞으로는 결코 데모 같은 건 하지 않을 겁니다!"

"잘 생각했다! 소설 쓰겠다고 그랬지? 작가가 되겠다는 사람이 현실에 뛰어들어 국가와 사회를 곧바로 개혁하려는 건 아무래도 무리지! 그러나저러나 동민이는 내가 보기에 소설 쓰기도 어려울 것 같은데?! 소설가는 약간 부박하고 조금은 방탕한 듯한 데가 있어야 하는데, 동민이는 너무 착실한 사람 같아. 학자가 되는 건 몰라도 소설을 쓰려면 낮고 비루한 데에서 좀 굴러먹어야 해! 일부러 그렇게 살기를 권할 수도 없는 노릇이고……"

"그렇게 보여요, 제가? 우리 과의 K 선생님도 비슷한 말씀을 하시던네, 제 얼굴에 아주 그렇게 쓰여 있는가 보네요. 이렇게 술을 늘 잘 마시는 것으로는 안 될까요? 내림이라서 그런지 막걸리는 좀 마시는데요?"

"술만 갖고는 부족하지! 주색잡기라고 술에는 꼭 여자가 따라다니지! 하지만, 꼭 주색잡기보다, 뭐랄까, 좀 호방한 기질이랄까 무슨 끼 같은 것이 원래부터 조금은 있어야 하는데……"

"오늘 술은 제가 살 테니 앞으로 소설을 쓸 수 있도록 잘 좀 지도해 주십시오. 그리고, 우선 오늘 밤에 저를 좀 재워 주시면 고맙겠습니다. 입주 아르바이트하던 집에서 쫓겨나서 주문진으로 갔다가 지금 돌아오는 길이거든요!"

"그래!? 그건 어렵지 않네만, 난 누가 옆에 있으면 글을 못 쓰는 사람이라, 오늘 밤만 재워 줄게. 미안하지만, 내일은 나가 줘야 하네. 우리 주인집에서도 하숙생을 구하고 있으니까 같은 집에서 하숙해도 좋고, 동민이가 그걸 원치 않는다면, 아예 다른 데서 하숙을 구하든지…… 아무튼, 내 방에서는 오늘 하룻밤뿐이네! 기왕 한방에서 자게 됐으니, 소설 얘기도 좀 해 줄게."

그 이튿날부터 동민은 불문과 김형이 하숙하고 있는 삼선교 바로 그 집에서, 김형이 기거하는 방보다 두세 칸 더 깊숙이 들어간 어느 뒷방에서 하숙 생활을 시작하게 되었다.

하숙방을 얻게 되자 동민이 제일 먼저 생각하게 된 것은 초동에 있는 짐을 가져오는 일이었다. 하지만, 그동안 경찰이 다녀갔을 수도 있고, 지금 동민이 나타나는 것을 그 댁에서 그다지 달가워할 것 같지도 않았다. 그래서 동민은 우선 초동 근처로 가서 전화를 걸어 보기로 했다. 다행스럽게도 그가 원했던 대로 화수가 전화를 받았다.

"아, 선생님이세요? 지금 어디세요?"

"응, 잘 있었지? 지금 옆에 누가 있느냐? 아니, 누나는 바꾸지 않아도 된다. 그래, 말을 하자면 길다. 만나서 얘기하자! 한 가지 부탁이 있는데, 아버지 서재의 책상 옆에 내 검정 트렁크가 놓여 있을 거야. 미안하지만, 그걸 들고 명보극장 옆에 있는 '크라운 제과점' 있지? 그리로 좀 나와 줄래? 나한테 전화 왔더란 말은 아직 아무한테도 말하지 말고, 그냥 너 혼자 살짝 나와 주면 좋겠어!"

그런데, 그의 트렁크를 들고 빵집으로 나온 것은 화수가 아니라 뜻밖에도 화진이었다.

"오빠, 서울 언제 왔어요?"하고 화진은 맞은편 자리에 털썩 앉으면서 물었다. "그동안 어디 있었어요? 전화 한 통도 없다니, 정말 섭섭했어요!"

"아, 문초를 해도, 숨 좀 돌리고 하시지 그래! 그러나저러나 그동안 집에 경찰이 오진 않았어?"

"경찰은 무슨! 아무 일도 없었어요! 아버지가 괜히 과잉 예방조치를 하신 것 같아요. 그런데, 얼굴이 좀 그을린 것 같은데, 어디 시골에 있었나 봐요?"

"응, 동해안의 주문진이란 데서 떠돌이 생활을 하던 중 누군가 수상한 사람으로 신고를 했는지 어제는 경찰관까지 찾아왔더군. 학생증 사진을 내 얼굴과 대조해 보고, 읽으려고 가져간 내 원서와 사전을 살펴보더니 경찰관은 금방 물러갔지만, 기약 없는 도피 생활을 하느니 차라리 잡혀가서 떳떳하게 조사를 받고 나오는 것이 낫겠다는 생각이 들었어. 일제에서 해방된 내 나라에서 이게 무슨 꼴이냐 싶더라고! 무슨 죽을죄를 지은 것도 아니잖아! 그래서, 어제 그만 서울로 돌아왔지. 삼선교에 하숙방도 구해 놓았어."

"우리 식구들은 모두들 오빠가 돌아오기를 기다리고 있는데요?"

"아, 말은 고맙지만, 이제 더는 초동 집에 들어가지는 않을 생각이야. 고1에 진학한 화수한테 지금 내가 아주 급하게 필요한 존재도 아니고 말이야!"

"그런 게 어디 있어요? 엄마는 오빠가 잠시 피해 있다가 곧 돌아온다고 철석같이 믿고 있어요! 화수도 그렇게 알고 있고요."

"화수와 어머니한테는 정말 미안하지만, 난 이제 하숙 생활을 하면서 내 공부를 더 착실히 하고 싶어. 그것이 주문진에서 보낸 열흘 동안에 나온 내 결론이야. 그동안 화진 씨 부모님께는 정말 큰 은혜를 입었어. 그 감사한 마음만은 앞으로도 오래오래 간직할 거야."

"오빤 내 생각은 하지도 않네!? 그동안 매일 오빠 전화를 기다렸는데……"

"피해 다니는 사람이 전화할 수가 있어야 말이지!"

"우리 그만 일어나요! 삼선교 어디쯤인지 같이 가 봐야겠어요."

"아, 오늘 구해 놓은 하숙집인데, 하루도 지나지 않아 이렇게 아름다운 여학생을 데리고 그 집에 들어갈 수는 없지!"

"누가 집 안으로 들어간대요? 오빠가 기거하는 하숙집이나 알아두자는 거예요."

빵집을 나오자마자 화진은 두 손으로 덥석 동민의 왼팔을 잡고는 약간 자기 몸을 기대어 왔다. 그러고는 놀라 움찔하는 동민의 얼굴을 쳐다보면서 생긋 웃어 보였다.

동민이 한 달 치 하숙비를 지불하고 나니 화수의 부친이 봉투에 넣어 주신 돈도 이제 얼마 남아 있지 않았다. 그는 하숙집 아주머니의 허락을 얻어 하숙집 전화번호를 신문에 내걸고 영어와 수학 과목을 가르치는 시간제 아르바이트를 구한다는 광고를 내었다. 다행히도 정릉 청수장 근처에 사는 어느 부인이 전화를 걸어와 자기 아들과 그 친구들을 위해 영어 그룹 과외를 해 달라고 했다. 이로써 동민은 3년 반이 약간 넘는 초동에서의 편안한 더부살이를 청산하고 여느 하숙생이 되어, 마침내 좀 자유스러운 대학 생활을 보낼 수 있게 되었다.

가끔 화진이 하숙집으로 찾아오곤 했는데, 이것을 본 불문과 김형은 동민이 드디어 소설을 좀 쓰게 될지도 모르겠다는 희망 섞인 말을 해 주기도 했다. 하지만, 화진과의 관계는 영화를 함께 보고 나서 저녁 식사를 함께하는 정도 이상으로 진척되지는 못했다. 화진이 "아무리 주위를 둘러봐도 오빠만한 남자가 없어요!"라는 둥 약간 농담 섞인 푸념을 늘어놓으며 이따금 동민의 마음을 탐색해 오곤 했다. 그러나 동민으로서는, 화진이 마음에 들지 않은 것은 아니었지만, 졸업 후에도 군 복무, 독일 유학, 글쓰기 등 혼자 넘어야 할 험준한 산들이 너무 많은 판국에 남의 집 귀한 딸에게 함부로 정을 줄 처지가 못 된다는 생각이 늘 앞섰다. 그래서 그는 기회 있을 때마다 화진에게 이런 자기의 상황을 암시하면서 화진을 미리 멀찌감치 떼어 놓으려 했다. 그때마다 화진은 알아들었다는 시늉을 하면서 제법 다소곳하게 물러나곤 했다. 그러다가, 그녀는 두어 주도 채 지나지 않아 또 무슨 핑계를 만들어 하숙집으로 동민을 찾아오곤 했다.

한번은 화진이 정색을 하고 동민에게 이런 말을 한 적도 있었다 — "그동안 생각해 봤는데, 오빠는 예의와 처신이 분명한 선량한 청년인 건 사실이지만, 용기가 부족한 남자 같아요. 상대방을 배려해 주는 깃 같지만, 곰곰이 따지고 보면 자기 입장만 생각했지, 상대방 생각은 전혀 해 보지두 않지요!"

"그래, 정말 그런지도 모르겠네! 어떤 때엔 내가 정말 이기주의

자인 것 같기도 해. 자기 형편에 맞지 않게 너무 높은 목표를 세워놓고 자기 자신을 괴롭히는 마조히스트 같기도 하고…… 아무튼, 루카치식으로 표현하자면, '문제가 있는 개인'이지!"

동민이 어느 땐가 그녀와의 이런 대화 내용을 불문과 김형에게 대강 털어놓자, 김형이 약간 머뭇거리다가 미소를 머금은 채 말했다 ─ "그런 경우에 서로 사랑하는 청춘남녀는 풍광이 수려한 어느 섬에라도 놀러 가서, 일단 대자연의 품에 안겨 보는 것도 한 방법인데!? 인간이 도덕적 존재이긴 하지만, 그 이전에 자연의 아들딸이거든! 아무튼, 복잡한 숙제를 다 해결해 놓은 다음에, 떳떳하게 구애하겠다는 생각은 아무래도 소설가 지망생의 발상은 못 되지!"

그렇다고 동민이 김형의 충고를 따를 수 있는 위인은 못되었다. 그런대로 하릴없이 시간만 보내고 있는데, 일은 의외로 다른 방향에서 자연히 해결될 듯했다.

어느 날 저녁에 화진이 또 하숙집으로 찾아왔길래, 데리고 나가서 차나 한잔 함께 마시고 돌려보낼 셈이었는데, 그녀가 기어이 술을 한잔 사 달라고 했다. 동민이 하는 수 없이 김형과 자주 가는 성북천 변의 그 '삼선옥'으로 화진을 데리고 갔다. 화진이 막걸리 한잔을 단숨에 쭉 들이키더니 단도직입적으로 말했다.

"저 다음 달에 미국 가요. 아버지가 뉴욕으로 발령이 나서, 식구들이 모두 다시 미국으로 나가게 되었거든요. 전에도 미국에서 중학교를 잠깐 다닌 적이 있었는데, 또 그 지긋지긋한 미국인들과 함께 지낼 생각을 하면 마음이 영 편치 않아요. 하지만 오빠한테는 잘된 일 아녜요? 어때요, 저절로 잘 해결되었지요?"

"그것참, 잘됐네! 축하해! 그쪽 대학에 등록해서 영문학 공부를 현지에서 본격적으로 한번 시작해 볼 수도 있을 터이고……"

"그것뿐이에요?"

"뭐, 다른 게 또 무엇이 있겠나?"

"알았어요! 오빠를 그냥 깨끗이 포기할게요. 실은 아버지가 반대하실 듯해서 저도 늘 자신이 없던 참이었거든요. 엄마는 내 마음을 대강 짐작하고 있는 것 같지만, 막상 엄마 마음도 반반으로 보아야 하고요. 차라리 하늘의 뜻이라 생각하고, 다 잊고 새 출발을 하는 게 낫지 않겠어요?"

"그렇지, 그것참 잘 생각했어! …… 그런데, 이것참, 갑자기 내 마음이 왜 이리 허전해지는지 모르겠네!?"

"붙잡으려니 복잡하겠고, 놓치기는 아깝고…… 오빠 심보를 내가 훤히 다 알지요!"하고 화진이 입술을 삐죽 내밀면서 종알거렸다.

이번에는 동민이 술 한 잔을 쭉 들이켰다. 그러고는, 더는 아무 말도 꺼내지 못했다.

3

어느 날 동민은 드디어 이미륵의 소설 『압록강은 흐른다』의 독어판을 구해서 읽고 있었다. 어릴 적에 미륵이 잘못을 저질러 아버지한테 회초리로 종아리를 맞는 장면이라든가 소년 미륵이 처음으로 아버지에게 술 대작을 해 드리면서, 아들로서 아버지의 고독한 모습의 일단을 설핏 엿보게 되는 장면 같은 것은 동민에게도 자못 친숙한 유가(儒家)의 풍속도였다. 그밖에도, 힘없는 식민지 백성들이 일본 순사들과 헌병들에게 부잠하게 쫓기고 박해받는 상면노 있었다. 이미륵 특유의 담담한 문체로 아시아의 동쪽 끝에 자리를 잡고 있는 자신의 조국에 대해 이야기하고 있는 이 소설이 1946년 당시, 황폐하고 가난했던 전후 독일이란 시공의 독일인들에게는 드문 읽을거리가 되었으리라는 생각에, 동민은 새삼 문학이라는 것이 시대와 국경을 초월하여 위대한 힘을 발휘할 수 있음을 실감했다.

바로 그 순간, 하숙집 아주머니가 방문을 두드리며 고향에서 전화가 왔으니, 받아보라고 했다. 동민이 주인집 안방으로 건너가서 전화를 받아보니, 화민 형이었는데, 아버지께서 편찮으시니, 주말에 잠시 고향에 내려오면 좋겠다고 했다. 화민 형은 군대에서 막 제대를 했기 때문에 다음 학기 복학을 앞두고 집에서 잠시 아버지의 과수원 일을 돕고 있었다.

동민이 토요일 저녁에 동강포에 도착해 보니, 대구 K대 국문과 4학년 2학기에 복학을 앞두고 있던 화민 형은 물론이고, 경북 의성에서 영어 교사로 근무하던 큰형님과 형수님, 그리고 대구의 누님까지 다 모여 있었다. 자형(姉兄)은 그동안 맹호부대의 장교로서 월남전에 투입되어 있었기 때문에 그 자리에 올 수 없었다. 어머니는 그사이에 어린 남동생을 하나 낳아 길러야 했던 데다가 과수원 일과 아버지 병구완에 지친 탓인지 많이 수척해 보이셨지만, 그 곱상한 얼굴에 미소를 띠면서 동민을 따뜻이 맞이해 주셨다.

아버지는 일종의 속병을 앓고 계셨는데, 병명도 잘 모르겠고 약도 잘 듣지 않는다며 사랑방에 자리보전하고 누워계셨다. 밤이 되어 아버지의 분부대로 어머니와 4남매가 모두 사랑방에 모여 앉자 아버지가 화민 형의 부축을 받아 자리에서 일어나 앉으셨다. 그러고는, 일으켜 세운 이불에 기대어서 말씀하셨다.

"일상에 바쁜 너희들을 이렇게 부른 것은 보다시피 내가 병을 얻어 더는 오래 살지 못할 듯하기에, 아직 정신이 있을 때 너희들을 한번 한 자리에서 보고 싶어서였다.

현숙아, 울지 마라. 이 아비가 언제까지나 살 수는 없는 일 아니냐! 언제 가도 한번은 가야 하는 것이 사람의 운명이다. 내 너한테 늘 미안했던 것은 여식(女息)이라고 공부를 시키지 않고 네 어머니가 세상 떠난 그 자리에서 그만 집안일을 도우도록 한 일이다. 당시 내 형편이 어떻게 달리 구처할 방도가 없었으니 부디 이 아비를 용서해 주기 바란다. 그리고, 또 한 가지 미안한 일은 농비가 없어서 사돈한테 돈을 빌렸는데, 하필이면 그해에 태풍 사라호가 덮쳐와서 농사를 한번 크게 망친 이래 아직도 그 빚을 갚지 못하였구나! 네가 시집에서 얼마나 마음고생이 심할까 생각만 해도 가슴이 저린다. 이 숙제는 내가 살아서는 해결하지 못할 듯한 예감까지 든다! 아, 이렇게 염치없는 친정 아비가 어디 있겠느냐? 참으로 부끄럽고도 참담하구나! 이 아비를 용서하여라!

내 장남 위민은 들어라. 네가 D고보의 후신인 K중학교에 합격했을 때, 이 아비는 이 세상 한을 다 푼 사람처럼 기뻤느니라. 네가 나중에 아비의 크나큰 기대를 다 충족시키지는 못했다만, 지금 생각하니, 그것도 다 내 지나친 욕심이었더니라. 그래도, 너는 지방대 영문과라도 졸업하고 학생들을 가르치는 훌륭한 직장을 얻었으며, 이제 결혼까지 하여 네 처와 행복한 가정을 꾸렸다. 나의 외가가 있는 직천 마을에서 온 아가야, 부디 착하기만 한 남편을 잘 보살펴서 남부럽지 않은 가정을 꾸려 나가도록 해라. 이제 이 아비는 너희 내외한테는 크게 만족하고 더는 아무것도 바랄 것이 없구나!

화민아, 이제 제대하였으니, 복학하여 한 학기만 더 공부하면 졸업하고 취직해서, 곧 설혼노 해야 할 네가 아니너냐? 그런데, 제대하여 이 아비 곁으로 잠시 돌아온 시점이 하필이면 너한테는 헤어날 수 없는 구덩이가 될 모양이다! 보아하니, 너 말고는 이 아픈 아비 대신에 과수원 농사를 지어 줄 사람이 없을 듯하다. 마침 너두 이 사실을 익히 인지하고, 자원해서 당분간 이 병든 아비 곁에 있겠다고 하니, 우선은 고마운 생각이 들다가도, 한편으로는 '이 못난 녀석이 왜 대구로 달아나지 못하고, 여기 제 아비의 고생 구덩이에 저까지 같이 빠지겠다는 것인지!' 정말 한심하다고 나무라고 싶기도 하구나! 이 과수원으로 너희 3형제를 도청 소재지인 대구까지는 간신히 내보내 놓았다만, 태풍 사라호로 한 해 농사를 완전히 망친 이래로는 아직도 빚과 그 이자에 허덕이며 완전히 재기하지 못하고 있는 이 아비의 지옥 같은 삶이 화민이 네 눈에는 보이지 않더란 말이냐? 그래! 하긴 왜 안 보였겠느냐? 내 네 효심을 잘 알면서도, 하도 기가 막혀 네 미련함을 탓하는 마음이 생겨서 하는 말이니, 과히 섭섭하게 생각하지 말아라. 그리고 화민아, 올해 추수가 끝나자마자 네 누님댁의 빚부터 최우선적으로 갚아 드리도록 해라!

내 셋째 아들 동민아, 서울이란 도회에 혼자 내팽개쳐져서 고생하는 너도 이 못난 아비의 부름에 응하여 내려왔구나! 모두가 알다시피 너는 문중과 향리의 기대를 한 몸에 받아온 이 아비의 자랑스러운 아들이었다. 그러나, 내가 그동안 곰곰이 생각해 보니, 너는 이 아비의 지나친 기대감 때문에 오히려 큰 부담감을 느낀 것 같더구나! 이제 더는 그런 기대 같은 것 품지 않을 테니 안심하고 네 갈 길 당당히 가거라! 이 아비는 독문학이 무엇인지 알지 못한다만, 어차피 서양 학문을 해서 발달한 서양의 문명과 기술을 받아들여야 하는 것이 지금 이 나라 사람들의 과업이라면, 미국 쪽보다는 독일 쪽 공부가 그래도 뭔가 더 나을 것 같기도 하더구나. 아무튼, 나는 네가 걸어가는 그 길이 너한테는 올바른 길이라고 굳게 믿기로 했다. 네가 지난해 3월에 데모를 하다가 크게 다친 사실을 신문을 보고 알

왔을 때, 이 아비와 네 어머니의 놀람과 걱정이 이루 말할 수 없었다. 하지만, 나는 네가 하는 모든 일이 옳다고 믿기에 아비로서의 놀람과 걱정을 그 믿음 아래에 묻었었다. 아비가 서울로 올라가 수선스럽게 굴지 않은 깊은 속내이기도 하니라. 동민아, 내일 아침 일찍 서울로 다시 올라가거라. 그리고 이 아비의 병 따위는 잊고 부디 네 갈 길을 계속 걸어가기 바란다. 동민이 네게 또 한 가지 꼭 말하고 싶은 게 있다. 네가 '어머니'라고 불러주면서 네 새어머니를 삼거리에서 동강포로 인도해 온 그날 밤에 너는 이미 일평생 할 수 있는 효도를 다 해 주었느니라. 여기 앉아 있는 네 어머니도 그날 네가 그렇게 어머니라 불러주었던 것을 늘 기특하게 생각하고, 어머니로서 너를 정성껏 돌봐 준 것으로 알고 있다. 여기 동강포에서 태어난 네 동생의 이름을 '동포(東浦)'라고 지은 것도 아마 네 어머니가 '동' 자를 꼭 넣어 그 애가 네 동생임을 나타내고 싶었던 때문이기도 했을 터이고……

마지막으로 동포 어머니, 내 이제 살날이 얼마 남지 않은 것 같으니, 아이들도 모인 자리에서 평소 못한 말 한마디 하겠소 ― 미안하오! 동강포로 들어올 때부터 이미 미안했고, 그동안의 가난이 미안했소. 이렇게 병이 나서 먼저 가니 이것이야말로 정말 미안하오. 눈물 흘리지 마오! 아이들 앞에서 꼭 하고 싶은 말이 있는데, 그것은 당신이 마음이 참 고운 사람이라는 결론이오. 마음이 곱지 않고서야 어찌 이 동강포란 고생 구덩이로 나를 찾아 들어왔겠으며, 오늘까지 여기서 이 가난을 어찌 견뎠겠소? 지금까지의 그 모든 어려움을 다 참고 어찌 그 지리에 그렇게 고이 앉아 있을 수 있겠소? 고맙고도 미안하오!

돌이켜 보자니, 인생이란 것이 참 허망하구나! 식민지 시대에 태어나 향리의 서당교육을 받다가 뒤늦게 소학교에 다녔지만, 때마침 가세가 기울어 중학교 진학을 하지 못하고, 타향에서 일본 사람들 심부름을 하며 살아야 했다. 밤에는 동네 아이들을 모아놓고 한문과 일어를 가르쳐 푼돈을 조금 더 벌었다. 배운 게 농산물검사소 일뿐이라 그때 모은 돈으로 이 과수원을 일구기는 했지만, 한때 급사로서 일본 사람들 심부름을 하며 산 부끄러움 때문에 조상님들 영전에 차마 낯을 들 수 없더니라. 모든 것 다 잊고 향리에서 일개 농부로서 오직 자식들을 위해서만 살고자 했다. 하지만, 원래부터 농부로 타고난 팔자가 아니었던 까닭이었는지는 몰라도 괜히 문중과 마을 일에 참섭을 하며 시간과 정력을 낭비하다가, 해방된 조국에서는 애매하게도 좌익으로 몰려 두 번이나 피신해야 하는 고초를 겪었다. 당치도 않은 좌익 혐의에서 풀려나자 다시 한번 결심하기를, 너희들 공부시키는 일에만 전념하고자 했다. 하지만 하늘이 태풍을 내려 그것도 뜻대로 이루지 못하고 자식들을 타향에 흩어놓은 가운데에 이렇게 그만 병이 들고 말았구나! 아비가 도의적으로 특별히 무얼 잘못한 건 없다만, 이렇게 복잡하게 어질러만 놓고 그만 손을 들게 된 꼴이 너희들에게 참으로 부끄럽구나! 모두들 이 무능한 아비를 용서하여라."

"아버지, 유언하시는 거예요, 지금?"하고 현숙이 옷고름으로 눈물을 닦으면서 말했다. "병원에 입원도 안 해 보시고 그런 말씀 하시면 안 돼요. 화민아, 내일 당장 아버지 모시고 대구로 나가자. 내 바깥 시어른 말씀이 대구 파티마 병원에 유명한 내과 전문의가 계시다는데, 그분한테 진료를 받아보시도록 해야겠다."

"아니다, 아서라! 내 병은 내가 잘 안다. 이대로 조용히 집에서 가게 해 다오."하고 아버지가 말씀하셨다. 그런 다음에 아버지는 그만 누워야겠다는 뜻을 표하고 화민 형의 부축을 받으며 자리에 누우셨다. 아버지는 기가 다하신 듯 한동안 눈을 감고 계시더니, 이윽고 다시 한번 눈을 뜨시고는 모두 물러가라는 손짓을 해 보이셨다.

부친의 우환은 동민에게는 큰 충격이어서 서울에 돌아와서도 그는 한동안 책이 손에 잡히지 않았다. 군 복무라는 중대한 임무를 마치고 이제 졸업과 취직, 그리고 결혼을 앞둔 화민 형보다는 차라리 동민 자신이 임시로 과수원 일과 부친의 병구완을 맡아야 하지 않을까 하는 생각도 잠깐 해 보았다. 그러나 그것은 부친을 비롯한 식구들이 절대로 동의하지 않을 일이었다. 그만큼 동민은 식구들의 의식 속에서는 이미 고향을 멀리 떠난 존재로서 타향에서 무엇인가를 이룩해 내어야 할 사명을 지닌 것처럼 인식되고 있었다.

하지만, 동민 자신은 어떠한가? 이 서울이란 도회가 그에게는 하나의 거대한 바다였고, 그로서는 이 망망대해 위를 떠도는 일엽편주와도 같은 심경이었다. 그는 우선 자신의 그 알량한 영어 실력으로 매달 하숙비를 벌어야 하는 딱한 처지인데다 전공인 독문학 공부는 그야말로 광대무변하여 어디서부터 무엇을 어떻게 해야 할지 모를 지경이었다. 그런데도 그는 벌써 학부 4학년으로서 곧 졸업을 앞두고 있었다.

바로 이 무렵 서독의 하원 의장 게르스텐마이어(Eugen Gerstenmaier) 박사가 내한하면서 S대 독문과에 약 200여 권의 독문학 관련 전문 도서를 기증했다. 독문과로서는 숙원이던 학과 도서실의 기본 강서가 마련되는 셈이라 긴단한 도서 인수식을 개최하게 되었고, 이 자리에서 동민이 학생들을 대표해서 게르스텐마이어 의장님께 '감사의 인사'를 해 보라는 학과장 K 선생님의 사전 지시가 있었다. 이런 일을 해 본 적이 없는 동민으로서는 집에서 나름대로 정성을 다하여 독어 작문을 한 다음, 그것을 도서 인수식에서 낭독하였다. 그런데, 문어체로 작문한 그 인사말이 게르스텐마이어 의장의 귀에 인상적으로 들렸던 것인지 그는 동민에게 앞으로 독일 유학을 할 의향이 있느냐고 물었다. 동민은 가능하다면 앞으로 그렇게 할 생각이라고 대답했다. 그날 저녁 게르스텐마이어 의장이 K 선생님께 '안군'을 독일로 초청하겠다는 뜻을 밝혔다고 했다. 하지만, 동민은 유감스럽게도 군 복무 미필이었기 때문에 그것이 불가능함을 K 선생님께 실토하지 않을 수 없었다. 이처럼 군 복무라는 무거운 족쇄가 동민의 앞길을 꽉 옥죄고 있었다. 하긴, 한국의 청년치고 군 복무라는 족쇄를 한 번쯤 실감해 보지 않은 청년이 어디 있을 것인가.

이런 해프닝이 있고 나자, 동민은 앞으로 자신의 진로에 대해 더 구체적으로 생각하게 되었고, 여러 길을 놓고 고민한 끝에, 학부 졸업과 동시에 일단 S대 대학원 독문과에 입학을 해 두고, 군에 입대하여 복무를 마친 다음, 대학원 복학과 동시에 독일고등교육진흥원(DAAD) 장학생 시험 준비를 하고, 그 시험에 합격하면 즉각 독일로 떠나기로 결심했다. 그는 일단 독일대학에서 독문학 공부를 마친 다음, 귀국해서야 비로소 소설을 쓰겠다고 마음을 먹었다. 독일에서 활동한 이미륵처럼 소설을 쓰되, 일단 넓은 세상으로 나아가 국제 정세와 인간 세사에 대한 보다 깊고 넓은 식견을 확보한 다음에야, 세계사적 안목과 새로운 가치관을 담은 작품을 쓰겠다는 것이 그의 원대한 계획이었다.

4

그 해의 어느 가을날이었다.

동민이 하숙집에서 막 저녁을 끝내고 최인훈의 『광장』을 읽고 있는데, 하숙집 아주머니가 방문을 두드리며 전화가 왔으니 받아보라고 했다. 독문과 삼수생 N형이었는데, 다짜고짜 쌍과부집으로 나오라는 것이었고 연유를 묻는데, 이미 전화가 끊어져 있었다. 동민은 산책 삼아 슬슬 걸어서 쌍과부집으로 갔다. 거기에는 N형을 비롯하여 모두 동민보다 나이가 두 살쯤 위인 독문과 선배들이 모여 있었고, 그 한가운데에는 뜻밖에도 평소 말수가 적고 남들과 잘 어울리지도 않던 Y형이 앉아 있었다. Y형의 입학동기생으로서 이미 작년에 K신문사의 신춘문예에 문학평론으로 등단했고, 졸업 후에는 어느 잡지사에 취직해 있던 염선배도 Y형 옆에 앉아 있었다. 다들 약간 들뜬 분위기 속에서 유독 과묵하게 앉아 있는 Y형의 표정이 어딘지 좀 심상치 않았다.

"무슨 좋은 일이라도 있어요?"하고 동민이 나무 의자의 한쪽 귀퉁이를 차지하고 앉으면서 딱히 누구에게랄 것도 없이 물었다. "이렇게 선배님들이 다 모여 계시네요!?"

"그럼! 좋은 일이지! Y형이 이번에 S지(誌)의 신인상을 받아 소설가로 등단했거든!"하고 N형이 말했다. "어때? 놀랐지? 그래서 전화로 미리 알려주지 않고, 이렇게 자네가 와서 기쁜 소식을 직접 듣도록 한 거야!"

"아, 그래요? 그것참 잘됐네요!"하고 동민이 말했다. "Y형, 축하드립니다!"

"글쎄, 그게 무슨 축하받을 일이라고 노형들이 이렇게 나를 불러내네요."하고 Y형이 벌써 여러 잔을 받아 마셨는지 얼굴이 좀 붉은 모습으로 쑥스럽다는 듯이 말했다. 그는 나이에 상관없이 주위 사람들을 늘 '노형(老兄)'이라고 부르곤 했다.

"별말씀을! 정말 축하할 일이지요. 우리 독문과의 경사입니다! 제 술 한 잔 받으시지요!"하고 동민이 말하면서, 자기 잔을 단숨에 죽 비우고 나서 Y형한테 잔을 돌렸다. 그러고는, 누런 양철 주전자를 들어 그 잔에 막걸리를 가득 부었다.

"K 선생님께서 참 좋아하실 거야!"하고 N형이 혼잣말처럼 중얼거렸다. "자신의 문하에 작가가 나오기를 늘 고대하셨거든!"

"암, 여부가 있나! 다른 선생님들도 모두 기뻐하실 거야. 동민의 말마따나 우리 독문과 전체의 경사 아니겠어!"하고 지금까지 잠자코 듣고만 있던 염 선배가 말했다. "우리 Y형은 앞으로 큰 작가가 되어 우리 문단을 이끌어 나갈 거야!" 염 선배는 최근에 여러 잡지에 문학평론을 발표하기 시작했다. 문득 그가 동민을 보며 말했다. "그러나저러나 이제 동민이 차롄데, 동민이는 글 안 쓰나?"

"아, 저야 아직 멀었지요. 열매가 익어야지 이제 겨우 몸체가 자라나는 단계인 걸요……"하고 동민이 대답했다.

"내가 보기엔 안형은 벌써 열매를 맺을 수도 있을 것 같은데……"하고 Y형이 한마디 덧붙였다. 그러고는, 동민의 잔을 돌려주고는 거기에 술을 따라 주면서 말했다. "너무 참신하고 완벽한 작품을 쓰려고 하지 말고, 경북 영천에서 도청 소재지인 대구를 거쳐 서울까지 올라온 경위와 그 안에서 겪은 자신의 이야기를 한번 써 봐요. 즉, 지금까지 걸어온 자기 자신의 이야기를 그냥 담담히 쓰면 될 겁니다, 아마도! 나도 따지고 보면 결국은 장흥에서 광주를 거쳐 서울까지 와서 살게 된 사연을 이야기로 옮긴 것뿐입니다."

"음, 둘이 비슷한 데가 없지 않군그래!"하고 N형이 말했다. 그러고는, 갑자기 백야성의 '잘 있거라 부산항'을 흥얼거리기 시작했다. 다들 그의 흥얼거리는 노래 가사를 유심히 듣고 있는데, N형이 문득 노래를 뚝 그치더니 말했다. "나같이 시골이 없고 바로 부산이란 대도시에서 태어나 자라다가 서울로 올라온 도회지 인간은 늘 그놈의 첫 단계가 부족하단 말이야! 그래서 난 소설은 못 쓸 것 같아!"

"못 쓰거나 안 쓰는 것이 훨씬 더 좋아요. 소설을 쓴다는 건 자신의 피를 말리는 짓입니다!"하고 Y형이 말했다. "이제 그만들 일어나지요! 모두 축하해 줘서 고맙습니다. 그래서, 오늘 술값은 내가 냅니다. 모두들 집에 잘 들어가시오!"

5

파티마 병원의 그 내과 의사가 아버지의 병을 간경화로 진단했다. 아버지는 그 의사의 진료에 대해 큰 만족감을 표명하시면서 그가 '편작(扁鵲)과 화타(華佗)에 버금가는 천하 명의'라고 여러 번 말씀하셨다.

"'여기가 아프시지요?'하고 의사가 내 오른쪽 아랫배를 만지는데, 그게 바로 내 환부라는 것도 그때 처음 확실히 알았거든!"하고 아버지가 현숙에게 말했다. "그래, 수고했구나! 여기 일은 화민에게 맡기고 닌 이제 집에 들어가 봐야지. 집안 어른들께서 기다리시겠다. 사돈께 고맙다는 인사 말씀을 전해 다오."

"괜찮아요, 아버지! 아버지는 대구에 사는 제가 보살펴 드려야지요. 화민아, 넌 어서 동강포로 가서 급한 과수원 일을 계속하도록 해라. 그리고, 아무래도 어머님께서 대구로 나오시는 것이 좋겠다. 그래야 아버지 병구완이 옳게 될 듯하구나. 물론 나도 매일 와서 병원에 가실 때 함께 모시고 가도록 하고 어머님을 도와드릴게. 너는 여기 일은 안심하고 이제는 과수원으로 내려가도록 해라."

화민은 그길로 발걸음을 재촉하여 대구 버스터미널로 가서 경주행 완행버스를 탔다. 그는 자신에게 누님이 있다는 게 이렇게 고마울 수가 없었다. 모두 속수무책일 때에 아버지를 모시고 대구 파티마 병원으로 가 보자고 의견을 낸 것도 누님이었고, 병원 근처 칠성동에 조그만 월세방을 구해 일단 아버지의 통원 치료를 가능하게 조치해 준 것도 누님이었다. 자손 귀한 집에 아들 형제를 낳아 6대 독자 집안의 걱정을 면하게 해 준 누님이 안 시어른께 친정의 우환을 털어놓자, 이 모든 조치가 다 안 시어른의 고마운 지시에서 나온 것이라고 했다. 아무튼, 누님의 경제적 지원과 간병 지휘에 힘입어, 절망적으로 보이던 아버지의 병세가 며칠 사이에 일말의 희망이 보이기 시작한 것은 아주 큰 다행이었다. 그렇지만, 과수원에 병충해 방제약을 살포하던 중에 이런 우환이 생긴 터라, 화민의 마음은 온통 과수원에 가 있었다. 지금도 빚이 많은데, 올해 농사를 또 망친다면 결국 집안이 경제적으로 무너져 내리게 될 판이었다. 세상 물정 모르고 자기 앞만 겨우 챙기는 타고난 샌님인 형님에게 이런 집안 걱정을 의논할 수도 없고, 서울에서 저 혼자 분투하고 있는 동생 동민에게까지 이런 집안 걱정을 끼쳐서도 안 될 일이었다. 화민은 당분간 과수원을 잘 경영하는 것만이 자신의 어쩔 수 없는 숙명임을 다시 한번 겸허하게 받아들였다.

영천읍을 지나 삼거리에 이르자 버스를 내린 화민은 잠시 삼거리 아지메한테 들러 아버지 소식을 알려드렸다.

"내 그럴 줄 알았다! 빚더미에 올라앉은 데다 또 이번 해에조차 농비에 쪼들리다 보니, 네 아버지가 아마도 병원 갈 생각을 접고 그

낭 집에서 죽으려 했던 게야! 네 아버지는 죽는 데에도 체면을 차리는 사람이다!"하고 삼거리 아지매가 투덜거렸지만, 말과는 달리 얼굴에 기쁜 빛이 돌았다. "대구의 네 누이가 잘 보살펴 드리겠지만, 병구완은 역시 너희들 새어머니가 하는 게 나을 듯싶구나!"

"예, 대구 누님도 그런 말을 했어요. 어머니가 대구에 가서서 아버지를 보살펴 드려야 할 듯하네요."하고 화민이 대답했다.

"그래, 그게 좋겠다. 그리고, 네 어머니께 대구로 갈 때 여기 나한테 잠깐 들르라고 전해 다오. 나도 같이 가서 오빠 병문안을 해야겠다."

6

졸업을 앞두고 우선 대학원 입학시험에 합격해 놓은 동민은 다행히도 병환에 차도가 있어서 이제는 동강포 집으로 들어오신 아버지에게 문안도 드릴 겸 일단 고향 집으로 내려왔다.

화민 형은 마침 영천 읍내에 볼일이 있어서 출타하고 없었고, 아버지는 사랑방에 앉아 계시다가 동민의 인사를 받으셨다. 그동안 신색이 많이 좋아지신 것이 동민의 눈에도 보였으므로 그는 무척 기뻤다. 이 모두가 어머니와 대구 누님, 그리고 화민 형의 극진한 보살핌의 덕분이었다고 생각하니, 이번 우환에 아무 도움도 되지 못한 자신의 불효가 심히 송구스러웠다.

동민이 사랑방을 나와 안방의 어머니께 인사를 드리고 아버지의 지병이 낫도록 잘 구완해 주신 데 대해 고마움을 표하자 어머니는 빙그레 웃으며, "나야 낭연히 내 할 일을 한 것이시만, 아들의 칭찬이 이렇게 기쁠 수가 없네!"라고 말씀하셨다. 방바닥을 기어 다니던 어린 동생 동포가 반갑다는 뜻인지 고사리 같은 손으로 동민의 발목을 탁탁 쳤다. 동민이 "잘 있었어? 내 동생!"하고 말하면서 동생을 번쩍 안아 들고 잠시 얼러주고 있는데, 어머니가 반짇고리 밑에 감춰두었던 항공우편 한 통을 꺼내어 주면서 말했다.

"봉투의 글씨가 여자 글씨던데? 우리 동민이가 여자 편지를 다 받고! 이 어머니는 그 사실 자체가 참 기뻤단다. 어떤 아가씬지, 어떤 내용의 편지인지 나중에 이 어머니한테 말 좀 해 줄래?"

"아, 전에 가정교사 하던 댁의 따님이군요!"하고 동민이 미소를 머금고 사근사근하게 대답했다. "그 사이에 부친이 미국으로 발령이 나서 이 학생도 따라가 지금 미국에서 공부하고 있습니다. 편지 내용은 읽어본 뒤에 어머니께 솔직히 다 말씀드릴게요."

"이 어머니가 그저 기쁘고 궁금해서 해 본 소리다. 아무 말 하지 않아도 괜찮으니, 어서 읽어보기나 해라!"하고 어머니는 마치 안심하고 읽으라는 듯이, 동포를 둘러업고 서둘러 안방을 나가셨다.

동민 오빠에게

여기는 미국 롱아일랜드의 스토니브룩이라는 유서 깊은 마을에 있는 뉴욕주립대학의 기숙사이에요. 부모님은 뉴저지에 살고 계시지만, 저와 화수는 이 대학에 등록을 하고 각자 기숙사에 한 자리씩을 얻어 제법 독립적인 생활을 하고 있답니다. 화수는 경영학과에, 저는 영문학과에 적을 두고 있고요. 우리 남매는 학교 구내식당이나 도서관 같은 곳에서 가끔 남남처럼 마주치기도·하지만, 주말이 되면 남매가 함께 부모님한테로 가곤 해요.

학교가 뉴저지의 집으로부터 제법 멀리 떨어져 있어서 주중에는 대개 도서관에서 책을 읽으면서 지내요. 이곳의 널찍하고 편안한 각종 시설을 누리고 있으면 좁은 서울에서 복닥거리며 살던 때를 거의 잊고 지낸답니다.

오늘은 옛 수첩을 만지다가 무슨 종이쪽지 하나가 툭 떨어져서, 그걸 주워서 살펴보자니 오빠의 고향 집 주소네요. 언젠가 연일 반독재 및 반일 데모가 한창이던 때에 제가 만약의 경우를 대비한다면서 오빠의 고향 집 주소를 적어달라고 한 적이 있었지요? 그때 오빠가 그 독특한 필체로 또박또박 써 준 그 주소군요. 이 쪽지를 보고 문득 이 주소로 오빠에게 편지를 보내볼 생각이 난 거예요. 삼선교 하숙집 주소로 보낸 편지에는 답장도 없으니, 오빠가 아직도 거기에 하숙하고 있는지도 불확실해서요. 졸업을 앞두고 아마 잠시라도 고향 댁에는 갈 것 같다는 생각이 들었거든요.

오빠는 어때요?

저를 그렇게 덤덤하게 떠나보내 놓고, 오빠는 그동안 아무렇지도 않으셨지요? 오빠 성격에 그러리라 생각은 했지만, 막상 저는 오빠한테 버림받은 것 같아서 무척 속이 상했고 누구한테 털어놓을 수도 없는 마음의 상처가 퍽 깊었답니다.

하지만 지금은 새로운 상황에 어느 정도 적응해서 제 마음을 비교적 잘 추스르고 있으니, 오빠가 걱정할 건 없어요.

오빠가 관심을 지니고 계속 공부하고 싶다던 그 토마스 만이란 독일 작가가 이곳 미국의 영문과 강의에서도 이따금 거론되더라고요. 오빠 생각도 나고 해서, 그동안 토마스 만의 중편소설 『토니오 크뢰거』를 영어 번역으로 읽었어요. 무슨 까닭인지는 몰라도 이 토니오 크뢰거라는 인물에서 문득 오빠가 연상되었어요. 물론, 오빠는 이 인물하고는 판이한 점이 더 많은데, 왜 전체적으

로 분위기가 비슷하다는 느낌이 들까요? 내 생각에 그것은 아마
도 시골 양반티가 나는 그 어떤 궁한 자긍심 같은 게 이 인물한테
서도 가끔 발견되기 때문이 아닐까 싶네요. 토니오 크뢰거도 서
양의 관점에서는 일종의 '양반집 후예' 아닌가요? 이런 인물이 문
학을 한다는 것이 아름답지만, 어쩐지 슬프기도 하고요.

오빠는 요즘 글을 쓰고 있나요? 독일 갈 계획이 어떻게 되어
가고 있는지도 궁금해요.

이 편지에 간단히라도 답장해 줄 거지요?

답장을 원하는 것이 아직 오빠를 완전히 잊지 못한 것 같기도
하네요. 오빠를 잊고 지낼 만하게 그사이에 남자 친구가 생겼다
는 고백이라도 할 수 있다면, 차라리 마음이 더 편하겠는데, 제가
꾀까다로워서 그런지 그런 사람이 쉽사리 생기지 않네요. 중학생
시절에도 이곳 미국에서 얼마간 살았지만, 미국이란 나라가 터무
니없이 크고 매사에 너무 많은 여유가 있는 곳이라 편하긴 하지
만, 어딘지 쾡하게 비어 있는 듯해서 무엇을 어떻게 다잡고 살아
야 할지 막막할 때가 종종 있답니다. '풍요로운 사막'에서 살아가
고 있는 느낌이랄까 뭐 그런 이상한 허망함을 느낄 때가 참 많아
요. 백인들의 근거 없는 우월감 같은 걸 엿보며 살아가자니, 그게
늘 좀 아니꼽게 보이고, 백인들 틈에 섞여서 각자 자신의 존재감
을 드러내고자 하는 유색 인종들의 안간힘을 보는 것도 자기 마
음을 들여다보는 것 같아서 썩 편하지 않아요.

오빠는 부디 그렇게 오빠답게 사세요. 시골 사람 특유의 좀
어수룩한 데가 엿보이지만, 뿌리가 확실히 박혀 있는 것 같은 동
민 오빠, 내가 좋아하는 동민 오빠로서 흔들리지 말고 그렇게 살
아가세요. 독일에 가든, 이 세상 끝 어디엘 가더라도, 오빠는 내가

좋아하는 동민 오빠의 모습을 지니고 있을 거예요. 여기 미국에 다시 와서야 비로소 확실히 깨달았어요, 내가 왜 동민 오빠를 좋아하는지를! 나는 꼭 한국으로 돌아가 당당한 한국 여자로 살 거예요. 그리고, 동민 오빠가 아니라면, 동민 오빠와 비슷한 사람이라도 만나고 싶어요!

마침 '셰익스피어 세미나'가 있어서 곧 나가야 해요. 오늘은 여기서 갑자기 줄입니다.

나를 못 본 체하고 자기 앞만 보고 똑바로 걸어간 오빠의 앞길이 부디 훤히 트이기를 진심으로 빌어요.

1965년 11월 24일
스토니브룩에서
장화진 드림.

7

마침 겨울 농한기라 동민이 고향 집에서 크게 할 일은 없었다. 그래서 그는 부친의 친구분이신 영천읍의 홍구의원님을 찾아뵙고 그동안 편히 서울 생활을 할 수 있도록 주선해 주신 데에 대해 감사를 드렸고, 영천읍 금로동에 사는 고등학교 동창생 김정택을 만나 그동안의 회포를 푼 다음, 밤이 되어서야 동강포로 돌아와 사랑방의 아버지께 다녀왔다는 문안 인사를 드렸다. 마침 곁에 앉아 있던 화민 영이 아주 신중한 태도로 흰 편지 봉투 하나를 동민에게 선네주었다. 제법 두툼한 편지 봉투였는데, 발신자가 '대통령비서실장'이라고만 인쇄되어 있었다.

아마도 낮에 편지가 도착했고 아버지와 화민 형은 동민이 귀가해서 그 편지를 뜯어보기를 기다리고 있었던 것 같았다.

"무슨 편진지 궁금했어."하고 화민 형이 말했다. "함부로 뜯어 볼 수도 없고 해서 네가 오기를 기다렸다."

"뜯어보시지 그랬어요. 무슨 내용일지 저도 통 짐작이 가지 않네요."하고 말하면서 동민은 봉투를 열고 두툼한 편지 뭉치를 꺼내어 아버지와 형 앞에서 눈으로 편지를 대강 읽어 내려갔다. 한 장을 다 읽으면, 그 장을 화민 형에게 넘겨주는 식으로 해서 편지를 묵독해 갔고, 아버지는 무거운 표정으로 두 아들을 물끄러미 바라보고만 계셨다.

"곧 있게 될 대학 졸업을 축하한다. 대통령 각하의 특별 지시에 따라 이번 S대 각 단과대학의 우수 졸업자 약간 명을 청와대에서 특별채용하여 소정의 연수 과정을 거친 다음, 장차 이 나라를 이끌어 나갈 훌륭한 인재로 양성할 계획이다." 만약 이와 같은 특채에 응할 용의가 있다면 동봉하는 서식에 기명날인한 다음, 오는 1월 xx일까지 대통령비서실장께 회신하라는 내용인데, 굵은 붓글씨 서체로 글자를 큼직큼직하게 인쇄함으로써 그 권위가 한결 돋보이도록 한 공한이었다.

"동민아, 정말 좋은 소식이 아니냐? 아버지, 동민이 청와대에 특채될 것 같아요."하고 화민이 편지를 다 받아 읽은 다음, 부친께 말했다. "동민이가 객지에서 열심히 공부하더니, 드디어 좋은 성과를 얻을 것 같네요."

"형, 너무 앞서가지 말아요. 조금 생각해 봐야 할 문제 같아요. 이 정권이 국민의 신망을 얻지 못하고 있고, 그런데도 독재정권 자체는 어떻게든 연장하려다 보니, 이런 수작을 부리게 되는 것입니다. 저는 지금 독문과 대학원에 입학해 놓은 참이고, 내년에는 우선 군 복무를 마쳐야 합니다."

"특채가 이루어진다면, 군 복무쯤이야 어떻게든 대체 방안을 강구해 줄 걸, 아마도!"

"무슨 대체 근무 같은 것이 있을까요? 그렇다면 이건 정말 현실적으로 큰 유혹이군요. 지금 이런 특별채용을 통해 청와대로 들어갈 바엔 진작부터 법과대학에 입학해서 정도(正道)를 걸었어야 했어요. 지금 와서 길을 바꾸는 것은 별로 내키지 않습니다."

부친은 형제의 이야기를 잠자코 듣고만 계시다가 한 말씀 하셨다. "편지 내용은 대강 짐작이 간다만, 이것은 어디까지나 당사자인 동민의 생각이 중요할 것 같구나. 자, 아비가 좀 피곤하니, 너희들은 일단 물러나 신중히 의논하고 깊이 생각해 보도록 해라." 이렇게 말씀하신 다음, 아버지는 그만 자리에 누우셨다.

형제가 사랑방 작은방에서 토의하는 것은 주무시는 아버지한테 방해가 될 듯해서인지 화민은 동민의 팔을 이끌고 그를 안방으로 데리고 갔다.

"어머니, 동민이 청와대의 특채 제의를 마다하고 계속 공부만 하겠다는데, 이것 참, 지금 우리 형편에 말이 안 되는 고집입니다. 어머니가 좀 말려주세요."하고 화민이, 아버지 두루마기에 다리미질을 하기 위해 입에 물을 잔뜩 머금고 확 뿜기 위한 동작을 준비 중인 어머니께 말했다.

"별것 아니에요, 어머니! 형이 과수원 농사 때문에 고생이 많다 보니, 저의 고집이 떡해서 해 보는 소리겠지요. 이해합니다. 그렇지만, 저로서는 앞길을 가로막는 중대한 장애물, 아니, 엄청나게 큰 유혹이 생긴 겁니다. 부모님과 집안을 생각하면, 저도 마음이 약간 흔들리지 않을 수 없네요."

어머니가 입안 가득 머금고 있던 물을 두루마기 위에 확 뿜고 나서 말했다. "뭔지 몰라도 우리 명민한 셋째 아드님 생각대로 하는 것이 좋을 것 같네!"하고 어머니는 이제 다리미질을 시작하면서 말했다. "화민아, 우린 어차피 고생을 타고났다는 생각 안 드니? 이 어머니는 네가 동생이 제 갈 길을 잘 가도록 도와주는 것이 좋겠다는 생각이다. 네 아버지도 지금 심사가 복잡하겠지만, 틀림없이 이런 생각을 하고 계실 듯하구나! 내가 뭘 알겠느냐마는, 사람이 살아가는 길에는 꼭 지켜야 할 지조라는 것이 있는 것 같더구나. 화민아, 네가 군대에 가 있던 사이에 일어났던 일이다만, 네 동생이 서울에서 데모를 하다가 쓰러져 죽을 뻔한 사실이 신문에 크게 나서, 네 아버지와 내가 매우 놀라 어쩔 줄 몰라 했던 적이 있었다. 네 동생이 그때 그렇게 목숨 걸고 반대했던 그 양반 밑에 들어가 그 양반을 위해 일할 것 같지가 않구나! 네 동생은 제 갈 길 가게 그냥 놔두고, 우린 우리 일이나 하자!"

"아, 이것 참, 어머니조차 이러시니, 저 혼자 몰리네요!"하고 화민이 말했다. "어머니, 동민은 세상 물정을 모르는 서생이에요. 저는 다만 동생이 사태를 잘 파악해서 보다 현실적인 결정을 하도록 돕고 싶을 뿐이에요. 독일어가 뭔데, 독일어 때문에, 집안이 일어날 수 없겠네요!"

"형님, 형님 맘은 잘 알아요. 그러니, 일단 사랑방으로 들어가 쉽시다. 저도 생각을 더 해 볼게요. 아버지도 더 깊이 생각해 보라고 하셨잖아요."

"그래, 밤이 늦었다. 오늘은 일단 건너가서들 쉬어라."하고 어머니가 말했다. "내일 또 얘기해도 늦지 않을 것이다!"

이튿날 아침식사 자리에서 그 얘기가 다시 나왔다. 화민이 동민에게 선부른 결단을 내리지 말고 문중과 집안을 아울러 고려해 보고 슬기로운 결정을 내렸으면 한다고 말했다. 동민은 간밤에 잠을 뒤척이며 생각해 보았지만, 아무래도 원래 가던 자신의 길을 가야 할 것 같다고 유순하게, 그러나 단호하게 말했다.

형제의 말을 잠자코 듣고만 계시던 부친이 밥상을 물리면서 말씀하셨다. "동민아, 네가 내 곁에 머물고자 이렇게 집에 내려온 것은 참 고맙구나! 하지만, 오늘이라도 당장 집을 떠나 서울로 올라가거라. 하루라도 낭비하지 말고 네 갈 길 열심히 가자면, 여기서는 아무도 네게 도움이 되지 못할 것 같구나. 여기서 이런 입씨름을 하고 있을 게 아니라, 서울 올라가서 이런 정책이 나온 배경도 좀 알아보고, 네 선생님들께도 의논드려서 신중하게 결정하도록 해라. 네가 걸어가야 할 길이고 네가 살아가야 할 인생 행로다. 이 아비가 네 삶을 끝까지 함께 살아 줄 수는 없는 노릇이기에, 나는 네 결정을 존중할 것이다."

예정보다 빨리 서울에 올라오게 된 동민은 우선 S대 문리대 교무과로 갔다. 그는 평소 안면이 있는 사무직원인 교무과장님께 청와대공한 봉투를 보여주면서, 자기한테 이런 편지가 왔는데, 혹시 그 경위를 좀 아시겠느냐고 문의해 보았다.

"아, 그 편지라면, 대강 알지."하고 교무과장이 겉봉만 슬쩍 보고도 벌써 알겠다는 듯이 말했다. "오는 2월 26일 졸업식 때 각 단과대학별로 수석 졸업자가 학사학위기를 대표로 받아야 하는데, 우리 문리대의 경우 영문과의 P양이 그야말로 '올 에이'로 단연 수석이었어요. 그런데, 내 전화 부탁을 받은 P양이 대중 앞에 나서기 싫다며 졸업생 대표 역할을 거절했어요. 그래서, 학장님과 나는 차석인 안 군을 대표로 내세우기로 결정을 내려놓고 있던 참이었어. 그런데, 바로 그다음 날, 청와대에서 우수 인재를 특채하겠다며 각 단과대학에다 수석 졸업자 한 명을 추천하라는 공문이 내려왔어요. 공문만 보아서는 여학생도 특채 대상인지는 알 수 없는 상황이었지만, 그럴 가능성이 좀 희박할 것 같은 데다가 P양이 또 거절할 가능성도 배제할 수 없었어요. 고심하시던 학장님께서는 아예 안 군의 이름을 올리라는 지시를 하셨어요. 뭐 크게 잘못될 일은 없을 테니, 좋은 기회로 생각하고, 한번 응해 보시지 그래!"

"아, 그래요? 잘 알았습니다. 생각해 보겠습니다."

"그런데, 졸업식 때에 문리대 졸업생 대표로 학사학위기를 받는 역할만은 꼭 맡아줘야 해요!?"

"예, 그렇게 하겠습니다."하고 동민이 대답했다. "안녕히 계십시오."

학교에 온 김에 동민은, 방학 중이긴 했지만, 독문과 사무실에 들러 보았다. 지난가을부터 임시 조교가 된 N형이 때마침 혼자 사무실을 지키고 있다가 동민을 반갑게 맞이하면서, 이번 졸업식에 동민이 문리대 졸업생 대표로 학사학위기를 받게 된 것을 축하한다고 말했다. 청와대 특채 건에 대해서는 학과에서는 아직 아무것도 모르고 있는 듯했다. 동민이 그 말을 꺼낼까 말까 망설이고 있는데, N형이 보던 책을 가방에 주섬주섬 챙겨 넣으며 말했다. "나가지! 축하할 겸 내가 저녁이나 살게."

동부연구실 복도는 늘 그랬지만 좀 어두웠다. 그들은 그 어두운 복도를 지나 동부연구실을 나왔다. 겨울 초저녁의 문리대 교정은 좀 쓸쓸했다. 그들은 중국집 '진아춘'으로 가서 탕수육에다 고량주를 주문했다.

"자, 축배를 들지!"하고 N형이 말했다. "연구실에 나와 일하게 된 후부터 난 이 시간이 제일 행복해! 연구실에서 책을 읽다가 문리 대 교정을 나서면, 그리고 교문을 나와 어둑어둑한 대학천 옆길을 걸어가노라면, 마치 온 세상이 내 앞으로 쭉 끌려와 내게 넙죽 고개를 숙여오는 것 같단 말이야! Y는 소설가가 되었지만, 난 학자의 길을 걷고 싶어. 설령 내가 서울특별시장이 되고 대통령이 된다 치더라도, 동부연구실의 방 하나를 얻어 내 이름이 쓰인 묵직한 목제 명패 뒤에서 내 연구실을 지키고 사는 것보다는 못할 것 같아. 동민이 자네도 소설에 집착 말고 학자가 되어보는 것이 어떻겠어? 요즘 난 자네 생각을 자주 해. 자네처럼 성실하고 명석한 사람이 이 길을 걷는다면 분명히 우리 학계에 큰 기여가 될 텐데 하고 말이야. 대학원 시험에 합격도 해 두었으니, 이제부터 우리 함께 공부해 나가면 어떨까?"

"아녜요. 저는 글을 쓰고 싶어요."하고 동민이 조그만 고량주 잔을 단숨에 비우면서 대답했다. "다만, 저는 일단 군 복무를 마쳐야 하고, 그다음엔 꼭 독일에 가서 선진 문물과 선진국의 사회제도를 보고, 우선 안목을 넓힌 다음, 작품다운 작품을 쓰기 시작할 생각입니다. 지금 작품을 쓴다면, 이 조그만 분단국에서 가난과 부패 속에서 부대끼면서 도대체 무엇을 어떻게 써야 할 것인지가 벌써 문제가 될 것 같아서요."

"정 그렇다면, 우선 Y형처럼 작가로 등단해 놓는 것은 해롭잖겠네! 지금부터 군에 입대하게 될 때까지 시간이 좀 남아 있는 모양이니 그동안 작품을 하나 써요. 전에 Y형도 말했잖아. 동민이는 고향에서 도청 소재지를 거쳐 서울로 온 과정을 쓰면 괜찮은 작품이 될 것이라고 말이야. 글이 잘 안 될 때는 과사무실로 나와서 이따금 나하고 술이나 한잔하면서…… 나도 지금 말이 조교지 어차피 월급도 없는 무급 조교이지만, 자네한테 술은 가끔 한 잔씩 살 수 있네. 부산의 우리 집이 그 정도 여유는 있거든!"

"예, 고마운 말씀입니다." 이렇게 대답하면서, 동민은 자신의 앞길이 점점 더 청와대 특채와는 아득히 멀어져 감을 확인할 수 있었다.

8

이 땅에서 남자로 태어난 사람은 누구나 한번은 군 복무라는 의무와 마주친다. 남북이 분단되어 서로 적대관계로 대치하고 있는한, 청년들의 병역 의무는 필수적이며, 이 의무를 다한 청년만이 이나라, 이 사회에서 떳떳하게 살아갈 수 있다는 사실은 자명하다.

동민의 주위 학우 중에는 모종의 편법을 써서 병역을 면제받거나 복무 기간을 단축 받은 친구가 이따금 관찰되곤 했다. 하지만, 동민은 군 복무를 국민으로서의 당연한 의무로 생각해 왔기 때문에, 아예 처음부터 졸업과 동시에 육군 사병으로 입대할 계획을 세워놓고 있었다. 그런데, 그가 대학 재학생으로서 입대를 연기해 왔기 때문에, 이번에는 졸업 후에 당장 입대하려 했지만, 자신이 원하는 시점에 입대할 수가 없었고, 그의 경우, 12월 초순에야 입영하라는 통지가 왔다.

그래서, 동민은 독문과 석사과정에서 두 학기 동안 공부한 뒤에야 휴학계를 내어놓고 입영을 하게 되었다. 입영하기 하루 전에 그는 동강포에 내려가 부모님께 인사를 드렸다. 아버지는 약한 체질에 뒤늦게 군 복무를 견뎌내겠느냐며 걱정스러운 빛을 보이셨는데, 곁에서 이 말을 듣고 있던 어머니가 말했다.

"이 나라 청년들이 다 잘 해내는 군대 생활을 빼어난 인재인 우리 셋째가 못해 낼 아무런 이유가 없어요. 다만, 할 일이 태산 같은 유능한 인재가 3년이나 사병 생활을 해야 한다는 게 주위 사람들이 보기에 좀 안타까울 따름이지요."

"동민이 네가 지난 연초에 청와대에 들어갔더라면, 어떤 식으로든 대체 또는 단축 근무가 가능했을 텐데!"하고 화민 형이 한마디 거들었다. "이제 본인이 원했던 길을 계속 가자면, 이 임무는 어쩔 수 없이 감수해야 하는 것 아니겠나 싶구나!"

"청와대 얘기는 이제 더 말씀 마십시오, 형님!"하고 동민이 말했다. "이미 잊어버린 일입니다."

"그래, 알았다!"하고 화민 형이 말했다. "난 그저 안타까운 마음에 한 번 해 본 소리였다."

그 이튿날 아침 동민은 영천읍사무소 앞 장정 집결지로 가서 영장을 내밀고 입영 절차를 밟았다. 성명과 생년월일을 기계적으로 확인한 병사가 학력을 묻기에 동민은 별생각 없이 "국민학교 졸업입니다!"라고 대답해 버렸다. 동민이 이렇게 둘러댄 것은 "대학원에 다니다 왔다"고 말한다는 것이 지나치게 고학력이라 좀 겸연쩍었기 때문이기도 했지만, 어제 가족들과의 대화에서 생긴 반작용이기도 했다. 말하자면, 그것은 학력의 뒷받침이나 어떤 다른 도움 없이도 꿋꿋하게 군대 생활을 잘 해내겠다는 동민 자신의 결기가 얼결에 그런 식으로 표현된 것이었다.

아무든, 그 결과 동민의 군 복무 기록카드 상의 학력이 "국졸"로 기록되었고, 그 자신 또한 그 사실을 구태여 고치려 들지도 않았기 때문에, 논산 훈련소에서 한바탕 소동이 일어나는 원인이 되었다.

훈병 안동민은 행진, 구보, 선착순 집합 등 모든 훈련과정에서 아주 잘해내지는 못했지만, 늘 중에서 상은 되는 편이었다. 그만큼 그는 단단히 결심한 채 이 훈련과정을 자신에게 불어닥친 큰 도전으로 받아들여 그것을 씩씩하게 감내해 나갔다. 선임하사가 무엇을 물어도 웬만하면 그저 모른다고만 대답했다. 그의 학력이 낮고 나이가 지긋해서 입영한 것을 보고 동료들은 그를 아무렇게나 대해도 되는 시골 아저씨쯤으로 취급하여, 부식 타오는 일 등 험한 사역을 그에게 떠넘기기 일쑤였다. 동민은 자신에게 다가오는 이런 곤욕들을 아무렇지도 않은 심정으로 기꺼이 받아들였다. 자신이 그 어떤 혜택도 받지 않은 가운데에 군대 생활을 잘 견뎌내고 있다는 사실 자체가 그에게는 큰 위안이었기 때문이었다.

그러던 어느 날이었다. 훈련 기간이 이제 채 열흘도 남지 않은 어느 날 아침, 동민이 소속된 제22연대가 군가를 부르며 훈련장으로 행진해 가고 있는데, 노변의 스피커로부터 훈련소장실에서 "훈병 안동민을 찾으니 소속 부대에서는 그를 훈련소장실로 보내도록" 하라는 방송이 흘러나왔다. 동민은 처음에는 성명이 자기와 비슷한 누구이겠거니 하고 별로 유의하지 않았으나, 훈련 중에도, 휴식 시간 중에도 계속 같은 방송이 흘러나왔는데, 자신을 찾는 것이 틀림없었다. 동민은 이것을 못 들은 척하며 무시하기로 하였으나, 점심 식사 후 휴식 시간에도, 오후 훈련 중에도 또 같은 방송이 계속 흘러나왔고, 이번에는 "S대 졸업생 훈병 안동민"을 찾는다는 다소 다급한 목소리가 들려왔다. 동민은 이러다가 무슨 큰일이라도 벌어질 것 같아서 하는 수 없이 선임하사에게 말했다.

"선임하사님, 저 방송에서 아마도 저를 찾는 것 같은데요?"

"아냐, 인마! S대 졸업생이라지 않나? 어떤 놈인지 아침부터 소장님께서 찾으시는 모양인데, 온종일 훈련소가 그놈 찾느라고 저 난리지!"

"아무래도 저를 찾는 것 같습니다!"

"인마, 네가 S대 나왔단 말이야?"하고 선임하사는 어림없다는 듯이 동민을 그윽이 바라보더니, 갑자기 그의 손목을 와락 잡아끌고 중대본부를 향해 달려갔다.

중대장 지프차에 태워진 동민이 훈련소 소장실에 들어서서 "훈병 안동민 소장님께 신고합니다!"하고 훈련소 소장인 K육군 소장께 거수경례를 올려붙이니, 응접실 의자에 앉으라는 말이 떨어지고 탁자 위에 이미 펼쳐져 있던 일식 도시락부터 우선 먹으라는 명령이 떨어졌다.

"감사합니다. 잘 먹겠습니다!"하고 말한 동민은 도시락을 먹기 시작했다. 당시 훈병은 늘 그렇게 배가 고픈 존재였던 것인지는 몰라도, 동민은 마치 점심을 굶은 사람처럼 탁자 위에 놓여 있던 음식들을 금방 다 먹었다.

"안병규 씨가 네 부친이 맞느냐?"하고 이윽고 소장님이 물었다. "고향 친구인데, 자네가 내 휘하에 들어와 있으니, 밥이라도 한 번 옳게 먹여 달라는 부탁 편지가 왔다. 그래, 어디 불편한 데는 없느냐?"

"없습니다!"하고 훈병 안동민은 기립하면서 큰소리로 대답했다. "아주 잘 지내고 있습니다!"

"그래, 훈련이 곧 끝나는데, 어디로 보내주면 좋겠느냐?"하고 소장님이 물었다. "배속되고 싶은 부대나 지역을 한번 밀해 보란 밀이다!"

"아닙니다!"하고 동민은 다시 한번 거수경례를 올려붙이면서 큰

소리로 대답했다. "저는 군대 생활을 편하게 하고 싶은 생각은 전혀 없습니다! 기왕에 군대에 들어왔으니, 최전방 소총소대든, 어디든 보내주시는 데로 가서 대한민국 남아가 감당해야 하는 그대로 복무하면서, 육군 사병들의 모든 고초와 영광을 함께 겪어내고 싶습니다!"

"그래?!"하고 소장님은 동민을 한참 유심히 바라보더니 이윽고 말했다. "훈병 안동민! 참 훌륭한 자세이다! 내 친구 병규가 자식을 참 잘 키워놓았군그래! 아버지 친구로서 하는 말인데, 부디 군대 생활을 무사히 잘 마치고 사회에 복귀해서도 이 나라 이 사회의 훌륭한 역군이 돼 주기 바란다! 연락병! 이 훈병을 소속 연대에 돌려보내도록!"

동민이 중대본부에 도착하자 중대장이 호되게 나무라면서, 기록카드에 학력이 잘못 기재된 연유를 추궁했다. 동민이 머뭇거리다가 군대 생활을 한번 제대로 해 보고 싶어서 그저 대강 대답했던 것이라고 설명하자, 중대장이 갑자기 쿡 하고 웃더니, 서무계 병사에게 동민의 학력을 고쳐서 바로 기재하도록 지시하고는 선임하사를 불러 동민을 내무반으로 데려가도록 했다. 내무반으로 동민을 데려가면서 선임하사는 기합을 단단히 주어야 하겠다며 으름장을 놓긴 했지만, 정작 기합 같은 건 없었다. 오히려 정반대였다. 그날부터 선임하사는 물론이고 동료 훈병들의 태도까지도 많이 달라져서 훈병 안동민은 더는 놀림을 받거나 험한 사역을 하지 않아도 되었다.

더욱 놀라웠던 일은 그가 아무런 청탁도 하지 않았음에도 불구하고 대구에 있는 미8군 후방사령부의 카투사(KATUSA)로 배속된 사실이었다. 동민은 이것을 아버지의 국민학교 동창생이신 K육군소장님의 속 깊은 배려의 결과로 추정하지 않을 수 없었다. 혹은, 그때

훈련소 중대장이 서무계를 시켜 고쳐 준 자기 기록 카드 상의 학력 덕분일 수도 있었겠지만, 후일에도 동민은 자신이 어떻게 그런 행운의 배속을 받게 되었는지 그 경위를 확인해 볼 수는 없었다.

카투사 사병으로서 대구 미8군 후방사령부 인사과에서 근무하게 된 동민에게 군대 생활은 '편안한 수형생활' 같은 것이었다. 편안하다는 것은 식사와 잠자리 같은 것이 모두 다 미군 병사와 똑같이 하게 되어 있어서 당시 군에 복무하는 사병으로서는 가장 훌륭한 숙식을 제공받는 군대 생활이었다. '수형생활'이라고 표현할 수 있는 것은 그가 그 편안한 일상을 아무런 생산적 활동과 연계시키지 못하고 하루하루 날짜 보내는 것만을 낙으로 삼을 수밖에 없었기 때문이었다.

이렇게 편안한 군대생활 중에도 늘 그의 마음을 불편하게 만들었던 한 가지 사실이 있었는데, 그것은 미군과 한국군 사이의 관계에서 관찰되는 어쩔 수 없는 주종 관계였다. 한반도에 주둔하는 미군은 더는 점령군이 아니었음에도 불구하고, 모든 사안에서 카투사는 미군을 보좌하는 종속적 역할에 그칠 수밖에 없었고, 미군 캠프를 경비하는 보초 업무가 카투사의 주된 임무였으며, 그 외에는 운전병, 자동차 정비병, 취사병 등 보조적 역할을 수행할 따름이었다. 동민은 다행히도 카투사 병력 자체의 인사에 관한 한국군 행정 업무를 맡고 있었기 때문에 미군 병사들과 직접적으로 부딪힐 기회가 비교적 적었지만, 일반 카투사 병사들은 여러 면에서 미군 병사들에게 다소 부당한 멸시를 감내하지 않으면 안 되었다. 일개 병사인 동민으로서 이런 양국 병사들의 힘과 부(富)의 불균형을 해결할 수는 없는 노릇이었다. 아무튼, 그로서는 이런 불균형과 불평등을 보면서 지내는 것 자체가 슬프고 괴로운 일이었다.

동민이 S지(誌)의 신인상 응모에 낙방한 사실을 알게 된 것도 이 무렵의 일이었다. 어느 날 그가 외출한 김에 책방에 들러 S지(誌) 최근호를 펼쳐 보았더니, 소설 부문에서는 당선작이 없다며, "승천하지 못한 이무기 이야기를 다룬 안동민의 「등룡문」이 꽤 아까웠다"는 짤막한 심사평이 실려 있었다. 그 편안하면서도 불편한 '수형생활'을 견뎌내며 그가 남몰래기다려 왔던 유일한 희망이 무너져 내리는 순간이었다.

이날 그는 K고교의 독일어 선생님이었으나 당시에는 이미 K대학 전임교수가 되신 김성도 선생님 댁을 방문하여 자신의 낙방 사실과 그에 따른 울적한 심사를 털어놓았다. 김 선생님은 동민의 이번 '낙방'이야말로 '당선'보다 더 소중한 경험이 될 것이라며 위로해 주셨다.

"안군은 지금까지 한 번도 실패해 본 적이 없잖아! 실패는 곧 성공의 어머니이며, 이 실패의 경험이 앞으로 소중한 자산이 될 것이네. 부디 낙심하지 말고 마음을 다잡고 계속 글을 쓰시게!"

이렇게 동민은 생전 처음으로 실패의 아픔을 겪고, 또 진심 어린 위로와 격려의 말씀도 듣게 되었다.

그는 큰 탈 없이 미8군 후방사령부 인사과에서 군대 생활을 마쳤다. 그는 자신이 제대하던 날의 그 감격을 오래오래 잊을 수 없었다. 더블백을 매고 예비사단인 대구 50사단에 들어갔다가 제대 신고를 마치고 50사단 정문을 나오던 그 순간, 그는 마치 형기를 마치고 출소하는 수인(囚人)처럼 기뻤다. 그것은 마치 온 하늘이, 아니, 온 세상이 두 팔을 활짝 벌리고 그를 맞이하는 듯한 그런 감격적 순간이었다.

3. 도독(渡獨) 장학생 시험과 부친 별세

1

제대 후 동민이 상경해서 S대 대학원에 복학하고 K 교수 연구
실을 찾아가서 자신의 진로를 의논드렸더니, 독일고등교육진흥원
(DAAD)의 도독(渡獨) 장학생 시험에 합격할 때까지 우선 교편을
잡는 것이 좋겠다며 K여고에다 교사직을 알선해 주셨다. 그래서
동민은 대학원 학생이면서도 동시에 K여고 교사로 봉직하게 되었
다.

동민이 군 복무를 하는 동안 학과에 새로 부임하신 G 교수는 대
학원 강좌도 당시 다른 선생님들처럼 리포트로 대신하거나 적당히
넘기지 않으시고 제대로 강의를 하시는 분이라 그 요일에 대학원 강
의를 듣는다는 것이 동민에게는 새로운 지식을 받아들인다는 의미
에서도 대단히 중요해서 결강하고 싶지 않았다. 하지만, 그 시간에
교사가 교무실을 떠난다는 것 또한 여간 큰 난관이 아니었다. 동민
은 K여고 교감에게 자신의 상황을 솔직하게 고백한 다음, 그 요일
오후에는 교무실을 떠나 있을 수 있는 허락을 간신히 얻어내기는 했
다. 하지만 그렇게 교무실을 떠나 대학으로 향해야 할 바로 그 시점
에 하필이면 교무실에 부득이한 일이 발생하여 동민이 강의에 결석
해야 하는 경우도 가끔 생겼다. 이것이 1970년 1학기의 상황이었는
데, 그는 고교 교사와 대학원 석사과정의 학생이라는 이중 신분 때
문에 한 학기 동안 내내 심한 마음고생을 해야 했다.

이 불편한 이중생활에서 해방되려면, 그로서는 독일정부 장학생
으로 선발되어 하루 속히 독일 유학을 떠나는 길이 최선이었다. 그

래서 동민은 다시 K 선생님을 찾아뵙고 의논을 드렸다. 자기 생각으로는, 독일고등교육진흥원의 시험 준비를 제대로 하기 위해서는 K 여고의 교사직을 사직하고, K 선생님 연구실에서 무급 조교로 근무하는 것이 그나마 떳떳하고, 또 시험 준비도 잘할 수 있을 듯하다고 말씀드렸다. 그러자 대뜸 K 선생님이 물으셨다.

"내 방에서 공부하게 해 주는 것은 어렵잖네만, 자네 그동안 뭘 먹고 살려고 이러나?"

"교사로 일하는 동안, 우선 먹고살 돈은 조금 모았습니다. 이번 가을의 장학생 시험에 붙기만 한다면, 독일로 떠날 때까지 간신히 셈이 맞을 듯합니다."

"허, 사람도 참! 그 장학생 시험이란 것이 우리 분야에서는 일 년에 한 사람씩만 선발되는데, 자네가 이렇게 배수진을 치고 거기에 올인하는 게 잘하는 짓인지 모르겠군!"

"괜찮습니다. 한번 시도해 보겠습니다!"하고 동민이 다소 결연하게 말했다.

이로써 동민은 말이 무급 조교이지 그냥 K 선생님 연구실에서 심부름을 한다는 명목으로 자기 공부를 하는 그런 수험준비생이 되었다. 다행히도 그 연구실에는, 게르스텐마이어 서독 하원 의장이 선물했던 바로 그 전공 도서들이 아직도 별도 도서실 공간을 얻지 못한 채 반수 정도가 ― 나머지 반은 독문과 사무실에 ― 꽂혀 있었으므로, 동민에게는 읽을 책이 없거나 부족하지는 않았다.

이 몇 달 동안의 집중된 독서와 시험공부 기간이야말로 그의 일생에서 드문 행복한 시간이라 할 만하였다.

이 무렵 동민은 지난날 N형이 '진아춘'에서 했던 말을 자주 생각하게 되었다 ― "연구실에서 책을 읽다가 문리대 교정을 나서면, 그리고 교문을 나와 어둑어둑한 대학천 옆길을 걸어가노라면, 마치 온 세상이 내 앞으로 쭉 끌려와 내게 넙죽 고개를 숙여오는 것 같단 말이야!"이것은 공부하다가 날이 어두워져서 대학의 연구실을 나서는 젊은 인문학도들이 흔히 갖게 되는 환각 비슷한 충족감이고, 그 무엇과도 바꿀 수 없는 청년 학자의 자족감이었다. 그때 N형도 말했었다 ─"설령 내가 서울특별시장이 되고 대통령이 된다 치더라도, 동부연구실의 방 하나를 얻어 내 이름이 쓰인 묵직한 목제 명패 뒤에 앉아서 내 연구실을 지키고 사는 것보다는 못할 것 같아."

이 말을 했던 N형은 그사이에 부산 어느 대학의 전임교수로 가 있었지만, 동민은 그해 여름과 가을에 이런 환각적 자족감을 여러 번 경험했다. 고향에서 아버지와 화민 형의 편지들이 와서 책상 위에 쌓이고 미국에서 화진의 편지들이 와서 또 쌓여도 꼭 답장이 필요한 경우가 아니면 그냥 그대로 책상 구석 위에 쌓아둔 채, 그는 공부에만 매진하였다. 조석으로 삼선교 하숙집과 K 선생님 연구실을 시계추처럼 오가며 독문학의 주요 작품들을 차례로 독파하고 독문학사 책을 여러 권 원어로 읽어서 그 사조들과 주요 작품들의 내용도 대강 파악했다. 그리고, 독일에서 배달되어 오느라고 한 일주일쯤 늦게 도착하지만, 학과 사무실로 꾸준히 배달되어 오는 주간(週刊) 〈시대(Die Zeit)〉지(紙)도 빠짐없이 챙겨 읽음으로써 동민은 동시대 독일 사정까지도 소상히 익혔다.

바람 스산하게 부는 10월 중순의 어느 날, 독일고등교육진흥원의 장학생 선발 필기시험이 실시되었다. 전공 문제는 독문학도라면 거의 다 쓸 수 있는 문제였기에, 동민으로서는 전혀 어려울 것이 없이 잘 응답할 수 있었다. 하지만, 동민이 가장 자신 있게 답할 수 있었던 것은 전공 문제에 곁들여 나온 "브란트-쉘 정부의 '동방정책

(Ostpolitk)'에 대해 아는 바를 쓰고 이에 대한 당신의 견해와 입장을 밝히시오!"라는 시사적 문제였다. 남과 북이 서로 적대관계로 대치하고 있는 한반도의 분단 상황에 비하여 동·서독이 서로 협력하고 있다는 사실이 특이하고 부럽기도 해서 그가 그동안 〈시대〉지를 흥미롭게 읽어 온 것이 결과적으로 시험문제가 되어 되돌아온 것이었다.

이른 추위가 찾아온 11월 초순의 어느 날 저녁에 동민이 플라타너스 낙엽이 을씨년스럽게 나뒹굴고 있는 대학천 옆 인도를 걸어 하숙집에 다다르자 독일대사관에서 온 두툼한 편지 한 통이 하숙방에서 그를 기다리고 있었다. 그것은 그가 그렇게도 열망하던 합격통지서였는데, 1971년 6월에 독일로 떠날 준비를 하라는 요지의 전달문 외에도, 신체검사 등 여러 가지 준비사항 및 제출해야 할 서류들이 열거되어 있었다.

배수진을 치고 모험을 감행한 그 독일 정부 장학생 시험이 마침내 동민에게 합격이라는 출구를 열어주었다. 그에게 마침내 독일 유학의 길이 활짝 열린 것이었다. 이것이 바로 독일고등교육진흥원(DAAD)의 장학생 시험이었는데, 당시 한국의 청년 독문학도에게는 ─ 사비(私費) 유학 이외에 ─ 독일 유학을 할 수 있는 거의 유일한 길이었다. 1971년 당시에는 가난한 개인이 함부로 외국 유학을 계획할 수도 없었거니와 설령 부유한 집안의 자녀라도 나라가 워낙 가난해서 외화를 쓰는 유학을 계획하기란 참으로 쉽지 않은 일이었다.

후일 동민이 돌이켜 생각해 보니, 이 시점에서 이미 그는 작가가 되기보다는 우선 대학교수가 되겠다고 생각하기 시작한 것 같았다. K 교수 연구실에서 시험 준비를 하면서 비로소 좀 깊은 공부를 하다 보니, 작품을 쓰겠다던 그의 애초 계획은 우선 교수가 되고 난 훨씬 뒤의 어느 막연한 시점으로 조금씩 미루어지고 있었다.

동민이 유학을 떠나기 위한 필수 준비사항 중의 하나인 신체검사를 하는 등 도독(渡獨) 준비를 하던 중에 그는 하숙집 책상 앞에 쌓여 있는 화진의 편지들을 다시 한번 찬찬히 읽게 되었다. 그녀가 스토니브룩에서 영문학 석사가 되고 나서는 프린스턴대학의 비교문학과 박사과정으로 옮겨가게 되었다는 소식이 있었고, 그녀의 아버지가 건강이 좋지 않아 잠시 병원에 입원하셨다가 퇴원하셔서 다행이라는 사연도 있었다.

화진에게 답장이라도 한 장 쓰려던 동민은 그래도 부친한테 먼저 글월을 올려야 하겠다는 생각이 들었다.

아버님 전 상서

시하 맹동지절에 아버님 기체후 일향 만강하옵시며 어머님도 옥체 평안하신지요?

여러 통의 하서가 제 책상 위에 쌓여감을 매일같이 보면서도 그동안 시험공부에 진력(盡力)한답시고 소식 올리지 못한 소자의 불효가 가슴에 절절하게 아리곤 했습니다.

그사이에 저는 단기 목표로 삼아 일로매진해 오던 독일 정부 장학생 시험에 합격하여, 내년 6월 초에 드디어 독일로 떠나게 되었습니다. 이로써 아버님과 어머님, 그리고 고향 사람들의 간절한 기대와 소망을 저버리고 녹분학이란 별난 길을 선택한 저의 첫 번째 이정표에 무사히 안착해서, 이제는 독일 유학을 바로 눈앞에 두게 되었습니다.

이 시점에서 저는 지금까지 소자의 마음을 너그러이 추량하셔서 늘 저를 신뢰해 주시고 저의 가는 길을 묵묵히 지켜봐 주신 부모님께 깊이 감사드립니다. 그리고, 앞으로도 더욱 성실하게 저의 길을 계속 걸어감으로써 이 나라 이 사회에 꼭 필요한 사람이 되겠사오니, 부디 저를 믿어 주시고 제가 가는 길을 계속 지켜봐 주시기 바랍니다.

준비 서류를 대강 제출해 놓고 이곳 대학에서 맡아 하던 일을 정리하는 대로 오는 구정 무렵에는 슬하로 돌아가 잠시나마 편안히 모시고 지낼 수 있으리라 기대하고 있습니다.

그때까지 부디 기체 보중하시기 바라옵고 오늘은 이만 줄이옵니다.

1970년 12월 10일
서울 삼선교 하숙집에서

불초 소자
동민 올림.

"슬하로 돌아가 잠시나마 편안히 모시고 지낼 수 있으리라 기대하고 있습니다"라고 쓰면서 동민은 문득 눈시울이 화끈 달아오름을 느꼈는데, 이것이야말로 바로 다름 아닌 불효자의 가책(苛責)이라는 생각이 들었다. 얼마나 훌륭하신 부친이신가! 가난한 여건하에 태어나셔서 이 땅의 정치적 파란 속에서 부당한 고초를 겪으시면서도 가정과 문중을 지켜 오신 아버지, 그러면서도 늘 자식을 배려하시면서 자식한테 그 어떤 자신의 소망을 투영하는 것도 삼가신 아버지가 아니신가! 문득 동민은 자신이 그 어려운 시험에 합격한 것도 실은 부친의 간절한 원려(遠慮)의 덕분이라는 생각이 들었다. 갑자기 그는 부친에게 뜨거운 감사의 정을 느꼈으며, 부친이 몹시 뵙고 싶어졌다. 구정까지 미룰 이유가 무엇이란 말인가? 연말에라도 슬하로 돌아가 잠시라도 편안히 모시고 즐겁게 해 드리리라.

동민이 위와 같은 생각을 하면서 써놓은 편지를 부치고 나서 불과 일주일 남짓 지난 어느 날이었다. 아침 일찍 하숙집으로 화민 형이 전화를 했는데, 아버님이 위독하시니 속히 귀향하라고 했다. "나무가 고요히 있으려 하나 바람이 그치지 않는다(樹欲靜而風不止)"라는 말이 있던가? 아니면, "자식이 부모를 모시고자 해도 부모가 기다려 주지 않으신다(子欲養而親不待)"라는 말이던가? 이런 불길한 예감을 떨치지 못하는 가운데에 동민이 귀향길을 서둘러 그날 밤에 동강포에 도착하니, 대문에 이미 만등(輓燈)이 걸려 있었다.

동민이 사랑채로 들어서니, 위민 형과 화민 형, 그리고 자형(姉兄) 정흥원 중령이 굴관(屈冠) 제복을 하고 서 있다가 눈길로 그를 맞이해 주었고, 길환 형님 등 문중 사람들이 사랑채 큰방에 둘러앉아 있다가 뒤늦게 도착한 막내 상주를 맞이하기 위해 모두 자리에서 일어나고 있었다.

동민은 사랑채 작은방에 모셔둔 부친의 관 앞에 엎드려 큰소리로 통곡하기 시작했고, 안채에 머물던 어머니, 누님, 형수님 등 여인들도 동민의 울음소리를 듣자 사랑채 작은방으로 들어와 함께 곡을 하기 시작했다. 그것은 그야말로 동강포 과수원이 떠나갈 듯한 슬픈 곡성이었으며, 한 가문의 굴곡 많은 사연이 그 구성인들의 울음바다로 넘쳐나는 슬픈 장면이었다. 흔히들 보는 장면이지만, 상주들은 각각 자기 자신의 독특한 설움에 북받쳐 울기 마련이다. 순주는 다시 한번 지아비를 잃게 된 자신의 박복한 인생을 한탄하며 울었고, 현숙은 친정아버지의 기구한 삶을 회상하면서 그 딸로서 안타까운 마음에 뜨거운 눈물을 흘렸으며, 정흥원 중령은 자신을 아들처럼 인자하게 대해 주시던 장인의 기품 있는 모습을 다시는 뵐 수 없을 것임에 슬프게 울었다. 또한, 위민은 장남으로서 아버지의 우환과 과수원 일에 아무런 도움이 되지 못했음을 뉘우치면서 울었고, 그의 처는 이 댁의 종부로서 앞으로 자신의 처신이 쉽지 않을 것임을 예감하고 울었으며, 화민은 부친이 남기고 간 이 모든 경제적 난문을 어떻게 풀어야 할지 자신의 능력과 지혜가 모자람을 슬퍼하며 울었고, 동민은 부친이 자신의 독일 유학의 길을 성원해 주셨지만, 막상 자신이 떠나는 모습까지는 보시지 못한 채 이렇게 불시에 돌아가신 사실이 슬퍼서 울었다.

"여보게, 동민이, 그만 그치시게! 이러다 몸 상하시겠네!"하고 길환 형님이 동민의 양어깨를 부축해 일으켜 세우면서 말했다. "고인은 아무 고통도, 여한도 없이 평온하게 가셨다네. 참으로 훌륭하신 선비님이셨어요! 우리 도동 마을과 영천 고을 전체에 앞으로 그 빈자리가 크게 느껴질 걸세. 하지만, 이제 남은 사람들은 또 남은 사람들대로 고인의 뜻을 받들어 잘 살아나가야 하지 않겠나? 이렇게 비감해서 몸을 상해서야 되겠나?! 자, 우선, 여기 문상 오신 분들께 인사드리시게."

2

1971년 초여름 동민은 마침내 독일행 비행기에 오르게 되었다. S대 독문과의 선생님들이 김포공항까지 배웅을 나와 주셨고, 가족으로는 화민 형과 자형(姉兄)인 정홍원 중령이 배웅을 해 주었으며, K고 동창생 박병순, 박성옥, 박석명, 김정택 등도 친구로서 동민의 독일행을 축복해 주었다. 이처럼 그 당시의 김포공항은 외국으로 떠나는 사람을 배웅해 주는 많은 출영객들로 붐볐다.

그날 출국한 동민에게 특기할 만한 사항이 하나 있었다. 비행기가 주유 때문에 알래스카의 앵커리지 공항에 기착했을 때, 동민이 공항 휴게실에서 목이 말라서 음료 한 잔을 사 마시려고 지갑을 열었을 때, 그의 지갑 안에 57달러가 들어 있었다. 그 당시 1인당 가능한 외화 반출액 한도가 300달러였는데, 동민이 그날 김포공항에서 자신의 지갑에 남아 있던 한화를 모두 환전하고 보니, 그 금액이 미화 57달러였다.

당시의 출국자들은 300달러에다, 불법이긴 했지만, 보통 2백 달러 정도는 더 몸에 지니고 출국하는 것이 상례였다. 그런데, 동민에게는 그럴 돈이 원천적으로 없었다. 교사로서 조금 저축했던 돈이 그가 출국하던 순간에 57달러로 환전되어 남은 것이었다. 말하자면, 그에게는 장학금이 기다리고 있는 독일로 가는 비행기에 오르는 순간이 가난으로부터 해방되는 순간이기도 했다.

앵커리지에서 프랑크푸르트로 다시 출발한 비행기 안에서 동민은 자기 자신에게 물었다 ─ "내가 과연 이렇게까지 아슬아슬하게 살아야 했을까?" 사실 그럴 필요까지는 없었을지도 몰랐다. 미안한 일이었겠지만, 화민 형이나 자형 정홍원 중령의 도움을 받을 수도 있었겠다. 하지만, 그는 일부러 험한 길을 택해 놓은 다음, 자신에게 엄흑한 채찍질을 기한 것이었다. 여기에는 향리의 촉망과 자기 선친의 기대에 부응하여 법학을 택하지 않고, 모든 점에서 험난할 것이 뻔한 독문학의 길을 택한 자신을 애초부터 제대로 다스려야 하겠다는 어떤 매서운 결기 같은 것이 작용했다. 이것이 바로 그가 앞으로 그의 삶의 고비마다 자기 자신에게 엄혹한 편달을 가하는 깊은 속사정이기도 했다.

동민이 독일 땅에 도착하자 금방 장학금이 지급되었기 때문에 독일에서는 그에게 더는 생활비 걱정이 없었다.

예나 지금이나 독일의 장학금은 아주 넉넉한 액수는 아니지만, 그렇다고 해서 생활이 빠듯할 정도의 금액은 아니다. 그것은 한 달 숙식비와 교통비 이외에도 몇 권의 필요한 책을 사고 한 주에 한 번쯤 영화관에 갈 수 있을 만큼의 여유를 허락하는 금액이다.

이제 그만한 금액이 매월 확보되었기 때문에, 그리고 독일대학은 원래 학생한테 학비를 징수하지 않기 때문에, 동민은 실로 오래간만에 먹고사는 데에는 전혀 신경을 쓰지 않고 오직 공부만 하면 되었다.

새 생활에 대한 동민의 놀람과 당혹감은 오히려 다른 데에서 왔다. 이 나라가 지금까지 자기가 살아오던 대한민국과는 너무나도 달랐다.

우선, 이 나라는 그가 평소 상상해 오던 그런 낭만적 세계는 아니었다. 많은 전설을 품고 도도히 흐르는 라인강과 로렐라이 언덕 등은 그가 상상해 오던 그런 자연풍광과 크게 다르진 않았으나, 다분히 낭만적이던 그의 상상과는 달리 그것들은 꽤 메마른 현실감을 불러일으키고 있었다. 라인강 양안의 도로 위에는 수많은 자동차가 질주하고 있었다. 또한, 독일 전국을 거미줄처럼 골고루 연결하고 있는 도로망과 철도망은 대중교통과 산업 물류를 빈틈없이 잘 감당하고 있었다.

그러나 젊은 동민에게 가장 감동적으로 다가온 것은 이 나라의 정치와 사회제도였다. 이 나라의 대통령 하이네만(Gustav Heinemann)은 내각책임제하의 국가원수이어서 실권이 없음에도 불구하고, 국가에 중대사가 생길 때에는 분명한 자신의 견해를 공표함으로써 모든 국민의 정신적 방향타(方向舵) 역할을 엄숙하게 행하고 있어서 서독 국민 전체의 신망과 숭앙을 한 몸에 받고 있었다. 실권자인 빌리 브란트 총리는 1970년 12월 7일에 폴란드 바르샤바의 유대인 묘소 참배 중에 갑자기 예정에도 없던 '무릎 꿇기(Kniefall)'를 보여줌으로써 제2차 세계대전 동안의 나치의 반인륜적 범죄 사실에 대하여 독일인 전체를 대표하여 폴란드 국민과 유대인들에게 진심으로 사과하는 모습을 세계만방에 상징적으로 보여주었다 하여, 독일 국민과 세계 각국 국민의 존숭을 받고 있었다. 그는 '접근을 통한 변화'와 '조금씩 전진해 가는 통일정책'을 모토로 내걸고서 공고한 베를린장벽과 살벌한 동·서독 국경선에다 사람들이 서로 내왕할 수 있는 가능성을 만들고자 갖은 애를 다 쓰고 있었으며, 그의 이러한 '동방정책'은 닉슨과 키신저 그리고 퐁피두 등 서방 지도자들의 지지까지도 얻어내고 있었다.

이런 브란트의 동방정책에 대한 독일 보수 정당 기독교민주당의 반발도 만만치 않았다. 기민당(基民黨, Christlich-Demokratische Union)의 지도자 라이너 바르첼(Rainer Barzel)은 기본법(Grundgesetz, 통일 독일의 '헌법'을 상정하면서, 임시로 제정해 놓은 서독의 '임시헌법')에 명시된 이른바 '건설적 불신임결의안(Konstruktives Mißtraucnsvotum)'을 통해 헌 총리를 불신임한 그 자리에 지기기 새 총리로서 — '건설적'으로 —대신 들어서겠다는 정치적 도전에 나섰다. 그래서 1972년 독일의 임시수도 본에서는 연일 여야 지지자들의 시위가 일어났다. 그 시위들은 혼란을 야기하는 것이 아니라 민주적 의사를 표시하는 과정이었다. 군사쿠데타로 집권한 대통령이 유신이라는 공고한 독재체제를 만들어 놓고 국민 위에 총칼의 위협으로 군림하고 있는 후진국 한국에서 온 유학생 동민은 내각책임제 제도 아래의 독일의 이런 일련의 민주적 헌정 과정을 목도하면서 실로 마음이 착잡했다. 결국, 라이너 바르첼의 '건설적 불신임결의안'이 독일 연방 하원에서 부결되고, 빌리 브란트와 발터 쉘의 사민당/자민당 연립정부가 계속 집권할 수 있게 되었다. 독일연방공화국의 이런 민주 정치의 극적 전개 과정을 지켜본다는 것 자체가 동민에게는 벅찬 감동이었고, 그야말로 크나큰 문화충격이기도 했다.

또한, 독일이란 사회를 유심히 들여다보자니, 대학생들은 등록금 등 학비를 내는 경우가 일절 없었고, 장학금이라는 것은 — 학생의 등록금의 전액 또는 일부를 감면해 주는 것이 아니라 — 학생 개인의 숙식비 등 생활비 지급을 의미하는 것이었다. 멘자(Mensa)라고 불리는 대학의 구내식당에서 제공되는 식사에는 원천적으로 학생들을 위한 정부의 보조금이 들어가 있어서 그야말로 실비였다. 그래서, 대학생들에게는 당연히 싸고도 영양이 충분한 음식이 제공되고 있었다. 또한, 대학 도시 본의 곳곳에 기숙사 시설이 산재해 있었다. 하긴, 그 시설이 수적으로는 아직도 많이 부족해서 개인적으로 셋방에서 기거하고 있는 독일 대학생들도 드물지는 않았다. 하지만, 한국의 현실과는 비교도 안 될 만큼, 학생을 위한 복지시설이 도시 전체에 산재해 있었다. 가족이 딸린 학생을 위해서는 장학금에다 자녀 양육비 등 보조금이 더 지급될 뿐만 아니라, 부설 탁아소가 있는 기혼 학생 거주 기숙사가 따로 마련되어 있기도 했다.

학과의 도서실은 완전 개가식으로 되어 있어서 읽고 싶은 소분야의 책들 근처에 자리를 잡고 앉아서, 필요하면 언제든 책을 뽑아서 읽고, 나중에 그 자리에 다시 꽂아두면 되었다.

이 나라 이 사회는 그에게는 한마디로 민주주의가 실현된 유토피아처럼 보였다. 그리고 그 자신이 이 나라, 이 사회에 와서 아무런 차별도 받지 않고 자유로이 공부할 수 있게 된 것이 무척 고마웠으며 또한 기뻤다.

그러나 이렇게 복지사회의 일원이 되어 자유롭게 공부하게 된 동민은 자신의 현재의 이 상황이 기쁘면 기쁠수록, 이것이 남의 나라라는 생각을 하지 않을 수 없었고, 늘 마지막에는 이 과분한 자신의 현재 형편을, 두고 온 자신의 고국 대한민국의 현실과 비교하지 않을 수 없게 되는 것이었다.

그가 대한민국을 떠나오기 전인 1970년에, 옛 3·24 대학생 항의 시위 당시의 학생 지도자였던 미학과 K형은 풍자시 「오적(五賊)」을 발표함으로써 박정희 대통령 치하의 부정부패상을 풍자했다 하여 영어(囹圄)의 몸이 되었으며, 다른 많은 재야인사들도 당시 박정희 대통령의 비민주적 탄압을 받고 있었다. 동민 자신은 우선 독일 유학을 떠나야 한다는 절체절명의 이정표가 있었기에 이 모든 정치적 불의에 눈을 딱 감고 오직 독일을 향해서만 달려온 것이었다. 결과적인 얘기지만, 그는 유신체제를 용케 빗어나, 독일에서 다시 대학생이 되어 있었다.

이제야 동민은 차츰 자신의 역사적 좌표를 더욱 확실히 인식하게 되었는데, 그것은 자신이 1930년대의 일본 동경 유학생들과 비슷한 상황에 처해 있다는 슬픈 자각이었다. 비록 나라까지 잃은 유학생은 아니었지만, 그래도 동민은 선진국 독일의 정치 현실과 여러 사회제도를 체험하고 그 아래에서 자유롭고 풍요한 삶을 누리고 있는 독일 국민을 볼 때마다, 자신의 나라 대한민국의 국민은 언제, 어떤 과정을 거쳐 이런 정치적 수준에 도달할 수 있을까 하는 절박하고도 숙연한 생각에 잠기지 않을 수 없었다.

4. 본(Bonn) 대학 독문과

1

동민은 본(Bonn) 대학 독문과 헬무트 코프만(Helmut Koopmann) 교수를 찾아갔다. 독일로 떠나오기 전에 이미 그는 코프만 교수에게 서신을 보내어 자신이 그의 지도하에 토마스 만에 관한 박사논문을 쓰고 싶다는 의사를 밝혔는데, 이에 코프만 교수는 그를 환영, 격려하는 답신을 보내준 바 있었다.

코프만 교수는 면담 시간에 찾아간 동민에게 환영의 뜻을 표하고, 이번 학기에 자신이 마침 '독일 망명문학(Deutsche Exilliteratur)'에 관한 '주간(主幹) 세미나(Hauptseminar)'를 하게 되어 있는데, 거기서 자연히 토마스 만의 후기 작품도 망명문학으로 다루게 되어 있으니, 일단 그 세미나에 들어올 것을 권해 주었다.

코프만 교수의 '독일 망명문학'은 월요일 18시 정각부터 19시 50분까지 본관 제5 세미나실에서 열리게 되어 있었다. 그날 동민은 '베버 슈트라세(Weber Straße)'에 있는 '멘자(Mensa)'에서 일찌감치 저녁 식사를 끝낸 다음, '궁정 정원(Hofgarten)' 길을 걸어서, 옛날에는 프리드리히 대왕의 별궁이었으나 지금은 본 대학 본부와 철학부 건물로 쓰이고 있는 노란색 궁성 건물 안으로 들어갔다. 그가 계단을 올라가 제5 세미나실에 당도해 보니, 겨울학기의 첫 시간인 데다 20여 분이나 이른 시각이어서 아직 아무도 와 있지 않았다.

그가 가방에서 책과 필기도구 등을 꺼내고 있는데, 인기척이 나서 뒤돌아보니, 어떤 여학생이었다. 독일 여자로서는 키가 좀 작은 편이긴 했지만, 연한 금발에다 동그란 얼굴에 발랄한 지성미를 풍기는 여학생이었다. 그녀는 동민에게 의례적으로 짤막한 저녁 인사를 건넸고, 그도 그 인사를 되돌려 주었다. 그녀는 세미나실을 잠깐 휘하고 한번 둘러보더니, 동민한테서 두어 좌석쯤 떨어진 곳에 자리를 잡고 앉았다. 잠시 다소 어색한 침묵이 흘렀기 때문에 동민은 갖고 온 책을 읽기 시작했다. 그런데, 갑자기 옆에서 무슨 버썩 하는 소리가 들렸다. 동민이 눈을 들어 소리 나는 쪽을 바라보니, 그 여학생이 핸드백에서 사과 하나를 꺼내어서 콱 깨물어 우적우적 씹어 먹고 있었다. 사과를 베어 먹고 있는 그 동작이 아무 거리낌이 없어서 그런지 그 소리가 유난히도 시원하고 크게 들렸다.

'독일의 여학생은 이렇게도 당당할 수 있구나!'하고 동민은 생각했다. 한국의 여학생이라면, 사과를 먹고 싶어도 옆에 사람이 있으면, 일단 자제하거나, 먹더라도, 사과가 한 개 있는데 나누어서 함께 드시겠느냐고 일단 권해 볼 수도 있을 터였다. 아무튼, 사람이 옆에 있건 말건, 자신이 하고 싶은 행동을 이렇게도 당당하게 할 수 있는 것이 이 나라의 여성이구나 하는 생각이 들어서 동민은 신기하고도 신선한 인상을 받았다.

그런데, 나중에 코프만 교수가 여자 조교 마리아네 잔트만(Mariane Sandmann) 박사와 함께 세미나실에 들어와서 앞으로 각 망명 작가별로 연구 발표할 조(組)를 짜기 위해 작가별로 발표자 지원을 받았는데, 카린 브링크만(Karin Brinkmann)이라는 이름의 그 여학생이 동민과 마찬가지로 '토마스 만의 망명 작품『파우스트 박사』'라는 항목을 맡겠다고 손을 번쩍 드는 통에 동민은 깜짝 놀랐지만, 어쩐지 반갑기도 했다. 무슨 사연 때문이었는지는 몰라도 한 30분 지각한 라이너 슈트로마이어(Rainer Strohmayer)라는 남학생도, 코프만 교수가 발표 희망 작가를 묻자, 토마스 만을 선택했으므로, 결국 토마스 만 항목을 맡은 것은 동민, 카린 브링크만 그리고 라이너 슈트로마이어 등 3명이었다.

셋은 코프만 세미나의 첫 시간이 끝나자마자 카페 '암 슈테른토어(Am Sterntor)'에 함께 앉아서 발표 준비모임을 가졌다. 보아하니 카린과 라이너는 초면이 아닌 것 같았고, 서로 말을 놓는 사이였다. 카린의 제안으로 셋은 그날로 서로 말을 놓기로 했다. 그러고 나서, 그들은 '춤 바인크루크'(Zum Weinkrug)라는 포도주 집으로 자리를 옮겨 우정을 맺은 기념으로 건배를 했다.

거의 모든 의논은 카린이 주도했고 라이너와 동민은 대개 동의하면서 따라가는 편이었다. 동민은 자신이 이 두 학생보다 나이가 몇 살 더 위인 듯해서 혹시 나이를 물어보지나 않을까 조마조마한 심정이었지만, 나이 같은 건 전혀 그들의 관심사가 아니었고, 동민이 지금까지 토마스 만의 어떤 작품들을 읽었는지만 물었다. 알고 보니, 토마스 만의 작품을 읽은 것으로 치자면, 동민이 이 학생들보다 더 많이 읽은 사실이 드러났다. 그래서, 공부할 내용을 분담할 때는 동민도 두 독일 학생과 똑같은 양을 할당받았다. 동민이 외국인이라는 사실은 함께 공부하는 데에는 별로 문제가 되지 않을 것처럼 보였다. 이것이 본 대학 유학생으로서 동민이 겪은 첫날이었다.

알고 보니, 카린과 라이너는 본 시내 베버 슈트라세 16번지의 셋방에서 동거하는 사이였는데, 그들이 정식으로 결혼을 한 사이 같지는 않았다. 아무튼, 동민은 자주 그들의 집에 초대를 받았고, 더러는 그 집에서 간단한 식사를 함께하거나 그 근처의 식당 '춤 트레프헨(Zum Treppchen)'에서 함께 맥주를 마시기도 했다.

본 시내에서 약 10킬로 떨어진 '바트 고데스베르크(Bad Godesberg)'라는 위성도시에서 기숙사 생활에 들어가 있던 동민으로서는 아침에 전철을 타고 일단 본 시내에 들어오면, 저녁에야 또 전철을 타고 숙소로 되돌아가곤 했기 때문에, 낮에 그들과 의논할 일이 생기면 자신이 먼저 베버 슈트라세로 그들을 찾아가는 일도 더러 생기곤 했다.

그들은 동민이 토마스 만의 초기 작품들을 거의 다 읽은 사실, 그리고 여러 작품에 대해 자기 나름의 명확한 작품 해석을 할 수 있다는 사실에 경탄을 표했으며, 그가 자신의 의사를 표현할 때 사용하는 엄청난 양의 독일어 고급 어휘들을 찬탄하기도 했다. 하긴, 동민이 가끔 어떤 명사의 성(性)을 잘못 알아서 격변화 어미를 틀리게 말하거나 어떤 동사를 사용하면서 그 동사에 상응하는 적절한 목적어 명사를 쓰지 못했을 경우, 그들은 ― 동민의 간곡한 부탁에 따라 ― 그 잘못을 그때그때 지적해 주고 또 더 적절한 표현으로 수정해 주곤 했다. 동민은 그들의 그러한 지적이나 수정을 기쁜 마음으로 받아들였고, 똑같은 실수를 반복하지 않도록 유념하고, 그중의 어떤 어법은 수첩에 적어놓았다가 따로 익히곤 했다.

이렇게 카린과 라이너는 동민의 생활독일어 선생 노릇을 톡톡히 해 주었고, 그는 그늘의 지적과 수정을 늘 고마운 마음으로 받아들이고, 지금까지의 읽기 위주의 독일어에서 '말하는 독일어'를 부지런히 익혀 나갔다. 그들은 나중에 동민이 박사논문을 써나갈 때도

장(章)별로 원고를 받아서 세심하게 읽어주고 문장의 흐름을 논리에 맞게 고쳐주기도 함으로써 동민에게는 잊을 수 없는 친구요, 일상 독일어와 논문체 독일어의 선생님도 되었다.

차차 알게 된 사실이지만, 라이너는 영문과 학생으로서 부전공으로 독문학 공부를 하고 있었고, 카린은 전공이 독문학이긴 했지만, 테오도르 폰타네(Theodor Fontane)라는 작가를 주로 공부해 왔고, 앞으로 교사가 되기 위해 국가시험을 준비하고 있었다. 따라서, 그들은 토마스 만이란 작가의 발전과정과 그의 초기 및 후기 작품에 관해서는 동민만큼 깊이 알고 있지는 못했다. 물론, 그들은 토마스 만에 대해서도 동민이 알고 있는 정도의 지식까지는 금방 따라오긴 했다. 하지만, 초기 작품과 후기 작품의 연관 관계 등 더 복잡한 토마스 만의 문제성에 관해서는 늘 먼저 동민의 의견을 물어보곤 했다.

11월의 어느 월요일에 그들 셋은 코프만의 주간(主幹) 세미나에서 '독일 망명문학으로서의『파우스트 박사』'에 대해 발표를 하기로 되어 있었다. 여러 번의 토의를 거친 결과를 정리해서 발표 초안을 작성한 것은 카린이었지만, 그녀는 막상 세미나에서 발표하는 역할은 동민이 맡는 것이 좋겠다고 제안했다. 이 제안은 참으로 의외였다. 그들 둘은 동민이 코프만 세미나에서 당당하게 데뷔하는 모습을 보고 싶다며, 동민한테 대표로 발표하는 역할을 맡으라고 했다. 그래서 그들 둘은 어느 날 베버 슈트라세에 동민을 초대하여, 그 발표문을 읽는 법을 미리 연습시켜 주기까지 했다. 그들은 그의 발음법을 고쳐주고, 음조를 어디서 낮추고 어느 대목에서 올려야 하는지 등을 일일이 친절하게 가르쳐 주었다. 결국 동민의 독문 발표지는 수많은 악센트 표지와 음조의 올림표와 내림표투성이가 되어 있었다.

그 발표는 대성공이었다. 평소 세미나에서 대개 가만히 듣고만 있던 동민이 발표문을 유창하게 잘 읽은 것도 코프만 교수를 비롯한 좌중을 깜짝 놀라게 하기에 충분했다. 그뿐만 아니라 공동 발표자로서 카린과 라이너가 다른 학생들의 질의와 비판에 대하여 적절한 답변과 설득력 있는 방어를 해 주었기 때문에, 그들 셋은 코프만 교수와 늘 함께 동석하면서 세미나의 진행과 운영을 돕던 학술조교 (wissenschaftliche Assistentin) 마리아네 잔트만 박사로부터 아주 긍정적인 코멘트를 받게 되었다.

코프만 세미나에서의 공동 발표가 성공적으로 끝나자 동민은 카린과 라이너를 '춤 바인크루크'에 초대하여, 그날의 대성공이 있기까지 자기를 잘 이끌어 주고 많은 수고를 해준 그들 두 친구에게 진심으로 고마운 마음을 표했다. 그 둘도 함께 기뻐해 주면서, 그의 학업이 앞으로 순탄하게 잘 진척되어 나가기를 진심으로 빌어 주었다. 그 자리의 대화에서 동민이 얼핏 짐작한 사실이지만, 이번 발표에서는 두 사람이 아주 완벽히 합심을 해서 동민을 띄워주기로 미리 입을 맞춘 것 같았다. 말하자면, 그들은 동민이 한국에서 이미 공부를 많이 해 온 것을 알 수 있었던 데다가, 그의 사람됨을 높이 샀기 때문에, 그가 독일대학에서 성공적으로 학업을 마칠 수 있게끔 그를 돕고 지원해 주자며 마음을 합친 것이었다. 라이너는 어차피 부전공 강의이어서 마음 편히 동민을 밀어줄 수 있었고, 카린도 교사 자격 국가시험 지원생이라 세미나 이수(履修) 자체가 중요했지 그 성적에는 크게 좌우될 일이 없었으므로 조금 자제함으로써 동민을 한껏 밀어준 것이었다. 친구를 생각하는 마음이 참으로 깊은 친구들이었는데, 그들은 말하자면 경쟁보다는 외국 친구의 학문적 발전을 소중히 배려하고 한껏 밀어 준 것이었다.

그다음 주 월요일 아침, 동민이 코프만 교수의 면담 시간에 찾아
가자, 코프만 선생님은 다시 한번 동민의 발표를 칭찬해 주면서, 박
사학위 논문 테마를 따로 찾을 것 없이, 전주의 그 발표문을 기초로
해서 박사논문을 써 보는 것이 어떻겠느냐고 물었다. 그래서, 동민
은 그 테마가 자신에게도 마음에 든다면서, 다음 면담 시간에 올 때
는 논문 제목을 구체적으로 확정해서 가져오고, 또한 논문의 임시
목차도 한번 만들어 와 보겠다고 자진해서 역제안을 했다.

이로써 동민은, 깔끔한 영국 신사의 풍모를 지녔지만, 학문적으
로는 본 대학 독문과 일원에서 꾀까다롭기로 정평이 나 있던 코프만
교수한테서 첫 학기 중간에 벌써 박사논문의 테마를 받는 쾌거를 달
성한 셈이 되었다.

이것은 동민의 주전공인 현대 독문학에서의 큰 성과였다. 이제
동민은 논문만 써나가면 될 것 같았지만, 알고 보니, 전통을 중시하
는 본 대학 독문과에서 박사학위를 취득하자면 누구나 반드시 고대
및 중세 독문학 분야에서도 소정의 세미나를 이수하고 마지막에는
그 분야의 구두시험도 치르지 않으면 안 되도록 규정되어 있었다.
따라서 동민은 고대고지독어(古代高地獨語, Althochdeutsch)로부터
시작하여 중세고지독어(中世高地獨語, Mittelhochdeutsch)의 주요 텍
스트들을 새로이 공부하지 않으면 안 되었다.

이것은, 비유하자면, 마치 염상섭의 소설에 관해 박사논문을 쓰
고자 한국에 온 외국인 유학생에게 '향가', '용비어천가', '두시언
해' 등의 공부를 요구하는 것과 흡사했다. 현대문학을 전공하더라도
고전문학에 관한 기본적 소양을 갖추고 있어야 한다는 그 근본 취지
는 물론 이해할 만했지만, 먼 아시아에서 온 외국인 학생 동민에게
는 이 규정이 상당히 큰 부담이었다.

동민은 우선 고대고지독어부터 새로 공부를 시작하기로 하고 도리스 발히(Doris Walch) 박사의 고대독어 연습 시간에 들어가 '메르제부르크의 주문들(Merseburger Zaubersprueche)'과 '힐데브란트의 노래(Hildebrands Lied)'부터 새로 공부를 시작하는 한편, 앞으로 치러야 할 중세독문학 분야의 구두시험을 준비하기 위해 게르하르트 마이스부르거(Gerhard Meissburger) 교수의 중세독문학 강의(Vorlesung)와 그녀의 학술 조교 트루데 엘러트(Trude Ehlert) 박사의 중세 독문학 연습(Übung) 과목도 아울러 수강했다.

2

동민이 독일 본(Bonn) 대학에서 어느 정도 자리를 잡고 한창 공부에 매진하고 있던 어느 날이었다.

독문과 도서실에서 책을 읽던 동민은 무심결에 그만 점심때를 훌쩍 넘겨버리게 되었다. 멘자도 이미 문을 닫고 직원들이 한창 저녁 식사 준비를 하고 있을 무렵이어서, 이런 때에는 1층 카페테리아로 내려가서 샌드위치 같은 것으로 한 끼를 때울 수밖에 없었다. 동민이 카페테리아에 들어서니, 거의 텅 빈 카페테리아 구석 자리에 외투를 벗어놓는 어떤 동양 여자의 뒷모습이 얼핏 보였는데, 그 뒤태가 어디선가 본 여자 같기도 했지만, 동민은 그런 환각 비슷한 것을 이미 여러 번 경험해 왔기 때문에 그 모습을 애써 외면하고 그냥 카운터 앞으로 가서 치즈 끼운 브뢰첸 한 개와 커피 한 잔을 주문했다.

"동민 오빠!"

동민이 놀라 뒤돌아보니 거기 바로 뒤에 화진이 활짝 웃으며 서 있었다.

"화진 씨 맞아? 그렇구나! 여긴 어인 일이지?"하고 동민이 얼결에 물었다.

"오빠는! 날 만난 게 반갑지도 않아요? 겨우 한다는 말이 '여긴 어인 일이지?'인가요?"

"너무 놀라서 하는 말이지!"

"지금 런던에서 오는 길이에요. 한 달 동안 런던에 학습 체류인데, 무작정 독일 본 대학으로 찾아와 본 거라고요! 본 역에서 보관함에 짐을 넣어두고는 길을 물어 물어서 여기까지 왔어요. 그런데, 여기가 독문과가 맞긴 맞나 보네요. 오빠를 이렇게 쉽게 만나는 걸 보면…… 어느 대학생에게 독문과가 어디냐고 물었더니, 4층 어디로 올라가 보라던데, 우선 목이 마르기도 하고 좀 쉬었다 올라가려고 여기에 들어온 건데…… 오빠, 나한테 딱 걸렸네!"

"음, 큰 고생하지 않고 잘 찾아왔구먼그래!"

"저기 빵하고 커피 나왔네요! 오빠, 나 지금 목이 마르고 배도 고파요. 미안하지만, 내가 먼저 저걸 갖고 자리에 가 있을 테니까 오빠 먹고 마실 것은 다시 주문해서 갖고 오세요오!"하고 화진이 말하고, 치즈 브뢰첸과 커피를 올려놓은 식판을 넙죽 들고 아까 그 구석 자리로 되돌아가고 있었다.

동민이 새로 주문한 자신의 브뢰첸과 커피를 들고 그 구석으로 다가가니, 화진은 벌써 커피를 한 모금 마신 뒤였다.

"미안해요, 목이 말라 먼저 한 모금 했어요! 아, 오빠를 찾았다! 드디어 만났다! 이렇게 기쁠 수가!"

"나 여기 있는 줄은 어떻게 알고?"하고 동민은 브뢰첸과 커피잔이 올려진 자기 식판을 탁자 위에 내려놓으면서 물었다.

"아, 무정한 동민 오빠! 그 여러 번의 편지에도 모두 묵묵부답이었지! 하지만, 뛰어봤자 벼룩이지 어디까지 가겠어요? 다 아는 수가 있지요!"

"어떻게?!"

"지난 여름방학 때 일시 귀국하는 화수한테 부탁했어요. S대 독문과 사무실에다 알아봐 달라고요. 화수가 거기다 전화를 걸어서, 오빠가 이미 없을 줄 다 짐작하면서도, 안동민 씨를 좀 바꿔 달라고 했대요. 그러니까, '작년에 독일 본으로 떠나고 안 계신다'라는 대답을 들었다나요. 그것으로 족했어요. 그다음에야 뻔하잖아요?!"

"화수는 잘 있어?"

"그럼요. 그 앤 벌써 경영학 석사를 마쳤고, 미국 금융계에 아르바이트도 구해서 부수입도 제법 벌고 있어요. 아무튼, 저만 이렇게 아무것도 이루지 못한 채, 오빠 찾아 삼만리지요!"

"아버님, 어머님도 평안하시지?"

"우리 아버진 약골로 병치레가 심하시지만, 계속 뉴욕에서 근무하고 계시고, 어머닌 늘 그래요. 시집가란 말만 안 하시면 참 좋은 엄마죠. 자꾸 엉뚱한 유학생들이나 청년 교포 사업가들을 들이대는데, 몇 사람 만나봤지만, 다 마음이 안 가더라고요. 오빠 때문인 것 같기도 해요. 내가 아마 마조히스트인가 봐요! 늘 무시를 당했어도 자꾸 오빠 생각이 나는 걸 보면!"

"아가씨가 고집이 드센 게지! 내가 물러서니까 화가 나서 집착을 하지만, 막상 내가 손을 내밀어 봐! 홱 뿌리쳐 버릴 걸, 아마도!"

"그래서 손을 내밀지 않는 거예요? 오빠, 겁쟁이군요?!"

"아무튼, 이제 어째야 한다? 멀리서 이렇게 아가씨가 찾아왔으니! 이럴 때 어떻게 처신하는 것이 좋은지 관습률 비슷한 매뉴얼이라도 있으면 좋으련만!"

"호텔에서 잘 거니까 걱정하지 마세요."

"어디, 어떤 호텔을 잡아드려야 할까, 그것도 간단찮은 문제지!"

"하긴, 런던에서 미리 호텔을 예약해 놓고 온 건 아니에요. 현장에 와서 보고 정하는 것이 나을 듯해서요."

"자, 아직 저녁 시간은 멀었으니, 어디 산책이나 좀 하지 그래. 여기는 라인강 변이 좋은데, 괜찮겠어?"

"예, 좋아요!"하고 말하며 화진이 일어서자 동민이 그녀의 외투를 입혀줬다. "아, 오빠가 그동안 많이 세련됐네요. 여성을 위해 기사도도 다 발휘할 줄 알고!"

"아, 이 정도야 뭐! 그동안 사귄 독일 여학생도 있어서……"

"정말요? 어떤 여잔데요?"하고 화진이 살짝 긴장한 듯이 되물었는데, 뺨에 약간 홍조가 어리었다. "아, 강물 같은 것이 보이기 시작하는데요? 저게 라인강인가 보죠?"

"응, 본에 살면 이 강변을 거니는 게 큰 위안인데…… 어디 한번 내려가 보자고!"

"참, 어떤 여자인지 말해 줘요!"

"정말 좋은 여잔데, 동거하는 남학생이 있어!"

"삼각관계에요, 뭐예요!? 오빠가 그런 경쟁에 뛰어들 사람은 아닌데!?"

"하긴, 삼각관계 같긴 하네. 하지만 남학생도 내 친구고, 우리 셋이 아주 친해!"

"참, 별일이어요! 오빠를 만나 전혀 뜻밖의 얘기를 듣게 되니, 괜히 가슴이 다 두근거리네요. 어떤 사람들인지 한번 만나게 해 줘요. 내 눈으로 직접 봐야 판단이 설 것 같아요."

"아, 별일 아니야. 그렇게 너무 조급하게 굴지 말고! 우선, 저 강 건너편을 좀 바라다봐요! 건너다보이는 완만한 산들이 이른바 지벤게비르게(Siebengebirge)라는 낮은 산맥인데, 일곱 개의 산등성이란 의미지. 저 건너 산꼭대기 위에 하얀 집 같은 것이 보여? 그게 페터스베르크(Petersberg)라고 옛날엔 호텔이었던 모양인데, 지금은 서독 연방정부가 영빈관으로 쓰고 있어요. 중요한 국제행사가 가끔 열리는 곳이지. 그리고 저 건너편, 오른쪽 산 위에 소문자 h자처럼 깨진 입암(立巖) 같은 것이 우뚝 솟아 보이지? 그게 드라헨펠스(Drachenfels)야. 우리말로 번역하자면 '용바위'라는 의미인데, 난 멀리 바라다보이는 저 '용바위'를 보면서 향수를 달랠 때가 많아. 산정에 저렇게 홀로 우뚝 서 있는 바위 모습이 무척 믿음직스럽고 대견하게 느껴지거든!"

"경치가 꽤 좋네요. 저 깎아지른 듯이 우뚝 선 바위를 보고 위안을 느낀다니 새삼 오빠가 좀 특이한 사람이었다는 생각이 나네요."

"바위의 생김생김이 뭔가 좀 깊은 사연을 담고 있을 것 같지 않아? 괜히 사람 이상하게 만들지 말고!"

"하긴, 어딘가 위엄이 서려 있고 유서가 깊은 전설 같은 걸 간직하고 있을 듯하네요."

"그 아래의 조그만 도시 이름이 쾨니히스빈터(Königswinter)인데, '임금님의 겨울'이란 뜻이지! 왜 하필이면 '겨울'인지는 몰라도 뭔가 심상치 않은 사연이 있을 것 같지 않은가 말이야. 왕의 신분으로 어쩌다 저런 한적한 곳에서 겨울을 보냈을까 싶어서 그 사연이 궁금해지기도 하고!"

"아, 오빠도 참! 지명을 갖고 뭐 그렇게끼지! …… 혹시 오빠가 그렇게 고독하게, 또는 유배를 온 군주처럼 느끼고 있는 거 아녜요?

듣자 하니, 새 친구들을 사귀어 외롭지는 않게 잘 지내고 있는 것 같은데, 뭘 그래요?"

"아, 또 그 얘기로 돌아왔군! 나하고 세미나를 같이했던 학우들인데, 나를 많이 도와주고 있는 친구들이야. 넘겨짚지 말아요!"

"처음에야 다 친구로 시작하지요. 그다음에는 물처럼 그냥 그대로 흘러가는 것 아니겠어요? 참, 이 강물이 시방 어떻게 흐르고 있는 거예요? 우리가 강물을 따라 걷고 있나요? 혹은, 강물을 거슬러 걷고 있는 건가요?"

"지금 강이 흐르는 방향을 거슬러 올라가고 있어."

"아, 그것조차 내 마음대로 안 되네! 난 지금 우리가 강물을 따라 걷고 있기를 은근히 바라고 있었는데…… 이렇게 계속 걸어가면, 어디에요?"

"본의 남쪽 위성도시인 바트 고데스베르크가 나와. 지금 내가 사는 기숙사도 거기에 있고……"

"아, 그래요? 거기까지 얼마나 남았어요?"

"약 8킬로미터쯤 남았는데, 거기로 가자면 본 시내로 들어가서 전철을 타야 해."

"그래요? 오빠, 난 벌써 다리 아파요. 다시 목도 마른 것 같고요. 우리 어딘가 들어가서 저녁을 먹든지 해요."

"아, 알았어요! 이제 그만 시내로 들어가지! 이다음 골목에서 오른쪽 비탈길을 조금만 올라가면 본 대학 중앙도서관이야. 독문과가 있던 아까 그 건물이 본 대학 본관인데, 대학이 자꾸 팽창하자 중앙도서관과 법과대학 등은 이쪽으로 새 건물을 지어 옮겨 왔겠지, 아마도! 아직도 본 시내라고 보면 돼. 일단 '아데나우어 가로수 길(Adenauer Allee)'로 올라가 봅시다!"하고 말하면서, 동민은 오르막

골목길로 먼저 접어들었다.

이때 화진이 동민의 오른팔을 잡고 약간 매달리듯 하고 걸으면서 말했다. "오빠 그새 여자도 사귀었다면서 산책 중에 손도 한번 잡아줄 줄도 모르고, 그렇게 뻣뻣하게 혼자 앞서가기만 해요? 목석같은 남자 아녜요?"

"으흠, 여동생의 손을 잡자니, 좀 어색해서……"

"여동생이라고요? 그 말이 옛날엔 정말 반가웠을 텐데, 지금은 싫어요. 난 여동생 안 할래요!"

"아, 오빠, 오빠 하니까 그냥 한번 여동생이라 해 본 걸 가지고 뭘 그래! 참, 우리가 지금 대학 중앙도서관 옆을 지나 아데나우어 가로수 길을 건넜어요. 근처에 우리 대한민국 대사관 건물도 있고, 본 대학 멘자도 있고……"

"멘자 말고 좀 분위기 있는 식당으로 데려다주면 좋겠는데요?"

"아니, 멘자로 데리고 가려던 것은 아니고…… 내가 이따금 친구들과 가는 데가 바로 여기 '베버 슈트라세'에 있어. 19세기에 직조공들이 많이 산 거리였던 모양인데, 지금은 그냥 이름만 '직조공의 거리'지. 여기에 '춤 트레프헨(Zum Treppchen)'이라고 아주 유서 깊은 식당이 하나 있는데, 이제 거의 다 왔어요. '춤 트레프헨'이라는 옥호는 '조그만 계단으로!'란 의미인데, 실제로 길에서 식당으로 들어가는 현관문 앞에 조그만 계단이 있어요! 아주 옛날부터 있던 계단을 없애버리지 않고 그대로 보존하고 있는 것이지. 아, 이것 보라고! 조그만 계단인데, 지금 보니 딱 세 층계밖에 안 되네! 자, 올라가자고!"

카린, 라이너와 함께 몇 번 와서 조금 안면이 있는, 희언 수염이 제법 멋진 주인이 카운터에 선 채로 인사를 하며 카운터에서 조금 안으로 들어간 저기 맞은편 자리를 손짓으로 권했다. 그들이 자리를 잡고 앉자, 메뉴판을 갖고 온 주인이 화진에게 약간 관심을 보이면서 동민에게 물었다.

"한국에서 오신 부인? 혹은 약혼녀(fiancée)?"

동민이 일순 답을 못해 머뭇거리고 있는데, 화진이 "피앙세!"라고 대답하면서 주인에게 살짝 미소를 지어 보였다. 주인이 만면에 미소를 머금은 채 화진에게 약간 과장된 절을 하고는 카운터로 되돌아갔다. 동민이 한순간 어안이 벙벙해서 화진을 바라보고 있으려니, 화진이 말했다.

"아, 그렇게 놀라실 게 뭐에요? 마침 아는 프랑스어 단어가 들리기에 반가워서 한번 되풀이해 본 것뿐이에요!"

"그래도 그렇지, 아가씨가 함부로 약혼녀 운운하면 쓰나? 그렇게 되면 이 바닥에서 소문이 나서, 난 연애도 한번 못 해 보고 그만 귀국해야 하는 신세가 될 텐데!"

"연애는 이미 하고 있다 하지 않았나요?"

"주문부터 하지! 뭘 먹고 싶은지 어디 한번 여기서 골라 봐요……."

"독일어로 너무 빽빽이 적혀 있군요. 어렵고 귀찮네. 먹을 만한 걸 오빠가 주문해 줘요!"

"우선 마실 것은 안덱스(Andechs) 맥주가 이 집에서 내걸고 있는 추천 상표인데, 맥주 한잔하겠어? 저 남쪽 뮌헨 근처의 안덱스 수도원에서 베네딕트 수사(修士)들이 생산하는 전통 맥주인데…… 그리고 식사로는 바이에른식 경단 요리를 권하고 싶어."

"오빠 그 맥주 마시세요. 난 우선 판타 큰 잔이 좋겠어요. 바이에른식 경단, 괜찮겠네요. 그건 그렇고, 아까 말한 그 삼각관계 친구들, 한번 보고 가야 할 텐데…… 언제 소개해 주실 거예요? 난 내일 저녁에 벌써 쾰른 공항을 출발해서 런던으로 되돌아가기로 돼 있어요."이렇게 말하고 난 화진은 화장실에 다녀온다며 잠시 자리를 비웠다.

동민은 일순 생각에 잠기지 않을 수 없었다. 참, 묘한 우연이었다. 의도한 것도 아닌데, 어쩌다가 화진을 데리고 베버 슈트라세까지 오게 되었고, '춤 트레프헨'에까지 들어와 있는 것이었다. 동민은 짧은 시간 동안이었지만 그사이에 결단을 내린 다음, 벌떡 일어나서 공중전화 부스 안으로 들어갔다. 카린이 전화를 받았다. '춤 트레프헨'에 와 있는데, 아직 식사 전이면 라이너와 함께 저녁 식사에 초대하고 싶다고 말했다. 라이너는 프랑크푸르트대학으로 자리를 옮긴 지도교수님을 면담하러 프랑크푸르트에 가고 없으므로 카린 자기 혼자만 나오겠다고 했다.

화진이 자리로 돌아오자 안텍스 맥주와 판타가 나왔다.

"자, 약혼 기념은 아니지만! 멀리서 와 줘서 고마워! 우리 건배하지!"하고 동민이 말했다. 그리고 그들이 막 잔을 서로 부딪치려고 하고 있는데, 카린이 벌써 그들 앞에 나타났다.

"어, 손님이 계셨네!"하고 엉거주춤 서서 카린이 말했다. "미니 (Mini, 동민의 애칭), 손님이 계신다는 얘긴 안 했잖아!"

"아, 미안해! 소개할게! 이쪽은 화진! 미국 스토니브룩 대학에서 영문학 석사를 마치고 지금은 프린스턴 대학에서 비교문학을 공부하고 있는 내 친구인데, 이번에 연수차 런던에 왔던 김에 오늘 막 본에 노착했어요. 그리고 이쪽은 카린! 본 대학 독문과에서 교사 자격 국가시험 준비를 하고 있는데, 내 공부를 많이 도와주고 있어요. 비로 이 베버 슈트라세에 살고 있고…… 라이너라고 하는 남자 친구는 마침 프랑크푸르트에 가고 없어서, 카린 혼자만 나온 것이고……"

카린은 화진의 옆에 자리를 잡고 앉았는데, 동민이 음식 주문할 것을 권하자, 점심을 늦게 먹어서 별로 식욕이 없다며, 야채를 곁들인 '치즈 플라테'(나무 쟁반 위에 올려놓은 여러 종류의 치즈)와 안덱스 맥주를 주문했다. 두 여자는 처음에는 약간 긴장하는 듯했다. 그러나 식사하는 동안에 카린이 금방 상황을 잘 파악한 다음, 유창한 영국식 영어로 대화의 물꼬를 트니까, 화진도 긴장을 풀고 영어로 화답을 잘 해내었다. 둘은 이내 친해져서, 주로 여자들끼리 많은 대화가 오갔고, 동민은 오히려 듣는 쪽으로 밀려났다. 그들의 영어 대화 중에는 간혹 동민이 못 알아듣는 성구들까지 섞여 있었다. 그래서, 동민이 더러는 어리둥절해 있는 가운데에 두 여자가 함께 까르르 웃거나 동민이 그들을 멀뚱멀뚱 쳐다보는 경우도 생기게 되었다. 이윽고 동민은 그들의 영어 대화에는 아예 신경을 쓰지 않고 그녀들의 목소리만 그냥 즐겁게 듣고 있었다.

식사가 거의 끝나고 각자 마실 것을 한 잔씩 더 주문하고 나자, "오빠, 부탁이 하나 있어요."하고 화진이 동민을 보고 한국어로 말했다. "미안하지만, 본 역에 가서서 보관함에 넣어둔 제 짐 좀 가져다주시겠어요? 열쇠는 여기 있어요. 그 대신, 제가 하룻밤 묵을 호텔을 잡아주실 필요는 없게 되었어요. 카린이 나를 자기 집에 재워주겠다니까 말이에요."

동민이 약간 놀라서 카린을 쳐다보았더니, 카린이 장난스럽게 눈웃음을 치면서 독일어로 말했다. "'삼각관계'의 한 꼭짓점으로서 이 카린이 두 청춘남녀를 고데스베르크의 기숙사에서 함께 자도록 내버려 둘 수는 없지 않겠어?"

"'삼각관계'?"하고 동민이 나지막하게 되묻긴 했으나, 두 여자는 이미 자기들끼리의 대화로 되돌아가 있었다. 그래서, 동민은 우선 화진의 짐이나 가져오는 것이 좋겠다고 생각했다.

동민이 본 역으로 걸어가서 보관함에서 화진의 짐을 꺼내 갖고 '춤 트레프헨'으로 되돌아왔을 때는 두 여자가 마치 오랜 친구 사이라도 되는 듯 제법 친밀해져 있었고, 동민은 두 여자한테 불필요한 존재가 된 듯한 묘한 소외감마저 느낄 정도였다. 카린은 약간 취한 듯한 표정으로 이제 화진 걱정은 말고 기숙사로 돌아가 쉬어도 좋다고 말했다. 그래도 동민은 그들을 바래다주겠다고 우겨서 화진의 가방을 카린네 문 앞까지 들어다 주었다. 그러고는 아침에 오겠다며 두 여자와 작별한 다음, '아데나우어 가로수 길' 역에서 바트 고데스베르크 행 전철을 탔다.

그것은 참 이상야릇한 경험이었다. 독문과 아래층의 카페테리아에서 뒷모습이 화진과 비슷한 아시아계 여인을 보았을 때, 동민은 자신이 또 환각을 본다고 여겼다. 그러나 그 여인이 뜻밖에도 화진이라는 것을 알자, 그의 가슴은 그동안 내내 불안하고도 황홀한 예감으로 뛰었다. 화진을 바트 고데스베르크의 기숙사로 데리고 갈 것인가? 아니면, 호텔을 잡아서…… 멀리서 온 아가씨를 혼자 재울 것인가? 밤을 함께 보내야 하지 않을까? 이런 복잡한 고민이 전혀 엉뚱한 방향에서 저절로 해결된 셈인데, 그야말로 시원섭섭한 해결책이 아닐 수 없었다. 그로서는 두 여자의 갑작스러운 의기투합도 알 듯 모를 듯한 수수께끼였다.

그 이튿날 아침 동민이 일찌감치 베버 슈트라세 16번지에 도착하니, 두 아가씨는 벌써 외출 준비를 완료하고 그를 기다리고 있었다

"본에서 하고 싶은 일이 무엇이냐고 지니(Jini, 화진)에게 물었더니,

드라헨펠스에 한번 올라가보고 싶다는군!"하고 카린이 동민에게 독일어로 말했다. "그래서, 우린 쾨니히스빈터로 건너가서 드라헨펠스를 보러 가려고 하는데, 미니도 함께 가겠어?"

"응, 그럼! 나도 평소에 한번 가 보고 싶던 곳이거든! 기꺼이, 그리고 당연히 함께 가야지!"

그래서, 그들 셋은 바트 호네프(Bad Honnef)로 가는 버스를 타고 가다가 쾨니히스빈터에서 버스를 내렸다. 그러고는 치차(齒車)를 타고 드라헨펠스로 올라갔다. 드라헨펠스 자체는 멀리서 쳐다보는 것이 오히려 더 나을 정도로, 단조롭고 무미건조한 큰 입암(立巖)에 불과했다. 그러나 멀리 라인강 건너편으로 펼쳐져 보이는 본의 시가지와 그 교외 풍경이 한 폭의 긴 두루마리 그림처럼 무척 아름다웠다.

그들 셋은 노천 카페에서 아이스크림을 먹었는데, 카린은 변함없는 명랑성을 보이면서, 화진에게는 특히 친절하게 영어로 상세한 설명을 해 주고 있었다. 화진은 어제저녁만큼 무턱대고 깔깔거리지는 않고, 간혹 생각에 잠기는 듯한 눈치였다.

"여기서 바트 고데스베르크가 보여?"하고 화진이 카린에게 묻고 있었다.

"물론! 저기 저 강 건너편에! 깃발이 꽂혀 있는 옛 산성 터가 보이지? 거기가 고데스베르크 고성(古城)이야!"하고 카린이 바람에 흩날리는 금발을 쓸어 올리면서 화진에게 영어로 설명해 주고 있었다.

동민은 화진이 오늘 저녁에 쾰른에서 비행기를 타고 런던으로 귀환하게 되어 있음을 알고 있었기 때문에, 벌써 다가오는 화진과의 이별이 오전 내내 마음에 쓰였다. 그래서 그가 가끔 두 여자의 대화를 귀담아듣지도 않고 혼자 딴생각에 잠겨 있는 순간들이 그녀들에게도 포착되곤 했다.

그들이 본 시내의 중국집에서 함께 늦은 점심 식사를 하고 나서 베버 슈트라세 16번지에 돌아와 보니, 라이너가 프랑크푸르트에서 막 돌아와서 짐을 풀고 있었다. 세 사람이 금방 영어로 서로를 소개하고 여러 가지 필요한 정보를 재빠르게 교환하는 동안에 동민은 또 다시 그들의 영어 대화를 그저 듣기만 하고 있는데, 카린이 그에게 다가와 독일어로 말했다.

"라이너가 돌아왔지만, 운전을 오래 해서 좀 쉬도록 하는 게 좋겠어. 내가 너희 둘을 본-퀼른 비행장까지 차로 데려다줄게."

"그래? 그것참 고맙군! 정말 고마워, 카린!"

"미리 말해 두지만, 난 오늘 저녁 6시에 부전공인 영문학 세미나가 있어서, 너희들을 비행장에다 내려주기만 하고 금방 혼자 되돌아와야 해. 작별하기에 앞서 둘이서만 나눌 얘기도 많을 테고……"

"뭐, 꼭 할 얘기가 있는 건 아니고……"

"그렇지 않은 것 같던데!? 서로 할 말이 많을 거야, 아마도! 난 지니에게 이미 들어서 거의 다 짐작하고 있어! 미니는 착한 사람이긴 하지만, 불필요하게 여자를 울릴 타입이지! 미니, 여자한테 잘해야지, 천벌을 받을 수도 있다, 너!"

이윽고, 화진이 자기 짐을 다 챙겨서 현관 쪽으로 나왔다. 라이너가 작별 인사를 하고 들어갔고, 카린은 차 열쇠를 한 손에 받아 쥔 채 먼저 차고로 내려가고 있었다. 동민은 화진의 짐을 들어주면서 베버 슈트라세 16번지 입구의 차고 앞으로 앞장서서 내려갔다.

동민은 카린이 운전석에 앉은 채 뒷문을 열어준 뒤쪽 짐칸에다 화진의 짐을 실었다. 그러고 나서, 그가 차를 타려고 보니, 화진이 이미 뒷좌석에 자리를 잡고 앉아 있었다. 그래서 동민은 카린의 옆

자리에 앉을 수밖에 없었다. 차가 본을 벗어나서 본-쾰른 고속도로로 진입할 때까지 셋은 각자 저마다의 생각에 잠겨 있었다.

이윽고, 카린이 답답했던지 침묵을 깨고 동민에게 영어로 물었다. 화진도 자기 말을 함께 듣도록 하기 위한 배려 같았다.

"미니, 지니를 사랑하지?"

"응, 물론이지!"

"그럼, 결혼해야지!"

"……"

"사랑하는 여자를 너무 오래 기다리게 하면 안 돼! 그건 알지?"

"응, 알아. 하지만, 내 장래가 너무 막막하고 불확실해서…… 나한테 지금 급하고 중요한 것은…… "

"그래, 그 마음은 짐작이 돼. 하지만, 남자란 때로는 용감해야해! 알아? 미인을 차지하려면……"

"카린!"하고 뒤에서 갑자기 화진이 끼어들었다. "미니한텐 그런말이 잘 안 통할 거야! 내게 맡겨 둬!"

"오케이!"하고 카린이 말하면서, 한순간 백미러에서 화진의 얼굴을 살피는 것 같았다.

동민도 신경이 쓰여서 약간 뒤돌아보니, 그 얼굴은 의외로 담담한 기색이었다. 그것은 화진에게는 보기 드문 약간의 결기가 엿보이는 표정이었다.

3

화진이 본에 나타난 것은 동민에게는 참으로 반갑고 기쁜 일이었다. 하지만 그것은 그에게는 하나의 심중한 위기이기도 했다.

그날 본-쾰른 비행장에 단둘이 남게 되었을 때도 두 사람 사이에 별다른 말이 더는 오고 가지 못했다. 동민도, 화진도 더는 특별한 말을 꺼내지 못했다.

평소의 그 철없는 듯한 명랑함이 일시에 싹 가셔진 화진의 표정과 몸짓에는 전에는 보지 못하던 한 성숙한 여인의 단정함이랄까, 그 어떤 담담한 체념, 함부로 건드릴 수 없는 자존심 같은 것이 엿보였다. 동민은 그녀의 그런 태도가 어딘지 모르게 애처롭게 느껴졌지만, 더는 어쩌지 못하고 그녀를 그냥 런던으로 떠나보내고 말았다. 탑승구로 들어가기 전에 악수를 청하며 손을 내미는 그녀를 와락 끌어안고 한 십 초 동안 자기 마음을 다하여 껴안아 주었다. 그것이 그가 그녀에게 보여줄 수 있었던 가장 정직한 마음이었다.

그날 혼자 본으로 돌아오면서 그는 가슴이 먹먹하고 온몸이 쓰라려 오는 심한 고통을 느꼈다. 울고 싶도록 마음이 아팠다. 동민은 화진도 여자인 만큼 오늘의 그의 처신이 남자답지 못하고 그 어떤 말로도 변명이 되지 않으리라는 점을 깊이 느꼈다. 하지만, 그가 본에서, 그리고 귀국해서 걸어 가야 할 길은 아득하고도 먼 길이었으며, 그는 이 길이 우선은 혼자 가야 할 길임을 뼈저리게 인식하고 있었다. 다른 또 하나의 짐까지 지고 이 길을 가겠다는 것은 그에게는 참으로 염치없고도 위험천만한 모험이었고, 지금까지 그가 모든 다른 길을 뿌리치고 오직 이 하나의 길을 고집해 온 의미가 한꺼번에 와르르 무너질 수도 있기 때문이었다.

이렇게 하나의 위기를 고통스럽게 넘긴 동민에게 금방 또 하나의 심대한 위기가 들이닥쳤다. 그것은 뷔빙엔에서 오영길이 바트 고데스베르크의 기숙사로 그를 찾아온 일이었다.

평소 노동자 문제에 관심을 보여오던 오영길은 그사이에 프리드리히 에버트 재단의 장학금을 받아 튀빙엔 대학으로 유학을 와서는 전공을 바꾸어 노동법을 공부하고 있었다. 어디서 수소문을 했는지는 몰라도, 그는 바로 동민의 기숙사 방을 찾아와 하룻밤만 자고 가겠다고 했다. 동민이 그를 반겨서 기숙사 부엌에서 간단한 한국 음식을 만들어 함께 저녁 식사를 하고 나서, 방에 들어와 함께 맥주를 마셨는데, 이윽고 영길이 정색을 하고 말했다.

"동민이, 자네는 3·24 학생시위 때 군사독재 정권에 항의하다 경찰의 곤봉에 머리를 맞아 사경을 헤맨 바 있는 열혈투사가 아닌가! 그때 난 자네의 그 피 끓는 정의감을 똑똑히 보았다네. 지금에야 말하지만, 머리가 피철갑이 되어 아스팔트 위에 쓰러져 있는 자네를 업고 대학병원까지 뛰어가 응급처치를 하도록 한 사람이 바로 나였다네. 나도 그날 데모에 가담은 했지만, 위험천만한 상황이라 미리 법대 구내로 도망쳐서 중앙공업연구소 안쪽에서 대학천 건너편의 연건소방서 앞 도로를 바라보고 있었지. 그런데, 데모대의 선봉에서서 플래카드를 들고 오던 자네가 곤봉을 맞고 쓰러지더라고! 경찰들이 지나가고 나니 피를 많이 흘리면서 아스팔트 위에 쓰러져 있는 자네의 생명이 위험하겠다 싶어서 자네를 의과대학 병원에 업어다 놓고 보니, 다친 자네는 응급처치를 하고 나니 다행히도 괜찮을 듯했지만, 내 옷이 온통 피범벅이 돼 있더라고! 아무튼, 이제 우리 둘 다 다행스럽게도 군사독재의 마수를 벗어나 민주주의가 꽃을 피우고 있는 이 서독 땅에서 다시 한번 대학생 신분을 누리고 있네. 하지만, 점점 더 포악무도해지고 있는 저 유신 독재체제를 여기서 우리가 어떻게 그냥 두고 볼 수 있겠나?! 우리 서독 유학생들이 그래도 상대적으로 더 자유로운 몸 아니겠나? 우리 국민의 민주적 의사를 국제사회에 널리 알리고, 장차 우리 사회를 민주적으로 건설하기 위해 우선 작은 행동에라도 나서야 하지 않겠나 이 말이네! 그래서, 내 오늘 이렇게 자네를 찾아왔네.”

“그래, 영길이 자네 생각으로는 내가 지금 어떻게 하면 좋겠나?”

“우리 조국을 장차 민주적으로 건설하자고 해서, 우리 서독 유학생들을 중심으로 ‘민주사회건설협의회’를 조직했다네.”하고 말하면서, 영길은 앞의 조그만 탁자 위에 놓인 맥주잔을 단숨에 죽 비웠다. 그리고 말을 계속했다. “3·24 학생시위가 일어난 그날 석간 H 일보 사회면에 ‘쓰러진 최선봉’으로 크게 기록된 투사 안동민이 ‘민건회’에 동참해 줄 것으로 굳게 믿고, 오늘 이렇게 먼 길 마다하지 않고 방문한 것이네. 우선, 우리 ‘민건회’에 동참하겠다는 의사 표시를 해 주시게. 부탁하네!”

동민은 마른침을 꿀꺽 삼키다가 맥주를 한 모금 마셨다. 그러고는 영길의 빈 잔에다가도 맥주를 가득 따라 주면서 말했다.

“영길이, 지금까지 난 그날 누가 날 병원에까지 업어다 줬는지도 모르고 있었다네. 그날 시위 현장에서 얼핏 자네 얼굴을 보기도 했었지. 아무튼, 고맙네. 그리고, 오늘 이렇게 먼 걸음 해 준 것도 정말 고맙네. 나라고 왜 그 심정을 모르겠나? 민주적 제도를 잘 정착시킨 서독 사회를 조석으로 볼 때마다, 그리고 ‘동쪽 먼 심해선 밖의 한 점 섬’ 격인 저 동아시아 한쪽 구석에 조그맣게 자리 잡은 우리 조국 한반도의 분단된 남쪽에서 자행되고 있는 비민주적, 반민주적 폭거를 바라볼 때마다 나도 답답하고 괴로워서 가슴을 치곤 한다네!”

“동민이, 내 자네가 그럴 줄 알았지. 우리 ‘민건회’에 들어와 우리 다 함께 투쟁해 나가세. 지금 상황이야말로 우리의 선열들이 옛날 동경에서, 또 상해에서 독립운동하던 때를 방불케 한단 말인세!”

“그런데, 이 사람 영길이! 자네 날 잘 알지 않나! 난 이제 곧 귀국해서 우선 대학교수로 일하고 싶다네!"

"자넨 원래 작가가 되고 싶어 했던 것으로 기억하는데?"하고 영길이 물었다. "미학과 출신의 K 시인이 '필화 사건'으로 갇힌 몸이 되어 있는데, 거기서 자네가 무슨 글을 쓸 수 있겠나?"

"응, 그랬었지! 소설을 쓰고 싶어 했지! 그런데, 여기 서독에 와서 독일의 정치와 이 사회 전체가 어떻게 민주적으로 작동하는가를 실제로 보고 나서는 언제부턴가 나는 작가가 되는 것을 뒤로 미루고, 어서 귀국해서 일단 독문과 교수가 되어야 하겠다는 쪽으로 생각이 기울게 되었다네. 정치 현실을 민주적으로 개선해 나가는 데에 작가가 기여할 수 있는 것은 ― 특히 지금 한국적 현실에서는 ― 다분히 한계가 있겠다고 생각하게 되었지. K 시인의 경우가 그걸 웅변으로 증명해 주고 있어서 말이야! 그래서 나는 그 꿈을 일단 접어두고, 우선 독문과 교수가 되어 대학생들에게 내가 여기서 보고 배운 바를 올바르게 전달하고 싶어. 그것은 현실정치에 바로 뛰어드는 것과는 일차적으로는 다른 일이야. 그래서 나는 유학생 시절에서부터 이미 어떤 정치적 혐의를 갖고서 귀국해서는 안 될 것 같아. '민건회'에 동참하고 싶은 마음 간절하지만, 나의 경우, 그것으로 내가 기여하는 것보다 잃는 것이 훨씬 더 클 것이란 생각이네. 개인적 이해득실을 말하는 것이 아닐세. 지금 한국의 유신 체제하에서는 나는 금방 빨갱이로 몰려 교수직을 얻지 못하게 될 것이고, 그 결과 내가 생각한 바를 실천에 옮기지 못하게 될 게 뻔해. 단순히 '민건회' 회원이었다는 이유로, 이런 치명적 위험을 자초할 수는 없겠단 말일세. 영길이, 자네 날 좀 아껴주시게. 나도 귀국하면 내 나름대로 우리 사회를 위해 꼭 하고 싶은 일이 있는데, 아마도 그 궁극적 목표는 자네의 그것과 아주 다른 방향은 아닐 것일세!"

이렇게 동민과 영길은 밤새 계속 토론했지만, 둘은 각자 자기 말만 자꾸 되풀이했을 뿐, 결국 이견을 좁히지 못한 채, 그만 날이 훤히 새고 말았다. 동민은 영길을 바트 고데스베르크 기차역까지 배웅해 주었으나, 둘의 새벽 작별은 쓸쓸했다. 그날 내내 동민은 빈손으로 떠난 친구한테 미안해서 가슴이 아팠다. 3·24 학생시위 때, 자신을 업고 병원에 데려다준 것이 오영길이었다는 사실도 오늘에서야 알게 되었는데, 그 고마운 친구의 소망을 들어줄 수 없었던 사실이 못내 미안하고 슬펐다.

이날 동민은 생각했다. 영길과 '민건회' 사람들한테는 정말 면목 없고 미안한 노릇이지만, 그 자신의 길은 우선은 혼자 가야 할 길이었다. 지금까지 그가 모든 다른 길을 마다하고 자신의 길을 고집해온 의미를 살리자면, 그의 이 선택은 부득이하고도 필연적이었다. 이 선택이 비겁함에서 연유한 것이 아님을 그는 자신에게 수없이 확인하고 또 다짐했다. 그는 앞으로 자신이 이 초심(初心)을 버리지 않고 끝까지 지킬 것을 간절히 염원하였고, 또한 그 초심을 끝까지 지키겠다고 스스로 맹세하였다.

4

친구 오영길이 다녀간 것은 1974년 여름이었다. 당시 동민은 독일 생활에의 어려운 적응 과정과 독일대학에서의 여러 시행착오를 모두 극복하고 오직 학위논문을 쓰는 일에만 집중하고 있었다. 즉, 부전공 과목들은 물론이고, 그 어려운 중세독문학 공부에서도 모든 필수 과목들을 다 충족시켜 놓은 상태였다.

독일대학의 제도상 동민과 같이 지도교수가 다른 대학으로 전근을 한 경우, 박사 후보생은 지도교수의 재직 대학에 가서 구두시험을 치를 수 있도록 허용되어 있었다. 즉, 동민의 경우, 비록 코프만 교수가 아우크스부르크 대학 독문과 창설자로 초빙되어 본 대학을 떠났지만, 아우크스부르크 대학으로 가서 전공 구두시험을 치를 수 있었다. 구두시험 전에 남아 있는 마지막 관문은 이제 동민이 자신의 논문을 완결시켜 지도교수와 다른 2명의 부심들로 구성되는 심사위원회에서 합격 판정을 받는 일이었다.

바트 고데스베르크역에서 라인강으로 완만하게 내려가는 가로수 길인 라인알레(Rheinallee)는 각국 대사관들이 즐비해 있는 근엄하고도 조용한 거리였고 이곳 주민들이 즐겨 찾는 산책로이기도 했다. 이 라인알레의 37번지에 위치한 기숙사는 예전에는 요양원이었던 건물을 본 대학 당국이 사들여서 학생 기숙사로 개조한 고색창연한 건물이었다. 50여 명의 본 대학 학생들이 편히 유숙할 수 있는 이 훌륭한 학생 후생 시설에 동민과 같은 외국인 학생이 입주할 수 있었던 것은 기숙사 입주에도 외국인 학생 10%를 반드시 입주시키게 되어 있는 이른바 쿼터 제도의 덕분이기도 했다.

동민은 이 기숙사의 특징이라 할 수 있는 천정이 높고, 정원을 향해 높다란 창문이 하나씩 나 있는 큰 방 중의 하나에 들어, 유학 생활 중에서 가장 숨 가쁜 마지막 단계를 보내고 있었다. 창밖의 정원에는 너도밤나무와 떡갈나무 등 키 큰 수목들이 울창하여 거기에 깃든 이름 모를 새들의 지저귐이 자연의 교향악이 되어 그의 새벽잠을 깨우곤 하였다.

당시 동민은 오직 논문 쓰는 일에만 집중해야 했기 때문에 전철을 타고 본 대학에 나가는 것도 — 간혹 도서관에 나가서 책을 빌려 오는 일과, 논문의 일부를 써서 베버 슈트라세의 카린과 라이너에게 갖고 가서 어학 교정을 받는 일 이외에는 — 가능한 한 삼갔다. 그래서 그의 일과라는 것이 마치 독일의 베네딕트 교단의 수도승의 그것과 진배없이 근검 소박하고 단순했다. 간단한 식사를 하고, 라인강 변으로 내려가서 산책을 하고, 그리고 그 나머지 시간은 모두 '수도 생활'에 바치는 식이었다. 물론, 여기서 '수도 생활'이라 함은 독일어 텍스트를 정독하고 독일어로 분석, 사고하여 논문을 써 내려가는 힘겨운 작업을 말하는 것으로서, 이것이 그에게는 마치 수도승의 생활과 비슷하게 느껴졌기 때문이었다.

독일의 수도승들이 득도의 체험을 담은 고백록에서 더러 보고하고 있는 것 중에 에피파니(Epiphanie)란 것이 있다. 즉, 금욕적 수도 생활에 몰입해 용맹 정진해 가던 어느 순간, 문득 하느님의 거룩한 손이나 성모님의 환한 용자(容姿) 등 성체의 일부 또는 전부가 자기 눈앞에 현현하는 것을 뚜렷이 보았다는 희귀한 체험 사례들이 심심찮게 보고되고 있는 것이다.

유가적 전통 아래 자라난 동민으로서는 이런 글을 접할 때마다 이것을 신심이 깊은 수도승들의 신묘한 영적 체험 정도로 이해하고자 노력해 보았지만, 실은 그가 이런 에피파니 자체를 믿을 수는 없었다.

그날 저녁에도 동민은 혼자서 독일식 아벤트브로트(Abendbrot, 한 조각의 검은 빵을 먹으며 차를 마시는 간단한 독일식 저녁 식사)로 요기를 하고 나자 평소의 일상대로 논문을 계속 써 내려가고자 책상 앞에 앉았다. 그러나 그날따라 그의 머릿속에서 구상 중이던 대로 글이 술술 잘 니기지 않고 그의 서술이 이상하게 꼬여 논리적 자가당착의 미로에 빠져든 것임을 인지하게 되었다. 답답한 나머지 그는 아직 석양이 채 떨어지지 않은 북국의 여름철 초저녁의 라인강 변으로 산책을 나갔다. 그는 하릴없이 강변 벤치에 앉아, 신호등을 깜빡이며 네덜란드 쪽으로 라인강을 내려가거나 스위스 쪽으로 라인강을 거슬러 올라가는 크고 작은 화물선들을 오래오래 바라보았다. 바로 강 너머 산 위에는 드라헨펠스가 우뚝 솟아 있었으며, 그 아래의 도시 쾨니히스빈터의 가로등에는 이제 막 저녁 불빛이 들어오고 있었다. 문득 얼마 전에 본을 다녀간 화진이 생각났다. 공부를 끝내고 돌아갈 때까지 기다려 달라는 말을 그녀에게 끝내 입 밖에 내지 못한 자신이 정말 비겁한 남자라는 자책감이 그의 가슴을 후벼 팠다. 또한, 며칠 전, 멀리 튀빙엔에서 기차를 타고 그의 기숙사까지 찾아왔던 오영길도 생각났다. 고국에서 계속 광분하는 유신독재 체제를 타도하고 앞으로 고국에 민주주의를 건설하는 데에 우리 독일 유학생들도 힘을 보태어야 하지 않겠느냐, 3·24 학생시위와 6·3 항쟁 때에도 반독재 편에 섰던 용감한 자네가 아닌가 하며 '민건회'에의 동참을 호소하던 그 친구를 그냥 빈손으로 되돌려 보낸 것도 못내 마음에 걸렸다. 논문이 이제 막바지 단계에 접어들었고, 곧 귀국해서 대학교수 자리를 얻어야 할 청년 학자로서 그런 반정부적 정치단체에 가담할 수 없는 자신의 입장을 이해해 달라고 간청했던 그 구차한 변명을 앞으로 자기 자신에게 과연 어떻게 정당화할 수 있을 것인가! '동쪽 먼 심해선 밖의 한 점 섬' 격인 대한민국은 지금 캄캄한 암흑의 시대가 아닌가. 1943년 미국에서 소설 『파우스트 박사』를 쓰고 있던 독일의 망명 작가 토마스 만이, 히틀러의 영도하에 제2차 세계대전을 치르고 있던 자신의 조국 독일과 독일인들을 멀리 미국에서 동쪽으로 바라본 심정도 이와 비슷했을까? 조국의 정치적 지도자와 입장을 달리하던 작가 토마스 만의 고뇌가 실은 현재 동민 자신의 고뇌와도 상통하고 있지 않은가! — 이런저런 생각 속에서 동민은 이제는 이미 어둠이 깃든 라인알레를 거슬러 올라와 다시 자기 방으로 돌아왔다. 그러고는 다시 책상 앞에 앉았다. 학자로서의 길과 지식인으로서의 정치적 발언 및 참여는 이렇게도 서로 합치되기 어려운 것일까. 토마스 만은 자신과 조국 사이의 그 엄청나게 큰 간극을 어떻게 극복해 나갔던가?

동민은 자신의 논문 "토마스 만의 소설 『파우스트 박사』에 나타난 독일 망명문학적 양상"의 결론 부분에서 묘하게 비틀리고 꼬인 자신의 서술 논리를 아직도 제대로 풀지 못한 채 책상 앞에서 계속 전전긍긍하며 헛되이 시간을 보내고 있었다.

그때였다. 그는 문득 창문 밖 새들의 지저귐을 훤히 알아듣고 이루 말할 수 없는 황홀감에 빠져들었다. 그중에는 이상하게도 그의 모국어인 한국어로 정답게 말을 걸어오는 새도 있었다. 그런데, 바로 이때였다. 형형색색으로 빛나는 날개를 한 조그맣고 어여쁜 새 한 마리가 — 분명 창문이 닫혀 있었을 텐데 어떻게 그의 방 안까지 들어왔는지는 몰라도 — 그의 책상 위에 어지럽게 쌓여 있던 토마스 만 선집들 위에 얌전히 앉아 있는 것이 보였다. 그 새는 그의 논문의 얽히고설킨 매듭을 풀 수 있는 힌트 한두 마디를 독일어로 속삭여 주고 있었다.

"아, 맞아! 그래, 그렇지!"하고 동민은 그 새에게 독일어로 크게 화답했다. 자신의 말소리에 스스로 놀라 깨어난 그는 그 새를 찾았지만, 새는 이미 없었다. 창밖 너도밤나무와 떡갈나무의 무성한 잎과 가지들 사이에서 수많은 새벽 새가 지저귀며 연출해 내는 장엄한 합창을 들으면서야 비로소 그는 자신이 북구의 짧은 밤을 책상 위에 엎드린 채 보내고 이제 새벽을 맞이했다는 사실을 알아차렸다.

동민이 그 아름다운 새가 속삭여 준 독일어 힌트를 다시 기억해

낼 수는 없었다. 그 뒤에도 며칠 동안 그는 논문의 논리적 진행과 귀결 때문에 퍽 고심하지 않으면 안 되었다. 하지만 그 난관이 어떻게든 곧 극복되었다. 그런 다음, 그는 며칠 후에 논문의 결론 부분을 완결하였고, 그것을 베버 슈트라세의 카린과 라이너에게 가져가 마지막 독문 교정을 받을 수 있었다.

나중에 동민이 학위를 끝내고 귀국하여 교수 생활을 제법 오래 한 뒤에야 그는 이것이 인문학도에게 간혹 찾아오는 '학문의 에피파니'라는 것을 알게 되었다. 그리고 그는 엄혹한 고통의 시간과 끈질긴 기다림이 있고 난 뒤에야 어느 날 문득 이런 에피파니가 '승방'으로 찾아온다는 사실도 인식하게 되었다.

형형색색으로 빛나는 날개를 한 그 조그맣고 어여쁜 새가 그의 기숙사 방에 찾아든 것이야말로, 후일 동민의 생각으로는, 일종의 에피파니였다.

5

1975년 12월 10일의 아침은 독일의 겨울 날씨로는 유난히 맑고 밝았다. 아우크스부르크 시내의 한 호텔에서 아침 식사를 끝낸 동민은 전철을 타고 아우크스부르크대학 입구 역에 내렸다. 동민은 자기 앞에 걸어가고 있는 많은 남녀 학생들을 뒤따라 천천히 걸었다. 그것은 좌우에 밭이 펼쳐져 있는 큰 벌판의 중간에 일직선으로 나 있는 길이었다. 그 벌판의 남쪽 끝에 짙은 고동색의 나지막한 건물들이 옹기종기 모여 있는 것이 보였다. 그 현대식 건물들이 아마도 아우크스부르크 대학일 것이었다.

이 신생 대학에 독문과를 창설하기 위해 그의 지도교수 코프만 교수가 본에서 이리로 근무처를 옮긴 지도 어언 2년이 지났다. 그동안 동민은 본 대학에 적을 두고 있으면서 우편을 통해 계속 코프만 교수의 논문 지도를 받아왔는데, 그가 논문의 종장을 써서 보냈는데도 불구하고 코프만 교수가 미처 시간을 내지 못해서 논문을 제때 읽어주지 못했다. 오랜 기다림이 있은 끝에 드디어 논문이 심사위원회를 통과하게 되었고, 본 대학 철학부 학장으로부터 오늘 10시에 코프만 교수한테 구두시험을 치르도록 공식으로 지정된 것이었다.

독일대학에서 독문과를 찾는 것은 그다지 어려운 일이 아니었다. 그것은 한국대학에서 인문대 수위(首位) 학과인 국어국문학과를 찾는 일과 비슷하기 때문이었다. 동민은 누구에게 한번 물어보지도 않은 채 안내판만 읽고도 쉽게 독문과를 찾을 수 있었고, 코프만 교수의 연구실도 금방 찾아냈다. 하지만 아직 시간이 20분이나 남아 있었으므로, 그는 다시 캠퍼스로 걸어 나와 신생 대학의 건물들 사이로 조금 산책을 했다.

속으로 헤아려 보니, 그가 독일 본 대학 학생으로 등록을 한 지 꼭 8학기째 되는 학기의 말이었는데, 지난 4년간 자신이 독일에서 살아온 것이 마치 한 수도승의 승방 생활처럼 단조롭게 회고되었으며, 오늘이 사실상 그 끝이라고 생각하니, 만감이 교차했다. 화창한 날씨이긴 했지만 겨울 날씨가 제법 추웠는데도, 그는 추운 줄도 모르고 그렇게 대학 구내를 이곳저곳 서닐나가 10시 정각에 코프만 교수의 연구실 문을 노크하였다.

"어서 와요, 안군!"하고 코프만 교수가 악수를 청했고, 악수가 끝나지 동민도 깊이 고개를 숙여 스승에게 경의를 표했디.

"여기를 쉽게 찾았나? 아, 그래? 다행이네!"하고 코프만 교수가 말하면서, 동민에게 응접 의자에 앉기를 권했다. 그는 자신의 책상 위에서 몇 장의 서류를 찾더니 그것을 자기 앞 응접탁자 위에 올려 놓은 다음, 자신도 자리에 앉았다. 그러고는 전화로 누군가를 불렀다. "알겠지만, 독일대학의 전통에 따라 약간의 형식적 절차를 거쳐야 해요. 별것 아니니, 긴장하지 말고 마음을 푹 놓아요!"하고 코프만 교수가 말하는 중에 벌써, 노크 소리가 들리고 코프만 교수가 응답하니까, 조심스럽게 한 여성이 방에 들어왔는데, 그녀 쪽에서 먼저 동민에게 반갑게 인사를 하는 걸 보고서야 동민은 그녀가 마리아네 잔트만 박사임을 알아보았으며, 반갑게 인사했다.

"두 분은 본에서 이미 아는 사이지요? 하지만, 오늘 잔트만 박사는 우리 대학의 규정에 따라 공식적으로 구두시험의 동석자로 모셔진 것입니다. 잔트만 박사도 이쪽 내 옆에 앉으시고요. 자, 안군, 구두시험의 문제입니다! 잘 아시겠지만, 토마스 만의 초기 작품에서는 '아이러니(Ironie, 反語)'라는 개념이 아주 중요합니다. 이 '아이러니'가 후기 토마스 만에 이르러서는 다소의 변화를 보일까요? 만약 그렇다면, 그것이 어떻게 변화해 갈까요?"

"제 생각으로는 토마스 만의 인간적, 작가적 성숙과 더불어 '아이러니'라는 그의 작가적 자세와 서술 태도도 당연히 변화를 겪습니다. 후기 작품으로 넘어갈수록 그것은 차츰 '유머(Humor, 諧謔)'로 변해 가는데. 예를 들자면……"

"그만! 자, 이제 그만 설명하셔도 좋습니다!"하고 코프만 교수가 만면에 웃음을 띠면서 말했다. "잔트만 박사님, 더 물어보시겠습니까?"

"아니, 더 질문할 게 없습니다. '유머'란 개념이 나왔으면, 이미 그다음에는 충분한 설명이 연이어 나올 것으로 기대되니까요!"

"그래요? 나도 그런 생각입니다! 안군, 아니, 안 박사님, 합격입니다! 축하합니다!"하고 코프만 교수가 동민에게 손을 내밀면서 말했다. "자, 안 박사님, 이제 옆방으로 가서, 우리 함께 축배를 듭시다!"

동민이 잔트만 박사의 안내를 받아 어느 다른 방으로 들어가니, 다과가 마련되어 있었고, 아우크스부르크대학 독문과 교수진과 고참 학생들로 보이는 여러 남녀가 앉거나 선 채로 담소하고 있었다. 잔트만 박사가 다른 학생의 도움을 받아 샴페인 병을 터뜨렸다. 이어서 코프만 교수도 그 방으로 들어섰다. 잔트만 박사가 모두 샴페인 잔을 들자고 제안하자, 코프만 교수가 잔을 들고 말했다.

"자, 오늘은 참 기쁘고 뜻깊은 날입니다! 내가 네 번째 박사를 배출하게 된 날이군요! 나에게 학문적 제4남이 태어난 것입니다. 아우크스부르크의 여러분도 지금 그렇게 생각하고 있는지는 잘 모르겠습니다만, 본 대학 학생들은 내가 꾀까다로운 선생이라 박사학위를 잘 안 준다는 소문을 내었습니다. 실은 전혀 맞지 않는 평판입니다. 오늘 조금 전에 구두시험에 합격하여 문학박사 학위를 받게 된, 여기 이 안동민 박사의 경우가 그 증거입니다. 이 안 박사와 같이 내게 미리 논문의 목차를 제출해 놓은 다음, 장별로 나누어, 논문의 원고를 순차적으로 꼬박꼬박 제출하고, 그때그때마다 조금씩 나의 수정과 코멘트를 받는다면, 나는 우리 아우크스부르크대학 독문과에서도 앞으로 많은 박사가 배출되리라 믿습니다. 안 박사는 이를테면 그의 논문 제3장을 제출하면서, 제4장은 몇 월 며칠까지 제출하겠다고 먼저 내게 약속을 하곤 했습니다. 내 쪽에서는 그 약속일을 가끔 잊기도 했지만, 안 박사가 그것을 매번 지켜서 결국 계획된 시일 안에 자신의 논문 전체를 완성해 낸 것입니다. 나는 한국의 교육제도를 잘 알지 못하지만, 한국 출신의 안 박사가 자신의 논문을 진척,

완성해 낸 이 방식을 여러분에게도 권하고 싶습니다. 자, 오늘 안 박사의 구두시험 합격을 축하하고 앞으로 그의 학문의 길에 큰 발전과 영광이 함께하기를 축원하는 의미에서 우리 다 같이 건배합시다! '춤 볼'(Zum Wohl)!"

제3부: 대학교수

1. 시간강사와 전임교수

1

독일의 대학에서는 박사학위 수여식이 따로 없고, 전공과목의 구두시험 일자가 박사학위 취득일로 공식 기록된다. 따라서 동민의 본 대학 박사학위기에 기재되어 있는 졸업 일자는 1975년 12월 10일이다.

이제 동민은 본 대학 독문과 박사과정을 끝마쳤기 때문에, 오래전부터 계획해 온 대로 이탈리아로 여행을 떠나기 위해 중고자동차를 한 대 사고자 했다. 운전면허증은 이미 몇 달 전에 취득해 놓았기 때문에, 그는 그동안 장학금에서 조금씩 모아 둔 돈으로 중고자동차 한 대를 마련하려고 수소문에 나섰는데, 마침 연말이라 중고차 성수기였던 탓인지는 몰라도 그 흔하던 중고차 매물이 의외로 적었다. 그래서 자동차 마련이 다소 지연되고 있었다.

바로 그 시점에 그는 Y대 김병석(金秉碩) 교수로부터 한 통의 편지를 받았다.

안동민 박사께

지난 1월이던가요? 본 대학 독문과 1층 카페테리아에서 잠깐 만난 적이 있었지요. 김병석입니다.

나는 그사이에 귀국해서 Y대학 독문과를 창설하는 일을 맡았습니다. Y대학에는 원래 독문과가 없었고, 교양 독어를 가르치는 두 전임교수가 교양학부 소속으로 있었는데, 지난 2월부터 내가 학과를 창설해서 그 틀을 새로이 갖추어 나가자니, 연로하신 두 분은 내게는 별로 도움이 되지 않고, 이제 나와 함께 새 시대를 열어갈 젊은 인재가 절실히 필요합니다.

이런 사정도 있고 해서 내가 오늘 S대 K 교수 연구실을 찾아가 봤는데, 정말 반갑게도 안 선생이 본에서 공부가 끝난 소식을 전해 듣게 되었어요. 그래서, 나는 K 교수한테 안 선생의 주소를 물어서 이렇게 총총 편지를 씁니다.

우선, 박사학위를 받게 된 것을 진심으로 축하합니다.

급해서 용건만 간단히 말하겠습니다. Y대 독문과에서 전임교수로 일할 생각이 있거든, 지금 즉각 귀국해서 Y대의 나한테로 연락해 주시기 바랍니다. 강조하지만, 이 편지 받으시는 즉시, 귀국 준비를 서두르셔서 하루라도 빨리 귀국해 주셔야 합니다. 1월 말에는 모든 인사 절차가 완결되어야 하므로, 안 박사의 빠른 귀국과 공채 응모가 필수적입니다. 안 박사의 즉각적 회신과 의사 표명을 기다리겠습니다.

할 말 많지만, 오늘은 이만 총총 줄입니다.

1975년 12월 23일
김병석

Y대의 김병석 선생님은 S대의 K 선생님보다 4년쯤 후배였지만, 동민에게는 S대 독문과의 대선배님이셨다. 지난 1월의 어느 날 오후였는데, 동민이 독문과 도서실에서 무슨 책을 읽다가 마침 목이 말라서 1층 카페테리아로 내려갔었다. 그때 본(Bonn)의 다른 한국 유학생들과 함께 거기에 앉아 계시던 김병석 선생님께 처음 인사를 드렸다. 그때 김 선생님께서 본과 베를린 등 독일의 여러 대학을 전전하느라고 학위 취득이 늦긴 했으나, 이제 곧 귀국해서 한국 독문학계를 위해 일하고 싶다고 말씀하셨지만, 동민은 그동안 그가 귀국한 사실조차 모르고 있었다.

김 선생님이 단 한 번뿐이었던 그 만남을 기억해 주신 것은 참으로 고마운 일이었다. 하지만, 그 편지로 인하여 동민은 제법 큰 혼란에 빠지게 되었다. 우선, 그의 이탈리아 여행 계획을 어떻게 해야 할 것인가 하는 문제가 대두되었고, 그보다 더 근본적인 물음은 동민 자신이 정말 교수가 되기를 희망하고 있는 게 맞기는 하는가 하는 최후의 결심 문제였다.

하지만, 동민이 차근차근 자기 생각을 정리해 보자니, 그 자신이 한국에 돌아가서 교수가 되겠다는 생각은 오영길에게 이미 표명한 적이 있었을 뿐만 아니라, 지난번 아우크스부르크에서 돌아오자마자 S대의 K 선생님께 편지를 드려 사신의 학위과정이 끝났음을 알려드린 것 자체가 이미 자신이 일단 교수가 되기를 원한다는 사실을 방증하고 있었다. 사실, 동민은 그 자신이 모교인 S대에서 교수로 임용되기를 원했기 때문에 그 편지를 쓴 것이었다. 그래야, 그기 독일에서 체험한 여러 민주적 제도와 거기에 대해 깨달은 자신의 인식을 한국에서 실천에 옮기는 데에 유리할 것 같았기 때문이었다. 작품이야 그다음에 써도 아주 늦지는 않을 것이라는 게 당시 그의 막연한 생각이었다. 하지만, 이제는 정말 결단이 필요하게 된 것이었다.

일이 금방 명확히 정리되었다. 그는 이탈리아 여행 계획을 아쉽지만 포기했다. 그는 작가보다는 우선 교수가 되겠다는 자기 생각을 분명히 재확인하였으며, 즉각 귀국을 서둘러 Y대의 공채에 응모하기로 했다.

그가 본 대학으로부터 정식으로 학위기를 받기 위해서는 학위논문을 200권의 책으로 인쇄하여 본 대학 철학부 학장실에 제출해야 했다. 그래야 그 책들이 새 학위논문으로서 독일 전역의 각 대학 도서관으로 배본될 수 있을 것이기 때문이었다. 다행히도 동민은 그렇게 단기간 안에 책을 출간해 줄 수 있다는 출판사를 본에서 찾아낼 수 있었다.

귀국 준비를 하면서 뜻밖에도 힘들었던 일은 그동안 독일에서 모은 책들을 우선 작은 꾸러미들로 포장한 다음, 우체국으로 갖고 가서 선편으로 한국에 부치는 작업이었다. 그는 서울에 돌아갈 집이 없었으므로, 그사이에 대구에서 서울 신림동으로 이사해 오신 누님 댁 주소로 그 수십 꾸러미의 책을 부쳤다.

그리하여, 동민은 1976년 1월 중순에 김포공항에 도착할 수 있었다. 누님과 화민 형님이 공항에 마중을 나왔는데, 누님댁으로 가는 택시 안에서 동민이 차창 밖으로 내다본 도시 풍경 중에서 특히 그의 눈에 띄었던 것은 한강 변에 새로 들어선 고층 아파트들이었다. 그래서 그는 누님과 화민 형님 중 딱히 누구에게랄 것도 없이 물었다.

"웬 아파트들이 이렇게 많아졌어요? 그동안 우리 정부에서 빈민들을 위해 임대 아파트들을 많이 지은 것인가요?"

"얘가 무슨 소리를 하고 있나, 지금!"하고 누님이 말했다. "이게 모두 부자들이 사는 고급 아파트들인데!"

"그런데, 왜 이렇게 아파트들이 다 빈민층을 위한 '사회주택(Sozialwohnung)'처럼 보여요?"하고 동민이 의아해하면서 물었다.

"독일에서는 어떤지 몰라도, 이런 아파트들이 여기서는 돈 있는 사람들이 사는 인기 주거 형태가 되었어."하고 화민 형님이 말했다. "요즘에는 민간회사들이 짓고 있는 아파트를 서로 분양받기 위해 투기 현상까지 벌어지고 있는 판이야. 나도 네 형수하고 지난가을에 서울로 올라왔지만, 변두리의 값싼 아파트 하나도 차지하지 못하고, 지금 신림동 누님댁 지하 방에서 누님 신세를 지고 있다. 너도 이제 곧 주택 문제에 봉착하게 될 것을 생각하니, 벌써 이 형의 마음이 편치 않구나!"

"형님, 아무 걱정하지 마십시오. 저는 먹고사는 일에는 전혀 신경 쓰지 않습니다. 설마 이 한 몸 건사해 나가지 못하겠어요?"

"그래! 이제 학위를 마치고 돌아왔으니, 무슨 큰 걱정이야 있겠냐마는, 이 형이 괜히 마음이 쓰여서 하는 소리다."

후일 동민은 자신이 귀국하던 날 택시 안에서 나누었던 이 대화를 가끔 머릿속에 떠올리면서 쓴웃음을 금치 못하곤 했다. 서울 한강 변의 고층 아파트들을 정부가 빈민층을 위해 지은 후생 임대주택 정도로 간주했던 것은 그사이에 생긴 '독일적 안목' 때문이었나고 좋게 보아줄 수도 있었다. 하지만 그가 장차 이 도회에서 자기 한 몸 건사해 나가는 문제를 그다지도 대수롭지 않게 말했던 것이야말로 세상 물정에 어두운 한 서생의 치기에 불과했다고 하지 않을 수 없었다.

2

귀국 후 동민은 제일 먼저 S대의 K 선생님을 찾아뵙고 인사를 드렸다. 그러자 K 선생님은 뜻밖에도 다음과 같은 말씀을 하셨다.

"작년 봄에 Y대에 부임한 김병석 교수가 연말에 나를 찾아와 젊고 유능한 인재를 찾기에 내가 무심코 자네가 학위를 막 끝냈다는 편지를 보내왔더라는 말을 했다네. 그 말을 듣자 병석이 반색을 하면서 자네 독일 주소를 묻길래 난 그저 잘 됐다 싶어서 편지 겉봉을 그에게 보여 주었지. 병석이가 자네 주소를 수첩에 열심히 적더라고! 그런데, 난 그 친구가 그렇게나 빨리 자네를 Y대로 부를 계획을 세우리라고는 미처 생각을 못 했어요! Y대에도 비록 교양학부 소속이기는 하지만, 병석이보다 먼저 독일어 교과를 담당해 온 선배 교수님들이 두 분이나 계시지. 그런데, Y대에서 오랜 세월 시간강사 생활을 해오면서 그 두 분을 지극정성으로 모셔온 G라는 사람이 있다네. 나와도 가깝고, 자네한테는 9년 정도 선배가 될 게야, 아마도! 이 G라는 사람이 오랜 고생 끝에 마침내 독문과 전임교수가 되고자 Y대에 서류를 제출해 놓고 기다리고 있는 중이라네. 그런데, 병석이가 갑자기 자네라는 젊고 유능한 박사가 곧 귀국한다며, 독문과 학과장으로서 G의 전임교수 채용을 갑자기 강력히 반대하고 나서는 바람에, 지금 Y대 교무처와 독문과가 온통 발칵 뒤집혀서 야단이 난 모양이네!"

"아, 그렇습니까? 저로서는 G라는 선배님의 일은 금시초문입니다! 제가 본의 아니게 G 선배님의 경쟁자로 급부상한 셈이네요?!"

"말하자면 그렇게 된 셈이지! 병석이는 어차피 G가 Y대 전임이 되는 것을 극구 반대하고 있었던 모양이야. 이것참! 일이 난처하게 되었어요! 안 박사의 취직과 직접 관련되는 사안이라 좀 조심스

럽기는 하네만, 내 생각을 솔직히 말한다면, 자네는 앞으로 어디든
지 갈 수 있는 유능한 인재이니, 이번 Y대 인사에서는 좀 물러나 있
는 것이 좋을 듯싶으이! 여러 가지 입장과 견해가 있을 수 있겠지만,
Y대의 그 김병석이라는 친구가 독일에 오래 살았던 연유로, 한국의
현실을 잘 모르고, 자기 생각을 너무 고집하는 것 같아요! 김병석의
이상주의적 고집을 받아들이기에는 한국 독문학계의 현실이 너무
초라하고 열악해요. 이 초라한 현실 속에서도 모두들 끈끈한 정으로
서로 도우며 어렵게 살아왔거든! 문제는 병석이가 이런 우리 현실
을 일종의 야합으로 보고 개혁 대상으로 간주하는 것 같단 말이야.
허, 이것참, 난처하게 되었어!"

　S대 K 선생님의 연구실을 나온 동민은 낙망한 나머지 하마터면
관악 캠퍼스의 계단을 헛디뎌 넘어질 뻔했다. S대의 관악산 캠퍼스
는 동숭동의 옛 교정처럼 아늑한 데가 없었고 건물들조차도 산비탈
에 어지럽게 들어선 시멘트 블록들이었는데, 모교의 새 캠퍼스가 주
는 이런 이질감이 동민의 심정을 더욱더 허전하게 만들었다.

　K 선생님은 결국 동민이 이번 Y대의 인사에는 지원하지 않는 것
이 좋겠다는 말씀이었는데, 거기에는 한국 독문학계 전체가 별다른
알력 없이 잘 유지되어야 하겠다는 K 선생님의 대국적 정책 같은 것
이 들어있는 것 같았다. 하지만, 어려운 공부를 마치고 귀국해서 이
제 새로운 출발선 위에 서 있는 제자를 위한 축복과 배려 같은 것은
유감스럽게도 거의 감지되지 않았다. 일단은 일이 좀 난처하고 귀찮
게 되었다고 느끼시는 듯했다. 이 점이 동민의 마음을 섭섭하고도
허전하게 만들고 있었다.

　같은 날 오후에 동민은 Y대의 김병석 선생님께 전화를 걸었는
데, 김 선생님은 자신이 사시는 반포아파트 근처의 어느 중국집으로

동민을 불렀다.

김 선생님은 K 선생님과는 다르게 우선 동민의 학위 취득을 진심으로 축하한다는 말을 앞세우고 축배를 들자고 제의하셨다. 그러고는 말했다.

"본론을 말하기 전에, 안 선생에게 먼저 설명해 두고 싶은 사실이 있습니다. 그것은 Y대에 부임한 지 아직 만 1년도 채 되지 않은 현시점에서, 내가 비록 학과장이란 직책을 갖고 있긴 하지만, 지금 나는 독문과의 두 노(老)교수와 그들의 추천을 신뢰하는 Y대 교무처를 상대로 매우 힘겨운 투쟁을 벌이고 있다는 사실입니다. 이번 인사를 그대로 묵과한다면, Y대 독문과는 미래가 없을 것이고 기껏해야 현상 유지만 가능할 뿐, 신생 학과로서 비약적인 발전을 기약할 수 없겠다는 것이 지난 1년 가까운 시일 동안 이 학과에서 얻게 된 나의 확신입니다. 그래서 나는 작년에 새로이 출범한 이 학과의 창립 학과장으로서 안 선생을 나의 젊은 동료로서, Y대 독문과의 창립 멤버로 모셔오고자 이렇게 노력하고 있는 것입니다. 자, 이제 음식도 나왔네요. 많이 들어요! 비록 본 대학 독문과 건물의 1층 카페테리아에서 딱 한 번 잠깐 만났지만, 나는 본 대학의 여러 한국 유학생들로부터 이미 안 선생에 대해서 들은 바가 많았기 때문에, 그때는 다만 안 선생의 인품과 학구적 자세만을 직접 확인한 것이었습니다. 이 대학에 부임하고 얼마 지나지 않아 나는 이미 안 선생이 나와 함께 일할 사람이 아닐까 하고 마음속으로 늘 생각하고 있었고, 어떠한 일이 있어도 이번 인사에서 G라는 사람을 보류시키고자 단단히 결심하고 있었습니다. 그런데, 마침 안 선생이 학위를 끝낸 사실을 알게 되었기 때문에, 그다지도 급하게 편지를 써 보낸 것입니다. 지금 S대에서는 현상 유지를 위해, 신진기예(新進氣銳)인 안 선생을 받아들일 태세가 아니지 않습니까? 내가 귀국해서 살펴보니, S대 독문과는 개혁 같은 것은 생각하지도 않고서 다만 현상 유지에 함몰되어 있었습니다. 그들은 아마도 지금 안 선생을 환영하기보다는 귀찮아하거나 심지어는 두려워하고 있을 것입니다. 자, 이제 본론으로 들어가서, 안 선생에게 다시 한번 묻겠습니다. 나와 함께 Y대 독문과에서 전임교수로 일할 생각이 있으신가요?"

"단 한 번 만난 적밖에 없는 저를 이렇게까지 소중하게 생각해 주시니 참으로 감사합니다. 보내주신 서한을 봉견하고 나서 답신도 드렸지만, 저는 이미 결심을 하고서 공채에 늦지 않으려고 매우 서둘러 귀국하였습니다. 그런데, 오늘 S대 K 선생님을 뵙고 나니, 솔직히 말씀드리자면, 마음이 많이 흔들립니다. 왜냐하면, 제가 뒤늦게 경쟁 후보로 뛰어드는 바람에 곤경에 처하게 된 선배님이 계신다고 들었기 때문입니다. 제가 이렇게 서둘러 귀국했지만, 이런 상황이 벌어져 있을 줄은 미처 예견하지 못했습니다. G라는 시간강사님의 성함 정도는 저도 얼핏 들어서 알고 있는 대선배님이신데, 제가 비록 독일에서 학위를 하고 돌아와서 보다 유리한 조건이라 하더라도, 그분이 오랜 세월 동안 공들여 일해 온 자리를 넘본다는 것이 제 마음에 썩 내키지 않습니다. 그분에게는 인생 전체가 걸린 문제이지만, 저에게는 취직을 앞둔 선택의 문제이니까요."

"S대 K 교수가 그런 말을 하던가요?"

"K 선생님을 만나 뵌 뒤에 제가 대강 내릴 수 있었던 상황 판단입니다."

"안 선생, 여기서 문제가 되는 것은 — 간단히 말하자면 — 현상유지냐, 이니면, 개혁이냐 하는 상지렉일입니다. 지금 안 선생이 쥐하려는 태도는 한국의 미풍양속에 따라 사제 관계와 선후배 관계를 종합적으로 고려해서, 안 선생 나름대로는 현실에 알맞은 처신을 하려는 것입니다. 물론 난 그런 안 선생의 태도를 이해합니다만, 그럼으로써 안 선생은 결국 한국 독문학계의 현상 유지를 지원하고, 결국 우리 학문의 발전을 저해시키거나 적어도 지연시킬 것입니다. 나라고 해서 그런 복잡한 인간관계를 몰라서 이렇게 매정스럽게 일을 추진하려는 것이 결코 아닙니다. 독일에서 배우고 독일에서 평소 생각해 오던 바를 이제 귀국해서 내 고국에서 실천하려다 보니, 부득이 이런 어려운 상황에 부딪히게 된 것입니다. 어려운 유학 생활을 마치고 이제 귀국한 안 선생이 원하는 바가 무엇인가요? 원만한 처세인가요, 아니면, 평소 독일에서 배우고 인식한 바를 고국의 대학 사회에서 한번 올바르게 실천해 보려는 것인가요? 나는 안 선생이 후자를 선택해 주리라 굳게 믿습니다. 그렇지 않을 경우, 무능한 Y대 독문과 교수들과 힘겨운 싸움을 감행하고 나선 나 자신도 그만 용기를 잃고 이 부조리한 현실에 굴복하지 않을 수 없겠습니다. 나는 안 선생에게 강요하고 싶지 않고, 또 강요할 수 있는 입장도 아닙니다. 하지만, 안 선생이 오늘 밤에 부디 심사숙고해서 내일 아침까지 나에게 그 결과를 전화로 알려주시기 바랍니다. 편지에서도 말했지만, 우리에게는 시간이 많이 남아 있지 않습니다."

동민이 김병석 선생님과 헤어져 버스를 갈아타 가며 밤늦게 신림동 누님댁으로 돌아오니, 누님과 화민 형님이 아직 잠자리에 들지 않고 그를 기다리고 있었던 눈치였다. 그가 오늘 두 선생님을 만난 경과를 대충 얘기했더니, 누님이 말했다.

"내가 잘 모르고 하는 소린지는 몰라도, S대의 K 교수님이 옛 제자를 너무 섭섭하게 대하시는 게 아닌가 싶네!"

"아뇨, 그런 건 아니고요, 학계의 복잡한 상황 때문에 지금은 저를 지원해 주실 수 없을 것입니다, 아마도!"

"동민아!"하고 화민 형님이 말했다. "나는 이제 네가 당연히 모교 교수로 가는 줄로만 알고 있었다. 그런데, 지금 네 얘길 들어보니, 네 모교에서는 지금 너를 받아들일 태세가 아닌 듯하구나. 그런데, 동민아, Y대도 좋은 대학이다. 그리고 시방 너를 원하는 곳은 Y대가 아니냐? Y대에 들어가는 것이 정답인 듯하구나! 나는 Y대의 그 김 교수님이란 분이 어쩐지 정의파라는 생각이 든다. 단 한 번 만난 너를 그렇게 소중히 평가해 주시는 것도 고맙고……"

"S대의 은사님 말씀을 거역하는 것이 마음에 걸려요. 김 선생님이 반드시 정의파라고만 할 수도 없을 것 같고요. Y대 독문과의 다른 두 분 교수들은 일제 강점기에 구식 교육을 받으신 연로하신 분들인데, 독일에서 돌아오신 김 선생님의 눈에는 무능하게 보이실는지는 모르겠습니다만, 아마도 나쁜 분들은 아닐 거예요. 그리고, 그 두 분을 오래 모셔온 G라는 시간강사는 국내 박사이지만, 성실한 분이란 소문이고요. Y대 김 선생님은 창립 학과장으로서 자기 뜻을 올바르게 펴나가기 위해서는 저라는 젊은 후배가 필요한 것일 테지요. 제가 이러지도 저러지도 못할, 참 난감한 처지에 빠진 것 같습니다. 저는 이 난처한 상황에서 일단 벗어나, 당분간 여유를 갖고 좀 쉬고 싶네요."

"동민아, 내가 나설 일이 아닌 줄은 잘 안다만, 네가 지금 당장 직장을 잡지 못하고 기약 없이 기다려야 한다면, 이 형은 네게 어차피 아무런 도움도 되지 못하니, 우리 형제의 앞으로의 생활이 참으로 암담하게 될 것 같구나. 어제는 내가 차마 얘기를 꺼내지도 못했다만, 동깅포 우리 과수원의 사과나무가 너무 노쇠하여 이미 소출이 잘 나지 않기 때문에, 그사이에 내가 부득이 과수원을 처분하였다.

그래서, 어머님과 형수님에게 얼마 되지 않는 금액을 아버님의 유산이라며 나누어 드리고, 여기저기 남아 있던 아버님의 빚을 조금씩이라도 갚고 나니, 나와 너, 형제만 빈손으로 남게 되더구나! 다행히도 나는 자형(姉兄)께서 베트남에 파병되어 가시기 전에 친구분한테 부탁해서 직장을 마련해 주셨다. 그래서, 현재 내가 조그만 회사에 다니고는 있다만, 그 월급으로는 식구들 입에 풀칠하기도 만만치 않구나! 이제 네가 내 생각보다 이렇게 더 일찍 귀국하고 보니, 너 또한 당분간은 누님댁에서 신세를 질 수밖에 없는 형편이어서, 이 형은 네가 귀국한다는 기쁜 소식에도 한편으로는 좌불안석(坐不安席)이었다. 이 못난 형을 용서해다오!"하고 말하는 화민 형님의 두 눈에 눈물이 글썽 고였다.

"아, 형님, 그런 말씀 마십시오!"하고 동민이 화민 형님의 손을 잡아드리면서 말했다. "지금까지 집안 대소사를 다 혼자 감당해 오신 것만 해도 저는 형님의 큰 희생에 대해 늘 감사하게 생각하고 있습니다. 그리고 제가 앞으로 여기서 당분간 쓸 돈은 독일에서 조금 갖고 왔으니, 아무 걱정 안 하셔도 됩니다."

여기서 동민이 '독일에서 돈을 조금' 갖고 왔다고 한 것은 그가 이탈리아 여행을 계획대로 하지 못했기 때문에 그냥 갖고 들어온 마르크 화(貨)와, 그가 앵커리지 공항에서 음료수를 한 병 사 먹고 남은 미화 50불을 말한 것이었는데, 나중에 그는 그 금액을 합해 보았자 당시 서울에서 '집 전화' 한 대를 급구(急求)할 수 있을 정도의 액수에 불과하다는 사실을 알고 실소를 금할 수 없었다.

"동민아, 내가 옆에서 듣자니,"하고 누님이 말했다. "아무래도 네가 우선 오라는 대학으로 가야 할 듯하구나! 전에도 네가 네 그 올곧은 주장을 내세워 청와대로 가지 않은 것을 내 전해 들어서 알고 있다만, 이번에는 부디 네 작은형의 말을 들어주기 바란다. 그동안 네 형이 집안을 위해 겪은 고초를 나는 다 알고 있다. 제 살길 없는 걱정보다 동생인 네가 귀국하면 줄 수 있는 유산을 한 푼도 남겨놓지 못한 것을 더 걱정해 온 네 작은형이다. 동민아, 네가 객지에서 고생은 많이 했다만, 네가 아버님의 우환 등 온갖 집안일 걱정하지 않고 공부에만 전념하게 해 준 네 작은형의 희생을 결코 잊어서는 안 되느니라. 이제 너는 곧 결혼도 해야 할 텐데, 네 형이나 나나 무슨 도움을 줄 수 있는 형편이 못 된다. 그리고, 네가 시방 어느 교수님의 뜻을 거역하는 게 꺼림칙하다든가 어떤 선배와 경쟁 관계에 돌입하는 것이 미안하다든가 하면서, 아주 곱고 나약한 소리를 하는데, 이 세상살이가 그런 것에 일일이 다 마음을 쓰면서 살 수 있을 정도로 녹록지 않다! 네가 내 동생인데, 네 그런 고운 마음을 내가 왜 모르겠느냐? 하지만, 세상인심이 아주 각박해서, 네가 그런 마음으로 이 서울 바닥에서 앞으로 어떻게 살아나갈까 이 누나는 지레 걱정이구나!"

"예, 누님! 지금 현재 상황으로서는 다른 방도가 없을 것 같긴 하네요. 밤새 잘 생각해 볼 테니 걱정하지 마시고 그만 주무십시오. 그리고, 아래에서 형수님이 기다리실 테니, 형님도 그만 아랫방으로 내려가시고요. 안녕히들 주무세요!"

그 이튿날 아침 동민은, 어딘가 석연치 않은 마음이긴 했지만, 김병석 선생님한테 전화를 걸어 공채에 응할 서류를 준비하겠다고 말했다. 그로서는 S대 K 선생님의 뜻을 거스르고 G 선배님과의 경쟁에 뛰어드는 자신의 꼴이 못내 꺼림칙했다. 하지만, 김병석 선생님의 의지를 꺾는 것 또한 큰 부담이었을 뿐만 아니라, 무엇보다도 오랜만에 만난 가족의 간절한 기대와 소망을 또 저버리고 자기 고집만 부릴 수만도 없었기 때문에, 그로서는 참으로 부득이하게 내린 어려운 결단이었다.

3

형제는 대구로 내려가는 기차 안에서 오랜만에 여러 이야기를 나눌 수 있었다. 화민 형님은 동민을 데리고 귀향하는 이번 걸음이 마치 자신의 '금의환향'이라도 되는 듯이 괜히 마음이 들떠 있었다.

"동대구역에서 경주행 버스로 갈아타고 영천읍과 삼거리를 지나 도동 입구에서 버스를 내리자!"하고 화민 형님이 말했다. "우선, 선산(先山)으로 가서 조상님들 산소를 참배하고 난 다음, 도동 완귀정에 가서 마을 어른들에게 인사드리는 순서를 잡아놓았다. 길환 형님한테 부탁해서 정자 어귀에 네 박사학위 취득 귀향 기념 식수도 하기로 했다."

"기념 식수라뇨? 그런 일까지 꾸며놓으셨나요? 그건 좀 아닌 듯합니다!"

"그렇지 않다! 우리 도동 안문이 너무 몰락해서 그동안 이만한 경사도 없었다!"

"참, 형님, 우리가 삼거리를 지나칠 텐데, 삼거리 아지메는 어떻게 됐어요? 아직 거기 삼거리에 사신다면……"

"아니다! 그 사이에 정동 할매가 돌아가시고, 봉덕 아저씨가 대구경찰서로 전근이 되어 살림을 모두 대구로 옮겼어! 먼저 대구로 근무지를 옮긴 삼덕동 우리 형님네와 그다지 멀지 않은 방천시장 근처에 사신다. 모레 다시 서울로 올라가기 전에 대구에 들러 삼덕동의 형님 내외분을 뵙고 나서 방천시장 근처에 사시는 삼거리 아지메도 찾아뵙고 인사드리도록 하자!"

"어머님은 언제 뵈어요?"하고 동민이 물었다. "형님이 사드렸다는 그 과수원은 어디에 있나요?"

"자천이라는 곳인데, 우리 외가가 있는 뒷고개 너머 청송 방향으로 한참 더 들어간 곳이지. 내일 자천으로 들어가 어머님도 찾아뵈어야 해. 너를 정말 끔찍이도 생각해 주신 분이시다!"

"동포도 벌써 많이 컸지요?"

"지금 국민학교 4학년인데, 아주 공부를 잘한다!"하고 화민 형님이 말했다. "우리한테 그런 똑똑한 동생이 하나 있다는 게 나는 생각할수록 신기하고, 그 애가 무척이나 소중하게 생각돼! 지하에 계신 아버님도 우리 형제가 내일 자천에 가서 어머님을 뵙고 동생을 만나는 것을 보시면 참 기뻐하실 것이다! 동민아, 나는 우리 남매들이 이렇게 다 무고한 것도, 그리고, 네가 이번에 이렇게 무사히 금의환향하는 것도 다 돌아가신 아버님의 원력(願力)의 덕분이 아닌가 하는 생각이 든다! 고맙다, 동민아! 이 형은 이 모든 일이 모두 꿈만 같구나!"

"다 형님이 고생 구덩이에 빠져 고군분투해 주신 덕분입니다!"하고 동민이 감개에 젖어 있는 형님의 얼굴을 옆에서 그윽이 쳐다보면서 말했다. "제 좁은 소견으로는 저의 일이 이렇게 비교적 잘 풀린 것이 그나마 다행이라 여겼는데, 지금 생각해 보니 이 모두가 다 식구들의 간절한 소망의 덕분이었다는 사실을 새삼 깨닫게 됩니다. 형님, 그동안 집안일로 애 많이 쓰셨습니다. 정말 고맙습니다!"

4

동민이 Y대에 공채 서류를 내었다는 소문이 금방 온 독문학계에 나돌았는데, 이에 대한 여론은 대체로 반반씩 엇갈리는 것 같았다. Y대 김병석 선생님의 이상주의가 좀 지나친 데가 있지만, 하필이면 성실한 젊은이 안동민이 강력한 도구로서 그의 손에 쥐어진 셈이니, 그 결말을 어디 한번 지켜볼 일이라고들 하는 모양이었다.

그래서 동민은 자신이 무슨 큰 죄라도 저지른 사람처럼 당분간 신림동 누님댁에 처박혀 지냈다. 그 기다리는 시간이 동민에게는 무척 괴로웠다. S대 K 선생님을 비롯한 기성(既成) 독문학계 원로들은 대개 G 선배님이 Y대에 무사히 들어가기를 바랐다. 김병석 선생님을 비롯한 독문학계의 비주류 선생님들은 동민이 Y대에 채용되기를 원했다. Y대 전임 교수직을 두고 생긴 이런 이상한 역학관계가 동민의 순수한 자긍심을 심히 손상시켰기 때문에, 그는 그동안 누님 댁에 틀어박혀 지내면서, 차라리 G 선배님이 채용되고 자신은 김병석 선생님의 다소 무리한 이상주의로부터 해방되어 우선 자유로운 몸이 되고 싶었다. 하지만, 누님과 화민 형님은 그가 Y대의 교수로 채용되는 것을 간절히 바라고 있었다. 그래서 그는 아주 담담한 심경으로 Y대의 인사 결과를 기다릴 수 있었는데, 말하자면 그 인사는 동민으로서는 되어도 걱정, 안 되어도 걱정이었다.

Y대 인사위원회는 1976년 1학기 독문과 전임 인사를 '보류'한다는 결정을 내렸다. 김병석 선생님은 즉시 동민을 불러 이 사실을 알리면서, 이 결과는 Y대 당국이 자신의 항의성 이의제기에다 정당성을 인정해 준 증거로 이해되며, 오는 8월의 2학기 인사에는 반드시 동민이 채용될 것으로 확신한다고 말했다.

아무튼, Y대 인사로 인한 적지 않은 후유증 때문에, 동민은 모교인 S대에서도, 전임으로 들어가려던 Y대에서도 다 같이 시간강사로조차도 초빙되지 못했다. 귀국 후의 첫 학기를 그는 돈암동의 S여대와 춘천의 S여대에 시간강사로 출강하는 신세가 되었다.

동민으로서는 춘천 S여대에 출강하는 수요일이 특히 기다려지곤 했다. 매주 수요일 아침 6시에 사당동 네거리에서 S여대의 8인승 통근버스가 강사들을 태우고 춘천을 향해 출발했다가 당일 오후 6시에 다시 춘천의 S여대를 출발하여 서울의 출발지점까지 데려다주었다. 동민의 기억에 오래 남은 것은 봄날의 경춘 가도에 흐드러지게 핀 분홍색 진달래꽃과 노란색 개나리꽃이 그려내는 고국산천의 찬연한 자연경관이었다. 그는 자신의 고국산천이 이렇게도 애틋하게 아름다운 것을 미처 모르고 살아온 듯했다. 이 나라 사람들이독재정권의 마수에 시달리면서 그 순박한 정과 사람으로서의 도리를 많이 잃은 것 같긴 했지만, 북한강 변 산비탈 박토에 여기저기 아무렇게나 피어나는 진달래와 개나리의 그 맑고 순수한 색채의 조화에 그는 왠지 모르게 크나큰 위로를 받았다. 도도히 흐르던 라인강의 물결과 강 너머 지벤게비르게의 완만한 능선들, 그리고 멀리 우뚝 솟아 있던 드라헨펠스를 바라보면서 유학 시절에 그가 느끼곤 했던 그 어떤 그리움, 그 어떤 사랑 ― 그 진정한 그리움과 사랑의 대상이 바로 이 고국 강산에 핀 꽃들이 보여주고 있는 찬연한 봄의 수채화라는 것, 그것이 비록 슬프고 미약할지라도, 그의 사랑은 바로여기에서만 그 의미를 얻을 수 있으리라는 것을 동민은 새삼 깨달았다. 그러면서 그는 1976년 봄, 자신을 둘러싸고 있는 여러 주요 인물들의 부득이한 입장들을 속속들이 이해하였다. 그럼으로써 그는 자신의 초라한 현재를 그대로 받아들여 소중하게 끌어안았으며, 마치한 마리 벌레처럼 자기 몸을 한없이 옴츠려서 앞으로 자신에게 다가

올 운명을 겸허하게 기다렸다.

 * 안 선생님에게도 이런 시간강사 시절이 있었다는 사실이 조금은
새삼스럽게 읽힌다. 하지만, 안 선생님이 그를 "둘러싸고 있는 여러
주요 인물들의 부득이한 입장들을 속속들이 이해하였다"라는 대목을
읽자니, 나는 만약 그가 20년 가까이 시간강사 생활을 했더라도 과연
이런 말을 할 수 있었을까 하고 자문해 보지 않을 수 없다.

 여기서 우선 분명히 해 둬야 할 사실은 안 선생님 자신은 평소 시
간강사들에 대해서는 비교적 많은 배려를 해오신 분이었다.

 그런 의미에서, 여기서 시간강사 문제를 얘기할 자리가 아니라는
건 나도 잘 의식하고 있지만, 내가 시간강사로 지낸 세월이 너무나 길
고 분해서 이런 소리가 나도 모르게 저절로 새어 나오는 것이니, 잠시
나의 소임을 잊고 주제탈선을 하는 데에 대해서 독자 여러분의 너그
러운 이해와 용서를 구한다.

 교수가 대체로 한 나라 최고 지성인의 부류라 한다면, 그 직전의
단계에까지 도달해 있는 대학 시간강사도 실은 이미 지성인의 반열에
들어와 있다고도 볼 수 있다. 그런데, 이런 시간강사의 월수입이란 것
이 최저 생활도 보장받지 못하는 수준이다. 이렇게까지 시간강사를
홀대하는 나라는 아마도 이 지구상에 두 번 다시 없을 것이다. 경제
적 홀대를 제외하고는 대개는 지성인 대우를 받기도 하는 판이니, 자
신의 처우가 낮다고 해서 어디다 항의하고 나서기도 부끄럽고 난처하
다. 더욱이 시간강사는 당장 공부를 열심히 해야 할 처지인데, 언제,
어떻게, 누구에게 이런 기막힌 현실에 대해 항의를 하고 나선단 말인
가? 이 나라에서는 시간강사 문제보다 더 화급한 사건들이 너무나 자
주, 그리고 크게 터진다. 늘 이런 상황인데, 시간강사가 자신의 문제

를 제기하고 나설 시점 또한 마땅치 않다. 그리고, 시간강사라는 직책 자체가 각 학과에 간신히 이름을 걸치고 있는 격이어서, 횡적으로 연대해서 무슨 집단 행동을 하기도 어렵다. 이 점을 이 나라 교육계에 종사하는 모든 사람은 반드시 인식해야 하고, 조만간 이런 말도 안 되는 시간강사의 처우를 반드시 개선해 주어야 한다. 시간강사 처우를 개선한다는 작년의 입법이 ― 시간강사들도 이제부터는 공채로 정식 채용한다며 시간강사 공채 서류를 따로 준비하게 하는 등 시간강사로 살아가는 삶 자체를 더 번거롭게만 만들고, 대학마다 오히려 시간강사 수를 줄임으로써 ― 시간강사를 되레 괴롭히고 시간강사의 기개를 더욱 꺾어놓고 있는 이 기막힌 현실을 이 나라 위정자들은 도대체 알고나 있는 것일까? 시간강사들의 형편을 가장 가까이에서 보고 있고, 제일 먼저 시간강사들을 보살펴주고 그들의 형편을 걱정해야 할 사람들은 그들의 보좌를 누리고 있고 사실상 그들을 부리고 있는 전임교수들이다. 하지만, 시간강사도 막상 전임교수가 되고 나면, 자신의 '올챙이 시절'을 망각하는 사람이 태반이며, 그들은 자신이, 마치 '이무기'로부터 '용'이라도 된 듯, 어제의 동료들의 처지를 그냥 못 본 척하기 일쑤다.

전임교수들이 더 잘 알고 있겠지만, 시간강사라고 해서 교육내용이 다르거나 다른 교육 목표를 갖고 강의에 임하는 것은 절대로 아니다. 따라서, 시간강사도 전임교수에 준하는 대우를 받아야 마땅하다. 전임교수와 시간강사가 현재 마치 종(種)이 다른 두 부류처럼 대우를 받고 있는데, 이런 엄청난 차별은 머지않아 반드시 시정되어야 하겠다.

사회 정의를 내세우고 있는 민주당 정권 실세들도 시간강사들의 억울한 사정까지는 까마득히 모르고 있다. 나도 한때는 운동권 학생이었지만, 그들은 대체로 대학에서 차분하게 공부한 적이 없다. 따라서 그들은 시간강사 문제 따위에 한 번도 마음을 써 본 적이 없다. 그러니 그들의 '사회 정의'에는 '전교조'는 있어도 '시간강사'란 개념 자체가 아예 없다. 참으로 분통이 터질 노릇이다. 내 비록 견디다 못하여, 시골의 유산을 정리하여 1인 출판사 사장으로 전업(轉業)을 하고 말았지만, '내 지난 시절의 아픔'을 이 자리에 한사코 적어두는 까닭이다.

5

이 무렵의 동민은 벼슬을 내려놓고 도동으로 내려와 안빈낙도 하셨다는 자신의 15대조 완귀공을 이따금 생각해 보았고, 객지에서 부친의 부음을 전해 듣고 고향에 돌아와 자신의 과업을 종중(宗中) 대소사와 자식 교육에서 찾으신 그의 선친을 생각해 보기도 했다.

그분들의 막막하던 상황과 비교해 본다면, 그 자신에게는 아직도 기회가 남아 있을 듯했다. 그래서 그는 일단 자기 주위의 누구도 원망하지 않으려 노력했고, 자신의 마음을 달래고 보듬으면서 때를 기다리고자 했다.

이런 그의 마음의 자세가 평소 처신과 언행에서도 어느 정도 나타난 것이었는지는 몰라도, 동민이 학계에서 완전히 버림받거나 무시당하고 있지는 않다는 사실이 확인되기도 했다.

"어 여보게, 안 선생, 자네 참 어지간하이!"하고 돈암동 S여대의 H 선생님이 자기 학과에 출강한 동민에게 저녁을 사면서 이런 뜬금없는 말을 했다.

"무슨 말씀이신지요?"하고 동민이 S대 독문과의 3년 선배인 H

선생님을 쳐다보면서 물었다.

"지금 자네 상황이 제법 억울하게 느껴지기도 할 텐데, 내가 보기에는 자네가 꽤 잘 참고 견디는 듯하니 말일세."

"억울할 게 뭐 있어야지요. 각자가 모두 자신의 부득이한 처지와 입장이 있어서 이렇게밖에 될 수 없는 것 아니겠어요? 저도 제 처지에 매인 나머지 처신을 썩 잘한 것도 없으니, 이 정도 시련은 당연히 견뎌내어야지요."

"잘 살펴보자면, 자네가 잘못한 것도 없어요. 문제는 G 선배님의 처지가 보기 딱하니까 학계 사람들 중에서 일단 그를 동정하는 사람들이 더 많다는 사실이지. 자네 처신을 나무라는 사람은 거의 보지 못했으니, 과히 상심하지 마시게. 김병석 선생님이 막강한 신진기예(新進氣銳)인 자네를 앞세워서 G 선배님의 앞길을 아예 막고 나선 것이 한국적 현실에서는 좀 지나친 데가 있었고⋯⋯ 아무튼, 자네가 이렇게 평정심을 유지하면서 현재의 어려운 상황을 잘 견뎌내고 있는 듯해서, 보기가 참 좋네!"

"달리 어떻게 할 방도도 없지 않습니까? 저는 정말 괜찮습니다. 이 일이 아직도 완전히 끝나지 않은 듯하지만, 어떻게 결판이 나든, 저는 크게 상관하지 않겠습니다. 언젠가는 저에게도 일할 기회가 오겠지요?"

"물론이지! 안 선생은 그저 느긋이 기다리면 될 것이야. 자, 한잔하지! 안 선생, 진심으로 축하해! 솔직히 말해서, 독일대학을 조금 구경만 하고 나서, 조급한 성미에 지레 지친 나머지, 2년 만에 그만 귀국해 버린 나를 뒤따라, 만약 자네조차도 학위 없이 그냥 귀국했더라면, 정말 큰일 날 뻔했어! 난 안 선생이 학위를 마치고 돌아온 것을 참 잘했다고 생각해. 안 선생의 미래는 앞으로 나보다 더 창창

할 거야."

"고맙습니다. 저는 다만 H 선배님과 제가 언젠가는 함께 일할 수 있는 날이 왔으면 좋겠습니다. 그런 날도 올까요?"

"불가능하진 않아! 안 할 말로, 자네가 Y대에 끝내 채용되지 못할 경우, 내 자네를 여기 S여대로 데려올 생각도 해 보았네만…… 앞으로 일이 어떻게 풀리든 간에, 적어도 우리 둘은 지금 학계의 어른들처럼 자기 고집만 부리면서 후배들 앞에서 서로 다투는 꼴은 보이지 않도록 하세나!"

"예, 고맙고 지당한 말씀입니다! 꼭 명심하겠습니다!"

H 선생님은 저녁 식사가 끝난 뒤에도 동민을 놓아주지 않고 자신의 단골인 듯한 어느 맥줏집에 동민을 데리고 갔다. 거기서 그들 둘은 아주 흉금을 터놓고 회포를 풀었다. H 선생님 역시 동숭동 시절에는 S대 K 선생님의 수제자로 인정받은 드문 수재였다. 그가 독일 기센(Gießen) 대학에 유학하던 중 본에 갓 도착한 동민에게 어느 날 편지를 보내왔다. 남의 나라의 장학기관에다 자꾸 장학금 연기 신청을 하는 것이 염치없는 짓 같아서 그만 귀국하니, 동민이라도 꼭 박사학위를 끝내고 귀국하기 바란다는 내용이었다. 귀국후 H 선배는 학위가 없다 하여 S대에 들어가지 못하고 몇 년을 시간강사로 전전하다가 최근에야 S대에서 박사학위를 끝내고 S여대의 전임교수가 된 터이었다. 하긴, S대 독문과는 — 교양과정부 독어과와 사범대학 독어교육과 소속 교수들이 한꺼번에 모두 인문대 독문과로 통합되는 바람에 — 교수 정원이 넘쳐서, 후진을 더 보충할수 없는 상황이긴 했다. 이것은 달리 어쩔 수 없는 현실로 인정한다치더라도, 서로 책임을 떠넘기면서 후학들을 위한 아무런 노력도기울이지 않고 현상 유지에 급급한 S대 독문과 교수들의 안이한 자

세야말로 술에 취한 두 젊은 학자들에게는 아주 곱게 보일 수가 없었다. 그래서, 그 둘의 대화는 — Y대 김병석 선생님의 가차없는 이상주의와는 좀 다르긴 했지만 — 술김에 드높은 이상을 향하여 높이 날아오르곤 했다.

6

춘천을 오가는 수요일 통근버스 안에는 취직 못한 시간강사는 동민뿐이었고, 대개는 S여대의 초빙을 받아 특별 출강하는 당대 인문학 각 분야의 저명한 교수님들이었다. S여대 본교 전임교수도 한 사람 있었는데, 불문과의 젊은 오성근(吳成根) 교수였다.

오 교수는 S대 불문과 출신으로서 학번이 동민보다 3년 후배였는데, 이 오 교수가 그 어려운 시절의 동민을 잘 이해해 주고 그를 따뜻하게 잘 대해 준 사람이었다. 오 교수는 문학비평으로 등단한 당대의 주요 비평가이기도 했는데, 어느 날 점심때에 그가 동민에게 춘천 막국수를 대접하면서 말했다.

"안 선생님, 혹시 소설가 Y 선배님을 만나고 싶지 않으십니까?"

"아, 만나고 싶고말고요! 정말 한번 뵙고 싶습니다. 한번 만나게 해 주실 수 있습니까? 제가 한때는 작품을 쓰고자 했던 때가 있었고, Y 선배님을 무척 존경했지요. 만나 뵙고 싶지만, 그 형이 원래 곁을 잘 안 주시는 선배님이라……"

"그렇긴 하신데, 아마도 안 선생님은 만나 주실 겁니다. 제가 한번 여쭈어보고 자리를 마련해 드리지요."

이런 대화가 있은 지 두어 주 정도 지나서 잠실 근처의 어느 강변 식당에서 셋이 만났다.

"안 형이 소설을 떠나 일단 대학교수의 길을 택하신 것은 참 잘한 일 같습니다."하고 Y형이, 오 교수에게서 뭔가 들은 것이 있었던 모양인지, 담담히 말했다. "소설을 써서 문인이 되는 것은 어렵지 않겠지만, 일평생 소설을 쓰면서 살아간다는 것은 참으로 지난한 일입니다. 말하자면, 그것은 마치 성직자나 수녀가 되어 일평생 하느님에 대한 자신의 맹세를 지키며 살겠다는 것과 흡사한데, 실은 그보다도 훨씬 더 어려운 일인 듯합니다. 맹세를 깨고 자유를 찾아 나서고 싶은 유혹이 너무나 크고, 또 그런 유혹이 생각보다 자주 찾아오기 때문이지요."

이렇게 말하고 나서 Y형은 그만 과묵해졌다. 그러고는, 술만 몇 잔 연거푸 들이켰다.

이에 동민은 섣불리 무슨 말을 꺼내지 못하고 두 사람에게 술을 권하고 또 묵묵히 받아 마시기도 했다. Y형에게는 무언가 위로의 말을 해 드리고 싶었고, 적어도 작가라는 지난한 외길을 걸어온 Y형에 대한 자신의 존숭하는 마음만이라도 표하고 싶었지만, Y형의 표정에는 어딘가 그런 상투적인 인사말이나 오랜만에 만난 정감의 표시 따위를 거부하는 듯한 숙연한 분위기가 있었다.

오 교수가 가끔 옛 문리대 시절 얘기를 꺼내어 둘의 공감을 불러일으키기는 했지만, 그날 밤은 셋이 다 대취해서 헤어졌다.

나중에 동민이 그 장면을 회상해 보면, Y형은 동민에게 그런 식으로나마 학문과 소설 중의 양자택일을 엄중히 촉구했던 것이었다. 또한, 동민 자신은 우선 교수가 되어 이 나라의 발전에 직접 기여해보고 싶어서 소설은 나중의 일로 미루고 있다는 자기의 속마음을 소설가인 Y형에게 고백하는 것이 이 작가에게는 자칫 큰 실례가 될 수도 있겠다는 생각이 들었다. 그래서 그는 불필요한 말을 삼갈 수밖에 없었다. 이 세상에는 서로 존중하고 아끼는 사람끼리라도 마음을 터놓고 솔직히 이야기할 수 없는 상황이 더러 존재하는 듯했다. 특히, 그들이 오랜만에 만났을 경우, 더욱 그럴 수밖에 없을 듯했다.

7

동민은, 서울과 춘천을 오가면서, 그리고 누님한테 자신의 숙식을 신세지면서, 고달픈 시간강사로서 한 학기를 보냈다.

반년 남짓한 그 시간강사 생활 동안 그는 귀국 당시의 젊은 학자로서의 포부와 패기가 많이 꺾였지만, 그 누구도 원망하지 않고 자신의 분수를 겸허하게 지키고자 했다. 하지만, 그는 출강한 대학의 강의실에서만은 학생들에게 앞으로 이 땅에 와야 할 새로운 사회의 모습을 온몸으로 그려 보여주고자 했다. 그러나 막상 그 학기의 강의가 끝나고 나니, 그는 다시는 그 학생들을 만날 수 없었다. 거기서 스승과 제자 사이의 지속적인 관계가 생기기는 어려웠다. 그는 이것이 또한 시간강사의 숙명적 슬픔이란 것도 절감하였다.

1976년 8월 23일, 안동민은 Y대 조교수로 임용되었다.

김병석 선생님이 그를 예의 그 중국 음식점으로 불러 교수 임용을 축하해 주고 앞으로의 협력을 낭부하셨다.

"여러모로 부족한 저를 위해 지금까지 힘써 주신 데에 대해 진심으로 감사드립니다."하고 동민이 말했다. "앞으로 저의 온 정성을 디헤 학과 발전을 위헤 진력하겠습니다."

"고마운 말씀이오."하고 김병석 선생님이 말했다 "나 안 선생의 성실성과 학문적 능력을 믿습니다. 얼마 지나지 않아 우리 Y대 문과대에서는 독문과에 큰 인재가 새로 들어왔다는 사실을 실감하게 될 것이오. 안 선생 덕분에 나도 덩달아서 칭송을 받을 것이고…… 자, 우리 Y대 독문과의 발전을 위해 건배합시다!"

동민이 Y대에 출근하자 제일 먼저 행한 것은 원래부터 Y대에 근무해 오시던 두 노(老) 선생님들을 연구실로 찾아뵙고 인사드린 일이었다.

"새로 발령받은 안동민입니다. 많은 지도와 편달을 부탁드립니다."하고 동민이 문 깐에서 이미 고개를 깊이 숙여 절하며 말했다.

"아, 그래요? 좀 앉으시지요."하고 J 교수가 말했다. "듣던 것보다 더 젊어 보이시네!"

"예, 감사합니다. 진작 찾아뵙지 못한 점, 참으로 죄송하게 생각합니다."하고 동민이 자신의 진심을 다해 말했다. "앞으로 우리 학과의 원로 선생님으로 성심껏 모시겠습니다. 부디 허물없이 편히 대해 주시고, 분부하실 일이 있으시면 언제든 불러주십시오."

"S대 K 교수한테서 안 선생 얘긴 많이 들었어요. 우리 학과에 큰 인재가 들어오셨으니, 마음 든든합니다."

이어서 동민은 다른 노 교수인 D 선생님의 연구실도 방문해서 진심 어린 인사를 드렸다. 인사를 마치고 D 선생님의 연구실을 막 나오다가 동민은 마침 화장실에서 나오시던 김병석 선생님을 복도에서 딱 마주쳤다. 동민은 그저 목례만 하고 자기 연구실로 되돌아왔다.

조금 당황스러운 순간이긴 했다. '물론, 나는 김병석 선생님이 데리고 온 사람이다.'하고 동민은 혼자 생각했다. '하지만, 앞으로 나는 이 학과의 교수로서 내 할 일을 찾아 열심히 일해 나갈 것이다. 김 선생님 편만 드는 사람이 아니라, 늘 이 학과 전체의 균형과 발전을 생각하는 교수로 정정당당하게 살고 싶다. 김 선생님도 이런 내 입장을 잘 이해해 주시기를 바랄 수밖에 없는 노릇이다!' 이런 생각을 하면서, 그는 이 학과에서 자신이 앞으로 편파적이지 않고 불편부당하고 공정한 교수가 되고 싶었다.

사실 김병석 선생님은 이해심이 깊으신 분은 아니었다. 그는 동민이 다른 두 교수에게 인사를 다니는 것을 목격하고도 그 후 그 일에 대해서는 일절 언급하지 않았다. 김 선생님에게도 물론 그 정도의 분별은 있었지만, 그는 내심 동민의 처신을 못마땅해 하고 있는 듯했다. 그만큼 그는 다른 두 교수에 대한 배려가 거의 없었고, 그들에 대한 자신의 무시와 경멸을 동민에게 조금도 숨기지 않았다. 바로 이 지점에서 김 선생님과 동민의 사소한 입장 차가 있었지만, 이 차이가 큰 문제로 번지지는 않았다. 그것은 동민이 이런 민감한 문제에 대해서는 늘 주의를 게을리하지 않았고, 될 수 있으면 문제가 크게 되지 않도록 미연에 방지했기 때문이기도 했다. 한편, 김병석 선생님의 입장에서 보자면, 동민의 이런 처신이 못마땅하긴 했겠지만, 학과의 큰일을 위해 동민의 이런 사소한 '결점'은 그냥 눈감아 주신 측면이 있었다고도 하겠다.

동민의 부임은 Y대 독문과 학생들에게는 큰 경사로 받아들여졌다. 새로 부임한 안동빈 교수한테서 가상 먼저 관찰된 것은 강의가 있는 날이든 없는 날이든 그가 거의 매일같이 학교에 출근한다는 사실이었다. 심지어는 주말 밤에도 그의 연구실에 불이 켜져 있는 것이 기끔 목격되기도 했다. 그가 먼지 학생들을 부르거나 집촉하지는 않았지만, 학생들이 학교에 왔다가 무슨 문제가 있어서 주교들한테 의논하면 언제나 안 교수님이 나와 계시니 연구실로 찾아가 보라는 대답이 돌아오곤 했다. 그래서 그를 찾아가 상담을 하고 난 학생들은 이제야 이 학과에서 자신이 믿고 의지할 만한 선생님이 오셨다는 것을 느낄 수 있었고, 그분이 자신을 성심껏 도와주고자 한다는 것을 직감으로 느낄 수 있었다.

이를테면, 학생들이 학과별 체육대회 같은 때에 다른 학과 학생들과 무슨 시합을 벌이게 되었을 때, 지금까지는 독문과 학생들은 교수의 관심이나 참여는 아예 기대하지도 않은 채 자기들끼리 행사를 진행해 왔다. 그런데, 이런 행사에도 안 교수가 잠깐 운동장에 나타나 응원하고 있던 독문과 학생들과 함께 서서 잠시 구경을 하거나 한두 학생과 담소를 나누는 장면이 목격되곤 했다. 학생들이 교외로 무슨 MT를 가거나 수학여행을 갈 때도 대개는 안 교수가 참가하곤 했다. 이런 그의 행보는 거의 눈에 띄지 않았기 때문에 학과 학생들은 그 어떤 조용한 변화를 조금씩만 느낄 수 있을 따름이었다.

* 당시 Y대 독문과 재학생이었던 나로서는 이 대목에서 조금 보충 설명을 곁들일 수 있을 듯하다. 안 선생님이 부임하시자 Y대 독문과의 가장 두드러진 변화는 역시 안 선생님의 강의실에서 일어났다. 그는 엄청난 카리스마를 발하며 수강생들을 꼼짝 못 하게 휘어잡곤 했는데, 그의 '현대 독산문 강독' 시간이 수강생들한테 무서운 이유는 그 별난 '예습 체크' 때문이었다. 강의실에 들어서자마자 그는 앞자리에 출석부를 펴놓고 잠시 앉아서는 무작위로 이름을 부르면서, 어느 대목의 해석을 해 보라는 요구를 한다. 예습해 오지 않은 학생은 그의 출석부에 그 사실이 체크될 뿐만 아니라, 그다음 시간에 또 호명될 가능성이 더 커진다. 또한, 예습해 온 것으로 판명된 학생이라고 해서 그다음 시간에 제일 먼저 호명되지 않는다는 보장도 없다. 이렇게 10

분쯤 '예습 체크'가 끝난 다음에 그는 언제 그런 공포 분위기가 있었더냐는 듯 갑자기 예의 그 순수하고 진솔한 얼굴이 되어 강단 위로 올라가서는 독어 문장을 죽 읽고는 해석을 해 주고, 문법적 설명과 작품 해석을 곁들였다.

이런 때의 그의 말과 표정, 그리고 그의 눈빛과 몸짓을 보자면, 수강생들은 그가 자신의 모든 것을 바쳐서 이 강의를 준비했으며, 이 강의가 그들을 위한 그의 엄숙한 제의(祭儀)임을 느낄 수 있었다. 가슴 속에 어떤 한(恨), 어떤 뜨거운 사랑이 없다면, 한 학기 내내 이런 식으로 강의를 지속할 수가 없을 것이었다. Y대 독문과 학생들은 이것을 온몸으로 느낄 수 있었으며, 그의 '예습 체크' 때문에 안동민이란 이름은 그들의 젊은 날의 짜릿한 공포의 대상이긴 했지만, 동시에 진심 어린 경탄과 존경의 대상이 되어 갔다. 안 선생님이 Y대에 계셨기에 우리 학생들은 정말 끔찍이도 무서웠고 동시에 행복했다.

게을러서, 또는 Y대 학생회 간부 노릇을 한답시고, 예습하지 못한 채 그 강의실에 들어갈 때가 많았던 나는 안 선생님의 시간 중에는 늘 불안과 공포에 떨어야 했다. 한 학생도 포기하지 않고 모든 수강생을 기필코 모두 다 이끌고 가겠다는 그의 뜻은 잘 이해했으면서도, 나는 이런 그의 열성적 태도가 어딘지 교수답지 못하다는 생각에 괜히 짜증이 났고, 전체적으로는 민주적인 인상을 풍기면서도 예습 체크 때만은 어딘가 억압적인 분위기를 발산했기 때문에 그에게 슬그머니 반감이 솟구치곤 했다. 지금 생각하니, 그때가 그래도 좋은 시절이었다는 생각은 든다.

2. 장난 같은 청혼

1

Y대 독문과 전임교수로서 동민이 보여준 특별한 노력과 남다른 자세는 소설을 쓰는 대신에 우선 교수가 되어 고국의 젊은이들을 선진국 건설의 민주적 일꾼으로 교육해 내겠다는 그의 결심에서 유래한 것이었다. 또 다른 한편으로 볼 때, 독일 유학 생활을 끝마치고 이제 자신의 큰 뜻을 실천하고자 귀국한 그가 뜻밖에도 모교인 S대에서 전혀 환영을 받지 못한 데에 대한 반작용도 전혀 없지는 않았던 듯했다.

요컨대, 그는 이제 S대를 자신의 기억과 희망에서 완전히 지워버렸다. 이제부터 그는 Y대를 자신에게 주어진 천혜의 일터로 알고 오직 여기서 의미 있는 활동을 펼침으로써, Y대 독문과를 한국 제일의 독문과로 만들고자 하였다. 이 점에서 그는 다행히도 김병석 선생님과 목표를 공유하고 있었다.

그러나 이것이 동민의 뜻대로만 되지는 않았다. 이를테면, 한국독어독문학회라는 단체가 1958년부터 있었지만, 거의 현상 유지에 급급한 형편이었기 때문에, 이 학회 또한 그의 헌신을 필요로 했다. 독일에도 많은 학회가 있어서 평소 학회 활동의 필요성과 중요성을 잘 인식하고 있던 동민으로서는 한국독어독문학회의 여러 일을 맡게 되자, 회장이 시키는 일뿐만 아니라 자신이 보기에 학회 발전을 위해 꼭 해야 할 일은 스스로 찾아서 하기도 했다. 공적 업무란 것이 묘해서 일을 성심껏 하는 사람에게는 자꾸만 더 많은 일이 떠맡겨졌다. 김병석 선생님은 동민이 Y대 바깥에서 정성을 기울여 일하는 것을 별로 좋아하는 눈치가 아니었지만, 그렇다고 동민이 Y대의 일을 소홀히 하는 것은 아니었기 때문에, 김 선생님은 이 문제에 대해 대놓고 무슨 말씀을 하시지는 않았다. 하지만 김 선생님은 그가 잠시도 Y대 일을 소홀히 하지 못하도록 늘 고삐를 바짝 조이고 있었다.

동민은 아직 젊었으므로 이 모든 내외의 일을 비교적 잘 감당해 내었다. 잠시도 딴생각을 할 겨를도 없이 이렇게 분투하는 것이야말로 자신이 독일 유학 시절과 그 후의 짧은 시간강사 시절에 간절히 바라던 바였기 때문이기도 했다.

어느덧 Y대에서의 첫 학기가 끝이 났다. 12월 초라 학회에서도 연례 연구발표회가 있은 연후에 간단한 송년회가 있었다. 그 자리에서 학회의 선배들이 권하는 대로 맥주를 몇 잔 얻어 마신 동민은 누님댁으로 가는 버스를 타기 위해 혼자 조금 걷고 있었다. 그러다가 지리가 어딘지 눈에 익은 듯해서 정신을 차리고 보니 명보극장 앞이었다. 모퉁이에는 그가 주문진에서 돌아오던 날 잠시 화진을 만났던 그 크라운 제과점이 아직 그대로 있었다. 그는 자신도 의식하지 못하는 사이에 초동길로 접어들고 있었다. 그런데, 그가 S대 학생 시절에 화진과 화수를 가르쳤던 그 정든 초동 옛집 큰 대문에는 천만뜻밖에도 '주식회사 xx영화사'라는 대형 목제 간판이 세로로 걸려 있었다.

'아, 집이 팔려서 어느 영화사가 여기에 들어선 모양인가?'하고 동민은 생각했다. '그렇다면 이 집 주인은 대체 어떻게 되었으며, 화진은 지금 어디에 있단 말인가?'

화진 — 얼마나 그리운 이름인가! 그제서야 동민은 그동안 자신이 화진에 대해 무심했던 게 아닌가 하는 생각이 퍼뜩 들었다. 무척 서둘러야 했던 귀국, Y대 인사 보류와 시간강사 생활, 그리고 Y

대 전임으로서의 한 학기 — 이 일 년이 채 안 되는 시간 동안, 동민이 이 이름을 아예 잊을 수는 없었다. 그러나 사실 동민은 일에 너무 몰두해 온 나머지 화진을 위해 그 어떤 구체적 행동에 나서지는 못했다.

오랜만에 화진 생각을 하면서 그가 신림동 누님댁에 도착하자, 베트남에서 휴가를 얻어, 일시 귀국한 자형(姉兄) 정흥원 대령과 누님, 그리고 화민 형님과 작은형수님이 안방에서 담소하고 있다가 그를 반가이 맞이하였다.

"아, 막내 처남, 안 박사! 축하해요!"하고 정흥원 대령이 악수를 청하면서 말했다. "동강포 과수원에서 코를 흘리던 우리 막내 처남이 박사학위를 받고 귀국해서 대학교수님이 되셨으니, 이 얼마나 기쁜 일이오!"

"새형님, 반갑습니다. 그동안 베트남에서 노고가 많으셨지요?"하고 동민이 말했다. "저는 아직도 독립하지 못한 채 이렇게 새형님한테 신세를 지고 있으니, 정말 면목이 없습니다."

"당연한 일을 갖고 무슨 그런 말을!"하고 정 대령이 껄껄 웃으며 말했다. "아무튼, 이제 곧 결혼도 하셔야지! 좋은 혼처가 줄을 섰다던데…… 안 그래요, 여보? 아까 그 얘기 좀 해 보구려!"

"아, 요 근자에 매일 새벽같이 집을 나가는 통에 내가 아직 당사자한테는 그 얘길 미처 못 꺼내었네요!"하고 누님이 남편의 말을 이어받았다. "동민아, 그동안 실은 여러 군데서 혼담이 들어왔는데, 재벌의 딸, 장성의 딸도 있고, 명문 고등학교에서 교편을 잡고 있는 재원(才媛)도 있다. 다 놓치기 아까운 혼처로 보이는데, 네가 괜찮다면, 이 해가 저물기 전에 하나씩 선을 보도록 하자구나!"

"그렇게 하도록 해라!"하고 화민 형님이 누님의 말을 거들었다.

"우리 형제가 언제까지나 이렇게 누님 내외분의 짐이 되어서 살아갈 수는 없지 않겠느냐!"

"내 걱정 때문이 아니다! 자랑스러운 내 동생을 잠시나마 내 곁에 데리고 사는 것이 이 누나한테는 이루 말할 수 없이 큰 기쁨이란다! 하지만, 동민아, 네가 혼자 그렇게 밤낮으로 애를 쓰는 모습을 보고 있자니, 이 누나는 너한테 곧 무슨 탈이라도 나지 않을까 싶어서 늘 마음이 조마조마하다. 어서 안사람이 생겨야 너도 좀 마음 붙일 데가 있어서, 건강과 돈이 소중한 줄도 알게 될 것이고……"

"처남이 전작이 좀 있고 피곤한 듯하니, 다음 기회에 얘기하지!" 하고 정 대령이 부인의 말을 가로막고 나섰다. "나도 연말까지 휴가를 내어 왔으니, 우리 며칠 시간을 두고 차차 의논하도록 해요!"

"예, 그만 주무십시오!"하고 동민이 말했다. "형님 내외분도 내려가시고요. 안녕히 주무세요!"

2

그 이튿날 아침, 잠에서 깨어 눈을 뜨자마자 동민의 머릿속에는 우선 초동 집 대문에 걸려 있던 '주식회사 xx영화사'란 대형 간판이 떠올랐다. '다시 한번 초동으로 가서 자세한 경위를 알아봐야겠군!' 하고 동민은 생각했다.

그러나 동민이 초동으로 한 번 더 걸음을 할 필요까지는 없었다. 종강을 했지만, 그가 학교 연구실에 나가서 2학기 말 성적처리를 하고 있는데, 노크 소리가 난 듯해서, 눈을 들었다. 그런데, 거기 문간에 나타난 사람은 뜻밖에도 초동집의 안주인, 즉 화진과 화수 남매의 모친이었다.

"안 교수님, 저를 알아보시겠어요?"하고 그녀가 문간에 서서 약간 멈칫거리며 물었다. 그동안 얼굴이 거의 몰라볼 만큼 수척해졌지만, 관자놀이께의 머리카락이 기품있게 희끗희끗해진 귀부인은 분명 화진의 어머니였다.

"아, 알다마다요! 반갑습니다. 어서 오세요!"하고 동민이 급히 일어나 다가가면서 말했다. "좀 앉으시지요, 사모님! 이쪽으로 앉으세요!"

"반가워요!"하고 부인이 말했다. "의젓한 교수님이 되셨네요. 축하드립니다!"

"진작 찾아뵙고 인사를 드려야 했는데, 정말 죄송합니다!"하고 동민이 말했다. "국장님께서도 안녕하시지요?"

"아!"하고 부인이 잠시 탄식을 하고는 나지막한 소리로 대답했다. "그이는 지난여름에 세상을 떠났어요!"

"예? 어떻게 그런 일이!"하고 동민은 깜짝 놀라며 부인을 바라보았다. 노크 소리가 나고 잇달아 여학생 조교가 찻잔을 받쳐 들고 들어와 손님과 동민 앞에 잔을 내려놓고 있었다. 부인이 조교와 교환하는 시선으로 미루어 짐작하건대, 아마도 방문객은 먼저 학과 사무실로 들어갔었던 모양이었다. 동민은 조교한테 사적으로는 일절 심부름을 시키지 않는데, 아마도 오늘 이 학생 조교는 손님이 오셨으니, 차 대접이라도 해야겠다고 스스로 판단했던 것 같았다.

"고마워요!"하고 동민이 방을 나가는 조교에게 말했다. 그러고는 다시 부인을 바라보았다. "뉴욕에서 좀 편찮으셨다는 말은 따님한테서 얼핏 들었던 듯합니다만······"

"화진이한테서요?"하고 부인이 물었다. "그게 언제였지요?"

"아, 화진 씨가 독일에 왔을 때였는데요······"

"예? 화진이 독일에도 갔었다고요?"

"따님이 말씀드리지 않던가요?"

"걔가 이 어미한테 숨기는 게 많아서요…… 난 정말 까마득히 몰랐네요! 영국 런던에 연수를 간 적은 있었는데, 아마 그때 독일에도 간 모양이군요. 아무튼, 딸이 영국에서 돌아온 뒤였던가 봐요, 남편의 병세가 갑자기 나빠져서 혈액 투석 치료를 거듭했답니다. 지난봄에는 환자 본인이 서울로 돌아가고 싶다고 거듭 호소하는 바람에 결국 귀국했지요. 신부전이란 병이 워낙 섭생과 간병이 어렵다 보니, 쩔쩔매는 나를 돕겠다며 화진도 공부를 잠시 중단하고 함께 귀국했었어요. 화수 혼자 미국에 두고 우리 세 식구가 서울에 돌아오고 나서, 화진 아버지의 병세가 좀 호전되는가 싶었는데, 지난 늦여름부터 갑자기 병세가 걷잡을 수 없이 나빠졌어요. 한국의 의료 시설, 보험제도 그리고 치료비 조달 등에도 각종 번잡스러운 문제가 많이 생겼고 나와 화진이 간병에 많이 지쳐 있어서, 결국 그이를 살릴 수가 없었답니다."하고 말하면서 부인은 손수건을 꺼내어 눈시울을 닦았다.

뜻밖의 소식에 놀라 잠시 말문이 막혔던 동민은 한참 만에야 겨우 입을 뗄 수 있었다. "아! 저의 젊은 날의 기억에 아주 훌륭하신 은인의 모습으로 남아 계신 분인데, 이렇게 부음을 듣자니, 슬픈 마음을 이루 표현하기 어렵습니다. 늦게나마 조의를 표합니다! 저는 그런 줄도 모르고 있었으니, 정말 죄송합니다!"

"안 교수님이 죄송해 할 것까지는 없을 듯합니다. 다 지나간 일입니다."

"그런데, 따님은 지금 어디 있습니까? 왜 함께 오지 않고서……"

"그게…… 그 아이가 좀 아파서요……"

"아프다니요!? 어디가요?"하고 동민이 놀라서 다급하게 물었다. 그는 갑자기 입안이 바싹 말라오는 것을 느낀 나머지 차를 한 모금 마시지 않을 수 없었다. "차를 권해 드리지도 못했네요. 좀 드시지요!"

"예, 괜찮아요. 글쎄, 화진이는 제 아빠가 세상을 떠나고 나자, 다시 미국으로 돌아가지도 않고 저와 함께 지내고 있는데, 벌써 몇 달째 딱히 어디라고 할 것도 없이 시름시름 앓으면서 병자가 다 된 것 같아요. 오늘 내가 이렇게 염치 불고하고 찾아온 것도 실은 그 아이 때문이랍니다. 처음에는 제 아빠가 세상을 버려서 상심이 되어 저렇겠거니 하고 무심히 넘겼더랬어요. 그런데, 처녀 아이가 기력이 점점 쇠해서 병색이 완연하게 되지 뭐예요! 점점 걱정이 커졌어요. 그런데, 내가 어느 날 밤에 세탁기에 넣을 빨랫감을 좀 더 찾아보려고 딸의 방에 들어갔는데, 침대에 누워있던 화진이 마침 꿈결인지 "동민 오빠!"라고 나직하게 부르는 소리를 듣게 되었답니다. 나지막한 소리였지만, 난 그게 내 딸아이가 안 선생을 찾고 있는 소리라는 것까지는 분명히 알아들었지요. 화진이도 이내 깨어났기에 무슨 꿈을 꾸었기에 헛소리냐고 물었더니, 무슨 소리를 듣고 그러느냐며 잔뜩 화를 내면서, 딸의 방이라도 앞으로는 함부로 들어오지 말아 달라고 핀잔이었어요. 그 무렵 마침 화수가 며칠 다니러 왔기에 하도 답답해서 제 누나의 이런 얘기를 털어놓았지요. 그랬더니, 며칠 후 미국으로 되돌아가는 비행장 탑승구 앞에서 화수가 내게 이런 말을 해 주더라고요. '엄마, 누나가 아무래도 아직 안 선생님을 못 잊어 저러지 않나 싶은데, Y대 독문과로 안 선생님을 한번 찾아가 보시든지! 그 선생님이 독일에서 누나를 만났을 때, 너무 체면을 지키느라고 자기 형편상 누나를 물리쳤던 듯해요. 아마도 지금은 교수가 되어

있다 하니, 누나에 대한 태도가 달라질 수도 있지 않을까 싶어요!'
나는 안 선생이 돌아와 Y대 교수님이 되셨다는 소식에 깜짝 놀라서,
'너 그 소식 어디서 들었느냐?'고 되물었지만, 그 애는 씩 웃기만 하
고 그냥 등을 돌려 탑승구 안으로 들어가 버렸답니다. 그래서, 내
가 혼자 며칠을 생각다 못해 이렇게 안 교수님을 찾아 나선 겁니다.
우리 화진이를 한번 만나주시겠어요? 아이가 미국에서 하던 공부
를 계속할 의향도 아예 없이, 축 늘어져서 집 안에서 아주 환자 행세
를 하고 있어서 이럽니다. 꼭 한번 만나 주시기 바랍니다. 부탁입니
다!"

"사모님께서 저에게 부탁이라니요?! 따님을 만나겠습니다! 지
금 당장이라도 함께 따라가겠습니다!"

"고마우셔라! …… 그런데, 집이 좁고 누추해서…… 그리고, 수
척해져서 꼴이 말이 아닌 딸아이를 조금이라도 추슬러 놓아야 하겠
으니…… 이번 주말쯤 어떠시겠어요? 토요일 저녁 6시에 우리 집으
로 오세요. 딸아이가 눈치 못 채도록 평소와 다름없는 아주 간단한
저녁 식사를 준비해 놓을게요. 잠실 주공아파트 10동 305호입니다.
여기 전화번호와 주소가 적혀 있는 명함을 두고 갈게요."

3

화진의 말마따나 그것은 정말 '장난 같은 청혼'이었다.

어머니한테서 집에 누군가 오게 되어 있다는 말 정도는 들은 것
같았지만, 화진이 깜짝 놀라는 모습을 보니, 동민이 온다는 사실은
미처 모르고 있었거나, 정작 동민이 나타날 줄은 반신반의하고 있었
던 것 같았다.

동민이 꽃다발을 들고 아파트 현관으로 들어섰을 때, 안주인이 동민을 반가이 맞아들였고, 화진은 좁은 거실의 소파에 앉아 텔레비전을 보고 있다가 벌떡 일어났다. 그녀는 현관 쪽으로 조금 다가왔지만, 이내 장승처럼 멈춰 서서 동민을 물끄러미 바라보기만 했다.

"얘가 입이 닫혔나?"하고 어머니가 두 사람 사이에 서서 딸을 보면서 말했다. "안 선생님께 인사 안 해?"

"이 꽃 좀 받아요!"하고 동민이 말하며, 꽃다발을 화진에게 안겨 주었다. "참 오랜만이네. 얼굴이 왜 이 모양이요? 몰라보게 됐네!"

"……" — 얼결에 꽃다발을 받아 든 화진은 아직도 거기 그렇게 멍하니 서서 한참 동안 동민을 바라보기만 했다.

"얘가 왜 이러는지 모르겠네!"하고 어머니가 딸의 두 손으로부터 꽃을 받아들고 화병에 꽃을 양으로 부엌 쪽으로 가져가면서 말했다. "너희 선생님이잖아! 네 말마따나 동민 오빠잖아!"

"……"화진은 아무 말도 하지 않고 그냥 동민을 물끄러미 바라보고만 있었는데, 그 동그랗고 예쁘던 얼굴에 핏기가 사라지고 몹시 야위어서 이루 말할 수 없이 애처롭게 보였다.

"화진 씨, 날 알아보겠어? 안동민! 동민이 왔다고!"

"……" — 벙어리라도 된 듯 한동안 입을 굳게 다물고 가만히 서 있던 화진이 이윽고 꿈속에서처럼 나직하게 중얼거렸다. "동민 오빠?! 정말 동민 오빠 맞아?"

"그럼, 보면 모르겠어? 동민이 마침내 화진 씨를 찾아왔다고!"

"왜요? 왜 왔어요?"하고 갑자기 화진이 분명한 어조로 물었다. 어쩐지 그것은 몸이 아픈 아가씨의 나약한 어조가 아니었다.

"왜긴 왜야?"하고 동민이 약간 장난스럽게 미소를 띠면서 말했다. "화진 씨한테 청혼하러 왔지!"

"정말요?"하고 화진이 약간 놀라면서 혼잣말처럼 되물었다.

"정말이고말고!"하고 동민이 말했다. "오래전부터 하고 싶던 말을 오늘 드디어 하러 온 거야!"

"자, 그렇게 문간에만 서 있지들 말고 들어와요."하고 어머니가 다시 돌아와서 딸과 손님을 보면서 말했다. "화진이 넌 안 선생님 외투 좀 받아 걸지 않고선! 식사 준비가 다 되었다. 곧 식사하자!"

뜻밖에도 화진이 제법 민첩한 동작으로 동민이 외투 벗는 것을 도와주고는 그것을 어딘가에 걸어두고 되돌아왔다.

"엄마, 동민 오빠 자리가 어디에요? 자, 오빠, 거기쯤 앉으세요! 그런데, 엄마, 이건 손님을 대접하는 밥상이 아니잖아요! 반찬이 이것밖에 없나요?"

"간소하게 차리려다 보니 정말 차린 것이 너무 없네!"하고 어머니가 말했다. "많이 드세요. 저녁 식사 준비를 하면서 안 교수님이 초동 우리 집에 처음 들어오셨던 날 생각을 했답니다. 그때가 참 좋은 시절이었어요. 안 선생은 참 순수하고 용모가 준수한 청년이었고, 그땐 나도 젊었었지요. 아이들을 위해서라면 난 무슨 일이라도 해낼 기세였고요. 안 선생이 불고기를 잘 못 드시는 것을 보고 내 딴에는 참 안타까웠지요. 오늘은 불고기는 조금만 해서 접시에 따로 담아놓았고, 된장찌개에다 생선을 준비했어요. 어쩐지 이렇게 조촐하게 상을 차리는 것이 안 교수님을 더 정성스럽게 대접하는 법 같은 생각도 들었답니다. 부디 맛있게 드셨으면 해요."

"예, 감사합니다. 잘 먹겠습니다."

"우리 살림이 예전과 같지 않아요. 남편이 오래 병치레를 하는 바람에 초동 집도 팔아야 했고……"

"예, 어느 정도 짐작이 되었습니다. 초동의 옛집에 갔었는데, 어느 영화사 간판이 붙어 있더군요."

"초동에도 갔었다고요?"하고 화진이 끼어들면서 말했다. "그것 참, 고맙네요! 우리 어머니한테 인사드리려고요? 아니면, 이 화진이가 보고 싶어서였나요? 아무튼, 출세해서 돌아오신 기념이었겠군요!"

"이 애가 갑자기 무슨 그런 말을!"하고 어머니가 딸을 나무라면서 동민을 보고 말했다. "초동의 집을 팔아서, 우환으로 생긴 빚을 갚았어요. 더는 큰집에 살 필요도 없겠다 싶어서, 이렇게 집을 줄여서 잠실로 이사를 왔어요. 화진이가 미국으로 되돌아가 공부를 계속할 것으로 알았기 때문에, 당시엔 나 혼자만 살 집으로 생각했거든요. 그런데, 이 애가 미국으로 되돌아가지 않고 여기 엄마 곁에 있겠다고 고집을 부리는 바람에, 지금은 이 좁은 집에 둘이 함께 살게 되었네요……"

"화진 씨가 왜 그런 생각을 하게 되었는지 모르겠네요."하고 동민이 혼잣말처럼 말했다. "공부를 계속해야 할 텐데……"

"제가 미국에 돌아갔다면, 오늘 동민 오빠를 못 만났을 거 아네요!"

"그건 그렇다만……"하고 어머니가 딸의 말에는 지나가는 투로 대꾸를 하면서 동민을 쳐다보았다. "이 애가 제 아빠 병구완 때문에 나하고 함께 귀국한 것까지는 이해를 할 수 있지만, 이제는 또 나를 핑계로 공부를 그만두는 건 나로서는 참고 견디기 어려워요. 어쩐지 엄마를 핑계로 그냥 주저앉으려는 것 같아서요……"

"엄마, 그런 얘기는 나중에 하고, 동민 오빠 줄 디저트로 뭐가 있나요? 내가 과일을 깎을게요."

"냉장고에 사과가 있어! …… 얘가 갑자기 생기를 되찾는 걸 보니, 동민 오빠가 정말 약이라도 된 모양이네!?"

"집에 온 손님을 박대할 수야 있나요, 뭐!"하고 화진이 살짝 웃기까지 하면서 말했다. "자, 사과 드세요! 동민 오빠, 이렇게 우리 집까지 찾아와 줘서 고맙습니다."

"아, 이제 좀 기분이 나요?"하고 동민이 웃으며 말했다. "난 화진 씨의 옛 모습이 되살아나는 것이 너무너무 기쁩니다!"

"엄마, 엄마! 조금 전에 부엌에 계셔서 엄만 못 들었을 텐데, 동민 오빠가 나한테 청혼을 했어요!"

"뭐라고? 너 방금 뭐라고 했느냐?"라고 어머니가 눈이 휘둥그레져서 딸을 쳐다보면서 물었다. 그리고는 동민의 얼굴을 쳐다보았다.

"그렇지요? 엄마도 놀랍지요? 동민 오빠 청혼도 장난으로 하는 사람이에요!"

"장난으로?"하고 어머니는 딸과 동민의 얼굴을 번갈아 쳐다보았다. 동민을 위해 유자차를 타고 있던 그녀의 오른손 집게손가락이 파르르 떨리는 듯했다.

"아, 장난이 아닙니다! 화진 씨에게 정식으로 청혼을 한 것입니다. 오래전부터 마음에 품고 있던 말을 오늘에야 입 밖에 낸 것입니다."

"이제야 뒤늦게 용기가 나신 거예요?"하고 화진이 되물었다. "우리 집이 망한 듯 보여서 갑자기 자신감이 생긴 건가요? 아니면, 화수한테 들은 소식이지만, 이젠 교수가 되셔서, 당당한 자격이 생겼다는 거예요? 그렇지만, 아픈 아가씨한테 청혼하는 바보가 어디 있어요? 시능이 한참 비달 아닌가요? 거짓이에요! 장난으로 하는 청혼은 단연 거절이라고요!"

"화진 씨, 나는 정식으로 청혼을 한 것입니다!"

"아무튼, 마지 못해 손님 대접은 했지만, 청혼에는 거절이에요, 퇴짜란 말이에요!"하고 외친 화진은 식탁에서 벌떡 일어섰다. 그러고는, "안녕히 가세요!"하고 말하고는 두 손으로 얼굴을 가린 채, 급히 자기 방으로 뛰어 들어가 버렸다.

순식간에 벌어진 이 돌발사태에 그 자리에 남은 두 사람은 한동안 말을 잃었다.

"딸애가 장난이라고 하는데, 정말 장난으로 청혼을 하신 거예요?"하고 이윽고 침묵을 깨고 그 어머니가 물었다.

"아, 맹세코 장난이 아닙니다, 어머님! 저는 화진 씨에게 정식으로 청혼을 한 것입니다. 그래서 오늘 꽃다발을 들고 온 것이고요!"

"방금 어머님이라 하셨나요?"

"예, 어머님! 제가 누구에게 어머니라고 부를 때에는 그분을 진심으로, 제 어머니로 모시겠다는 마음이 있어서 그러는 것입니다. 어릴 때부터 그랬습니다! 어머님은 저라는 사람을 믿으시지요?"

"아, 그럼요! 그렇지만, 오늘의 청혼은 안 교수님이 조금 지나치셨던 것 같네요. 화진은 내 딸입니다. 그 애가 장난으로 느꼈다면, 어딘가 그런 낌새를 느꼈기 때문일 거예요, 아마도! 그리고 말이 났으니 말입니다만, 화진은 현재 아픈 아이입니다. 아픈 딸의 어머니로서도, 그런 즉흥적 청혼은 받아들일 수가 없습니다. 또한, 안 교수님의 댁에서 이 일을 아신다면, 뭐라고들 말씀하시겠어요? 미안하지만, 오늘은 그냥 돌아가시고, 이에 대해서는 우리 다음에 다시 얘기하는 것이 좋을 듯합니다. 오늘 와 주셔서 고맙습니다. 덕분에 내 딸 아이가 잠시나마 생기를 보인 것 같기도 하네요!"

"잘 알겠습니다. 오늘은 이렇게 그만 돌아가겠습니다. 병색이 완연한 화진 씨의 모습이 너무 애처로워서, 어쩐지 제가 바로 그렇게 만든 장본인인 것 같은 죄책감 때문이었던지, 약간 장난기가 없지 않은 미소를 보이면서 청혼을 한 것이 그만 이런 큰 사단을 불러일으킨 것 같습니다. 경솔했습니다! 하지만, 어머님, 저는 십여 년 동안 제 가슴 속에 품고 있던 말을 오늘에야 겨우 입 밖에 낸 것입니다. 이제 화진 씨는 차차 건강을 회복할 것입니다. 크게 염려하시지 않으셔도 되리라 믿습니다. 오늘 댁으로 불러주셔서 감사합니다. 14년 전의 불고기보다 훨씬 더 맛있고 고마운 저녁 식사였습니다. 고맙습니다, 어머님!"

4

이런 토요일을 보내고 난 이튿날, 일요일 아침이었다. 아침 밥상을 물리고 나자 누님이 아래층에 사는 화민 형님 내외까지 불러올린 다음, 동민한테는 이제 드디어 선을 보아야 하겠다며 일정을 함께 좀 짜 보자는 제안을 하고 나섰다. 정흥원 대령도 자못 흥미롭다는 표정으로 아내에게 은근히 응원을 보내는 눈치였다.

"자, 동민아, 누구를 먼저 볼래?"하고 누님이 말했다. "우선 고려 대상이 되는 규수들의 집안부터 말하자면, 재벌의 딸, 장군의 딸도 있고, 학자 집안의 따님인 여교사도 있다."

"잘 생각해라, 동민아!"하고 화민 형님이 말했다. "내가 아는 너는, 한 번이라도 먼저 본 아가씨한테 그만 마음이 기울 공산이 크다. 그래서 말인데, 선을 보는 순서도 꽤 중요할 듯하구나!"

"누님, 그리고 형님! 실은 ……"하고 동민이 말을 하려다 짐시 머뭇거렸다. "실은 저한테 좋아하는 여자가 있습니다."

"옹? 뭐라고?"하고 누님이 깜짝 놀라서 되물었다. "정말이냐? 누군데? 그런 말은 통 없지 않았더냐?"

"여보, 일단 처남의 말을 들어봅시다!"하고 정흥원 대령이 차분히 말했다. "처남, 어떻게 된 경위인지 가족으로서 궁금하니, 솔직히 말해 봐요. 우리는 처남이 어서 성가를 해서 행복하게 사는 것을 원할 따름이니까……"

"독일로 떠나기 전부터도 이미 알았던 아가씨인데……"하고 동민이 말을 하다가 잠시 머뭇거렸다. "지금은 미국에 있습니다."하고 동민은 자신도 미처 의식하지 못하는 사이에 그만 거짓말을 입 밖에 내고 말았다. 사람을 한번 보자고 하시면, 아픈 신붓감을 당장 보여 드릴 수는 없겠다 싶어서 시간을 벌기 위해 둘러댄 말이긴 했다. 하지만, 사랑하는 누님에겐 미안하기 짝이 없는 거짓말이라 동민은 마음이 몹시 아팠다.

"미국에? 미국에서 무엇 하는 아가씬데……"하고 누님이 자못 실망스럽다는 어조로 물었다. "독일에서 공부하던 네가 어떻게 미국에 있는 아가씨를……"

"그 전에 이미 사귀고 있었다는 얘기 아닌가!"하고 정흥원 대령이 아내를 보고 말하더니, 동민에게 물었다. "유학생인가?"

"예, 미국 프린스턴 대학에서 비교문학으로 박사과정에 있는 사람인데……"하고 동민은 말을 하다 말고 잠시 멈추었다. "아버지는 외교관이었는데, 최근에 돌아가셨고요……"

"그래? 혼담에는 일단 혼주가 둘 다 살아 있으면 좋은데……"하고 누님이 말했다. "네가 혼자니까 난 너한테 장인, 장모가 다 계셨으면 해서…. 그러면, 어머니도 미국 사시나?"

"아닙니다. 서울 잠실의 아파트에서 혼자 사세요. 하나뿐인 아들은 아직 미국에서 공부하고 있고요. 그 아가씨의 남동생입니다."

"말하는 것으로 미루어 보아하니, 아마도 전에 동민이 네가 가정 교사 하던 댁의 따님인 듯하구나!"하고 화민 형님이 말했다. "참으로 오래고 귀한 인연인 것 같긴 하다만, 나는 어쩐지 네가 옛정에 얽매여 그 의리를 꼭 지키려고 하는 것만 같구나! 너도 잘 알겠지만, 결혼이란 의리나 인정 때문에 하는 것만은 아니고, 숙고해 볼 사항들이 참으로 많단다. 좀 더 신중히 생각해 봤으면 좋겠구나!"

"예, 그렇게 하겠습니다. 조금 더 생각할 시간을 주십시오. 귀국해서 지금까지 취직하느라고, 그리고 새 직장에 적응하느라 너무 경황이 없는 시간을 보냈습니다."

"그래, 여보, 막내 처남이 아직 결심이 돼 있지 않은 듯하니, 좀 더 시간을 두고 함께 해결해 나가도록 하지 그래!"하고 정흥원 대령이 아내를 설득하여 일단 그날 의논은 그것으로 끝났다.

하지만, 동민은 사랑하는 누님과 작은형님께 자신이 무엇인가 숨긴 사실이 있다는 것만 해도 미안한 마음이 앞섰고, 자신이 그들의 세속적 기대에 전혀 부응하지 못할 것이라는 사실이 못내 마음 아팠다. 그리고, 그는 화진이, 지금 그녀를 식구들에게 소개할 만큼, 건강하지 못하다는 사실이 무엇보다도 안타깝고 슬펐다. 그녀가 그의 청혼에 대해 "거절이에요, 퇴짜란 말이에요!"라고 말하며 두 손으로 얼굴을 가린 채 자기 방으로 뛰어 들어가 버리던 어제 일을 생각하니, 동민은, 적어도 결혼에 관한 한, 지금 자신이 진퇴양난의 곤경에 빠져 있음을 실감하지 않을 수 없었다.

동민이 착잡한 심정으로 주말을 보내고 월요일 아침에 출근하려고 집을 나서는데, 누님이 동민을 불러세워 놓고 말했다. "동민아, 아무리 생각해 봐도, 내가 그 아가씨를 한번 만나봐야 할 것 같다. 미국에 있다지만 가끔 한국에 들어오긴 할 테니 나한테 한번 데리고

와 보도록 해라."

"예, 그러지요. 아직 한창 공부하는 중이라 언제 들어올 수 있는지는 잘 모르겠네요. 들어오면, 꼭 누님께 인사를 드리도록 할게요."

급한 대로 우선 이렇게 간신히 어려운 순간을 모면해 놓긴 했지만, 동민은 아무래도 마음이 편치 않았다. 앞으로 누님과 작은형님이 계속해서 자신의 결혼 문제를 들고나올 텐데, 막상 화진은 몸이 불편한 상태에 있을 뿐만 아니라, 그녀가 도대체 자신의 청혼을 진지하게 받아주지도 않고 있는 현재 상황이 그로서는 참으로 난감하였다.

우선 급한 일은 잠실의 어머님에게 전화를 걸어 그 후의 화진의 반응을 탐색해 보는 일이었다.

다행히도 전화를 받은 사람은 화진이 아니라 어머님이었다.

"아, 저예요, 어머님! 지난 토요일에는 고마웠습니다. 그리고 실례가 많았습니다."

"안 교수님, 그렇지 않아도 내가 마음이 하도 착잡해서 전화라도 해 볼까 하던 참이었어요. 화진이가 제 방에 처박혀서 잘 나오지도 않고, 이 엄마하고도 대화를 아주 하지 않으려 해요. 한편, 나는 그동안 여러 일을 찬찬히 생각해 보니까 안 교수님의 마음을 잘 헤아릴 수 있을 것 같아서 오히려 고마운 생각까지 들게 되었답니다."

"감사합니다, 어머님! 화진 씨 마음은 제가 어느 정도 짐작합니다. 아마 상당한 시간이 지나야 그 응결된 마음이 조금씩 풀릴 겁니다. 죄송하지만, 다가오는 토요일 저녁에 한 번 더 댁을 방문해도 되겠습니까? 식사 준비는 하지 않으셔도 됩니다. 화진 씨와 우선 한 번이라도 더 만나야 할 듯해서요."

"아, 그렇게 하세요! 나도 그런 생각을 했답니다. 저녁 식사를 하지 말고 그냥 와요. 우리도 어차피 식사는 해야 하니까. 음식을 특별히 준비하지는 않을게요. 어쩐지 화진이한테 예고 없이 오시는 것이 좋을 듯해서요. 퇴근길에 그냥 잠깐 들른 것처럼 오세요."

"예, 알았습니다. 감사합니다. 그럼, 이번 토요일 저녁에 뵙겠습니다."하고 동민은 수화기를 놓고 나서 우선 안도의 한숨을 내쉬었다. 몇 년 전 본에서 카린이 하던 말이 생각났다. ─"미니(Mini)는 착한 사람이긴 하지만, 불필요하게 여자를 울릴 타입인 것 같아! 미니, 여자한테 잘해야지, 천벌을 받을 수도 있다, 너!" 동민은 지금 자신이 그동안 화진에게 무심하게 군 것에 대한 천벌을 받는 것 같기도 했다. 그는 그 벌쯤은 달게 받을 각오가 얼마든지 되어 있었다. 사실 동민으로서는 그녀에게 무심하게 군 것도 아니었다. 그는 다만 자신이 섣부른 약속을 함으로써 그녀를 붙잡아 둘 자격이 없다는 생각 때문에, 그녀를 일단 자유롭게 해 주었던 것이었다. 그의 바로 이런 태도를 화진은 용서할 수 없는 것 같았다. 하지만, 어쩌랴, 이것은 어쩌면 그가 그의 선친으로부터 물려받은 내림 같은 것임에랴! 그의 아버지도 본의와는 달리 새어머니의 마음을 그다지도 아프게 만들고, 결국 어린 동민으로 하여금 밤중에 새어머니를 동강포로 모시고 들어가도록 만들지 않았던가! 이런 생각을 하면서 동민은, 화진이 자신을 욕하든 벌하든 좋으니, 제발 자신을 받아주기만을 간절히 소망했다.

다시 토요일이 되었다. 동민이 잠실의 아파트를 방문했을 때 어머니만 그를 맞이해 주었다.

"애가 종일 누워 지내며 자리에서 일어날 기미가 전혀 없었어요,"하고 어머니가 말했다. "그 꼴을 하고서 손님을 맞이하도록 내버려 둘 수는 없겠기에, 하는 수 없이, 저녁에 안 교수님이 올지도 모르겠다고 귀띔을 해 주지 않을 수 없었답니다. 저녁때가 다 되어서야 일어나더니, 자진해서 오겠다고 했는지 엄마가 불러서 오는지 물어봤어요. 어찌나 예민한지 이 어미가 사실대로 고하지 않고는 배겨날 수가 없었답니다. 그래서 주초에 전화가 왔더라고 사실대로 말하지 않을 수 없었어요. 그랬더니, 엄마 손님인 모양인데, 엄마가 알아서 대접해 보내라며 저렇게 방문을 잠그고 아무 말대꾸도 하지 않고 있어요. 이것 참, 내 딸이라도 이젠 내 맘대로 안 되네요. 정말 면목이 없고 미안합니다!"

"아, 천만에요! 제가 잘못한 벌을 이제 되받을 차례인 것 같습니다!"하고 동민이 말했다. "화진 씨가 화가 많이 난 모양이니, 제가 사과해야지요. 어느 방입니까? 이 방이지요!"하고 동민은 일주일 전에 화진이 뛰어 들어가던 방의 문을 노크했다. 아무 반응이 없었다. 그러기를 몇 차례나 했지만, 기어이 아무 기척도 들을 수 없었다.

"화진 씨, 안동민입니다!"하고 동민은 문에다 대고 큰소리로 외쳤다. "제발 문 좀 열고 나와 줘요, 얘기 좀 합시다! 부탁입니다! 오늘은 청혼이 아니라 우선 사과부터 하러 왔으니, 내 사과부터 받아 줘요! 그다음에 정식으로 청혼하리다! 요즘 나한테도 혼담이 들어오고 있는데, 화진 씨, 궁금하지 않나요? 다 얘기해 드릴게요. 아무래도 내겐 화진 씨 만한 사람이 없더라고요. 정말입니다! 나는 이 세상에서 오직 화진 씨만 내게 필요하다는 사실을 절실히 깨달았습니다. 화진 씨, 내 말 듣고 있어요?"

"이쪽으로 나와서 좀 앉아 있어요! 내가 한번 더 달래 볼게요." 하고 어머니가 말했다. 그러고는, 이번에는 어머니가 딸의 방문에다 대고 말했다. "얘, 화진아, 그만 나오너라! 이 엄마가 민망해서 죽을 지경이다! 제발 이 엄마를 봐서라도 그만 나와다오! 다른 말 안 해도 좋으니, 차려놓은 저녁이나 함께 먹자, 응?!"

그래도 방 안에서는 묵묵부답이었다.

"안 교수님, 미안합니다!"하고 어머니가 돌아서면서, 동민을 보고 말했다. "내가 딸을 잘못 키웠는지, 이것 참, 면목이 없어서⋯⋯"

"괜찮습니다!"하고 동민이 말했다. "저는 이 정도 거부는 벌써 예상하고 왔습니다. 몇 번이든지 걸음 해서 사과를 꼭 할 생각입니다. 그리고 난 다음 화진 씨에게 정식으로 청혼을 하겠습니다."

"여기저기서 혼담도 많이 들어올 텐데, 하필이면 아픈 화진한테 그렇게 집착을 하는 이유가 무엇인지 궁금하더라고요. 실은 내가 궁금한 게 아니라 딸애가 그런 말을 하면서 바보 천치 같은 사람 운운하며⋯⋯"

"화진 씨가 예전에 결혼할 자격도 없고 태세도 되어 있지 않은 저에게 마음을 두는 것 같았지만, 그 당시에는 제가 그걸 받아들일 수가 없었습니다. 그런데 이제 저에게 화진 씨가 필요하게 된 것입니다. 세상의 어느 아가씨도 화진 씨만큼 저를 속속들이 알고 이해해 줄 수는 없을 것입니다. 화진 씨가 아프다 해도, 저는 아마도 그게 저 때문인 것 같기도 해서, 제가 이제 화진 씨한테 다가가면, 화진 씨 병은 금방 나을 것 같기도 합니다만⋯⋯"

"아무튼, 화진이 오늘은 제 방에서 나오기 어려울 듯하니, 식사나 하고 가세요."

"아닙니다! 지금 식사할 기분이 아닙니다. 오늘은 그냥 가겠습니다."하고 동민은 현관 쪽으로 물러나면서 말했다. "죄송합니다!"

"얘, 안 선생님 가신디이!"하고 어머니가 딸의 문에다 대고 소리쳤다. 그러고는, 동민을 배웅하기 위해 현관문 쪽으로 걸어 나오고 있었다.

바로 그때였다. 갑자기 방문이 확 열렸다.

"무슨 실례에요?!"하고 화진이 외치면서 자기 방문 밖으로 썩 나섰다. "저녁 식사 초대를 받은 손님이 그냥 가면, 초대한 사람이 뭐가 돼요? 엄만 대체 이런 양반을 왜 초대해 놓고 이런 수모를 당해요, 글쎄?!"

"아이고, 애야, 화진아! 잘 나왔다! 안 교수님을 네가 좀 붙들어라! 식사는 하고 가셔야 하지 않겠느냐?"

"동민 오빠, 식사는 하고 가세요! 엄마가 동민 오빠를 저녁 식사에 초대한 모양인데, 초대에 응했으면, 당연히 식사는 하고 가야 하는 것 아녜요?"하고 화진이 말하며, 동민에게 부엌 쪽을 가리켜 보였다. 그가 화진의 얼굴을 슬쩍 보았더니, 일주일 전보다 얼굴에 화색이 조금 돌아와 있었고, 그녀의 표정은, 의외로 노기도 애교도 없이, 그저 무덤덤하였다. 동민은 어딘지 다행이다 싶은 데가 짚여서 미소를 머금고 말했다.

"미안합니다. 화진 씨한테 데이트 신청을 했다간 단칼에 거절당할 게 뻔해서 어머님하고만 전화 통화를 한 것입니다. 앞으로는 화진 씨하고 직접 통화하도록 할게요."

"아무튼, 식탁에 앉으세요. 그리고 그 삼각관계는 어떻게 끝내고 귀국했는지나 얘기해 줘요!"

"삼각관계?"하고 어머니가 의아해하면서 딸의 얼굴을 쳐다보다가 연이어서 동민의 얼굴을 바라보며 그의 대꾸를 기다리는 눈치였다. 하지만, 어머니는 부엌에서 급히 무엇인가를 데우는 일에 몰두하고 있는 체하고 있었다.

"엄마, 동민 오빠가 독일 유학 시절에, 동거생활 하는 남녀 대학생과 삼각관계에 빠져들어 있었다면 믿으시겠어요?"

"아이, 망측해라. 안 교수가 그럴 리 없는데……"하고 어머니가 딸에게 제법 은근하게 대꾸했다. 어머니는 딸이 일단 이런 화제라도 꺼내어 준 것을 그런대로 다행스럽게 생각하는 눈치였다.

"아, 내가 독일 본에 가서 직접 보았대도 엄만 믿지 않으시겠어요?"하고 화진이 말하면서 동민 쪽으로 시선을 돌렸다. "그렇지요? 동민 오빠가 직접 얘기해 드리세요. 엄마가 궁금해하시잖아요. 오늘의 호스티스에 대한 대접이기도 할 테니, 어디 한번 그 이야기로 엔터테인해 드리시지요!"

"화진 씨가 삼각관계라고 말하고 있는 건 농담입니다, 어머님! 제가 독일에서 처음 사귄 친구들이 하필이면 둘이 함께 동거하면서 공부하는 커플이었습니다. 아시겠지만, 독일의 대학도시에서는 남녀 대학생들이 정식 결혼을 하지 않은 채 동거하는 경우가 드물지 않습니다. 그들은 저한테 일상 독일어와 논문 독일어를 성심껏 가르쳐 주었는데, 제가 박사학위 논문을 완성할 때까지 고맙게도 원어민으로서 교정과 윤문을 해 준 정말 고마운 친구들입니다. 카린이라는 여자는 화진 씨가 본에 왔을 때 자기 집에 하룻밤 재워주기도 했답니다. 마침 파트너가 어디 다른 도시에 출타 중이었거든요."

"그럼, 그렇지! 안 교수님이 그런 삼각관계에 빠질 사람은 아니지!"하고 어머니가 말했다. "차린 것은 없지만, 많이 들어요. 난 과거에도 안 선생한테 손수 밥상을 차려 드린 적이 몇 번 있었지만, 오늘처럼 행복한 마음으로 식사 준비를 한 적은 없는 듯해요. 내 딴에는 정성껏 차린 음식이니, 많이 들어요!"

"감사합니다! 잘 먹겠습니다!"하고 동민이 말했다.

"엄마, 손님 대접에 술이 빠지면 안 되지! 덕분에 나도 와인 한 잔 얻어 마십시다!"

"참, 그렇구나!"하고 어머니가 행복한 미소를 머금고 말했다. "내가 잔을 챙길 테니, 병은 네가 좀 따주렴!"

"이리 줘 봐요. 병은 내가 딸게."하고 동민이 말했으나, 화진이 이미 자기 손수 병마개를 뽑고 나서, 세 개의 잔에다 포도주를 적당한 양으로 따랐다. 그러고는 말했다.

"자, 우리 축배를 들어요! 독일에서의 삼각관계를 위해! 그리고, 오늘 이 자리에서의 삼각관계를 위해서!"하고 화진이 제법 무슨 건배사 흉내를 내면서 말했고, 이어서 셋은 서로 잔을 부딪쳤다.

"얘는! 여기 이 자리에 무슨 삼각관계가 있다고!"하고 어머니는 약간 어색해하면서 딸을 쳐다보았는데, 그 표정에는 화진이 이만큼이라도 기운을 차려서 기쁘다는 기색이 역력하였다. "지금 보니, 넌 그저 아무 관계나 삼각관계로 부르는 모양이구나!"

"이게 다 삼각관계지 뭐예요? 두 여자에 한 남자! 독일에서는 한 여자에 두 남자! 엄마, 카린이라는 그 독일 여자는 동민 오빠를 너무나 좋아하고 있었는데, 내가 갑자기 나타나니까, 그만 당황한 나머지, 오히려 나한테 그렇게 잘할 수가 없더라고요!"하고 말한 화진이 문득 동민을 쳐다보면서 물었다. "카린하고는 그 뒤에 아무 일 없었나요?"

"일이 있긴! 도대체 무슨 일이 있겠어요? 카린은 김나지움의 독일어 교사가 되었고, 라이너는 튀빙엔 대학 영문과 조교로 발탁되었는데, 둘은 곧 정식으로 결혼할 것 같아. 그 커플은 내가 박사가 되었다고 '춤 트레프헨'에서 크게 축하 파티까지 열어줬어요. 그리고, 귀국하면 '지니'한테 꼭 인사 전해 달라고 신신당부하던데…… 하긴, 자기가 '삼각관계'의 한 꼭짓점으로서 인사말을 한다는 단서는 붙이더군!"

"아이고, 어려워라!"하고 어머니가 딸과 동민을 번갈아 쳐다보면서 말했다. "문학 하는 사람들의 말은 정말 알다가도 모르겠네! 이거야, 원! 삼각관계는 그렇다 치자. 그렇다면, 나를 뺀 이 '이각관계'는 이제 대체 어떻게 되는 것이지?"

"엄마는! 기하도 안 배웠어요? '이각'이 어디 있어요? 선분밖에 안 돼요."

"예, 어머님!"하고 동민이 미소를 머금은 채 말했다. "언젠가 제가 수학을 가르치면서 화진 학생한테도 자랑삼아 얘기해 준 적이 있습니다만, 제가 고등학생 때부터 기하 과목은 제법 잘했답니다. '이각관계'란 것은 없고요! 두 점은 그냥 서로 잇기만 하면, 그대로 하나의 선분(線分)이 될 겁니다, 아마도!"

5

그다음 토요일 아침에 동민이 학교 연구실에 나와 잠실에 전화를 걸었더니, 화진이 직접 전화를 받았다.

"전화를 직접 받네!"하고 동민은 기뻐서 말했다. "혹시 전화를 기다렸나요?"

"엄마가 날 보고 받으라 해서 받은 것뿐이에요. 누가 받든 무슨 상관이에요? 전화를 기다리지 않았다면 오히려 이상한 것 아녜요? 동민 오빠는 한 주일 동안 내내 전화 한 통화도 못 해요? 이런 말은 정말 하기 싫지만, 난 실은 전화를 기다렸다고요!"

"미안해요! 오늘은 우리 기하 잘하는 사람들끼리 일단 하나의 선분을 만들어 봅시다. 함께 저녁 식사를 하자고요. 강남에서 만났으면 하는데, 내가 그쪽 지리를 아직 잘 모르니, 장소를 좀 생각해 보아줘요. 이따 다시 전화할게요."

이런 식으로 그들은 다시 만나기 시작했다. 그 겨울을 보내는 동안 화진은 다행히도 몰라보게 빨리 건강을 회복해 갔다.

곧 봄이 왔다. 남도에서는 벌써 동백꽃이 꽃망울을 터뜨렸고, 곧 매화와 산수유가 필 것이라는 화신(花信)이 사진과 함께 신문에도 크게 났다.

이 무렵 동민에게는 새로운 고민이 생겨났다. 그가 그날 병색이 짙어 보이던 화진에게 정말이지 '장난 같은' 청혼을 한 것은 화진에 대한 그의 평소 애정이 자연스럽게 표출된 것이었을 뿐만 아니라, 이제는 자기가 드디어 화진과 결혼할 수 있는 여건을 갖추었다는 자신감에서 그냥 저절로 입 밖으로 튀어나온 말이기도 했다. 이제는 공부도 끝나고 귀국해서 직장까지 갖춘 마당에 화진에게 더는 기다리게 할 필요가 전혀 없겠다는 생각이었다. 화진은 아픈 사람한테 청혼하는 바보가 어디 있느냐고 말했지만, 그는 화진이 아픈 사람이었던 바로 그 이유 때문에 즉각 그렇게 청혼했다. 그럼으로써 그는 자신의 변치 않은 마음을 화진에게 보여주고 싶었던 것이었다.

그러나 누님이 틈만 나면, 미국에 있다는 그 아가씨는 언제 귀국하느냐고 물으면서 그동안 새로 들어온 동민의 혼담 얘기를 자꾸 꺼내곤 하는 중에, 앞으로 동민이 신접살림을 해야 할 집 문제에 대해서도 이런저런 걱정을 하는 말을 듣게 되자, 동민 자신이 그 문제에 대해서는 전혀 생각을 못 하고 있었다는 사실을 문득 깨닫게 되었다.

말하자면, 동민은 살림을 차릴 집 마련도 해놓지 않은 상태에서 감히 청혼까지 한 것이었다. 그때서야 동민에게는 그의 결혼을 두고 누님과 작은형님이 하는 걱정의 실체가 무엇인지 알게 되었으며,

조만간에 자신이 화진에게, 그리고 특히 그녀의 어머니께 이 문제를 어떻게 해결할 요량인지, 또는 어떻게 해결할 심산이었던지를 밝혀야 한다는 사실도 깨닫게 되었다. 누님과 작은형님에게는 식구끼리니까 어떻게 이해를 시킬 수 있다 하더라도, 과연 화진과 어머님이 자신의 마음과 처지를 사실 그대로 이해해 줄 것인지에 대해서는 통 자신이 없었다.

그러던 중 어느 주말엔가 화진이 창경원으로 벚꽃 구경을 가고 싶다고 말했다. 그래서, 둘은 무려 15년 만에 창경원 경내를 다시 산책하게 되었다.

"동민 오빠, 그때 그 순영이 생각나지요? 동민 오빠를 소개해 달라고 했던 내 친구 있었잖아요! 엄마가 신세계 백화점에서 우연히 순영이를 만났다는데요, 걔 딸이 이번 3월에 벌써 국민학교에 들어갔다나 봐요. 세월 참 빠르지요?"

"정말 그렇군! 이것 참, 우린 그동안 뭘 했는지 모르겠구먼!"하고 동민이 말했다. 그러고는, 화진의 손을 잡아끌어 팔짱을 끼고 걸으며 말을 계속했다. "화진 씨는 그날 내가 청혼한 것이 장난 같다고 했지?"

"장난 같지 않고요? 아픈 여자한테 갑자기 그런 말을 입 밖에 내는 사람이 어디 있어요? 왜요? 오늘 이 자리에서 정식으로 다시 청혼하시려고요?"

"그러고 싶은데……"하고 동민이 말을 잇지 못하고 그윽이 화진의 얼굴을 바라보았다. "실은 그동안에 이 생각 저 생각하다 보니 그럴 용기가 없어졌어!"

"뭐라고요?"하고 화진이 놀란 얼굴로 동민의 표정을 살피며, 화가 나서 말했다. "그럼, 그게 정말 장난이었단 말이에요?"

"장난은 아니었어! 믿어줘! 가슴 속에 오래 품어 왔던 말이 자연스럽게 입 밖으로 나온 거야!"

"내가 그걸 몰랐을 것 같아요? 금방 오빠의 진심을 알아채고 실은 고마웠다고요! 그런데, 지금 뭐가 문제란 말이에요? 솔직히 말해 보세요!"하고 화진이 갑자기 팔짱을 풀어버리면서 말했다. 그들은 이미 벚꽃 길을 다 걸어와서 이제부터는 왔던 길을 되돌아가지 않으면 안 되었다.

"그 순간 난 드디어 내가 화진 씨한테 청혼해도 된다고 생각했어. 공부를 마치고 이제 귀국해서 직장도 구했으니, 모든 자격이 구비되었다고 착각했던 것이지. 그런데, 그동안 내가 여기 현실과 이리저리 부딪히다 보니, 그게 아니었어! 난 아직 자격을 완전히 갖추지도 못했으면서, 감히 청혼한 것이었어! 요컨대, 신접살림을 할 수 있는 방 한 칸도 마련할 능력이 없는 인간이 감히 청혼한 것이었다고! 정말이지 난 이 뻔한 미비 상태를 알아차리지도 못하고 있다가 최근에야 내 식구들과의 대화에서 이 뼈저린 현실을 인식하게 된 거야. 지금까지 온갖 가난을 다 겪고도 아직 경제관념이 내 머리에 확실히 들어와 있지는 않았던 것이지! 혹시 이상하게 들릴지 몰라도 이건 나의 진실이야!"

"그래, 그게 어쨌다는 말이지요? 동민 오빠가 집이 없다는 것은 나도 다 짐작하는 사실이에요. 엄마도 그렇게 알고 있고요. 아무 데서나 살면 되지, 뭐 그런 걸 다 걱정하고 있어요, 동민 오빠답지 않게! 가난 같은 건 무시할 만큼 자존심이 센 동민 오빠가 아니었던가요? 혹시, 날 잘못 알고 떠보는 거예요, 뭐예요?"

"아니, 그게 아니고! 난 정말 지금 내 형편으로는 화진 씨에게 청혼하지 못해요. 내 힘으로 방 한 칸이라도 마련하고 세간이라도 장만할 수 있을 때까지 조금만 더 기다려 줬으면 해요. 그래서 하는 말인데, 화진 씨가 일단 미국으로 들어가 공부를 계속하는 것이 나한테도 좋을 듯해요……"

"아, 또 그 고집 나왔네! 갑자기 웬 용기를 보여줘서 꽤나 가상하다 싶더니만, 그사이에 벌써 비겁한 동민 오빠로 되돌아가 있다니! 안 돼요! 난 미국에는 안 갈 거예요. 아버지 우환 때문에 귀국한 것은 사실이지만, 미국에서의 비교문학 공부는 그만큼 했으면 그만 됐다는 생각이에요. 꼭 학위 취득이 목표가 아니라면, 공부야 어디서든지 할 수 있다는 생각이거든요. 과수댁이 된 어머니를 홀로 두고 유학 생활을 계속하겠다는 것도 딸의 지나친 이기심 같고요. 아무튼, 난 동민 오빠를 이미 너무 오래 기다렸단 말이에요! 방이 아니라 천막에서라도 살 수 있어요. 그리고, 우리 집이 아버지 우환으로 망한 것 같이 보이지만, 뭐 방 한 칸도 못 구하겠어요? 지금 당장 잠실로 가요! 엄마한테 말하겠어요, 나를 계속 미국 유학시키려던 그 돈을 달라 그럴게요. 누구 돈이면 어때요?"

"아, 화진 씨, 미안해요. 좀 진정하고 내 입장도 좀 생각해 줬으면 해요! 참, 고마운 말을 해 줘서 큰 위로가 돼요! 하지만, 지금 잠실로 가서 어머님께 그 이야기를 드릴 수는 없어요. 조금 더 시간을 두고 궁리해 봐요, 우리! 오늘 화진 씨의 말은 정말 고마워요. 그러나 내 낯으로는 그런……"

"아이고, 그 체면! 체면 땜에 도통 되는 일이 없네!"하고 화진이 정말 화가 났는지 제법 큰 소리로 투덜거렸다. 옆에서 지나쳐 가던 중년 부부 중 여자 쪽에서 호기심이 발동했는지 동민 일행을 유심히 뒤돌아보았다. 동민은 황급히 화진의 손을 끌어당겨 다시 팔짱을 끼고는 그녀를 안다시피 하면서 걸었다.

"지금 보니 화진 씨가 굉장히 똑똑한 현대 여성이 되어 있구먼!"
하고 동민이 웃으며 말했다. "그래, 맞아! 내가 화진 씨를 영 잘못 본
면이 있었어! 난 아직도 화진 씨를 삼선교 하숙집에 찾아오던 그 철
부지 여대생으로 생각하고 있었는데, 화진 씨야말로 이 시대의 지성
인이 되어 있구먼그래!"

"지성인이라는 건 과찬이지만," 하고 화진이 말했다. "나를 아직
도 철부지 여대생으로 보는 건 아무래도 너무 심하죠. 기왕 토요일
에 자주 오셨으니 말인데, 다음 토요일 저녁에 우리 집에 오세요. 꽃
다발을 다시 갖고 오셔서 엄마가 보는 앞에서 내게 정식으로 청혼을
해 주세요. 다른 복잡한 생각일랑 일절 하지 말고, 한 번 더 용기를
내어주세요. 내가 바라는 것은 동민 오빠가 체면을 버리고 날 위해
용기를 보여주는 거예요."

"그럴게요. 나도 한 가지 큰 부탁이 있는데, 그 전에 내 누님과 서
울 사시는 내 작은형님 내외분을 한번 만나 인사드려 줬으면 해요.
단, 며칠 전에 미국에서 집에 다니러 온 사람처럼 해 주기 바랍니다.
그분들에게 화진 씨가 미국에서 공부하고 있노라고 거짓말을 한 것
이 줄곧 내 마음을 아프게 했어요. 일이 이렇게 빨리 진척되리라고
는 짐작하지 못했거든요."

6

화민 형님 내외는 아주 기쁜 얼굴로 화진을 대해 주었지만, 누님
은 약간 실망스러운 눈치였다. 하지만, 누님도 결국 동민의 마음이
이미 움직일 수 없이 굳은 것을 알아차리고는 반갑게 화진의 손을
잡아주면서 말했다. "환영해요!! 내 동생 동민을 나보다 더 사랑해

줄 사람이 나타났으니, 퍽 기쁘고 마음이 놓여요. 앞으로 우리 동민이를 잘 부탁해요!"

한편, 잠실의 어머님은 눈물을 글썽이며 둘의 앞날을 축복해 주셨다. 동민이 신접살림할 집 마련이 되어 있지 않음을 고백하며 용서를 빌자 아무 문제도 되지 않는다며, 원한다면 당장에라도 집을 한 채 사 주겠다고 하셨다. 이에, 화진이 말하기를, 자기는 엄마와 함께 살고 싶지만, '안 서방이 체면을 중시하는 사람'인 데다 주위 사람들의 눈도 있고 하니, 일단 바로 이웃에 가장 작은 아파트 하나를 전세로 구해 주면 좋겠다고 했다. '안 서방'이 일체의 혼수나 살림살이를 최소화해서 출발하고 싶다는 소원을 말하는 바람에 다른 데에는 큰돈이 들지 않을 것이라고 했고, '안 서방'이 직장이 있는 사람이니, 전셋돈은 몇 년 안에 갚을 수 있겠다는 말까지도 덧붙였다. 동민은 화진이 모친의 말을 흉내 내어 자신을 '안 서방'이라고 지칭해서 부르는 것도 파격적이라 귀여웠지만, 자신과는 전혀 의논하지도 않았던 말을 모친한테 술술 풀어내는데, 그녀의 말이 여간 흡족한 게 아니었다. 동민이 무엇보다도 기뻤던 것은 이런 말을 하는 화진의 얼굴에 병색이 완연히 사라졌을 뿐만 아니라, 그 표정이 환하고 아름다웠기 때문이었다.

이 순간에야 동민은 그가 오랜 세월 화진을 그의 학업의 잠재적 장애 요소로 간주하고 가능한 한 멀리해 온 것이 쓸데없는 걱정이었으며, 그녀야말로 이 세상에서 그를 가장 잘 이해해 주는 사람, 하늘이 그에게 내려준 배필이라는 사실을 확실히 깨달았다. 돌이켜 생각해 보니, 화진은 그를 '오빠'라고 부를 무렵부터 이미 시골 출신 청년인 그의 어떤 점을 좋게 보아주고 그에게 일관되게 애정을 표시해 온 것이었다. 그에게는 참으로 천생연분인 아가씨라 하지 않을 수 없었다.

결혼식 주례는 S대 K 선생님이 맡아 주셨고, Y대 김병석 선생님, S여대 H 선생님, 춘천 S여대 오성근 교수, 불문과 김 선배님, Y 작가님 등등 많은 축하객이 결혼식에 참석해 주었다.

결혼은 인류대사라지만, 동민은 결혼을 전후하여 일일이 말할 수 없이 많은 것을 배웠다. 그중에서 특히 한 가지만 말한다면, 그것은 자신이 늘 대수롭지 않게 생각해 온 경제 문제 때문에 그가 의외의 곤경에 봉착했다는 사실이었다. 실제로 그는 어릴 적부터 가난 때문에 많은 고초를 겪었음에도 불구하고 금전 자체는 크게 존중하지 않는 습성이 있었다. 자기 한 몸 건사는 어떻게든 되겠지 하는 안이한 자세가 그에게 늘 따라다녔다. 그런데, 이번에 자신이 결혼에까지 이르는 과정에서 그는 돈의 위력을 새삼 실감하지 않을 수 없었다. 자칫 그는 아무 준비도 없이 청혼을 한 염치없는 인간 취급을 받을 뻔하기도 했다. 화진이 '장난 같은 청혼'이라고 말한 것은 물론 아픈 사람한테 청혼하는 무모한 행동을 나무란 것이었지만, 거기에 혹시 아무 준비도 없는 주제에 무턱대고 청혼했다는 비난이 숨어 있었던 것은 아닐까 하는 생각까지 들었다.

나중에 그의 곤경을 슬기롭게 잘 해결해 준 사람도 화진이고 보면, 물론 그런 뜻은 화진에게는 전혀 없었던 듯하였다. 하지만, 곰곰이 생각해 볼 때, 그 순간 그가 대체 무얼 믿고 섣불리 화진에게 청혼 의사를 밝혔단 말인가? '체면을 중시하는' 그로서 참으로 상상하기도 싫은 뻔뻔스러움이 그 청혼 속에 내재해 있다는 사실을 정말 몰랐단 말인가? 동민은 자신의 이 모든 난처한 상황을 누구보다도 잘 이해해 주고, 그 어려움을 현명하게 잘 해결해 준 화진이, 생각할수록 귀하고 고마웠다. 실로 그는 사랑스럽고도 슬기로운 아내를 얻은 것이었다.

3. 지도교수

1

결혼 문제는 많은 우여곡절을 거쳐 이렇게 잘 마무리되었다.

하지만, 산다는 게 늘 좋은 일만 있는 것은 아니고, 일상생활은 대개 비루하기 마련이었다. 특히, 유신체제 아래에서 교수로 살아간 다는 것이 동민에게는 결코 쉬운 일이 아니었다.

그중 한 가지만 예로 든다면, 유신 체제하에서 대학교수에게 강요되던 이른바 지도교수로서의 학생 지도였다. 당시의 학생지도란 것은 논문 지도나 학문적 보도(補導)가 아니라 다 큰 대학생들이 정치적 시위에 참여하지 않도록 설득하는 행위를 의미했다.

대학생에 대한 이런 생활 지도는 독일대학에서는 상상도 할 수 없는 일이었다.

빌헬름 폰 훔볼트가 창설에 관여했던 베를린대학의 창건 이념에 따르면, 대학교수는 '연구와 교수(Forschung und Lehre)'라는 두 가지 사명을 수행하게 되어 있다. 즉, 대학교수는 연구하고 가르치는 두 가지 임무를 수행한다는 것인데, 여기서 '교수(教授, Lehre)'라 할 때의 가르침은 '진리 탐구의 길' 위에서 동행자로서 돕는 행위일 뿐, 학생의 '훈육'을 포함하지는 않는다. 이른바 인성(人性) 교육은 독일에서는 중등교육까지의 과업으로 간주된다.

하지만, 동민이 학생 지도를 난처하게 생각한 것은 비단 독일대학에서 보이온 대학의 업무 관행과 달라서만은 아니었다. 그는 우선 자신의 정치적 소신 때문에도 자기 학과의 학생에게 시위하지 말라고 설득하고 싶지는 않았다. 오영길이 튀빙엔에서부터 본의 기숙사로 그를 찾아와서 '민건회'에의 입회를 권했을 때, 그는 그와 뜻을 같이하면서도 우선은 귀국해서 그와는 다른 방식으로 고국의 민주화를 위해 일하고 싶기 때문에 그의 청을 들어줄 수 없다고 한 것이었다. 그랬던 그가 이제 마침내 교수가 되었다. 그런데, 이제 그의 학생들이 우리 사회의 민주화를 위해 시위하려 하고 있었다. 이에 동민은 교수로서 민주화를 요구하는 학생들의 시위를 말릴 수 있는 논변을 발견할 수 없었다. 그런데도, 유신체제의 현실에서는 '반정부적' 학생시위가 일어나지 않도록 대학생들을 달래고 설득하는 학생 지도가 여러 경로를 통해 공공연하게 교수들에게 강요되고 있었다.

1970년대 후반의 유신 체제하에서는 이른바 수출 주도형 공업국으로 도약하려는 여러 국가적 시책 때문에 이 나라의 힘없는 기층 민중, 즉 노동자와 농민이 '증산, 수출, 건설'이라는 슬로건 아래 너무나 큰 희생을 강요당하고 있었다. 동민은 자신이 독일 유학의 길을 떠나기 직전인 1970년에 이미 청계천의 피복 노동자 전태일이 근로기준법의 준수를 요구하면서 분신자살한 사건을 뼈아프게 기억하고 있었다. 당시 전태일이 공산주의자가 아니었듯이, 아직도 개선되고 있지 않은 노동조건 아래에서 일하고 있는 노동자들의 편을 들고, 가을이 되어도 자신의 노동의 대가도 챙길 수 없는 농민들의 편을 들고 있는 지금의 대학생들이 빨갱이가 아닌 것도 동민에게는 너무나 자명하였다. 설령 그들이 북한 체제에 가까운 생각을 더러 하고 있다 치더라도, 그것은 이른바 정경유착의 공고한 체제하에서 자생적으로 생겨난 '사회주의자들'이며, 그들이 그렇게 된 데에는 기성세대의 책임이 크다고 할 수밖에 없었다. 동민은 그가 서독에서 유학하고 있던 70년대 초 서독의 바더-마인호프 그룹(Baader-

Meinhof-Gruppe), 즉 적군파(赤軍派, Rote Armee)의 불법 테러 행위들에 대해 독일 국민과 언론의 비난이 거세게 일어났을 때, 그들의 잘못에 대해서는 기성세대의 책임도 없지 않다며 그들을 계도하고 비호(庇護)하려던 작가 하인리히 뵐(Heinrich Böll)을 연상하지 않을 수 없었다. 당시 뵐은 젊은 테러리스트들을 옹호한다고 해서 서독 보수 언론의 무자비하고도 가차 없는 비판을 받았었다.

독일어를 가르치거나 독문학 강의를 하는 중에도 이따금 '민주주의'라는 단어도 나오고 '자본'이나 '정의'라는 개념도 나오기 마련이었다. 이런 경우에 동민은 의도적으로 유신체제의 부당성을 말하고, 분배 정의의 실현이야말로 우리 사회의 당면 과제임을 언명하지 않을 수 없었다. 차제에 그는 일상적으로 일어나고 있는 대학생 시위에 대해서도 자신의 의견을 피력하곤 했다 ― "여러분은 동료 학생들이 시위를 할 때, 어디에 있습니까? 도서관에서 책을 읽고 있나요? 책을 읽는 것이 옳지 않다는 것이 아니라, 그러한 방관자적 태도는 대개 올바르다 할 수 없습니다. 이렇게 남북으로 분단되어 있어서 모든 것이 비정상적으로 뒤틀리고 꼬여있는 나라의 대학생이라면, 우리 사회의 예민한 이슈들이 분출되고 있는 현장에 늘 함께 있어야 하고, 그 문제성을 늘 관심 있게 지켜보고 거기에 대해 독자적 성찰을 할 수 있어야 합니다. 시위에 참여하거나 참여하지 않는 것은 그다음 문제입니다. 만약 시위에 참여했다가 경찰에 붙잡힐 정도의 옷차림과 체력이라면, 좀 떨어진 곳에서 구경이라도 하고 있어야만 합니다. 달리기에 자신이 있고 운동화 차림이라면, 그래서 경찰서에 붙잡혀 가시 않을 사신이 있을 때는 정의의 내열에 과감히 합류해야 합니다. 지금 젊어서 그만한 기개도 없다면, 후일에는 이웃의 짐이 되거나 심지어는 정의의 이름으로 이웃의 등을 쳐서 먹고 사는 인간이 되고 말 것입니다. 동시대 청년들의 간절한 수망과 정의로운 분노를 공유한 적도 없으면서, 이 나라 이 사회의 진정한 지도자가 될 수는 없을 것입니다. 이것은 나의 대학생 시절의 경험으로부터 내가 여러분에게 꼭 들려주고 싶은 말입니다. 고백하지만, 나 자신은 용감한 대학생은 못 되었습니다. 데모를 해도 친구의 설유로 마지못해 참가한 편이었지요. 그 시절로부터 많은 세월이 흘렀지만, 이 나라에서 아직도 여전히 학생시위가 끊이지 않고 일어나고 있으니, 참으로 안타깝고 비통한 마음입니다." 사실, 강의실에서 교수가 이런 말을 하는 것은 당시로서는 위험천만한 일이었다. 하지만, 동민은 학생들 앞에서 힘주어 이런 말을 하곤 했다. 위험하다는 것을 몰라서가 아니었다. 그는 그날 오영길에게 했던 자신의 변명을 이런 식으로라도 조금씩 실천해 나가겠다는 굳센 의지에서 이 정도의 위험은 무릅써야 한다고 생각했다.

처음에는 학생들이 그의 이런 말이 강의 중에 그저 우연히 튀어나온 주제탈선이겠거니 했다. 하지만, 이런 현실 정치적 언급이 동민의 강의 시간 중에 늘 한 번씩은 꼭 나온다는 사실을 차츰 알아차리게 되자, 학생들도 그런 아슬아슬한 발언이 그의 입에서 나오는 순간을 은근히 기다리게 되었다. 동민도 그런 주제탈선의 계기가 될 만한 작은 꼬투리를 강의 텍스트 중에서 미리부터 찾아놓은 다음에야 강의실에 들어가곤 하였다. 말하자면, 그것은 독일대학의 강의에서는 있기 어려운, 교수와 학생들 간의 어떤 '은밀한 교신'이었다. 강의실 바깥에서는 무서운 감시의 눈과 총칼을 앞세운 권력이 도사리고 있었지만, 강의실 안에서는 사제 간에 이러한 '은밀한 교신'이 계속되었다.

다행스럽게도 동민은 자신의 이러한 강의실에서의 언동 때문에 경찰이나 정보기관에 소환되는 어려움을 겪지는 않았다. 당시의 사찰이 독문학 교수의 강의실 안까지 미치지는 못했기 때문이기도 했거니와, 실은 그의 수강생 중 아무도 그의 이러한 언행을 고발하지 않은 덕분이기도 했다.

또한, 그는 시위에 참여하다 붙잡힌 학생 때문에 그 학생의 지도교수로서 서대문경찰서로 가서 지도 학생을 데리고 나와야 하는 임무를 여러 번 수행하지 않으면 안 되었다. "…… 상기명 본인은 지도교수로서 위의 학생을 올바르게 선도할 것을 서약합니다."라는 인쇄된 양식의 서약서 문구 아래에 서명하는 것이 동민의 마음에 다소 걸렸지만, 자기 지도 학생을 유치장에서 빼내오는 요식행위이어서, 그런 서약 내용에 그가 크게 괘념하지는 않았다.

특히 동민의 기억에 남는 학생으로는 장승이(張勝伊) 양이 있었다. 그가 서약서를 써 주고 장 양을 인계받아 함께 경찰서 정문을 나설 때였다.

"교수님, 죄송해요!"하고 장 양이 그를 쳐다보면서 말했다. "오늘따라 하필이면 하이힐을 신고 집을 나왔지 뭐예요. 교수님 말씀대로 운동화를 신고 나왔더라면, 빨리 도망칠 수 있었을 텐데……"

"그래, 데모할 때는 운동화 끈을 바싹 조여 놓고 있다가 늘 도망칠 채비를 하고 있어야지!"하고 동민이 미소를 띠고서 말했다. "다음부터는 운동화 신고 다녀요! 그리고, 앞으로는 교수님이라 부르지 말고 선생님이라고 불러요. 교수는 직업을 뜻하는 말인데, 거기에다 '님'자를 붙이니, '선생님'보다는 보다 사무적으로 들리는 것 같아서 말이야!"

"아, 그래요? 몰랐습니다!"하고 장 양이 말했다. "고등학교 선생님과 구별되어야 할 듯해서 제 친구들도 모두 교수님이라고 부르는 것 같아요. 다음부터는 선생님이라고 부를게요. 선생님, 저는 여기서 버스를 타고 그만 집으로 들어갈게요. 감사합니다, 선생님! 그럼, 안녕히 가세요!"

학교로 들어가는 택시 안에서 동민은 혼자 쓸쓸하게 웃었다. 교수님이든, 선생님이든 그게 중요한 것은 아니었다. 다만, 동민은 교수님보다도 선생님이라야 학생을 지도할 의무도 있을 것 같은, 독일 유학생다운 고정관념 때문에 자신도 모르게 학생한테 그런 말을 하게 된 듯했다. 아니면, 그가 독일에서 지낸 5년 동안에, 세상이 많이 달라져서, 학생들은 '선생님'이라 부르기보다는 '교수님'이라고 부르는 것이 더 존대하는 호칭으로 생각하게 된 모양인데, 이것이 동민한테는 영 마음에 들지 않았던 것 같기도 했다. 아무튼, 그가 이 나라 젊은이들에게 교수로 호칭되는 것보다는 그들의 참된 스승이 되고 싶었던 것만은 사실이었다.

  *안 선생님은 여기서 장승이만 기억하시는데, 실은 지도교수로서 경찰서에서 나도 두어 번 빼내어 주셨다. 데모를 할 때는 운동화 끈을 조여 매고 늘 도망칠 만반의 준비를 미리 하라는 강의 중의 말씀도 우리 학생들한테는 참 특이한 인상을 남겼는데, 이 말씀은 그만큼 안 선생님이 당시 시국과 대학생들의 처신에 대해 많이 고민하신 증좌이기도 했다. 안 선생님의 이 글에서 승이의 이름이 나오자 나의 놀라움과 충격은 너무나 컸다. 승이와 나는 한동안 운동권의 동지로서 같은 길을 걸었다. 승이에게 거듭된 불행이 들이닥쳤을 때, 도움이 되지 못한 나의 옛 상처가 다시 한번 곪아서 터지려 한다.

  안 선생님은 대학교수라는 비교적 안전한 직위를 갖고서 우리 힘없는 청년 학생들을 위험천만한 지경으로 내몰았다는 평소 내 생각에 이르자, 분노가 다시 끓어오르려 하고, 안 선생님에 대한 평소의 내 '적개심'과 '복수심'이 문득 되살아나려 한다.

2

1979년 10월 26일, Y대 독문과 3학년 학생들은 제주도 수학여행 중이었다.

지도교수로서 15명의 남녀 학생들을 인솔해서 제주도에서의 여정을 무사히 마친 동민은 제주시의 어느 여관방에서 혼자 쉬고 있었다. 일행은 내일 아침 일찍 배를 타고 여수까지 가서 거기서 다시 기차 편으로 귀경할 예정이었다.

그런데, 밤 10시쯤 되어서 동민이 막 자리에 들려고 하고 있는데, 노크 소리가 들렸다. 들어오라고 했더니, 학생대표를 포함해서 두세 명의 학생들이 휴대용 트랜지스터 라디오 한 대를 갖고 들어오면서 하는 말이 박정희 대통령한테 유고(有故)가 생겼다는 방송이 흘러나오고 있다는 것이었다.

동민이 학생들과 함께 방송을 들어보니, 박 대통령이 총상을 입고 병원으로 이송되었으나 영면하였으며, 최규하 국무총리가 대통령 권한대행으로서 정승화 육군 대장을 사령관으로 하는 비상계엄령 선포를 검토 중이라는 보도가 흘러나오고 있었고, 더 자세한 보도는 들어오는 대로 다시 알려드리겠으며, 그동안 음악을 보내드리겠다고 했다. 물론, 아무도 그 음악을 듣고 있을 기분은 아니었다.

그 사이에 바깥에서 궁금해 하며 서성이던 남녀 학생들 서너 명이 더 지도교수의 방으로 들어와서, 방이 갑자기 학생들로 가득 찬 느낌이었다. 라디오는 같은 방송을 되풀이할 뿐, 좌중에서는 아무도 입을 여는 사람이 없었기 때문에, 다들 자연히 동민의 입만 쳐다보는 형국이 되고 말았다.

"다른 학생들은?"하고 동민이 학생대표를 보고 물었다.

"예, 잠이 든 사람도 있고, 그냥 방에 앉아 있는 친구들도 있지만, 15명 전원이 이 여관 안에 있는 것은 확실합니다."하고 학생대표가 말했다.

"으음!"하고 동민이 이윽고 신음하듯 입을 열었다. "드디어 올 것이 오고 만 것 같구먼!"

"교수님, 이제 상황이 어떻게 전개될 것 같아요?"하고 학생대표가 물었다.

"한 사람의 독재자가 그 기구한 종말을 고한 모양인데, 앞으로 이 사태의 추이를 좀 더 두고 보아야 할 것 같아."

"교수님, 박정희 대통령을 역사적으로 어떻게 평가해야 할까요?"하고 한 여학생이 동민에게 물었다. "부패한 자유당 세력과 무능한 장면 정권에 종지부를 찍고 정의 사회를 구현하겠다며 혁명을 일으켰는데요?"

"'5 · 16혁명' 운운하며 급히 혁명이란 개념을 조작, 일시적으로 그 개념을 관철시킨 듯 보였지만, 엄연한 군사쿠데타였지."하고 동민이 대답했다. "'정의 사회 구현'을 내걸고 시대착오적 군사쿠데타를 일으켰는데, 이를 통해 한국 사회에 새로이 밀려온 이른바 군사 문화의 폐해는 옛 자유당 치하의 부정과 부패보다 어떤 점에서는 더 나빴어요. 더욱 조직적, 강압적이어서, 민주주의라는 원칙이 많이 훼손돼 버렸어요. 앞으로 우리 대한민국이 이 나쁜 군사문화의 폐해를 제대로 극복하자면, 수십 년의 세월이 필요할 것 같아요."

"이제 김영삼 신민당 대표가 당연히 대통령이 되어야 하지 않을까요?"하고 한 남학생이 물었다.

"정상적으로만 된다면, 대선 국면이 와야 하겠지만, 우선은 법적으로 대통령 권한을 승계하게 되어 있는 직책이 있지, 아마? 국무총리 아니던가?"하고 동민이 말했다.

"과도정부가 잠깐 들어서겠지만,"하고 지금까지 구석 자리에서 가만히 앉아 있던 장승이 양이 말했다. "즉각 대선 국면을 우리 힘으로 만들어 가야 한다고 생각합니다. 기득권 세력이 미처 준동하기 전에 우리 학생들과 기층민중, 그리고 지성인들이 민주 역량을 모아 거역할 수 없는 시대의 물결을 함께 만들어 가야 할 시점이 아니겠습니까? 이에 대한 선생님의 생각을 말씀해 주십시오!"

"장 양의 말이 옳긴 한데, 문제는 군부의 태도에 달렸어요. 우선, 박 대통령이 어떻게 되었는지 그 경위를 소상히 파악해야 하고, 이런 일을 일으킨 주체가 누군지를 알아야 향후 정국의 전개 방향이 드러날 터인데…… 아무튼, 우리나라 역사에서 큰 전환점이 온 것만은 분명해요! 이 시점을 놓치지 말고 잘 활용해야 할 우리 국민의 민주적 역량이 하나의 중대한 시험대에 오른 것 같기도 하고…… 아무튼, 내일 아침에 여수로 배가 출발할 수 있을지가 우선 걱정이네!"하고 동민이 말했다. "다들 일단 자기 방으로 돌아가 쉬도록 해요. 혼자 여관을 떠나는 개별 행동은 삼가도록 하고! 배가 출발하는 시간이? 아, 7시! 그렇지, 7시 출발이니까, 6시까지 모두 출발 준비를 마치도록 하자!"

그 이튿날 아침, 제주도를 제외한 전국에 비상계엄령이 선포되었다 하여, 여수로 가는 배는 제주에서 정해진 시각에 출발할 수 없다고 했다. 언제 출발할 수 있을지 모르는 형편이니, 수시로 부두로 나와 보라는 안내 방송이 흘러나오고 있었다. 학생들과 동민은 제주

부두 경내와 그 근처를 지치도록 샅샅이 산책하면서 불안하고 지루한 대기 시간을 보내다가 오후 늦게서야 간신히 여수행 배에 승선할 수 있었다. 학생대표는 예정에 없던 비용 지출 때문에 걱정이 태산이었으며, 동민은 자기 지갑을 털어 여비에 보태도록 했다.

일행이 여수에서 다시 기차를 타고 서울역에 도착한 시각은 10월 27일 자정을 넘겨 28일 오전 1시쯤이었다. 계엄령하의 한밤중이었기 때문에, 집이 아주 가까워 귀가에 전혀 문제가 없거나 늦은 시간이지만 혼자 갈 수 있다고 확언하는 다섯 명의 학생들을 보내고 나니 남은 남녀 학생이 모두 열 명이었다. 그 학생들도 동민도 모두 지갑을 다 털어버린 상태였기 때문에 일단 모두가 택시를 나누어 타고 잠실 동민의 아파트로 들어가지 않을 수 없었다.

동민을 기다리다 깜빡 잠이 들었던 화진은 잠결에 일어나 갑자기 3대의 택시비를 내지 않으면 안 되었고, 좁은 아파트에 우르르 몰려든 열 명의 지친 남녀 학생 손님들을 접대해야 했다. 밤중에 밥을 짓고, 바로 이웃에 있는 친정에 전화를 걸어 친정 어머니가 반찬들과 라면 봉지들을 집에 있는 대로 챙겨 갖고 오시지 않으면 안 되었다.

3·24 학생시위와 6·3 항쟁 등을 통해, 그 후 유신체제를 통해서도 오랜 세월 동민을 괴롭혀 온 그 막강하던 숙적 박정희가 부하 김재규의 총탄에 쓰러진 날과 그 이튿날, 그리고 그 사흗날 새벽을 동민은 이런 북새통 속에서 보냈다.

장승이 학생의 말이 옳았다. "기득권 세력이 미처 준동하기 전에 우리 학생들과 기층민중, 그리고 지성인들이 민주 역량을 모아 거역할 수 없는 시대의 물결을 함께 만들어 가야 할 시점"이었다. 하지만, 국민 개개인이 각자 자기 나름대로 이런 북새통을 겪고 있는 동안, 전두환이라는 새로운 '인물'이 한국 정계에 서서히, 조금씩 그

위압적 형용을 드러내기 시작했다. 그 과정은 정말 엽기적이었다. 처음에는 권력의 실세가 마치 정승화 계엄사령관인 듯이 보이도록 교묘한 위장전술을 썼다. 전두환이란 이름은 합동수사본부장이란 직책으로 간혹 나타나서 김재규 중앙정보부장과 김계원 비서실장의 공모 여부에 대한 수사 결과를 발표하는 역할을 하다가, 그 '괴수(魁首)' 같은 얼굴 모습이 매스컴에 불필요하게도 자주 나타난다 싶더니, 바로 그가 10·26 사태 이후 불과 47일 만에 12·12 군사 반란을 막후 조정하였다. 그는 정승화 계엄사령관을 체포, 구금하는 희대의 하극상을 감행함으로써, 드디어 이른바 신군부 세력의 우두머리로서 그 뻔뻔스러운 정체를 드러내었다.

동민은 — 많은 국민과 함께 — 경악을 금치 못했다. 이럴 바에야 차라리 박정희가 그대로 권좌에 눌러앉아 있느니만도 못했다. 박정희는 억압적, 비민주적이긴 했지만, 그래도 자기 나름의 시대착오적 애국심이라도 있는 독재자였다. 하지만, 뒤늦게 나타난 이 군인은 또 무엇이란 말인가! 보아하니, 이 인물은 분단 한반도 군사문화의 최악의 상징으로서 박정희보다 더 잔인한 짓도 마다하지 않을 위인(爲人) 같았다.

*"이제 김영삼 신민당 대표가 당연히 대통령이 되어야 하지 않을까요?"하고 물었던 것은 나 허경식이었다. 그런데 안 선생님은 "한 남학생이 물었다"라고 쓰셨다. 섭섭하지만, 그 당시 안 선생님한테는 이 허경식이 "한 남학생"에 불과했다.

아무튼, 그날 10월 28일 새벽, 계엄령하의 서울역에 내려 승이와 나를 포함한 10명이 남녀 학생들이 잠실이 안 선생님 아파트로 택시를 타고 몰려갔다. 그날 새벽의 여러 장면이 지금도 꿈결처럼 내 기억에 남아 있다. 주무시다가 밤중에 일어나 우리 학생들을 대접하시던 사모님의 처신과 언행이 훌륭했고, 특히 이웃에 사시다가 한밤중에 반찬과 라면 봉지 등을 들고 딸네 집으로 건너오신 장모님이 참 자비로우시고 친절하셨다는 기억이 지금도 생생하게 남아 있다. 이로써 장승이와 나 허경식 등 Y대 77학번 학생들은 안 선생님과는 참으로 특수한 악연의 끈에 함께 묶이게 되었다.

3

이런 퇴행적, 억압적 분위기에도 불구하고 계엄령 해제와 유신헌법 개정을 열망하는 국민은 1979년의 지루하고도 긴 겨울 소식들 — 차지철과 김재규의 암투의 원인이 무엇이었던가?, 김계원 비서실장의 처신이 기회주의적이었던가 아닌가?, 정승화 대장에게 하극상을 일으킨 신군부 세력들과 대한민국 국군 내의 사조직 '하나회'는 동일 집단인가 아닌가? 등등의 미스터리들 — 을 견뎌내며, 이른바 '서울의 봄'을 맞이하고 있었다. 김영삼, 김대중, 김종필 등 이른바 3김이 각축을 벌이는 가운데 1980년 5월 20일의 국회에서 드디어 계엄령 해제와 유신헌법 개정 논의가 이루어지기로 예정되어 있었다. 신군부가 이날 개회될 예정인 국회를 과연 그냥 두고만 볼 것인가? — 이에 대해 많은 학생과 민주 시민들은 불안해하며 1980년 5월 15일, 서울역에 10만 명이 모여 유신헌법 개헌을 위한 시위를 벌였다. 5월 17일 신군부는 계엄령을 선포하고 임시국회를 해산함과 동시에, 김대중과 김종필을 체포하고 김영삼을 가택 연금 조치하였으며, 각 대학에는 휴교령을 내렸는데, 사람들은 후일 이것을 5·17 쿠데타로 지칭했다.

그 이튿날인 5월 18일에 광주에서 대규모의 거센 민중 시위가 일어났다. 위기에 몰린 신군부는 공수부대 등을 투입하여 무력으로 이 비무장 민주 시위를 강경 진압하고자 했는데, 이 과정에서 저항하던 수많은 광주 시민이 국군에 의해 희생되었다. 민주화를 열망하던 광주 시민의 대규모 평화적 시위에 대해 정권 자체가 붕괴할 위기에 처한 전두환 독재정권이 잔혹한 과잉 진압의 방법을 택한 것이었다.

1968년 체코 국민의 시위가 소련군의 군화에 짓밟혔던 사건을 '프라하의 봄'이라 부르지만, 광주 시민의 민주화 운동이 국군의 군화에 짓밟힌 이 있을 수 없는 대참사로 인하여 이른바 '서울의 봄'이 그 종말을 고했다. 5.18은 비단 광주 시민의 비극에 그치지 않고 한국 국민 전체의 민주화 운동의 햇불이 폭압적 무력에 짓밟혀 — 적어도 표면적으로는 — 무참히 꺼진 것을 의미하였다.

신군부는 혼란을 종식시킨다는 명목으로 5월 31일 전국 비상계엄령하에서 국가보위비상대책위원회를 설치하고 '정치발전'과 '공직자 숙정(肅正)'을 명분으로 대학 졸업정원제와 과외금지, 출판 및 인쇄물 제한, 삼청교육 실시 등 자신들의 권력을 다지기 위한 정지 작업을 단행하였고, 지배구조의 재편을 위한 제반 폭압적 조치를 단행해나갔다. 6월 17일에는 부정축재, 국기문란, 시위주도, 배후조종 등 말도 안 되는 혐의를 들씌워 정치인, 교수, 성직자, 언론인, 대학생 등 329명을 지명 수배하였고, 6월 24일에는 김종필, 이후락, 박종규 등 유신세력의 핵심 인사들에게까지도 모든 공직으로부터의 자신사퇴를 상요하였다.

4

Y대 교수로서 이 모든 과정을 아무 저항도 하지 못한 채 지켜보아야만 했던 동민은 심한 절망감과 자괴감에 빠져 거의 불모의 시간을 보내지 않으면 안 되었다.

비록 휴교령이 내려져 있었지만, 그래도 교수로서의 최소한의 책무는 해야 한다는 심정으로 동민은 학교 연구실에 나와서 대학원생들의 리포트를 읽고, 자구 수정이나 인용법을 바로잡아 주고 마지막에는 전체 리포트에 대한 코멘트를 달아 주기도 했다.

이러던 어느 날 아침이었다.

"'안 서방'! 요즘 휴교 중 아녜요?"하고 화진이 말했다. 그녀는 친정어머니가 동민을 부르는 호칭을 자신도 반어적으로 사용해 보는가 싶더니, 요즘은 아예 자신도 남편을 '안 서방'이라 부르고 있었다. "'안 서방', 오늘은 모처럼 집에서 딸 아이 얼굴도 좀 보아주고 같이 놀아주면 어떻겠어요?"

"미안하지만, 안 돼!"하고 동민이 말했다. "휴교라지만, 방학은 아니잖아! 이런 때일수록 학교에 나가서 자리를 지키고 앉아 있어야지. 만약 대학원 학생이라도 마침 학교에 나왔다가 교수를 찾는데, 학과에 교수라곤 아무도 나와 있지 않다면, 그 학생이 얼마나 실망하겠어?"

"어이구, 또 그 의무! 그 체면!…… 알았어요! 그만 가 보세요. 다만, 내가 이래도 한때는 프린스턴 대학 비교문학과 박사과정에 적을 두고 있었던 여자라는 걸 아주 잊지는 마세요. 매일 집에서 아기나 보라는 식은 한계가 있을 거예요, 아마도!"

"아, 미안해요! 이번 주말에는 꼭 가족과 함께 지내도록 할게."

이렇게 동민은 화진이 말리는 것도 뿌리치고 기를 쓰고 학교 연구실에 나왔다. 실은 할 일이 전혀 없는 것이 아니었다. 동민이 밀린 일들을 조금씩 정리해 나갈 순서를 생각해 보고 있는데, 전화벨이 울렸다. 같은 문과대학의 사회학과 A 교수였는데, 휴교령이 내린 학교에는 왜 나왔느냐며, 자기 연구실에서 바둑이나 한 수 두자는 제안을 해 왔다.

"어, A 선배님, 선배님은 왜 이렇게 학교에 나오셨습니까?"하고 동민이 A 교수의 연구실로 가서 응접 의자에 털썩 앉으며 말했다.

"이것 참, 시국이 이러하니 도무지 답답해서 집에 있을 수가 있어야지. 그래서 학교로 기어 나오긴 했지만, 막상 일이 손에 잡혀야 말이지!"

"저도 마찬가집니다. 아내가 말리는 데도 고집을 부려 기어이 학교에 나왔는데, 어쩐지 허망해서 일할 기분이 나지 않네요. 교수가 학생을 잃고 강의를 할 수 없게 되었으니, 이런 야만이 어디에 또 있겠어요?"

"글쎄 말입니다! 이루 말로 다 표현할 수 없는 참담함 그 자체이지요. 한 수 하고, 점심이나 함께하지요!"하고 A 교수가 말하고 나서, 응접 탁자 밑에서 바둑판과 바둑돌 통을 꺼내어 탁자 위에 올려놓았다.

A 교수는 S대 사회학과 출신으로서 S대 학번으로 따지자면 동민보다 4년쯤 선배였고, 바둑은 동민보다 딱 한 수 위였다. 동민이 흑을 쥐고 정선으로 두는데, 그 승률이 정말 엇비슷하였다. 구내식당에서 점심을 하고 나서도 바둑은 계속되었고, 승패를 거듭하다가 나중에는 서로 몇 승 몇 패인지도 기억하지 못할 정도로 되었다.

동민이 오후 5시니 되어서야 겨우 자기 연구실로 되돌아오니, 그 교가 독일에서 온 우편물이라며 두 통의 국제우편을 전해 주었다.

하나는 코프만 선생님한테서 온 편지인데, 동민이 얼마 전에 보낸 안부 편지에 대한 회신이었으며, 또 다른 편지는 프랑크푸르트 대학 영문과 봉투만 보아도 금방 라이너에게서 온 것임을 알 수 있었다. 라이너 슈트로마이어는 곧 하빌리타치온(Habilitation, 교수자격 취득 논문)을 끝낼 예정이며, 그 후에는 본으로 되돌아가 카린과 결혼할 예정이라고 쓰고 있었다. 동민은 라이너의 편지에 축하한다는 회신이라도 쓰고 귀가하는 것이 그래도 오늘 학교에 나온 체면이라도 지키는 일이 되지 않을까 하고 생각했다가, 그것이야말로 정말 지나친 위선이 될 듯해서 그것마저 그만두고, Y대 백양로를 터덜터덜 걸어 신촌으로 나왔다. 아침에 학교 일을 빙자하여 기어코 집을 나와놓고는 결국 온종일 바둑만 두다가 집으로 들어가자니, 학자로서 양심의 가책을 느낀 것은 물론이고, 무엇보다도 우선 마음이 너무나 허전하였으며, 특히 아내 화진에게 진심으로 미안한 마음을 금할 수 없었다.

마침, 꽃집이 하나 보이기에 동민은 꽃다발을 하나 사 들고 귀가하였다.

"어인 꽃다발이에요?"하고 화진이 반색을 하며 물었다.

"응, 당신한테 문득 미안한 마음이 들어서……"하고 동민은 차마 바둑 이야기는 입 밖에 내지 못하고 그냥 얼버무렸다. "여보, 당신 참 고마운 사람이야! 나처럼 이렇게 아무것도 볼 것 없는 사람이 뭣이 좋다고 그 오랜 세월을……"

"이 양반이 오늘 왜 이러실까?"하고 화진이 생긋 웃으며 말했다. "하긴 나도 요즘 자주 그런 생각을 혼자 해 보는데, 아마도 '안 서방'한테서 풍기는 그 촌티 때문이었던 것 같아요."

"어리석은 점 말이지?"하고 동민이 웃으며 말했다.

"어리석은 건 아니고, 좀 어수룩하고 촌스러운 점인데, 뭐라고 해야 하나? 뭔가 숨은 깊이가 있을 것 같은데, 그 깊이를 쉽게 가늠할 수 없는 매력 같은 거……"

"니체의 잠언(箴言) 중에, '끔찍한 깊이를 감추고 있지 않은 아름다운 표면은 없다'(Es gibt keine schöne Fläche ohne eine schreckliche Tiefe)라는 말이 있는데, 나의 어수룩한 얼굴 아래에 감춰져 있는 무서운 심연을 조심해야 하겠어요, 당신!"

"오늘도 이 아름다운 꽃다발 뒤에 '안 서방'이 무엇인가를 숨기고 있는 듯하지만…… 시절이 시절인 만큼, 야박하게 더 추궁하진 않을게요. 나한테 숨겨봤자 뭐 대수롭잖은 것일 테지요, 아마도! 손 씻고 안방에 들어가 우리 덕애 자는 모습이나 들여다보세요. 저녁상 차릴게요."

휴교 중이니 집에 머물러 달라는 아내의 간청에도 불구하고 기어코 학교 연구실에 나갔지만, 종일 바둑만 두고 귀가하는 등 이 암흑기 동안의 동민의 처신과 행동은 자기 자신도 설명할 수 없는 모순들로 가득 차 있었다. 그는 심한 자괴감에 시달렸다. 그가 전공한 작가 토마스 만의 소설 『토니오 크뢰거』에는 '완전히 창조자로서 살 수 있으려면, 이미 죽어 있지 않으면 안 된다'라는 말이 나오는데, 이때의 그는 그 비루한 한국적 현실에서 '완전히 교수로서 살 수 있으려면', 죽음과 대면해야 한다는 사실을 통감했다. 살아 있다는 사실이 부끄러운 비루한 시절이었다.

광주 민주화 운동 국면이 어느 정도 진정되고, 휴교령이 내려졌던 대학도 다시 문을 열게 되자, 동민은 아픈 자괴감에두 불구하고 교수로서의 자신의 책무를 다하고자 애를 썼다. 이른바 분골쇄신(粉

骨碎身)이란 말이 있지만, 조금 과장해서 말한다면, 그는 자신의 허한 마음을 지키기 위해서, 없는 일도 구태여 찾아가며, 자신을 혹사했다. 강의실에서의 그는 여전히 학생들과 예의 그 '은밀한 교신'을 계속했고, 자신의 강의 주제를 고전 중심에서 '동독 문학'으로까지 확대해 나갔는데, 이것은 그가 자신의 강의를 이 나라를 폭압적으로 옥죄고 있는 분단 상황과 조금이라도 연관시킴으로써, 그 강의에다 현재성과 실천성을 부여해 보려던 노력의 일환이었다.

그가 계간문학지 「외국문학」의 편집위원이 된 것도 이 무렵의 일이었다. 춘천 S여대의 오성근 교수는 그동안에 모교인 S대 불문과로 직장을 옮겼는데, 어느 날 동민에게 전화로 「외국문학」의 편집 일을 같이하자고 제안해 왔다. S대 영문과의 L 교수, K대 국문과 K 교수도 참여하여, 국문학과 영·독·불문학 분야에서 각각 한 사람씩 도합 4인 편집위원 체제를 이루었는데, 이 잡지를 통해 동민은 그사이에 자신이 소홀히 해 왔던 한국문학에 다소나마 다가갈 수 있었고, 아울러 독문학자로서 한국문학의 발전에 조금이나마 기여할 수 있는 소중한 기회를 얻었다.

하지만, 정치적으로는 온 나라가 신군부 세력의 가차 없는 폭압적 독재에 시달리던 때였다.

이런 어느 날이었다. 그가 겨울방학인데도 연구실에 나와서 학과 교수들이 새 학기에 담당해야 할 강의과목들을 놓고 안배의 묘책을 찾고 있는데, 장승이 학생이 찾아왔다. 그녀를 응접탁자 건너편에 앉도록 권하고 나서, 얘기를 들어보니, 그녀는 이미 작년 이맘때 졸업을 하고 현재는 조그만 회사에 다니고 있다고 했다.

"벌써 졸업했군그래! 이것참, 미안해! 내가 정신이 없어서, 졸업생을 아직 재학생인 줄 알고서⋯⋯"

"괜찮아요, 선생님!"하고 장승이 양이 말했다. "오늘 제가 선생님을 찾아뵌 것은…… 제 일신상의 고민 때문입니다."

"그래?! 어디 한 번 이야기해 보시게나!"하고 동민이 말했다. "아가씨가 졸업 후에 이렇게 찾아왔으니, 유학 문제일까? 아니면, 결혼 문제일까?"

"둘 다 아니고요, 선생님!"하고 장 양이 말했다. "제가 현재 다니고 있는 직장은 독문학하고는 전혀 상관없어요. 직장이 영등포에 있는 소규모 회사인데요, 사무직으로 일하는 저는 얼마 되지 않는 월급으로 그럭저럭 생활은 잘하고 있습니다. 저녁에는 책도 좀 읽고요. 그런데, 어린 남녀 직공들이 끔찍하게 착취당하고 있는 노동 현장을 매일같이 보고 살자니, 제가 괜히 미안해서 죽을 맛이에요. 저도 주당 44시간은 일해야 하지만, 직공들은 주당 60시간 가까이 일해야 하는 살인적 노동조건이랍니다. 그들의 이러한 기막힌 현실이 개선될 기미나 희망이 저의 눈에는 전혀 보이지 않습니다. 선생님께서 언젠가 강의 시간 중에 슬쩍 지나가는 그 독특하신 어투로 언급하셨지요? 독일기업에는 '노사공동결정(Mitbestimmung)' 제도가 있다고요. 독일에서는 노동자 대표에게 경영 참여를 시킨다는 선생님의 그 말씀이 문득 생각났습니다. 그래서, 오늘 마침 Y대 근처를 지나는 길에 혹시 연구실에 계시나 하고 선생님을 찾아뵌 것이고요. 아무 관계도 없는 연상 작용 때문이었습니다. 하긴, 선생님이 어떻게 지내시나 보고 싶어서 찾아온 것 같기도 하고요."

"아, 장 양, 잘 왔어요! 반가워요. 그 문제라면 내가 해결할 수는 없지만, 평소에 제법 관심을 두고 있는 문제지. 그런데, 그 문제는 사회제도 전반에 민주화가 어느 정도 진전되어 있어야 조금씩 해결될 수 있어요. 지금과 같은 이런 폭압적 개발독재 체제하에서는 어차피 그런 개선안 자체가 시기상조이지요. 이른바 정경유착이라는 개념이 있지 않아요? 정치하는 사람들과 자본을 가지고 경제를 주무르는 큰 장사꾼들이 서로 짜고 힘없는 민중을 착취하는 구조인데, 국민의 민주적 역량이 집결된 힘을 발휘할 수 있을 경우에만, 이런 적폐를 조금씩 개선해 나갈 수 있겠지요, 아마도!"

"선생님은 이런 사회 안에서 교수로 사시는 게 행복하세요?"하고 장 양이 갑자기 물었다. "기억나세요, 선생님? 선생님께서 강의실에서, 데모를 하려거든 운동화를 신고 등교했다가 운동화 끈을 바짝 동여매고 하라고 말씀하셨던 것? 제가 서대문경찰서에 잡혀 있을 때, 선생님은 지도교수로서 서약서를 쓰시고 저를 빼내어 주시곤 하셨지요. 그리고, 수학여행 때에는 마침 10 · 26 사태가 나서 저희가 새벽에 잠실의 선생님 아파트까지 쳐들어간 적도 있었습니다. 사모님께서도 안녕하시지요?"

"아, 그럼, 기억나고말고! 내 내자는 건강하게 잘 있어요. 교수로서 행복하냐는 질문, 그것참, 난처한 질문이군그래! 이런 정치적 상황에서 행복한 대학교수가 어디 있겠나? 현실에 뛰어들어 싸울 수만 있다면 싸워야 하겠지만, 교수도 교수 나름이지 나에겐 그럴 힘도, 기회도 없더라고! 아무도 내게서는 그런 기대조차도 하지 않아요, 다행인지 불행인지 모르겠지만! 하긴, 당장 내 몸에 덮쳐 올 야만적 폭력도 무섭고! 아내와 딸아기도 있으니까 말이야! 그래서, 내게 주어진 최소한의 책무나마 간신히 하고 있어요. 말하자면, 아무리 잘 보아줘도 60점짜리 교수지! 참, 부끄러운 노릇이야! 자괴감에 억눌려 행복하다는 생각 같은 건 해 본 지 오래야."

"선생님, 너무 그렇게 자괴감을 느끼지 마시고 부디 힘내세요. 저는 선생님을 신뢰하고 존경해요. 강의실 안에서의 선생님은 늘 우리에게 비판의 눈을 뜨게 해 주셨고, 무언가 미래에의 비전 같은 것을 슬쩍 보여주시고자 하셨지요. 어떤 현대 독일철학자가 말했다는 그 무슨 희망의 '예조(豫兆)'라는 독일어 개념도 설명해 주셨어요. 아침 해가 뜨기 전 동녘 하늘의 붉은 구름이라든지, 배가 항구로 들어오기 전에 수평선에 먼저 보이기 시작하는 돛대 위의 깃발 같은 것처럼, 복잡한 우리네 현실로부터도 희망을 주는 미래의 어떤 '예조'를 읽어낼 줄 알아야 한다고 말씀하셨던 것 같습니다. 하지만, 저는 우리 사회에서 아직 이런 희망의 '예조' 같은 걸 찾아볼 수가 없습니다."

"절망의 순간에도 희망은 늘 우리 앞에 있지!"하고 동민이 말했다. "독문학을 공부하신 김광규라는 시인이 계시지.「희망」이라는 그의 시에 따르면, 희망은

어디선가 이리로 오는 것이 아니라
누군가 우리에게 주는 것이 아니라
싸워서 얻고 지켜야

하는 것이라고 했어요. 나도, 장 양도 우리 다 이 나라에서 희망을 잃지 말고, 누군가가 희망을 우리에게 주기를 기다리지도 말고, 싸워서 얻고 지켜나가요!"

"예, 선생님! 오늘 이렇게 선생님을 뵙고 다시 희망에 대한 말씀을 들으니, 참 좋아요! 졸업은 했지만, 제 현실이 너무 비루해서……문득 선생님을 다시 한 번 뵙고 싶었습니다. 비를 피해서 잠시 옛 둥지에 찾아든 새처럼, 큰 위안을 얻고 갑니다. 감사합니다, 선생님! 안녕히 계세요!"

동민이 희망에 관해 조금 더 말을 계속하려는데, 장승이 양은 이미 방을 나가고 없었다. 어쩌면 눈물을 보이지 않으려고 재빨리 뛰쳐나간 것 같기도 했다. 동민은 장승이 양을 뒤쫓아 나가지도 못하고 그만 자기 연구실 안에 한참 그렇게 민망하고 어색하게 앉아 있었다. "비를 피해서 잠시 옛 둥지에 찾아든 새"가 다시 빗속으로 날아간 것이었다.

그 순간 동민의 머리를 얼핏 스쳐 가는 단어가 있었다 — '지도교수'! 이 얼마나 숙명적인 단어인가! 한국대학에서의 교수는 연구자이기 이전에, 그가 원하든 원치 않든 간에, 스승이 되어야 하고, 학생들의 마음의 고향도 되어야 하는 것이었다. '이 무력한 교수가!?'하고 동민은 자신도 모르게 그만 고개를 떨구었다.

* 아, 안 선생님이 이런 고민을 하신 분이셨구나! 어렴풋이 짐작은 하고 있었지만, 대개 제자는 스승의 속까지는 잘 모르는 법이다. 나는 누구보다도 당시의 장승이를 잘 알고 있었는데, 그녀는 내가 말렸음에도 불구하고 영등포의 어느 생산 공장에 위장 취업을 했다. 그녀가 Y대 연구실로 이렇게 안 선생님을 찾아간 것은 아마 나와도 이미 헤어져 한창 기관원한테 쫓기며 그녀 나름대로 고민하던 시기였던 것 같다. 지금, 이 순간, 나는 안 선생님이 자신의 원고를 왜 하필이면 내게 맡기셨는지 그 이유를 어렴풋이나마 짐작하게 된다. 내가 자신의 원고를 아주 무시하고 이것을 토대로 아예 새 작품을 써 줄 것을 바라신 것이 정말 진심이셨던 것도 지금에야 어느 정도 실감할 수 있다. 하지만, 유감스럽게도 나에겐 그럴만한 정열이 더는 남아 있지 않다.

위에서도 밝혔지만, 『도동 사람』이란 제목은 안 선생님의 원고에 이미 적혀 있었으나, 그 아래에 작자 이름은 아직 적혀 있지 않았다. 안 선생님은 누구든지 이 글을 완성하는 사람이 자신의 이름을 적어 넣으라는 의미로 그 자리를 비워놓으신 것이었겠지만, 설령 내가 이 원고를 내 정열을 바쳐서 대폭 수정했다 치더라도, 나 허 경식이 그 자리에 내 이름을 적어넣을 수는 차마 없지 않겠는가 싶다.

4. 훔볼트 장학생

1

1982년 2학기 강의가 끝나고 학과 교수들은 한창 채점과 성적처리에 여념이 없을 무렵이었다.

김병석 선생님이 전화로 동민을 댁 근처의 그 중국집으로 불러 저녁을 함께하자고 하셨다. 그는 동민이 Y대 독문과를 앞길이 탄탄한 학과로 만들어 주고 있는 데에 고마움을 표하고, 얼마 남지 않은 연말을 잘 보내고 희망찬 새해를 맞이하자며 축배를 제의했다. 그는 모든 면에서 처신이 깨끗하고 빈틈이 없는 신사였다. 하지만, 이 '빈틈이 없다'는 것이 또한 동민에게는 큰 부담이기도 했다. 그는 자신이 관철하고자 하는 의제와 그것을 위한 논변을 미리 빈틈없이 준비해 오기 때문에, 갑자기 그 의제가 나왔을 때, 동민이 적절히 대응하기가 쉽지 않았다. 또한, 그는 그 의제를 단숨에 털어놓는 것이 아니라, 그 전에 여러 논변을 구축해 놓은 다음, 긴 저녁 시간을 십분 활용하여 마지막 순간에야 자신의 의중을 내어놓는 식이었다. 그래서, 대개 저녁 식사 중에는 중요한 용건이 나오지도 않았다.

그날 저녁 식사 중에도 김 선생님은 우선 동민의 노고를 치하해 주셨다. 그래서, 이제 학과가 새로운 도약을 할 수 있는 절호의 전기(轉機)를 맞이하게 되었다는 언급까지만 있었고, 예상했던 대로 저녁 식사 시간 중에는 본격적 의제가 아직 나오지 않았다. 오늘따라 동민은 자기 쪽에서 먼저, 어디 자리를 옮겨 송년회를 겸하여 2차를 모시고 싶다는 제안을 했다. 그래서, 그 둘은 당시 가끔 함께 가곤 하던 '포 시즌'이란 양식 카페로 가서 칸막이 공간 하나를 차지하고 앉았다. 동민은 김 선생님의 허락을 얻어 진토닉 한 병과 마른안주를 주문했다.

거기서도 김 선생님은 좀체 본론을 꺼내지 않고 화장실을 다녀온다든가, 다른 자리에 가 있던 마담을 불러서는 최근에 자기 친구인 천문학과 R 교수가 다녀간 적이 있는지 물어본다든가 하면서 시간을 끌었다. 동민은 집에서 화진이 기다릴 것 같기도 해서 김 선생님께 먼저 여쭈어 보았다.

"김 선생님, 오늘 송년회 겸해서 불러주신 것으로 느끼고 있습니다만, 혹시 저에게 무슨 특별히 하실 말씀이라도 있으신지요?"

"아, 그게 말이오!"하고 김 선생님이 말했다. "생각해 보니, 그런 사안이 없지 않아 있을 것 같아요. 그런데, 미안하지만, 내가 잠깐 화장실에 다녀와서 얘기를 시작하리다."

이윽고 김 선생님이 자리로 다시 돌아와 앉으시며 말씀하셨다. "최근에 학위를 마치고 독일에서 돌아온 L 박사 얘긴데, 이 사람을 신학기에 우리 학과 전임으로 채용해야 하겠다는 생각입니다."

"……"

김병석 선생님의 이 뜻밖의 말에 동민은 갑작스러운 문제라서 즉답을 하지 못했다.

"좀 이르지 않을까요?"하고 동민이 이윽고 조심스럽게 김 선생님을 쳐다보면서 말했다. "이제 막 도착한 사람이니까, 한 학기쯤 지켜본 연후에 전임으로 채용하는 게 어떻겠습니까? 게다가, 우리 과에 과연 교수 T. O.가 더 있는지도 교무처에 알아봐야 할 것이고요."

"T. O.는 이미 내가 교무처장에게 말해서 확보해 두었어요. 그리고, 나와 안 선생, 그리고 안 선생보다 뒤에 온 두 분까지도 모두 S대 출신입니다. 하지만, 우리 독문학계에도 S대 단독 주도(主導) 시대를 어서 종결시키고, 새 인재들이 새로운 시대를 열어나가도록 해야 하지 않겠어요? 이제 Y대 출신의 신진학자가 학과에 들어와 활동해야 할 시점이 되었다고 봅니다. 어차피 채용해야 할 후진인데, 괜히 시험한다며 아까운 시간을 허비할 필요가 무엇 있겠어요?"

김 선생님의 이 말은 틀린 말이 아니었으므로, 동민이 잠시 생각에 잠겨 있는데, 김 선생님은 다시 말을 이어 나갔다. "그리고, 이건 좀 다른 얘긴데, L 박사가 학과에 들어오면, 그동안 학과를 위해 많이 헌신해 온 안 선생은 다시 독일로 가면 좋겠습니다. 안 선생처럼 유능한 학자가 계속 이렇게 대학의 잡무에 시달려서는 안 될 것입니다. 안 선생은 더는 학생이 아니라 이제는 교수 자격으로 독일대학으로 되돌아가서 학문적으로 재충전을 하고 오셔야 장차 대성할 수 있으리라 봅니다. 내 생각으로는 안 선생이 훔볼트 재단에다 장학금을 신청하면 좋겠어요. 내가 추천서를 써 드리지요. 안 선생은 어떻게 생각해요?"

"…… 글쎄요"하고 동민이 대답했다. "저는 그런 생각까지는 미처 못했습니다만, 지금 갑자기 다시 한번 독일에 가고 싶은 생각이 간절해 지긴 합니다."

"그럼, 가셔야지! 여기서 계속 지금처럼 일만 하시다간, 나이가 들면 그냥 축 늘어져서 아무것도 안 됩니다! 물론, 안 선생보다 뒤에 학과에 들어온 분들한테도 내가 이런 제안을 할 시점이 차차 올 것입니다. 다만, 나는 독일에서 연구년을 보내는 데에는 안 선생이 먼저 자격이 있다는 생각을 한 것입니다."

"김 선생님, 깊은 배려에 진심으로 감사드립니다. 다만, 너무 의외의 말씀이라 조금 더 생각해 보겠습니다. 저의 집사람과도 상의해 봐야 하겠고요."

"그렇게 하시지요."하고 김병석 선생님이 말했다. "오늘도 참 뜻 깊은 의논을 했습니다. 안 선생, 성탄절과 세모를 잘 보내시고 희망찬 새해를 맞이하시기 바랍니다."

"예, 감사합니다. 김 선생님께서도 복된 새해를 맞이하시기 바랍니다!"

동민이 집에 들어가서 다소 들뜬 기분으로 이 소식을 화진에게 전하자, "내년에요?"하고 그녀는 좀 뜨악한 반응을 보였다. "아기들을 둘이나 데리고요? 꼭 가야 하나요?"

"여기서도 어차피 아기들은 돌봐야 하잖아!"하고 동민이 말했다. "훔볼트 재단은 아기들도 데려갈 수 있도록 잘 배려해 줘요. 장학금에 자녀양육비라며 일정액을 더 얹어 주기까지 하는 걸로 알고 있어요!"

"그래요? '안 서방'이 대학에 가고 나면, 나 혼자 집에 있어야 할 텐데, 그게 좀 걱정이네요. 서울에서 혼자 계셔야 할 어머니도 걱정이 되고요…… 하지만, 이건 '안 서방'이 알아서 결정하세요. 난 그 결정에 그대로 따를게요."

그래서, 동민은 연말에 당장 훔볼트 재단에 장학금 지원신청을 하기 위한 준비 작업에 착수했다. 우선, 독일 아우크스부르크 대학의 코프만 선생님께 편지를 내어 '후견 초청인(Betreuer)'이 되어 주겠다는 의사가 밝혀져 있는 추천서를 부탁하고, 김병석 선생님한테는 '자국 내 시니어 교수'로서의 추천서를 부탁했다. 그러고는 신년 초에 연구계획서 작성을 끝내어, 지원 신청서류를 우편으로 훔볼트 재단에 제출하였다.

2월 말에 L 박사가 Y대학 전임교수로 발령이 났고, 4월이 되자 동민은 훔볼트 재단으로부터 장학생으로 선정되었다는 통보를 받았는데, 그 결과 그해 10월부터 아우크스부르크 대학 연구교수로 가기로 확정되었다.

교수로서의 여러 정리할 일과 복잡한 수속은 논외로 치더라도, 한 가장이 식구들을 거느리고 1년간 외국에 다녀온다는 것은 당시 한국에서는 많은 난관을 극복해야 가능한 일이었다. 동민은 서빙고 동의 신축 아파트 분양에 응모를 해서 운이 좋게도 당첨은 되었으나 그의 경제 형편으로는 그 비용을 어떻게 감당해야 할지 큰 걱정이었다. 이에, 장모님이 그들 네 식구를 임시로 자기 집에 들어와 함께 살게 한 다음, 동민네가 살던 아파트의 전세금을 빼내어 일단 아파트 계약금을 낼 수 있도록 도와주셨다. 동민네의 저축으로는 3회 중도금까지밖에 낼 수 없을 듯했다. 부재 기간에도 들어오게 되어 있는 동민의 Y대 봉급을 모두 합하더라도 나머지 중도금과 잔금을 감당하기가 어려웠지만, 그는 뒷감당을 모두 해 줄 테니 그냥 솔가해서 떠나기만 하라는 장모님한데 너무나 감사한 나머지 그저 고개만 깊이 떨구고 있었다.

1982년 10월, 동민은 화진과 어린 두 딸을 데리고 프랑크푸르트

공항에 내렸다가 다시 기차로 아우크스부르크로 갔다. 코프만 선생님은 동민네가 아우크스부르크 대학의 영빈관 가족동 제1호에 들어가 살 수 있도록 미리 주선을 다 해놓으셨다. 필요한 가구들이 이미 다 비치된 고급 숙소였다.

화진은 거실 앞 유리창 너머로 잘 가꾸어져 있는 잔디밭을 내다보면서 기뻐하였다. 텔레비전도 있었고, 냉장고 안에는 코프만 부인께서 미리 사다 넣어 준 빵과 우유, 과자 등이 들어있었으며, 아이들 방에는 그 댁 자녀들이 어린 시절에 쓰던 갖가지 장난감들도 갖다 두셨다. 덕애와 현애는 금방 인형들과 목제 장난감들을 갖고 놀기 시작했다.

이것이 6년 만에 다시 독일에 온 동민의 첫날 저녁이었다.

"여보, 그동안 고생이 많았어요!"라고 말하면서, 동민은 창밖을 내다보며 무연히 서 있는 화진에게로 다가갔다. 그러고는 그녀를 꼭 껴안으면서 말했다. "고마워요. 이 못난 사람을 믿고 오늘 여기까지 따라와 줘서…… 이곳에서는 오랜만에 우리 가족끼리 조용히 살 수 있으리다."

2

그러나 거기도 '가족끼리 조용히 살 수 있'는 곳은 못 되었다. 곧, 코프만 선생님 댁에서의 초대가 있었고, 이쪽에서도 코프만 교수 내외분을 초대했다. 코프만 선생님 휘하의 강사진들과 박사과정 학생들을 위해서도 간단한 파티를 열었다. 그리고 Y대 독문과 출신 유학생들의 방문이 여러 차례 있었다.

모두가 반갑고 즐거운 만남이었지만, 화진에게는 이 모든 행사를 치르는 것이 무척 신경이 쓰였다. 남편이 워낙 여러 사람의 신망을 두텁게 받고 있어서 그의 아내로서 올바르게 처신한다는 것이 참으로 만만치 않았다. 이웃에 살면서 조석으로 도와주고 친구처럼 말동무도 되어 주시던 서울의 어머니가 무척 그립기도 했다. 여섯 살난 덕애와 세 살짜리 현애는 다행히도 근처의 유아원에 보낼 수 있었는데, 아이들을 유아원에 데려다주고 데려오는 일도 — 동민은 대개 대학에 가 있었기 때문에 — 거의 그녀의 몫이 되었다.

하긴, 기쁜 일도 없지 않았다. 어느 날 저녁 무렵에 화진이 아이들을 데리러 갔더니, 유아원 보모가 환하게 웃으면서 영어로 잠깐 들어와 보시라고 청하기에 교실에 들어가 보니, 아이들이 빙 둘러서서 구경하고 있는 한가운데에서 덕애가 마룻바닥 위에 앉아서 한 그루 해바라기를 그리고 있었다. 현애는 언니의 옆에 바싹 붙어 앉아 자기도 도화지 위에 무엇인가를 그리는 시늉을 하고 있었다. 덕애의 손에 의해 되어가고 있는 해바라기 꽃송이가 너무나 크고 또 사실적이었기 때문에 다들 경탄의 눈으로 도화지를 내려다보고 있었다.

"덕애야!"하고 화진이 딸의 이름을 불렀다. 현애가 재빨리 화진의 치맛자락에 매달렸고, 덕애는 힐끗 엄마를 쳐다보더니, 해바라기 꽃송이를 빨리 완성하기 위해 노란색 크레용을 더 세게 칠하기 시작했다.

"독일어를 못하니까, 며칠 동안은 동생하고만 놀더군요!"하고 보모가 말했다. "그런데, 오늘은 이렇게 해바라기 그림을 그리네요! 참, 잘 그렸죠?"

"예, 감사합니다!"하고 화진이 말했다 "서울 집에 있는 그림책에 비슷한 해바라기 그림이 하나 있긴 있었던 것 같습니다…… 덕애야, 우리 이제 집으로 가자!"

덕애가 이제 다 그렸다는 듯이 주황색 크레용을 제 자리에 놓고는 조용히 일어섰다. 그러고는, 보모께 고개 숙여 인사를 하고는 화진을 따라나섰다. 화진이 아이들을 데리고 유아원 문을 나서는데, 보모가 뒤쫓아 나오며 돌돌 만 도화지를 화진에게 주면서 말했다.

"이걸 댁에 갖고 가시죠. 아이들 방에 붙여 두는 게 좋을 것 같아서요! 안녕히 가세요! 덕애, 현애! 안녕!"

"감사합니다! 안녕히 계세요!"하고 그림을 받아 든 화진이 아이들을 데리고 집으로 돌아오는데, 그 낯선 독일 도시에서 지금까지 그녀의 발걸음이 그렇게 가볍게 느껴진 적은 처음이었다.

아마도 덕애가 어린 마음에도 언어의 장벽 앞에서 몹시 답답했던 모양이었다. 그러던 중 아이가 자신의 숨은 재능을 훌륭히 발휘하여 독일 동무들과 보모 선생님에게 큰 인정을 받은 것이었다. 화진은 자신의 큰딸이 이렇게 임기응변으로 자신의 존재감을 나타낸 것이 무척 기뻤다. 이것은 엄마인 자신에게는 없는 순발력이었으니, 아마도 친탁인 듯했다.

그날 저녁에 남편이 집에 들어오자, 화진은 오늘 유아원에서 있었던 일을 그에게 이야기하면서 덕애의 해바라기 그림을 보여주었다. "아이가 '안 서방'을 닮은 것 같아요. 나한테는 없는 순발력이 있네요. 또 그림 잘 그리는 것도 나한테는 없는 재능이고요!"

"허, 그것참! 나도 순발력은 없는데? 더구나 그림 그리는 데에는 아주 젬병인데?!"

"그럼 누굴 닮았지요? 돌연변이인가?"

"잘 생각해 봐요. 난 덕애가 이 점에서는 아무래도 외탁인 것 같은데……"

그건 아무래도 좋았다. 아무튼, 화진은 큰딸이 앞으로 자기보다는 더 나을 것 같아서 엄마로서 몹시 기뻤다. 그리고, 그녀는 세상의 모든 어머니의 마음이 다 이렇다는 것을 새삼 실감하면서, 서울 잠실 아파트에 홀로 계신 어머니 생각을 했다. 세간이며 남편의 그 많은 책을 모두 친정의 그 좁은 아파트에다 마구 채워 넣다시피 해놓고는 훌쩍 독일로 떠나와 버렸으니, 그 속에 갇혀서 혼자 답답하게 지내야 할 어머니를 생각하면, 화진은 문득 자신이 불효녀라는 생각이 들었다. 더욱 죄송한 것은 분양받은 아파트의 뒷부분 중도금과 잔금에 대해서는 아무 대책 없이 어머니한테 떠맡겨 놓은 채 그냥 떠나와 버린 일이었다. 딸년이란 다 도둑이란 말도 있지만, 갑자기 자신이 바로 그런 딸이란 생각이 들었다. 문득 어머니한테 전화라도 드려야겠다는 생각에 전화기 앞에 가서 수화기를 드는데, 남편이 말했다.

"당신 이 밤에 어디 전화하려고?"

"어머니한테 안부 전화라도 해 봐야겠어요."

"지금 서울은 새벽 한 시가 넘었을 텐데? 거기가 동쪽이라 날이 먼저 샌다고 생각하라니까! 여기가 저녁이면, 서울은 일곱 시간 먼저 가니까 벌써 한밤중이지!"

"아, 참, 그렇군요! 난 자꾸 미국과 혼동이 돼서 시간 계산이 참 어렵네요!"

"차차 잘 적응이 될 거야."하고 남편이 말했다. "덕애가 잘 자라는 모습을 보니, 자신을 길러주신 어머님이 생각난 모양이구려!"

"자식은 아무래도 불효할 수밖에 없는 것 같아요!"

"물론이지! 내리사랑은 있어도 치사랑은 없다는 말도 있잖아! 독일은 5월이 좋은 계절인데, 그 무렵 우리가 어머님을 독일로 초청하면 어떨까?"

"그래요?! 연구해야 할 사람이 괜찮겠어요?"

"매일 연구만 해야 하는 것도 아니니, 몇 달 모시고 살면서 근처에 여행도 함께 다니고……"

"어머니가 오신다면, 난 본으로 꼭 한번 모시고 가고 싶어요. '안 서방'이 공부한 그 옛 궁전 같던 대학 건물, '안 서방'과 함께 산책했던 그 라인강 변을 어머니께 보여드리고 싶네요. 그리고 강 건너의 그 용바위랬나, 그 소문자 h처럼 깨어져 우뚝 솟은 바위 이름이 뭐랬지요?"

"드라헨펠스 말인가?"

"맞아요! 드라헨펠스! 거기로도 어머니를 모시고 함께 가고 싶고, 참, 그 식당 이름이 뭐더라? 조그만 계단을 올라가는 그 식당에서 식사도 대접해 드리고 싶고요. 그리고, 카린도 만나고 싶은데, 당신 왜 그 여자한테는 연락을 안 하지요?"

"아, 뭣이 그리 급해? 차차 만나면 되지. 일단 중고차를 한 대 사자고! 당신이 장보기도 편할 터이고…… 자동차가 있으면 이동하기도 편할 테니, 어머님 모시고 본으로 한번 갑시다!"

반드시 어머니를 초청하지 않아도 좋았다. 카린을 꼭 만나야 하는 것도 물론 아니었다. 다만, 화진은 학교 일, 학회 일에 그다지도 여념이 없어 하던 남편이 여기 독일에 오자 좀 여유를 찾은 것이 참으로 기뻤다. 그래서, 화진은 남편을 독일로 보낼 생각을 해 주신 그 김병석 교수님이 아주, 아주 고마운 분이라고 생각하지 않을 수 없었다.

3

독일대학에서 유학생으로 공부를 하는 것과 교수 자격으로 와서 연구 생활을 하는 것은, 동민이 생각했던 것 이상으로, 참 다른 점이 많았다.

가장 현저하게 다른 점이라면, 독일대학의 조직과 학사 운영에 대하여 소상하게 알게 된다는 사실이었다. 코프만 선생님은 당시 아우크스부르크 대학의 독문과 창립 교수로서 학과 내의 유일한 정교수였다. 그는 직책상 아우크스부르크대학 총장과 철학부 학장의 휘하에 소속되어 있기는 했지만, 자신의 학과를 독자적으로 운영할 수 있는 예산과 그 집행권을 갖고 있었다. 이를테면, 그는 동민에게 독문과 소속의 연구실을 하나 배정해 주고, 학과 도서실이나 중앙 도서관의 자료를 복사하기 위해 일정액까지 쓸 수 있는 카드를 발급해 주기도 했다. 한국의 대학이라면, 모든 행정과 예산 집행이 총장에게 집중되어 있기에, 교수는, 설령 학장이라 할지라도, 자신의 독자적 의지와 판단에 따라 재정을 집행할 수 없는 구조이지만, 독일대학에서는 이 점에서 학과장에게 더 많은 자율권이 주어져 있었다.

또 한 가지 다른 점은 학과의 정교수, 즉 석좌(碩座, Lehrstuhl) 소지 교수는 자신의 보좌진을 거의 자신이 임면할 수 있었다. 이 점에서 동민이 생각해 보니, 이를테면, Y대 독문과의 김병석 선생님은 어쩌면 자신을 독일대학의 석좌 소지 교수로 생각하고 처신하고 계시는 것으로도 볼 수 있겠다 싶었다. 그는 동민 등 자기 휘하의 부교수와 조교수를 모두 자신의 팀원으로 간주하시는 듯하지만, 실은 한국대학에서의 부교수라든가 조교수라는 직위는 정교수를 보좌한다는 의미는 명목뿐이고, 그렇다고 해서 아주 독립적인 주체로서 일할 수 있는 자리도 못 되는 좀 어정쩡한 위상이었다. 아무튼, 김 선생님이 주니어 교수들을 좀 지나치다 싶을 만큼 지휘하려 드시는 것도, 좀 좋게 보자면, 독일식이라고 이해할 수도 있을 듯했다. 물론, 이런 사실을 동민이 여기서 처음 알게 된 것은 아니었지만, 그는 이제 자신의 직장인 Y대 독문과의 구조와 운영 체제를 다시 한번 객관적으로 바라볼 수 있게 된 것이었다.

코프만 선생님은 동민과 마주치면 늘 무엇 도와줄 것이 없는지 물으시기만 했고, 지시하는 일이라곤 한 번도 없었다. 물론, 그것은 동민이 자신의 손님으로 와 있기 때문이기도 했겠다. 하지만, 그의 휘하에 있는 중간 교수진들의 말을 종합해 보자면, 그는 자기 휘하의 팀원들에게 지시하지 않는 것을 원칙으로 삼고 있었고, 필요할 경우, 의논을 하고, 때로는 조교수, 조교, 시간강사 및 학생들에게 도움을 청할 뿐이라고 했다. 동민이 보기에는 코프만 선생님이야말로 이른바 빌헬름 폰 훔볼트의 베를린대학 창건 이념을 현대적으로 체현하고 계시는 분이었다. 알렉산더 폰 훔볼트의 형인 빌헬름 폰 훔볼트의 베를린대학 창건 이념에 의하면, 대학의 3대 구성 요소, 즉 정교수와, 조교수·시간강사·조교 등 중간 학자층(Mittelbau)과, 그리고 대학생이라는 3대 구성체는 국가 등 그 어떤 객체의 간섭도 받지 않는 자유로운 협업을 통해 대학에서 인류 보편적 유토피아를 건설하기 위한 실험을 해나가야 한다는 것인데, 학생들이 대학에서 이런 경험을 한 다음, 장차 사회로 진출했을 때, 그들은 그 사회에서 사회 구성원으로서 또다시 그 유토피아를 향한 꿈을 실현하고자 노력하리라고 기대된다는 것이었다. 동민은 앞으로 자신이 한국에서 시니어 교수가 된다면, 반드시 코프만 선생님의 이런 리더십을 본받겠다고 마음속으로 다짐했다. 이 깨달음과 다짐이야말로 동민이 이번에 독일에 체류하며 얻은 가장 소중한 수확이었다.

동민이 생각하기에 현재의 한국대학은 미국식 실용주의에 너무 함몰된 나머지 이러한 홈볼트식 인류 보편적 유토피아의 추구와는 아주 거리가 멀었다. 그가 보기에, 김병석 선생님은 한국의 기성세대로서는 드물게, 한국대학의 문제점을 통찰하고 그것을 어떻게든 자기 힘으로 개선하고자 애쓰는 학자였다. 이와 같은 그의 이상주의가 그 실천과정에서 무리에 직면하게 되고, 결과적으로 동민과 그의 동료들에게도 상당한 어려움을 불러일으키곤 했다. 동민은 김 선생님의 이상주의를 이해하고 그를 최대한 돕겠다는 마음의 자세까지는 갖고 있었다. 그러나 동민의 이런 마음가짐만으로는 김 선생님의 뜻이 한국적 현실에 부딪힐 때마다 모두 다 이루어지게끔 도와드릴 수 없다는 사실은 자명했다. 김 선생님은 예민한 분이었으므로, 학과 내에서 다소 어려운 입장에 빠진 동민을 일단 구출해 주기 위해 그에게 홈볼트 재단에 장학금을 신청할 것을 제안했던 것 같기도 했다.

홈볼트 재단의 장학금은 동민이 독일에서 아내와 어린 두 딸을 데리고 연구 생활을 하는 데에 조금도 불편함이 없을 만큼 충분한 금액이었다. 그러면서도, 그 재단은 연구 기간이 끝날 때까지 아무런 요구나 간섭을 하지 않았다. 말이 난 김에 여기에 언급해 두자면, 이 재단은 앞으로도 수십 년 동안 한결같이 동민을 '우수한 학자'로 대접하는 데에 조금도 소홀함이 없었다. 실로 '알렉산더 폰 홈볼트 재단'은 '한번 홈볼트인이 되면, 평생 홈볼트인!(Einmal Humboldtianer, lebenslang Humboldtianer!)'이라는 자체 슬로건을 끝까지 지키는 세계 제일의 국제연구진흥기관이라 할 수 있었다.

이번 독일 생활은 — '한번 홈볼트인이 되'었다는 점에서도 —

동민에게는 평생 잊을 수 없는, 김병석 선생님의 배려요 크나큰 선물이었다.

4

이듬해 5월에 장모님이 독일로 오시자, 동민은 네 식구를 차에 태우고 본으로 갔다. 그사이에 결혼해서 — 본과 쾰른 사이에 있는 소도시 — 브륄(Brühl)에 사는 라이너와 카린을 방문했는데, 화진과 카린은 반갑게 재회를 했고 마치 자매와도 같이 정답게 대화를 나누었다. 장모님도 영어에는 큰 불편이 없었으므로 카린과 라이너가 브륄의 궁성을 안내해 줄 때는 그들의 설명을 열심히 들으시고, 그들이 덕애와 현애에게 아이스크림을 사 주었을 때도 고마움을 표하셨다. 그들 부부와 헤어진 뒤에 동민은 쾰른까지 드라이브를 해서 장모님께 쾰른 대성당의 위용을 보여드렸다. 그러고 나서, 그는 마침내 화진의 소원대로 장모님을 모시고 본 대학 경내와 라인강 변을 산책하다가 '트레프헨'에서 저녁 식사 대접을 했으며, 그 이튿날에는 드라헨펠스까지 올라가 라인강 유역의 그 장려한 파노라마를 함께 내려다보았다.

"아, 경치가 참 좋구나!"하고 장모님이 말씀하셨다. "외교관 남편을 따라다니며 여러 나라의 좋다는 경치도 많이 보았다만, 딸과 사위를 따라다니며 둘이 함께 다닌 옛 자취를 탐방해 보는 것도 참 기분 좋은 일이네! 나도 이젠 늙었다는 실감이 들기도 하지만, 이렇게 귀여운 손녀들과 함께 있으니, 참 행복한 할머니지!"

아우크스부르크로 돌아오는 길에는 라인강 변의 로렐라이 언덕을 보여드리고, 프랑크푸르트에서는 괴테 생가를 함께 둘러보았다.

괴테 생가의 안내 오디오 장치 중에는 한국어를 선택할 수 있는 옵션도 있었는데, 이 한국어 안내 프로그램을 제작하는 데에 한국괴테학회 간부였던 동민도 다소 기여한 바가 있었으니, 괴테 생가 방문은 일행에게는 더 의미 있는 관광 코스였다.

또한, 귀환하는 도중에 동민 일행은 하이델베르크에 들러 성(城, Schloss)에 올라가 보기도 했고, 성에서 내려와서는 함께 네카르강(Neckar) 변을 거닐기도 했다. 하이델베르크는 — 한국적으로 말하자면 배산임수(背山臨水)를 하고 있는 — 언제 보아도 아름다운 대학 도시였다.

아우크스부르크를 조금 남겨놓은 지점에서 그들은 도나우 강변의 아름다운 도시 울름(Ulm) 시로 들어가서 쾰른 대성당보다 더 높다는 울름의 대교회를 관광했다. 장모님은 쾰른의 대성당과 울름의 대교회가 다 고딕 건축 양식인 듯한데, 왜 여기는 신교 교회인지 동민에게 물었다. 동민은 원래는 여기도 가톨릭 성당이었겠지만, 아마도 종교개혁 당시 울름 시가 제국 직속 자유시(freie Reichsstadt)였기 때문에, 시민들이 투표로 신교를 선택했던 것으로 안다고 설명해 드렸으며, 바로 이 도시에서 아인슈타인이 탄생했다는 사실도 말씀드렸다. 이런 설명을 드릴 수 있었던 것은, 그가 예전에 본에서 공부할때, 중세 독문학 교실의 학생들과 함께 이곳 울름 지역으로 견학 온적이 있었기 때문이었다.

이번의 큰 여행을 하고 난 뒤에도, 주말이 되면, 동민 내외는 장모님을 모시고, 뮌헨 시의 고적들을 관광하기도 했으며, 뮌헨 교외의 그레펠핑(Gräfelfing)에 있는 이미륵 박사의 묘소를 함께 참배하기도 했다. 한번은 란츠베르크 시를 거쳐 노이슈반슈타인 성을 관광하기도 했다. 거기 남쪽까지 간 김에 동민네는 모차르트의 음악을 좋아하시는 장모님을 위해 잘츠부르크까지 차를 몰고 가서 조그만 호텔에 여장을 푼 다음, 고도(古都)의 좁은 골목길을 산책하면서 조그만 상점들의 쇼윈도를 들여다보다가 장모님한테 앙증맞은 모차르트 관련 기념품을 두어 개 사 드리기도 했다.

그러나, 무릇 행복한 시간이란 금방 지나가는 법이라, 동민네는 때가 되어서, 좋든 싫든 간에 대한민국 서울로 되돌아와야 했다.

5. 서명 교수

1

귀국하자마자 동민은 그동안 잊고 지냈던 여러 모순된 현실에 또다시 직면하지 않으면 안 되었다.

우선, 동민에게 가장 힘들었던 것은 이 나라 국민이 아직도 독재자 전두환의 폭압적 권력 아래에서 신음하고 있는 엄혹한 정치 현실과 대면하는 일이었다. 이 나라 지성인들은 "국가 등 그 어떤 객체의 간섭도 받지 않는 자유로운 협업을 통해 대학에서 인류 보편적 유토피아를 건설하기 위한 실험을 해"본 적이 없기에, 사회 구성원으로서도 "그 유토피아를 향한 꿈을 실현하고자 노력할" 필요성을 전혀 느끼지도 못하고 있는 것일까? ─ 그야 어쨌든, 국가보위비상대책위원회의 후신인 국가보위입법회의가 아직도 국회를 대신하여 전두환 정권을 떠받치고 있었는데, 많은 야당 지도자, 성직자, 교수, 대학생이 사상범으로 체포되기 일쑤였으며, 아무 죄 없는 시골의 청년들이 깡패라는 누명을 쓰고 '삼청교육대'라는 일종의 '집단 체벌'

시설에 끌려가 죽을 고초를 겪고 나서야 간신히 풀려나기도 했지만, 그들은 자신들이 부당하게 겪어야 했던 그 억울한 사정을 어디 호소할 데도 없는 무법천지였다.

동민이 어느 날 연구실에 앉아 강의 준비를 하고 있는데, 노크 소리가 나서 고개를 들었더니, 대학원 석사과정을 마치고 이제 막 박사과정에 들어온 학구파 아가씨 부인애(夫仁愛)였다.

"선생님, 시간 있으세요? 잠깐 말씀드릴 게 있어서요……"

"그럼, 시간이야 얼마든지 있지! 어서 앉아요!"하고 동민이 자신도 응접 의자에 앉으며 말했다. "그래, 무슨 좋은 소식이라도?"

"아녜요! 실은 좀 좋지 않은 소식인데요…… 많이 망설였지만, 선생님께서도 아셔야 할 것 같아서요……"

"무슨 일인데? 뜸 들이지 말고, 솔직히 말해 봐요. 자, 난 이렇게 무슨 말이라도 다 들을 준비가 돼 있어요."

"선생님, 장승이 학생 기억나세요? 저의 동기생입니다. 수학여행을 마치고 계엄령 하의 서울역에 도착해서 한밤중에 잠실의 선생님 댁으로 쳐들어갔던 그 학생들 중에 왜 좀 과묵하고 예쁘장한 정의파 여학생이 하나 있지 않았어요?"

"음, 그래, 기억하고말고! 그런데?!"

"졸업 후에도 언젠가 한 번 연구실로 선생님을 찾아뵈었다던데요?"

"그래, 그런 일이 있었어요. 어디 생산 공장에서 사무직으로 근무한다던데?"

"그세요, 선생님! 사무직이 아니라 숭이기 여공으로 위장 취업을 한 것이었습니다!"

"뭐라고?"하고 동민은 깜짝 놀라서 되물었다. "…… 지금 위장 취업이라고 그랬나? 장승이가?"

"예! 학력을 속이고 아주 여공으로 들어갔던 거예요. 재학시절부터 평소에 선생님을 존경한다고 고백하곤 했지요. 데모도 많이 했는데, 상급생이 되어서는 아주 과격한 운동권 투사가 되었습니다. 졸업하자마자 영등포의 어느 생산 공장에 여공으로 위장 취업을 한 거예요. '전태일처럼 목숨을 바칠 용기는 없지만, 전태일같이 살아 보려는 노력은 한번 해 봐야겠다'는 말을 하곤 했습니다. 그러다가 작년에, 선생님께서 독일에 계시는 동안에 체포되어, 1년 6개월 언도를 받고 지금 거의 1년 남짓 복역 중입니다."

"복역 중이라고? 어디서?"

"대전 교도소입니다. 그런데요, 선생님, 문제는, 제가 면회를 가 봤더니, 승이가 정신이 좀 이상해져 있는 거예요. Y대를 지나치다가 문득 안 선생님이 생각나서 연구실로 찾아가 뵈었는데, 자기가 회사 사무원으로 취직해서 잘 살고 있다니까, 안 선생님께서 기뻐하시면서 자기한테 운동화 한 켤레를 선물로 사 주셨는데, '안기부 개새끼'가 그 운동화까지 그만 빼앗아 가버렸다느니, 뭐 그런 종잡을 수 없는 이야기를 늘어놓는 거예요."

"내가 승이한테 운동화를 사 줬다고?"하고 동민이 놀라서 물었다. "그런 일은 없는데……"

"예, 알아요, 선생! 강의실에서 선생님께서, 데모를 하려거든, 운동화를 신고 와서 운동화 끈을 동여매고 하라고 하신 말씀을 저도 함께 들어서 잘 알고 있습니다, 선생님! 그런데, 승이가 정신이 약간 가서, 운동화 선물 운운하는데, 참 기가 막혀요. 그리고, '안기부 개새끼(!)'가 안 선생님도 곧 해칠 것이라며, 저를 보고 꼭 이 사실을 안 선생님께 전해 달라는 거예요. 저는 하도 기가 막히고 가슴이 아파 같이 울면서 그럴 필요까지는 없으니 네 앞이나 걱정하라고 달랬답니다. 하지만, 그 애가 너무 간곡하게 부탁하는 바람에, 제가 그만 그러겠다고 약속을 하고 말았지 뭡니까! 선생님, 죄송해요! 이런 말씀을 드리는 것 자체가 부질없다는 걸 뻔히 알면서도, 승이가 하도 간절하게 부탁을 하면서, 선생님을 보호해야 한다니까, 이렇게 잠깐 찾아뵈었습니다. 이런 가슴 아픈 소식 들으시면 오히려 심려가 크실 것 같아서 많이 망설였지만, 아무리 생각해도 이런 사정을 아시긴 아셔야 할 듯해서요…… 하긴, 승이 말대로 정말 안기부에서 누군가가 선생님을 찾아와 괴롭혀 드릴지도 모르는 일이기도 하고요……"

부인애는 눈물이 글썽해서 더는 말을 잇지 못하고 핸드백에서 급히 손수건을 꺼냈다. "선생님, 저 오늘은 이만 실례할게요. 죄송해요! 안녕히 계세요, 선생님!"하고 말하면서 그녀는 손수건으로 얼굴을 덮은 채 급히 연구실을 나가고 말았다. 복도에서 그녀의 하이힐 소리가 총총 멀어져 가고 있었다.

동민의 두 눈에서 어느새 고여 있었던지 눈물이 주르륵 흘러내렸다.

'아, 장승이 양이……'하고 그는 생각했다. '내가 준 운동화를 안기부 요원한테 빼앗겼다고?' 동민은 갑자기 가슴이 찌르듯이 아파왔다 ─ '아, 이를 어쩌나?!'

* 이 대목을 읽으면서 나 허경식도 눈에서 눈물을 훔쳐야 했다. 실은 승이의 이 '운동화 얘기'는 그녀로부터 내가 제일 먼저 들었었나. 독새의 밀단 하수인들이 승이에게 무슨 짓을 했는지 나로서는 알 길이 없었지만, 승이의 그 정신 나간 꼴을 보고 나서, 나는 잔뜩 화가 치밀었고 동시에 또 무서워서 그녀로부터 멀리멀리 도망치고 싶

기만 했다. 지금 돌이켜 생각하면, 나도 참 비겁한 놈이었다. 하지만, 당시는 나 역시 달리 기관원한테 쫓기는 몸이었고, 고향에 계시는 어머니도 생각해야 했으며, 아직은 철없는 일개 대학생에 불과했다. 지금 와서 여기에 이런 글을 덧붙여 쓰고 있는 이 못난 인간을 독자 여러분은 부디 너그럽게 용서해 주시기 바란다. 아, 지금 생각하니, 안 선생님은 아마도 바로 이런 인연의 고리 때문에 내게 당신의 원고를 떠맡기신 것 같기도 하다! 하지만, 어쩌랴? 내가 안 선생님께 배우긴 했지만, 나는 "국가 등 그 어떤 객체의 간섭도 받지 않는 자유로운 협업을 통해 대학에서 인류 보편적 유토피아를 건설하기 위한 실험을 해"본 적도 없이, 안 선생님의 그 민주주의와 정의감이란 생소한 개념들을 얻어들은 채 그냥 그 폭압적 군사 독재체제를 향해 돌진해 간 것이었다. 그것은 마치 6·25 때 1~2주 동안 간이 군사훈련을 받은 뒤에 M1 소총 한 자루를 지급받은 채 전선에 투입되었다던 그 학도병들과 흡사하지 않은가 말이다. 사실 내가 한때는 승이와는 달리 안 선생님을 엄청나게 원망해 왔는데, 바로 이 때문이었다. 그 무렵의 내게 안 선생님은 기초 훈련도 제대로 받지 못한 신병들을 중무장한 적군들과 싸우라며 일선에 내보낸 무책임한 선동자에 지나지 않았다. 물론, 안 선생님이 우리에게 데모를 선동하신 것은 아니었다. 그의 운동화 운운 얘기만 하더라도 데모를 할 때는 언제나 도망칠 채비를 단단히 하고서 조심해서 하라는 말이었지, 함부로 데모를 선동한 적은 없으셨다. 하지만, 그 당시 우리 학생들의 귀에는 그 말이 바로 격렬히 저항해야 한다는 절박한 메시지로 들리기도 했던 것이 문제였다.

이제 세월이 많이 흘러, 그 원망스럽던 안 선생님도 더는 이 세상에 계시지 않은 데다 뜻밖에도 내게는 이런 달갑잖은, 힘겨운 과업까지 하나 생겨 있는 것이다. 아, 내 주변의 모든 게 다 혼란스럽고 무의미하며 허망하게만 느껴진다!

2

이 나라에서 대학교수로 살아간다는 것이 참으로 녹록잖은 일이었다. 동민은 그날 새벽 바트 고데스베르크 기차역에서 친구 오영길을 빈손으로 튀빙엔으로 되돌려 보내면서 자신에게 맹세했던 일, 즉 민건회에 가입해서 해외에서 고국의 민주화를 위해 투쟁하는 대신에 자신은 곧 귀국해서 국내에서 학생들을 민주적으로 가르치겠다고 했던 그 맹세를 꼭 실천하고자 노력했다. 그는 정치적 활동을 통해서가 아니라 오직 강단에서 학생들에게 민주주의와 사회 정의를 가르침으로써 그의 이 맹세를 지키고자 했다.

물론, 그의 가르침이 학생들에게 어떻게 받아들여졌는지를 확인하기란 쉽지 않은 일이었다. 하지만, 동민은, 비록 메아리로 당장 되돌아오지는 않지만, 이런 그의 가르침이 어떤 식으로든 앞으로 이 나라, 이 사회의 발전에 기여하리라는 믿음만은 늘 잃지 않고 있었다.

그런데, 지금 그는 과연 장승이 양의 인생 파탄에 대해 어떻게 책임을 질 수 있단 말인가? 장승이 양이 안동민이란 교수를 만나지 않았더라면 그녀의 삶이 다른 궤도로 진입했을까? — 이런 물음들이 꼬리에 꼬리를 물고 자꾸 제기되었기 때문에, 동민은 교수로서의 자신의 정체성이 심히 흔들림을 느끼곤 했다.

하지만, Y대 독문과 교수라는 직책은 동민을 이런 구민에 빠져 조용히 성찰할 수 있는 여유마저 잘 허락해 주지 않았다. 김병석 선생님은 한국 독문학계의 판도를 개혁하겠다는 또 다른 이상주의의 깃발 아래에 동민을 돌격대장 정도로 활용하고자 했고, 학과의 다른 교수들은 또 다른 의미에서의 민주주의를 학과 내에서 실현해 주기를 동민에게 요구하고 있었다.

이렇게 동민이 학과 내에서 힘겨운 상황에 봉착해 있는 가운데에 1986년 봄이 왔다.

'서울의 봄'이 짓밟힌 지도 어언 6년의 세월이 흘렀다. 전두환 대통령의 7년 임기가 1988년 3월로 끝나게 되어 있었고, 1년 반 정도 후인 1987년 12월에 새 대통령 선거가 예정되어 있었다. 하지만, 지난 1972년 10월 박정희가 권좌에서 물러나지 않고 다시 유신체제를 선포한 사실을 뼈아프게 기억하고 있는 국민은 전두환을 비롯한 신군부 세력이 쉽게 권력에서 물러나지 않으리라고 예측하고 그런 사태에 대비하기 시작했다. 가장 큰 문제는 국가보위입법회의가 대통령을 간선제로 선출하게 되어 있는 당시 헌법이었다.

K대 교수들이 '현 시국에 대한 우리의 견해'라는 시국선언문을 발표했고, 연이어서 서울의 각 대학 교수들도 속속 시국 성명을 발표하고 있었다.

동민의 연구실에 사학과 P 교수가 찾아와 Y대 교수 시국선언문에 서명해 달라는 부탁을 해 왔다. 동민은 P 교수의 말이 떨어지자마자 수고하신다는 간단한 인사와 함께 여러 말 하지 않고 서명했다. 그로서는 이제 올 것이 오고 말았다는 생각에 더는 무슨 구차한 변명을 할 수도 없었다. 그 결과, 그 이튿날 도하 각 일간지에 보도된 Y대 서명 교수 명단에 안동민이라는 이름도 들어있게 되었다.

장모님과 화진의 놀람과 불안은 이루 말할 수 없이 컸지만, 이 또한 동민으로서는 더는 피해 갈 수 없는 숙명으로 받아들일 수밖에 없었다.

김병석 선생님은 동민이 서명을 한 데에 대해 이해와 우려를 동시에 표명했다.

"선생님, 서명하셨던데요?"하고 L 교수가 연구실로 찾아와서 걱정스럽게 말했다. "죄송합니다! 저는 아직 그렇게 앞에 나설 입장까지는 못 되는 듯해서요……"

"아, 무슨 그런 말을! 사람마다 다 자기 사는 처지가 다르고, 누구나 현재 자기의 상황에 맞게 처신하는 것 아니겠나!?"하고 동민이 말했다. "독문과에서는 우선 나 한 사람으로 족해요! 그냥 서명만으로 끝나는 게 아니라 위험이 뒤따르는 일이니까 말이야!"

"글쎄 말입니다! 이 무지막지한 군인들이 또 무슨 짓을 할지 몰라서 걱정입니다, 선생님!"

"그래! 이제 제발 민주화의 물꼬를 좀 터 줬으면 좋겠는데 말이야!"

그해 10월 28일에는 2,000여 명의 전국 대학생들이 건국대에 모여 전국 규모의 학생조직을 결성하려다가 경찰이 강제 진압을 시도하는 과정에서 대학생들이 건국대 건물을 점거하고 농성을 벌인 이른바 건국대 점거 농성 사건이 일어났다. 사흘 만에 결국 1,500명 가까운 대학생들이 체포 구금된 이 사건은, 학생들이 내건 구호 중에 '반외세', '자주 통일' 등이 들어있긴 했지만, 당국이 주장하는 대로 '빨갱이 도시 게릴라'라기보다는, 일차적으로 신군부의 장기 집권을 저지하고 국가보위입법회의 제제를 종식시키고자 하는 민주화 요구가 그 본질이었다. 하지만, 전두환 정부는 이것을 반정부 음모와 사회주의적 내란 책동으로 왜곡하여 민주화운동 세력을 탄압하는 빌미로 삼았다.

이런 와중에 그다음 해인 1987년 1월 14일 S대 박종철 학생이 치안본부 남영동 대공분실에서 고문과 폭행으로 사망하는 이른바 박종철고문치사사건이 일어났다. 이를 계기로 각계에서 민주화 요구가 분출하고, 정통성이 없는 전두환 정권을 교체할 수 있는 대통령 직선제를 골자로 하는 개헌 운동이 거세게 일어났다.

이에 전두환 대통령은 1988년 3월에 정부를 이양하겠다며, 88올림픽을 앞두고 국가 혼란 사태를 방지해야 한다는 구실을 내세워 국민의 대통령 직선제 개헌 요구를 봉쇄하고자 향후 모든 개헌 논의를 금지하는 이른바 '4 · 13 호헌(護憲) 조치'를 발표했다.

이에 4월 22일부터 전국의 48개 대학 1,510명의 교수들이 '호헌 조치 철폐'를 주장하는 시국 선언에 참여하였다.

이 와중에 동민은 다시 한번 서명 교수가 되었다. P 교수에게 서명 참여의 뜻을 밝힌 직후에, 그는 불행하게도 자신이 구금되어 목숨을 잃을 경우를 대비해서 장차 어린 두 딸이 자라면 읽어 볼 수 있도록 편지 한 통을 써 두기로 했다.

"사랑하는 내 두 딸 덕애와 현애는 보아라.

최근에 S대의 박종철이라는 무고한 학생이 경찰 고문에 의해 죽었다. 아빠가 대학교수인 이상, 이 학생도 아빠의 제자나 다름없다. 이 학생이 공산당도 아니면서 공산당으로 몰려 고문을 받다가 억울하게 죽었다는 사실은 장차 이 나라에서 너희들의 안전도 보장될 수 없다는 사실을 의미한다.

내 너희들이 자라나는 것을 끝까지 지켜보기 위해 이 비민주적인 나라에서 가능한 한 구차하게라도 살아남고자 했다. 그러나, 이제 더는 참지 못하고 전두환 정권의 신군부 독재에 종지부를 찍는 데에 일조가 될까 하여 오늘 시국 선언에 서명하고 말았다.

너희들을 생각하면, 정말 위험천만한 일을 저질렀다는 후회가 지금 내 가슴을 저미는 듯 아프다만, 지금 아빠 같은 사람들이 위험을 무릅쓰지 않는다면, 이 나라의 민주화는 다시 먼 훗날의 숙제가 되고 말 것이며, 너희들이 커서도 또 박종철 학생처럼 이런 괴물 집단과 싸우다가 희생이 될지도 모른다.

그래서, 아빠는 이런 위험천만한 길을 택했다. 혹시, 아빠가 이 비열한 신군부 독재체제의 희생이 되어 목숨을 잃게 되더라도, 너희 자매는 어머니를 모시고 정의롭고도 굳센, 그리고 아름다운 여성으로 자라나서 이 땅에서 행복하게 살아가기 바란다.

1987년 4월 24일
Y대 연구실에서
너희들을 사랑하는 아빠 씀"

동민은 편지를 밀봉한 다음, 그의 연구실 책상의 가운데 서랍 안에 사람들의 눈에 잘 띄도록 넣어 두었다. 그러고는, 혼자 백양로를 천천히 걸어서 교문을 나섰다. 지난 1980년 여름의 어느 날 퇴근 때와 마찬가지로 그는 꽃다발 하나를 사서 서빙고동 아파트로 들어갔다. 종일 바둑만 두고는 화신에게 미안한 마음에 꽃다발을 사 들고 귀가했던 그때로부터 어느덧 7년이 가까운 시점이었다.

"어인 꽃이에요?"하고 화진이 반가운 얼굴로 꽃다발을 받아들였다가 이내 몸을 와들와들 떨면서 물었다. "'안 서방'! 또 서명한 거예요?"

동민은 아무런 대답도 못 하고서 가방을 마룻바닥에 툭 떨어뜨린 채, 응접실 소파 위에 그만 털썩 엎어져 눕고 말았다. 아이들 방에서 덕애와 현애가 달려 나와 아빠에게 인사를 하고 소파 앞에 앉거나 서서 아빠의 머리와 목덜미를 만지며 무엇인가 말을 걸어왔다.

"얘들아, 아빠가 지금 많이 피곤하시니, 너희들 방으로 좀 가 있을래?"하고 화진이 애들을 물리치고 나서 소파 앞 마룻바닥에 꿇어앉은 채 동민의 꼭뒤를 내려다보면서 조용히 말했다. "방금 텔레비전 뉴스에 대학교수들이 또 시국 선언을 했다며, 어머니가 전화로 걱정을 해 오시던 참이었어요. 그래서, 꽃다발을 보자 금방 그 생각이 났어요. 맞지요? '안 서방'은 미안한 일을 저지르고 나면, 꼭 꽃을 갖고 들어오잖아요…… 하지만…… 괜찮아요, 난! 이미 예감하고 있던 일이 현실로 드러난 것뿐이니까요. 아이들 때문에 걱정이 많이 되지만…… 뭐 어떻게든 되겠지요…… 어서 일어나 옷 갈아입어요."

"미안해요!"하고 동민은 갑자기 벌떡 일어났다. 그러고는 화진을 꽉 안으면서 나직하게 말했다. "난 당신과 아이들을 영원히 지킬 거야! 내 나라가 나를 그렇게 못하도록 만들지 않는 한…… 아니, 죽어서 혼이 되어서라도!"

이때가 1987년 4월이었는데, 5월 18일이 되자 천주교정의구현사제단이 박종철 고문치사사건을 조사한 검찰의 발표가 축소, 조작 및 은폐되었다는 발표를 하여, 전두환 정권의 비도덕성과 박종철 고문치사사건의 진상을 널리 세상에 알렸다. 이에 온 국민의 분노가 하늘을 찌를 듯 불타올랐다. 하지만, 전두환 정권은 이를 무시하고 다가오는 6월 10일 잠실체육관에서 호헌체제 내에서 차기 민정당 대통령 후보로 노태우를 선출할 각본을 짜고 있었다.

이에 맞서 재야 정치인들과 시민단체들, 그리고 대학교수 및 대학생들로 구성된 민주헌법쟁취국민운동본부는 바로 그 6월 10일에 대규모 국민대회를 열 계획을 세웠다. 말하자면, 신군부 호헌(護憲) 세력과, 민주적 개헌을 요구하는 민주 국민 세력이 같은 날 대격돌을 앞두고 있었다.

그 하루 전인 6월 9일, 1천여 명의 Y대 학생들이 국민대회에 출정하기 위한 Y대 학생 결의대회를 마친 뒤, 정문 앞에서 시위를 벌이던 중 경영학과 2학년 이한열 학생이 — 경찰이 발사한 직격 최루탄을 맞고 — 쓰러졌다(그는 바로 세브란스 병원으로 옮겨져 중환자실에서 치료를 받았으나, 채 한 달을 넘기지 못한 7월 5일 뇌 손상으로 인한 심폐기능 정지로 사망했다).

박종철 고문치사 사건에 이은, 경찰의 직격 최루탄에 의한 이한열 학생의 중상은 마지막 남은 국민의 인내심을 송두리째 뒤흔들어 놓았으며, 이제 신군부는 완전히 설 자리를 잃게 되고 말았다. 이런 분위기를 아직도 실감하지 못하고 있던 전두환 대통령은 6월 10일 정오에 잠실운동장에서 민정당 대통령 후보 노태우의 손을 번쩍 치켜세워 주었지만, 같은 날 오후 6시에 덕수궁 옆 성공회 대성당에서는 국민대회가 진행되고 있었고, 이와 때를 같이하여 서울의 중심가에서는 대학생들의 시위가 일어났는데, 마침 퇴근하던 '넥타이 부대'와 일용직 노동자들까지 이에 동참하였다. '호헌 철폐! 독재 타도'를 외치는 학생들을 따라 그 구호를 복창하는 시민들이 점차 늘어났으며, 지나가던 차량들도 경적을 울리며 열렬히 동의를 표했다.

부산, 대구, 광주에서도 꼭 같은 시위가 벌어졌다. 이것이 바로 '6·
10 민주항쟁'이었다.

또한, 6월 18일에는 최루탄 추방 대회가 열렸고, 26일에는 100
만여 명이 참여한 국민평화대행진으로 이어지면서 수백만의 국민
이 전국 곳곳에서 신군부 독재 종식과 민주화 및 직선제 개헌을 열
망하는 시위를 벌였는데, 후일 이것을 사람들은 뭉뚱그려서 '6월 민
주 항쟁'이라 불렀다.

마침내 전두환 대통령은 노태우 민정당 대통령 후보로 하여금
직선제 개헌과 국민의 민주화 요구를 수용하겠다는 소위 '6·29 민
주화 선언'을 발표하게 하였다. 1987년 6월 29일 — 이날은 대한민
국 역사 발전을 크게 후퇴시켰던 신군부의 '수괴(首魁)' 전두환이 국
민의 도저한 민주화 요구 앞에 무릎을 꿇은 날이었다. 국군의 무력
을 동원하여 무고한 광주 시민들을 수없이 살해한 원흉이라 할 그가
7년 만에 또다시 들고 일어난 국민을 — 온 국민을 다 — 죽이는 길
을 선택할 수는 차마 없었을 것이었다.

이날 동민은 독재의 마수로부터 자신의 목숨이 보전되었다는 기
쁨 따위는 전혀 느끼지 못하고, 자신이 상대해 싸우던 거대한 '괴
물'이 갑자기 쓰러졌기 때문에, 크나큰 허탈감에 빠져 오히려 정신
적 공황 상태 속에서 허우적거리고 있는 자기 자신을 관찰할 수 있
을 따름이었다.

3

이 무렵 동민을 포함한 많은 국민은 이제 마침내 민주 정부가 이
땅에 들어설 줄 알았다.

하지만, 당시 두 야당 지도자 김영삼과 김대중이 대권을 놓고 서로 반목하고 다투는 바람에 노태우가 어부지리로 대통령으로 당선되고 말았다. 일이 이렇게 되고 나서야 동민은 이런 어처구니없는 복고와 역사적 퇴행이 서양사에서도 자주 발견된다는 사실을 뒤늦게야 인식하고 가슴을 쳤지만, 때는 이미 너무 늦어 있었다.

동민에게 더욱 불행했던 점은 노태우 대통령이 대구의 K고 선배라는 사실이었다. 이 사실 때문에 동민에게 개인적으로 유리한 점이라곤 전혀 없었지만, 대통령이 그의 고교 선배라는 사실이 가끔 구설수나 농담에 올라서 그렇지 않아도 불편했던 그의 심사를 더욱 날카롭게 자극하곤 했다. 그의 주위에는 친한 호남 사람들이 유달리 많았다. 불문과의 김형은 순천 사람이었고, 독문과 출신의 Y형은 장흥 사람이었으며, 독문과 동기생 중에서 그와 절친인 임성재는 화순 사람이었다. 노태우 정권은 신군부 정권의 티를 많이 벗고 국민의 민주화 요구에 부응하고자 나름대로는 노력을 기울였지만, 노태우 자신이 군부 실세의 한 사람이었던 역사적 사실까지 감추거나 지울 수는 없었고, 또 그를 떠받치고 있는 기득권 세력은 너무도 강고하였다. 동민은 이런 상황을 늘 예민하게 의식하면서 일호의 빈틈도 보이지 않고 올바르게 처신해 나가고자 했기 때문에, 그것이 때로는 그의 신경을 극도로 과민하게 만들었다.

이런 가운데에 동민에게는 또 한 가지 뜻밖의 충격적인 일이 생겼다. 어느 날 장승이가 불쑥 연구실에 나타난 것이었다.

"선생님, 안녕하세요?"

"아, 이게 누군가! 이시 앉아요."하고 말하면서 그는 장 양에게 앉기를 권하고 자신두 마주 앉아 그녀를 바라보았다. 그 조그맣고 예쁘던 얼굴에 핏기가 싹 가시고, 아가씨의 행색이 어딘지 좀 혼란스럽게 보였다. "그래, 언제 출소했어요?"

"예, 벌써 오래되었어요!"

"미안해요. 면회도 못 갔네!"

"괜찮아요, 선생님!"하고 장 양이 말했다. "그런데, 그 '개새끼'가 선생님을 찾아오지 않았나요?"

"아니, 누구 말이지? 숙녀가 그렇게 나쁜 단어를 쓰면 되나?! 누군데 그러나?"

"아, 다행이다!"하고 장 양이 말했다. "그런데, 그 '개새끼'가 경식이와 저 사이까지 이간시켜 놓았지 뭐예요!"

"경식이가 누구더라?"

"아이참, 선생님도! 허경식을 모르세요? 저와 함께 늘 데모를 해서 선생님 속을 썩이던 그 남학생 있잖아요! 교도소에서 나와 보니까 경식이가 행방불명이 돼서 만날 수가 없었어요. 수소문을 거듭한 끝에 그의 화천 시골집까지 찾아가서 간신히 경식이를 만나긴 했는데, 경식이 어머님이 저를 아주 많이 박대하며 집에서 쫓아내다시피 하셨어요. 경식이도 미국 유학 준비를 해야 한다며 저를 더는 만나지 않겠다는 거예요. 다 그 '개새끼'가 조종한 짓이에요. 허경식이 괜히 그럴 사람이 아니에요! 선생님도 조심하세요. 서명하셨으니까요. 그 '개새끼'가 틀림없이 선생님도 노릴 거예요. 아마도 사모님과 따님까지 해치려 들 겁니다! 부인애한테 들으셨지요? 제가 선생님께 말씀드려 달라고 인애한테 여러 번 부탁드렸는데요. 보통 악질이 아니에요, 그 '개새끼'가! 오늘도 저를 미행하는 듯해서, 일부러 Y대 정문을 지나쳐서 서대문구청 앞까지 가서야 버스를 내렸어요. 거기서 급히 샛골목으로 도망쳤다가 안산을 넘어 학교 후문으로 들어온 거예요. 선생님, 부디 조심하세요. 오늘은 이 말씀만 드리고 가겠습니다. 제가 지금 쫓기는 몸이라…… 그럼, 안녕히 계세요!"

이 모든 것이 순식간에 생긴 일이라 동민은 미처 정신을 차리고 차근차근 묻지도 못한 채, 그만 장승이 양을 떠나보내고 말았다. 혼자 연구실에 남은 동민은 장승이 양의 동기생 중에 허경식이라는 남학생이 있었던 것인지 생각해 보았지만, 이름은 귀에 익은데, 많은 제자 중 딱히 누구인지 얼굴을 기억해 낼 수는 없었다. 또한, '개새끼'라고 불리고 있는 인간의 정체가 궁금하기도 했으나, 도무지 모든 것이 오리무중이었다. 다만, 동민은 오랜 군사독재 체제가 한 여대생에게 남긴 엄청난 상흔을 직접 보고, 크나큰 연민과 충격에 빠졌다. 그는 그것이 모두 자신의 책임은 아니라 할지라도, 자신도 그 비극적 상흔에 일말의 책임이 있음을 통감하지 않을 수 없었다.

장승이 양은 그 혼란스러운 정신상태 속에서도 동민을 구해야 한다는 일념으로 추적자를 따돌리기 위해 Y대 뒷산인 안산을 넘어 동민의 연구실까지 와서 필사적으로 경고를 해 준 것이었다. 그 희한한 경고를 받은 동민은 그것이 자기가 위험하다는 경고라기보다, 거꾸로 자기의 제자들이 심히 위험하거나 앓고 있다는 경고음으로 들렸다.

문득, 동민은 뜬금없이 그의 아버지의 모습을 떠올렸다. 완귀정과 도동 마을이 눈앞에 선하게 떠오르기도 했다. 이런 때에 아버지는 어떤 심정으로, 어떤 처신으로 이 경고음을 극복해 가실 것인가를 상상해 보았다. 아무튼, 동민은, 자신이 생각해도, 참 특이한 훈장 기질을 아버지로부터 물려받은 것 같았다. Y대 독문과 교수 중에 누 동민만 유독 서명 교수가 되었다. 장승이 양이 경고하기 위해 찾아오는 교수도 동민 이외에 또 있을 것 같지 않았다. 이것이 대체 무엇이란 말인가? 다른 사람들은 다 그 비루한 시절을 무사히 넘겼는데, 그의 생각으로는, 자기만 유독 이런 난처한 상황을 속속들이 겪고 또 이루 말할 수 없는 아픔과 괴로움에 시달리고 있는 것 같았다.

*"동민은, 자신이 생각해도, 참 특이한 훈장 기질을 아버지로부터 물려받은 것 같았다." — 이 대목을 읽으면서, 나 허경식이 느낀점이 한 가지 있는데, 여기서 외람되지만, 감히 내 견해를 조금 적어보고자 한다. 이 작품에서의 안병규와 안동민 부자(父子)는 작품 제목과도 같이 이른바 '도동 사람'인데, 그들이 조선(祖先)들로부터 물려받은 유가적 전통에서는 삶 자체가 '수기치인(修己治人)'이며, '수신제가 치국평천하(修身齊家治國平天下)'이기 때문에, 그들은 자신들의 삶을 '인(仁)'을 실천하는 도정으로 이해한다. 말하자면, 그들은 우선 자신의 심신을 닦은 다음에는 늘 자신이 속한 공동체, 즉 가정이나 문중(門中) 그리고 나라를 위해 헌신하고자 한다. 여기서 '치인'이라 함은 글자 그대로는 '남을 다스린다'는 의미이지만, 실은 성현을 본받아 '군자의 도리'를 다한다는 '유가의 꿈'을 의미하는 것이다. 이 꿈을 쉽게 이해하기 위해, 거꾸로 설명해 본다면, 그들 부자에게는 자신의 공동체를 도외시하고 자신만의 개인적 삶을 '향유'하려는 의지나 능력이 애초부터 결여되어 있는 것이라고도 하겠다. 위에서 하양의 조영섭 선생이 늘 '성의정심(誠意正心)'과 '공의(公義)'를 말하고 있는 것도 내 생각에는 이런 유가적 삶의 태도가 아닐까 싶다.

** 설익은 사견이 튀어나온 김에, 독자 여러분은 나 허경식이 여기에 평소의 내 생각을 한 가지만 더 적는 것을 허락해 주시기 바란다.

개국을 늦추어 나라를 신흥 군국주의 및 제국주의 국가 일본의 식민지로 전락시킨 노론 일파는 경직되고 타락한 유가였다. 이런 의미에서 유학이 나라를 망쳤다고 해도 그건 정말 맞는 말이다. 하지만, 임진왜란과 을사늑약, IMF 등 나라의 위기 때마다 이 나라를 구하려고 일어선 것도 유학, 즉, 그사이에 민중의 심성(心性) 속에 굳건히 뿌리를 내리고 있던 충효 사상이다. 점필재(佔畢齋)와 한훤당(寒暄堂)과 정암(靜庵)이 민중의 마음속에 심어놓은 「소학(小學)」의 가르침이다. 노론 일파의 경직된 고급 성리학이 나라를 망쳤음에도 불구하고, 그사이에 민중의 심성 속에 뿌리를 내린 유학의 근간(根幹)인 충효 사상은 지금도 위기 때마다 나라와 공동체를 지키고 있다.

6. 모교 교수

1

동민은 자신의 이런 특이한 훈장 기질을 어떻게든 극복해 보고자 이런저런 모색을 하게 되었다. 그런 모색 중의 하나가 다시 소설을 쓰면 좋겠다는 생각이었다. 이 생각을 더욱 굳히게 된 이유가 한가지 있었다. 즉, 학과의 원로 교수인 J 선생님이 정년퇴임을 하시고 그 자리에 독일에서 새로 학위를 하고 귀국한 C 박사가 새 전임교수로 임용된 것이었다. 따라서, 동민의 제자 중에서 이미 두 명이나 학과 선임으로 들어왔기 때문에, 동민으로서도 이제 좀 여유를 갖고 자신이 하고 싶은 일을 할 수 있을 것 같았다. 그래서, 동민은 이제는 자신이 원래 고교생 때부터 꿈꾸었던 대로 드디어 글을 쓰고 싶었다. 자신이 교수가 된 것도 실은 독일의 발달된 민주적 사회제도에 충격을 받아 그것을 어떻게든 고국의 젊은이들한테 전달해 보겠다는 생각 때문이었지 결코 글을 쓰겠다는 초심을 완전히 포기한 것은 아니었다.

돌이켜 생각해 보자면, 교수가 되어 고국의 젊은이들에게 민주주의와 그 제도를 가르치고자 했던 그 생각이 영 잘못되었다고 할수는 없었다. 하지만, 그것은 동민의 성격과 능력으로서는 실천이 쉽지 않았고 장승이 같은 학생까지 생기고 난 지금, 동민은 이제 더는 자신감을 느끼고서 교수 생활을 계속해 나가기가 어려울 듯했다. 더욱이 당시 한국의 정치판을 보자면, 이 사회를 개혁하겠다는 데에는 동민 같은 서생으로서는 한계가 있음이 자명해졌다.

아무튼, 동민은 그 무렵부터 자신의 선조인 완귀공의 행적과 고향인 도동 마을에 대해 다시 관심을 가지기 시작했고, 어릴 적에 익혔던 한문 실력을 활용하여 여러 한문 전고(典故)들을 뒤지고 자신의 뿌리에 관한 공부를 시작했다. 동민의 젊은 시절에는 이 나라 사람들이 서양학을 공부해야 했던 것은 어쩔 수 없는 일이었다. 하지만, 지금 그의 생각으로는 자신이 다시 동양학으로 되돌아와야 할듯한 기분이었고, 자신이 소설을 쓸 시점도 드디어 도래한 것 같았다.

그런데, 하필이면 바로 이 시점이었다. 1990년 겨울의 어느 날, 그 사이에 S여대에서 모교인 S대로 자리를 옮긴 H 선생님이 동민에게 전화를 걸어왔다. 1991년 신학기부터 모교에 전임교수 자리가하나 날 전망인데, 만약 S대에서 부른다면, Y대를 떠나 관악산 쪽으로 올 의향이 있는지 동민의 의사를 물어온 것이었다.

"글쎄요, 이것참! 너무 늦지 않았나 싶어요. 이미 망오(望五)인데,

모교로 간들, 이제 과연 무슨 일을 할 수 있을지 걱정이네요. Y대에서는 제자들이 벌써 학과로 들어오고 있는 판인데……"

"여기 우리도 그런 고려를 하지 않았던 건 아니었어. 하지만, 아무래도 안 선생이 이리로 와야 우리 학과가 좀 제대로 자리를 잡겠다는 의견들이야. 그 대학에서는 봉사할 만큼 봉사하지 않았어? 이제는 모교를 위해 일 좀 해 달라는 것이지. 여기로 와도 몇 년만 더 고생하면, 우리 후배들도 곧 들어올 테니, 고생을 한다 해도 그저 한 5년 정도만 하면 될 것이네!"

"아무튼, 고마운 말씀이네요. 좀 생각해 보고, 다시 전화드리겠습니다."

"응, 그래! 그래야 할 거야. 재직하던 학교를 떠난다는 것이 여간 어려운 일이 아니지. 나도 근자에 경험한 일이거든! 그럼, 잘 생각해서, 안 선생의 결론을 일단 나한테 전화로 알려줘요. 아직은 인사 비밀이니, 우선, 가능한 한, 비밀을 지켜줘야 하고!"

"예, 잘 알았습니다! 그럼, 곧 다시 연락드리겠습니다."

전화를 끊고 난 다음, 동민에게 찾아온 첫 느낌은 뜻밖에도 큰 기쁨과 뜨거운 감사의 마음이었다. 그래도, 모교에서 자기를 잊지 않고 불러주었다는 것 자체가 그를 기쁘게 했다. 그리고, 누구누구인지는 몰라도 자기를 인정해서 모교로 데려오자고 의논을 해 준 분들이 계셨던 모양인데, 진심으로 고마운 생각이 들었다. 그다음의 생각은 어서 모교에 가서 보다 큰 무대를 얻어 보다 더 자유롭게, 성과가 있는 일을 하고 싶었다. Y대가 좋은 학교라는 것은 틀림없이지만, 역시 이 대학은 그의 모교가 아니어서 그런지 그의 자유로운 활동을 제약하는 그 어떤 독특한 분위기 같은 것이 없지 않았다. 갑자기 관악으로 가고 싶은 생각이 간절해졌다. 다만, 이 일을 김병석 선생님께 어떻게 말씀드리느냐 하는 것이 당장 그의 머리에 떠오른 가장 큰 난관이었다.

"무슨 전화인데, 그렇게 곤혹스러운 표정을 하고 장승처럼 서 있나요?" 하고 화진이 물었다. "혹시 무슨 좋지 않은 소식인가요?"

"S대의 H 선생님인데, 나를 보고 관악산으로 올 의향이 있느냐고 물으시는군!"

"관악산이라면…… 그럼, 모교에서 부르는 것인데, 좋은 일 아닌가요? 그런데, 표정이 왜 그래요? 아주 난감한 기색이잖아요!"

"김병석 선생님께 떠나겠다는 말을 어떻게 입 밖에 내느냐 하는 것이, 생각만 해도, 미안하고 난처해서……"

"'안 서방'이 좋으면 직장을 옮기는 것이지 거기에 대해 김병석 선생님이 무슨 다른 말씀을 하시겠어요? 한 개인이 자신의 미래를 선택하는 문제 아니겠어요? 그걸 두고 김병석 선생님께서 뭐라고 하실까요? '안 서방'을 훔볼트 재단 장학생이 되도록 도와주신 고마운 분이시잖아요!"

"너무 섭섭해하실 것 같아서 차마 말씀드리기가 어려워서 하는 말이지."

"좋은 선택인 것은 확실해요?"

"당신한테는 나쁠 수도 있어! 월급이 적어질 거야."

"좋은 선택인데, 월급은 적어진다고요? 뭐 그런 일이 다 있어요?"

"S대는 국립대학이어서 사립 명문인 Y대만큼 교수 대우를 잘 못해 주거든! 그게 한국 국립대의 현실이야."

"아무튼, 난 상관없으니, '안 서방'이 알아서 선택할 일이네요.

다만, 지금부터는 남 생각보다는 제발 좀 자기 자신을 먼저 생각했으면 해요. 아무리 김병석 선생님이라도 '안 서방'의 삶을 대신 살아주실 수는 없지 않겠어요?!"

화진은 정말 현명한 아내였다. 그녀와의 대화를 통해 동민은 자신의 결심을 확고하게 굳힐 수 있었다.

그 이튿날 동민은 단단히 결심하고 김병석 선생님의 연구실을 찾아갔다. 그는 엊저녁에 S대의 어느 교수한테서 전화가 온 경위를 설명하고, 죄송하지만 모교로 가고 싶으니 허락해 주십사 하고 부탁을 드렸다. 예상대로 김병석 선생님의 놀람과 실망은 너무나도 큰 것 같았다. 그는 다만 동민의 의사가 확고한 최종 결심인지만을 확인한 다음, 혼자 있고 싶으니, 동민에게 그만 자기 연구실을 나가 달라고 했다.

황망한 가운데에 자기 방으로 되돌아온 동민은 김 선생님께 죄송한 나머지 몹시 가슴이 아팠다. 김 선생님이 동민 자신을 Y대로 불러준 이래 14년 반 가까운 세월이 흘렀다. 그동안 전심전력으로 한결같이 그를 보필해 왔건만, 동민은 그 끝이 이렇게 허망하게 되는 것이 슬펐다. 하지만, 참으로 이상한 일이었다. 동민의 마음속 한 구석에서는 벌써 어떤 새로운 희망, 새 일터를 찾아가는 그 어떤 생생한 의욕이 샘물처럼 솟아오르는 것 같았다.

* 고향 화천에서 농사를 짓다가 아무래도 졸업은 해야겠다 싶어서 Y대 독문과에 복학했던 나 허경식도 안 선생님이 이미 Y대를 떠나신 것을 알고 안 선생님을 잘 이해할 수 없었다. 내 모교인 Y대는 이른바 명문 사학인데 안 선생님이 Y대를 그렇게 미련 없이 떠나가신 사실이 어딘가 서운하고 안 선생님의 평소 태도나 처신을 생각할 때 어

던가 석연치 않았다.

　물론, 훨씬 나중에야 나는 안 선생님의 마음을 이해할 수 있게 되었다. 그것은 위에서도 내가 잠깐 언급한 그의 '군자의 꿈' 때문이었다고 나는 생각한다. 그 꿈이란 '공동체를 위한 사회적 헌신'을 의미하는 것으로서, '도동 사람'이 물려받은 유가적 향일성(向日性) 같은 것이었다. 말하자면, 안 선생님의 그 꿈을 위해서 Y대는 너무 협소한 무대였고, Y대의 기독교적, 개인주의적 분위기 또한 안 선생님의 그런 꿈을 인정하고 성원해 주기에는 그 지향성이 좀 달랐다고 하겠다. 이런 의미에서 안 선생님은 자신의 모교인 S대라는 보다 넓은 무대로 기꺼이 나아가신 것이었다.

　** Y대 출신인 내가 S대로 가신 안 선생님을 결국 이렇게까지 잘 이해하게 된 곡절이 있다. 그동안 마땅한 계제가 없어서 독자 여러분께 미처 보고하지 못한 사실이 하나 있는데, 홀어머니가 돌아가시자 나는 정신적으로 많이 방황하다가 결국 터무니없이 늦은 만학도로서 S대 독문과 대학원에 입학함으로써, 안 선생님과의 그 끈질긴 악연의 그물 속으로 다시 한번 자원해서 들어갔다. 37세의 나이에도 나는 새삼 어떤 '분기(憤氣)'에 휘말리어, S대로 안 선생님을 다시 찾아간 것이었다. 내 이런 행동을 심리학자들은 어떻게 분석해 낼지 모르겠지만, 그 당시 내 심경을 말한다면, 그래도 내가 찾아갈 데는 안 선생님이 계신 곳뿐이었다. 어떤 '적개심'이나 '복수심' 같은 것을 품고 기어이 안 선생님을 찾아간 것인데, 결과적으로는 안 선생님의 태도나 처신을 오히려 속속들이 이해하게 되고만 이 '역설적 과정'을 간단히 설명할 길이 없다. 그래서, 지금 이런 이상한 소설이 생겨나고 있는 것 같기도 하다.

2

동민이 관악산 기슭의 연구실로 출근한 날은 1991년 3월 2일이
었다.

수도 한복판에서 대학생 데모가 잦은 것을 못마땅하게 여기던
독재자 박정희의 지시에 따라 S대는 옛 경성제대 터인 동숭동을 떠
나, 독재자가 평소 애용하던 관악산 기슭의 군인 골프장 터로 옮겨
와야 했다. 모든 건물이 산비탈에 간신히 붙어 있는 꼴을 하고 있어
서 안정감이 떨어질 뿐만 아니라, 조달청의 관급 자재로써 성냥갑처
럼 일률적으로 지어놓은 콘크리트 건물들이 초라하고 을씨년스럽
기 짝이 없었다. 이런 건물에다 또 몰취미하게도 1동, 2동 등으로 번
호를 붙여 놓았는데, 동민의 연구실은 독문과의 다른 교수연구실과
마찬가지로 2동의 4층에 배정되어 있었다.

동민의 나이가 이미 50을 바라보고 있었건만, 14명의 학과 교
수 중 최연소 교수로서 모교에 부임한 것이었다. 오늘이 출근 첫날
인 만큼 그는 자신을 직접 가르치신 은사님들을 연구실로 찾아뵈었
다. 그의 옛 지도교수 K 선생님도 아직 재직 중이셔서 연구실로 찾
아뵈었더니, "잘 왔다!"라고만 하시고 다른 말씀은 없으셨다. 문리
대 재학 시절에 이미 계셨던 또 다른 한 분의 은사 J 선생님은 "그것
참, Y대에 그냥 죽치고 앉아 있지 괜히 이곳으로 왔군그래! 아마도
월급이 반밖에 안 될 걸!"하고 월급 타령만 하셨다. 그 사이에 대구
K대에서 모교 교수로 옮겨오신 옛 K고 시절의 은사 김성도 선생님
은, "참 오랜 기간 바깥에서 고생이 많았다. 나는 안 선생이 언젠가
는 꼭 모교로 올 것으로 일고 기다리고 있었는데, 그게 꽤 늦어지디
구나!"라고만 말씀하셨다. 세 분 선생님의 표정과 말씀으로 미루어
보건대, '내가 너를 여기로 데려오자고 의견을 낸 장본인은 아니다

만……'이라는 뉘앙스가 은연중에 깔려 있었다.

'그렇다면 대체 누구란 말인가?' — 다행인지 불행인지는 몰라도 지금까지는 동민에게 아무도 자신이 그 장본인이라고 나서는 사람도 없었고, 그런 것을 은근히 암시하는 사람조차도 없었다.

퇴근 시간이 거의 다 되자 전화벨이 울렸다. 3년 선배 H 선생님이었다. 여기는 대학이 시내와 동떨어져 있으므로 통근버스를 타고 나가는 것이 편리하다며, 함께 통근버스를 타고 퇴근하자고 했다. H 선생님과 미리 약속이 되어 있었던 것인지는 분명치 않았으나, 동민의 7년 선배님들인 S 선생님과 C 선생님도 함께 통근버스를 타셨다.

시내로 들어가는 어느 길목에서 H 선생님이 내리자는 바람에 통근버스를 내렸더니, S 선생님과 C 선생님도 이미 차에서 내려와 계셨다.

"'고선(古鮮)'으로 가시지요?"하고 H 선생님이 다른 두 선배님께 동의를 구하더니, 택시를 잡고는 운전기사에게 강남 신사동 쪽으로 가자고 했다. '고선'이란 맥줏집은 동민도 이미 친구 임성재 교사와 여러 번 가 본 곳으로서 S대 교수, 특히 독문과 교수들이 자주 드나드는 곳이었다. 수더분한 성격의 언니와 그녀보다 조금 더 예쁘기는 하지만 약간 깍쟁이 기질을 보이는 동생이 자매 경영을 하는 맥줏집인데, 희한한 특징은 손님이 들어와 좌석에 앉을 때 자매 중의 하나가 손님 옆에 잠깐 앉아서 몇 마디 안부 말 따위를 주고받다가 주문을 받아 나가고 난 다음에는 그 자리에 다시 오는 일은 거의 없었다. 미스 장이란 아가씨가 하나 더 있었는데, 그 아가씨가 심부름을 주로 도맡아 하고 옆에 앉으라면 잠깐 앉기도 했는데, 이 좌석 저 좌석에서 불러대는 통에 어디 한 좌석에 편안히 앉아 있을 형편이 못 되었다. 이런 점이 늘 의논할 사안이 적지 않은 교수들한테는 오히려 장점으로 작용했는지는 몰라도, '고선'은 늘 교수 손님들로 북적거렸다. 훤히 안이 들여다보이는 칸막이 방이 대여섯 개 정도 있고, 반(半) 2층에 한 칸 정도 크기의 방이 딱 하나 더 있었는데, 손님들은 이 방을 '선장실'이라 불렀다. 먼저 오는 팀이 이 '선장실'을 차지하기 마련이었는데, '선장실' 손님은 괜히 특별 대우를 받는 기분이 들기도 했다.

동민 일행은 그날 제일 먼저 온 손님은 아니었으나, 마침 선장실이 아직 비어 있어서 거기로 들어가 자리를 잡고 앉았다. 수더분하고 사람이 좋은 언니 사장이 선장실에 들어와 인사를 했다. 동민에게도 인사를 하면서, "오늘은 임 선생님은 어디 따돌려 놓으시고 또 이렇게 달리 어울리셨네요!?"하고 동민의 동기생 임교사를 언급했다. 임성재 교사가 이 근처에 살기 때문에 동민과 그가 가끔 여기에서 만나 온 터였다. 언니 사장이 주문을 받아서 나가고, 연이어서 미스 장이 술과 안주를 가져와서는 한 잔씩 따라 주고는 바쁘다며 총총 아래로 내려갔다.

"자, 안 선생도 새로 왔고 하니, 우리 축배를 들지!"하고 S 선생님이 말했다. "축하해, 안 선생!"

"실은 축하할 일인지는 잘 모르겠어!"하고 C 선생님이 말했다. "고생길이 훤하게 튄 것이지, 뭐! 월급은 줄어들 것이고 일은 더 많아질 테니……."

"어디 간들 일 많은 거야 안 선생 팔자일 것 같고요……"하고 H 선생님이 말했다. "안 선생, 내 생각으로는 우선 학생들의 사기를 좀 올려 주는 것이 급선무일 것 같아! 학생들이 풀이 죽어서 좀체 의욕은 보이지 않아요! 다들 안 선생에 대한 기대가 크니까, 일단 학생들을 좀 잘 다독거려 줬으면 해요!"

"저야 뭐, 일단 모교에 들어왔으니, 별도 말씀이 없으셔두 제 일을 잘 찾아서 열심히 하겠습니다."하고 동민이 말했다. "오늘 처음 출근한 날인데, 선배님들께서 이렇게 환영해 주시니 참으로 감사합니다! 열심히 하겠습니다!"

"아, 그래그래!"하고 S 선생님이 말했다. "안 선생이 이제부터 학과 일을 차근차근 좀 살펴보고, 알아서 조금씩 개선해 나가주면, 우리는 그저 안 선생을 힘껏 밀어줄게. 너무 걱정할 건 없고, 안 선생 생각대로만 하면 될 거야. 자, 한잔 더 하지! 오늘 같은 날엔 좀 취해서 집에 들어가도 부인이 과히 나무라지 않을 듯한데……"

"아, H 선생, 미스 장 좀 불러보게! 이거 안주를 더 시켜야겠구먼!"하고 C 선생님이 벌써 약간 취한 음성으로 말했다. "술도 몇 병 더 시키고 말이야!"

"C 선생님, 벌써 취기가 좀 도시는 모양이네요?!"하고 H 선생님이 조금 웃으면서 말했다. "한창 바쁠 땐데 미스 장이 제 발로 오기는 틀렸고…… 제가 화장실에 가는 길에 더 주문해 놓을게요."하고 말하며 H 선생님이 '선장실'을 나갔다.

"오늘같이 좋은 날에 자네가 이렇게 먼저 취해 버리면 어쩌나?"하고 S 선생님이 동기생인 C 선생님을 보면서 약간 나무라는 투로 말했다. "좀 천천히 마시게! 이따 택시 타고 집에 갈 적에 안 선생을 서빙고동 아파트 앞에 내려주고, 원효로의 자네 집으로 계속 가면 되겠는데, 그때까지 그 정도 정신은 차리고 있을는지, 원!"

"걱정하지 마! 아무 걱정 할 것 없어!"하고 C 선생님이 약간 혀 꼬부라진 소리로 말했다. "이 사람, 자넨 도대체 걱정이 너무 많은 사람이야! 안 선생이 드디어 우리 과에 들어왔는데, 또 무슨 걱정이 그리도 많은가, 자네는!"

이때 깍쟁이 동생 사장이 — 언니가 이미 다녀갔는데도 이례적으로 — 선장실로 들어와 인사를 하자, 세 분 선배님들은 그녀를 반기면서 각자 한마디씩 말하느라고 잠시 화제가 동민을 벗어났다.

'아, 결국 이 세 분이 나를 관악으로 데려오자고 제안하신 분들이겠구나!'하고 동민은 혼자 생각해 보았다. 근자에 교양학부 출신의 B 교수가 숙환으로 작고하셨다는 소문이 들리던데, 그 후임을 논의하던 자리에서 적어도 이 세 분이 동민을 데려와야 학과가 발전하겠다고 의견을 내신 것으로 짐작되었다. 아마도 학과의 다른 구성원들은 능동적으로 반대하고 나설 명분도, 의욕도 없어서 그냥 그 의견을 따라 준 듯했다.

3

S대에 근무하게 된 동민에게 제일 먼저 눈에 띈 것은 석사 및 박사논문에서의 인용법이 지도교수마다, 그리고 학생 개인마다 모두 다르다는 사실이었다. 이를테면, 한 논문에서도 각주 3번에서는 '상게서(上揭書, Ibid.)'라 써놓고, 각주 10번에서는 '같은 곳(Ebd.)'이라고 쓰는 등 형식적 통일성을 기하려는 노력이 보이지 않았다. 그는 대학원 강의 시간 중에 학생들에게 말했다.

"아무리 내용이 좋아도 그것을 담아낸 형식이 그 내용물과 어울리지 않는다면, 좋은 논문으로 인정되기가 어렵습니다. 예컨대, 화채를 뚝배기에 담아낸다면, 그것을 받은 먹어야 할 손님이 그 댁의 주부(主婦)를 어떻게 생각하겠어요? 학술논문에도 형식이 있어서 어느 정도는 학계의 규범을 따라야 그 논문 내용이 빛날 수 있습니다. 우리 S대에서는 이런 형식 문제에는 지금까지 별로 신경을 쓰지 않아 왔지요. 내가 공부할 때도 그랬습니다. 하지만, 이제는 시대가 달라져서 논문의 형식에도 신경을 써야 합니다. 그래서, 내가 논문 작성법의 개요를 팸플릿 형식으로 대강 정리해서 학과사무실에 책자로 비치해 두었습니다. 앞으로 리포트나 논문을 쓸 때는 우선 그것을 참고하시고, 그 규범 안에서 자신한테 맞는 형식을 골라 쓰고, 좀 불분명한 부분이 있거든 나에게 문의해 주시기 바랍니다. 이것은 우리 학과의 논문 형식을 일률적으로 통일하겠다는 것이 아니고, 각자 자신의 논문에 맞는 형식을 골라서 합당하게 잘 쓰시라는 말입니다."

또한, 학생들의 독일어 발음이 좋지 않은 사실이 금방 드러났다. 그래서 동민이 학부 강의실에서 말했다.

"독일어를 해석하기 이전에 발음에도 세심한 주의를 기울여 올바르게 발음해야 합니다. 하긴, 독일어 발음은 영어 발음보다 쉽고 비교적 규칙적이지요. 그래서, 발음을 소홀히 생각하기 쉽습니다. 하지만, 독일어에도 꼭 유의해야 할 발음 규칙들이 적지 않아요. 내가 공부할 때도 우리 S대의 선생님들께서는 독일어 발음이나 회화의 중요성을 강조해 주지 않으시고, 그런 것쯤이야 잔재주에 불과하다는 듯이 그냥 대강 넘어가곤 하셨지요. 이른바 문리대 기질이란 것이 있었는데, 매사에 철학적 깊이가 강조된 나머지, 실용성이나 기술적인 문제는 대개는 소홀히 취급되었습니다. 하지만, 아무리 훌륭한 지식과 인식을 갖추었다고 해도, 그것을 표현하는 말의 음소(音素)나 음운이 이상하게 들린다든지 그것을 대화로 옮길 능력이 없다면, 곤란합니다. 즉, 독일어를 그 근본에서부터 속속들이 익히고 마음속 깊이 사랑해 온 사람이라야, 그리하여, 독일인과 직접 대화하면서 의견을 나누는 것이 어색하다거나 미리부터 겁이 덜컥 나는 처지를 면해야, 올바른 독문과 졸업생이라

할 수 있습니다. 따라서, 앞으로의 독문학자는 실용 독어와 회화에
도 능통해야 합니다. 지금까지는 독일에 한 번 가 보지 않은 사람
도 얼마든지 독문과 교수가 될 수 있었습니다. 하지만, 앞으로는
독일에서 공부한 사람, 적어도 독일에서 몇 달이라도 살아본 경험
이 있는 사람이 독문과 교수가 될 공산이 큽니다. 나는 이 점을 여
러분에게 꼭 강조해 두고 싶습니다. 그렇다고 내가 우리 학과의
좋은 전통을 무시하려는 것이 아닙니다. 나는 다만 우리 학과 학
생 여러분들이 이 시대에 맞게 잘 적응해 나가기를 바라는 마음에
서 지금 이런 말을 미리 해 두는 것입니다. 나 자신이 전에 이 학과
에서 그렇게 배웠고, 그래서 여러 난처한 경험을 겪어야 했기 때
문에, 나는 여러분을 올바르게 인도하고 싶어서 이런 말을 하는
것이니, 부디 오해 없기 바랍니다."

또 한 가지 동민의 눈에 띄는 점이 있었는데, 그것은 S대 독문과
학생들이 그사이에 겉멋이 잔뜩 들어서, 학과 교수들을 얕보고 대강
대강 넘어가겠다는 듯한 태도를 보인다는 사실이었다. 이를테면, 강
의 시간이 한참 지나서야 슬슬 강의실에 들어와서 강의실을 어슬렁
거리면서 자기 마음에 드는 자리를 유유히 골라 앉으려는 학생까지
있었다. 동민은 그런 학생을 나무라면서 앞으로는 늦으면 차라리 강
의실에 들어오지 말고 바깥 벤치 같은 데에 앉아서 왜 자신은 오늘
도 이렇게 늦게 오게 되었는지 잠시 반성해 보는 시간을 갖기를 권
했다. 독일 같은 선진국에서도 이런 태도로 세미나실을 어슬렁거리
는 젊은이를 보지 못했는데, 배울 일 할 일이 태산같이 많은 개발도
상국의 청년이 이런 해이하고 나태한 태도로 어떻게 이 나라를 선진
국으로 만들 수 있겠느냐며 동민 자신은 ㅁ교에 와서 이런 후배를
보면, 분통이 터져 교수가 된 것을 후회하게 된다고까지 말했다.

동민의 이런 지도와 언행이 한동안 학과 교수들과 학생들을 다소 불편하게 만들기도 했다. 학과 교수들은 자신의 지도 학생이 특이한 인용법을 쓰는 것을 보고 그것이 동민한테서 나온 형식이라는 것을 알게 되자, 그런 필요성 자체는 인정하면서도 자신의 입지가 갑자기 좁아진 느낌, 혹은 보이지 않는 데서 비판받는 듯한 느낌을 받는 것 같았다. 또한, 학생 중에는, 마음에 썩 드는 학과에 들어온 것도 아니라서 적당히 공부하는 시늉을 하다가 학점이나 무난히 따서 졸업을 좀 편히 해야 하겠다고 생각하고 있던 판에, 뒤늦게서야 어떤 젊은 — 50이 다 된 '비교적' 젊은 — 교수 하나가 나타나서, 새삼 나태한 태도를 꾸짖고 독문학도로서의 올바른 자세를 가르치려 드니, 은근히 반발심을 보이는 학생도 없지 않아 더러 있었다. 하지만, 결국 그들은 마지못해 동민의 뜻을 따르게 되었다. 동민을 학과로 데려오자고 안을 낸 듯한 그 세 교수님들이 다른 교수님들의 불만과 비판을 어느 정도 무마시켜 주었던 데다가, 또한, 학생들의 장래를 진심으로 걱정하면서 그들의 잘못을 적극적으로 지적하고 정식으로 나무라기까지 하는 교수가 나타났기 때문에, 일단 한번 따라가 보기는 하겠다는 학생들이 그렇지 않은 학생들보다는 수적으로 더 많았다.

물론, 동민의 이런 가르침과 언행에는 대학교수답지 못한 조급성과 과도한 열성이 표출되었기 때문에, 그가 모교에 와서 학생들의 사랑과 존경을 받는 교수가 되었는지는 다소 의문이었다. 하지만, 학과 교수들도, 또 학생들도 S대 독문과의 발전을 견인하고자 하는 동민의 간절한 마음과 그 애태우는 성심까지 의심하거나 나무랄 수는 없었다. 그래서 동민은, 비록 그가 독일의 대학교수처럼 오직 '연구와 교수'만을 본업으로 하고 살 수는 없었다 할지라도, 부득이한 상황 때문에, 본의 아니게 엄격한, 그러나 가끔 채신없게도 초조한 심정을 드러내는 교수가 되고 말았다. 그는 관악에 오자 그 자신에게 어쩔 수 없이 주어진 이 특이한 역할을 — 좌고우면하지 않고 — 기꺼이 맡아 했다. 그 결과 얼마 지나지 않아서 학과의 모든 교수와 학생이 궂은일이나 골치 아픈 일이 생기면 일단 그를 찾게 되었다. 또한, 사람들이 그를 찾았을 때, 그는 대개는 거기에 있었다.

4

동민이 모교인 S대에 부임한 지도 어언 한 해를 넘긴 어느 봄날, Y대에서 박사과정을 끝내고 Y대 시간강사가 된 부인선 박사가 관악의 연구실로 동민을 찾아왔다.

그녀가 몇 송이의 꽃을 사 왔는데, 화병에 물을 담으려다가 연구실 안에 세면대가 없는 것을 보고 화장실에 가서 화병에 물을 받아와 꽃을 꽂으면서 말했다.

"아이, 선생님도 참! 이런 학교가 뭣이 좋다고 기어이 이리로 오셨어요?"

"왜? 무슨 말이지?"

"교수 연구실에 세면대도 없잖아요! 신촌에는 그래도 연구실마다 세면대 정도는 다 있는데……"

"세면대 없는 것만 문제라면 정말 좋으련만!"하고 동민이 웃으며 말했다. "그래, 앉아 봐요. 참, 장승이 양은 잘 있어요?"

"아, 선생님께서 먼저 물어주시니 말을 꺼내기가 쉬워졌네요. 그 애가 아직 그래요. 자꾸 어떤 정부원이 자기와 남자 친구 사이를 이간질하고 있다든가, 안 선생님까지 해코지하려 하니 큰일이라든가 아주 엉뚱한 망상에 사로잡혀 있어요."

"남자 친구가 독문과 동기생인가?"

"예! 저희 동기생 중에 왜 그 데모 많이 하던 경식이 있잖아요. 제주도 수학여행 때에 한라산 백록담 위에서 목청껏 노래를 불러대던 그 남학생 허경식 기억 안 나세요? 우리 동기생들 모르게 둘이서 좋아했던 모양인데, 나중에는 헤어져서, 허경식은 미국으로 유학을 떠났다는 소문도 한때 나돌았답니다. 나중에 그걸 두고 승이는 안기부에서 그를 아주 먼 곳으로 보내버렸다고 했어요. 알고 보니, 허경식은 유학 간 게 아니었고, 군대에 갔다가 제대를 하고나서는 시골에서 농사를 짓고 있다가 뒤늦게 독문과에 복학하더군요. 아무튼, 승이가 자신의 그런 상태에도 불구하고 안 선생님께서 조심하셔야 한다면서 저보고 한번 가서 뵙고 오라고 성화가 대단했어요!"

"그래서 이 먼 길을 왔나?"

"아니에요! 실은 선생님도 한번 뵙고 싶었고요. 선생님께서 떠나가시고 그동안 제가 논문 때문에, 제법 설움을 받은 일도 하소연을 드리고 싶었고요……"

"그래? 무슨 설움을 그렇게……"하고 동민이 말했다. "지도교수를 다시 배정받지 않았나?"

"받았지요! 김병석 선생님으로요. 하지만, 문제는 제가 눈치도 없이 제 논문의 외부 심사위원님으로는 안 선생님을 모셔오면 도움이 되겠다고 말씀드린 것이었습니다. 저로서는 토마스 만을 다룬 제 논문에 미심쩍은 구석이 하도 많아서 선생님의 지도가 절실해서 그런 말이 저절로 입 밖에 나왔었는데…… 그 말이 그만 김병석 선생님의 불편하신 심기를 건드렸던 것 같았어요. 아무튼, 김병석 선생님께서 제 논문이 수준 미달이라며, 한 학기 더 고치라고 하셨습니다."

"그래서? 그런 말씀이야 얼마든지 하실 수도 있잖아!"

"그건 그렇지요. 하지만, 나중에 알게 된 사실인데, 안 선생님께서 떠나시고 김병석 선생님께서 안 선생님을 '배신자'라고 규정하시고, Y대에 남은 교수들이 일치단결하여 좋은 학과를 만들어나가자고 하셨다는 거예요. 그런데, 금방 또 무엇 때문인진 몰라도, 제 논문 심사가 다시 또 한 학기 더 표류하게 되더라고요. 알고 보니, 김병석 선생님께서 학과의 모든 일에서 손을 떼겠다고 선언하셨기 때문에, 지도교수 변경 절차를 거치는 데에 또 시간이 걸린 것이었어요. 그사이에 저는 뭐가 뭔지도 모르고 무작정 기다려야 했고요."

"아무튼, 그동안 고생이 많았군그래!"하고 동민이 말했다. "부박사, 미안하네! 하지만, 부박사는 부디 학문의 길에 꾸준히 정진하시게."

"예, 선생님! 열심히 하겠습니다!"

"그리고, 장승이 양을 만나거든 꼭 전해 줘요. 아무 걱정하지 말라고! 나는 해코지를 당할 인물조차 못 된다고! 남의 해코지를 당하자면, 그것도 그만한 자격이 있어야 당하지!"

"예, 선생님! 하지만, 승이 일은 너무 괘념하지 않으시는 게 좋겠어요. 안타깝지만, 승이 부모님도, 저 같은 친구도 그런 승이에게 거의 도움이 될 수 없는 것 같아요. 요즘 저는, 이런 분단국에 살다 보면, 어차피 누군가는 겪어야 할 아픔과 상처를 애꿎은 승이가 대표로 겪고 있다는 생각도 하곤 해요. 그래서, 저는 더욱더 승이를 보듬으며 이 기구한 삶을 함께 살아갈 생각이고요!"

"참 아름답고 고마운 생각이네그려! 수많은 사람이 데모하는 중에 누군가 한두 사람은 꼭 크게 다치는 것과 마찬가지 아니겠어? 장승이 양은 말하자면 우리 모두를 대신해서 아프고, 우리 모두를 대표해서 깊은 상처를 입은 것이지! 장 양에게 부 박사와 같은 친구가 있다는 것이 나한테도 큰 위로가 돼요. 고마워요!"

* 부인선 박사가 안 선생님께 "우리 동기생들 모르게 둘이서 좋아했던 모양인데, 나중에는 헤어져서, 허경식은 미국으로 유학을 떠났다는 소문도 한때 나돌았답니다. 그걸 두고 승이는 안기부에서 그를 아주 먼 곳으로 보내버렸다고 했어요."라고 말하는 것을 읽자니, 세상의 소문이 다 맞지는 않지만, 그래도 그것이 아주 근거 없이 나돌지는 않는 것 같기도 하다. 장승이와 내가 한때 서로 좋아한 것도 사실이고, 안기부에서 나에게 한때 미국 유학을 권유했던 것까지도 사실이다. 하지만, 나는 결국에는 미국으로 유학을 떠나지는 않았다. 화천의 시골에서 농사를 짓고 있는 홀어머니의 아들이 그들의 권유대로 미국으로 떠났다가는 홀어머니를 두고 멀리 떠난 불효자가 되는 것은 물론이고, 향후 내 인생 전체가 독재정권의 하수인으로 굳어질 듯해서 나는 그 대신에 차라리 군 자원입대를 선택했다. 그 결과, 군대에서 온갖 모욕과 핍박을 견뎌내어야 했고, 그들이 원하는 대로 대한민국의 '반공' 제대 군인이 되었으며, 그 뒤에는 모든 것을 포기한 채 홀어머니를 모시고 시골에서 농사꾼으로 살았다. 어머니가 돌아가신 뒤에, 어디 마음 둘 데가 없게 되자, 나는 문득 '복수심'을 품고서 S대로 안 선생님을 찾아 나선 것이었다.

그것은 칼로 사람을 찌르는 그런 복수가 아니라, 속절없이 흘러가버린 ― 승이를 포함한 ― 우리의 청춘을, 그리고, 결국 아무것도 이루지 못한 내 초라한 모습을 직접 보여드림으로써 안 선생님이 자신의 가슴에 그 어떤 가벼운 통증이라도 느껴야 속이라도 후련하겠다는, 나의 그 어떤 막연하지만 통절한 소망 같은 것이었다. 그래서, 나는 기를 쓰고 안 선생님의 곁으로 되돌아간 것이었다. 아, 그 회귀(回歸)의 심사가 어찌 '적개심'이나 '복수심'이라는 얕은 의미의 단어로써 다 표현될 수 있겠는가! 지금 생각하면, 그것은 언어도단(言語道斷)의 어떤 기운, 사랑과 미움이 뒤섞인 그 어떤 필발(必發)의 심화(心火)였다고나 할 수 있겠다. 곽우출판사 번역 기획의 하나로 페터 슬로터다익(Peter Sloterdijk)의 『분노와 시간(Zorn und Zeit)』이라는 책이 현재 번역 중인데, 그 책의 서두에 이미 '튀모스(Thymos)'라는 고대 그리스 문화의 한 개념이 등장하는 모양이다. 이 책을 번역 중인 내 후배 N은 이 개념을 '분기(憤氣)'로 옮겨야 한다고 하던데, 내가 굳이 S대의 안 선생님 곁으로까지 다시 찾아간 데에는 이런 '분기' 같은 것이 작용했다고 봐야 할 것이다.

5

부인선 박사가 떠나고 연구실에 혼자 남은 동민은 방문을 걸어 잠그고 책상 위에 머리를 처박고 엎드려 한동안 마른 울음을 삼켜야 했다.

'배신자' — 이 얼마나 무섭고도 억울한 말인가? 14년 반 동안 청춘을 바쳐 일한 직장이었다. 동민은 자기 자신에게 물어보았다 — '내가 모교의 부름을 받아 Y대에서 모교로 일터를 옮긴 것이 정말 배신일까?'

당시 S대의 H 선생님의 전화를 받았을 때 그에게는 우선 그 부름이 너무 늦은 것이 아닐까 하는 생각이 들었었다. 그러나 그다음에 그를 찾아온 감정은 지난 14년여 동안 자신이 Y대에서 기울인 노력이 그런 부름으로 되돌아온 것 같은 어떤 뜨거운 고마움 같은 것이었다. 그래서 그는 갑자기 모교로 가고 싶은 마음이 간절해졌다. 지금 와서 생각해도 그것이 배신이란 이름으로 매도될 성질의 것은 아닌 듯했다.

김병석 선생님은 정말 그를 '배신자'라고 생각하셨을까? ― 동민의 생각으로는 그건 아니었다. 김병석 선생님은 그 누구보다도 그를 속속들이 잘 아시는 분이었다. 그분은 다만 동민이 떠난 직후의 자신의 상황에 절망한 나머지 동민을 일단 '배신자'로 규정하고, Y대 독문과를 재정립하고 새로운 각오로 재출발하기 위해 일단 Y대에 남아 있는 동민의 그림자를 지울 필요가 있었을 것이다. 하지만, 다른 교수들은 김병석 선생님의 휘하에서 계속 지시를 받으며 교수 생활을 하고 싶지는 않았을 터이었고, 김병석 선생님을 다만 학과의 시니어로서만 잘 대접해 드리고자 했을 것 같았다. 동민은 자신이 떠남으로써 김 선생님이 겪게 되셨을 여러 곤경과 절망을 상상해 볼 때, 자신의 잘잘못을 떠나 일단 김 선생님을 찾아뵙고 진심으로 이해와 용서를 빌고 싶었다. 하지만, 그가 아직 Y대에 재직하고 있을 때 이미, 복도에서 마주쳐서 인사를 드려도 외면하시던 김 선생님이셨다. 그를 만나 용서를 빈다는 것 자체가 결코 쉬운 일이 아닐 터였다.

그러던 어느 날, 동민은 'Y대 김병석교수 화갑기념논문집 봉정식 준비위원회'가 보낸 편지 한 통을 받았다. Y대 독문과 교수들과 졸업생 일동이 김병석 교수님의 회갑을 맞이하여 화갑기념논문집을 봉정하는 기념 만찬회를 아무 날 몇 시에 L호텔에서 거행할 예정이라는 초청장이었다.

"Y대 독문과에서 초청장이 왔던데?"하고 퇴근 버스 안에서 C 선생님이 말했다.

"저도 받았는데요!"하고 H 선생님이 대답하면서, 바로 뒷좌석에
홀로 앉은 동민 쪽을 뒤돌아보았다. "안 선생, 어떻게 할 거야? 갈 거
지?"

"글쎄요, 가긴 가야 할 텐데…… 인사도 안 받는 어른한테 축하
객으로서 찾아뵈어도 될지 참 난감하네요……"

셋 사이에 잠시 침묵이 흘렀다.

"안 선생, 이건 내 생각인데,"하고 C 선생님이 말했다. "안 선생
의 입장으로는 그냥 눈 딱 감고 찾아가 뵙는 게 좋겠어요! 사람의 도
리로서 이쪽에서 할 일은 다 해야 하지 않겠어요?"

"C 선생님, 참 좋은 말씀을 해 주셨습니다. 감사합니다!"하고 동
민이 말했다. "어때요? '고선'에서 한잔하시지요? 오늘은 제가 한번
모시겠습니다."

"그래? 별일 없어. 같이 가지!"하고 C 선생님이 말했다. "H 선생,
시간 괜찮지? 그런데, 안 선생, 요즘 '고선'에 너무 자주 가는 것 아
닌가? 무슨 속상하는 일이라도 있나? 아니면, 미스 장한테라도 빠진
것인가?"

"아, 선생님도 참! 제가 뭐 여자한테 빠질 감이나 돼야 말이지
요."

'선장실'은 비어 있었지만, 그들 셋이서 그 넓은 공간을 차지하
기는 좀 미안해서 카운터 앞의 조그만 칸막이 안에 자리를 잡고 앉
았다.

"어이, 동생 사장!"하고 H 선생님이 인사차 옆에 와 앉은 여사장
의 팔꿈치를 약간 건드리면서 말했다. "이 안 선생이 요즘 여기 '고
선'에 자주 들락거리는데, 혹시 동생 사장이 좋아서 이러는 것 아닌

가 의심스럽네!"

"호오, 그렇다면 얼마나 좋겠어요!"하고 동생 사장이 미소를 머금고 말했다. "요즘 좀 자주 오시는 편이긴 하지만, 도무지 곁을 주지 않으시는 분이니…… 실은 우리 언니가 이 '형님'을 은근히 좋아하는데, 용기를 내어서 한번 살짝 건드려 봐도 목석이더래요, 목석!"

"원, 목석이 말하는 것 봤어요?"하고 동민이 빙긋이 웃으며 말했다. "우선, 맥주 세 병 주시고, 안주는 북어로 합시다!"

이렇게 주문을 받자 동생 사장은 그만 자리에서 일어났다. 오늘은 아직 시간이 좀 일러서 그런지 언니 사장의 얼굴은 아직 보이지 않았다.

이윽고, 미스 장이 술과 안주를 날라와 셋에게 한 잔씩 따라주고는 금방 다른 자리로 갔다.

"H 선생님, 혹시 '배신자'란 말 들어보신 적 있으십니까?"하고 동민이 술 한 잔을 반쯤 죽 들이키고 나서 물었다. "S여대를 떠나오실 때 말입니다!"

"아니, 그런 적 없는데?"하고 H 선생님이 대답했다. "물론, 다들 섭섭해 하기는 했지! 하지만, 송별연을 열어주면서, 다들 진심으로 축하해 주었어. 그런데, 그건 왜 물어?"

"……"

"안 선생, 혹시 그 말 Y대에서 나온 소린가?"하고 H 선생님이 물었다. "김병석 교수님 입에서 나온 소린 모양이군?"

"그런 말씀을 하신 모양인데,"하고 동민이 대답했다. "Y대의 제자가 저한테 인사차 와서 그걸 알려주고 가니, 이것 참 속상해 죽겠네요. 저 자신이 '배신자'가 아니라 할 수도 없고…… 사실, 한참 혼자 생각하다 보면, 빙빙 돌다가, 아닌 게 아니라, 제가 '배신자' 같은 생각도 들어요!"

"안 선생!"하고 H 선생님이 말했다. "아무도 안 선생을 '배신자'로 생각할 사람 없어요. 쓸데없는 소리 그만하고 술이나 마셔요. 난 또 안 선생한테 무슨 큰 고민이라도 생긴 줄 알았네!"

"그건 김병석 선생님이 그만큼 난감해서 얼결에 입 밖에 낸 소리로 보면 맞을 거야."하고 C 선생님이 말했다. "그 양반 성깔도 참! 후배가 모교로 간다는데, 좀 너그럽게 생각해서 섭섭하더라도 일단 축하라도 해 주고 봐야지. 자기 성깔을 그렇게 곧이곧대로 바깥으로 표출하시면, 어떻게 하나! 이 나라에서 살다 보면, 원래 뭐 하나 자기 성미대로 되는 게 없어요. 식민지에서 해방되자마자 다시 외세에 의해 분단된 반쪽짜리 나라 아닌가! 독일에서 오래 사셔서, 아주 독일인이 다 되신 것처럼 처신하시지만, 한국에 돌아오셨으면 한국인다운 처신도 할 줄 알아야 이 땅의 어른이 되시는 게지."

"아, C 선생님, 이제 확실히 깨달았습니다. 제가 그날 논문봉정식에 무조건 참석하겠습니다. 좋은 말씀 해 주셔서 정말 감사합니다!"

"나라고 뭐 아는 게 있어서 그렇게 말한 건 아니야!"하고 C 선생님이 말했다. "안 선생의 난처한 처지를 대강 짐작해서 한번 해 본 소리지. 그래! 눈 딱 감고 가서, 고개를 깊이 숙이고, '축하드립니다!'하고 말씀드리는 거야! 정 분위기가 어색하거든, 나하고 함께 조금 일찍 나와 버리면 될 거 아닌가!"

"예, 잘 알겠습니다. 그렇게 하겠습니다!"하고 동민이 말했다. "그날 함께 가 주신다면, 저로서는 너욱 용기가 나겠고요!"

"그래!"하고 H 선생님이 말했다. "C 선생님 모시고 같이 가면 되겠네. 난 그날 다른 일이 있어서 못 갈 듯해!"

"그래! 나하고 같이 가자고!"하고 C 선생님이 말했다. "나도 가서 축하는 해 드려야지. 나라고 해서 그분의 심정을 아예 모르는 건 아니야. 오랜 유학 생활, 아니, 외국 생활이라고나 해야 할까? 여하튼, 오랜 세월을 독일에서 지내시다가 뒤늦게 고국에 돌아와 보니, 모교에는 자신보다 공부도 못하던 선후배들이 모두 한 자리씩 떡 차지하고 앉아서, 늦게 귀국한 사람을 말로나마 섭섭잖게 대해 줄 줄도 모르고 자기네들 현실에 안주해 있는 한심한 꼬락서니를 보니까, 화가 치밀어 Y대 독문과라도 잘 만들어 보자 싶어서 그렇게 갖은 애를 쓰신 것 아니겠어요? 거기에 안 선생이 뒤따라와서, 그 까다로운 양반을 14년 반이나 모셨어요. 안 선생도 할 만큼은 한 거야! 그런데, 막상 안 선생이 떠난다니까 그 양반의 마음이 어떠했겠어?"

드디어 화갑기념논문집 봉정식 날이 왔다.

동민은 이미 결심을 굳혔기 때문에 더는 주저하지 않고 C 선생님을 모시고 L호텔 12층 연회식장으로 갔다. 그는 가슴에 꽃을 달고 하객들을 맞이하고 계시는 김병석 선생님 앞으로 다가가 깊이 고개를 숙인 채 말했다 ―"김 선생님, 진심으로 축하드립니다!"

깊이 숙였던 고개를 들고 돌아서다가 동민은 일순 김병석 선생님과 눈이 마주쳤는데, 그의 눈빛에 약간의 놀람과 그 어떤 당혹감, 그리고 한 줄기 반가움 같은 것이 복잡하게 뒤섞여 있음을 보았다. 근처에 서 있던 Y대의 다른 교수들도 동민을 반갑게 맞이해 주었다. 이윽고, 동민은 C 선생님을 뒤따라 좀 어중간한 좌석으로 가 앉았다. Y대의 부인애 박사 등 동민의 제자들이 잠시 그가 앉은 자리까지 와서 인사하고 가기도 했다.

이날 동민은 '배신자'치고는 축하객 행세를 그럭저럭 잘 해내었다. 결국, 김병석 선생님과 동민은 거의 일 년여만에 다시 한번 운명적 해후를 한 셈이었다.

동민은 김병석 선생님과의 인연이 이것으로 일단 잘 정리된 줄 알았다.

하지만, 운명은 그들을 다시 한번 질긴 인연의 끈으로 묶어 놓았다.

화갑기념논문집 봉정식이 있은 지 두어 달 지난 어느 날 김병석 선생님한테서 전화가 왔다. 그래서 동민은 반포아파트 근처의 그 중국집으로 다시 불려 나갔다.

"그때 L호텔에 와 줘서 고마웠어요!"하고 김병석 선생님이 말했다. "내가 오늘은 안 선생한테 한 가지 긴한 부탁이 있어서 불렀어요."

"예, 불러 주셔서 기뻤습니다. 뭐든지 말씀하십시오!"

"다름이 아니라……"하고 김병석 선생님은 의중에 있는 말을 꺼내놓으려 했지만, 금방 불안해 하시면서, 잠깐 화장실에 다녀와야겠다고 했다. 그사이에 주문한 음식 중 첫 번째 요리가 벌써 나왔다.

"아, 음식이 나왔네요."하고 김 선생님이 금방 화장실에서 되돌아와서 말했다. "일단, 한잔하면서 식사부터 합시다!…… 안 선생이 관악으로 떠나고 나서 그동안 참 여러 가지 일이 일어났어요. 우선, 안 선생이 옆에 없는 나의 학교생활이 말이 아니게 되었지요."

"예, 늘 죄송스럽게 생각해 왔습니다. 이해와 용서를 빕니다!"

"지금은 그런 말 듣자는 것이 아닙니다. 아무튼, 난 안 선생을 깨끗이 잊고 다시 새 출발을 하고자 젊은 사람들과 새로이 마음을 합쳐서 학과를 운영해 나가기로 했지요. 처음에는 젊은 사람들도 모두 뜻을 같이해 주었어요. 그런데, 나는 차츰 그들이 나와 어딘가 다른 생각을 하고 있다는 사실을 알아차리게 되었어요. 그들의 지향점이 나와는 뭔가 다르다는 사실을 확인한 이상, 더는 그들과 함께 일해 나갈 기분이 아니었어요. 이미 난 학과장 직책도 내어놓은 처지였으니, 새삼 그들과 그까짓 학과 일을 두고 다투는 것도 남부끄러운 노릇이고, 결국 내가 학과 일에서 아주 손을 떼는 길밖에 없었지요. 이것이 그동안 생긴 일 중의 하나입니다. 이제는 그동안에 생긴 또 다른 일 하나를 마저 얘기해야 하겠어요. 하지만, 내가 다시 손이라도 좀 씻고 와야겠으니, 차나 마시면서 잠깐만 기다려 주시오."

동민은 아직도 김병석 선생님이 하시려는 말이 무엇인지도 모르고 있었지만, 그사이에 그가 기력이 매우 쇠약해지신 듯해서 마음이 아팠다. 김 선생님 자리 앞에 놓인 음식 접시들을 보자니, 음식이 줄어들지 않고 거의 그대로 남아 있었다. 이윽고 김 선생님이 다시 자리로 돌아와 앉으셨다.

"아, 지난해 10월의 일인데, 내가 잠깐 독일에 다녀온 이야기를 하려던 참이었어요. 바이에른주 오버알고이(Oberallgäu) 지방의 아름다운 소읍 존트호펜(Sonthofen)이란 곳에서 알렉산더 폰 훔볼트 재단이 개최한 '문학번역 심포지움'에 참석했습니다. 세계적인 번역학자들과 문학번역가들, 유명한 어문학자들이 대거 참석한 그 심포지엄에서 나는 새삼 번역의 중요성에 대해 깊이 깨달은 바가 있었어요. 닷새 동안 계속된 그 심포지엄의 끝에 나는 재단법인으로 번역연구소를 창립하겠다는 결심을 하게 되었어요. 자, 이제 결론으로 들어가 봅시다. 내가 Y대 독문과 일에서 완전히 손을 떼게 된 이상, 나는 앞으로 정년퇴임 때까지 남은 5년을 그저 Y대 교수로서 강의만 하면서 지낼 수는 있겠으나, 더는 나의 이상을 실현하기가 어렵게 되었지요. 그래서, 나는 앞으로 번역연구소를 통해 내가 독문학자로서 한국에서 하고 싶던 일을 실천해 보려고 해요. 한국대학에서, 더구나 사립대학에서 일개 교수가 할 수 있는 일이 너무 보잘것없다는 것을 잘 인식하게 된 결과였지요. 하긴, 안 선생이 모교에서 부르자 뒤도 돌아보지 않고 그 부름에 응하게 된 것도 근본적으로는 다 이런 인식 때문 아니었겠어요? 아무튼, 이제 나는 번역연구소를 창립해서 그 이사장 겸 소장으로서 한국독문학계 전체를 위해 기여하겠다고 마음이 부풀어 있어요. 이야기가 좀 길어졌지만, 이제 내 부탁을 말하겠어요. 나는 번역연구소를 창설하고 앞으로 연구소를 운영해 나가는 데에 안 선생의 도움이 절대적으로 필요합니다. 한때는 안 선생이 S대로 가서 섭섭하게 생각한 적도 있지만, 지금 생각하면, 그것이 앞으로 창설될 '재단법인 한독(韓獨) 문학 번역연구소'를 위해서는 오히려 더 잘된 일일 수도 있겠다는 생각까지 듭니다. 이 연구소는 Y대 독문과와는 상관없이 한국 독어독문학계 전체를 위해서 일을 해야 하니까, S대에 재직하고 있는 안 선생도 당연히 함께 들어와 같이 일해 줘야 할 것 아니겠어요? 내가 평가하건대, 안 선생은 번역도 출중하게 잘하는 일꾼입니다. 그래서 생각한 것인데, 안 선생이 이 연구소의 상임이사를 맡아 주었으면 해요. 어때요, 나와 다시 함께 일해 주겠어요?"

"본의 아니게 선생님 곁을 떠나게 되어 늘 죄송하게 생각해 왔습니다."하고 동민이 말했다. "다시 선생님의 뜻을 받들 기회를 주시니, 열심히 선생님 일을 돕겠습니다."

"고마워요!"하고 김 선생님이 말했다. "우선, 재단법인을 설립해야 하는데, 지금까지 내가 그 빈 정도의 일은 해놓았지만, 그것이 대한민국의 공무원들을 상대하는 일이라 만만치 않더군요. 이 일을 좀 마무리해 주시고, 연구소 일을 실질적으로 같이할 수 있는 젊은 학자들을 전체 독어독문학회로부터 안 선생이 좀 규합해 주기 바랍니다. 늦어도 오는 7월쯤에는 연구소 창립을 마쳐야겠어요. 법인 이사들은 독문학계 밖에 있는 내 친구들한테 부탁할 생각이지만, 젊은 독문학자들을 규합하는 일은 안 선생한테 부탁하는 것입니다. 단, Y대 교수는 나 하나로 충분하니, 전국 대학에서 우수한 신진 독문학자들을 대거 참여시켜 주었으면 해요. 마포 불교방송국 옆 한신빌딩에 오피스텔 하나를 매입해 두었어요. 말하자면, 내가 법인 재산으로 내어놓을 연구소 사무실인데, 앞으로는 우리가 거기서 만나면 됩니다. 한신빌딩 503호입니다. 괜찮다면, 앞으로 당분간 매 토요일 11시에 연구소에서 만났으면 해요. 시급히 의논할 게 정말 많습니다."

"알았습니다. 이번 토요일부터 나가서 뵙도록 하겠습니다. 저를 다시 신임해 주셔서 기쁘고 또 감사합니다."

"지난 일 년여 동안의 악몽을 벗어나 다시 안 선생과 손잡고 일하게 되어 나도 기뻐요. 그럼, 이번 토요일 11시에 연구소에서 만나 당장 해야 할 일들을 서로 의논해 나갑시다."

동민이 집에 들어서니, 덕애와 현애가 방에서 나와 인사를 하더니 다시 쪼르르 자기들 방으로 들어갔다.

"무슨 일이던가요, 김병석 교수님은?"하고 동민의 윗옷을 받아 걸면서 화진이 물었다. "안색이 별로 좋지 않네요."

"그런가?"하고 동민이 말했다. "아, 글쎄, 김 선생님께서 번역연구소를 창립하시겠다면서, 나더러 다시 도와달라고 그러시네."

"Y대 사람들이 많은데, 왜 또 '안 서방'을 부르시지요?"

"그곳 아랫사람들과 뭔가 틀어지셔서, 다시 나한테 도움을 청하시는 듯한데, 평소 죄송하던 마음 때문에 얼결에 승낙은 했지만, 오면서 생각하자니, 그곳 교수들도 다 나하고는 가까운 사람들인데, 이것 참, 앞으로 신경이 꽤 많이 쓰일 것 같아!"

"아, 김교수님도 참 딱하시네요. 아무래도 당신 수하의 사람들이 함께 일하시기 편하시지, 다른 학교에 근무하게 된 '안 서방'을 또다시 부르신다는 게 좀 맞지 않은 처사 같네요."

"글쎄 말이야! 아, 참 고달프기도 하네, 이 팔자는!"하고 동민이 말했다. "꼭 산불 끄는 것 같아. 닥쳐오는 불을 아무리 꺼도 도무지 일이 줄어들지 않고 자꾸 불길이 여기저기로 번지기만 하니 말이야!"

"그러게요. 일을 적당히 하면서 실수도 더러 저질러야 다음 일이 좀 덜 몰려오지요. 그렇게 전심전력으로 밤낮 일해 봤자 자꾸 새 일만 더 늘어나고 몸만 고달프잖아요. 사람이 왜 그렇게 어리숙하게 자꾸 일을 맡아요, 맡긴!"

"아, 나라고 그걸 모르는 건 아닌데! 참, 이상해요! 요즘 들어 새삼 내가 바보 같다는 생각이 자주 들어요. 지금 생각하니, 이런 게 다 집안 내림 같기도 하고……"

"아이고, 그 도동 사람 기질에는 이제 저도 그만 질리네요. 처음엔 그게 '동민 오빠'의 매력이기도 했는데…… 사람이 우선 자기 몸부터 돌봐야지, 이건 대체 몇 때문에 사는지 주객이 뒤비낀 것 같단 말이에요!"

"여보, 미안해요. 내가 생각해도 이건 아닌데…… 다른 일을 하느라고 늘 당신과 아이들이 뒷전으로 밀려나는 꼴이니 말이요……"

"피곤하실 테니, 어서 좀 씻고 쉬세요. 하루아침에 완전히 고칠 수는 없겠지만, 정말 심각하게 좀 생각해 볼 문제인 것 같아요. 부탁이니, 제발 좀 자기 절제를 하고, 이따금 거절도 하세요. 저와 아이들을 위해서 하는 말이지만, 이러다가는 나와 아이들보다도 당신 자신이 먼저 몸을 상하시겠어요."

"그럴게!"하고 동민이 말하면서 화진을 꼭 껴안았다. "정말 미안해요! 아내는 현명한데, 아무래도 남편이 좀 문제가 있는 가정일세 그려!"

6

재단법인을 설립하는 일 자체가 우선 만만찮은 일이었다. 김병석 선생님이 내어놓은 1억 8천만 원 상당의 오피스텔과 현금 2천만 원 등 도합 2억 원의 자본금으로 연구소를 출범시키는 일이었는데, 그만하면 설립 요건을 갖추었을 뿐만 아니라, 독문학 관련 번역연구와 국제 학술교류를 하겠다는 창립 취지가 자명한 데에도 불구하고, 관할 기관인 서울특별시 서대문 교육청에서는 처음에는 무슨 탈세를 위한 위장 연구소가 아닐까 하고 의심을 하기도 했고, 나중에는 연구소의 사업계획서 등을 살펴보고 교수들이 하는 소규모 연구소라는 것을 다 잘 파악하고 나서도, 괜히 불필요한 서류들을 순차적으로 조금씩 더 요구하면서, 공무에 바쁜 동민이 여러 번 어려운 걸음을 하도록 만들었다.

동민은 관청에 들어갈 때마다 직원들한테 푸대접을 받으면서도 일단 연구소를 창립해야 한다는 당면 목표를 위해서 자기 성깔을 죽이고 교육청 직원의 말을 경청해 주고 요구하는 서류를 거듭 제출했다. 한 번은 새로 일을 맡은 직원한테 그의 전임자한테 이미 했던 설명을 또다시 반복해야 했다. 한국의 일선 공무원들이 무식하고 타성에 젖어 있다는 사실을 그 전부터도 알고는 있었지만, 동민은 그들의 행태와 관행이 전혀 바뀌지 않은 데에 새삼 놀랐다. 그 짧은 기간 안에도 담당 직원이 두 번이나 바뀌어, 동민이 앞서 해놓은 일들이 거의 소용없게 되고, 거의 모든 일을 새로 다시 시작해야 했다. 공무원들이 서로 인수인계하는 절차도 옳게 거치지 않는 이런 꼴을 보자니, 동민은 한국에서 민주적 사회체제가 작동하게끔 만든다는 것이 얼마나 요원한 숙제인가를 새삼 실감하지 않을 수 없었다.

한편, 김병석 선생님은 연구소의 일을 면밀히 구상하고 조금씩 실천에 옮겼다. 그는 모든 일을 동민과 함께 의논하기는 했지만, 그 전에 이미 번역연구소의 창립 심포지엄을 어느 정도 계획해 놓고 있었다. 심포지엄의 주제는 "한독 문화교류에서의 번역의 제 문제"로 정해 놓은 데다 독일 존트호펜 번역 심포지엄에 같이 참석했던 S대 Z 교수와 H대 K 교수를 연사로 모시기로 이미 구상해 놓고 있었으며, 그 외에도 동민과 의논해서 각 대학으로부터 여러 유능한 젊은 교수들을 사회자, 토론자 등으로 모셔서 그들을 잘 안배함으로써 결과적으로 이 연구소 창립 심포지엄이 한국독어독문학계 전체의 학술행사가 되고 한국 독문학도들의 한마당 축제가 되도록 기획했다.

이로써 김병석 선생님과 동민은 공식적인 한국독어독문학회 이외에 '재단법인 한독문학번역연구소'란 기관의 이름으로 한국독어독문학회(당시의 회장 임기: 1년)가 미저 기획해 내지 못하는 장기적 프로젝트를 미리 계획해서 실행에 옮길 수 있었다. 그리고 그 이듬해에 개최된 제2회 학술심포지엄부터는 독일 훔볼트 재단의 지원을 받아 독일의 저명한 교수 1인을 초청하여, 이 학술심포지엄의 대주제를 발제하게 만듦으로써 한독 학자 교류의 물꼬를 트게 되었으며, 그런 학술교류를 통해 장차 후진들이 그 독일 교수가 재직하고 있는 대학으로 유학 가서 그 교수의 지도하에 학위과정을 마치고 귀국한 다음에는, 그들 나름대로 다시 번역연구소의 일에 협력하는 선순환이 이루어지기도 했다.

이 학술심포지엄은 나중에는 3년마다 한국, 중국, 일본 그리고 독일의 독문학자들이 참가하는 이른바 '4개국 국제 학술심포지엄'으로 발전되었다. 거기에는 독일의 전문가 1인이 발제자로 초빙되고, 한·중·일 3국의 독문학자들이 대거 참여하여 같은 주제로 발표하고 토의했다. 이로써 이 4개국 심포지엄이 독일 및 동아시아 3국 독문학자들의 중요한 학술교류의 장이 되었다.

국내 심포지엄과 4개국 국제 심포지엄 이외에도 번역연구소는 〈번역연구〉라는 학술지를 발간하였고, '한독번역문학상'을 제정하여 독문학 번역의 장려와 질적 향상에 이바지하였다. 또한, 번역연구소가 주관한 공동 프로젝트의 결과물로서『도이치문학 용어사전』이 발간되어 독문학 관련 학술용어의 정확한 우리말 번역과 그 번역 용어의 정착에 기여하였을 뿐만 아니라, 연구소원들의 장장 15년에 가까운 각고의 노력 끝에 선광(善光) 김병석 교수께서 타계하신 뒤인 2019년에『선광 한독사전』이 네이버 전자사전으로 나오게 되었다.

동민은 처음에는 선광 선생님에 대한 미안한 마음 때문에 이 번역연구소 일에 관여하게 되었지만, 결과적으로는 그 자신도 이 일을 통해 학자로서 성장하고 발전하기도 했다. 우선, 동민은 거의 20년 가까이 이 연구소의 상임이사로서, 나중에는 또한 제2대 소장으로서 선광 선생님을 성심껏 보좌함으로써 언제부터인지도 모르게 '배신자'의 누명 따위는 저절로 벗게 되었을 뿐만 아니라, 이 연구소 일을 통해 또한 독문학계의 주요 인물로 성장했다고도 볼 수 있었다. 또한, 그는 국제 심포지엄의 조직에 관여함으로써 독일의 많은 교수를 알게 되었고, 그들과 친교를 맺게 됨으로써 한국 독문학자로서 국제적 인정을 받는 계기를 얻기도 했다. 무엇보다도 그는 선광 선생한테서 그의 주도면밀한 계획성을 배웠고, 독일 학자들을 어떻게 대해야 그들의 호감을 얻고 그들의 인정을 받을 수 있는가를 선광 선생의 처신을 관찰함으로써 터득하게 되었다. 게다가 동민은 번역연구소 일을 함으로써 뜻이 맞는 많은 남녀 동학들을 학문적 도반(道伴)으로 얻게 되었다. 그중에서도 특히 충남대의 안 교수는 동민과 성이 같았기 때문에, 한국인의 2음절 이름들을 기억하기 어려웠던 독일 교수들이 그들 둘을 편의상 그저 '안 브러더스(Brüder Ahn)'라고만 부르곤 했다. 독일인들은 둘의 이름뿐만 아니라 때로는 하는 일까지도 더러 혼동하거나 이메일을 뒤바꾸어 보내기도 해서, 둘의 영욕(榮辱)이 한 '이름'아래에 공동으로 쌓이는 꼴이 되었다. 그런데, 교수들 사이의 국제 친선과 대화란 것이 대개는 치욕(恥辱)보다는 안부 삼아 좋은 말을 하기 마련이어서, '안 브러더스'는 그런 혼동과 뒤바뀜을 겪어도 서로 손해될 일이 거의 없었다. 둘은 껄껄 웃으며 마치 그림(Grimm) 형제처럼 우애 있는 협업을 지속해 나갔는데, 이것이 독문학계의 후배들이 보기에도 그다지 나쁘지 않았던 듯했다.

 * 이 대목을 읽으면서 나는 Y대 시절의 내 은사님들이신 김병석 교수와 안 교수와의 관계를 더욱 상세히 알게 되었다. 사실, 두 분 다 내게는 별것 아닌 일을 두고 시나치게 까다롭게 굴던 선생님들로서, 애증이 교차하는 대상이었다. 특히, 안 선생님에 대한 내 감정에는 ― 승이가 말끝마다 안 선생님 애기를 하더니 결국 그렇게 위장 취

업까지 하는 등 극단적인 노선을 택하는 바람에 — 존경심보다는 약간의 질투심과 은근히 원망하는 마음이 더 실리게 되었다. 지금도 그런 감정이 완전히 가셔진 것은 아니지만, 안 선생님을 둘러싸고 있던 여러 사정이 내 생각만큼 그렇게 단순하지만은 않았다는 사실은 조금씩 이해하게 된다. 하긴, 이렇게 다소 너그러워진 내 심사도 안 선생님이 돌아가시고 나서야 비로소 생기기 시작한 것이다. 아무튼, 내가 여기서 말해 두고 싶은 것은 나에게 안 선생님은 우선 경원의 대상이기도 했으며, 나중에는 엄청나게 원망스러운 존재로 부풀려지기도 했다는 사실이다.

7

사실 번역연구소 일은 당시 동민이 감당해야 했던 많은 업무 중의 하나에 불과했다.

그가 가장 심혈을 기울였던 일은 물론 S대 독문과 일이었다. 자신이 담당한 강의를 착실히 해내는 일은 말할 것도 없거니와, 중요한 것은 학생들에게 공부해야겠다는 동기를 부여하고, 공부라는 것을 어떤 자세로, 어떻게 해야 하는가를 실제로 가르쳐 주고, 또 스스로 그 모범을 보이는 일이었다. 이 일은 그의 매일의 일과 중 늘 최우선시되었다. 그래서 그는 강의가 있거나 없거나 거의 매일 학교 연구실에 나왔으며, 정년퇴임 때까지 대체로 그런 마음의 자세를 견지했다.

그러나, 동민에게는 학과 일 못지않게 중요한 것이 학회 일이었다. 그는 학자가 연구 생활을 하자면 자기 자신의 개인적 연구와 업적을 내는 것도 중요하지만, 학회 활동을 통해 개인적 연구와 가르침의 성과를 동학들과 공유함으로써 그 공유된 성과를 바탕으로 학문 공동체가 다시 한 차원 높게 발전해 나갈 수 있는 전통의 확립과 그 계승 또한 대단히 중요한 과제라는 사실을 독일의 여러 학회들의 활동을 통해 배웠다. 그래서, 그는 Y대에 재직할 때부터 한국독어독문학회의 일을 중시하고 학회 일이라면 늘 무조건 헌신할 태세를 갖추었다.

그가 독일 유학에서 막 돌아왔을 무렵이었는데, 한국독어독문학회를 위해 한독사전 편찬위원회 경리 부장이란 직책을 맡아 일할 때의 에피소드가 있었다. 경리 부장이라 하여 경리만 맡아 했던 것은 아니고, 사전 일을 함께하다가 공금을 지출할 경우가 생기면, 공금 처리를 공적으로 올바르게 집행하라고 특별히 고안된 직책이었다. 요즘도 그런 경향이 아직 부분적으로 조금 남아 있을 듯하지만, 그 당시 학계의 어르신들은 일을 마치고 나면 저녁 식사 때에 반주로 시작해서, 자리를 옮긴 2차에서 또 술판을 벌이는 일이 잦았다. 서대문에 있던 한독사전 편찬위 사무실에서 어느 날 일을 마친 후, 노소 회원들이 저녁 회식을 했다. 반주에 제법 기분이 좋아진 원로 교수님들께서 2차를 가자고 해서 동민이 따라갔다. 어느 분이 계산할지가 불분명한 상태에서 술자리가 길게 계속되기에 동민은 공금을 지출하지 않고, 원로 선생님들을 한번 대접하는 기분으로 자신이 사비로 술값을 지불하고 먼저 작별을 고했다. 그다음부터의 2차에서 그는 함께 따라가지 않거나, 부득이 따라가야 할 때는, 미리부터 어느 분이 내시는 자리인가를 따져 물었다. 그래서, 동민은 학회 원로들한테는 '냉랑한 풋내기'라거나 '버릇없는 젊은이'로 지칭되기도 했다. 대학이 달라서 동민이 그분들한테 직접 배운 바는 없었지만, 그들은 학계의 어르신들로서 동민이 함부로 대할 수 없는 분들이었다. 그러나 그는 원로 선생님들의 그런 눈치에 개의치 않고 계속 꿋꿋하게 자신의 믿음대로 행동해 나갔다.

오늘날의 관점에서 보자면, 사사로운 모임에서 공금을 쓰지 않는 것은 자명한 일이 되겠지만, 독문학회의 제반 경비 지출에 있어서 공과 사가 엄격히 구분되기 시작한 것은 아마도 학회의 한독사전 편찬위 경리 부장과 학회의 총무이사를 맡았던 동민의 꾀까다로운 성깔 덕분도 없지 않아 있었다.

한국독어독문학회의 산하에 진작부터 한국괴테학회가 창립되어 있었는데, 이 학회에서도 동민이 총무이사와 부회장을 차례로 맡았다. 독일 유학 생활을 오래 하시다가 귀국이 늦은 J대의 C 교수님이 학회 후배들에게 괴테연구의 중요성을 강조하시면서 당시 부회장이었던 동민을 극구 설득하여 괴테 독회를 만든 것이 1992년 여름의 일이었다.

출신 대학이나 나이, 성별, 전공 시인 및 작가 등을 일절 가리지 않은 채 참여를 희망하는 독문학자들이 매월 제4 목요일 오후 2시에 어느 특정 장소에 모여, 저녁 6시까지 4시간 동안 괴테의 작품을 함께 스터디하고 그 텍스트 번역의 실제 문제와 작품 해석의 관점 따위를 서로 토의하곤 했다. 거기서 맨 처음 다루게 된 작품이 괴테의 소설『빌헬름 마이스터의 편력시대』였다.

C 교수님은 F대 독어과 출신의 원로로서, 그 인생 편력이 선광 선생과 비슷한 점이 있었지만, 성품만은 선광 선생과 판이하게 달랐다. 선광께서 주도면밀하고 신경이 예민한 데다 이상주의적 지향성이 뚜렷하다면, C 교수님은 호인의 풍모를 지닌 채 괴테와 그의 문학에 거의 열광해 있었다. 동민과 다른 독회 참석자들은 처음에는 이 원로 교수님의 약간 지나친 듯 보이는 '괴테 숭배'를 대개는 미

소를 머금은 채 관찰하는 편이었다. 여기서 이런 말을 하게 되는 이유는 90년대 초만 하더라도 한국 독문학계에서는 주로 토마스 만, 헤르만 헤세, 릴케, 브레히트, 카프카 등 현대 독문학을 연구했고, 괴테 시대에 관한 본격적 연구는 드물었기 때문이다. 더욱이 괴테로 말하자면, 시민계급 출신으로서 '폭풍우와 돌진'의 시대를 견인한 것까지는 좋았지만, 나중에 바이마르에서 귀족 칭호를 받고 체제 순응적 태도를 보였다는 사실 때문에, 당시 군사독재 시절의 젊은 연구자들한테는 그다지 큰 인기를 끌지 못하고 있었다. 하지만, 독회 회원들은 스터디를 해나가는 동안, 차츰 C 교수님의 '숭배'와 '열광'에 일리가 있음을 깨달았다. 즉, 그들은 괴테라는 시인의 위대성을 차차 인식하기 시작한 것이었다.

이 괴테 독회에서도 호인 풍이신 C 교수께서 2차를 자주 제의하셨는데, 지출의 공사 구분을 처음부터 분명히 하지 않으시거나, 자신이 내시기로 한 2차에서도 대화에 열중하신 나머지 적시에 비용 계산하실 것을 잊으시곤 했기 때문에, 동민이 나서서 그 계산을 하시도록 상기시켜 드리는 악역을 떠맡기도 했다.

아무튼, 이 괴테 독회는 향후 수십 년간 그룹 활동을 통한 연구를 지속해 오고 있으며, 그 회원들이 점차 괴테에 관한 많은 논문을 발표해서 한국 괴테연구의 튼튼한 토대가 되었다. 이 괴테 독회는 ― 그 후 2006년 2학기에 창립되어 마찬가지로 오늘날까지도 그 모임을 지속하고 있는 ― 토마스 만 독회의 모델이 되었으며, 오늘날까지도 그 스터디를 계속하고 있다.

동민이 한국독어독문학회 이외에도 그 산하의 한국괴테학회와 한국토마스만학회, 그리고 또 그 산하의 공부 모임인 괴테 독회와 토마스 만 독회에 많은 시간과 정성을 쏟지 않으면 안 되었던 것은 그가 외면하기 어려웠던 시대적 역할이기도 했다. 하지만, 이 세상에는 완전한 시간 낭비라든가 순전한 헌신이란 없는 것으로서, 이런 모임에서 동민이 많은 시간과 정력을 소모한 건 사실이었지만, 공적 모임인 괴테 독회에서 『빌헬름 마이스터의 편력시대』를 읽어나가는 동안, 개인적으로 그는 그 전편(前篇)인 『빌헬름 마이스터의 수업시대』를 번역해 내어 한국일보 출판문화상(1996, 번역 부문)을 받기도 했다. 또한, 그가 먼 후일 정년퇴직을 하고 나서야 출간한 책 『괴테, 토마스 만 그리고 이청준』도, 따지고 보면, 이런 독회 활동을 통해 축적된 연구 성과가 그 늦은 열매를 맺은 것이라고도 볼 수 있었다.

아무튼, 동민은 한국독어독문학회를 위해서는 자신의 성심을 다하여 여러 제도를 개선하고 그릇된 관행을 고쳐나갔고, 괴테 독회와 토마스 만 독회에 참여하면서 늘 공부를 게을리하지 않음으로써 동학들에게 늘 배우는 자세를 몸소 보여 주었으며, 한국비교문학회에서도 독문학자의 몫을 다하다가 나중에는 회장으로까지 추대되어 성의정심(誠意正心)으로 자신의 학문적 역할과 시대적 소임을 다했다.

8

외부에서 보기에 동민은 차츰 S대 독문학과의 주요 인물로 인식되기 시작했다. 하지만, 그것은 바깥에서 이 학과를 바라볼 때의 인상이 그러했을 뿐이었고, 막상 학과 안에서의 그는 언제나 선배들을 지극정성으로 모셨고, 후배들한테서는 겸허하게 의견을 들었다. 귀찮은 일이 생기면, 얼른 남의 눈에 띄기 전에 자신이 먼저 그 일을 처리해 버리곤 했다. 또한, 그는 — H 선생님의 전폭적 지원을 받는 가운데에 — 학과 구성원들의 총의를 모아서 학과 인사 내규를 확정 했다. 이 내규는 장차 학과에서 유능한 전임교수를 공정하게 선발할 수 있는 좋은 제도로 정착하여, 향후 수십 년 동안 인접 학과의 모범 이 되었으며, 한때 파벌과 반목으로 다른 학과 교수들의 빈축을 사 오던 이 학과가 구성원 공동의 목표를 향해 단합할 줄 아는 S대 유수의 모범 학과로 인정받게 되었다.

S대 인문대나 S대 본부 차원에서도 차츰 그의 이름이 그 어떤 가치, 그 어떤 신표(信標)를 의미하게 되었다. 그는 인문대 교무담당 부학장으로 일하게 되어 인문대는 물론, 대학 전체에 인문적 가치를 제고하기 위해 헌신했고, 대학신문 운영위원, S대 출판문화원 운영위원, S대 21세기 발전위원회 위원, S대 윤리위원 등등을 순차적으로 두루 맡으면서 S대의 여러 부서가 인문적 가치를 존중하는 가운데에 활동해 나가도록 만드는 데에 일익을 담당했다.

또한, 그는 계간문학지 「외국문학」의 편집위원 중의 한 사람으로서 우리 문학의 발전과 독문학의 국내 소개를 위해서도 진력하였으며, 때로는 이청준, 현길언, 최인호, 김주영 등의 소설에 대한 비평을 씀으로써 기회 있을 때마다 문학비평 작업도 병행해 나가고자 했다.

재단법인 한독문학번역연구소의 상임이사를 — 나중에는 소장을 — 지낸 것 이외에도 한국문학번역원의 이사로서, 또는 대산재단의 번역 부문 심사위원으로서 한국 번역문화의 창달에 힘썼으며, 국무총리 산하 경제인문사회연구회의 인문정책위원, 나중에는 동 인문정책위원장으로서 한국 인문학 전체의 발전을 위해서도 헌신했다.

당시 우리 대한민국이란 사회가 한 독문학자로 하여금 이렇게 다방면에 걸쳐 광범위하게 활동하도록 지원하고 장려하는 분위기와 풍토는 아니었다. 그렇다고 해서 동민이 유별나게 모든 일에 적극적으로 덤벼드는 성격도 아니었다. 그러함에도 동민이 결과적으로 다방면에 걸쳐서 비교적 폭넓게 활동할 수 있었던 것은 아마도 매사에 정성으로 임하고 그 일의 공익적 성과를 거두기 위해 늘 최선을 다한 그의 타고난 기질 덕분이기도 했다.

이렇게 간단히, 타고난 기질 덕분으로 돌릴 수도 있겠지만, 따지고 보면, 동민에게는 이렇게 하지 않을 수 없는 일종의 원죄가 있었는데, 향토와 선친의 간절한 기대와 염원을 저버리고 독문학을 선택한 죄가 그것이었다. 그는 나태해지기 시작하는 자신을 발견할 때마다, 또는, 독문학자로서의 무력한 자신의 한계를 느낄 때마다, 검사나 법관이 되지 않고 독문학자가 되고자 한 자신의 초심(初心)을 되새기며, 자신이 만약 이 일마저도 제대로 해내지 못한다면, 도동 마을과 자기 선친을 두 번 배신하는 것으로 생각하고 언제나 자기 자신에게 사정없는 '채찍질'을 가하는 쪽을 선택해 나간 것이었다.

늘 이 원죄를 안고 살 수밖에 없었던 것은 도동 사람 안동민의 남모르는 비밀, 아픈 상처, 그리고 그의 수많은 활동의 숨은 원동력이기도 했다.

* 오늘 이 대목을 읽자니, 나는 안 선생님 역시 아픈 상처를 숨기고 사셨다는 사실을 새삼 깨닫게 된다. 그의 '원죄'를 생각하면서 감정이입을 해 보자니, 늘 속으로 좀 뻐딱하게 생각해 오던 내 심사에 대해 늦게나마 진심으로 용서를 빌고 싶다. 늦었지만, 삼가 선생님의

명복을 빈다.

9

허경식이 S대 대학원 독문과 입학시험에 응시하게 된 것은 우연인 것처럼 보였지만, 결과적으로 보자면 필연이기도 했다.

모시고 살던 홀어머니가 돌아가시자 경식은 갑자기 망망대해에서 방향타를 잃은 배처럼 몇 달 동안 그냥 화천, 양구, 인제, 원통, 설악산, 속초, 강릉 등 고향 인근의 산천과 바닷가를 헤매고 돌아다녔다.

그러던 중 어느 날, 경식은 자신의 조그만 옛 서가에서 크리스타 볼프의 『카산드라』라는 불법 복제본을 뽑아 보게 되었다. 순간 그의 머리에는 갑자기 Y대 시절의 안동민 교수의 모습이 떠올랐다. 무슨 '동독문학'을 강의한다며, 이 책으로 학생들의 예습을 닦달하던 그의 무서운 모습이었다. 안 교수는 클래스의 모든 학생을 — 단 한 사람의 낙오자도 없이 — 다 함께 끌고 가려 했기 때문에, 그렇게도 열심히 예습 체크를 했겠지만, 그 당시 학생들은 예습 체크 때문에 필요 이상으로 불안에 떨어야 했다. 그래서, 경식이 옛 생각을 하면서, 그 책을 한번 뒤적여 보았더니, 두어 번은 연필로 새까맣게 예습을 했던 흔적을 찾아볼 수 있었으나, 그 책은 유감스럽게도 그가 거의 예습을 하지 않았을 뿐만 아니라 때로는 출석조차 하지 않았다는 사실을 허옇게 증거하고 있었다. 예습을 하지 않은 채, 안 교수의 강의실에 들어갔다가 불안에 떨며 앉아 있던 옛 생각도 나고 해서 그는 심심풀이로 그 책을 한번 소리 내어 죽 읽어보았다.

독일어 원문이 생각보다는 아직도 제법 잘 읽힌다는 사실에 그는 새삼스럽게 놀랐다. 그래서 경식은 뜻이 잘 안 들어오는 대목에서는 아주 독한사전을 찾아가며 그 책을 정식으로 한번 읽어나가 보았다. 신기하게도 그는 자기가 그 작품을 혼자 해독해 내는 것이 아주 불가능한 일도 아님을 깨달았다. 원작이 아예 좀 쉬운 독일어로 쓰인 작품 같기는 했지만, 아무튼 그 자신도 읽고 이해할 수는 있었다. 그래서 조금 더 읽어나가다 보니, 그 옛 시절 안동민 교수의 말투, 그가 무엇인가 당시 시국에 관한 자신의 생각을 상당히 '분기(憤氣)'를 띤 어조로 표출해 놓고는, 슬그머니 다시 독문 텍스트로 되돌아올 때의 그 머쓱해 하던 표정 따위가 다시 그의 기억에 생생하게 되살아났다.

결국, 경식은 S대 독문과로 옮겨갔다는 안동민 교수님한테로 다시 '쳐들어가야겠다'는 생각을 하고, S대 독문과 대학원 입학시험 준비를 하기로 했다. 정말이지 그것은 안 교수님이 그리워서라거나, 그에게서 새삼 무엇을 배우고 싶어서가 아니었다. 그 심경은 참으로 복잡해서 말로 표현하기 어려웠는데, 딱히 말로 표현해 보자면, 경식은 자신의 이 좌초한 인생 꼬락서니를 안 교수님께 한번 보여주고 싶었다. 요컨대, 그것은 안동민 교수님이 이렇게 좌초해 버린 인생 허경식 호를 직접 좀 보시기를 그가 원했기 때문이었다. 단순히 방문객 허경식을 봐서는 부족하겠고, 그의 휘하에 다시 들어온 옛 제자 허경식을 보고 안 교수님이 난감해하는 그 꼴을 그는 꼭 한번 자기 눈으로 확인해 보고 싶었다.

참 허망하게도, 공부라는 것이 기관원들의 감시와 홀어머니의 걱정스러운 시선을 교묘히 피해 가면서 학생운동을 하던 것보다는 훨씬 쉬운 일 같기도 했다. 그는 불과 몇 개월 동안에 독일어 원문 독해력을 늘이고, 독문학사 등 다른 책도 좀 읽어서 독문과 졸업반 학생의 실력 정도는 금방 따라잡았다. 누구한테도 감복할 줄 모르던 삐딱한 성격 때문에, 진작부터 생각이 어긋나서 그렇지, 자신이 원래부터 머리가 나쁜 놈은 아니었다는 자부심까지도 슬그머니 되살아났다.

드디어 S대 대학원 면접시험 날이 왔다. 학과 조교의 안내에 의하면, 독문과 세미나실인 2동 415호실에 대기하고 있다가 수험번호 순서대로 학과장실로 들어가 수험표를 보이면서 의자에 앉으면 된다고 했다. 안동민 교수님은 더는 학과장이 아니신 듯했다. 경식은 면접시험장에 안 교수님이 계실지가 가장 큰 관심사였지만, 조교한테 미리 그런 질문을 하지는 않고 말없이 자기 순서를 기다리기로 했다.

S대 학부의 졸업예정자로 보이는 애송이 남녀 학생들이 먼저 면접실로 들어갔다. 마침내 조교가 경식을 보고 들어가라고 안내하는 방으로 들어서 보니, 3명의 교수가 앉아 있었는데, 얼핏 보아도 안 교수님이 왼쪽에 앉아 계시는 것이 보였다. 생각보다는 거의 늙지 않은 옛 모습 그대로였다.

연구실의 주인이며 학과장인 듯한 교수가 경식에게 자리에 앉기를 권한 다음, 그를 바라보면서 말했다.

"학부를 졸업하신 지가 꽤 오래되었는데, 그동안 어디서 뭘 하셨지요?"

"제대하고 나서, 시골에서 홀어머님의 농사일을 거들었습니다." 하고 경식이 대답했다.

"Y대 독문과 출신입니까?"하고 학과장이 면접고사 서류철을 들여다보면서 물었다

"예!"

"혹시 여기 이 선생님을 알아요?"하고 학과장이 안 교수님 쪽을 돌아보면서 물었다.

"예."하고 경식은 짤막하게 대답하면서, 속으로 생각했다. '감정을 숨기고 사무적으로만 대답해야지! 그래야 안 교수님의 마음에 따끔한 생채기라도 낼 수 있을 거야!'

"그 당시 안 선생님한테 무엇을 배웠는지 한번 말해 보세요!"하고 학과장의 오른쪽에 앉은 젊은 교수가 호기심이 발동했던 것인지는 몰라도 지나가는 투로 물었다.

"동독의 무슨 소설이었습니다"하고 경식이 일부러 작가 이름이나 작품 제목 따위는 잊어버린 것처럼 대답했다. "적과 대치하고 있는 전시상황에서는 비록 공주라 해도 부왕(父王)의 뜻을 거역하면, '이적행위(利敵行爲)'라는 이름으로 처벌받는다는 내용이었는데, 우리 한반도의 분단상황에서는 민주 시민이라도 정부를 비판하면 '빨갱이'로 몰려 처벌받는 것과 흡사하다는 인식을 일깨워 주셨던 기억이 납니다."

"안 선생님께서 그 당시 벌써 동독문학도 취급하신 모양이네요!"하고 젊은 교수가 안 교수님 쪽을 보면서 말했다. 하지만, 안 교수님은 아무 말씀도 없이 가만히 듣고만 계셨다.

'내가 나타났으니까 깜짝 놀라신 게지!'하고 경식은 속으로 생각했다. '흥, 이건 아직 시작에 불과합니다!'

"지금 대학원 공부를 시작하겠다니 정말 놀랍군요."하고 학과장이 말했다. "앞으로 어떤 계획을 갖고 있는지요?"

"모시고 살던 홀어머니께서 돌아가시고 나니, 갑자기 할 일도 없고, 살아가야 할 목적도 그만 희미해진 듯해서, 하던 공부나 더 해볼까 하고 이 시험에 응시한 것입니다. 이 공부의 끝에 가서는, 가능하다면, 직접 소설을 써서 작가가 되고 싶습니다만……"

"안 선생님, 더 물으실 건 없으십니까?"하고 학과장이 안 교수님을 보고 물었다.

그때에야 안 교수님이 정신이 드는지 경식을 보고 물으셨다. "허경식이라면, 부인선 박사의 동기생인가?"

"예."하고 경식이 대답하면서, 속으로 생각했다. '짤막하게 대답만 하고 어떻게 나오시나 구경이나 해야겠다!'

"그렇다면, 장승이 양과도 동기생이겠네!?"하고 안 교수님이 다시 물었다.

"예!"하고 경식은 이번에도 짤막하게만 대답했다. 학과장과 젊은 교수는 자기들은 이제 더는 질문이 없다는 듯이 침묵하고 있었다. 잠시 무거운 침묵이 흘렀다.

"아, 그렇구나!"하고 안 교수님이 이윽고 말했다. "반가워요! 그래, 필기시험은 잘 봤어요?"

"어머님께서 돌아가시고 나자 할 일도 없고 해서 그저 한번 응시해 본 것입니다."하고 경식은 처음으로 동민의 얼굴을 똑바로 바라보면서 말했다. "아마도 낙방할 듯합니다."

"시험 준비를 조금이라도 했다면, 아마도 합격할 거야!"하고 안 교수님이 말했다. "합격하거든, 내 연구실로 한번 찾아와요. 반가워요!"

경식은 안 교수님의 그 '반가워요!'라는 말에 어딘가 경악과 당혹감 같은 것이 섞여 있음을 감지하였다. 그래서, 그는 마치 원수의 가슴에 복수의 칼을 한번 들이댄 듯한 싸릿한 쾌감을 느꼈다. '합격해도 연구실로 당신을 찾아가지는 않을 거야!'하고 경식은 속으로 생각했다. 그러고는, 학과장이 나가도 좋다고 말하자 유유히 면접실을 나왔다. 독문과가 있는 2동 건물에서 걸어 나와, 물이 꽁꽁 얼어붙은 겨울의 자하연(紫霞淵) 옆에 이르자 그는 오랜만에 휘파람을 불고 있는 자신을 발견하고 혼자 씁쓸히 웃었다.

뜻밖에도 경식은 S대 대학원 독문과에 자력으로 당당히 합격했다.

합격하고도 그는 연구실로 안동민 교수를 찾아가지 않았다. Y대에서의 인연이라는 것을 이용하여 안 교수에게 접근할 생각은 추호도 없었다. 그는 오히려 안 교수의 연구실을 찾아가지 않고, 당분간 안 교수를 무시함으로써 그 어떤 '복수'를 할 수 있다고 생각했다. 하긴 여기서 '복수'라는 말은 너무 강한 표현일 것이었다. 그는 다만 자신이 다시 안 교수의 활동 반경 안에 들어옴으로써 안 교수의 마음에 조그만 충격, 일말의 파문이라도 일으켜 놓고 싶었다. 그것을 그는 지금 자신이 할 수 있는 '복수'라고 여겼다. 그래서, 그는 합격하고 나서도 안 교수의 연구실을 찾아가는 등 사적인 접촉은 일절 시도하지 않다가 안 교수의 첫 강의 시간에는 일부러 눈에 잘 띄지 않는 구석 자리에 가만히 앉아 있었다.

안 교수는 경식의 존재를 얼핏 알아보는 듯하더니, 별말씀은 없이 그냥 강의를 끝내고 나가셨다.

'놀라셨겠지?'하고 경식은 생각했다. '그 양반이 가슴의 어딘가에 뜨끔한 통증이라도 느꼈으면 좋으련만!'

S대 대학원 독문과에 만학으로 입학한 경식은 이런 식으로 당분간 안 교수와는 긴장 관계를 유지하고 있었다. 하지만, 그가 이런 긴장 관계를 언제까지나 지속할 수는 없었다. 그것은 어느 날 학과장이 대학원 신입생들을 모아놓고 지도교수를 정하는 자리에서, 다른 신입생들한테는 원하는 지도교수 이름을 써내도록 쪽지를 배부해 놓고는 유독 경식에게는, "허경식 군은 옛 Y대 인연도 있고 하니, 안

선생님을 지도교수로 배정하겠습니다."하고 지레 말해 버렸기 때문이었다. 경식은 일순, '아닙니다! 이 대학에서는 다른 분한테 지도를 받았으면 합니다.'라고 말하고 싶기도 했다. 하지만, 경식이 미처 그런 이의를 달 사이도 없이 이미 지도교수 배정 통고를 받아버린 꼴이었다. 하기야, 그가 정말 다른 분한테 지도받기를 원했었느냐 하면 그건 확실히 아니었다. 안 교수가 지도교수로 되어 있어야 자신의 '복수'도 가능할 것 같았기 때문이었다.

아무튼, 경식은 그 며칠 뒤에 드디어 안동민 교수의 연구실 문을 노크하였다.

"안녕하십니까, 교수님?"

"어, 허 군인가? 어서 오시게! 좀 앉아요!"하고 동민은 그를 반겨, 대학원생 세미나용이었지만 응접용으로도 쓰이는 긴 탁자의 건너편에 앉도록 한 다음, 조금은 사적인 대화라도 시작할 태세를 취했다.

"학과장님이 안 교수님을 지도교수로 배정해 주셔서요."하고 경식이 말했다. "찾아뵙고 상의드리라고 그러시던데요?" 이렇게 말하면서 경식은 마치 자기가 어쩔 수 없이 사무적인 일 때문에 이 방으로 들어왔다는 사실을 암시하고자 했다.

"그래?"하고 동민이 말했다. "그래, 설마 그게 뭐 잘 못 됐다는 말은 아니겠지?"

"여기까지 와서 또 폐를 끼치게 됩니다!"하고 경식은 고개를 숙인 채 담담히 말했다.

"아, 그야 나이가 든 학생이 내학원에 들어왔으니, 학과장으로서는 꽤 거북해서 조금이라도 인연이 있는 나한테 떠넘겼겠지! 내가 허군의 지도교수라는 사실은 나도 지금 금시초문이네. 아직 학과장의 말을 전해 듣지도 못했어요. 하지만, 학과장의 처사를 이해할 수는 있어요. 여기서 지도교수란 것은 옛 Y대 학부에서의 지도교수와는 달라요. 장차 논문을 쓸 때, 학문적으로 좀 상담을 해 주는 정도의 지도인데, 지금 당장 뭐 논문 얘기를 할 필요까지는 없을 것 같고…… 그러나저러나 그동안 어떻게 지냈어요, 그래!? 미국 유학길에 올랐다는 소문도 잠시 돌았던 모양이던데?"

"아닙니다! 그런 이상한 도움을 받느니보다는 차라리 자원입대를 택했었습니다."

"아, 그랬었군! 장승이 양과는 그 무렵에 헤어졌나?"

'아, 드디어 승이 이야기를 꺼내시는군!'하고 경식은 바짝 긴장하면서 대답했다. "헤어졌다고 말할 만한 건덕지조차도 없었습니다. 그사이에 승이와는 노선에 약간의 이견이 생겼어요. 그 무렵에 이미 각자가 따로, 다른 정보원한테 쫓기는 신세가 되어 있었습니다. 승이가 출소하고 나서 한번 제 고향 집으로 저를 찾아왔었는데, 제 어머니가 심한 박대를 하며 "너 때문에 우리 경식이 살길이 막혔다!"고 야단을 치시는 바람에 저도 승이를 더는 가까이할 수가 없었지요. 곧 미국으로 유학을 떠나야 한다면서 승이를 피하게 되었습니다."

"아, 그랬었군!"하고 동민이 말했다. "그런데, 갑자기 독문과 대학원에 지원한 사연은 또 뭔가?"

"말씀드리자면, 길어요, 교수님! 제대하고 나서는 홀로 사시는 제 어머니의 간곡한 소원대로 그냥 시골집에 머물면서 농사를 거들었습니다. 제 어머님은 농사 거들지 않아도 좋으니, 제발 목숨만 보전하고 있으라고 하셨지요. 뒤늦게나마 Y대에 복학해서 간신히 졸업장을 받아 쥐기는 했지만, 아주 농사꾼이 다 되어 버린 자신을 재

발견하게 되었습니다. 소설이라도 쓰고자 했지만, 갑자기 글을 쓴다는 게 잘 안 되더군요. 그래서, 심심풀이로 동네 아이들한테 영어와 한자를 조금 가르치기도 했습니다. 그러던 중에 갑자기 어머니께서 돌아가시자, 크나큰 허탈감이 찾아왔습니다. 어느 날 우연히 옛날 학부 시절에 안 교수님께서 강독하시던 교재를 발견하고, 그 텍스트를 다시 한번 읽어보다가, 어떻게 여기까지 오게 된 것입니다. 저는 교수님을 의식하지 않으려 했고 가능한 한 피하고 싶었습니다. 그런데, 결국 이렇게 교수님한테로 또 돌아오게 된 꼴이네요. 말하자면, 피할 수 없는 악연이지요! 죄송해요, 교수님!"

"아니, 아니야! 허군이 내게 죄송해야 할 건 없을 것 같으이! 다 내가 젊은 혈기에 설익은 씨앗을 마구 뿌려놓은 탓이지! 아무튼, 잘 왔네. 자네 일은 앞으로 서로 의논해서 해결해 나가기로 하세나!"

* 아, 이 장(章)을 읽으면서 나 허경식이 얼마나 놀랐는지 필설로는 표현이 안 된다! 이 한 장이 온통 허경식이란 인물의 시점으로 묘사되고 있다니! 나는 이 장이 그 당시의 나 허경식의 속을 거의 그대로 묘사하고 있음을 인정하지 않을 수 없다. 물론, 이 글을 쓰실 때의 안 선생님은 동부이촌동의 술집 '마야'에서의 모임 등을 통해 벌써 나에 관해서 꽤 많은 정보를 갖고 계시긴 했겠다. 그렇다 치더라도, 그 당시 내 삐딱한 심정, 나의 향할 데 없던 '분기'를 이른바 '인물 시각적(視角的) 시점'으로 그대로 다 옮겨놓은 듯한 이 대목을 읽다 보니, 안 선생님에 대한 그동안의 나의 불경했던 태도가 너무나도 죄송스럽다. 안 선생님은 이런 내 속을 훤히 다 들여다보고 계시면서도 그동안 나를 늘 무덤덤하게 잘 대해 주신 것이었다.

"자하연 옆에 이르자 그는 오랜만에 휘파람을 불고 있는 자신을 발견하고 혼자 쓸쓸히 웃었다." — 내가 자하연 근처에서 오랜만에 휘파람을 불었다든가, 쓸쓸히 웃었다는 것은 물론 허구다. 하지만, 그 당시 나 허경식의 이율배반적 '양면감정 병존'을 이렇게까지 묘사하고 계시는 데에 대해 나는 놀라움과 경탄, 그리고 죄송한 마음을 금할 수 없다.

부탁이 있으시다며 당신의 원고를 내게 가져오셨을 때, "그 안에 자네 얘기도 조금은 들어있다네!"라는 정도의 귀띔이라도 해 주셨으면, 좋았을 것인데, 안 선생님은 그런 말씀은 없이 그냥 그 봉투만 내게 맡기셨다. 그래서, 나는 그 부탁을 그저 '귀찮고 달갑잖게만' 생각했었고…… 하긴, 이 허경식에 관한 얘기도 들어있다는 사실을 조금 미리 알았다고 해서, 결과적으로 무엇이 크게 달라졌을 것 같지는 않지만 말이다.

7. 인문학자의 슬픔과 영광

1

동민이 아예 상아탑의 울타리를 벗어나 무슨 투사처럼 가두(街頭) 시위를 벌인 적도 있었다. 그것은 그가 2003년 1월 1일부터 그 해 12월 31일까지 1년 동안 한국독어독문학회장 직을 맡고 있을 때의 일이었다.

1992년 중국과의 국교가 수립되고 그 결과 중국어와 일본어가 고교 제2외국어 과목으로 정식 편입되었다.

그 후 10여 년의 세월이 흐르자, 그동안 고교 제2외국어 교육에 큰 문제가 발생했고, 그 결과 대학에서의 제2외국어 강의도 큰 변화를 겪게 되었다.

그 사정을 간단히 설명해 보자면, 고교 교장들이 소위 신자유주의적 '수요자 중심의 교육'을 한다는 핑계를 대면서, 제2외국어를 중국어, 또는 일본어로 좁혀 채택하게 되었다. 즉, 고교 교장들은 독일어, 프랑스어, 러시아어, 스페인어 등 다른 제2외국어 교사들이 일단 퇴직하면, 그 결원을 더는 채우지 않았다. 그럼으로써, 고교에서의 제2외국어 교육이 학생들로 하여금 사실상 중국어와 일어 중 하나를 선택하게 하는 제2외국어 선택폭의 축소 현상이 전국적으로 일어나게 되었다. '교육 수요자'인 학생들의 선택을 존중한다는 미명하에 제2외국어 교사들의 복잡한 임용을 줄여서 비용을 절감함으로써, 학생들의 제2외국어 선택권을 오히려 중국어와 일어 중에서 택일하는 것으로 제한해 버린 것이었다. 이 결과가 대학의 교양 교육에까지 영향을 미치게 되었는데, 대학에 올라온 신입생들 또한 교양과목으로서 제2외국어를 선택할 때, 이미 선행 학습이 되어 있어서 학점 취득이 편한 중국어 또는 일본어를 재차 선택함으로써, 대학에서도 독문과, 불문과 등 서양 제2외국어 관련 학과들의 시간강사들이 강좌를 잃게 되는 연쇄반응이 일어난 것이었다.

이에, 동민은 한국독어독문학회장으로서 제2외국어 관련 7개 학회의 회장들과 제2외국어 관련 8개 교사회 회장들을 규합하여 '한국 제2외국어 교육 정상화 추진위원회'를 결성하고, 관련 학회의 교수들 및 교사회 교사들의 서명을 받아 교육부에다 한국 제2외국어 교육의 정상화를 촉구하고 나섰다. 또한, 그는 서울역 등 길거리에서 지나가는 국민들의 서명을 받음으로써 제2외국어 교육의 편향성을 국민에게도 널리 알려서, 언론과 국민들의 협조를 얻고자 했다.

이 시기에는 중국어와 일본어 관련 학회 및 교사회까지도 아직은 제 2외국어 교육의 편중화를 우려하고 그 정상화를 촉구하는 데에는 찬동해 주었기 때문에, 제2외국어 관련 단체들이 모두 단결하여 교육부에 제2외국어 교육의 일대 혁신을 촉구하는 국내 최초의 제2외국어 관련 서명운동이 전개되었다. 2003년도 한국독어독문학회장이었던 안동민이 그 운동의 선봉에 설 수밖에 없는 상황이었다.

교육부 당국에 제출한 추진위원회의 요구사항들을 대강 간추려 보자면, 첫째, 영어를 필수외국어로 고정시켜 놓은 다음, 다른 모든 외국어들을 모두 제2외국어라는 카테고리로 묶어서 그중 하나만을 선택하게 하는 구시대적 외국어 교육의 틀을 지양하고, '외국어 영역'이란 카테고리 안에 영어를 비롯한 모든 외국어를 포함시켜 그중 두 개의 외국어(예: 영어와 중국어; 독일어와 일본어 등)를 선택하게 하거나, 또는, 세 개의 외국어(예: 영어와 불어, 그리고 일본어; 독어와 프랑스어, 그리고 중국어 등 서양어 2개와 동양어 1개)를 선택하도록 새로운 틀을 만들어 줄 것을 촉구했고, 둘째, 고교의 학교장이 설령 제2외국어의 선택권을 가지더라도, 교육 당국은 제2외국어 교육이 전국적으로 한두 외국어로 편중되는 현상을 막아 외국어 교육의 다변화를 지향하는 방책(예: 각 교육청에서 특정학교를 — 이를테면 '아랍어 교육 특화학교' 등으로 — 지정하여, 특수어 교육 지원을 함으로써 특정 외국어의 '완전 사멸(死滅)'을 방지하고자 하는 정책)을 강구할 것 등이었다.

동민은 다른 학회장 및 교사회장들과 함께 교육부 장관을 면담하고 추진위의 요구사항들과 그동안 모은 서명지를 전달하였다. 늘 그렇지만, 교육부 관리들은 장관과 그 면담자들 면전에서는 곧 적절한 조치를 연구해서 보고드리겠다고 그럴듯하게 응대했지만, 그 후에는 흐지부지 회피해 가면서 '시간 끌기' 작전으로 일관했다.

　우리 대한민국이라는 나라는 수시로 큰 사건이 많이 터지는 나라여서, 한 번씩 큰 사건이 터지고 나면, 제2외국어 교육 문제 따위는 그 사건의 파고 때문에 그냥 묻히고 만다. 시간을 끌다가 문제를 지지부진하게 만드는 것이 대한민국 교육부 관료들의 오랜 관행이라는 것을 동민은 훨씬 뒤에서야 여러 사람한테서 듣고서야 비로소 인지하고, 분노와 통탄을 금치 못했지만, 그때는 이미 그들을 면담해 준 장관도 교체된 뒤였으며, 무엇보다도 동민 자신이 이미 한국독어독문학회장으로서의 임기가 끝나 있어서, 그가 더는 한국독어독문학회를 대표할 수도 없었고, 따라서, 한국 제2외국어 교육 정상화추진위원회 위원장을 계속 맡을 수도 없는 처지가 되고 말았다.

　이것이 '한국 제2외국어 교육 정상화 추진위원회'의 위원장으로서 안동민 교수가 제2외국어 교육의 다변화를 위해 전국적으로 전개한 서명운동의 전말이었다. 그가 전국의 제2외국어 관련 교수 및 교사들을 대표해서 외국어 교육의 편향을 막고 한국 외국어 교육을 다변화하고자 분투한 이 운동은 유감스럽게도 하나의 에피소드로 끝나고 말았다.

　후일 이 일을 생각할 때마다 동민은 문득 가슴 속에서 치밀어 오르는 분노를 참기 어려웠다. 이 나라 교육부 관료들이 도대체 균형 있는 외국어 교육을 위해 조금이라도 고민을 했는지 심히 의심스러웠기 때문이었으며, 이들이 과연 공무원으로서 '성의정심(誠意正心)'과 '공의(公義)'를 조금이라도 생각했을까 하는 데에 심각한 의심이 들었기 때문이었다.

　현재 한국 기등학교에서의 제2외국어 교육이란 사실상 중국어와 일본어 2개 외국어 교육으로 축소, 편향되고 말았다. 교육부가

이런 결과에 대해 무슨 반성을 할 수 있는 부처도 아니거니와, 지금
은 아무도 더는 이런 문제점을 지적하지도 않고 있다. 안동민 개인
으로서 심히 분한 일이기도 하지만, 문제는 이 나라의 미래와 균형
잡힌 문화 발전을 위해서도 심히 불행한 일이라 하지 않을 수 없다.

2

한국 제2외국어 교육 정상화 추진위원회의 참담한 실패를 통해
결국 동민이 알게 된 것은 이 나라 교육부에는 어떤 문제가 제기되
었을 때, 그 문제를 진지하게 검토하고 올바른 방향으로 일을 처리
하고자 노력하는 인재가 드물고, 문제가 터지면 우선 고식적으로 봉
합해 놓고 시간을 끄는 나태한 관행이 만연해 있다는 사실이었다.
참으로 분통이 터지는 노릇이었지만, 일개 교수인 동민이 이런 정부
부처의 오랜 관행을 뜯어고칠 수는 없는 노릇이었다.

이런 일이 있고 난 뒤에, 동민에게 다시 한번 정부 기관을 위해
일할 기회가 찾아왔다. 이번에는 교육부가 아니라 국무총리 산하 경
제 · 인문사회연구회라는 기관이었다.

1998년 김대중 대통령이 집권하자 1999년에 정부 각 부처에 소
속되어 있던 각종 경제 · 인문 · 사회계 국책 연구소들을 통합하여,
국무총리 산하에 '경제사회연구회'와 '인문사회연구회'라는 기구
를 만들었다가, 나중에 두 연구회를 다시 통합하여 '경제 · 인문사
회연구회'라는 ─ 이름도 이상한 ─ 거대한 기구를 만들었다. 이름
도 이상하다는 것은 '경제'가 '인문'과 '사회'의 앞에 붙는 것이 아
무래도 이상하다는 것인데, 이 점을 이 나라 공무원들이 미처 의식
하지 못했을 뿐만 아니라, 현실적으로 '경제'가 '인문'과 '사회'보다

도 더 중요함을 오히려 자랑스럽게 강조하고 있는 측면까지도 있었던 듯했다.

아무튼, 누군가가 그래도 이런 대대적 국가 기구 안에는 '인문정책연구소'가 꼭 필요하겠다고 판단했던 까닭이었는지는 몰라도, 당시 어느 부처 산하에도 그런 기존 연구소가 존재하지 않았기 때문에, 장차 '인문정책연구소'가 신설될 때까지 임시로 '인문정책위원회'라는 기구를 이사장 직속으로 두기로 한 모양이었다.

이런 복잡한 상황 속에서 2004년 초에 동민이 전년에 한국독어독문학회장을 역임했던 관계로 인문정책위원회의 새 위원으로 위촉되었다. 동민은 전년에 교육부에서 겪은 참담한 실패의 경험도 있고 해서 기분 같아서는 이런 위촉을 단연 거부하고 싶었다. 하지만, 그는 바로 그 실패 때문에라도 이 직책을 받아들여 다시 한번 정부를 도와 인문학자로서의 올바른 역할을 해내어야 하겠다는 마음을 새로이 내었다. 교육부에서 실패한 분노와 원한을 정부 전체에 대해 계속 품고 산다는 것이 자신이 생각해도 옳지 않은 태도였기 때문이었다.

동민이 첫 회의에 참석해 보았더니, 이 인문정책위원회는 장차 이 나라의 원대한 인문정책 및 인문교육을 담당할 그런 인문정책연구소를 창설하기 위한 준비위원회의 성격을 띠고 있어야 마땅할 텐데, 1999년부터 따지자면, 이미 5년이나 세월을 허송한 나머지 회의 자체가 거의 매너리즘에 빠져 있었다. 유명한 원로 인문학자가 위원장을 맡고 있었는데, 오늘의 회의 안건이 무엇이냐고 간사에게 물어보는 그 태도에서 이미 동민은 이 위원회가 그저 지난 회기에서 해오던 일은 답습하는 수준에 그냥 안주해 있다는 인상을 받지 않을 수 없었다.

몇 번 더 그 회의에 참석하고 난 뒤에 동민이 파악하게 된 사실은 인문정책위원회가 그 뚜렷한 목적을 위해, 즉 인문정책연구소를 창설하기 위해, 전력투구하고 있지 못한 중요한 이유가 위원장의 소극적 태도에만 기인하고 있는 것이 아니라, 실은 이 위원회의 실질적 상관인 경제·인문사회연구회 이사장의 소극적 태도에도 기인하고 있다는 점이었다. 물론, 이사장은 기회 있을 때마다 인문정책위원장 이하 여러 위원에게 자신이 얼마나 인문학을 존중하고 있으며, 자신이 얼마나 한국 인문학의 진흥과 발전을 원하고 있는지를 강조하곤 했다. 하지만, 결국 인문정책연구소의 창설은 당시 그가 당면해 있던 절실한 관심사가 아니었고, 그 순위를 따진다면 한참 후순위가 될 수밖에 없었다. 사실, 그는 20여 개 국책 연구소들을 균등하게 잘 관리하는 데에도 힘이 들었을 뿐만 아니라, 설령 그가 인문학에 남다른 애정을 품고 있었다 해도, 이 판에 또 하나의 연구소를 창설하는 데에 전력투구할 상황은 아니라는 판단이 들 수밖에 없을 듯했다. 더욱이 이사장으로서의 그의 임기 또한 얼마 남지 않은 상황이었다. 게다가 인문정책위원장과 그 위원들은 새 연구소 설립에 열정적 의지를 보이지도 않고 있었다. 이런 판국에 이사장이 나서서 새 연구소 창설을 위해 힘을 쏟을 필요성까지 느끼지 못할 것은 자명했다.

인문정책위원회는 인문정책연구소 설립 문제 이외에도 그동안 확보해 놓은 고유 업무가 더러 있었다. 그중에서 특히 동민의 기억에 남는 것은 매년 중국의 사회과학원, 또는 일본 문부성과 공동 주최로 인문학적 대주제를 놓고 양국 학자들이 공동 참여하는 학술심포지엄이었다. 이 행사들을 통하여 한·중, 또는 한·일 인문학자들의 학술교류가 어느 정도 활발하게 이루어질 수 있었으며, 인문정책위원회가 이들 국제회의를 통해 동아시아 인문학자들의 공동의 관심사를 논의할 수는 있었다.

또 한 가지 특기할 사항은 인문정책위원회의 얼마 안 되는 자체 예산으로 국내 인문학자들을 대상으로 인문정책적 연구를 공모하고 그 연구 결과를 '경제·인문사회연구회 인문정책연구총서'로 발행하는 이 위원회 고유의 업무가 있었다. 동민 자신이 '인문학 활용 국가발전전략 수립 연구'라는 어느 공동연구 과제의 책임을 맡기도 했는데, 여기서 연구자 4인은 인문학자의 시대적 소명 의식에서 '국가학문위원회'와 '21세기 집현전'(가칭)의 동시 설립을 제안했다. 요컨대, '학문부'가 없이 교육부가 중등교육 외에도 고등교육정책, 대학정책 그리고 연구진흥정책을 모두 통괄, 조정하고 있는 현 정부조직의 불합리성을 어느 정도 보완하고, 정보화 사회로 급속히 전환되고 있는 시대적 흐름에 부응하여 우리나라가 시의적절한 대응을 해나갈 수 있으려면, 대통령 직속 기구로 '국가학문위원회'를 두어 국가 장래를 종합적으로 설계하는 학문 통괄 기구를 두어야 한다는 생각이었다. 그 학문위원회 산하에 '21세기 집현전'(가칭)을 두려던 것은 거기에서 우수한 청년 학자들의 연구 집단을 두어, 특히 인문학자들의 학문적 연구 성과와 국가의 인문진흥정책이 이상적으로 연동될 수 있는 제도적 장치를 마련하려던 것이었다.

이 연구보고서(인문정책연구총서 2005-02)가 여러 논평자들에 의해 상당히 긍정적으로 평가되었음에도 불구하고, 한국에서의 좋은 아이디어가 늘 그렇듯이, 아무런 주목도 받지 못한 채 금방 사장(死藏)되고 말았다. 심지어는 인문학자들까지도 이에 관심을 보이지 않았다.

그사이에 이사장이 교체되었다. 인문정책위원장도 물러나고, 후임이 물색 되다가 결국 위원들의 추천에 따라 동민이 새 위원장으로 임명되었다. 그가 이 위원회의 궁극적 목적이 무엇인지 잘 인식하고 있었기 때문에, 위원들이 그를 위원장으로 추대해 준 것이었다. 그의 생각으로는, 국제회의도 중요하고 인문정책연구 과제의 공모와 출간도 중요하지만, 결국에는 인문정책연구소를 설립하지 못하고서는 모든 것이 다 공염불에 그치게 될 것이었다. 그래서 그는 우선 '인문진흥법'의 초안을 만들었다. 그런데, 마지막에 부딪힌 문제가 이 '인문정책연구소' 또는 '인문진흥연구소'의 주무부서를 정해야 '인문진흥법'이 국회를 통과할 수 있다는 것이었다. 당연히 현행 정부 시스템하에서는 교육부가 주무부서가 되어야 할 것으로 판단되었다. 교육부는 처음에는 그것을 기꺼이 맡아 줄 것처럼 했다가, 결국 인문학이란 것도 모두 교육학의 테두리 안에서 충분히 '진흥', 또는 '발전'시킬 수 있다는 부서 자체의 이기주의적 논리 때문이었는지는 분명치 않았으나, 국회 상임위원회 회부 직전에 주무 부서가 될 것을 거부했다.

이에 동민은 교육부의 고등 술책에 말려들어 일을 그르친 기분이 들었다. 때마침 정권이 바뀌고 또 새로운 이사장이 부임했는데, 어느 날 이사장이 부른다기에 나가보았더니, 위원장인 동민만 유임이고 나머지 위원은 다 해촉되었다는 것이었다. 이른바 정권이 바뀐 후폭풍으로 이해되었기 때문에, 동민도 당연히 사의를 표했다. 이사장은 위원회가 재구성되어 제 자리를 잡을 때까지 당분간만 자리를 더 지켜달라는 부탁을 했다. 동민은 지난 몇 년 동안 자신이 심혈을 기울여 일해 온 이 위원회가 아무 성과도 거두지 못하고 해체된다는 것이 가슴 아픈 일이었기 때문에 물러날 시기를 조금만 더 미루기로 했다. 그런데, 새로 임명된 위원 중 조금 고집이 세고 자존심이 강한

S대의 모 교수가 마침 동민이 없는 어떤 소위원회에서 이사장에게 뭔가 거센 항의를 했던 모양으로, 이사장이 인문정책위원회를 해체해 버리겠다고 공언했다는 전언이 들려왔다. 이런 상황에서 동민은 더는 위원장 자리에 남아 있을 수 없겠다는 판단을 내리고 그만 사표를 내고 말았다. 동민이 물러난 뒤에도 한동안 더 인문정책위원회가 명목상 존속하는 듯했지만, 유명무실하게 그 명맥만 조금 더 유지되다가 언젠지도 모르게 슬그머니 없어지고 말았다.

요약하건대, 동민은 교수가 비상임으로 국가기관의 일을 맡아한다는 것이 이 나라에서 얼마나 형식적이며, 또한 그 끝이 얼마나 허망한가를 다시 한번 속속들이 경험하게 되었다.

동민은 교수의 여러 활동 중에서, 즉 연구와 교수, 그리고 사회봉사 중에서, 언제나 강의를 가장 중시하는 교수였다. 그의 강의로부터 학생들이 분명히 무엇인가를 배워서 사회에 진출했겠고, 그들이 그의 가르침을 우리 사회에서 어느 정도 실천했겠지만, 동민으로서는 그 복잡한 영향 관계를 자신이 평가할 수는 없는 노릇이었다. 그의 연구 성과로 말하자면, 논문과 번역이 많아서 그는 가시적으로 입증 가능한 업적이 적지 않은 교수였다. 하지만, 그가 사회봉사의 일환으로 이 나라를 위해서 제안한 것을 이 국가는 받아들여 주지 않았다. 그것도 두 번이나, 그의 노력이 참담하게 좌절당하고 말았다.

불교적으로 말해서, 그의 망상이 작용한 결과 동민이 자신에게 유리하게 일을 꾸미려고 한 것이었을까? 하긴, 제2외국어로서의 독일어를 살리기 위해서 그렇게 분투한 것도 사실이고, 독문학에 유달리 많은 시간강사를 위해 그들에게 연구와 활동의 장(場)을 마련해 주고자 '21세기 집현전'이란 기구를 기획했던 것도 사실이었다. 하지만, 외국어 교육의 편중화를 막고 젊은이들이 외국어를 비교적 골고루 배우는 것이 나라 발전을 위해 유익하고, 인문학계의 시간강사들을 적절히 잘 활용하면 시간강사들의 생활을 지원할 수 있는 한편, 국가발전에도 큰 도움이 될 것이란 신념에서 '21세기 집현전'(가칭)을 제안한 것은 자신이 생각해도 그 의미가 작지 않았다.

지나놓고 나서 동민이 다시 생각해 보니, 사실 이런 중대한 일을 — 단 한 명의 국회의원의 지원도 받지 않은 채 — 한 독문학자가 오직 그 정당성과 필요성만을 믿고 관철시키기에는, 한국적 제도와 정치 상황의 벽이 너무 높았다. 조석으로 많은 시간강사를 대해야 했던 동민으로서는 '인문학 활용 국가발전전략 수립'이 아주 시급하고도 중대한 문제로 인식했지만, 다른 동료 인문학자들에게는 아직 이런 상황에 대한 문제의식 자체가 아예 없거나, 설령 있었다 해도, 아직은 매우 희박하였다. 동민의 열성적 참여와 확고한 문제 해결 의지를 지켜본 당시 인문정책 위원들은 그런대로 그를 위원장으로 옹립하여 그의 활동을 진심으로 밀어주었다. 그러나, 그의 원대한 계획은 국내의 다양한 인문학자들의 광범위하고도 일치단결된 지지와 성원을 얻어 내지는 못했다. 심지어 어떤 인문학자는 지금이 어느 시대인데 조선왕조 시대의 '집현전'을 운위하고 있느냐며 '21세기 집현전'이란 가칭에서부터 생트집을 잡기도 했다.

인문학자로서 이런 슬픔과 좌절을 경험한 동민은 자신이 거의 만년의 괴테에게서 볼 수 있는 '체관(諦觀, Entsagung)'의 경지에 도달한 기분이 되었다. 그래서 그는, 촉한의 장래가 어차피 제한된 운세임을 애초부터 잘 알고 있었음에도 불구하고, 유비의 삼고초려의 은혜를 갚기 위해 자신이 할 수 있는 최선을 다한 제갈무후한테서 엉뚱한 위로를 찾으면서, 이 모든 실패와 굴욕을 속으로 삭여내었다.

* 안 선생님이 댁 근처의 술집 '마야'에 우리들 시간강사들과 대학
원생들을 초대하여 술판을 벌이시던 모습이 지금도 눈에 선하다. 어
느 해 세모에는 S대 독문과 출신이신 K 시인도 초대되어 우리들과 함
께 담소하셨고, 대전에서 초대되어 오신 충남대의 안 교수님이, 술자
리에 흥이 오르자, 판소리 춘향가 중 '쑥대머리'를 부르시기도 했다.
조그만 동네 술집 '마야'의 다른 손님들도 거의 다 안 선생님과는 안
면이 있었기 때문에 추임새를 넣어 주며 함께 흥겨워했다. 우리 일행
의 수작(酬酌)을 보기 좋다고 여긴 어떤 손님 한 분은 양주 한 병을 우
리 자리로 보내주기도 했다. 우리 시간강사들은 그 당시엔 그런 자리
를 그저 단순한 즉흥적 송년회 정도로만 생각했다. 지금 생각하니, 바
로 그런 자리에서 안 선생님은 자신의 깊은 한과 고뇌를 삭이며 우리
와 함께 시간을 보내셨던 것 같기도 하다. 안 선생님이 인문계 시간강
사 적체 문제를 해결하기 위해 '21세기 집현전'의 설립까지 기획하셨
다는 사실에 접하자니, 나의 마음속 깊은 곳에 똬리를 틀고 있던 예의
그 '적개심'이라 할까 '복수심' 비슷한 기운이 스르르 풀림을 느낀다.
위에서도 말했지만, 사실 안 선생님은 생전에 이미 내 이런 양가(兩
價) 병존적 감정을 훤히 들여다보고 계셨다. 지금 살아계신다면, 맥주
한 잔이라도 대접해 드리면서, 그 당시의 '삐딱했던' 나의 속 좁은 심
사에 대해 진심으로 용서를 빌고 싶지만, 이미 '사후 약방문(死後 藥方
文)' 격이 되고 말았다. 우리 인생사에서의 죄책과 복수, 오해와 용서
등 이 세상을 움직이는 거창한 개념들이 지금의 내 마음을 공허하게
칩싸고 돈다.

 ** 바로 이런 틈새 안으로 현대소설이 자기 자리를 다시 찾아 들

어야 할 것이다. 인터넷, SNS, 유튜브 등등 각종 현대 매체를 통해 온 세상에 파편화된 정보들만 혼란스럽게 떠돌아다니는데, 이런 현대 정보화 사회에서는 젊은이들이 인간 세사의 운행을 총체적으로 이해하고 보다 높은 차원으로부터 세상사를 조감할 수 있게 만드는 데에 장편소설만큼 적합하고도 중요한 예술 장르가 없을 듯하다.

'총체성(Totalität)'이라는 것은 루카치의 소설이론의 핵심 개념이기도 한데, 흔히들 이 개념이 더는 소설을 구제할 수 없다고들 얕잡아 보고 있다. 하지만, 나는 이 '총체성'이란 개념의 가치를 재평가하고, '파편보다는 전체', '지식보다는 인식'이라는 맥락에서 소설의 형식과 내용을 더욱 현대화해야 한다고 생각한다. 고백하지만, 이것이 내 박사논문의 요지이기도 하다.

용납해 주신다면, 여기서 나 허경식이 감히 한마디 하겠다. 안 선생님도 우리 사회의 병폐를 고치고 새로운 제도를 만들고자 자신의 '정성'을 다 기울이시긴 했지만, 나는 안 선생님에게는 한국의 공무원 사회가 돌아가는 관행과 준칙, 한국 국회의원의 부패상과 그들이 가진 엄청난 권력, 다른 인문학자들의 무관심과 이기심 등 우리 사회의 운행에 대한 총체적 인식이 부족하셨다고 지적하지 않을 수 없다. 우리 사회 구성원들이 이런 총체적 인식을 얻자면, 내 생각으로는, 철학적, 역사적 지식도 필요하지만, 무엇보다도 그 지식을 종합해서 총체적 원리로 보여줌으로써 독자로 하여금 그것을 뚜렷이 인식하게 만드는 '문학'의 힘, 그중에서도 특히 '장편소설'의 힘을 빌려야 한다. 말하자면, 일제에 시달린 우리 민족의 역사를 올바르게 인식하는 데에는 역사적 지식의 섭렵도 중요하지만, 안수길의 소설 『북간도』나 박경리의 소설 『토지』를 읽는 것이 오히려 첩경일 수도 있단 말이다. 이런 논지의 내 박사논문을 지도하신 안 선생님조차도 사안을 너무 단

선적으로만 보시고 위와 같이 뼈아픈 실패와 좌절을 거듭 겪게 되신 것이 아닌가 싶다.

*** 지금 되어가고 있는 이 소설이 장차 부디 이런 '소설의 힘'을 발휘할 수 있기 바란다. 아무튼, 나 허경식은 이제부터라도 이 소설의 되어감을 더욱 진지한 관심을 지니고 살펴보겠다며 약간 때늦은 관심을 가져보는 것이다.

3

동민이 차츰 나이가 들고 그에게 여러 중요한 역할들이 돌아오게 되자, 그도 또한 많은 외국 손님들을 접하게 되었다. 특히, 번역 연구소에서 3년마다 개최되는 4개국 심포지엄에서 그는 독일, 중국, 일본에서 참가한 손님들을 상대해야 했는데, 심포지엄의 대미를 장식하는 문화 프로그램에서 손님들을 직접 안내해야 할 경우가 더러 생기곤 했다.

도산서원이나 오죽헌 같은 유교 관련 관광 코스에서는 그가 자기 집안 내력으로 어느 정도까지는 급한 대로 둘러댈 수 있었지만, 문제는 불국사나 해인사 같은 곳에서 우리의 불교문화 유산을 설명해야 할 때였다. 설명하는 농민보다 손님이 더 많이 알고 있는 경우도 더러 있었다. 이는 단순한 지식의 다과(多寡) 문제가 아니라, 자기 문화에 대한 무지를 드러낸 것으로서 동민으로서는 심히 부끄러워해야 할 일이있다.

동민이 불교문학에 대한 자신의 이런 무지를 통감하고 있던 차에 그에게 우연히 좋은 기회가 찾아왔다. E여대 독문과 출신으로 독어독문학회와 괴테 독회 등에서 더러 보아온 하성여(河醒姤)이라는 신진학자가 있었다. 그녀가 동민과 같은 동네에 살고 있었던 모양으로, 어느 날 그는 버스 정류장에서 우연히 그녀를 만났다. 버스를 기다리면서 잠시 나눈 대화 중에 동민은 그녀가 근자에 전공을 바꾸어 D대학 불교학과 박사과정에 들어갔다는 말을 들었다. 동민이 자연히 불교에 관한 자신의 무지를 한탄하자, 그녀는 현재 자기가 어느 퇴임 교수님의 사설(私設) 스터디 그룹에서 원효의 『대승기신론소』를 공부하고 있는데, 만약 관심이 있으시다면 그 스터디 그룹에 동민을 소개해 주겠다고 했다.

그래서, 동민은 불교 공부를 시작하게 되었다. 동국대 불교학과에서 정년 퇴임하신 오형인(吳亨仁) 교수님은 10여 명의 불균질적 남녀 수강생들 앞에서 늘 한결같이 담담한 자세로 원효의 『대승기신론소』의 한문 문장을 해석하고 거기에 나오는 수많은 불교 용어들을 곰곰이 잘 설명해 주셨다.

얼마 후에 독문학자 하성연 박사는 불교학에서도 박사학위를 취득하여 D대학 불교학과 강사가 되었고, 언제부턴가 그녀 자신은 오형인 교수님의 스터디 모임에 더는 나오지 못하고 있었다. 그래도, 동민은 오 교수님한테서 불교를 계속 공부했다. 하지만, 부처님의 가르침이란 것이 워낙 광대무변해서, 10여 년을 배웠는데도 그는 자신이 과연 불교에 대해서 아는 것이 무엇인지 늘 막막할 따름이었지만, 그가 불교를 배운 사실이 결국 그의 인생행로에 큰 도움이 된 것만은 부정할 수 없었다. 물론, 유가의 전통 아래에서 성장한 그가 갑자기 불교도로 되었다거나 하는 그런 큰 변화가 온 것은 아니었다. 하지만, 인간 안동민은 오 선생님의 그 강의에서 분명 어떤 변화를 겪었음이 틀림없었다. 그 변화를 간단히 설명하자면 대강 다음과 같은 것이었다.

불교학 안에서도 여러 하위 분과 체계가 있는데, 그중에 유식학 (唯識學)이란 소분과 학문이 있었다. 유물론(唯物論)이라 할 때, '오직 물질만이 존재한다는 이론'이라기보다는 '물질을 강조하는 이론' 정도로 풀이하는 것이 좋듯이, '유식학'이라 할 때의 '유(唯)'도 '강조'의 의미 정도로 풀이하는 것이 좋을 것 같았다. 즉, 여기서 식(識) 이라 함은 우리 인간이 주위 세계로부터 받아들이는 정보를 의미하며, 그 정보를 우리는 우선 눈, 귀, 코, 혀, 피부 등을 통해 입수한다. 이 정보들이 바로 안식(眼識), 이식(耳識), 비식(鼻識), 설식(舌識), 신 식(身識)이라는 전오식(前五識)이다. 우리 인간은 이 전오식을 받아 들이되, 이 정보들이 구체적으로 무엇을 의미하는지를 모아서 판단 하는 제6식, 즉 의식(意識)을 거친다. 여기까지는 불교가 아니더라도 우리가 상식적으로도 이미 다 알고 있는 시각, 청각, 후각, 미각, 촉 각 등 5관(五官)과 그것을 종합적으로 판단하는 '의식'을 거치는 인 간의 인식 과정이다.

그런데, 유식학에서는 이 '의식'을 다시 대상으로 삼아, 이것이 우리 자신의 자아(自我)를 위해 유리한 정보인가, 불리한 정보인가 를 사량(思量)하고 분별하여, 이 '의식', 즉 제6식을 자아에게 유리한 방향으로 조작해 내는 제7식, 즉 말라식(末羅識, manas)을 상정하고 있다. 바로 이 말라식이야말로 번뇌를 일으키는 주인(主因)이며, '일 체유심조(一切唯心造)'라 할 때의 바로 그 부정적 조작 주체인 심(心) 을 의미하는 것이다.

이를테면, 원효 대사가 도굴에서 자다가 갈증이 심히여 물을 찾 던 중 마침 바닥에 기여 있는 물이 있기에 두 손으로 떠서 마셨는데, 그 물이 달고 시원하였다. 여기까지는 안식과 신식 등을 거친 의식의 작용이었다. 그러나, 그 이튿날 원효 대사가 밝은 데서 살펴보니 그 물은 해골들이 흩어져 있는 바닥에 고여 있던 물이었다. 잠결에 웅덩이에 고인 물을 마시던 때에는 제6식인 의식까지만 작용했지만, 그 이튿날 그것이 해골에서 흘러나온 물이었음을 알고 제7식인 말라식이 작용하면, 갑자기 원효 대사라는 자아는 구역질을 일으키게 된다. 이 순간 원효 대사가 깨달았다는 '일체유심조'라는 것도 결국은 제7식의 작용이 부질없는 망상(妄想)에 지나지 않음을 깨달았다는 말이 되는 것이다.

동민이 10여 년 동안의 불교 공부를 통해 결국 터득한 것이 있다면, 그것은 그가 이제부터는 어떤 사물을 의식하게 되었을 때, 이와 동시에 그는 이 의식을 대상으로 다시 작용하는 자기 자신의 제7식을 관찰할 줄 알게 되었다는 사실이었다.

제7식의 작용을 진부한 예를 하나 들어 다시 설명해 보자면, 어떤 좌중에 미국 캘리포니아에서 산불이 발생했다는 방송이 흘러나오고 있다고 상정해 볼 때, 좌중의 다른 사람들은 다들 이 정보에 큰 동요 없이, 캘리포니아에서 자주 일어나는 그 산불이 또 발생했다는 사실을 그저 유감스럽게 의식하고 넘어가지만, 유독 현재 캘리포니아에 사는 아들을 둔 어떤 사람만은 그의 의식 위에 다시 그의 제7식이 크게 작용하기 때문에, 갑자기 아들 걱정으로 마음이 심히 불안하게 된다. 바로 여기서 제7식의 작용이 잘 관찰되는 것이다.

유식학은 한마디로 말해서 이런 식(識)의 작용을 중시하고 관찰하는 학문이라 하겠다.

4

위에서 동민이 외국 손님을 점점 더 많이 치게 된 사실을 언급했지만, 그 자신이 외국에 손님으로 나갈 경우도 더러 생기게 되었다.

이를테면, 그는 2007년 7월, 독일 튀빙엔에서 개최되는 어느 심포지엄에 연사로 초대되었다.

번역연구소 김병석 선생님이 튀빙엔의 '독일-동아시아 학술포럼(DOAW, Deutsch-Ostasiatisches Wissenschaftsforum)'이란 학술단체의 한국 측 이사로 활동하시다가 고령을 이유로 그 직책을 동민에게 넘겨주셨다. 그래서 동민이 그 포럼의 이사회에 처음으로 참석하게 되었다. 튀빙엔의 학술 포럼 측에서는 동민이 튀빙엔까지 오는 김에 '인생의 한계, 상호 이해의 한계'라는 대주제로 열리는 국제 학술 심포지엄에서 발표도 하나 맡아 달라는 부탁을 해왔다.

이 심포지엄이 독일과 동아시아의 상호 문화 및 학술교류를 목표로 하고 있었기 때문에, 동민은 거기에서 독문학 관련 주제로 강연하는 것보다는 한국 문화와 관련되는 보다 보편적 주제로 강연하는 쪽이 더 낫겠다는 판단을 내렸다. 그래서 그는 '원효 대사의 삶과 그 현재적 의미(Das Leben des Meisters Wonhyo und seine gegenwärtige Aktualität)'라는 제목으로 강연을 하겠다고 통보했다.

이런 종류의 심포지엄이 대개 그렇듯이 폐쇄된 모임은 아니었지만, 외부에서 온 청중은 그다지 많지 않았고, 대개는 연사가 또한 나음 차례의 발표에서는 청중이 되고 토론자도 되는 그런 학자들 상호간의 정신적 '향연(饗宴)'이었다. 말하자면, 21세기의 벽두에 가히 독일과 동아시아 문화를 내표한다고 힐 민한 인문학자들이 모여 상호 대화와 협력을 모색하는 그런 인문학적 국제 심포지엄이었다.

모두 국제적 명성이 있는 철학자, 문학자, 역사학자, 법학자들이었는데, 동민은 비교적 나이가 적은 편인 자신이 이 자리에서 자기 전공도 아닌 원효 대사에 관해 발표하는 것이 다소 무리가 될 듯해서 은근히 걱정이 되기도 했다. 하지만, 이제 심포지엄의 현장에 와 있는 마당에서는 그런 걱정 자체가 이미 너무 늦은 것이어서, 그로서는 이미 공들여 써온 독문을 그대로 발표할 수밖에 없는 노릇이었다.

먼저 동민은 『송고승전(宋高僧傳)』의 「원효 편」과 「의상 편」, 『종경록(宗鏡錄)』 그리고 『임간록(林間錄)』 등을 참고해서, 원효 대사가 잠결에 목이 말라 달게 마셨던 그 물이 이튿날 아침에 보니 "시신으로부터 흘러나온 물(死屍之汁)"(종경록), 또는 "해골에서 흘러나와 고인 물(髑髏)"(임간록)이었음을 알자 구역질을 느꼈다는 예의 그 유명한 에피소드부터 소개했다. 그리고, 이 에피소드야말로 '일체유심조'라는 유식학의 핵심, 즉 제7식의 작용을 가장 잘 드러내어 주고 있으며, '한마음 바깥에 또 다른 진리 없다(一心之外 更無別法)'는 원효 대사의 깨달음이야말로 바로 이 제7식을 올바르게 다스림이 중요함을 설파한 것에 지나지 않는다고 했다.

661년, 44세의 원효가 8세 연하인 의상과 함께 당나라 유학을 떠나려 했지만, 결국 의상만 중국으로 가는 배를 탔고, 원효 대사는 이 깨달음을 앞세워 당나라 유학을 포기하고 서라벌로 되돌아오고 말았다. 원효는 왜 갑자기 그 유학의 길을 포기했을까? ─ 동민의 견해에 따르면, 그것은 출세보다는 대승불교적 실천을 선택한 원효 대사의 과감한 결단이라는 것이었다.

당시의 신라 불교는 귀족불교였다. 그 사회에서 원효보다 한 세대 선배인 자장(慈藏) 율사처럼 왕실과 귀족들의 신망을 받으면서 국가 의전상의 주요 예배를 집전하자면, 6두품밖에 안 되는 원효로서는 일단 당나라 유학을 다녀왔다는 경력이 필요했다. 이미 원효의 공부가 불교학의 각 분야를 모두 통섭하고 있었고 당나라 현장(玄奘) 법사를 만나더라도 새로 더 배울 바가 많지 않을 것이었지만, 그래도 그는 당나라 유학을 거쳐야만 신라 불교계를 영도할 수가 있었다. 하지만, 서라벌에서 서해안으로 이동하는 과정에서 원효는 오랜 전쟁으로 인하여 도탄에 빠진 신라 백성들의 처참한 생활상을 보았고, 나라를 잃고 걸식 유전(流轉)하는 백제 유민(流民)들의 참상도 목도했다. 이미 일가를 이루고 있던 원효가 현장 법사에게 배우겠다는 핑계로 44세의 나이에 당나라 유학을 떠난다는 것은, 아무리 자기 자신을 속이더라도, 신라 교계에서 출세하기 위한 방편에 지나지 않는 것이었다. '위로부터 지혜를 얻는 것(上求菩提)'이 중요하긴 하지만, 도탄에 빠져 헤매는 민초들의 고통을 위무해 주고 '그들 중생들을 가르치는 것(下化衆生)'이 더욱더 시급하다는 것이 승려 원효의 가슴으로부터 울어나온 양심의 소리였다.

그래서, 원효 대사는 당나라로 가는 배를 타지 않고 서라벌로 되돌아와서 민초들 앞에서 '무애박(無碍朴)'을 두드리며 '무애가'를 부르고 '무애무'를 추었다. 그 결과, 그는 필연적으로 평화주의적 반골승(反骨僧)이 될 수밖에 없었고, 그의 그런 행동이 전쟁을 통해 삼국 통일의 위업을 달성하려는 야심가 태종무열왕의 당면 목표에 걸림돌이 되었다. 원효는 자신이 곧 체포될 것을 예감하고,

"누가 내게 자루 빠진 도끼를 주려나?(誰許沒柯斧)
그 도끼로 내가 하늘을 떠받칠 기둥을 만들련다!(我斫支天柱)"

하고 저잣거리에서 외치고 다녔다. 아무도 이 수수께끼 같은 외

침의 의미를 알지 못했으나, 그 말을 전해 들은 태종무열왕만이 '도
끼자루'(원효 자신)가 '자루 잃은 도끼'(태종무열왕의 딸로서 과부
가 된 요석공주)와 합궁(合宮)할 의사를 밝힌 신호임을 간파하고, 전
쟁으로 과부가 되어 요석궁(瑤石宮)에 홀로 살고 있는 딸 요석의 처
소에 원효를 잡아 가두라는 명령을 내렸다. 왕은 민중의 존숭을 받
는 반골승을 옥에 가두어 민심을 잃는 것보다 혼자가 된 자기 딸의
처소에 감금시키는 것이 더 낫겠다고 판단한 것이었다. 병사들이 그
를 체포하려고 출동했을 때, 원효는 이미 요석궁 앞 개천에 일부러
빠졌다가 젖은 의복을 잠시 말려야겠다는 구실로 요석궁 안으로 들
어가 있었다.

그리하여, 요석공주가 아들을 낳으니, 그가 바로 후일 성균관에
모셔진 한국 18 유학자(儒學者)들의 비조(鼻祖)가 된 설총(薛聰)이며,
그는 통일신라의 유학을 일으키고 이두(吏讀)를 창안하는 등 장차
'한국문화를 떠받치는 큰 기둥(支天柱)'이 되었다.

이렇게 희대의 파계승이 된 원효 대사는 — 그의『대승기신론
소』와『십문화쟁론(十門和諍論)』등 찬연한 업적과 실천불교적 민중
교화에도 불구하고 — 통일신라, 고려, 조선 등 여러 왕조를 거치는
동안 줄곧 한국 정통 불교계에서 이단 취급을 받아왔다. 애초에 그
는 종파를 창건하지도, 제자들을 양성하지도 않았기 때문에 정통 불
교계에서 그를 떠받쳐 줄 후배 승려들이 없었다.

"이러한 원효의 면모를 보자면, 괴테의 연구자이며 번역자인 저
는, 노(老) 괴테의 시구 하나를 연상하게 됩니다."하고 동민은 자기
연설의 마지막 부분에서 이렇게 말했다.

"'사람들이 나한테 좋은 응답을 해 주었던가?'

내 화살은 가벼운 날개를 단 채 날아갔었지!

온 하늘이 가슴을 활짝 열고 그 화살을 받아들였어!

아마 어디선가 누구를 맞추긴 맞추었을 거야.

괴테의 시(詩)라는 화살이 독일인들의 심금을 울렸듯이, 대승불교의 '실천적 사랑'을 실은 원효의 화살은 한반도 방방곡곡에서 민초들의 심금을 울렸습니다. 원효의 정토(淨土) 사상을 유지하고 보존해 온 것은 한국 정통 불교 승단이 아니라, 한국의 민초들이었습니다. 그들은 삼천리 강산 전역에다 원효사(元曉寺), 원효암(元曉庵), 원효봉, 원효굴, 원효 바위, 원효 폭포가 넘쳐나게 만들어 놓았습니다. 원효 대사가 단 하루씩만 머물렀다 하더라도 생전에 그 많은 곳에 일일이 다 머물 수 없을 정도로 그렇게도 많은 전설적 발자취를 남긴 것은 한국 정통 불교 교단이 아니라 한국의 민초들이었습니다.

원효는 유감스럽게도 당시 자기 조국의 호전적 정치와 그 관료주의적 제도를 개혁할 수는 없었습니다. 하지만, 그는 대승불교의 정신에 입각하여, 제7식의 작용에 휘둘리지 않고 보살도(菩薩道)로써 고통을 받는 민중들을 구제하고자 혼신의 힘을 다 기울였습니다.

'승자 독식(勝者獨食)'이 횡행하는 우리 현대인의 삶에서도 우리는 세계 도처에서 위로가 필요한 '패배자들'을 봅니다. 어쩌면 여기 모인 우리 인문학자들조차도 이미 이 '패배자들'의 대열에 들어와 있는지도 모르겠습니다. 오늘날 신자유주의적 승자들은 모든 것을 자신의 제7식에 맡김으로써 극도의 자기중심주의에 함몰되어 있어서, 세계 도처에 계속 패배자들을 양사해 나가고 있습니다.

바로 이런 우리 세계의 신자유주의적 현실을 배경으로 하고서 저는 오늘, 1300년 전 저 조그만 한반도에 살았던, 한반도의 방방곡곡에 그 이름을 남긴 원효 대사를 이 자리에까지 불러온 것입니다. 말하자면, 원효 대사가 쏜 화살이 '가벼운 날개를 단 채' 여기 이 자리, 튀빙엔에까지 와서 떨어진 것입니다.

— 감사합니다."

동민의 발표가 끝나자 — 그의 강연 그 자체가 하나의 '스토리텔링'이었기 때문에 — 그의 이야기에 감동한 사람들의 큰 박수갈채가 터져 나왔다. 중국인으로서 캐나다의 몽레알 대학 교수인 시아(Adrian Hsia) 박사와 일본 소피아 대학 출신으로서 당시 독일 레겐스부르크 대학의 교수로 근무하고 있던 기무라(Naoji Kimura) 교수가 각각 중국과 일본에 알려진 원효대사에 대한 보충 설명을 해 주어서 토론이 잘 끝날 듯했다.

그런데, 훔볼트 재단의 전(前) 사무총장이며 아시아 통이라 할 수 있는 오스텐(Manfred Osten) 박사가 손을 번쩍 들더니 사회자로부터 발언권을 얻어 다음과 같은 질문을 했다.

"안 교수님의 발표를 들으니, 문득 쇼펜하우어가 생각납니다. 그도 불교적 사상가로 간주될 수 있겠는데, 안 교수님이 말씀하신 원효 대사와 독일의 쇼펜하우어가 서로 공통점이 있을까요? 또는, 서로 다른 점은 무엇인지 말씀해 주시겠습니까?"

이 질문을 들으면서 이미 동민은 적지 않게 놀라고 또 크게 당황했다. 쇼펜하우어! — 이 철학자는 토마스 만을 전공한 동민으로서는 젊었을 적에 이미 따로 시간을 내어 깊이 공부를 했어야 마땅했던 중요한 철학자였다. 하지만, 자꾸만 다른 일이 끼어드는 바람에 동민은 그를 따로 깊이 공부하지는 못한 터였다. 우선, 동민은 쇼펜하우어의 주저(主著)『의지와 표상으로서의 세계(Die Welt als Wille und Vorstellung)』를 읽지 못했을 뿐만 아니라, 그 제목부터가 벌써 동민에게는 수수께끼 그 자체였었다. '표상(表象, Vorstellung)'이란 말이 대체 무슨 의미란 말인가? 독일어 명사 'Vorstellung'이란 단어에 도대체 그런 의미가 있기는 한 것일까? 독일어 'vorstellen'이란 동사에는 [A를 B에게] '소개하다'와 '자신의 두 눈앞에 무엇을 그려보다', 즉 '무엇을 상상하다'라는 두 가지 의미 이외에는 없다. 다시 말하자면, 'vorstellen'이라는 동사로부터는 '소개'와 '상상'이란 두 가지 동명사 이외에 또 다른 의미를 지닌 명사의 생성 자체가 불가능하다. 그런데, 이 동사로부터 갑자기 웬 '표상'이란 동명사가 불쑥 생겨났단 말인가? 평소 쇼펜하우어란 철학자 이름을 수없이 들어오면서도 동민의 이 수수께끼는 풀리지 않았고, 그럴 때마다 동민은 이 철학자의 세계에 다가갈 수 있는 기회를 간절히 엿보아 왔지만, 결국 그날 그 시각까지 따로 쇼펜하우어의 주저(主著)를 아직 읽지 못한 채였다. 그런데, 공교롭게도 오늘 이 자리에서 그는 오스텐 박사의 이런 질문과 맞닥뜨리게 된 것이었다. 이른바 '외나무다리' 위에서 '원수'를 만난 격이었다.

그 짧은 수십 초 동안 동민의 머릿속에서 한바탕 큰 회오리바람이 일었다. 그런데, 참으로 희한하고도 불가사의한 일이 일어났다. 갑자기 동민에게는 쇼펜하우어의『의지와 표상으로서의 세계』라는 책 제목이『욕망과 환상으로서의 세계』로 번역되어야 맞겠다는 생각이 설핏 들었다. 즉, 동민에게는 자신이 읽지도 않은 이 책의 내용이 문득 유식학적으로 훤하게 이해되어있는데, 세7식에 의한 자신의 욕망 때문에 자아가 이 세계를 환(幻)으로 보게 된다는 유식학적 지식이 바로 그런 이해의 밑바탕이 된 것이었다. 불교에서는 어둑어둑한 황혼녘에 귀신이라도 나올까 무서워하면서 자기의 갈 길을 서둘러 가는 나그네가 길 위에 널브러져 있는 노끈을 보고서 문득 뱀으로 착각하여 화들짝 놀라는 것을 환(幻)이라고 부르는 것이었다.

"예, 저의 생각으로는, 원효 대사와 쇼펜하우어는 둘 다 유식학적 인식을 하고 있었으므로,"하고 동민이 오스텐 박사에게 대답하기 시작했다. "그들 둘은 이 세계(Welt)를 자아가 자신의 욕망(Wille)에 이끌려 잘못 본 환상(Vorstellung)이라고 생각했던 것 같습니다. 불교적 인식론에서 흔히 언급되는 이른바 '환(幻)'이라는 것이지요. 원효 대사와 철학자 쇼펜하우어는 세계를 보는 인식을 공유하고 있었던 것입니다. 다른 점도 있는데, 그것은 쇼펜하우어가 불교 철학을 버마 쪽의 남방불교에서 받아들였기 때문에, 그는 북방 대승불교를 받아들인 원효의 보살도(菩薩道), 즉 실천적 이타행(利他行)에까지는 아직 이르지 못했던 것으로 보입니다."

이런 답변을 해나가면서 동민은 이미 자신이 지금 올바른 답변을 하고 있다는 확신을 지닐 수 있었다. 쇼펜하우어의 책을 읽지도 않은 채 그 책의 요체를 그 독일어 제목에서 간단히 파악해 낸 것이었다. 과연 질의자 오스텐 박사가 고개를 끄덕이면서 크게 만족한 표시를 했기 때문에, 동민의 강연과 토론은 다시 한번 큰 박수갈채를 받는 가운데에 잘 종결되었다.

하지만, 위급하고도 아슬아슬했던 그 국면을 간신히 모면한 동민은 그 이튿날 당장 튀빙엔 대학의 도서관으로 달려갔다. 그러고는, 드디어 쇼펜하우어의 주저 『의지와 표상으로서의 세계』를 직접 읽어 내려갔다. 불과 몇 페이지도 채 읽지 않아, 그는 다음과 같은 대목을 발견하였다.

"세계는 나의 상상이다. 이것은 인식할 줄 아는 모든 생물에 대해 다 통할 수 있는 진리이다. [⋯⋯] 그렇게 되면 그는[인간은] 분명하고도 확실하게 알게 된다 — 자기가 태양이나 땅을 인식하는 것이 아니라 언제나 단지 태양을 보는 눈과, 땅을 만져보는 손만 있을 뿐이라는 사실을! 즉, 인간은 자신을 둘러싸고 있는 세계가 단지 상상으로서만 존재할 뿐이라는 사실을 분명히 알게 되는 것이다. 다시 말하자면, 이 세계는 그 자체와는 전혀 다른, 상상하는 자와의 관계 속에서만 존재한다는 말이다. 여기서 상상하는 자는 물론 인간 자신이다."

세계는 우리 인간의 '욕망'이 만들어 내는 환상이라는 의미로 요약될 수 있다는 이 대목에서 만약 '상상'을 '표상'으로 번역할 때에는 전체 의미에 큰 혼란이 초래될 터이었다. '세계는 나의 표상이다'라는 번역이 무슨 의미란 말인가? 세계는 자아의 '상상'이요, '환상'이라는 의미라야 금방 잘 전달되는 번역이 되는 것이었다. 동민은 놀란 가운데에 그 대목을 계속 더 읽어내려가 보았다.

"인간의 눈을 둘러싸고 있으면서 인간으로 하여금 이 세계를 보게끔 하는 것은 마야(Maja), 즉 기만의 베일이다. [⋯⋯] 세계는 꿈과 같고, 멀리 있는 나그네가 오아시스라고 여기는 신기루와 같으며, 나그네가 뱀으로 잘못 보는, 길 위에 던져진 노끈과도 같다. (위와 같은 비유들은 베다와 푸라나의 수많은 대목에서 반복해서 발견된다.)"

이 대목에서 동민은 너무나 놀라서 일순 책을 덮고 잠시 눈을 감왔다. 뱀이라는 환(幻)으로 보이는 노끈 — 수많은 불교 경전에 나오는 이 비유가 바로 쇼펜하우어의 주저『의지와 표상으로서의 세계』, 아니,『욕망과 환상으로서의 세계』에서 이렇게 중요한 대목으로 나오다니! 이 얼마나 큰 발견이란 말인가! 제7식의 작용은 결국 원효의 깨달음이요, 또한 동시에 쇼펜하우어의 인식론의 요체라는 사실이 이날 동민이 터득한 놀라운 결론이었다.

어째서 이런 일이 가능할 수 있는가? 후일, 동민의 계속된 연구로 더 밝혀진 사실이지만, 원효 대사가 깨달은 불교의 진리와, 쇼펜하우어의 인식론이 영향을 받은 '인도의 지혜'(불교 이전의 힌두교 교리와 나중에 버마에서 받아들인 남방불교의 교리)가 부분적으로 일치하기 때문에, 원효 대사와 철학자 쇼펜하우어는 서로 시공을 달리하면서도 자못 심대한 공통점을 지니게 된 것이었다.

* 연전에 나 허경식은 출판사 일 때문에 토쿄에 간 적이 있었는데, 기왕 간 김에 안 선생님의 소개로 일본 독문학계의 원로 기무라 나오지(木村 直) 교수의 댁을 방문했다. 대화 중에 내가 장차 '죽음'의 문제에 관한 책을 내고 싶다고 말하자, 기무라 교수는 내게 독일 책 한 권을 건네주었다. 독일의 출판사로부터 필자증정본을 받았기 때문에 마침 자기한테 책이 두 권 있어서 그중 한 권을 기쁜 마음으로 내게 선물할 수 있다면서, 그 책에 실린 자신의 논문을 참고해 주면 고맙겠다고 했다.

그런데, 내가 귀국해서 기무라 교수의 논문을 읽다가 우연히 같은 책에 안 선생님의 논문도 한 편 실려 있는 사실을 발견했는데, 그것이 바로 위에서 언급되고 있는「원효 대사의 삶과 그 현재적 의미」였다.

여담이지만, 그 훨씬 뒤에 안 선생님이 독일연방공화국 대통령으로부터 십자공로훈장을 받으셔서 우리 시간강사들이 '마야'에서 안 선생님께 축하주를 한잔 사드리겠다고 한 적이 있었다. 물론, 우리 시간강사들이 미리 추렴을 해서 술값을 준비해 갔지만, 우리 강사들의 대표가 안 선생님 몰래 미리 술값을 내려 하자 '마야'의 여사장님이 안 선생님이 미리 다 내셨다고 하며, 술값을 받지 않았다. 그야 어쨌든, 그 자리에서 안 선생님이 "나는 한국문화를 독일에 알리는 일이라면, 언제나, 어떤 어려움을 무릅쓰고라도 나서서, 내게 다가온 그 역할을 성심껏 해내곤 했어요. 한국과 한국 문화가 부당하게도 세계에 너무나 덜 알려져 있다고 느꼈기 때문이었지. 그런데, 정작 한국에서는 계속 홀대를 받은 데에 반하여, 뜻밖에도 독일 대통령이 내게 십자공로훈장을 수여하니, 바깥에서 상찬받은 기쁨보다 안에서 홀대받고 있는 설움이 더 크게 느껴지네!"하고 말씀하시던 기억이 난다.

그 당시에 나는 이 말씀의 진의를 잘 이해하지 못했다. 지금에서야 나는 안 선생님의 이 논문이 '동·서 문화'라는 한 성좌 안에서 한국문화를 대표하는 별로서 거기 꼭 있어야 할 자리에서 찬연히 빛나고 있다는 사실을 깨닫는다.

많이 부족하지만, 나도 독문학을 공부했기에, 안 선생님의 이 글이 참 멋진 스토리텔링을 갖추고 있는 데다 그 독일어 문장들이 공들여 세공한 것임을 알아볼 수는 있다. 그래서, 나는 돌아가신 안 선생님과의 내 인연을 여기서 처음으로 자랑스럽게까지 생각한다. 이 때문에, 나는 소설에서는 관행상 용납되기 어려운, 정말 이례적인 짓인 줄 잘 알지만, — 마침 이 책이 내 시기의 이주 잘 보이는 곳에 꽂혀 있기 때문에, 쉽게 책을 뽑아서 — 미래의 한국 독문학자, 철학자, 불교학자, 문화학자들이 참고할 수 있도록 여기에 그 전거(典據)

를 밝혀 두는 바이다(Dong-Min Ahn: Das Leben des Meisters Wonhyo und seine gegenwärtige Aktualität, in: Heinz-Dieter Assmann / Karl-Josef Kuschel / Karin Moser v. Filseck (Hrsgg.): Grenzen des Lebens – Grenzen der Verständigung, Würzburg 2009, S. 75-84).

5

이렇게 국내외에서 의미 있는 활동을 많이 해서 상당한 인정을 받고 더러는 괄목할 만한 성취를 거두는 동안, 동민이 미처 신경을 쓰지 못한 구석이 있었는데, 그것은 그와 가장 가까이 함께 살고 있던 아내 화진의 건강 상태였다.

어느 날 저녁, 동민이 늘 해오던 제 버릇을 아직도 고치지 못한 채, 자신의 정력과 시간을 바깥일에 한껏 쏟아부어 놓고, 밤중에 집에 들어와 보니, 늘 그를 반겨주던 화진이 보이지 않았다. 무엇인가 화들짝 짚이는 데가 있어서 딸들의 이름을 크게 불러보았으나 딸들 역시 보이지 않았다. 그러다가, 응접실 테이블 위에서 종이쪽지 하나를 발견했다 — "아빠, 집에 들어오시는 즉시, 외할머니한테로 오세요! 덕애 올림."

동민이 놀라 장모님한테로 달려갔다. 장모님이 딸네 집 근처에 살고 싶다며 근자에 잠실로부터 동민네 아파트 단지로 이사해 오셨기 때문에, 처가가 다행히도 근처에 있었다.

"아이고, 안 서방, 어째 이리 늦으셨나 그래?!"하고 장모님이 현관문을 열어주면서 말했다. "오후에 어지럽다며 나한테로 건너오더니, 그냥 내 침대 위에 드러눕고 말았어요. 어서 안방으로 들어가 보시게!"

동민이 안방으로 들어가니, 장모님의 침대 위에 화진이 누워 있었고, 덕애와 현애가 걱정스럽게 침대 모서리에 앉아 엄마를 내려다보고 있다가 아버지를 위해 자리를 비켜 주었다.

"여보?"하고 동민이 화진의 손을 잡으며 말했다. "갑자기 어디가 아파서 이러나? 얼굴은 또 왜 이렇게 창백하고……"

"'안 서방', 미안해요. 저녁 식사는 하셨어요? 며칠 동안 좀 피곤하긴 했었는데, 오늘 오후에 갑자기 어지러워서 어머니한테로 건너온 것뿐이에요. 이제 우리 딸들하고 그만 우리 집으로 갑시다!"하고 말하면서 화진이 일어나려고 했다. 하지만, 그녀는 혼자 자기 몸을 일으키지 못했다. 화진이 딸들을 불러들였다. 딸들이 엄마를 부축해서 침대에 걸터앉도록 했다.

"아, 누운 자리에서 그냥 자지 그러냐?"하고 장모님이 안방에 들어서면서 말했다. "그냥 여기서 자고, 내일 아침에 병원에 가 보기로 하자!"

"아녜요, 엄마!"하고 화진이 말했다. "안 서방이 왔으니, 이제 우리 집으로 가야지요. 엄마도 좀 쉬셔야 하고요. 이 병약한 딸 때문에 늘 걱정이 많으시지요. 엄마, 고맙습니다! '안 서방', 날 좀 업어줘요. 업혀서라도 일단 우리 집으로 갈래요!"

결국, 동민은 화진을 등에 업은 채 딸들과 함께 집으로 돌아왔다. 동민은 딸들에게 엄마를 위해 미음이라도 좀 쑤게 해놓고는, 침대에 화진을 눕도록 했다. 그녀는 감고 있던 눈을 가늘게 뜨고 약간 미소를 머금고 말했다. "날 업고 오느라 무거웠지요? '안 서방'의 등이 참 편안했어요!"

이렇게 말하는 화진의 얼굴이 너무나 창백하고 애처롭게 보였기 때문에, 동민은 몹시 가슴이 아팠고 갑자기 목이 콱 메어 왔다.

그 이튿날 아침, 화진이 일어나지 못하는 가운데에 동민은 일단 딸들에게는 대학에 갔다가 오후 늦게 S대 대학병원으로 와 보라고 일렀다. 아이들이 나가고 나니, 장모님이 건너오셨다. 그는 화진과 장모님을 차에 태우고 S대 대학병원으로 갔다. 그날 내내 화진이 여러 종류의 검사를 받는 동안, 장모님이 함께 곁에 계셔 주셨다.

저녁 무렵이 거의 다 되어서 덕애가 동생 현애와 함께 병실로 왔다. 새하얗게 변한 엄마의 모습을 보고 언니가 눈물을 글썽이니까 동생 현애도 훌쩍이기 시작했다. 화진이 그들의 손을 차례로 잡아주면서 딸들을 달래었다. 하지만, 잠시 뒤에 그녀는 다시 깊은 혼수상태에 빠져들고 말았다.

"어머님, 덕애와 현애를 따라 댁으로 들어가셔서 좀 쉬세요!"하고 동민이 장모님을 보고 말했다. "종일 애쓰셨습니다. 이제 어머님도 좀 쉬셔야 해요. 덕애야, 현애와 함께 할머니를 모셔다드리고 너희들도 집으로 들어가 쉬어라. 너희는 내일 아침에도 일단 학교로 갔다가 오후에 천천히 이리로 오너라. 오늘은 아빠가 엄마 곁을 지키마!"

덕애가 고개를 끄덕여 보였다.

"아, 애들 데리고 안 서방이 집에 들어가서 좀 쉬어야 할 텐데?"

"아뇨, 오늘 밤은 제가 이 사람 곁을 지키겠습니다."하고 동민이 말했다. "제가 그동안 지은 죄가 너무 커서요! 이 사람이 깨어나서 제가 또 곁에 없는 걸 보면, 그 실망이 어떻겠어요? 어차피 내일이 되어야 무슨 병인지도 알 수 있는 모양이니, 점심때나 돼서야 천천히 이리로 나오시든지요."

장모님이 약간 망설이다가 외손녀들을 따라 나가시자, 병실에 홀로 남은 동민은 혼수상태에 빠진 아내를 내려다보고 있는 자신의 무력함을 뼈저리게 인식하게 되었다. 그는 이것이 무슨 변고이며, 왜 이런 일이 생기게 되었는가 하고 자기 자신에게 묻지 않을 수 없었다. 생각해 보면, 모두 동민 자신의 불찰이었다. 연약한 화진에게 많은 부담을 지워놓고 동민 자신은 학과 일, 독일학연구소장, 발전위원회 위원, 대학신문 자문위원 등 S대 학교 일에다가, 학회 일과 두 개의 독회 일, 번역연구소 일, 계간지 「외국문학」 일 등등 수없이 몰려오는 일들을, 자꾸 번지는 산불을 끄듯, 온몸으로 감당해 왔다. 그 사이에도 화진은 그에게 몇 번 가벼운 경고음을 보냈었지만, 그는 이따금 집 안으로 신경이 쓰이면서도 자신의 바깥일을 과감히 줄여내지 못 했다. 실로 도동 사람의 어리석기 짝이 없는 처신이었다.

"검사 결과가 나와봐야 알겠습니다만, 지금 증세로 보아서는 급성 백혈병이 의심됩니다."하고 의사가 상당히 어두운 표정으로 동민에게 말해 주었었다.

백혈병이라면 혈액이 썩는 무서운 병이 아니던가! 그가 최근에 관심을 두고 강의해 오던 동독의 여류작가 크리스타 볼프(Christa Wolf)의 소설 『크리스타 T에 관한 추념』의 젊은 여주인공 크리스타 T가 앓았던 것도 바로 이 백혈병(Leuchemie)이었기 때문에, 동민에게는 무엇인가 심상찮은 운명 비슷한 것이 자신에게 다가온 듯한 섬뜩한 기분이 들었다.

"우리 딸들은요?"하고 갑자기 화진이 깨어나서 딸들을 찾았다. "딸들이 여기 옆에 있지 않았나요?"

"응, 덕애와 현애가 여기 왔었는데, 할머니와 함께 아파트로 들이갔어요."하고 동민이 화진의 손을 꼭 잡아주면서 말했다. "여보, 미안해요! 당신이 너무 많이 참다가 그만 병이 난 것인데, 다 내 잘못이야! 그동안 당신이 몇 번이나 내게 적신호를 보냈는데도, 미련

하게도 내가 계속 바깥으로만 나돌아다녔지! 내가 벌을 받아야 하
는데, 당신이 대신 앓아눕게 됐네! 정말 미안해요!"

화진이 한동안 아무 말 없이 동민의 얼굴을 물끄러미 바라보더
니, 이윽고 말했다. "'안 서방'!"하고 그녀는 동민의 다른 한 손까지
도 마저 끌어다가 자기 두 손으로 꼭 잡았다. "'안 서방'은 참 성실
한 사람이에요! 나한테는 정말 과분한 남편이었어요. 그때 '안 서
방'이 갑자기 청혼했을 때, 실은 난 많이 아픈 사람이었어요. 미국에
서 아버지의 병구완을 하다가 문득 나도 무슨 큰 병에 걸린 것 같긴
했었어요. 아버지가 한국으로 들어와 결국 돌아가시고 나서도, 이상
하게 내 컨디션이 회복되지 않았고 영 기운을 차릴 수 없었지요. 그
래서, 다시 미국으로 들어가 공부할 엄두가 나지 않았답니다. 그런
중에 '안 서방'이 갑자기 꽃다발을 들고 와서 내게 청혼한 것이었어
요. 아픈 사람을 보고 갑자기 미안한 마음 때문에 얼결에 청혼하는
사람, 바로 그런 사람이 '안 서방'이지요. 난 금방 그 진실하고 순수
한 마음을 알아보았답니다! 처음에는 당연히 거절하고 '안 서방'은
자기 갈 길을 가도록 놓아 줘야겠다고 결심했지요. 그래서, 퇴짜를
놓고 짐짓 '안 서방'을 쫓아 보냈던 것이에요. 하지만, 이상하게도
갑자기 너무 행복한 기분이 들어서, '안 서방'을 끝까지 뿌리치지는
못했어요. 그리고, 실은 결혼만 하면, 제 몸이 괜찮아질 것 같기도
했답니다. 어머니도 우리 결혼을 몹시 바라셨고요. 그때의 그 약골
이 '안 서방'과 벌써 30년 가까이나 살았으니, 하긴 나도 꽤 오래 버
틴 셈이에요. 그동안 순하고 영리한 딸을 둘이나 낳아, 둘 다 어엿한
대학생으로 키워놓았으니, 그 자체가 기적이고, 두 딸들이야말로 저
의 자랑스러운 업적이고 우리 둘의 보배지요. 정말 오늘 죽어도 여
한이 없어요……"

"여보, 무슨 말을 그렇게 해?!"하고 동민이 화진의 뺨에 키스하며 말했다. "당신 그런 말 하지 말고 이제 안심하고 그냥 좀 쉬어요. 나는 이렇게 당신을 보내지는 않을 거야. 다시 한번 용기를 내줘요. 내 바로 지금 이 시각부터 가정으로 돌아와 오직 당신과 아이들만을 위해 살게! 휴직을 하고 당장 가정으로 돌아올게! 정말 진심이야! 맹세할게!"

"그 마음 믿어요! 하지만, 그동안 내가 혼자 많이 생각해 봤는데, '안 서방'은 역시 지금까지 살아온 대로 그렇게 살아야 빛이 날 사람이에요. 그렇게 계속 성실하게 사셔야지요. 다만, 우리 딸들만은 성가를 시켜 잘살도록 끝까지 도와주세요! 저의 마지막 부탁이에요!"

화진의 이런 유언 투의 말이 싫고 무서워서 동민이 그녀를 달래다가 그만 목이 메어 흐느꼈다. 이윽고 화진의 손목에 힘이 빠지면서 그녀는 다시금 깊은 혼수상태로 빠져들어 갔다.

그 이튿날 결국 급성 백혈병이란 진단이 떨어지고, 그런 연후에도 또 많은 검사가 뒤따랐으며, 관해(寬解) 치료 등이 진행되었으나, 그런 모든 의료진의 노력에도 불구하고 입원한 지 닷새가 채 지나지 않아 화진이 그만 숨을 거두고 말았다. 동민에게는 이 모든 일련의 과정이 그냥 한바탕 꿈결처럼 느껴졌다. 그는 거의 실성한 상태가 되어 많은 문상객과 장례식에까지 함께 온 가까운 사람들의 마음을 깊은 슬픔에 젖게 했다. 특히, 용인 묘원에 화진을 운구해 와서 관을 매장하기 전에 그가 두 딸들과 함께 화진의 관 앞에 엎드려 큰소리로 통곡할 때는 부음을 듣고 영천에서 올라오신 어머님, 위민 형님 내외, 화민 형님 내외, 누님 내외, Y대의 김병석 선생님, S대의 김성도 선생님, S 선생님과 C 선생님 그리고 H 선생님 등 여러 친척과 문상객들이 모두 동민의 그 애통해하는 모습에 눈시울을 적시지 않을 수 없었다. 그것은 그야말로 땅이라도 꺼진 듯한 절망의 통곡이었다.

후일, 사람들이 동민에게 속현(續絃)을 권하거나 왜 그렇게 계속 혼자 사느냐고 물을 때면, 그의 대답이 대개 다음과 같았다.

"한 여자를 불행하게 보냈으면, 그것으로 그만이지, 또 어떤 다른 여자의 삶까지 망치려고요?"

물론, 이것이 틀린 대답은 아니었다. 하지만, 동민이 진정으로 하고 싶은 대답은 늘 따로 있었다. 그건 길어서, 그저 지나가는 투로 한번 물어보는 사람들이 그 의미를 제대로 이해할 수 있을지도 의문이었다. 그래서 그는 다음과 같은 대답을 입 밖으로 내지는 않았다.

— '제가 지금까지 해 왔고 지금 행하고 있는 모든 일은 제 처를 돌보지 못한 불찰의 대가입니다. 앞으로 저는 망자(亡者)를 잊지 않고 — 망자와 제가 함께 원할 법한 방향으로 — 살아가고 싶습니다. 더는 또 다른 여자의 뜻을 따르고 싶지 않습니다. 말하자면, 이것이 망자에 대한 저 나름의 절의(節義) 같은 것입니다.'

사실, 동민이 화진과 해로(偕老)하지 못하고 그녀를 그렇게 허망하게 보낸 것은 근본적으로는 여성에 대한 경상도 남자의 무지의 소치에서 저질러진 죄였다. 깨달았을 때는 이미 시간이 너무 늦어 있었다. 그는 이 죄를 어떤 식으로든 속죄하고 싶었다. 그는 두 딸에 대한 자신의 사랑도 어쩌면 이 뒤늦은 깨달음에 대한 자신의 안타까움의 표현에 지나지 않는다고 느끼기도 했다. 향후 그가 하는 모든 일에는 화진의 뜻이 함께 들어있다는 생각 때문에, 그는 그나마 큰 위안을 얻곤 했다. 화진을 잃고 나서야 비로소 동민은 경상도 인간의 편협한 여성관을 극복하고, 마음속으로부터 진정한 여성 옹호론자로 성숙할 수 있었다.

* 사모님은 참 훌륭하신 분이셨다. 10·26 사태가 발발한 그 이튿날의 자정을 넘겨, 28일 새벽에, 철없는 우리 학생들이 열 명이나 잠실의 그 좁은 아파트로 몰려갔을 때, 잠결에 3대의 택시 요금을 흔연히 내어주셨고, 이어서 우리들에게 새벽 음식을 대접해 주신 그 태도와 처신이 참으로 훌륭하시고 자애로우셨다. 삼가 사모님의 명복을 빈다.

6

동민에게는 불교 공부가 차츰 부담스럽게 느껴지기 시작했다. 언제부턴가 그는 자신이 어떤 행위나 처신을 할 때, 제7식이 자신의 행위를 조종하고 있는 양상을 훤히 관찰할 수 있게 되었다. 물론, 그 결과, 그의 행동이 아주 신중해지고, 혹시 자신의 처신이 이기적으로 되는 것을 지레 예방해 주는 긍정적 효과가 컸다. 하지만, 이 효과가 너무 압도적이었기 때문에, 그는 자신이 매사에 적극성이 적어지고 차츰 소극적으로 처신하고 있음도 아울러 느끼게 되었다.

그가 어릴 적에 서당에서 배운 말 중에 '과유불급(過猶不及)'이란 말이 있었다. 무엇이든 그 정도가 지나치면 오히려 부족함만 못하다는 의미인데, 그의 생각으로는 불교의 가르침이 훌륭하긴 하지만, 그것을 실생활에서 곧이곧대로 실천하자면, 그의 경우에는 사회생활 자체가 너무 어려워질 때가 더러 생기는 듯했다. 이를테면, 그는 아직도 대학 본부 차원이든, 인문대 차원이든, 독문학자로서 여러

위원회 또는 회의에 참석해서 대학의 발전을 위해 인문학적 입장에서 무엇이든 조금이라도 기여해야 했는데, 그런 자리에서 자기 생각이나 입장을 밝히기가 여간 조심스러운 게 아니었다. 그가 공적으로 올바르게 판단해서 적절한 발언을 하고 있음에도 불구하고, 그는 혹시 자신이 제7식의 작용 때문에 독문학자로서의 이해관계에 함몰되어 이런 발언을 하고 있지나 않은가 하고 끊임없이 자기 검열을 하는 자신을 발견하곤 했다. 아무래도 이것은 너무 지나친 자기반성이었으며 대개는 과도한 자기비판이었다.

바로 이 시기에 동민은 자신을 불교 공부로 인도해 주었던 불교학자 하성연 박사를 어느 불교학 심포지엄의 휴식 시간에 우연히 마주치게 되었다. 서로 반갑게 안부를 주고받다가 그녀가 동민에게 물었다.

"안 선생님, 그 불교 스터디그룹에 요즘도 나가고 계세요?"

"예! 나가긴 하는데……"하고 동민이 말했다. "불교의 세계가 정말 광막해서…… 겸허하게 되는 건 좋은데, 내가 뭘 잘못 배워서 그런지는 모르겠으나, 사람이 점점 더 소극적으로 옴츠러드는 것 같고, 무슨 행동을 적극적으로 하기가 많이 망설여지곤 하네요."

"아, 그래요?"하고 하박사가 반문하더니, 잠시 생각에 잠기는 듯했다. "예…… 불교의 가르침 자체가 그런 것은 아닙니다만, 수행자에 따라 간혹 그렇게 될 가능성이 없지 않을 듯도 하네요. 무슨 말씀이신지는 조금 짐작이 갑니다…… 그러시다면, 잠시 중단하시고, 한문 공부하시는 건 어떠세요? 한문이라면 안 선생님에게도 꽤 친숙한 세계잖아요? 지금 마침 우암 송시열을 읽고 있는데, 아주 잘 가르쳐 주시는 선생님이 계세요. 마침 딱 한 자리 남아 있는데……"

그래서 동민은 이미 10여 년 이상 토요일 오전마다 수강하던 불경 강의를 일단 중단하고, '석천(石泉) 서당'이란 곳으로 가서 한문으로 된 조선조 유학의 중요한 전고(典故)들을 공부하게 되었다. 석천서당은 세검정에서 평창동으로 가는 삼거리에 있는 한 가정집의 일부였는데, 그 댁으로 올라가는 입구에 석천 선생님의 서재가 반지하실 같은 조그만 공간에 따로 마련되어 있었다. 하성연 박사가 "딱 한 자리 남아 있다"라고 했을 때, 동민은 그 뜻을 미처 잘 이해하지 못했었다. 하지만, 어느 일요일 아침에 그가 하성연 박사의 안내로 석천서당에 가서 책으로 가득 찬 동굴 같은 석천재(石泉齋)의 어느 구석 자리에 간신히 한 자리를 얻어 앉았을 때, 그는 자신이 수십 년의 세월을 거치며 먼 독일까지 들락거리다가 드디어 그 "딱 한 자리 남아 있는" 곳에 편안히 되돌아온 듯한 기분을 느꼈다.

석천 선생님은 D대학의 교수로 정년퇴임하신 이래 이 서당에서 이미 10여 년 동안 6~7명의 수강생을 상대로 한문 원강을 해 주고 계셨는데, 동민이 인사를 드리자 바쁘신 분이 괜한 걸음을 하신 듯하다며 겸양의 말씀을 하셨다. 마침 교재로서는 『양현전심록(兩賢傳心錄)』을 강독하시고 계셨는데, 이것은 1795년에 정조대왕이 주희와 송시열이란 양현(兩賢)의 글을 손수 모아 편찬한 책이었다. 동민은 언젠가 어렴풋이 제목만 들었던 이 책을 한문 원강으로 공부하게 된 사실이 무척 기뻤다.

그날은 마침 「기축봉사(己丑封事)」가 다루어지고 있었다. 송시열이 효종에게 간절히 아뢰고 싶은 것은 — 무슨 기책(奇策)이 있는 게 아니라, 사신이 평생 낭송해 온 것이 성현의 말씀뿐이기 때문에 결국 주자가 강조한 저 성의(誠意)와 정심(正心)을 항상 간직하시라는 말씀밖에 더는 아무 다른 말씀을 드릴 게 없다는 대목이었다. '성의정심' — 어릴 적부터 얼마나 많이 들어오던 말인가? 동민은 마치 자신이 머나먼 길을 돌고 돌아 마침내 자신의 원래 출발점으로 되돌아온 듯한 느낌이었다. '격물치지(格物致知) 성의정심(誠意正心) 수신(修身) 제가(齊家) 치국(治國) 평천하(平天下)'는 원래 「대학」에 나오는 말로서 유가의 모든 가르침의 근본이요 핵심이었다.

강의가 10시에 시작되어 12시 30분경에 끝나자, 수강생들이 석천 선생님을 모시고 점심 식사를 함께하는 것이 상례(常例)인 것 같았는데, 마침 그날의 점심시간에는 우암(尤菴) 송시열의 화양구곡(華陽九曲) 중 제5곡인 첨성대(瞻星臺)의 암각자(巖刻字)로 남아 있는 '만절필동(萬折必東)'에 대한 토의가 벌어졌다. 자공의 물음에 답한 공자의 '만절필동'은 황하의 물길이 아무리 자주 꺾여도 필경에는 모두 동으로 흐르게 되어 있다 하여, 군자의 변치 않는 절의(節義)를 말한 것으로 알려져 있는데, 송시열에 이르면, 이것이 사대주의, 또는 숭명(崇明), 반청(反淸) 이데올로기로 그 의미가 바뀌기 때문에, 송시열을 다소 비판적으로 수용해야 한다는 어느 수강자의 의견이 나왔다.

동민으로서는 이런 논의 자체가 버거웠고, 그로서는 이 토론에 제대로 끼어들 수조차 없었다. 하지만, 어인 까닭인지 딱히 말할 수는 없었지만, 그에게는 이 공부가 불교 공부보다 더 친숙하게 느껴졌다. 어쩐지 그는 고향에 되돌아온 듯한 편안함을 느꼈는데, 그것이 그에게는 말하자면 일종의 정신적 귀향이라 할 만했다.

동민의 고향 선조들은 대개 경상좌도 남인 계통이었고 순조조 이후 노론 세상에서는 거의 벼슬을 하지 못한 채 향리의 서원에서 고담준론을 펼치거나 문벌 대표들끼리 이 고을 저 고을의 정자에 모여 시회(詩會)를 열고 음풍농월을 일삼아 왔다. 따라서, 그의 고향 쪽에서는 노론의 영수(領袖) 송시열이라면 노론의 '수괴(首魁)'라 하여 애초에 도학자 대접조차 하지 않으려는 경향까지 있었다.

하지만, 석천서당에 다니면서 동민은 우암이 주자를 전범으로 삼아 해동 성리학의 태두가 되었으며, 한때는 송자(宋子)로까지 존 숭받았다는 사실을 새로이 알게 되었다. 물론, 우암이 주자학을 너무나도 강고한 지배 이데올로기로 만들었기 때문에 후일에는 큰 존 숭과 신랄한 비판을 동시에 받게 된다는 사실도 재확인하였다. 또한, 우암이 중국에 새로 들어선 청조(淸朝)를 야만국으로 간주하고 조선만이 문명국 명(明)을 계승한 '소중화(小中華)'라고 생각한 것은 동민 자신이 생각해도 사대주의 사상의 단초라 할 만했다. 실로 우 암은 자기 다음 시대의 조선에서 새로운 독자적 사상이 탄생하거나 외래의 새 사상이 조선에 긍정적으로 수용되는 길을 원천적으로 차단한 거대하고도 강고한 장벽이기도 했다. 이렇게 동민은 석천서당의 한문 공부를 통해서 우암 송시열의 명암(明暗)을 확실히 알게 되었을 뿐만 아니라, 자신의 향리인 도동 마을이 조선조 성리학의 역사적 맥락에서는 어떤 좌표에 정위(定位)될 수 있는가도 어느 정도 객관적으로 가늠할 수 있게 되었다.

* 이 대목에서 참고로 밝혀 두거니와, 곽우출판사(藿友出版社) 라는 내 출판사 이름도 실학자 성호(星湖) 이익(李瀷) 의 『곽우록(藿憂錄)』에 서 따온 것이다. '곽우록'이란, '진수성찬을 먹고 사는 고관대작이 아 니라 콩잎(藿) 먹고 사는 가난한 서생이 — 자신의 형편에 어울리지 않게도 — 무슨 나라 걱정(憂) 까지 하며 쓴 글'이라는 의미라던데, 내 가 성호의 『곽우록(藿憂錄)』을 처음 알게 된 것도 이렇게 한문 공부를 하시던 안 선생님을 통해서였다. 안 선생님은 당시 우리들 가난하면

서도 의분에 가득 차 있던 인문학도들을 — 자신을 포함하여 — 자주 '곽우(霍友)'라고 칭하곤 하셨다. 동부이촌동의 술집 '마야'에서 술을 마시며 울분을 달래곤 하던 우리 독문학도들은 말하자면 모두 다 '곽 우'들이었다.

7

당시 석천서당에서 한문을 함께 공부하던 도반(道伴)은 석천 선 생을 제외하면 모두 7명이었는데, 그중 둘은 여성이었다.

한 여성은 동민을 소개했던 불교학자 하성연 박사였는데, 그녀 는 동민이 Y대에 재직하고 있을 적에 어떤 학점교환 강좌가 E대학 학생들을 위해서도 열려 있어서 딱 한 학기 그의 강의를 수강한 적 이 있다고 했다. 그래서, 하박사는 그를 늘 깍듯이 은사로 대접했다.

또 한 여성은 모 대학 철학과의 G 교수였는데, 연전에 인문정책 위원으로서 동민과는 이미 함께 일한 적이 있었기 때문에 그와는 구 면인지라, 그녀도 그를 아주 반갑게 대해 주었다.

"딱 한 자리 남아 있어서" 맨 나중에 간신히 끼어든 동민이 석천 서당의 정신적 지주라 할 아름답고도 지성미 넘치는 두 여성으로부 터 크게 대접을 받는 것을 보자 석천 선생님이 약간 놀라는 표정을 지으셨지만, 남자 도반들은 동민을 은근히 부러워하면서 더러 엉뚱 한 농담을 건네기도 했다.

"도동(道東) 선생님은 두 분 중 한 분 편을 확실히 드시는 것이 좋 겠습니다아!"하고 한번은 청년 도반 H가 말했다. "두 분의 의견이 현재 팽팽히 맞서는 것 같은데, 이때야말로 선생님의 진심을 보여주 심이 어떠할지요?!"

"아, 저는 두 분을 다 좋아해서요!"하고 동민이 짐짓 농담조로 대꾸했다. "사람을 좋아하는 것이 무슨 죄는 아니지 않겠습니까? 이럴 때 저는 정말이지 그냥 입을 다물고 가만히 있고 싶네요."

이와 비슷한 농담이 석천서당의 좌중에서 더러 오고 갔다. 그것은 그만큼 두 여성이 미모였던 데다 학문적으로도 분명한 자기 입장을 지니고 있어서 남자 도반들 사이에서 인기가 많았기 때문이었다. 동민이 뒤늦게 시니어로서 끼어든 격이었기 때문에, 말하자면 여성의 은총을 서로 얻으려는 보이지 않던 경쟁의 판도가 다소 복잡해진 듯했다. 물론, 이런 대화란 것이 거의 다 격조 높은 농담의 수준에 머물러 있었고, 실제로 무슨 '경쟁'이 벌어졌던 것은 전혀 아니었다.

이 무렵의 동민에게는, 불행인지 다행인지는 몰라도, 장성한 딸 둘과 살아가는 홀아비의 적막한 모습 따위는 거의 보이지 않았다. 그동안 그는 남자든 여자든 옆에 있는 사람에게 아주 편안한 마음이 들게 만드는 그 어떤 부드러운 분위기를 풍기고 있었는데, 그것은 그가 그사이에 도달한 어떤 체관(諦觀) 때문일 수도 있었겠고, 불교 공부를 한 그의 평정심의 소산일 수도 있었다. 아무튼, 그는 주위의 다른 여성들한테도 아주 자연스럽게 자신의 호감을 표시하곤 했으며, 이것이 또한 여성들로부터도 부담스럽지 않은 호의나 자비심으로 되돌아오기도 했다. 융(C. G. Jung)은 남자의 무의식 속에 원형(原型)으로 존재하고 있는 여성성을 아니마(anima)라고 부르고, 그것을 본능적인 이브 형, 아름다운 헬레나 형, 성스러운 마리아 형, 지혜로운 소피아 형 등 네 유형으로 분류한 바 있는데, 아마도 동민의 아니마는 소피아 형인 듯했다.

동민의 이런 태도는 비단 여성들한테만 국한된 것이 아니라 거의 모든 주위 사람들에 대한 그의 관계에서 관찰되었다. 달리 표현하자면, 이 무렵의 그는 남녀를 불문하고 주위 사람들에게 편안한 느낌을 주는 존재로 변모해 있었으며, 또한, 그 자신도 주위 사람들한테서 비교적 호감을 얻곤 했다.

요컨대, 그는 Y대학에서 처음으로 교수로 활동을 시작하던 시절이나 S대로 와서 모교를 위해 새로이 일을 시작하던 때의 그 자신과는 상당히 달라진 면모를 보이고 있었다. 그의 적극적이고 공격적이던 이상주의는 그 예리함을 잃은 대신에 그의 의견과 주장이 이제는 대개 원만한 유머를 띠고 있어서, 그런 그의 처신이 때로는 범속하게까지 보이기도 했다. 말하자면, 그 사이에 사람이 제법 부드러워진 셈이었다.

8

동민이 큰딸 덕애를 시집보내던 날은 유난히 화창한 어느 가을날이었다.

이날 아침에 동민의 머리에 떠오른 것은 덕애가 참 효녀라는 생각이었다. 학교 공부에서도, 집안 생활에서도 이 딸은 무엇 하나 아버지한테 걱정을 끼친 적이 없었다. 덕애는 제 엄마의 그 사려 깊은 점을 빼닮은 아주 슬기로운 딸이었다.

한번은 동민이 어떤 인사와 전화 통화를 오래 하던 끝에, 통화 시간이 너무 길어지자 이렇게 말한 적이 있었다 — "미안합니다만, 제가 방금 외출하려던 참에 전화를 받은 터라, 지금 그만 나가 봐야 할 시간이네요. 다음에 또 통화하십시다!" 이렇게 말하고 나서 동민이 전화를 끊었는데, 덕애가 마침 부엌에서 설거지를 하다가 아버지의 이 통화 내용을 들은 모양이었다.

"아빠, 지금 외출하지 않으시잖아요!"하고 덕애가 말했다. "쓸데없는 말을 그렇게 지어서까지 변명하실 필요는 없으실 텐데요? 그냥 전화를 끊겠다고 하시면 되지 괜히 습관 되시겠어요!"

"응, 그렇구나!"하고 동민이 다소 겸연쩍어하면서 대답했다. "상대가 통화를 길게 끄는데, 전화를 그냥 끊기가 미안해서…… 그래, 네 말이 맞다!"

또 얼마 전에는 부녀간에 이런 대화가 오갔었다.

"덕애야, 아버지가 정년퇴임을 해야 할 때가 얼마 남지 않았구나! 아버지는 그 전에 네게 어서 좋은 신랑감이 생겨서 네가 결혼했으면 한다. 유럽의 무슨 소설 같은 걸 읽다 보면, 홀아비가 된 아버지가 과년한 딸 시집보낼 생각을 못 하고, 위안 삼아 집에 두고 노년을 허송하던데, 난 그런 아버지가 되고 싶지 않다. 어디 좋은 청년이 없나 늘 관심을 두고 주위를 잘 살펴보도록 해라."

"아, 어떻게든 되겠지요, 뭐!"하고 덕애가 미소를 머금고서 대답했다. "걱정하실 일은 아닌 것 같아요."

이 대화가 있은 지 3개월 정도 지난 어느 날 덕애가 그에게 말했다. "아빠, 어떤 남자 친구가 하나 있긴 한데, 아빠가 한번 만나 보실래요?"

"그래?"하고 동민이 말했다. "그것참, 반가운 소식이구나! 만나봐야지, 암 만나고말고!"

그래서, 동민은 어느 호텔의 뷔페식당에서 그 청년을 만나 보기로 했다. 딸과 그 청년이 기다리는 곳으로 가는 도중에 동민의 마음속에서는 여러 생각이 오고갔다. '이 청년은 아마도 덕애가 지난 석달 안에 새로 찾아낸 상대는 아닐 테고, 이미 꽤 오래 사귀어 온 남자 친구일 공산이 크다.'하고 동민은 혼자 생각했다. '제 엄마를 닮

왔다면, 덕애는 자기가 한번 좋아한 사람을 좀처럼 포기하지 않을 것이다. 그러니, 일단 딸의 눈을 믿고, 딸이 고른 청년을 웬만하면 좋게 보도록 노력하자! 뭔가 결정적인 흠이 눈에 띄지 않는 한, 그를 기쁜 마음으로 받아들이리라.'

덕애가 청년을 소개하고, 그 청년이 동민에게 최 아무개라며 꾸벅 인사를 했다. 중키에다 착실하고 야무지게 생긴 얼굴을 한 그 청년은 아무 불안감도 보이지 않으면서 덕애 옆에 떳떳하게 서 있어서 첫눈에도 믿음직스러웠다.

"아, 그래요? 편히 앉아요!"하고 동민이 말했다. "여보게, 나는 내 큰딸 덕애의 눈을 믿어요. 그런데, 지금 내가 자네를 척 한번 보자니, 벌써 첫눈에 내 마음에 쏙 드네그려! 내 이 순간부터 자네를 아주 내 사위로 생각할 테니, 마음을 아주 편안히 가지시게. 아, 이러고 있을 게 아니라, 우선 둘이 함께 가서 음식부터 갖고 오시게. 내 여기 앉아 기다리면서, 잠시 숨 좀 돌리고 있을 테니!"

둘이 음식을 갖고 자리로 돌아오는 분위기가 어쩐지 최근에 사귄 청춘 남녀와 같이 보이지는 않았다. 그들이 자리에 앉자, 동민도 자신이 먹을 음식을 조금 갖고 왔다.

그들은 간단한 대화를 하면서 편히 저녁 식사를 했다. 이윽고 동민이 그 청년에게 말했다. "여보게, 최서방! 가까운 시일 내에 우리 덕애를 자네 부모님께 데리고 가서 결혼 허락을 받으시게. 그러고 나서, 둘이서 결혼식장 예약부터 해 두게. 요즘은 예식장도 미리 예약을 해 둬야 한다고 들은 바 있어서 하는 말이네. 결혼식과 신접살림 준비는 가능한 한 검소하게, 양가 형편에 맞게, 주인공들인 자네들 둘이서 주도해 줬으면 하네. 물론, 내가 형편껏 돕겠지만 말이네."

결혼식에는 많은 하객이 와서 축하해 주었다.

폐백이 끝나고 신랑과 신부가 신혼여행을 떠나고 나니, 가까운 친인척들만 남게 되어 모두들 일단 동민의 아파트로 자리를 옮겨 오도록 했다. 덕애가 이럴 경우를 미리 생각해서, 음료와 간식 등을 충분히 준비해 두었고, 동생 현애에게 여러 가지 지시를 해놓았었기 때문에, 손님맞이에 큰 어려움은 없었다. 현애가 손님들을 잘 인도하고 적절히 접대했는 데다가, 응접실 탁자 위에도 먹고 마실 것이 여분으로도 충분히 마련되어 있었다.

"그동안 참 애 많이 쓰셨습니다!"하고 대구에서 올라오신 동민의 큰형수가 말했다. 큰형님은 와병 중이시라 이번에 상경하지 못하셨다. "큰딸을 잘 키워서 식장에 데리고 들어오시는 모습이 참 보기 좋았습니다. 그 모습과 표정이 문득 돌아가신 아버님과 너무 똑 같이 보이셔서 저는 깜짝 놀랐답니다."

"그래!"하고 누님이 말했다. "우리 교수 동생이 가끔 우리 아버지의 옛 모습과 똑 같이 보일 때가 더러 있어서 나도 깜짝깜짝 놀란다니까!"

"부모 안 닮는 자식 없지!"하고 정홍원 이사가 말했다. "어릴 때는 몰랐는데, 점점 더 친탁이 두드러지네그려!" 동민의 자형은 간부 후보생 출신이라 장성 진급까지는 못한 채 그동안에 전역해서 어느 국영 기업체의 이사직을 맡고 있었다.

"동민아, 참, 감개무량하구나! 그동안 애 많이 썼다! 지하에 계신 아버님도 기뻐하실 게다!"하고 화민 형님이 말하더니, 다시 정홍원 이사를 보면서 말했다. "제 동생이 많은 어려움을 이겨내고 이제 큰 딸을 치송하는 모습이 참으로 자랑스러웠습니다! 그동안 새형님 내외분께서 많이 도와주셨습니다. 감사합니다!"

"어머님, 먼 길 오시느라 피곤하지 않으셨어요?"하고 동민이 영천에서 올라오신 어머님의 손을 잡아드리며 말했다. "저는, 항상 바쁘다는 핑계를 달고 살아오면서, 길러주신 어머님의 한량없는 은혜에 제대로 보답하지 못해서, 평소에 늘 죄송스럽게 생각하고 있습니다. 감사합니다, 어머님!"

"아, 무슨 그런 말을!"하고 어머님이 말씀하셨다. "난 오늘 너무너무 기뻐서 장면 장면마다 눈물이 자꾸 두 뺨으로 흘러내렸어! 우리 아들의 경사에 어인 눈물이 그리 많이 나는지 누가 볼까 봐 더럭 겁이 나곤 했지!"

"동포야, 반갑구나!"하고 동민이 어머니 곁에 믿음직스럽게 앉아 있는 동생을 보고 말했다. "그래, 장사는 잘되고 있지?"

"예, 형님, 덕애를 잘 기르셔서 시집 보내셨으니, 참 장하십니다. 진심으로 축하드려요!"하고 동포가 말했다. "제 주유소 장사는 꽤잘 되는 편입니다. 작년에 영천 인터체인지 입구에 주유소를 하나 더 사들였답니다. 이제 먹고 살 걱정은 확실히 던 셈이지요!"

"그것참, 반가운 소식이다!"하고 동민이, 그동안 어머님의 과수원을 팔아 영천읍에서 주유소를 경영해 온 동포를 보고 말했다. "우리 형제 중에는 네가 가장 튼실한 생활인으로 우뚝 섰구나! 고마운 일이다! 돌아가신 아버님이 지하에서 보시고 참으로 기뻐하실 게다!"그리고 나서, 동민은 미소를 머금고 형제의 대화를 듣고 계시는 어머님께 말했다. "어머님, 이제야 어머님의 그 기나 긴 고생이 끝났네요. 그해의 그 태풍 사라호가 생각납니다. 이제 아버님의 그 동강포 과수원으로부터 남은 것은 동포의 주유소 두 개군요. 동포는 자식 복도 있어서 남매를 두었으니, 어머님의 오랜 인고의 세월이 하늘과 땅의 축복을 한꺼번에 받으신 듯합니다. 고맙습니다, 어머님!"

이윽고 동민이 어딘가 좀 허전한 기분이 설핏 들어서 생각해 보니, 덕애의 결혼을 축하하기 위해 미국에서 일부러 걸음 하신 장모님과 처남 화수가 보이지 않았다. 아마도 그들은 동민의 친가 사람들한테 서로 충분히 얘기할 기회를 주기 위해서 따로 현애 방에 들어가 있는 듯했다.

"아, 장모님!"하고 동민이 현애 방으로 들어서면서 말했다. "여기 계셨군요! 미국에서 비행기 타고 오시느라 제트래그가 있으실 텐데, 괜찮으세요?"

"아직은 그런 것도 모르고 그저 기쁘기만 하네!"하고 장모님이 말씀하셨다. "우리 덕애가 어느덧 결혼을 다 하고! 애가 너무 기특하고 내 마음이 하도 흡족해서 그런지 눈물이 자꾸 나서, 늙은이의 눈물샘이 다 말라버릴 지경이었어! 그리고, 이 아이 현애 좀 보게! 제 엄마를 이렇게 쏙 빼닮아서 난 정말 화진이가 내 옆에 앉아 있는 것 같아서 가슴이 다 쿵쾅거리네!"

"할머니, 제가 그렇게도 엄마를 닮았나요?"하고 현애가 생긋 웃으면서 물었다. 그녀는 두 손으로 외할머니의 손을 꼭 잡은 채 그 옆에 앉아 있었다.

"그럼, 얼굴뿐만 아니라, 말하는 목소리, 웃는 모습…… 모두 다!"

"형님, 축하드립니다!"하고 화수가 말했다. "덕애가 벌써 시집을 가니, 세월이 참 많이도 흘러버렸네요!"

"처남, 고마워! 이렇게 먼 길 와 줘시!"하고 동민이 말했다. "그래, 처남의 댁도 편안하시고, 캐나다에서 하는 사업도 잘되고 있지?"

"예, 그럭저럭!"하고 화수가 말했다. "오늘 여기 와서 덕애와 현애를 보자니, 누님 생각이 참 많이 나네요!"

"그러게 말이야!"하고 동민이 말했다. 그러고는 갑자기 두 손으로 장모님의 한 손을 잡아드리면서 말했다. "죄송합니다, 어머님! 제가 불민해서 능히 살릴 수 있는 사람을 안타깝게도 그만 그렇게 빨리 떠나보내고 말았습니다!"

"아니, 아니지! 그것도 다 제 팔자야!"하고 장모님이 말씀하셨다. "인력으로는 안 되는 일이었어요! 아프던 아이가 일어나서 30년 가까이 행복하게 잘 살았잖아! 안 서방 잘못이 아니야!"

어느 사이엔가 동민의 두 눈에 눈물이 가득 고였다. 현애가 살며시 다가와 뒤에서 아버지의 두 어깨를 꼭 껴안아 주고 있었다.

9

이 무렵의 동민에게는 큰 걱정이 더는 없는 편이었다. 그가 몸담은 학과가 이제는 자리가 잘 잡혔고, 번역연구소와 학회 등 그의 주위에도 신실하고 유능한 후배들이 점점 더 많아져서, 동민의 참섭이 더는 필요 없게 된 지 오래였다.

다만, 한 가지 걱정은 그동안 심신을 너무 혹사해 온 탓에 그의 건강이 많이 쇠해 있었다. 언제부턴가 그는 책상에 앉아 있는 시간이 길어지면 그만 체력에 한계가 와서 양 팔꿈치 위에 얼굴을 파묻은 채 깜빡 잠이 들곤 했다.

석천서당에서 공부가 끝나고 함께 점심 식사하는 자리에서 동민의 이런 푸념을 들은 하성연 박사가 그에게 산행을 해 볼 것을 권했다.

"마침 딱 한 자리 남아 있어요?"하고 그가 웃으면서 물었다.

"예?"하고 하 박사가 되물었다. "무슨 말씀이신지요?"

"아, 농담입니다!"하고 그가 말했다. "여기 이 스터디그룹에다 저를 소개하실 때, 하시던 말이 문득 생각나서요!"

"아, 네!"하고 그녀가 말했다. "산행 팀에 무슨 자리가 문제로 되지는 않지요."

동민은 하박사를 따라 첫 산행에 나섰는데, 체력이 쇠약해져 있던 그로서는 산을 오르기가 몹시 힘들었고, 다른 일행들한테 폐가 될 정도로 걷는 속도가 무척 느렸다. 다행히도 그 산행팀은 하박사의 국민학교나 중·고등학교의 여자 동창생들과 그들의 부군들로 구성되어 있었고, 다들 은연중에 하박사의 평소 사심 없고 꿋꿋한 처신을 존중, 또는 존경하는 분위기여서, 그녀가 뒤늦게 데리고 온 나이 많은 신입회원 동민을 진심으로 반겨 주었다. 그들은 일행의 맨 뒤에 처져서 하박사와 함께 간신히 뒤따라오는 동민에 대해 비교적 호의적이었으며, 때로는 약간의 억제된 호기심을 보이기도 했다.

'억제된 호기심'이라는 것은 하성연 박사가 새로 데리고 온 이 S대 교수라는 위인이 과연 하박사와 어떤 관계인가, 또는 그것이 앞으로 어떤 관계로 발전해 갈 것인가에 대한 은근한 관심을 말하는 것이었다. 이 산행을 계기로 동민도 그때에서야 처음 알게 된 사실이었는데, 하박사는 장성한 아들이 하나 있는 이혼녀였다. 나중에 동민이 하박사께 정말 고맙다고 여기지 않을 수 없었던 것은 그녀가 자기 친구들과 그들의 부군들의 이런 호기심을 잘 알면서도, 늘 의연하고도 사무적으로, 그러면서도 또한, 한국적 습속에서 크게 벗어나지 않게 그를 언제나 변함없이 은사로 잘 대해 준 사실이었다. 이런 면에서 볼 때 하박사는 한국 여성으로서는 드물게도 남의 눈을 별로 의식하지 않고 꿋꿋하게 자기 소신껏 처신할 수 있는 여장부이기도 했다.

그 후에도 동민은 당시 하박사가 자기 친구들과 그 부군들의 호기심 어린 시선에도 불구하고, 거의 몸이 망가진 동민을 산행팀의 일원으로 받아들여 그가 그들과 산행을 함께할 수 있을 정도로까지 인도해 준 그 마음이 늘 고마웠다. 그녀가 그를 좋아했다든가 라고 생각하는 것은 정말 천박하고도 진부한 생각일 터이었다. 아무튼, 그녀가 그의 몸이 점차 쇠약해져 가는 것을 근처에서 감지할 수 있었기 때문에, 그의 건강을 회복시켜 주려는 마음을 내었던 것만은 확실했다. 아무래도 이 마음에서 그녀가 동민을 남자로서 좋아한 흔적 같은 것을 찾기는 어려웠다. 아마도 그것은 동민이 생각하기에 불교적 식견과 수행을 올곧게 갖춘 한 보살님의 '자비심' 같은 것이 아닐까 싶었다.

또한, 주위 사람들은 동민이 하박사를 좋아하는 것이라고 속단하기도 했는데, 물론 그가 그녀를 좋아하기는 했지만, 여자로서는 아니었다. 그의 마음속에는 아직도 화진의 잔영이 가득해서 거기에 다른 여성상이 들어설 틈이라곤 없었다.

아무튼, 동민이 산행팀의 일원이 된 지도 어언 2, 3년이 흘렀을 무렵, 그 팀 전체가 히말라야 트래킹을 함께 가기로 뜻을 모았다. 하박사의 서울 봉래국민학교 동기생인 박유금 여사의 부군 이정호(李正浩) 씨가 산행 대장을 맡고 있었는데, 이 이대장님이 트래킹을 떠나기 전에 트레이닝을 좀 해야 한다며, 산행팀을 이끌고 전국의 명산들을 여럿 순례할 계획을 세웠고, 그 계획에 따라 산행을 진행해 나갔기 때문에, 동민도 필경에는 건강이 상당히 좋아졌고 웬만한 산행쯤은 큰 불편 없이 따라다닐 정도로 되었다.

드디어 일행이 히말라야를 향해 떠나는 날이 왔다. 동민이 비행기 안에 비치된 어떤 책자로부터, 히마(Hima, 눈)와 알라야(alaya, 거처)의 복합어인 히말라야(Himalaya)는 만년설(萬年雪)을 의미한다는 설명 같은 것을 읽고 있다 보니, 어느 사이엔가 네팔의 카트만두 공항에 도착했다. 숙소에 도착한 뒤에 일행은 짬을 내어 카트만두 시내를 한번 둘러보기로 했다.

카트만두의 옛 궁전과 시내의 풍경들이 인도의 다신교적 힌두문화의 영향을 많이 받은 듯했고, 문화재란 것들이 한국에서처럼 아름답고 안온한 느낌을 주는 것이 아니라, 동민이 보기에는, 어딘가 좀 어수선하고 복잡한 분위기를 띠고 있었다. 동민이 다시 한번 느낀 사실이지만, 석굴암의 석조 좌상 같은 한국적 아름다움은 이 세상 어디에도 없는 한국 불교예술의 극치라 할 만하였다.

그 이튿날 아침, 일행은 카트만두에서 다시 경비행기를 타고 해발 고도 2,850미터에 위치한 루클라 비행장으로 향발했는데, 경비행기에서 내다보이는 히말라야의 만년설 연봉들이 참으로 장관이었다.

루클라 공항에 도착한 일행은 미리 기다리고 있던 네팔인 청년 데꾸마루(Dekumaru)의 영접을 받고 그를 따라 정해진 숙소로 갔다. 데꾸마루는 하성연 박사가 연전에 안나푸르나 트레킹을 갔을 때 안내를 맡아 주었던 소년 셰르파(Sherpa)로서, 이번에 하박사가 다시 네팔에 온다는 소식을 듣고 자원해서 일행의 안내역을 맡고 나선 것이었다. 그 사이에 어엿한 청년으로 성장한 데꾸마루는 아직도 하박사를 시슴없이 이머니리고 부르고 있었다. 일행은 하박사두 ㄱ 청년에게 정말 어머니나 다류없이 따뜻이 대하는 모습을 관찰할 수 있었는데, 다들 그 광경이 참 보기 좋다고 여겼다.

아침 일찍 숙소에서 식사를 마친 '데꾸마루 팀'(이정호 대장이 한번 이렇게 부르자, 이 일행이 자연스럽게도 앞으로 이런 명칭으로 불리게 되었다)은 각자 휴대용 짐만 배낭에 넣은 채 출발했다. 각자 갖고 온 대형 트래킹 가방은 데꾸마루를 통해 현지에서 고용된 네팔인 인부들이 지고 올라간다고 했다.

도중에 데꾸마루 일행이 잠깐 쉬고 있는 참인데, 동민은 문득 자기 자신의 노란색 큰 가방이 자기 옆을 둥둥 떠가는 듯한 광경을 보자 일순 깜짝 놀랐다. 동민이 정신을 가다듬고 자세히 살펴보니, 남루한 슬리퍼를 신은 네팔인 짐꾼 하나가 큰 가방 세 개를 짊어진 채, 쉬고 있는 데꾸마루 일행을 스쳐지나 오르막길을 먼저 올라가고 있었는데, 그 가방들 중의 하나가 마침 동민의 노란색 가방이어서 그의 눈에 유난히 확 띈 것이었다. 그 순간, 동민은 자기들의 이 트래킹이 현지의 가난한 짐꾼들의 값싼 노역을 희생으로 행해지고 있는 사치스러운 유람이라는 사실을 문득 깨달았다. 그로서는 달리 어쩔 수 없는 상황이긴 했지만, 그는 이번 이 트래킹 또한 마냥 즐거워할 수만은 없는 현지민 노역 착취라는 흠결을 안고 있다는 냉엄한 현실에 새삼 마음이 쓰였다.

첫 번째 로지인 팍딩(2,610 미터)에 도착한 데꾸마루 일행은 하루의 여정을 풀었고, 함께 저녁 식사를 한 다음에는 몇 명씩 모여 담소를 하기도 했으며, 어떤 사람들은 초저녁부터 자기 방에 드러누워서 쉬기도 했다. 동민의 룸메이트는 동국대 불교학과의 박사 후보생 정지용(鄭智勇) 씨였는데, 이름이 정지용(鄭芝溶) 시인을 연상시키는 이 젊은 불교학도는 시와는 다소 거리가 있었지만, 보살도를 실천하려는 수행자의 면모를 보여주고 있는 아주 예의 바르고 신실한 청년이었다. 그는 자신의 슬리핑백에 들어가 눕자마자 이내 코를 골기 시작했다.

아침 6시가 되자 데꾸마루 청년이 홍차 한 잔씩을 갖다주면서 일행을 차례로 깨웠다. 그는 앞으로는 특별한 사유가 없는 한, 늘 아침 6시에 기상, 6시 반에 아침 식사, 7시에 출발하는 것이 기본 수칙이라고 말했다. 나이든 동민으로서는 이 30분 간격이 다소 무리일 것 같긴 했다. 그러나, 의외로 그는 매일 출발시간에 지각하지 않는 축에 들었다.

"선생님, 괜찮으세요?"하고 어느 날 아침 하성연 박사가 출발선에 미리 대기하고 있는 동민에게 다가와 물었다. "오늘부터는 고소증(高所症)이 나타날 수도 있다고 하네요!"

"아, 아직은 괜찮아요."하고 동민이 대답했다. "고소증이 무엇인지 일단 올라가 봐야 알 것 같긴 하지만……"

"평소 몸에 병이 없어야 해요."하고 안경잡이 청년이 아는 체를 하면서 그들의 대화에 끼어들었다. 이 청년은 이번에 세 번째로 히말라야 트래킹에 나섰다는데, 일행이 없고 자기 혼자였다. 그는 데꾸마루 팀과 같은 비행기를 타고 카트만두로 왔다. 그래서, 이대장이 그를 데꾸마루 팀에 합류시켜 주면서 칼라파타르까지 함께 올라가자고 한 것이었는데, 팀원들은 그가 안경을 꼈다 해서 그냥 안경잡이라고만 부르고 있었다. "오늘 남체에 도착하면 아마도 우리 팀 중 한두 사람은 고소증을 앓게 될 겁니다."

이윽고, 이대장님과 데꾸마루가 선두에서 출발하고 일행이 뒤따라가기 시작했다. 선두 그룹에 끼어서 가던 안경잡이가 뒤로 처지면서, 뒤따라 올라오는 하성연 박사와 동민에게 변명하듯 말했다. "이대장님이 저한테 맨 뒤에서 따라와 달라고 부탁하시네요!"

두어 시간쯤 걸었을 무렵, 이대장님이 잠시 휴식을 선언했고, 데꾸마루가 일행에게 차 한 잔씩을 나누어 주고 있었다. 원래의 산행 팀에 소속되어 있던 회원은 아니었지만, 하성연 박사의 소개로 트래킹 팀에 합류한 D대학 불교학과 김희정 학생이 하박사에게 다가와 무엇인가 하소연하는 듯한 낌새를 알아차리긴 했지만, 동민은 여자들끼리의 대화이겠거니 짐작하고 그냥 다른 팀원들과 담소하면서 차를 마셨다.

이윽고 일행이 다시 출발했는데, 얼마 걷지 않아서 뒤쪽에서 날카로운 여자의 비명이 들려왔다. 일행이 놀라서 가던 길을 멈춰 섰는데, 안경잡이가 씩씩거리며 앞쪽의 이대장한테로 올라가더니 뭐라고 한마디하고는 혼자 횡 하게 먼저 산길을 올라가 버리는 것이었다. 조금 있다가 김희정 학생이 뒤따라와서 하박사에게 하는 말이 안경잡이가 자기한테 다가와 쓸데없이 치근덕거렸다고 했다.

하성연 박사가 김희정 학생을 달래가며 경위를 캐물어서 알아낸 바에 의하면, 안경잡이가 맨 뒤에 처져서 뒤따라오는 것이 갑갑하고 지루했던 모양으로 김희정 학생에게 왜 그렇게 걸음이 늦느냐, 조금만 더 빨리 걸을 수는 없겠느냐 하고 물어본 모양이었다. 약간 결벽증이 있는 순진한 김희정 학생은 이것을 안경잡이가 자기한테 치근덕거리는 것으로 곡해를 해서 비명을 지른 것 같다는 것이었다.

"그래서, 안경잡이가 자기는 뒤에 처져서 올 수는 없겠다고 그랬구먼!"하고 이대장이 웃으면서 말했다. "그 양반이 자기는 먼저 가야겠다면서 혼자 횡 하게 올라가 버렸어요. 내가 두 청춘 남녀를 가까이 만들려고 그런 부탁을 한 것은 전혀 아니었는데…… 아무래도 연세가 있으신 안 선생님께서 후미가 되실 듯해서, 나는 산행 경험이 많은 안경잡이한테 우리 일행의 맨끝에서 따라오면서 후미를 좀 챙겨달라고 부탁한 것이었는데, 이것 참, 뜻밖의 사단이 생겼네요!"

"별일 아니에요!"하고 하성연 박사가 말했다. "여학생은 아직 수줍은데, 젊은 남자가 접근하며 이것저것 쓸데없는 말을 거니까 거북하고 싫어서 소리를 지른 것이겠지요. 그냥 가던 길을 계속 가면 될 것 같습니다."

그런데, 정작 일은 테꾸마루 일행이 남체 마을(3,443미터)의 숙소에 도착하고 나서야 벌어졌다. 동민이 아닌 게 아니라 약간의 두통 기운이 느껴져서 이대장한테서 고소증에 좋다는 정제(錠劑) 반쪽을 얻어서 복용하고 자기 방에서 잠깐 쉬고 있는데, 룸메이트인 정지용 씨가 방 안으로 들어오면서 하는 말이 안경잡이한테 고소증이 왔다고 했다.

"화가 나서 혼자 너무 속도를 내어 올라온 것이 그만 탈이 난 원인이 된 것 같습니다."하고 정지용 씨가 말했다. "제일 안 걸릴 것 같던 베테랑이 그만 고소증에 걸리는군요. 참, 세상일이란 한 치 앞도 미리 알 수가 없네요!"

동민은 아침에 자기를 보고 아는 체를 하던 그 베테랑이 바로 그날 저녁 무렵에 남체 마을에서 고소증에 걸려 자기 방에 드러누워 앓고 있다는 사실이 믿어지지 않을 정도였고, 세상사가 참으로 현묘하다는 생각에 잠기지 않을 수 없었다.

그 이튿날 아침 출발 때에도 안경잡이의 얼굴은 보이지 않았다. 이대장님의 말로는 안경잡이는 이제 테꾸마루 팀과 동행할 수는 없을 것 같고, 남체 마을에서 하루쯤 더 경과를 지켜본 다음에 혼자 뒤따라오든지 하산을 하든지 결정해야 할 것 같다고 했다. 아무튼, 그날 이후로 테꾸마루 팀은 안경잡이를 다시는 만나지 못했다. 아마도 그는 남체에서 그만 하산했던 것 같았다.

남체 마을을 출발한 일행이 쿰중 마을로 넘어가는 타시랍타 고개에 이르렀을 때, 오른쪽으로 하얀 만년설 봉우리가 높다랗고 크게 보이기 시작했는데, 이것이 몽블랑과 함께 세계 3대 미봉(美峯)의 하나라는 해발 6,856미터의 아마다블람(Ama Dablam)이었다. 이 기이한 만년설봉은 이번 트래킹 코스가 끝나는 지점까지 어디를 가나 조금씩 그 면모를 달리하면서, 산골짜기에서 등산객들이 꼬무작거리고 있는 장면들을 늘 자비롭게 내려다보는 듯했다. 나중에 안 사실이지만, 아마다블람이란 이름은 '어머니와 그녀의 보석 상자'란 의미라는데, 봉우리가 세르파 여인들이 옛적에 보석 상자를 목에 걸고 다니던 모습과 비슷하다고 해서 이런 이름이 붙여졌다고 했다. 아무튼, 나중에 동민이 결론적으로 느낀 사실이지만, 이번 트래킹에서 데꾸마루 팀이 가장 많이 보고 또 일행과 가장 가깝게 된 산은 에베레스트도 아니고 칼라파타르나 푸모리도 아닌, 바로 이 아마다블람이었다. 이 설산은 트래킹 기간 내내 일행에게 그야말로 '어머니의 품안' 같은 정답고 푸근한 느낌을 주었다.

동민이 생각하기에, 이번 히말라야 트래킹의 백미(白眉)는 뭐니 뭐니 해도 히말라야 연봉의 만년설에 비치는 일출 및 일몰의 장관이었다. 햇빛이 먼저 와 닿는 고봉들부터 분홍빛, 노란빛 또는 황금빛으로 물들어가면서 그 봉우리들이 또 서로 비추고 반사하는, 대자연이 연출해 내는 그 다채로운 빛의 잔치는 '장엄하다'는 말로밖에 달리 표현할 수 없었다. 그 찬연한 빛의 조화 자체가 그야말로 언어도단(言語道斷)의 진리를 연상시키는 것이었다. 붓다와 수미산, 그리고 화엄(華嚴)의 세계가 불가에서 자주 언급되지만, 이 현묘한 자연의 일대 장관을 직접 보지 못한 사람에게 그 언어도단의 경관을 말로 설명해 주기란 정말 어려운 일이었다.

히말라야 트래킹을 꼭 해 봐야 하는 또 하나의 이유는, 동민의 생각으로는, 별구경 때문이었다. 칼라파타르로 올라가기 전전(前前) 로지 로부체(5,030 미터)에서의 일이었다. 한밤중에 데꾸마루 팀이 모두 취침하려는 때였다. 이대장님이 모두들 좀 바깥으로 나와 보라고 했다. 그래서, 동민도 바깥으로 나갔다. 이때 데꾸마루 일행은 자기들이 서 있는 지점을 제외한 5방(五方)의 온 공간에 별들과 은하수가 온통 현란하게 수(繡) 놓인 광대무변한 하늘을 보게 되었는데, 대기 오염이 없는 고지에서 조금이라도 더 가까이 보게 되는 별들은 그야말로 '주먹만큼' 크게 보이는 듯했다. 둥그런 오방(五方)의 하늘에 별들이 수 놓여 찬연히 빛나는 그 장관(壯觀) 또한 언어도단이었다. 해발 5000미터 정도이고 보니, 하늘 상공 말고도 전후좌우의 '내려다보이는 하늘'에도 별들이 빛나고 있는 희한한 광경이었다. 거대한 우주 속의 한 둥근 별 지구 위의 한 높은 지점에 한 인간이 서 있는 것인데, 여기서 그 인간은 그야말로 무아(無我)를 이중으로 ─ 한번은 양자역학적 소립자(素粒子)들만 무수히 존재할 뿐 '나라는 실체가 따로 없다'는 불교적 진리의 실감이고, 또 한 번은 통속적으로 말하는 '황홀한 무아경'에 빠지는 것으로 ─ 체험할 수 있는 것이었다.

동민 일행이 칼라파타르로 올라가기 직전의 로지 고락셉(5,140 미터)에서 새벽 5시 반에 일어나 아침 식사를 마친 다음, 일찍 출발하여, 저 위에 빤히 올려다보이는 기친 흑산 칼리파타르(5,550 미터) 산정을 향해 오르고 또 올랐건만, 닿을 듯 말 듯한 그 고지가 그렇게도 멀 줄은 도저히 예견할 수 없었다. 동민은 헉헉거리며 너덜겅을 오르디기, 몸이 오동통하게 보이는 꿩 비슷한 한 쌍의 산새를 보았는데, 갑자기 울컥 구역질이 날 듯했다. 일순 그는 새가 너무 보기 싫을 정도로 살이 통통하게 쪄 있어서 구토를 느낀다고 생각했지만,

실은 해발 5500미터 가까운 지점에 도달했기 때문에 찾아온 가벼운 고소증의 한 증상인 듯했다. 바로 이 지점에서 박유금 여사가 두통을 호소하며 그만 주저앉고 말았다. 그래서, 그녀는 안타깝게도 목적지를 바로 눈앞에 두고도 그만 그 지점에서 데꾸마루와 함께 고락셉 로지로 되돌아가 휴식을 취하지 않으면 안 되었다.

장장 열흘 이상 목적지로 삼고 일행이 오르고 또 올라 마침내 당도한 칼라파타르 남봉(南峯) 산정은 하나의 바위 꼭대기였는데, 그 바위 위에 두 다리를 올려놓고 호기롭게 몸을 세워 바로 앞에 또 험준하게 우뚝 솟아 있는 푸모리(7,165미터)를 올려다보는 순서였다. 엄청나게 세찬 찬바람 때문에 30초 이상 그 위에 서 있기도 어려웠을 뿐만 아니라, 다음 순번의 사람을 위해서도 빨리 거기서 내려와야 했다. 그 바위에서 내려와 오른쪽을 내려다보니, 에베레스트 등반을 하는 사람들을 위한 베이스캠프(5,365미터)가 빤히 내려다보였다. 칼라파타르 트래킹이라는 이름으로 지금까지 오르고 또 올라왔지만, 결국에는 더 높고 훨씬 더 험준한 설산 푸모리를 정면으로 올려다봐야 하는 산행이었고, 에베레스트 등반을 위한 베이스캠프를 멀리 내려다볼 수 있을 따름이었다. '이것이 그 오랜 인내와 고행의 목적지란 말인가?'하고 동민은 생각했다. '푸모리는 또 언제 올라갈 것인가? 그 오른쪽으로 링트렌, 눕체, 에베레스트(8,848미터), 로체, 아마다블람은 또 언제? 아, 산행이란, 모든 산행은, 결국 이렇게 미진한 채 끝나는 것이다. 우리 인생도 어떤 식으로든 모두 미진한 채 끝날 수밖에 없는 것처럼!'

10

동민의 정년퇴임도 꼭 이런 식이었다. 무슨 큰 전기(轉機)라도 될 것처럼 생각되었지만, 막상 그날이 오니 또 다른 날들이 기다리고 있었고, 정년퇴임을 했다고 해서 크게 달라질 것도 없었다.

사실 그 얼마 전부터 동민은 이미 정년퇴임을 한 것이나 다름없이 살아왔다. 학과 일에 참섭하지 않은 지는 이미 오래여서 그가 학과에 없어도 아무것도 아쉬울 게 없게끔 되어 있었다.

연구실에 가득하던 책은 꼭 필요한 것만 집으로 조금씩 옮겨 놓았다. 나머지 책들은 어느 날 몇 시부터 연구실을 활짝 열어놓을 테니 전임교수든 시간강사든 대학원생이든 아무나 들어와서 자신이 필요한 책을 마음대로 가져가도록 미리 이메일로 공고를 했다. 그 며칠 뒤에 그가 자기 연구실에 들러 보니, 휴짓조각들이 나뒹굴고 먼지만 풀풀 날 뿐이었다. 동민은 안면이 있는 미화원 아주머니한테 약간의 사례금을 드리고 자기가 쓰던 연구실을 깨끗이 청소해 놓아 달라고 부탁했다. 연구실 청소야 언제든 누군가가 하겠지만, 동민은 그래도 자신의 뒤끝을 깨끗이 정리해 놓고 싶었다.

그 후 어느 날 정식 정년퇴임식이 문화원 강당에서 열렸는데, 두 딸이 참석해 주었고, 동민의 학과 동료들이 연구실에서 일부러 식장으로 내려와 축하해 주었다. 총장을 비롯한 보직 교수들의 축하를 받았으며, 그 자리에 참석한 다른 학과 교수들의 축하도 받았다. 대통령 명의로 녹조근정훈장을 수여 받았는데, 훈장 자체보다도 이날까지 건강하게 봉직할 수 있었던 사실 자체가 고마운 일이었다.

성말 그것은 칼라파타르 남봉 정상에 올라갔을 때와 비슷하였다. 막상 그 정상에 올라간 것 자체는 아무것도 아니었고, 그 앞에는 또 하나의 험준한 설산 푸모리가 가로 놓여 있었다. 그 산은 자신의 험준

한 위용으로써 산악인이 아닌 보통 사람의 접근을 엄숙하게 금하는
듯했고, 이제는 하산해야 할 시간임을 분명히 가르쳐 주던 것이었다.

11

동민이 공인으로서 늘 지켜온 한 가지 원칙이 있었다. 그것은 그
가 어느 부서나 기관의 장(長)이 되었을 때 딱 한 임기만 맡아서 일
하고 그다음에는 반드시 다음 사람에게 직책을 넘긴다는 대원칙이
었다. 이승만 대통령의 세 번째 연임을 위한 사사오입 개헌, 박정희
대통령의 유신, 신군부 세력의 호헌(護憲) 조치 등 많은 비민주적 선
례들을 보아온 그는 아무리 훌륭한 지도자라 할지라도 그의 주위에
는 반드시 뛰어난 자질의 후계자가 기다리고 있기 마련이며, 이 후
계자에게 적기에 직책을 물려주는 것이야말로 모든 민주주의자의
기본 덕목이라는 믿음을 늘 지녀 왔다.

2008년 벽두에 한독문학번역연구소의 김병석 이사장 겸 소장이
동민에게 소장직을 물려주었다. 동민이 1992년부터 이 연구소의 상
임이사로서 16년 동안 봉사한 결과였다. 소장의 임기가 딱히 정해
져 있었던 것은 아니었지만, 동민은 2년 반 정도 지난 어느 시점에,
지금까지 연구소의 모든 일에서 늘 자신과 콤비를 이루어 함께 일해
온 충남대의 안 교수가 소장을 맡는 것이 좋겠다고 김병석 선생님께
건의한 결과, 2010년 10월에 안 교수가 제3대 소장에 취임하였다.

이로써 동민은 번역연구소의 책임을 면하게 되었고, 결과적으로
일을 더욱 줄인 셈이 되었다.

하지만, 그가 마침 그때 옛 훔볼트장학생들의 모임인 한국훔볼
트회의 회장을 맡고 있었기 때문에 ― 한국훔볼트회를 동창회 개념

의 친목 단체 성격에서 문화 및 학술교류를 위한 학술단체적 성격으로 발전시키기 위해서 — 그는 마지막으로 또 하나의 학술심포지엄을 기획하게 되었다.

번역연구소의 김병석 이사장과 안 소장 역시 한국훔볼트회의 회원이기도 했기 때문에, 한국훔볼트회와 한독문학번역연구소가 공동 주최하는 국제 심포지엄 "학문 및 문화 분야에서의 동·서 대화(West—östlicher Dialog in Wissenschaft und Kultur)"가 주한 독일문화원에서 개최되었고, 독일 훔볼트 재단과 주한 독일대사관, 그리고 박은관 시몬느(주) 회장이 공동으로 후원하는 일대 학술적, 문화적 대향연이 벌어졌다.

동민이 인사말을 통해 "괴테와 훔볼트의 정신으로 진지한 동·서 대화의 장을 열어보자"고 제안했고, 안 소장은 "번역이야말로 여러 민족을 서로 맺어주고 여러 민족 간에 평화를 심어주는 성스러운 작업"이라며 문화적 동·서 대화에서의 번역의 중요성을 역설했다. 주한 독일대사 한스-울리히 자이트 박사는 "'안(安) 브라더스(Brüder Ahn)'의 탁월한 협업 덕분에 여기 이 자리에서 학문적, 문화적 동·서 대화의 모범이 시현(示顯)될 것"이라는 축사를 해 주었다. 이어서 기조 강연에 나선 독일 킬(Kiel) 대학의 해양학자 볼프-크리스티안 둘로(Wolf-Christian Dullo) 교수는 "지구와의 지속 가능한 관계를 위한 우리 인류의 책무"라는 제목하에, 지구 온난화 등 현재 인류가 직면한 여러 화급한 문제들을 거론함으로써 지금이야말로 인류 전체가 기후 변화에 적절히 대처해야 할 시점임을 역설했다.

그 외에도 독일 본(Bonn) 대학 의과대학 하인츠 쇼트(Heinz Schott) 교수, 오스트리아 그라츠대학 독문과의 디트마르 골트슈닉(Dietmar Goldschnigg) 교수, 태국의 비교문학자 체타나 나가바야라(Chetana Nagavajara) 교수, 일본 쿄토대학의 독문학자 유호 히사야마(Yuho Hisayama) 교수, 튀빙엔 대학 한국학과 이유재 교수, 연세대 독문과 김용민 교수와 서울대 독문과의 정수정 박사 등이 학문적, 문화적 '동·서 대화'에 대한 발표를 하고, 진지한 질의와 토론이 뒤따랐다.

요컨대, 이 심포지엄은 동민과 대전의 안 교수의 오랜 협업의 빛나는 성취를 보여주었고, 독문학의 울타리를 훨씬 벗어나 독일어로 동·서간의 학제적 토론을 활성화했으며, 이로써 그 중심에서 활동하고 있는 한국 독문학자들의 자긍심을 높이고 그들의 연구와 실천의 가능성을 확장시켰다.

심포지엄의 어원이 플라톤의 '향연'에서 유래하는 것이기도 하지만, 2011년 9월 25일(일), 이 심포지엄이 끝나고 난 자리에서의 만찬은 그야말로 서울에서 이루어진 국제적 학문 및 문화의 '대향연'이라고 부를 만했다.

12

태양이 이미 서산에 걸렸다고 해서 그것을 바라보는 노인의 인생 자체가 아직 완전히 끝난 것은 아니다. 그 노인에게는 아직 저녁과 밤이라는 짧지 않은 시간이 남아 있는 것이다. ― 이런 평범한 사실을 동민이 깨닫게 되는 계기가 찾아왔다.

2012년 어느 여름날, 독일고등교육진흥원(DAAD)으로부터 동민에게 두툼한 편지 한 통이 왔다. 그가 의아해하면서 봉투를 개봉해 보았더니, DAAD의 이사장인 마르그레트 빈터만텔 교수(Prof. Dr. Margret Wintermantel)가 보낸 공한이었는데, "DAAD의 야콥 및 빌헬름 그림 상(賞) 수상자 선정위원회에서 2012년도 야콥 및 빌헬름 그림 상의 수상자로 귀하가 선정되었음"을 알려드리게 된 것을 기쁘게 생각하며, 이 상을 받을 의사가 있으시면, 동봉하는 서식에 서명하여 회신해 줄 것을 요망한다는 내용이었다. 동봉된 서류에는 이 상이 제정된 취지와 역대 수상자 명단이 들어있었다.

동민 자신은 그때까지 이런 상이 존재한다는 사실조차도 몰랐다. 동봉된 설명서를 읽어보자니, 독문학, 독어학, 독일학 등 독일문화를 연구하는 비독일국적 학자에게만 주어지는 상이었는데, 아시아인으로서는 인도의 어느 독문학자에 이어 일본의 독문학자 기무라 교수가 역대 수상자 명단에 올라 있었고, 나머지는 모두 유럽인이거나 미주인이었다. 말하자면, 동민이 아시아인으로서는 인도인과 일본인에 이어 세 번째의 수상자로 선정된 것이었다.

이 과정에서 그에게 감동을 하도록 만든 것은 독일인들이 상을 주는 방식이었다. 그 어떤 신청이나 응모도 받지 않은 채, 선정위원회에서 수상자를 선정해놓고 나서 수상 내정자 본인에게는 미리 수상 의사 여부를 확인하는 그 과정이 한국에서의 각종 시상을 할 때 거쳐야 하는 자천 또는 타천의 여러 복잡하고도 미묘한 과정과는 많은 차이점을 보였다. 동민으로서는 자신이 이렇게 기습적인 통보를 통해 이 상의 수상자가 된 사실이 참으로 놀랍고도 기뻤다.

"존경하는 빈터만텔 이사장님,

제가 고귀한 그림 형제의 이름에 값할 수 없음을 너무나 잘 의식합니다만, 다음과 같은 두 가지 이유에서 감사하게 상을 받겠습니다. 먼저, 저는 저에 대한 이와 같은 인정을, 대략 1945년부터 쳐서 지난 70년 가까이 여러 어려운 여건하에서도 오직 이

상주의 하나로써 노력해 온 한국 독문학자들 전체의 놀라운 성취에 대한 포상으로 생각하고 싶기 때문이고, 그다음으로는 제가 이 상을 받게 되었다는 소식에 접하여 이 나라의 젊은 독문학도들이 약간의 용기를 얻을 수 있기를 희망하기 때문입니다.”

그가 이렇게 수상 의사를 통보하자, 11월 16일 17시에 베를린 훔볼트 대학의 '야콥 및 빌헬름 그림 센터(Jacob- und Wilhelm Grimm-Zentrum)'의 '그림 홀(Grimm-Saal)'에서 시상식이 열릴 예정이며, DAAD에서 11월 한 달 동안 독일 체재비를 부담하겠다는 내용의 이메일이 왔다.

11월이 되어 동민이 베를린에 도착하자 DAAD에서 또다시 연락이 왔는데, 시상식에 동민이 개인적으로 초대하고 싶은 인사 약간 명의 명단을 주면, 그들에게 공식 초대장을 보내겠으며, 그중 동민이 특별 추천하는 2명에게는 교통비(왕복 항공권, 또는 왕복 기차표 등)와 시상식 당일의 베를린에서의 고급호텔 숙박비를 아울러 부담하겠다고 했다. 동민은 그의 스승인 아우크스부르크 대학의 코프만 선생님과 본 대학의 도리스 발히-파울 선생님을 그 두 귀빈으로 추천했다. 코프만 선생님은 인도 뭄바이에서 교환교수로 체재하시는 중이라 “그 경사스러운 자리에 유감스럽게도 참석하기 어렵겠다”는 연락이 왔다. 그래서, 그는 런던에서 활동하고 있는 Y대 독문과의 옛 제자 이현선 박사를 그 자리에 추천하였다. 이현선 박사가 특별한 귀빈이어서가 아니라, 그녀가 영국에서 베를린으로 올 수 있는 항공권과 호텔 숙박 혜택을 받게 해 주기 위함이었다. 그 외의 6명은 참석이 가능할지는 알 수 없었지만, 전 주한독일대사였으며 현재 베를린 외무성에 근무하는 한스-울리히 자이트 박사, 뷔르츠부르크

대학의 트루데 엘러트 교수, 베를린 훔볼트 대학의 라이너 디트리히 교수, 자유 베를린대학의 이은정 교수 등을 그 명단에 올렸다.

드디어 16일이 되어 베를린 훔볼트 대학의 '야콥 및 빌헬름 그림 센터'의 '그림 홀'에서 시상식이 열렸다. 동민이 홀에 들어서니, 놀랍게도 엘러트 교수와 디트리히 교수가 각각 현재 거주지인 슈트라스부르크와 하이델베르크에서 비행기를 타고 베를린에 왔다며, 그에게 축하의 악수를 해 주었고, 본 대학의 발히-파울 선생님도 축하의 손을 내밀어 주셨다. 축사를 약속했던 자이트 대사는 우크라이나 사태로 모스크바로 떠난 메르켈 수상의 수행원으로서 긴급 출장을 떠나야 했다며 독일 외무부의 다른 대사급 인사를 대신 보내어 축사를 대신하도록 해 주었다. 이은정 교수와 그녀의 부군 캄페터 씨도 와 주었고 런던에서 이현선 박사도 왔으며, 그 외에도 독일에 유학 중인 많은 옛 제자들이 베를린으로 와 주었다. 특히, 훔볼트 재단의 헬무트 슈바르츠 이사장이 훔볼트장학생 출신의 수상자 동민에게 축하의 뜻을 표하기 위해 시상식에 참석해 준 것은 참으로 드문 영광이었으며, 마지막으로 빌레펠트 대학의 클라우스-미햐엘 복달 교수는 그의 찬상연설(Laudatio)을 통해 한국의 독문학자 안동민에게 극찬의 월계관을 씌워 주었다. 이윽고 동민이 답사를 할 순서가 되었다.

국제평화를 심어주는 독일어와 독일문학

오늘 이 자리에서 제가 수상 연설을 하게 된 것을 큰 영광으로 생각하며, 이 연설을 가능하게 해 주신 모든 분께 진심으로 감사드립니다.

저의 수상 연설 제목은 '국제평화를 심어주는 독일어와 독일문학'입니다.

독어독문학이란 학문의 창시자 중의 한 사람이며 오늘 이 자리에 동생 빌헬름과 함께 자신의 이름을 빌려준 독어학자 야콥 그림이 만약 이 강연 제목을 본다면, 독일어가 국제평화에까지 기여한다는 저의 연설 제목에 아마도 약간 놀랄 것 같습니다. 그러나 여기서 저는 무슨 새로운 학설을 제기하려는 것이 아니라, 다만 독문학자로서, 번역자로서, 그리고 몇몇 국제 학술심포지엄을 조직해 본 사람으로서 제가 경험한 사실을 이 자리에서 여러분께 보고드리고 싶을 따름입니다.

지난 세기의 90년대 초부터 토쿄의 기무라 나오지(木村 直) 교수, 베이징의 장유슈(張玉書) 교수, 그리고 서울의 김병석 교수를 비롯한 동아시아의 독문학자들은 베를린, 토쿄, 베이징 그리고 서울에서 잇달아 만나서 독문학 관련 학술용어의 번역에 관하여, 그리고 독일문화와 아시아문화의 상호 교류에 관하여 의견을 교환해 왔습니다. 이러한 국제 심포지엄들은 대개는 이른바 '4개국의 만남(Vier-Länder-Treffen)'이란 형태로 개최되었는데, 여기서는 중국, 일본 그리고 한국의 독문학자들이 독일에서 초청되어 오는 학자의 중심 주제를 둘러싸고 독일어로 발표를 하고 연이어서 독일어로 자유토론을 벌이곤 하였습니다. 저는 처음에는 이런 심포지엄들이 개최되도록 일을 도왔고, 나중에는 여러 심포지엄을 직접 조직했습니다.

여러분께서도 아시다시피 동아시아 세 나라의 관계는 불행한 과거 역사에 지금도 발목이 잡혀 있는 측면이 있습니다. '4개국의 만남'이 있기 전의 사정을 잠깐 말씀드리자면, 중국, 일본, 한국의 독문학자들은 독일어와 독일 문학이란 이름의 동일한 항성의 주위를 공전(公轉)하고 있었음에도 불구하고, 적대적 감정까지는 아니라 하더라도 무관심한 가운데에, 자신들만의 자전(自轉)과 공전에 함몰되어 있었습니다. 그러나 심포지엄을 통해 실제로 대화를 하고 이런 대화를 지속하기 위해 서로 접촉하다 보니 이런 사정에 변화가 왔습니다. 서로 협력하는 중에 그들은 '동일한 외국 문학'을 하는 기쁨과 고통을 공유하고 있는 그들 자신들의 공통된 운명을 인식하게 되었고, '독일의 혀(deutsche Zunge)'로써 점점 더 긴밀한 소통을 하기에 이르렀습니다. 이때 중국과 한국의 독문학자들은 일본의 동료들에게 과거의 역사 때문에 생기는 불편한 감정을 자제하고 자신들의 말과 논거를 신중하게 표현해야 했습니다. 이때 독일어의 논리적 특성이 그들의 감정 자제(自制)에 도움이 되었습니다. 또한, 하인리히 뵐이나 귄터 그라스와 같은 전후 독일 작가들의 작품에 대한 평소의 독문학적 이해가 심포지엄 참가자들 모두에게 큰 도움이 되기도 했습니다.

어쨌든, 이런 만남을 통해 우선 독일인과 아시아인 사이에 많은 생산적인 우정이 생겨났습니다. 또한. 이와 동시에 동아시아인들이, 즉 중국, 일본, 한국 출신의 많은 독문학자들이 서로 친구가 되었습니다. 이 만남이 그들 사이에 상호 신뢰가 생기도록 해 주었던 것입니다. 제가 잊을 수 없이 생생히 기억하는 한 장면이 있습니다. 이런 심포지엄이 끝난 어느 만찬 자리에서 일본의 한 노학자가 발언권을 요청한 다음, 일본 참석자들을 대표해서 중국 및 한국의 동료들에게 과거 일본의 식민 통치에 대해 깊은 유감의 뜻을 표한 사실이 그것입니다.

이 장면이 바로 동아시아의 과거 극복이 아니겠습니까! 이런 뜻하지 않게 표출된 평화에의 의지가 이 지역의 정치인들에게는 지금도 아직 결여되어 있다는 사실이 심히 유감스럽습니다. 아무튼, 약

20년이 흘렀지만 독문학자들의 이런 우정은 곧 많은 후속 주자들을 낳게 되었습니다. 그리고, 이런 후속 주자들은 세대를 거듭하면서 앞으로도 이런 대화를 계속해 나갈 것입니다. 바라건대, 이 우정이 씨가 되어 앞으로 극동의 세 나라가 평화 지향적인 '동아시아 공동체'로 발전해 나갔으면 합니다.

여러분, 제가 이 보고를 통해 원래 여러분에게 암시해 드리고 싶었던 것은 독일어와 독일문학의 작용, 즉 우정을 심어주고 평화를 고취하고 민족 간의 유대를 맺어주는 작용입니다.

1945년 이래 '우리 한국인의 해방자'의 언어인 영어는 큰 인기를 누렸습니다. 저의 고향 사람들은 이 언어를 배워야 새로운 시대에 출세할 수 있다며 너도나도 큰 기대를 걸고 이 언어를 배우던 때였습니다. 그런데, 저는 이 언어가 너무 늦게 서구 문명에 문을 열었지만, 결국 식민지 백성으로 전락하고만 옛 문화민족의 민감한 자의식과 그 가슴 속에서 뜨겁게 끓어오르는 한(恨)을 적절하게 표현하기에는 너무 얕고 표피적이라는 느낌을 지울 수 없었습니다. 그러던 중 저는 독일어 시간 중에 놀라운 체험을 하게 되는데, 그것은 바로 '감정이입(Einfühlung)'이라는 독일어 단어와의 만남입니다. 한자가 보편적으로 통하는 동아시아에서는 '유교적, 윤리학적 명령'처럼 들리는 사자성어가 있는데, '역지사지(易地思之)'가 바로 그것입니다. 이것을 쉽게 풀이하자면, '그대의 입장을 상대방의 입장과 바꾸어서 생각해보라!'는 것입니다. 약간 뒤의 일입니다만, 저는 같은 독일어 시간에 또한 '누구의 입장에 들어가서 생각해 보다(sich in js. Lage hineinversetzen)'라는 숙어를 익히게 됩니다. 이런 과정을 통해 저는 '낯선 것' 속에서 의외로 '자기 자신의 것'을 발견하게 되었습니다.

벽촌의 한 유가(儒家)에서 자라난, 자존심이 강한 이 소년은 이 언어를 무척 좋아하게 되었고, 나중에 그가 서울에서 독문학을 공부할 때는 이 좋아함이 독일어와 독일 문학에 대한 큰 존중심으로 자라나게 되었습니다. 그가 괴테의 「서동시집」에 나오는 저 유명한 "죽어서 되어라!"라는 시구를 익히고, 토마스 만의 「토니오 크뢰거」에 나오는 "한 창조자로서 완전무결한 존재가 되기 위해서는 이미 죽어 있는 상태가 되어 있지 않으면 안 된다"는 말을 깊이 새겨읽게 된 것도 이 시기의 수확이었습니다. 나중에 ― 그것은 지난 세기의 70년대 초반의 일이었습니다만 ― 이 청년 독문학도가 본에서 수학하던 시절에 빌리 브란트의 '동방정책'과 독일 연방의회에서의 '건설적 불신임투표' 과정을 체험하게 되었을 때, 아직도 군사독재 체제가 폭압적으로 지배하고 있던 나라에서 온 이 청년의 독일어와 독일 문학에 대한 존중심은 독일 민주주의와 독일 시민사회의 여러 민주적 제도에 대한 대단히 공고한 믿음으로까지 발전해 갔습니다.

박사학위를 받고 귀국해서 독재체제의 나라에서 대학교수가 되자, 그는 바로 이 믿음을 적어도 그의 학생들에게는 어떤 식으로든 전달하고 싶었습니다. 그는 자기 학생들을 향해서는 독일어와 독일 문학에 대한 그의 믿음이 확고부동함을 보여주고자 했습니다. 그것은 마치 하느님에 대한 자신의 믿음이 아직 흔들리고 있음에도 불구하고, 자신의 교구민들을 바른길로 인도하게 도와주십사 하고 간절히 기도하는 한 성직자의 처지와도 비슷했습니다.

그는 독재의 감시 속에서도 학생들에게 자신의 '설교'를 계속해 나갔습니다 ― "독일어와 독일 문학은 인류의 교양 전체를 담고 있는 그릇이다! 한국인들에게 독일문화는 모종의 친화력을 지니고 있기에 우리 한국인은 늦었지만, 그래도 이 문화를 올바르게 수용해

야 한다! 이 독일 문화가, 지나치게 미국화된 우리네 삶의 현재 모
습에 대한 '대안(代案, Alternativ)'까지는 될 수 없다 하더라도, 모순
에 가득 찬 우리네 사회를 개선해 나갈 수 있는 하나의 '교정안(較正
案, Korrektiv)'은 될 수 있다! ― 그렇다면, 여러분은 어떻게 우리 사
회의 복잡한 불협화음을 극복하고 새롭고도 조화로운 인간적 삶의
모습을 되찾아나갈 수 있을 것인가? ― 그렇게 하자면, 여러분은 우
선 '등 뒤에서 단도로 찔렸다는 전설', '아우슈비츠와 다하우', '동
방정책', '무릎 꿇기'와 같은 독일의 역사적 개념들을 진지하게 배
우고 검토해야 할 뿐만 아니라, 칸트, 괴테, 홈볼트 이래의 독일 정
신을 배워야 한다! ― 또 다른 한편, 여러분은 불교, 유교, 그리고 동
아시아의 자연사상과 같은 우리 자신의 전통을 동시에 공부해서 독
일의 정신사적 개념들과 서로 비교해 가면서, 새로운 삶의 형태를
창조해 나가야 한다. 왜냐하면, 우리 한국인들도 세계 유수의 문화
민족으로서 인류의 미래를 책임질 역사적 소명을 나누어 갖고 있기
때문이다!"

여기서 아마도 여러분께서는 미소를 불금하시리라 짐작됩니다.
왜냐하면, 꼭 필요한 통합적 조망과 통찰이 결여된 채, 학생들에게
이런 유의 열강을 하는 젊은 교수는 전 세계 모든 대학에서 요즘도
흔히 관찰되는 유형이기 때문입니다. 아니나 다를까, 이런 정열적인
그의 강의도 얼마 되지 않아 곧 시대적 한계에 부딪히게 되었습니
다. 왜냐하면, 그의 격려와 조언을 듣고 독일로 유학을 떠났던 제자
들이 박사학위를 받고 속속 귀국하여, 그가 열렬하게 설파했던 대
로 드디어 이 나라 이 사회를 위해 헌신하고자 했지만, 유감스럽게
도 그동안 나빠진 인문학의 상황, 특히 독문학의 위기 상황 때문에
그들에게는 강단에 설 자리가 없었기 때문입니다.

다행히도 그들 중 아무도 그런 실망스러운 상황 때문에 그들의 옛 스승을 원망하지는 않았습니다. 하지만, 앞서 말씀드린 저 '감정 이입' 때문에, 그리고 '저 자신을 그들의 입장에 두고 생각해 보았기' 때문에, 저는 심히 고통스럽게 지낼 수밖에 없었습니다. 양심의 가책 때문에 저는 S대의 독문학과 교수로서 제가 봉직하고 있는 학과를 현대화하고 '경쟁력 있게' 만들기 위해, 그리하여 젊은 독문학자들이 이 나라에서 한 사람이라도 더 교수 자리를 얻을 수 있도록 최선의 노력을 기울였습니다. 그렇게 함으로써만 저는 저의 '젊은 날의 무모한 설교의 죗값'을 치를 수 있다고 생각했기 때문이었습니다. 그러나 "모순들의 나라"에서의 저의 이러한 노력은 별로 큰 성과를 거두지는 못했습니다.

세상만사가 다 끝이 있다는 것은 참 다행이었습니다. 마침내 저도 정년퇴임을 하게 되었습니다. 이렇게 물러나서 다만 감사하는 은자(隱者)로 살고 있던 어느 날, 독일고등교육진흥원의 빈터만텔 이사장님의 공한을 받게 되었는데, 그림 상 심사위원회가 2012년도 '야콥 및 빌헬름 그림 상'을 저에게 수여하기로 결정했다는 통보였습니다.

여러분께서도 짐작하시겠지만, 이 수상 소식을 접하여 실은 저 자신도 약간 용기를 얻게 되었습니다. 그동안 제가 의기저상하여 가슴 깊숙한 곳에 추방해 놓고 있었던 독일어와 녹일 문학에 대한 저 존중심이 이 수상 사실을 통해 다시 한번 생기를 얻게 된 것입니다. 이번에는 특히 독일의 학문정책과 그 제도적 뒷받침에 대한 존숭심이 새삼 되살아났습니다. 왜냐하면, 소란스러운 대도시 시울에서 '은퇴자 및 은둔자'로서 지내고 있는 저와 같은 부질없는 사람을 '야콥 및 빌헬름 그림 상'의 후보자로 '찾아낼' 수 있었던 독일고등교육진흥원의 저력에 대해 저는 놀라움을 금할 수 없었기 때문입니다.

저의 믿음이 기왕에 약간 강화된 김에 감히 한 말씀만 더 드리자면, 후쿠시마의 원자로 사고, 아름다운 푸른 별 우리 지구의 미래에 대한 전 세계적 우려, 미국과 유럽의 금융위기 등에 직면해 있는 현 상황에서, 독일과 동아시아가 서로 눈높이에 맞추어 대화를 나누는 것이 인류의 미래를 위해 대단히 생산적이고도 미래지향적일 수 있겠다는 생각입니다. 즉, 새로운 삶의 모습을 찾기 위한 괴테적 의미에서의 '동·서대화'가 우리 인류 전체의 미래를 위해서 필요하겠다는 것이 저의 결론입니다.

여러분, 오늘 저는 독일어와 독일 문학에 대한 저의 존중심, 즉 저의 지금까지의 삶을 규정해 온 독일 인문주의적 전통에 대한 저의 존중심에 관해 말씀드렸습니다. 이 점에서 저는 여느 때에는 괴테적 '체관(諦觀)'하에서 침묵 속에 묻어 두었던 제 마음속의 꺼져 가던 목소리를 여기 공적인 자리에서 알리고, 또 이를 위한 실천행위를 저에게 남은 마지막 과업으로서 공표하도록 기회를 주신 독일고등교육진흥원에 감사드립니다. 독일고등교육진흥원의 그림 상 심사위원 여러분께도 저의 보잘것없는 업적을 높이 평가해 주신 데에 대해 진심으로 감사드리고, 제가 이것을 삼가 한국독어독문학 전체의 업적에 대한 국제적 평가로 간주하고 싶다는 말씀을 아울러 드리고 싶습니다. 또한, 탁월한 감정이입의 소산이라 하지 않을 수 없는, 분에 넘치게 자상한 상찬(賞讚) 연설을 해 주신 클라우스-미햐엘 복달 교수님께도 충심으로 감사드립니다. 그리고, 이 자리에 계신 여러분 모두에게는 저의 입장에 들어오셔서 너그러운 마음으로 제 이야기를 끝까지 경청해 주신 데에 대해 진심으로 고개 숙여 감사드립니다.

동민의 이 연설에 다들 기립해서 큰 박수를 보내주었다. 빈터만
텔 이사장이 다른 공무 때문에 오지 못하고 대신 상장을 수여했던
독일고등교육진흥원 부이사장 무커지 박사가 다가와 동민의 손을
잡아주면서 수상 연설을 듣자니, 독일고등교육진흥원이 적절한 수
상자를 제대로 선정한 것이 저절로 확인되어, 대단히 기쁘다고 말
했다. 훔볼트 재단의 헬무트 슈바르츠 이사장도 훔볼트장학생이 권
위 있는 그림 상을 수상하게 되어 진심으로 축하한다고 했고, 하이
델베르크에서 비행기를 타고 자신의 옛 직장인 훔볼트 대학으로 온
라이너 디트리히 교수가 동민에게 다가와 축하의 악수를 해 주었
다. 자유 베를린대학의 한국학과 이은정 교수와 그녀의 부군 캄페
터 박사(Dr. Werner Kamppeter)도 진심으로 축하의 뜻을 표해 주었
다. 본 대학의 중세독문학과에서 동민을 가르쳐 주고 인도해 주셨던
발히-파울 교수님과 그 당시의 조교였으며 나중에 뷔르츠부르크대
학 교수로 정년퇴임한 엘러트 교수도 진심으로 함께 기뻐해 주었다.
주한 독일대사관에서 근무하다가 현재 독일 외무성으로 돌아와 근
무 중인 많은 외교관도 동민에게 재회의 기쁨을 표하면서 손을 내밀
었다. 런던에서 날아온 이현선 박사와 독일 각 지역에서 베를린으로
와 준 동민의 제자들도 순서를 기다렸다가 다가와 정중히 축하의 뜻
을 표했다. 동민은 그들에게 자신은 독일고등교육진흥원이 수상자
를 위해 따로 마련한 만찬회에 참석해야 하니, 우선 자신이 예약해
둔 근처의 레스토랑에 다들 함께 가서 식사를 좀 더 하거나 맥주라
도 마시고 있으면 자신도 나중에 합류하겠다고 말해 두었다.

수상자를 위한 독일고등교육진흥원의 만찬회에서도 동민의 수상 연설에 대한 많은 찬사와 축하의 말이 쏟아져 나왔다. 동민은 과분한 영광임을 잘 알고 있다며 좌중에 진심으로 고마움을 표했다. 이윽고 동민은 한국 출신의 젊은 유학생 독문학도들이 다른 장소에서 자신을 기다리고 있는 사정을 솔직히 고백하고, 실례지만 조금 먼저 일어서겠다며 좌중의 양해를 구하였다. 제자들이 기다리고 있는 식당에 도착하자 동민은 어려운 걸음을 해 줘서 고맙다며 함께 축배를 들었다. 조금 있으니, 만찬장에 남아 있던 이현선 박사가 복달 교수를 모시고 왔다. 동민이 미리부터 이현선 박사에게 그 역할을 부탁해 놓았었다. 복달 교수는 독일고등교육진흥원의 직원들 및 관변 학자들과 함께 계속 따분한 저녁 시간을 보내야 하는 것보다는 정든 한국 독문학자들과 '2차(die zweite Runde)'를 할 수 있게 되어 정말 술맛이 난다며 어린아이처럼 기뻐했다.

잔치 분위기여서 모두 거나하게 취했다. 동민은 복달 교수에게 혹시 그가 자신을 수상 후보자로 추천한 장본인이냐고 슬쩍 물어보았다.

"천만에요!"하고 복달이 말했다. "난 독일고등교육진흥원 (DAAD)의 독문학 관련 자문위원이기는 하지만, 그 당시에 호주 시드니대학에 가서 무슨 학술강연을 하고 있었어요. 시드니에서 빌레펠트(Bielefeld)로 막 돌아와 짐을 풀고 있는데, 본(Bonn)에서 전화가 와서 한국의 독문학자 안 교수를 아느냐고 묻더군요. 어느 안 교수인지는 몰라도 둘 다 잘 안다고 했지요. 그랬더니, 이번의 상찬 연설을 부탁하는 것이었어요. 내 딴에는 이 연설을 준비하느라고 많은 시간을 보냈답니다. 연설이 마음에 드셨나요?"

"아, 그 이상을 바랄 수는 없지요! 제 마음속으로 아주 완전히 들어오셨던데요! 감사합니다! 그런데, 좀 후지고 부끄러운 관행이긴 합니다만, 한국에서는 수상자가 자기를 추천해 준 심사위원이 누군지를 알아서 감사의 뜻이라도 표하는 것이 예의처럼 되어 있는데, 이번 저의 경우에는 도무지 누가 저를 추천해 줬는지 알 수가 없군요!"

"그럴 필요가 뭐 있겠어요? 오히려 독일인들이 안 교수님께 감사를 드려야지요!"하고 복달 교수가 말했다. 그러고는, 갑자기 자리에서 벌떡 일어서더니 꾸벅 절을 하면서 말했다 — "감사합니다, 안 교수님!(Danke, Herr Prof. Ahn!)"

13

한국연구재단이 기획해서 시행해 오던 프로그램들 중에 '석학과 함께 하는 인문강좌'란 것이 있어 온 모양이었다.

2013년 봄에 동민에게 이 강연을 맡아 해 달라는 전화 청탁이 왔다. 들어보자니, 독문학자에게는 돌아오기 어려운 기회인듯했다. 그래서, 동민은 전체 독문학의 발전을 위해서도 이 청탁을 수락하는 것이 좋겠다고 판단했다.

하지만, 일단 그 청탁을 수락하고 나니, 그는 이것이 쉬운 일이 아니라는 사실을 금방 알 수 있었다. 보아하니 일반 교양인을 상대로 일송의 대중 강연을 해야 할 듯한데, 그렇다고 해서 학문적 깊이를 소홀히 해서도 안 될 것 같았다. 한국연구재단에서 강좌의 제목과 강의의 세부계획을 불같이 독촉하는 바람에, "독일 문학, 그리고 우리"라는 큰 제목을 일단 제시해 놓고, 괴테의 『베르터』, 『빌헬름 마이스터의 수업시대』와 『파우스트』, 토마스 만의 『토니오 크뢰거』와 『마의 산』, '토마스 만과 우리 문학' 등으로 대강의 소제목들을 정해서 미리 건네주었다.

다행히도 강연 자체는 7월에 하게 되어 있었기 때문에 동민에게는 준비할 시간이 조금 있었다. 그는 자신의 전문 지식을 어떻게 보편화하고, 또 어떻게 그 지식을 우리 사회의 현재 관심사와 연결시킬 수 있을지에 중점을 두고 심사숙고하였고, 배경이 될 만한 시청각 자료들을 모아서 파워포인트로 보여주면서, 우선은 말로 대충 배경 설명을 해놓은 다음, 강연 자체는 미리 완성해 놓은 원고를 읽어 나가는 방식으로 강좌를 진행하기로 전체 계획을 대강 세웠다.

그 강좌는 서울역사박물관에서 진행되었는데, 이전부터 이미 광고가 많이 되어 있었던 탓인지 대형 강당을 꽉 채울 정도로 청중이 많았다. 첫날 강연이 끝나자 동민은 많은 박수갈채를 받았다. 청중 가운데에서 여러 사람이 연단 앞으로 나와서 동민에게 인사를 했다. 그중에는 정년퇴임을 한 Y대와 S대의 옛 동료 교수들도 있었고, 남녀 동창생들도 있었으며, 이화여대 C 교수 등 현직 동료 교수들과 홍익대 K 교수 등 동민의 제자들도 있었다.

현장에 와서 강연을 들어준 독문학 교수들은 일종의 '응원부대'의 성격도 띠고 있었는데, 실제로 동민은 귀한 시간을 내어 참석해 준 이들 동학한테서 큰 격려와 위로를 받았다. 그래서, 그는 강연이 끝나고 나면, 그들을 근처의 커피숍에 초대하여 그들과 담소를 나누면서 그들의 충고와 의견을 경청하기도 했다. 그들은 한결같이 동민이 이 강좌를 맡음으로써 독문학의 위상과 독문학도의 긍지를 높여주었다며, 그에게 진심으로 감사하는 마음을 표했다. 이런 따뜻한 교감이 동민에게는 청중한테서 얻는 강연 자체의 반향 못지않게 소중했다.

나중에 한국연구재단에서는 이 석학인문강좌를 맡았던 학자가 이 강좌의 결과물을 책으로 출간할 의사가 있을 경우, 소정의 연구 비까지 지급해 주면서 강좌 결과물의 출간을 독려했다. 동민의 경우, 그래서 나온 책이 바로 『괴테, 토마스 만 그리고 이청준』(세창출판사, 2014)이었다. 동민이 독문학 교수로서 많은 강의와 강연을 하고 수많은 활동을 했지만, 그가 정작 책다운 책을 낸 것은 정년퇴임을 하고도 4년 후에 나온 바로 이 책이 처음이라고도 할 수 있을 정도였다. 그에게는 사실 수많은 논문이 있었지만, 그는 그것들을 분류해서 책으로 엮어낼 절대 시간을 얻지 못했었다.

아무튼, 『괴테, 토마스 만 그리고 이청준』이 베스트셀러는 못 되었지만, 그래도 평판이 좋고 조금씩이나마 꾸준히 나가고 있는 사실에 주목한 결과인지는 몰라도, 2015년 봄에, 세창출판사 기획담당 김명희 여사가 동민을 찾아와 3년 정도 시간을 드릴 테니 『독일문학사』를 써 달라는 원고 청탁을 해 왔다.

"3년이라…… 해는 이미 저물어 가고 갈 길은 먼 사람한테 너무 많은 시간을 주시면 안 되지요."하고 동민이 말했다. "결국 그 일모도원(日暮途遠)의 나그네는 책을 못 쓰게 될 텐데요?"

"예?"하고 김 여사가 물었다. "무슨 말씀이신지요?"

"회사에 들어가셔서 사장님한테 말씀드려 보십시오. 저의 계좌로 1백만 원을 계약금으로 입금해 주시면, 그것으로 일단 출판 여부에 대한 걱정 하나라도 완전히 덜고서, 제가 바로 그날부터 집필에 착수하여 1년 안에 써 드리겠다고 말하더라고요. 짐작하시겠지만, 제가 지금 돈이 필요한 사람은 아닙니다. 1년 안에! 그렇지 않으면, 못 쓸 깃 같아서 이럽니다. 평소에 쓰고 싶던 책을 청탁해 주시니, 해가 저물기 전에 마음에 꽉 차 있는 바를 글로 다 풀어내어야 할 듯해서 이런 말씀을 드리는 것입니다."

그 이튿날 당장 세창출판사 이방원 사장님이 1백만 원을 동민의 계좌로 보내왔다. 그래서, 동민은 정년퇴임 이래 최대의 프로젝트를 덜컥 끌어안게 되었다. 그는 그 순간부터 자기 자신에게 고난의 행군을 명했다. 때는 2015년 봄, 정년퇴임을 한지도 어언 5년이란 세월이 흘렀고 그의 몸에 노쇠현상이 여기저기 나타나고 있는 판국이었는데, 그는 이런 과감한 모험에 자신을 내걸었다. 그것은 아마도 그가 저술다운 저술을 한번 해야겠다고 굳게 결심하였기 때문이기도 했다. 아무튼, 동민은 자신이 원한 대로 1년 안에 『독일문학사』를 써내어야 하는 자충수를 스스로 두어놓은 셈이 되었기에, 이제는 더는 물러설 수 없는 상황에 처했다.

꼭 1년 안에 끝내지는 못했다. 1년 2개월 만에 출판사에 원고를 넘긴 결과, 2016년 여름에 마침내 800쪽 분량의 『한국 교양인을 위한 새 독일문학사』(세창출판사, 2016)가 출간되었다.

14

독일문학사를 집필 중이던 2015년 7월, 동민은 30년 이상이나 살아오던 서빙고동의 아파트를 떠나 낙산의 조그만 오두막집으로 이사했다. 그 아파트에서 살던 중 현명하고 소중한 아내를 잃었지만, 그동안 그는 두 딸에게 아무런 충격이나 변화를 주지 않기 위해 안방을 그대로 둔 채 두 딸과 함께 살아왔다. 그사이에 큰딸 덕애는 이미 성가를 했고, 작은딸 현애도 최근에 시집을 가서 노량진의 어느 아파트에서 살고 있었다. 그래서, 동민은 이제야말로 자기가 그 아파트를 그만 떠나도 좋을 때가 되었다고 생각했다.

동민이 이사할 곳을 물색하던 중 우연히 산행 팀에게 그런 뜻을 입 밖에 내게 되었는데, 하성연 박사와 그녀의 봉래국민학교 동기생 박유금 여사가 이웃해서 사는 삼선교 장수마을이란 동네에 옛 판잣집 건물 하나가 매물로 나왔다는 소식이 들려왔다. 그는 이것을 매입하여 현대식으로 개축했다. 대지 18평에 건평 16.5평인 초소형 가옥이었다. 동민의 주위 사람들은 혹시 그가 하박사를 좋아한 나머지, 그쪽으로 이사하는 것은 아닐까 하고 섣부른 추측을 하기도 했다. 그것은 두 사람의 관계를 세속적으로 지레 해석한 것이었을 뿐, 실은 그 건물 가격이 동민의 저축액으로 구매할 수 있는 금액이었던 데다가, 또 개축까지 하자니, 그 비용이 당시 그의 예금잔고와 어느 정도 맞아떨어졌기 때문이었다.

실은, 그가 이곳으로 이사온 또 다른 중요한 이유가 있었다. 바로 이 근처에서 그가 하숙을 했었고, 그가 소설가 김형과 술을 마시던, 그리고 나중에는 화진과도 함께 간 적이 있던 바로 그 '삼선옥'도 이 삼선교 성북천 변에 있었기 때문이었다. 그리고, 낙산을 넘기만 하면, 바로 옛 S대 문리대 터인 마로니에 공원이 있었기 때문이었고, 바로 그 앞에서 젊은 대학생이었던 그가 경찰의 곤봉에 머리를 맞고 도로 위에 넘어져 사선을 헤매었으며, 바로 그 터전에서 젊은 독문학도로서의 그의 본격적 독서가 시작되었고, 그 독서 후에 그를 향해 넙죽이 고개 숙여 오던 세상을 자기 품 안에 안았던 그 환상과 꿈이 온통 그 근방에 아직도 감돌고 있기 때문이었다.

산골로 가는 것은 세상한테 지는 것이 아니다!

백석은 이렇게 읊었지만, 동민이 낙산 북녘의 8부 능선으로 올라간 것은, 세상한테 지고 이기는 것보다도, 우선 세상이 하는 대로 더는 따라 하지 않겠다는 생각 때문이었다. 세상이 좋은 집과 비싼 자동차를 자랑하더라도, 많은 냉 · 난방비를 쓰면서 생활 쓰레기를 양산하더라도 더는 따라 하지 않겠다는 뜻이었고, 쓸데없이 부풀려진 자신의 생활 규모를 최소한으로 축약해 가기 위해서였다. 쓸데없는 의복과 가구를 거의 다 버리고 많은 책을 줄이고 또 줄여서, 무소유(無所有)까지는 아니더라도 소유를 최소한으로 줄이면서 살아가기 위해서였다.

그래서 그는, 때마침 서예에 취미를 들여 일가의 경지를 이룬 대전의 안 교수한테, 즉 서예가 지평(至平) 선생한테 '道東齋'란 글씨를 부탁했다. 그러고는, 집의 규모나 생김새에는 전혀 어울리지 않았음에도 불구하고, 오막살이의 초라한 회벽에다 그 현판을 내걸었다.

이것은 그동안 독문학자로서의 그의 허망한 분투를 도동 마을의 입향조 완귀공의 수기(修己)와 안빈낙도 아래에 가만히 묻겠다는 뜻이었으며, 자신의 당찮은 '욕망'과 '환상'의 허물을 벗어 던지고 마침내 도동 사람으로 되돌아가겠다는 순명(順命)의 몸짓이었다.

* '외장 메모리 스틱(USB)'에는 아직도 안 선생님의 글이 조금 더 남아 있었는데, 내가 미리 대강 읽어보자니, 이것은 안 선생님이 이 소설의 종장(終章)으로 써 놓으신 부분으로 추정되었다.

이제 문제는 안 선생님이 첨부해 놓으신 자료들을 어떻게 처리하느냐 하는 것이었다. 자료들을 대강 한번 살펴보자니, 잡기장 비슷한 대학 노트 하나, 이메일 출력지와 일기 비슷한 메모 등인데, 이 자료들을 그냥 내버릴 수는 없는 노릇이었다. 아마도 바로 지금부터야말로 나 허경식의 역할이 중요할 것 같다. 지금부터는 내가 좀 더 많은

시간과 노력을 기울여 이 자료들을 찬찬히 읽어보고 잘 정리해 나가
도록 하겠다.

** 위와 같은 결심을 했지만, 그 사이에 출판사에 급한 사정이 생
겨서 한 열흘 동안 정신없이 지내다가, 오늘에야 조금 짬이 나서 대체
어떤 자료들인가를 구체적으로 살펴보는데, 1960년대쯤에나 생산,
판매되었음 직한 옛 대학 노트 하나가 특히 눈에 띄었다. 그 노트에는
달필로 쓰인 글 한 편이 들어있었는데, 얼핏 보아도 안 선생님 글씨
는 아니었다. 글씨체나 어휘 등으로 미루어 보건대, 아마도 안 선생님
의 부친의 글인 듯해서, 대강 읽어보자니, 16세기에 남명 조식 선생
이 도동으로 완귀공을 방문한 에피소드를 적어놓은 것이었으나, 이마
저도 또 미완성이었다. 하지만, 내 생각으로는 이것도 버리지 말고 어
딘가에다 삽입해 두는 것이 좋겠다는 판단이 들었다. 문제는 이것을
대체 어디에 삽입하느냐 하는 것이었는데, 생각 끝에 나는 안 선생님
글의 '제3부'가 일단 끝나고, 이제부터는 그 형식이 다소 혼란스럽게
되기 시작할 듯한 바로 이곳에다 이 글을 삽입하기로 했다. 괴테가 쓰
다가 중단해 두었던 그의 소설『빌헬름 마이스터의 수업시대』를 다시
쓸 때에도 이런 수법을 썼다. 즉, 괴테는「아름다운 영혼의 고백」이란
옛 시대의 글을 제5권과 제7권 사이에다 제6권으로서 삽입해 넣음으
로써, 그 사이에 생긴 자신의 문체의 간극과 내용의 벌어짐을 다소나
마 완화하고자 한 것이었다. 나 허경식이 바로 이래의 장(章) '육장(六
藏)'을 이 자리에 삽입한 이유도 실은 이러한 선례가 있어서였다. '육
장(六藏)'은 그 대학노트에 적혀 있던 글을 나 허경식이 새 정서법에

맞게 다시 입력한 것이며, 입력 중에 요즘 시속에 맞게 원문을 조금 고친 데가 있음을 이 자리에서 밝혀 둔다.

   *** 그러잖아도 복잡한 이 소설에, 이런 오래된 삽화(挿話)까지 끼워 넣자니, 이 허경식이 — 때아닌 타자수가 되어 입력 작업을 한 공덕은 당연히 무주상(無住相) 보시(布施)로 돌리고 나니 — 독자님들께 미안하다는 생각만 남는다. 그래서, 이 '육장'이란 삽화는 아예 읽지 마시고 그냥 건너뛰셔도 무방하겠다는 말씀이라도 드리고 싶다. 하지만, 만약 독자님들이 이 삽화까지 읽어주신다면, 안 선생님의 이 소설 전체가 저수지 위에 떠도는 한갓 부초(浮草)가 아니라 물 밑의 땅에까지 뿌리를 깊이 내리고 있는 하나의 유서 깊은 유기체(有機體)임을 느끼실 수도 있을 듯하다. 그러니, 이 허경식의 오락가락하는 말은 그만 무시하시고, 부디 독자님들 마음 닿는 대로 하실 일이다.

육장(六藏)

4월 초파일을 지난 지 며칠 안 되었는데도, 날씨는 이미 여름이었다. 아침 공기가 후텁지근한 것으로 봐서 오늘 낮에도 제법 더울 듯했다.

까치 두 마리가 완귀정 대문 옆에 높이 자란 홰나무 가지 위를 이리저리 날아다니면서 퍽 부산스럽게 울어대고 있었다. 찾아오거나 기다릴 손님도 없는데, 아침부터 까치가 이렇게 유난스럽게 울어대고 있었다.

인종(仁宗) 임금께서 병이 위중하시던 날 아침, 한양 가회동에서도 까치가 이렇게 울어대었었다. 막 아침 밥상을 물린 참이었는데, 궁에서 사람이 와서 상(上)께서 부르시니 급히 입궁하라고 했다.

세자시강원 설서(說書) 안증(安嶒)은 황급히 의관을 정제하고 궁으로 달려 들어갔다. 아마도 같은 부름을 받고 이미 먼저 도착해 있었던 모양으로 하서(河西) 김인후(金麟厚)가 강녕전(康寧殿)으로 들어가는 향오문(嚮五門) 앞에서 망연히 서 있다가 급히 걸어오는 중을 보고 말했다.

"사겸(士謙)께서도 상의 부름을 받으셨군요. 하지만, 내시들이 상께서 위독하시다며 아무도 침전(寢殿)에 들 수 없다고 문을 가로 막고 있소이다."

"……"

"보나 마나 문정(文定) 쪽 사람들이 상의 침전을 둘러싸고 신하들의 접근을 아예 봉쇄하려는 술책일 테지요. 제가 보기엔 상의 용안을 뵙기는 틀렸소이다, 적어도 오늘은! 우선 시강원으로 물러나서 동정을 살펴보기로 하십시다!"하고 김인후가 말했다. 그들 둘은 같은 해에 문과에 급제하였고, 다 같이 설서 벼슬을 하면서 세자 시절의 인종을 보도(輔導)한 신하들이었다. 그러나 증이 출사가 늦어 나이는 인후보다 16년이나 연상이었으므로, 인후는 증을 깍듯이 선배로 모시었다. 인후는 매사에 논리를 앞세우고 처신이 꼿꼿하였으나, 증은 마치 사람이 그 자리에 없는 듯 늘 조용하였고, 쓸데없는 언사를 삼갔다. 하지만, 그들은 서로 말이 필요 없는 지음(知音)의 사이였다.

두 사람은 끝내 인종 임금님을 더는 못 뵈온 채 불과 사흘 뒤에 인종이 승하하셨다. 때는 1545년, 인종 즉위 9개월도 채 되지 않은 시점이었다. 연이어서 인종의 서제(庶弟) 명종이 12세의 나이로 즉위하고 그 모후(母后)인 문정왕후가 수렴청정하면서 문정의 친정 동생 윤원형 등 소윤(小尹) 세력이 득세함으로써 장차 을사사화의 흉조(凶兆)가 엿보이기 시작했다.

증은 과감히 벼슬을 버리고, 인종의 태실이 있는 고장일 뿐만 아니라 자신의 처가가 있는 영천(永川)으로 물러났다. 영천 도동(道東)은 그의 장인 최숙강(崔叔强)이 경상도 도사(都事)로 있을 때부터 이미 자신이 장차 은둔해서 살 장소로서 눈여겨 보아둔 곳이었는데,

증은 이번에 아예 부인을 대동하고 처가로 낙향한 셈이었다. 이곳은 남쪽에 글을 상징하는 붓끝봉(筆峰)이 있고 동쪽에는 부(富)를 상징하는 두지봉(斗庋峰)이 감싸고 있는 지세이므로 이곳에선 먹고 사는 일은 걱정하지 않고 글을 즐길 수 있을 만한 곳이었다. 그래서, 최도사는 일찍이 이곳 호계천(虎溪川) 변에 살림집이 딸린 정자를 지어 자신의 노후를 대비했던 것이었는데, 세월이 흘러 그의 딸 내외가 난세를 피하여 이곳에 오게 된 것이었다.

을사사화라는 흉악한 음모와 피바람이 휩쓸고 간 한양 조정으로부터는 흉흉한 소문들이 바람결에 들려오곤 했지만, 증은 정자 앞에 조그만 서당을 짓고 향리의 학동들을 모아 동몽선습과 명심보감, 소학과 맹자 등을 가르치는 것을 일과로 삼고 있었다. 증이 이렇게 수기치인(修己治人)과 안빈낙도(安貧樂道)의 이름 아래 은둔생활을 한 지도 어언 5년 가까운 세월이 흘렀다.

그날도 증은 서당에서 학동들과 오전 시간을 보내고 점심 식사 시간이 되어 막 완귀정 사랑채로 되돌아오고 있었는데, 증이 보니, 완귀정 대문 앞에 웬 사람들이 막 도착한 것 같이 보였다. 대문 앞에서 하인들이 말을 풀고 있는 한편, 의관을 정제하고 좌우에 검과 방울을 찬 어느 양반이 완귀정 문 앞에서 "이리 오너라!"라며 안쪽의 하인을 부르고 있었다.

'검과 방울을 찬 사람이라면?!'하고 증은 깜짝 놀랐다. 그는 걸음을 빨리하여 다가가면서 물었다. "혹시 남명(南冥) 선생이 아니시오?"

뒤에서 묻는 소리를 듣고 고개를 돌린 사람은 정말 남명 조식(曺植)이었다.

"아, 남명, 이 어인 귀한 걸음이시오? 반갑소이다!"

"허, 사겸, 이게 얼마 만이오! 반갑습니다! 제가 종친회 볼 일이 있어 하양까지 왔는데, 근처에 은거하고 계신다는 사겸을 배알하지 않은 채 그냥 돌아갈 수가 있어야지요. 그래서, 즉흥으로 이곳 도동으로 발길을 돌렸나이다! 미리 통기하지 못한 채 이렇게 급습하여 실례가 되지나 않을지 모르겠습니다!"

"아, 이리 반가울 데가 없소이다. 어서 안으로 드시지요!"하고 중은 남명의 손을 잡고 완귀정 사랑채 큰방으로 안내해 함께 들어갔다.

"그간 기체 평강하셨습니까? 절을 받으시지요!"하고 남명이 7년 연상인 중에게 큰절을 할 태세였다.

"절이라니 당치 않소. 이렇게 맞절을 하며 서로 인사나 나눕시다! 자, 이제 편히 앉으시지요. 아이고, 이것 참, 정말 귀하신 걸음을 해 주셨소이다 그려! 고맙소이다!"하고 중은 다시 남명의 손을 잡으며 말했다. "그래, 삼가현(三嘉縣)에서는 제절(諸節)이 두루 균안하시온지요?"

"예, 원려의 덕분으로 모두 무탈하오이다. 고맙습니다! 그래, 여기 영천에서 사시기가 어떠하오이까? 소윤(小尹)의 흉계와 피바람을 잘 피하셨습니다만, 한양의 부운(浮雲)을 완전히 잊기에는 아직 시간이 좀 이를 텐데요?"하고 남명이 말했다.

"뜬구름은 잊어야지요. 여기 호계천의 거북을 보면서 산 지도 어언 다섯 성상(星霜)이니 벌써 거의 다 잊었소이다!"

"거북을 완상하신다? 그래서 완귀정(玩龜亭)이란 현판이 걸려 있습니다그려! 소위 육장(六藏)의 지혜를 말하는 것이리다! 위기에 처하면, 두미(頭尾)와 사족(四足)을 모두 감추는 거북의 지혜 말씀이리다!"

"지혜라 할 것까진 없어도 그저 세상에 나아갔다가 여의치 않아 향리에 머무는 핑계가 아니겠소이까!"

"암, 선비의 출처(出處) 방식이 그러서야지요. 오늘 소생이 경상 좌도의 진정한 선비님을 찾아뵈어 기쁜 마음 한량없습니다. 그럼, 이제 당호를 완귀라 하시겠습니다?"

"예, 여기 내려오기까지는 사겸이란 자(字) 밖에 없었습니다만, 이제는 완귀라 불러주십시오!"

이때 하인이 점심상을 날라왔다. 매조가 조금 섞인 밥에 김치와 도라지무침, 그리고 계란을 풀어놓은 황태국이 곁들여진 조촐한 밥상이었으나, 기품 있는 매화문(梅花紋) 백자 호리병에 약주는 담겨 나왔다.

"원로에 시장하실 텐데 급히 차린 것이 입맛에 맞지 않으시더라도 부디 많이 드시기 바랍니다. 자, 남명 선생, 한 잔 받으시지요!"하고 증은 남명 선생을 위해 잔에 약주를 가득 부었다.

"감사하오, 완귀공! 출출하던 참에 잘 먹겠소이다!"

"그럼, 우리 건배하십시다! 도탄에 빠진 이 나라 민초(民草)들에게 덕치의 광화(光化)가 내리기를 비십시다!"

"예, 이 나라 여민(黎民)들의 신산한 삶이 좀 여유를 찾기를 축원하십시다!"

둘은 밤이 이슥하도록 이런저런 이야기를 나누었으며, 그들의 대화는 그 이튿날에도 계속되었다. 두 선비는 완귀정의 대청마루 위에서 다시 술상을 미주하고 앉았다. 정자의 모든 문짝을 겹쇠에 걸어 처마 밑 공중으로 걷어 올리고 나니, 사방이 확 트였고 흘러가는 호계천 물결이 짙푸르게 내려다보였다. 강너머 뒷솔밭의 녹음이 이미 짙어가고 있었다.

"저 솔밭은 완귀께서 이곳에 오셔서 일구신 것은 아닐 터이고?"
하고 남명이 물었다. "저기 마을 앞쪽에도 솔밭이 또 하나 더 보이는
군요. 이 좋은 풍치가 우연은 아닌 듯싶습니다?"

"제가 이곳에 오기 전에 이미 저의 빙부(聘父)께서 이곳을 대강
이렇게 설계해 두셨지요. 호계천 변에 강정(江亭)을 짓고 앞솔밭과
뒷솔밭을 일구어 살림집이 딸린 정자의 남북을 위요(圍繞)하게 하신
것입니다."

"마을 이름을 도동(道東)이라 하신 것도 최 도사(都事)님이셨던
가요?"

"그것은 소생이 이곳에 처하면서부터 한번 붙여본 이름이올시
다!"

"허허! '오도동의(吾道東矣)'라! '내 도(道)가 동으로 가는구나!'
라는 이 말은 옛날 중국 후한(後漢)의 마융(馬融)이 산동(山東)으로
가는 제자 정현(鄭玄)을 보고 한 말이었다지요. 또한, 그 뒤에 명도
(明道) 선생이 제자 양시(楊時)가 강남(江南)으로 간다며 작별 인사를
올리고 물러가자, 좌우 문하생들을 돌아보면서, '내 도가 남으로 가
는구나!(吾道南矣)'라며 기뻐했다는 바로 그런 도동, 도남이 아니겠
습니까!? 하긴, 해동 유학의 비조(鼻祖)이신 설총을 모신 경산 삼성
산(三聖山) 아래의 서원 이름도 도동서원(道東書院)이었지요."

"예, 남명 선생의 넓고 깊은 식견에 감탄이 절로 납니다그려! 지
금까지 도동, 도동(道洞)하고 부르며 동네로만 알 뿐, 그런 연유까지
알아서 도동(道東)의 깊은 뜻을 헤아려 준 사람은 정말 드물었답니
다. 고맙소이다!"

"고맙긴! 원, 별말씀을 다! 완귀공이야말로 공맹(孔孟)과 정주(程

朱)의 학문을 닦으시어 그 도학을 이 해동에서 몸소 실천하시겠다고 마음을 내신 이 땅의 진정한 선비가 아니시오!"

"아, 이것 참, 부끄러워 몸 둘 바를 모르겠소이다. 경의검(敬義劍)과 성성자(惺惺子)를 차고 다니시며 팔도 선비의 본보기로 살아오신 분께서 초야에 묻혀 지내는 소생을 두고 어찌 그런 과찬의 말씀을 하시는지요?"

"아니올시다! 일찍이 현량과(賢良科)에 뽑히셨는데도, 벼슬에 나아가지 않으신 완귀공이 아니십니까? 그 무렵 최도사 댁에서 잠깐 완귀공을 뵙고 저의 평생의 모범으로 삼고자 남다른 우의를 소중히 간직해 온 소생이올시다. 다행스럽게도 뒤늦게나마 크신 뜻을 품으시고 사마시에 나아가 급제하시고, 연이어 출사하시어, 시강원(侍講院)에서 세자를 민본주의 정신으로 보도(輔導)하신다는 한양의 소문을 전해 듣고서, 삼가현의 소생은 멀리서나마 이 나라 장래가 크게 피어나겠다 싶어서 얼마나 기뻐했는지 모릅니다. 그 세자께서 드디어 즉위하셨으니, 완귀공께서는 장차 이 나라의 세도(世道)가 되셔서 바야흐로 그 크신 뜻을 펴실 기회가 온 듯했는데, 오호라, 안타깝게도 즉위 9개월이 채 되시지 않아 어지신 임금께서 승하하시니, 이 나라 조선과 만백성을 위해 그 어찌 통탄할 시운(時運)이 아니었겠습니까!"

"모두 나라의 운세이고, 소생에게는 부운일 따름이었습니다. 소생은 지금 이렇게 사는 것이 평안하오이다!"

"완귀공이야 평안하시지만, 이 나라 백성들이 불쌍하지요."

"남명께서 부디 기댈 데 없는 백성들의 기둥이 되어 주시고 의지할 데 없는 참 서비들의 모범으로 계속 남아주소서! 소생은 원래 그릇이 작고 기를 약하게 타고났으니, 육장(六藏)을 방편 삼아 이 풍진 세상을 건너갈 수밖에 없겠소이다."

"아, 또 그 육장의 지혜가 나오는구려! 이괘(頤卦)의 뜻에 따라 언행을 근신(謹愼)하시고 욕심을 절제(節制)하시는 것도 좋겠으나, 경(敬)과 의(義)를 저버려서는 안 될 것이외다!"

"예! 남명 선생의 경의검과 성성자의 뜻은 소생도 잘 알고 있고, 평소에 늘 되씹고 있는 화두올시다. '마음속을 밝히는 것은 경이고 바깥으로 과단성 있게 실천하는 것은 의(內明者敬 外斷者義)'라는 말씀과, 늘 자신을 반성하면서 성성(惺惺)한 정신으로 사시기 위해 방울을 차고 다니시는 것을 진심으로 흠모해 오고 있소이다."

"아, 완귀공! 공께서 이러시니 소생이 어쩔 바를 모르겠습니다. 가야산 기슭에 머물며 농부와 초부(樵夫)의 소산(所産)을 축내는 일개 식충(食蟲)에 불과합니다. 수기치인(修己治人)이 다 무엇이며 성의정심(誠意正心)이 다 무슨 소린지 이런 세상에 목숨을 부지하고 있는 것 자체가 실로 하늘에 부끄럽소이다! 하지만, 장자(莊子)에 나오는 말처럼, '연못 안에서 고요히 있다가도 우레처럼 소리칠 수 있어야 하고 죽은 듯이 가만있다가도 홀연 용으로 나타나는(淵默而雷聲尸居而龍見)' 그런 패기와 기백은 늘 갖추고 있어야 할 것이외다!"

"그렇소이다, 남명 선생! 이 조선 팔도에 남명 선생과 같이 꼿꼿한 선비가 또 어디 있겠소이까?! 조정에는 문정왕후에 아부하는 간교한 척신(戚臣)들이 때를 만나 구더기처럼 들끓고, 방방곡곡에서는 백성들이 헐벗고 굶주리고 있으니, 초야에 묻힌 우리 서생들이 이 일을 대체 어찌 감당해야 할지 방도를 모르겠구려! 아무리 궁리해도 계책이 나오지 않습니다그려! 아무튼, 이번에 남명 선생께서 귀한 걸음을 해 주시고, 또 이렇게 소생과 흉금을 터놓고 소회(所懷)를 풀어 주시니, 허허롭던 이 마음이 크나큰 위로를 받습니다그려! 고맙소이다, 남명 선생! 자, 한 잔 받으시지요!"하고 증이 말하며 남명에게 술을 권했다. "생각하면, 이번 우리의 이 만남과 대화가 아주 의미 없는 일은 아닐 듯하외다. 우리가 비록 한양의 조정으로부터는 멀리 떨어져 살고 있지만, 우리한테는 겨레의 미래가 맡겨져 있소이다. 후진들을 올바르게 가르쳐, 벼슬 욕심과 공리공론의 늪에 빠지지 않고 백성을 근본으로 알아 성현의 가르침을 실천할 줄 아는 인재들을 양성해 놓아야 할 것으로 사료되오이다. 이 증이 비록 기가 약하고 배운 것이 얕으나, 앞으로 정성을 다해 후진들을 양성하겠나이다. 남명 선생의 이번 방문이 소생에게는 큰 가르침과 깨달음을 얻는 계기가 되었습니다. 고맙소이다, 남명 선생!"

- - - - - - -

玩龜亭 題詠
— 南冥 曺先生 植

金馬何嫌上策遲
漢나라 金馬門 玉堂殿: 벼슬길
上策: 임금께 품의(稟議)하는 국가 계책

과거(科擧) 응시가 늦어서 임금 보필이 좀 늦었던 것이야 무슨 허물이랴!

此江無主亦非宜
그러나, 이 수려한 강에 주인 없어도 그 또한 온당치 않으리라!

玩龜自是觀頤事

頤事: 頤掛, 근신과 절제

강정(江亭)을 완귀정(玩龜亭)이라 제(題)한 것은 본디 근신하고 절제하며 살겠다는 뜻,

飮酒方知得意時

술 마시며 한가로이 사는 것을 오히려 때를 얻은 것으로 여긴단 말이로다!

東畔野延河畔邃

동쪽에 들이 있어 큰강까지 연이어져 있고

北邊山走日邊馳

日邊: 햇볕이 잘 들지 않는 외딴 곳, 임금과는 멀리 떨어진 곳

북쪽에는 산이 달리고 있어서 한양의 대궐과는 시야가 가렸구나.

潺湲一帶凝江水

근방에서 졸졸 흐르는 물이 모여 큰 강물이 되는 형상이니

不及雲門萬丈奇

그 기상 하늘까지는 못 미쳐도 만 길 높이는 좋이 되니 참 특출하도다!

— 『玩龜先生實記』

* 대학 노트에 적힌 글이 중간에 그만 뚝 끊겨 있었다. 글이 끊긴 곳 바로 밑에 달필로 남명 조식 선생의 "완귀정 제영"이라는 사운(四韻) 제영시(題詠詩)의 한문 본문과 우리말 번역, 때로는 우리말 번역을 위한 메모 사항까지 적혀 있는 것을 보자면, 이 글이 앞으로 남명 선생을 모신 완귀정에서의 시회(詩會)로까지 계속 이어질 예정이었던 것으로 추측된다.

그래서, 혹시 더 적어놓으신 것이 없을까 해서 대학 노트의 백지를 몇 장 더 넘겨 보았더니, 어느 한쪽의 맨 위에 "東民아 보아라"라는 편지의 서두만 있고, 그다음은 텅 비어 있었다. '東民아 보아라''
— 부친께서 이 미완성의 이야기에 대해 안 선생님께 무슨 말씀인가를 남기려 하셨던 것일까? 그래서, 나는 그 대학 노트를 여기저기 찬찬히 더 살펴보았지만, 아무 기록도 더는 발견할 수 없었다. 부친께서 이 글을 쓰신 날짜나 연대조차 알 수 없었다. 다만, 대학 노트에다 흑청색 잉크의 만년필로 쓰신 것으로 미루어 보건대, 1960년대 후반에 쓰신 것으로 추정되었다.

나는 안 선생님의 선친이 쓰다 중단하신 글까지 여기에 삽입할 필요가 있을까 하고 다시 한번 자문해 보기도 했다. 하지만, 이것을 자료들의 하나로서 봉투 안에 넣어 주신 안 선생님의 뜻을 그 반이라도 살린다는 의미에서 이 글을 이 대목에다 삽입했다.

제4부: 도동재 산필

* 위에서도 언급했지만, 이제부터는 대학 노트의 글 '육장' 이외의 기타 자료들을 처리해야 할 순서인데, 이것들은 안 선생님이 소설 형식 안에 반영하려다가 미처 허구적 형식으로 바꾸지 못하시고, 앞으로 내가 글을 쓸 때 참고자료로 쓰라고 덧붙여 놓으신 것이었다. 아무튼, 나 허경식은 이 자료들을 참고로 해서 새로 글을 쓸 생각은 애초에 없었다. 나중에는 그렇게 해 드리고 싶은 마음은 생겼지만, 나에겐 갑자기 그런 작업을 해낼 만한 실습과정이 없었기에, 유감스럽게도 그 일이 정말이지 내 능력 밖이었다. 부득이 나는 — 다행히도 안 선생님께서 자료마다 날짜를 표시해 두셨기 때문에 — 이 자료들을 이하에 연대순으로 배열해 놓음으로써 내 최소한의 소임을 다한 것으로 치부하려 한다.

** 이 자료들을 제4부로 삼아, '도동재 산필'이란 큰 제목을 붙여 놓은 것은 나 허경식이다.

1. 어느 이메일 문통 (2017. 3. 10)

보낸 사람 : "부인선" <insbuh@hanxxxx.net>

받는 사람 : "Dongmin Ahn" <dongminahn@sxx.ac.kr>

받은 날짜 : 2017-03-10 (금) 23:09:54

제목 : 존경하옵는 안 선생님께!

선생님,

겨울이 지나고 이제 드디어 봄이 오는 듯합니다. 선생님, 그사이에 평안하셨는지요?

저희들 후학들이 선생님을 생각할 때, 늘 제일 먼저 머리에 떠올리는 생각은 선생님께서 부디 건강하신 모습으로 오래오래 지금 그 자리에 계셔 주셨으면 하는 소망이에요.

오늘 오전에 헌법재판소에서 박근혜 대통령의 파면 결정이 내려졌습니다. 지난해 12월 9일 국회가 대통령 탄핵소추안을 통과시킨 이래 지루하게 진행되어 오던 일련의 정치적 사건들이 마침내 이렇게 정리되고 이 나라에 새로운 질서가 들어서려 하고 있네요. 장승이라는 불행한 친구를 보듬고 살아가고 있는 저로서는 참으로 남다른 감회에 젖지 않을 수 없습니다.

또한, 생각해 보니, 굴곡 많은 정치적 사건들을 많이 겪어오신 선생님께서도 지금 심경이 참 착잡하시리라 짐작되는군요. 언젠가 선생님께서 귄터 그라스의 소설 『텔크테에서의 만남』을 강의해 주셨는데, 거기에 그 어떤 권력자도 시인들과 "동렬에 설 수는 없는 것"이며, 오직 시인들만이 '영원성'과 '불후성'을 누리게 된다는 의미의 말이 있었습니다. 그때 선생님께서는 '초사(楚辭)'의 굴원(屈原)은 초회왕(楚懷王)보다 영원하고 '사미인곡'의 송강은 선조(宣祖)보다 영원하다고도 하셨지요.

저는 지금 이 순간 선생님께서 아직도 저희들 곁에 살아계시는 것이 참으로 의지가 되고 감사하다는 생각을 하게 됩니다. 언젠가 학부 사은회에서 철없던 저희들에게 말씀하셨지요? ─"뭐, 은혜를 베푼 것도 없는데, 은혜를 갚겠다는 모임에 불려와 앉아 있자니 미안한 마음이 앞서네요. 다만, 제도적으로 어쩌다가 이 자리에 있었다는 사실 자체를 고맙게 생각해 준다면, 내 마음이 좀 편하겠어요!"라고요. 그때는 이게 무슨 말씀인지도 잘 알지 못하고 그냥 넘겼었는데, 지금은 선생님의 존재 자체가 저에게 은혜가 됨을 깨닫습니다.

실은 오늘 저는 흘러가는 정치적 세상사를 떠나 선생님께 제 얘기를 말씀드리고자 이렇게 책상 앞에 앉았습니다. 지난 방학 때 선생님께서 번개팅으로 소집해서 베풀어 주신 '옥토버페스트'에서의 맥주 파티 이래 저에게는 참으로 답답한 한 달이었습니다. 지난 2월 중순에 드디어 H대 총장면접이 있었습니다. 면접을 마친 다음 제가 직감으로 느낀 것은 역시 이번에도 낙방이겠구나 하는 예감이었습니다. 면접 중에 총장이 언뜻 제가 여자인데다 나이가 너무 많다는 자기 생각을 노정시켰거든요. 이렇게 이미 어느 정도 예감은 하고 있었지만, 막상 그저께 제가 H대의 최종 인사 결과 발표에서 낙방했음을 확인하니, 그 심리적 타격이 의외로 컸습니다.

지금까지 시간강사로 살아오면서도 제가 웬만한 일에는 심리적 타격을 크게 받지 않은 편이었지만, 이번 낙방 소식에는 정말 마지막 기회다 싶어서 그랬던 것인지는 몰라도 심한 '멘털 붕괴'를 겪어야 했습니다. 숙환으로 오래 고생하시는 친정어머니의 병구완에도 꽤 지쳐 있던 판에, 하필이면 바로 이때 저의 남편조차도 이른바 조기 명퇴를 해서 집 안에서 뒹굴고 있어서, 저의 쌓인 피로와 정신적 혼란이 더욱 클 수밖에 없었습니다.

어쩌면 선생님께 드디어 좋은 소식을 전해 드릴 수도 있겠다 싶었는데, 결과적으로 또 이런 메일을 드리게 됩니다. 이렇게 저는 선생님께 늘 '걱정을 끼치는 아이(Sorgenkind)'로 끝날 듯하네요. 참으로 민망하고 송구합니다.

우리 사회를 지배하고 있는 많은 부조리한 관습과 제도를 향해 격렬하게 항의하고 싶은 저의 어지럽던 심사가 선생님께 이 글월을 드리고 있는 사이에 조금은 진정되는 듯도 하네요. 아마도 며칠 지나면, 좀 더 나아질 것입니다.

언젠가 선생님께서 인문학자는 신을 더는 믿지 못하면서도 계속 교구민을 신전으로 인도해야 하는 성직자와 흡사하다고 말씀하셨던 기억이 납니다. 선생님께서도 때로는 인문학의 힘에 대한 믿음이 흔들리는 것을 체험하셨기에 이런 말씀을 하셨을 듯합니다. 아직도 저는 독문학의 힘을 굳게 믿고서, 강의실에서는 학생들을 더욱더 잘 가르쳐야 한다고 생각하고 있답니다. 선생님의 가르침을 열렬히 따르고자 했던 승이만큼은 아니어도, 저 역시 선생님의 제자이니까 말입니다.

그 어느 때보다도 바로 지금, 저는 선생님께 크게 의지하고 있습니다. 부디 석굴암 좌상처럼 늘 그 자리에 계셔 주시기를 간절히 소망하면서, 오늘은 이만 줄입니다.

선생님, 부디 건강하세요.
홍제동에서
선생님의 못난 제자 부인선 올림.

친애하는 부인선 박사,

보내준 이메일 — 잘 읽었어요.

H대 학과 교수들이 부박사를 모시기로 의사를 모았다고 해서, 기쁜 마음으로 추천서를 써 준 이래, 한 가닥 희망을 품고 희소식이 오기를 기다리고 있었네.

오늘 아침에 부박사의 이메일을 읽고 나니, 나도 그만 힘이 쑥 빠지네그려. 무어라 위로의 말을 찾지 못하겠네.

연전에 허경식 박사가 출판사를 하겠다며 시간강사를 그만두겠다고 했을 때도 이런 무력감에 빠졌었지. 나 자신이 정말 아무것도 아닌 무력한 노인네로만 느껴지는군!

내가 모교의 부름을 받아 Y대를 떠나왔기 때문에, 곤란을 겪은 학생들이 더러 생겼지. 부박사도 그들 중의 한 사람일 텐데, 늘 미안하게 생각해 왔다네.

지금 내 생각으로는, 부박사가 젊은 날에 어머니의 우환 등 모든 집안 사정을 나 몰라라 하고 매몰차게 독일로 떠나버리지 못한 탓이 큰 것 같으이! 그외에야 부박사가 잘못한 게 따로 또 무엇이 있겠는가? 내 생각엔 모든 관습과 제도가 여성에게 불리하게 되어 있는 이 나라에서 지금까지 부박사가 이 어려운 외길을 올곧게 걸어온 것만 해도 참으로

장해요!

뒤늦게나마 전임교수로 될 희망이 조금 보였던 게 오히려 더 큰 실망을 불러온 것 같네!

부디 용기를 잃지 말고, 초심으로 다시 돌아가 열심히 공부하고 꾸준히 일하시게.

내가 보기에 부박사는 이미 많은 것을 이루었네. 우리 학계를 거쳐 간, 또는 현재 재직 중인 수많은 전임교수보다도 더 많은 업적을 이미 이 세상에 내어놓지 않았는가! 훌륭한 박사논문에다 그 어려운 토마스 만의 작품들을 잘 번역해서 우리 출판계에 내어놓았으니 말일세.

또한, 앞으로도 좋은 업적을 많이 내시게. 그 가운데에 다시 희미하게나마 새로운 희망의 빛이 보일 걸세.

박근혜 대통령이 탄핵을 당한 것은 어쩔 수 없는 시대의 흐름일 테지. 그 아버지의 군사쿠데타 이래 반세기가 훨씬 지나서야 이제 겨우 새 질서가 잡혀가는 듯하니, 기득권이란 것이 참으로 끈질긴 듯하네그려! 장승이처럼 상처 입은 영혼들이 아직도 신음하고 있고, 이런 판국에도 자신의 이기심을 채우려는 소인배들이 들끓고 있으니, 우리 인문학도들은 이런 부박한 시류에 휩쓸리지 말고 묵묵히 자신의 길을 걸어가야 할 듯하네. 영원하지는 않더라도, 더욱더 오래 지속될 소중한 가치를 보듬고 살아가야 할 것이니 말이야.

부 박사, 부디 건강을 지키면서, 장수하는 외길을 걸으시기 바라네. 우리 인문학자들은 오래 살아야 해. 배우는 데에, 도움닫기에 너무 많은 시간이 걸렸으니까!

앞으로는 더는 승패가 없고, 오직 학문적 성취만 조금씩 쌓여가는 그런 삶이 될 것이네.

그래요, 인문학자는 성직자와 비슷한 점이 있지요. 실은 성직자보다도 더 철저한 믿음이 있어야 해요. 인문학의 힘에 대한 믿음 말이지요. 이 믿음은 무조건 믿는다고 굳건해지는 것도 아니고, 오직 근면과 성찰, 그리고 끊임없는 자기반성을 통해서만 조금씩 여물어지고, 그런 믿음으로부터만, 어느 날 문득 난초나 선인장이 꽃을 피우듯, 인문적 에너지를 발산하게 되지요. 이 에너지야 말로 우리의 이웃과 인류를 구원의 길로 인도하리라 믿어요.

부 박사, 이제 더는 나와 같은 노인한테 의지하지 말고, 부디 부 박사 자신이 석굴암 좌상처럼 되시기 바라네! 그래야 장승이 같은 친구를 함께 보듬고 살아갈 수 있을 것 아닌가!

2017년 3월 11일 아침
안동민.

Prof. em. Dr. Dong-Min Ahn

Sxxxx National University

(Germanistik)

<純正한 마음으로 易地思之하고 感情移入해서 이웃의 이야기에 귀를 기울일 줄 아는 사람이 될 수 있다면……>

(Gerne wäre ich jemand, der sich reinen Herzens in die Lage seiner

Mitmenschen hineinversetzen und ihnen einfühlsam ein offenes Ohr leihen könnte...)

* 부인선은 내 동기생으로서 Y대 시간강사인데, 나 허경식이 출판사 사장으로 전업을 한 다음에는 안 선생님이 직접 가르치신 제자 중에서 아직도 시간강사로 고생하는 유일한 '걱정을 끼치는 아이'(토마스 만의 소설 『마의 산』에 나오는 말)인 셈이다. 안 선생님이 부인선과도 이렇게 따뜻한 이메일 문통을 하고 계실 줄은 미처 생각하지 못했다.

여기서도 또 이 못난 허경식에 대한 언급이 나오는데, 안 선생님은 왜 하필이면 이 허경식을 지목하셔서서 이런 힘겨운 뒷일을 부탁하신 것인지, 나로서는 안 선생님의 깊은 속뜻을 정말 알다가도 모르겠다.

2. 단역(端役) (2017. 9. 10)

튀빙엔 대학의 엥글러(Prof. Dr. Bernd Engler) 총장이 쉐어(Prof. Dr. Monique Scheer) 국제담당 부총장, 화학과의 바이마르 교수(Prof. Dr. Udo Weimar), 한국학과 이유재 교수(Prof. Dr. You-Jae Lee), 대회협력처 모저 박사(Dr. Karin Moser von Filseck) 등을 대동하고 S대, K대 등과 학술교류를 강화하기 위해 1주일 예정으로 오늘 한국에 도착한다고 했다.

엥글러 총장은 오늘 저녁 6시 30분에 인사동 '촌'이란 한정식 집에다 나를 초대했다. 미리 간단한 선물들을 준비하고서, 내가 인사동 그 식당으로 가서 안내를 받아보니, 7명의 자리가 예약되어 있기는 한데, 아직 아무도 와 있지 않았다. 시계를 보니, 6시 25분이었다. 혼자 자리에 앉아 잠시 기다렸더니, 최근에 K대에 설치된 튀빙엔 대학 한국 분교 사무소장으로 일하고 있는 전(前) 튀빙엔 대학 한국학과 한운석 교수(한국사 전공)가 급한 걸음으로 들어왔다. 그는 총장 일행이 민속박물관을 관람한 다음, 지금 북촌을 산책하면서 이리로 오고 있는 중인데, 내가 기다릴 듯해서, 자신이 먼저 뛰어왔다고 했다.

오늘 정오경에 인천공항에 도착해서 빨라야 오후 두 시나 되어서야 호텔에 도착했을 텐데, 그 사이에 다시 박물관 관람에다 북촌 산책까지 하고 오는 중이라니, 독일인들의 체력과 활동력은 가히 찬탄할 만한 것이었다. 이윽고 엥글러 총장 일행이 도착했다.

우선, 우리 둘은 서로 반가이 인사를 나누었다. 엥글러 총장은 내가 몇 년 전에 그의 일행을 창덕궁 옆의 한정식점 '용수산'에 초대해 준 사실을 언급하면서, 오늘은 자기가 초대하는 자리이니만큼 나에게 상석에 앉도록 권했다. 엥글러 총장은 나를 쉐어 부총장과 바이마르 교수에게 소개하면서, 튀빙엔과 서울을 이어주는 대단히 중요한 인물이라며 나를 추켜세워 주었다. 모저 박사와 이유재 교수는 나와 이미 친분이 있었기 때문에 우리는 서로 친근한 인사를 나눌 수 있었다.

튀빙엔 대학 한국학과 교수직 복원 문제를 두고 고(故) 김병석 교수님과 내가 우리 정부와 독일의 관계 요로에 탄원서를 내었던 옛 이야기가 잠시 좌중의 화제가 되었다. 마침 한국에 왔다가 김 교수님과 나를 통해 이 문제의 심각성을 숙지하게 되었던 훔볼트 재단 당시 이사장 프뤼발트 교수(Prof. Dr. Wolfgang Frühwald)가 결정적 역할을 해 준 것이었다. 독일로 귀국한 프뤼발트 교수가 베를린의 어느 잡지에 기고문을 써서, 튀빙엔 대학 한국학과 교수 자리를 없앤 것이야말로 독일대학의 인문학 경시 풍조의 대표적 사례라고 일갈하자, 바덴-뷔르템베르크 주 지사와 튀빙엔 대학의 당시 총장이 당혹감을 감추지 못하고 급거 조치한 것이 우선 튀빙엔 대학 한국학을 위해서 '주니어 교수직(Jouniorprofessur)' 하나라도 마련해 준 것이었는데, 그 결과, 이유재 교수가 중국학과의 주니어 교수로 발령을 받게 된 것이었다. 그사이에 세월이 많이 흘러서, 한국학과가 복원되고 이유재 교수는 한국학과 정교수로 승진했으며, 이제 그의 휘하에도 여러 명의 교수와 강사들이 일하고 있으니, 참으로 큰 다행이라 하지 않을 수 없었다.

식사 중에 화제가 바뀌어서, 북한의 수소폭탄 실험과 미국의 사드 배치로 인한 북미 대립, 미중 갈등, 한미 관계, 한중 갈등 등 당면한 여러 시국 문제에 관한 질문과 답변, 토론과 의견 교환이 있었다.

나는 "가장 오래된 독일 이상주의 프로그램(Das älteste Programm des deutschen Idealismus)"을 튀빙엔에서 서로 토의하고 공동 기획하였던 젊은 횔덜린, 쉘링, 헤겔의 만남과 그들 3인의 이상주의적 포부에 관해 언급하면서, 튀빙엔 대학의 총장 일행이 오늘의 이 중대한 시점에 한국을 방문한 것이야말로 마치 독일 이상주의 정신 자체가 한국에 온 것처럼 느껴진다며, 튀빙엔 대학 총장님 일행의 이번 방문이 앞으로 한 · 독 학술교류에 크게 기여할 것으로 기대된다는 말을 덧붙였다.

또한, 나는 기회를 엿보고 있다가 따로 쉐어 부총장에게 한국학과의 이유재 교수를 많이 지원해 주시기 바란다는 특별 부탁까지 했다. 그러고는 DAAD, 프리드리히 에버트 재단, 훔볼트 재단 등 여러 독일 기관이 학문의 길에서 나를 길러준 사실에 대해 일평생 고마움을 느끼고 있는 나의 마음의 표시라며, 일행 한 사람 한 사람한테 일일이, 하회탈, 전주 합죽선, 도자기 연적(硯滴), 찻잔, 설록차 등을 기념 선물로 건네주면서, 이번의 한국 출장에서 많은 성과를 거두시기 바란다는 작별 인사를 했다.

인사동 입구에서 튀빙엔 대학 대표단과 작별을 고하고, 혼자 전철을 탔다가 또 도동재로 올라오는 마을버스를 갈아탄 귀로에서, 나는 혼자 생각했다 ― '현실 무대에서 일단 물러난 배우에게도 더러는 조그만 단역이 돌아온다. 이런 역할을 대수롭잖게 보고 회피하거나 놓쳐서는 안 된다. 왜냐하면, 이런 단역이야말로 이 나라의 장래와 내 후배들의 활동을 위해 내가 감당해 내어야 할 중요한 역할이기 때문이다.'

3. 성탄 전야에 받은 이메일 두 통 (2017. 12. 24)

발신지: 180.69.229.227 대한민국

보낸사람: 장승이<sijang@naver.com>

날짜: 2017. 12. 24 12:33

뵙고 싶은 선생님께(1136)

선생님! 지금 일요일 오전입니다 일주일 동안 평안히 잘 지내셨는지요? 올해 안에는 이 상황이 드디어 정리되어서 제가 허경식을 다시 만나게 될 줄 알았는데, 그것이 또 미뤄지면서 다시 한 해가 저물려고 합니다. 안타까운 일이지만 또 그 지겨운 기다림이 새해에도 이어질 것 같습니다. 허경식이 저를 기피할 이유가 없는데, 안기부 그 '개새끼'(!)가 ─ 선생님이 주신 그 소중한 운동화를 빼앗아 간 그놈 말입니다! ─ 아직도 저와 허경식 사이를 이간질하고 있음이 틀림없습니다.

그리고, 그놈이 오는 1월에 있을 제 조카 결혼식에 폭탄을 터뜨려 우리 가족을 모두 죽일 것 같습니다. 그래서, 제가 부모님께 제 조카의 결혼식을 연기해야 한다고 암만 말씀드려도 부모님께서는 제 말을 통 들으려 하지 않으시는군요. 이런 때에 허경식이 옆에 있다면, 큰 도움이 될 텐데, 그놈이 이걸 알기에 우리 둘의 만남을 한사코 방해하는 것입니다.

Y대 시간강사로 일하는 제 동기 인애가 전해 주는 소식에 의하면, 선생님께서는 편안히 잘 계시다고 하니, 참으로 다행입니다. 하지만, 그놈의 술수가 워낙 신출귀몰해서 안심은 절대금물입니다. 최근에도 충북 제천시에서 사고가 나고, 사람들이 많이 죽었다는데, 다 그놈의 짓입니다. 그놈이 '박그네'(!)하고 세월호 사건을 꾸미더니, '박그네'만 욕 먹게 할 수는 없다고 생각해서 이러는지, 계속 사고에 사고가 꼬리를 물고 일어나도록 나쁜 일을 꾸미는 것 같습니다. 그렇게 많은 고등학생이 비명에 죽었는데도, '박그네'는 그 부모들한테, "돈을 줬는데, 왜 자꾸 그러느냐?"며 뻔뻔스럽기 짝이 없는 소리만 늘어놓았습니다. 정 아무개라는 정신과 의사의 분석에 따르면, '박그네'(!)는 자기가 가장 큰 불행을 겪었다고 여기기 때문에, 그렇게 오만할 수가 있다고 하네요.

모두가 그놈의 조종입니다. 부디 선생님도 매사에 조심하셔야 하고, 선생님과 사모님, 귀여운 따님들, 허경식과 저, 우리 모두 조심해야 합니다. 우리 모두 그놈의 마수로부터 부디 무사하기를 간절히 기도합니다. 사랑합니다, 선생님! 지금 낮 12시 반입니다. 조금 있으면, 성탄 전야가 되네요.

부디 이 해가 무사히 지나가길 간절히 바라며,

장승이 올림.

--- --- ---

아, 독재의 마수에 의해 치유될 수 없는 트라우마를 겪은 여학생 장승이 양은 아직도 내게 이런 종잡을 수 없는 이메일을 매주 보내오고 있다. 이메일 제목 "뵙고 싶은 선생님께(1136)" 중의 1136이란 숫자는 아마도 그녀가 내게 매주 보내오는 이메일의 일련번호인 듯한데, 늘 거의 비슷한, 종잡을 수 없는 내용이 반복되고 있어서, 나는 자세히 읽어보지도 않은 채 이런 메일을 그냥 대충 훑어 넘기곤 한다.

그러다가도 또 나는, 그사이에 이 비극에 대해 신경이 무뎌진 나 자신을 질책하면서, 거의 외우다시피 하는 메일의 내용을 다시 한번 자세히 읽어보지만, 아주 작은 변주가 보이는 것 이외에는, 늘 거의 같은 내용이 되풀이되고 있을 뿐이다. 이를테면, 그녀는 그사이에 '안기부'란 기관 명칭이 바뀐 줄도 모르고 아직 '안기부'라는 이름을 그대로 쓰고 있고, 내가 그동안 상처한 줄도 모르고 아직도 '사모님'도 무사해야 한다고 쓰고 있으며, 내 큰딸 덕애가 이미 출가한 것까지는 상상하지도 못한 채 아직 어린애로 알고 있다. 아마도 박근혜 대통령이 탄핵을 당한 것까지도 아직 잘 모르고 이 글을 쓴 것 같기두 하다

하지만, 이 메일을 체크하는 것 자체가 나에게는 젊은 시절에

함부로 뱉어놓은 구업(口業)으로 인한 죄책을 결코 잊어서는 안 된다는 자성의 의식(儀式)이기도 하다. 생각해 보면, 장승이 양은 더는 학생이 아니라 — 그녀의 동기생인 Y대의 부 박사를 보면 알 수 있는데 — 벌써 회갑이 다 넘은 사람이다! 아, 이 여인은 아직도 나의 안위를 걱정하면서 메일의 끝에는 늘 '사랑'한다니, 내게 이 무슨 죄책의 상기(想起)이며, 멈출 줄 모르는 고문이란 말인가!

같은 날 나는 K대 임남옥 교수로부터 다음과 같은 메일을 받았다.

보낸사람: "LIM, Nam Ok" <namok@yaxxx.de>
받는사람 : "안동민 교수님" <dongmahn@sxx.ac.kr>
받은날짜 : 2017-12-24 (일) 21:51:27
제목 : 광주에서 드리는 인사

존경하는 안동민 선생님,

지난 9월 '설악 심포지엄'이 끝나고 문화 프로그램 때 외국 손님들을 모시고 석굴암 관광이 있었지요. 석굴암에서 내려오다가 제가 선생님과 한국 독문학에 관한 이야기를 잠시 나눈 적이 있었습니다. 그때 선생님께서 『한국 교양인을 위한 새 독일문학사』를 집필하시던 때의 선생님의 마음가짐에 대해 잠시 언급해 주셨습니다.

'설악 심포지엄'에서 돌아와 금방 그 책을 구해 놓고도, 10월까지는 정신없이 딴 일에 매달리다가, 11월에야 비로소 책을 읽기 시작했습니다. 그러고는, 이제 마지막 한 장(章)만을 남겨두고 있으니, 아직 책을 완독하지는 못한 상태입니다. 제가 대학 1학년 때 읽었던 그 지루하던 회색 장정의 독일문학사 책과 비교해 볼 때, 문학사란 것이 이렇게 재미있을 수도 있구나 하고 생각하면서, 책이 끝나는 것이 아쉽기도 해서, 한 장 한 장 넘기기가 아까울 만큼 푹 빠져버린 어떤 소설처럼, 그렇게 마지막 한 장만은 아직 남겨두고 있답니다.

선생님께서 독문학자로서, 문학하는 사람으로서 그리고 인문학자로서 어떤 마음, 어떤 자세로 살아오셨는지 감히 조금은 알 것 같았습니다. 그래서 이 책의 내용이 저에게 더욱 깊이 다가왔습니다.

특히, '연구와 교수'보다는 행정공무원 또는 공무원 보조원으로 전락해 버린 듯한 현재 저의 국립대 조교수로서의 서글프고 우울한 시간 속에서 소중하게 만난 책이어서, 그 울림이 더욱더 큰 것 같습니다. 제가 비록 선생님 강의를 직접 듣고 배우지는 못했지만, 한편으로는 스승으로, 또 다른 한편으로는 공부를 먼저 시작하시고 지금도 꾸준히 정진하고 계신 선배님으로도 감사와 존경의 마음을 전하고 싶다, 이 마음을 꼭 전해야겠다는 생각이 이 책을 읽는 동안 내내 들곤 했답니다. 조금은 쑥스럽지만, 마침 연말연시를 계기로 삼을 수 있기에, 좋은 책과 그 감동적인 글에 삼가 감사한 마음을 전해 올리며, 즐거운 성탄과 행복한 새해 맞이하시기를 빕니다.

오래오래 강녕하시기를 기원하옵고, 내년에도 여러 학회 때나 그 외에도 공부하는 여러 자리에서 만나 뵙고 싶습니다.

광주에서

임남옥 드림.

Dr. LIM, Nam Ok Assistant Professor(Cxxxxxxxx National University)

e-mail: namok@yaxxx.de

--- --- ---

지난해에『한국 교양인을 위한 새 독일문학사』를 출간한 이래 나는 이와 비슷한 메일을 동학들한테서 간혹 받곤 한다. 특히, 오늘은 장승이 양과의 기구한 인연 때문에, 몹시 마음이 아프고 우울하던 성탄 전야이어서, 밤에 도착한 임남옥 교수의 이 메일이 내 아픈 가슴에 다소 위로가 되었다. 이 메일에 표출되고 있는 그녀의 진솔한 감사의 뜻이 장승이 학생으로 인해 아픈 내 가슴을 다소 누그러뜨려 준 것이었다. 말하자면, 이것은 내가 씻을 수 없는 죄업만 저질러 놓은 인간이 아니라, 후진들에게 그래도 어딘가 유용한 존재이기도 하다는 알량한 위안일 터였다. 오늘 성탄 전야를 맞이한 도동재의 독거노인한테는 이 메일이 아닌 게 아니라 다소 힘이 되었다.

나는 미루지 않고 즉각 다음과 같은 회신 메일을 써 보냈다.

임남옥 교수,

보내주신 이메일 ─ 고맙게 잘 읽었어요.

『한국 교양인을 위한 새 독일문학사』는 내가 심혈을 기울여 쓴 책이긴 하지만, 아직 부족한 데가 많지요. 그렇지만, 한 독문학자가 자신의 삶의 궤적을 정직하게 그려 보여준 책이긴 하지요. 어떤 책, 또는 여러 책을 참고로 해서 조립한 그런 책이 아니라, 내 머릿속에 꽉 들어차 있던 생각을 그냥 글로 풀어놓은 책이기 때문입니다.

짧은 기간에 빨리 써서 흠결이 많은 이 책에서 임 교수가 무엇인가 감동을 느끼셨다면, 그것은 아마도 임 교수 자신의 지금까지의 학문적 성취에 대한 비판적 안목이 생긴 덕분일 터이고, 거기서 임 교수가 본 것은 아마도 임 교수 자신의 미래의 빛나는 예조(豫兆, Vor-Schein)일 것입니다. 잘 아시겠지만, '예조'라는 것은 '희망의 철학자' 블로흐(Ernst Bloch)가 일반 명사 '출현(Vorschein)'으로부터 만들어 낸 새 철학적 개념입니다.

그리움 아는 사람만
이 내 괴로움 알리라.
(Nur wer die Sehnsucht kennt,
weiss, was ich leide).

미뇽의 이 노래는 어려운 독문학의 길을 함께 걷고 있는 '우리 곽우(藿友)들'을 보이지 않는 끈으로 따뜻하게 맺어주고 있습니다.

성탄과 새해를 맞이하여 임 교수의 건강과 학문적 성취를 빕니다.

안동민 드림.

* 여기서 뜻밖에도 안 선생님께 보낸 장승이의 이메일을 읽자니, 메마른 내 눈에도 눈물이 가득 고였다. "이 메일을 체크하는 것 자체가 나에게는 젊은 시절에 함부로 뱉어놓은 구업(口業)으로 인한 죄책을 결코 잊어서는 안 된다는 자성의 의식(儀式)이기도 하다." — 안 선생님께서 이렇게 쓰고 계시는데, 이 마당에 내가 고인에게 무슨 '적개심'이나 '복수심'을 더 품을 수 있겠는가! 승이도, 부인애 박사도, 나도 이제 회갑을 훌쩍 넘긴 사람들이다. "이런 때에 허경식이 옆에 있다면, 큰 도움이 될 텐데……"하고 장승이는 쓰고 있지만, 아, 이

허경식이 지금 와서 장승이에게 대체 무슨 두움이 될 수 있단 말인가! 이젠 안 선생님조차도 고인이 되셨으니, 세상사 참 허무하다!

** 그런데, 이 대목에서 문득 내 머리에 한 가지 의문이 퍼뜩 드는데, 안 선생님의 '헌신과 사랑을 받은 자식들'이 그의 '걱정거리 자식들'보다 수적으로는 훨씬 많을 텐데, 그들은 다 어디 갔나 하는 물음이 그것이다. 이 허경식이 알기에도 안 선생님한테는 기라성같이 많은 애제자들이 있었고, 꼭 독문학계가 아니더라도 안 선생님께 은덕을 입은 사람이 실로 수없이 많은데, 그들은 다 어디 가고 왜 안 선생님의 '걱정거리 자식' 중의 하나인 이 허경식이 지금 이런 어려운 일을 맡아 끙끙거리고 있는가 말이다.

안 선생님은 이런 이상한 모순을 정말 모르셨을까? 아니면, 다 아시면서도, 자신의 업적보다도 유독 자신의 죄책 문제에 더 매달리신 것일까? 아무튼, 안 선생님은 두 번이나 '구덩이'에 빠졌다가 이제 간신히 헤어나온 이 가련한 허경식을 택해서 다시 이런 역사(役事)를 시키시는 것이다. '왜? 무엇을 위해?' — 참, 현묘(玄妙)한 수수께끼가 아닐 수 없다.

4. 펄 벅 여사의 말 (2018. 1. 24)

새해부터 나는 K고교 제43회 동창회인 경목회(慶睦會)의 회장으로 봉사하게 되어 있었다. 그 첫 행사가 1월 22일(월) 저녁 6시 반에 경목회 총무 신충길 군과 함께 K고교 총동창회 회의에 참석하는 일이었다.

다소 쭈뼛거리며 회의장에 들어서니, K고 47회이며 S대 법과대학에서 최근에 퇴임한 C 명예교수가 반갑게 인사를 하며 다가와, 결국 우리는 한자리에 앉게 되었다. 자신은 기별 회장은 아니지만 총동창회 문학회장 자격으로 이 자리에 참석했다면서, 최근에 펄 벅 (Pearl S. Buck) 여사에 관해 쓴 자신의 글 한 편을 내게 건네주었다.

오늘 오전에 잠시 짬이 나서 C 교수의 그 글을 읽었다. 1960년 한국을 방문한 펄 벅 여사가 "한국 작가들은 술을 너무 마시지 말고 다방에서 보내는 시간을 줄여야 한다"(펄 벅과 한국문학, 「PEN 문학」, 140 (2017), 193쪽)라는 말을 했다고 한다.

C 교수가 전하는 펄 벅 여사의 이 말은 그녀가 한국 문단의 시인·작가들을 관찰하고 나서 걱정이 되어서 해 준 유익한 충고이겠는데, 나는 이게 참으로 옳은 지적이라고 생각했고, 이렇게 한국을 남달리 사랑하셨던 여사에게 큰 고마움을 느끼지 않을 수 없었다.

하지만, 내가 책을 덮고 나서 다시 생각해 보자니, 이것은 펄 벅 여사가 당시 한국의 시인과 작가들의 남다른 사정과 풍속도를 깊이는 모르고 하신 말씀 같기도 했다. 60년대 초의 한국 문인들이 서로 만나 대화를 나눌 수 있는 공간이 과연 있었을까? 우리 한국의 시인들이 그 당시 서구인처럼 집에다 사람을 초대해서 정담을 나눌 수 있는 여유와 그럴 만한 공간이 과연 있었던가 말이다.

전쟁이 남긴 가난, 독재체제가 사회에 내뿜는 부패의 악취, 무능한 가장으로서의 부양 의무, 초라한 집과 그 집 안에서 자신을 기다리고 있는 부서운 처자식들, 텅 빈 주머니 사정 등을 생각하면, 그들이 생활공간으로 다방을 이용하고, 마침 원고료를 탄 친구한테 매달려 술집에서 저녁 시간을 보내며 불우한 시절을 개탄했던 것은 그 시대 한국 문인들의 피할 수 없던 풍속도였을 것 같았다. 펄 벅 여사가 1960년에 한 말이니까 2·28 대구 학생의거와 4·19 혁명 시절의 얘기가 되는 셈이었다.

나의 젊은 시절은 이때보다는 조금은 나아져 있었지만, 나와 나의 동료들 또한, 인문학자들인 이상, 이런 전통으로부터 완전히 자유롭지는 못했던 것 같다. S대 독문과 교수들이 신사동의 맥줏집 '고선'을 드나든 사실도 우리 문단의 이런 전통의 일단이 아직 남아 있었던 것으로 이해될 수도 있을 듯하다. 또한, 내가 동부이촌동의 조그만 술집 '마야'에서 취직하지 못한 후진들과 많은 시간을 함께 보내며 '곽우(霍友)'의 애환을 나누었던 것도 곰곰이 생각해 보면 이런 우리 문단의 오랜 유습과 아주 무관하지는 않았던 것 같다.

오늘 나는 인문학 교수로 살아온 내 모습이 한국 문인들이 살아온 신산한 삶의 한 단면이기도 하다는 사실을 새삼 깨달았다.

* 안 선생님이 '마야'에서 우리 시간강사들과 자주 술을 마시신 사실은 위에서도 언급하였다. 지금 생각해 보면, 그 '마야'는 말하자면 안 선생님의 사랑방으로서, 거기서 안 선생님은 우리 시간강사들을 위로, 격려해 주시고, 가난한 우리와 늘 함께하시겠다는 당신의 마음을 열어 보여주신 것이었다.

얼마나 자주 나는 술김에 안 선생님께 삐딱하게 굴면서 버릇없이 대들거나 안 선생님의 아픈 곳을 찔러댔던가!

"Y대에서 안 교수님을 사모하던 그 많은 여학생은 지금 다 어디서 무얼 하고 있을까요?"하고 나는 그의 아픈 데를 이렇게 슬쩍 건드리곤 했다. 그럴 때마다 그는 아마도 가슴이 뜨끔한 가운데에 장승이를 생각하지 않을 수 없으셨으리라. 안 선생님은 허허 웃으시며 그 순간을 간신히 넘기시곤 하셨지만, S대의 내 동료들은 나의 그 뼈 있는 질문을 그저 무심한 농담으로 들어넘기며 또 얼마나 재미있어들 했던가!

5. 남북정상회담 (2018. 4. 27)

아침 9시 30분부터 저녁 9시 30분까지, 북한 김정은 위원장의 판문점 도착과 향북(向北) 출발까지의 12시간은 한마디로 한 편의 감동 드라마였다.

어릴 적에 우리 과수원에서 따발총을 든 인민군 병사를 보았을 때, 그가 전혀 빨갛지 않은 사실을 보고 놀란 적이 있었다. 오늘 텔레비전에서 본 김정은 위원장도 무슨 '비인간적 괴물'이 아니라 '사람의 얼굴'을 하고 있었고, 우리와 똑같은 말과 행동을 하는 '보통 사람'이라는 사실에 새삼 놀라지 않을 수 없었다. 물론, 나 자신이 그를 정말 '빨간 괴물'로 믿어온 것은 아니었다. 그러나, 막상 사람답게 말을 할 줄 아는 김정은 위원장을 보게 되자, 나는 그도 우리 겨레의 한 사람이란 사실을 새삼 깨닫고 스스로 놀랐다.

특히, 한 장면이 인상적이었다. 판문점에 내려온 김정은 위원장이 평양-서울 간의 거리가 생각보다 멀지 않고 아주 가까웠다고 말했다. 잠시 후, 그는 북측이 갖고 온 평양냉면을 자랑하면서 이것이 그래도 '멀리서 가져온 음식'이라는 말을 했다. 그 순간, 그가 "참, 멀리서 가져왔다고 하면 안 되갔(!)구나!"라며 자신의 여동생 김여정을 바라보는 그 약간 당황해하는 모습에서, 그는 앞뒤가 모순되는 자신의 발언 때문에 — 일순간이긴 했지만 — 설핏 어떤 인간적 낭패감을 보이기도 했다. 나는 그 장면이 아주 인상적이어서 그 순간 그의 실언에 대해서 오히려 인간적 호감마저 느꼈다.

또한, 그는 정상회담 공동발표문 끝에 "2018. 4. 27."이라고 연월일을 쓰고 서명을 했는데, 여기서 그는 7자를 유럽식으로, 기운 기역 자의 가운데에 점을 하나 찍는 식으로 썼다. 나 자신도 한때는 독일 유학생이었기 때문에 7자를 이렇게 쓰기도 했고, 지금도 가끔 나도 모르게 7자를 이렇게도 쓰게 된다. 이것은 스위스 유학생이었던 그의 삶의 한 단면을 보여주는 것이기도 해서, 나로서는 한순간 반갑기도 했다. 민주주의가 발달해 있는 스위스 사회에서 유학한 그에게 '북한의 인민들'을 가난과 억압으로부터 구출해 주고 싶은 생각이 전혀 없을까? 혹은, 그런 생각이 있어도 그것이 그에게는 현실적으로 어려운 것일까? — 이런 생각에 잠겨 보기도 하면서, 나는 참으로 경이로운 하루를 보냈다.

얼마 전에만 해도 미국 대통령의 입에서 '북폭(北爆)'이란 말이 튀어나오고, 이런 위기에 직면하여 '한국의 의견은 무시될 것 (Korea-passing)'이라는 우리 대한민국 국민의 우려가 만연했던 시점이 있었다. 그 당시는 심각하고도 강력한 지정학적 소용돌이 속에서 우리 겨레가 아무 발언권도 얻지 못하고 그냥 속수무책으로 참화를 당하고 말 것만 같던 위기 상황이었다.

'이제 문재인 대통령이 그 비좁은 틈새를 뚫고 이만큼이라도 국제적으로 남북한 국민들의 발언권과 생존권을 신장시켜 놓았다고도 볼 수 있지 않을까? 지금에 와서, 남한의 의견을 무시한 북폭이 가능할 수는 없지 않겠는가?! 누가 뭐라 해도, 우리의 지정학적 상황하에서 이런 정상회담이 열린 것 자체가 한 걸음 진보가 아닐까?

1970년 12월 7일 빌리 브란트 독일 총리가 폴란드 바르샤바의 유대인 묘소 앞에서 갑자기 무릎을 꿇고, 나치 독일의 반인륜적 범죄행위에 대해 독일 국민을 대표해서 사죄했던 당시에도 독일 국민들의 여론이 찬반으로 크게 엇갈렸던 사실을 회상해 보자니, 지금 문 대통령이 겪고 있는 찬반 여론의 소용돌이는 으레 겪어내어야 할 과정이 아닐까?' — 이런 생각을 하면서, 나는 설령 이번 일이 모두 허사로 되돌아가 버리는 한이 있더라도, 다행스럽게도 지금까지 생존해서 오늘의 이 장면들을 본 것이 무척 기쁘다. 나는 오늘의 남북정상회담이 인류의 보편적 가치에 입각한 만남이기 때문에, 이 세계의 어느 나라도 이 만남을 감히 폄훼할 수 없으리라고 생각한다.

추기(追記) (2018. 4. 28): 자유한국당의 H 대표가 어제의 남북정상회담을 정치쇼로 폄하했다는 보도가 나온다. 지난 며칠 동안 내가 보고 느낀 감정과는 상당히 거리가 있는 발언이지만, 나와 생각과 감정이 다른 국민이 의외로 많다는 사실도 솔직히 인정해야 할 듯하다.

마침 오늘은 S대 인문대 14동에서 뷔히너, 카프카, 헤세, 토마스 만 등 독문학 관련 4개 작가학회의 연합 학술대회가 열렸는데, 계명대 염승섭 선생님, 나, 대전의 지평(至平) 선생, E여대의 C 교수 등 정년 퇴임한 교수들도 참석했다. 저녁 식사에 이어 뒤풀이 자리가 있었는데, 우리 노교수들도 거기까지 따라가서 맥주 한잔을 함께하면서 잠시 머물렀다.

염 선생님과 지평 선생, 그리고 나, 이렇게 셋은 함께 도동재로 올라 와서 좁고 불편한 잠자리에 들기 전에, 다시 한번 축배를 들었다. 남북정상회담이 일단 성공적으로 끝났고, 다행스럽게도 우리 학회 후배들이 대개는 이 회담을 긍정적으로 간주하고 있다는 사실을 확인하고서, 우리가 학회의 시니어 회원으로서 그나마 큰 위안을 얻었다는 공통된 생각에서였다. 우리 셋은 학계 후배들의 안목이 깨어 있음에 큰 위로를 받았고, 우리 학문이 — 지금까지 겪어온 많은 어려움에도 불구하고 — 이만큼 발전한 것이 정말 자랑스럽다는 데에 의견을 같이했다.

6. 노인과 학회 (2018. 11. 24: 성균관대 퇴계인문관)

경애하는 전동열 한국독어독문학회장님, 그리고 친애하는 한국독어독문학회 회원 여러분,

여러 가지로 부족한 제가 오늘 한국독어독문학회 창립 60주년에 즈음하여 지난 60년을 회고하고, 또 앞으로의 우리 학회 발전을 위한 전망에 대해 몇 마디 말씀드릴 수 있게 되어 큰 영광입니다.

우선, 독문학자로서의 저의 개인적 삶을 잠시 되돌아보는 것을 양해해 주시기 바랍니다.

우리 모두의 존숭을 받는 선배님이신 고(故) 이청준 작가에게는 고향인 장흥군 회진면 진목리를 떠나 도청 소재지인 광주에서 중·고등학교를 다니는 것조차도 아주 벅찬 일이었습니다. 그다음에 그는 향리의 촉망과 노모의 기대를 저버리고, '돈을 벌 수 없는' 것이 명백한 전공인 독문학을 선택하고, 연이어서 또 작가라는 지난한 길을 선택했습니다.

"어머니, 저는 노래를 짓는 사람이 되어보렵니다 [……] 그러니 어머니, 이제 저는 돈을 벌어 돌아갈 수 없습니다. 그런 아들은 기다리지 마십시오."(이청준, 『해변 아리랑』)

이렇게 향리의 촉망과 노모의 기대를 저버리고 "돈을 벌어 돌아갈 수 없"는 길을 선택한 이청준에게는 작가의 길에서나마 자신의 성실성을 지키는 것이 무엇보다도 소중했고, 그때부터는 이것만은 절대 양보할 수 없는 최후의 선이 되었던 것입니다.

제가 평소 존경하는 고 이청준 선배님과 거의 비슷하게도, 저 역시 고향마을에서 도청 소재지로 진출하는 것이 어려웠고, 나중에 저 또한 향리의 촉망과 제 선친의 기대를 무참히 저버리고 독문학을 선택하여 장차 작가가 되고자 했습니다. 하지만, 독일 유학 중에 ─ 발달된 독일의 민주사회를, 그 제도와 운행의 현장을 경험하자, 일단 먼저 교수가 되어 독재체제에 맞서 싸우면서 우리 국가와 사회의 민주적 발전을 위해 헌신해야 하겠다고 결심하고부터 저는 ─ 작가로서의 길로부터는 점점 멀어져서 ─ 그만 독문학에 발목이 꽉 잡혀 버리고 말았습니다.

나중에 저는 이 독문학의 길에서조차도 여러 난관에 부딪히곤 했습니다. 그러나 저는 엄청난 불효와 용서받을 수 없는 배신의 대가로 저에게 유일하게 남은 이 길 위에서조차도 또 불성실할 수는 없었습니다. 그래서, 저는 더는 한 발자국도 물러설 수 없었고, 저의 미약한 힘을 다히여 이 분야를 위해 지금까지 제 나름대로는 분투해 왔습니다.

이제 저는 우리 학문 전반에 대한 회고로 넘어가겠습니다.

이 땅에서의 독어독문학 연구는 일제 강점기에 박용철, 김진섭 등에 의해 시작되었습니다. 하지만, 진정한 의미에서의 한국 독어독문학은 아무래도 1945년 해방 이후에 다시 시작된다고 보아야 하겠습니다.

일제가 물러나고 1946년에 경성제국대학의 후신으로 국립 서울대학교가 재편되었고, 문리과대학 문학부 안에 독어독문학과가 탄생했습니다. 하지만, 광복과 독립이라는 새 시대를 맞이하여 우리 대한민국의 새로운 자주적 학문 전통을 수립하겠다는 뚜렷한 목표 의식과 창조적 열정은 유감스럽게도 아직 찾아보기 어려웠습니다.

해방과 독립을 맞이한 지 13년이나 지난 1958년에야 한국독어독문학회가 창립된 사실만 보더라도 이와 같은 당시의 정황이 짐작됩니다. 독일 하이델베르크대학 유학에서 1958년에 귀국한 고(故) 강두식 교수님을 중심으로 창립된 한국독어독문학회는 1959년에야 「독일문학」 지(誌) 제1집을 출간합니다. 강 교수님은 한국문학의 세계적 발전을 위해서는 우선 우리의 자주적인 외국 문학 연구가 필요하다는 사실을 인식하고 '한국독일문학회'를 출범시켰지만, 당시의 독어독문학 연구는 아직도 일본의 그늘에서 완전히 벗어나지 못한 상태에 처해 있었습니다. 우선, '독일'이란 나라 이름과 '독일어'란 언어 명칭 자체부터가 獨逸(도이츠) '과 '獨逸語(도이츠고)'란 일본어의 한자를 고스란히 물려받아 한국음으로 발음하고 있었습니다. 일본인이 물러난 땅에서도 여전히 '독일'로 남게 된 것입니다. 인류의 모든 발음을 가장 잘 기술할 수 있다고 하는 한글을 가지고도 'Deutschland'를 [dogil]이라고 말하고 표기하게 된 것입니다. 오늘날의 독일인들이 자기 나라의 한국 이름에 왜 [g]라는 자음 발음이 들어가야 하는지 의아하게 생각하게 되는 발단입니다. '게테'의 『젊은 베루테루의 슬픔』은 괴테의 『젊은 베르터의 슬픔』으로 간신히 인명 발음만 개선되었고, 'Deutsche Literaturwissenschaft'는 일본인의 번역을 그대로 차용하여 '독일 문예학(獨逸文藝學)'으로 번역되어, 그동안 널리 통용되기에 이르렀지만, 실은 독일 문학을 과학적으로 연구하겠다는 의미이기 때문에 '독일 문학(학)', 또는 '독일 문학 연구'

라 번역해야 마땅한데, 엉뚱한 개념을 하나 더 만들어서 독문학도는 물론이고 국문학도나 영문학도 등 인문학도에게 불필요한 혼선만 야기했습니다.

당시 대학 강의에서는 '고전주의', '사실주의' 등 강의 제목만큼은 꽤 근사하게 제시되긴 했지만, 어느 작가의 작품 하나를 선택, 등사판으로 임시 교재를 만들어 나누어 가진 다음, 한 학기에 그 작품 하나를 번역하다가 대개는 그 번역마저도 다 끝내지 못한 채 그만 종강하고 마는 실정이었습니다.

오늘날 우리 한국독어독문학의 발전상을 살펴보건대, 정말 우리는 비약적 발전을 거듭해 왔으며, 교육 당국과 사회의 독일어에 대한 ― '억압'은 아니라 하더라도 ― '무관심' 하에서도, 그동안 정말 자랑스러운 성취를 이루어 내었다고 자부해도 좋을 듯합니다. 초창기에는 사전 찾기에 의존하여 작품 번역을 주로 해 왔지만, 오늘날에는 독일 여행, 독일 연수, 독일 유학을 통해 현지 독어를 자유로이 구사할 수 있는 국제적으로 열린 독문학도들이 속출하고 있으며, 독어독문학 분야의 국제 교류와 협력도 큰 진전을 이루었습니다. 이에는 한국독어독문학회가 주관하는 설악 심포지엄(1992년 10월 창설)과, 고(故) 김병석 교수가 창립(1992년 7월), 운영해 온 재단법인 한독문학번역연구소의 4개국(한, 중, 일, 독) 국제학술대회 등이 크게 이바지하였습니다.

진실로 우리 한국독어독문학도들은 지난 60년간의 발전과 성취에 큰 자부심을 느낄 만합니다.

하지만 이런 괄목할 만한 발전과 성취에도 불구하고 아직도 우리에게는 앞으로 해결해야 할 과업들이 적지 않습니다.

우선, 우리 독어독문학자들은 일반인들에게 올바른 독일상을 전달하는 일에 너무 소홀히 했음을 반성하고, 앞으로 독일어, 독일문화, 독일 사회에 대한 일반 국민의 인식을 훨씬 더 긍정적인 방향으로 끌어올려야 할 것입니다. 2003년에 우리 학회는 제2외국어 관련 6개 어문학회장 및 7개 교사회와 함께 '한국 제2외국어 교육 정상화 추진위원회'를 결성하고 당시 무너질 조짐이 보이던 한국 제2외국어 교육의 정상화를 위해 언론 캠페인을 벌이는 동시에 교육부 장관에게 건의문을 제출하는 등 분투했지만, 끝내 국민의 지지를 얻어내지 못한 채, 교육부 관료들의 고식적(姑息的) 대응과 나태한 관행을 깨뜨리지 못했습니다. 이것은 그때까지의 우리 모두의 역량이 부족했던 탓이기도 하였습니다. 요컨대, 우리 국민과 그 자제들이 독일어와 현대 독일사회의 중요성을 절감하고 스스로 그 언어와 문화, 그 민주적 사회 제도를 배우고 싶을 정도로까지 국민들의 인식의 수준을 끌어올리려는 우리들의 공동의 목표 설정과 그 목표를 향한 일사불란한 공동 노력이 절실하게 필요합니다.

또한, 이와 관련하여, '초·중급 독일어' 교육의 교수법과 교재에 대한 검토와 개선도 필수적으로 뒤따라야 할 것입니다. 아직도 독일어를 일제 강점기의 교수법에 준하여, 문법 위주의 암기식, 하향 주입식으로 가르치고 있는 경우도 더러 관찰되고 있는데, 학회 차원에서 디지털 시대에 부응하는 적절한 교재가 새로이 연구·개발되어야 할 것입니다.

독어학 및 독문학의 전문용어에 대한 올바른 공동연구와 전문용어의 공동 번역작업이 조속히 이루어져야 하겠습니다. 『도이치문학 용어사전』(김병석 외 편, 서울대 출판부, 2001) 같은 선행연구가 부분적으로 나와 있긴 하지만, 여기에는 아직도 학문적 틈새가 아주 많다고 봅니다. 이를테면, 'Sturm und Drang'이란 독일 문학의 한 주요 사조를 아직도 '질풍노도'로 태연히 번역하면서, 어려운 용어를 하나 익혔다는 은근한 '자부심'까지 묻어나는 태도가 이따금 관찰되는데, 이런 일본식 번역의 타당성에도 이제는 의문이 제기되어야 하고 새로운 토의가 있어야 할 것입니다. 이를테면, '폭풍우'를 의미하는 'Sturm'이 '빠른 바람(疾風)'으로 축소되어도 아무런 문제가 없을는지 새로운 문제 제기와 토론이 필요합니다.

지금까지 출판사의 편의와 이해관계에 좌우되면서 무분별하게 수행되어 온 독문학 작품들의 번역도 이제는 한결 수준 높게 기획되고, 문학사적 시대를 대표하는 주요 작품들이 더 촘촘하게 골고루 잘 번역되어야 할 것입니다. 이에는 건전한 '번역비평'이 우리 학계에 뿌리를 내리는 것도 대단히 중요한 관건이라고 생각합니다. '한독문학번역연구소'(소장: 최윤영)가 앞으로 학회와 협력하여 새로운 노력을 경주할 만한 주요 과업이라고 생각됩니다.

우리 한국독어독문학회 외에 독어독문학 관련 13개 학회들이 병립하고 있는 현 상황에도 문제점이 있다고 지적하지 않을 수 없습니다. 독어독문학 관련 학회가 14개나 된 것은 한국학술진흥재단과 그 후신인 한국연구재단의 근시안적 연구정책에 순응할 수밖에 없었던 부득이한 결과로 볼 수도 있습니다. 현 체제의 계속 유지에도 부분적 장점이 없지 않음을 인정한다 치더라도, 같은 인원들이 여러 학회에 소속되어, 비슷한 사무적 일(예: 등재지 승인을 얻기 위한 인력의 중복 소모)에 우리 학계의 젊은 고급인력들이 학문 외적인 불필요한 업무에 시달려야 하는 현 14개 학회 병존 시스템은 앞으로 어떤 식으로든 개선되어야 한다는 것이 저의 생각입니다. 이를테면, 한국괴테학회, 한국뷔히너학회, 한국헤세학회, 한국카프카학회, 한국토마스만학회 등이 다시 통합되든가, 독회 중심으로 축소 운영되고, 학회지를 공유하는 길은 없을까 하는 문제입니다. 이 문제에 대해서는 한국독어독문학회가 먼저 대승적으로 고민하고 필요한 행동에 주도적으로 나설 시점이 아닌가 생각해 봅니다. 왜냐하면, 많은 학회가 난립할 때, 결국 그 모학회인 한국독어독문학회가 반쯤 공동화(空洞化)되어, 그 미래지향적 장기적 책무를 제대로 수행해내지 못하고 늘 대증료법(對症療法)적 현상 유지에만 급급하게 될 것이기 때문입니다.

이렇게 지난 60년을 회고해 볼 때, 그리고 앞으로의 우리 학회의 장래를 내다볼 때, 한국독어독문학회의 회원으로서, 별로 기여한 것도 없이, 오늘 이렇게 여러분들에게 저의 세대가 못다 한 여러 무거운 책무들을 나열하고, 결과적으로는 그 부담을 여러분들에게 떠넘기는 형국이 된 점을 진심으로 부끄럽고도 미안하게 생각하는 바입니다.

하지만, 학문은, 더구나 우리가 몸담고 있는 이 독어독문학이란 학문은, 결코 단시일 안에 빛나는 성취를 이룩할 수 있는 학문이 아니라, 구성원들의 성실한 노력과 지혜가 장기간 축적되어야 비로소 서서히 그 성과를 거둘 수 있습니다. 여기에는 선의의 경쟁과 지혜로운 협동 정신, 그리고 무엇보다도 우리가 이 학문을 함께한다는 뚜렷한 공동의 목표 설정과 그 실천이 절실하게 요청됩니다.

오늘 이 자리에서, 한국독어독문학의 미래의 주인공이신 여러분의 분투를 당부드리면서, 이 부끄러운 자리에서 이만 총총 물러나고자 합니다. 저는 제 목숨이 붙어 있는 한, 앞으로도 한국 독어독문학의 발전을 위해 외곽에서나마 끝까지 진력하겠으며, 또한 앞으로도 늘 큰 관심과 애정을 갖고 여러분의 찬연한 활동을 지켜볼 것입니다.

친애하는 동학 여러분, 지금까지의 저의 무능과 오늘의 이 낭패감에 대해 진심으로 용서를 빕니다! 하지만, 우리 학문과 여러분에 대한 저의 깊은 사랑은 끝까지 변함이 없을 것입니다.

— 감사합니다!

S대 명예교수

안동민

 * 여기서 안 선생님이 자신의 삶을 이청준의 그것과 비교한 점 때문에 평소 삐딱하던 내 마음이 일순 다시 도질 것 같기도 했다. 하지만, 내 못된 심성을 다잡고 다시 생각해 보니, 그 비교가 자신을 이청준의 반열에 올려놓으려는 의도에서 나온 것은 아니고, 도청 소재지에의 진출이 어려웠던 당시의 사정과 "돈을 벌어 돌아갈 수 없는" 길을 걷게 된 과정을 쉽게 설명하기 위한 방편이었음은 명백하다. 마지막에 안 선생님이 자신의 "무능과 오늘의 이 낭패감에 대해 진심으로 용서를" 빌고 있는 것을 보면, 학자로서의 그의 자세까지 의심하기는 어려울 듯하다. 여기서 분명히 말해 두거니와 그가 무슨 '용서'를 빌 만큼 중대한 과오를 범한 독문학자는 결코 아니었다.

 ** 아무튼, 여기까지 이 글 저 자료들을 모아놓으신 안 선생님은 아예 이 글이 소설이기를 그만 포기하시고, 나 허경식에게 모든 것을 떠넘기신 것이다. 자료로 붙여 놓으신 것을 나 허경식이 버리기가 아까워 이렇게 여기에 덧붙여 놓기는 했지만, 소설에 무슨 주 같은 것이 ()안에 들어가 있단 말인가? 앞에서 나 허경식도 한번 고집을 부려 굳이 서지(書誌) 사항까지 밝혀 놓은 적도 있긴 하지만 말이다. 나는 이런 참조 사항들을 모두 없애는 것이 좋겠다고도 생각했지만, 결국 그대로 두기로 했다. 어차피 읽을 사람은 읽을 것이고, 그런 사람

을 위해서 참고 사항이 제시되어 있는 것도 해롭지 않을 듯해서이다.

*** 여기까지 나는 — 안 선생님이 날짜를 밝혀두신 — 일기나 메모에 가까운 몇몇 글들을 연대순으로 정리만 해놓았다. 아마도 안 선생님은 내가 특히 이 부분을 '소설답게' 재구성해서 전체 이야기를 한 편의 완결된 장편소설이 되도록 만들어 주기를 바라셨던 것 같다. 하지만, 장사꾼이 다 된 내가 갑자기 소설을 쓴다는 것이, 그것도 타인의 소설작품을 다시 고쳐 쓴다는 것이 유감스럽게도 내 능력 밖의 일이라는 사실이 금방 드러났다. 이 부분을 전체 이야기에 잘 통합시키기 위해 내가 섣불리 미학적 가필을 했다가는 자칫 전체 문체나 문맥을 뒤흔들어 놓을까 두려웠다는 것이 지금 나 허경식의 솔직한 고백이다. 그래서, 나는 이 자료들을 차라리 원래 형태대로 그냥 정리만해 두는 것이 전체 작품을 위해 더 나을 수도 있겠다는 좀 '안이한 생각'을 하게 되었다. 물론, 이 자료들을 '소설 미학'에 맞게 잘 형상화하는 것이 가장 바람직했겠지만, 나는 당시 안 선생님의 일상과 그의 생각의 편린들을 이렇게 직접 보여주는 것도 크게 해롭지는 않을 것으로 생각했다.

제5부: 그리운 금호강

* 이 제5부는 안 선생님의 '외장 메모리 스틱(USB)'에 아직도 남아 있던 마지막 단원을 원래 원고 그대로 옮겨놓은 것이다.

1. 정 성 성 자 한 글 자

1

2018년의 어느 여름날 저녁이었다. 동민이 도동재에서 독일식 아벤트브로트(Abendbrot)를 막 끝내고 다시 책상 앞에 앉는데, 전화벨이 울렸다. 곽우출판사 허경식 사장이었다.

"선생님, 저녁 식사하셨어요?" 하고 허사장이 물었다.

"응, 방금 간단히 해결했는데!?" 하고 동민이 대답했다.

"식전이시면 좋겠다고 생각했습니다만, 식후라도, 죄송하지만, 잠깐 뵈었으면 합니다, 선생님! 여기 저는 지금 저녁 식사 중인데요, 긴히 소개해 드리고 싶은 분이 계셔서요. 세종로 거리의 파이넨셜 빌딩 안에 있는 '불고기 브라더스'라는 음식점인데, 택시를 타고 오셨으면 합니다! 빨리 뵙고 싶어서요!"

S대 독문과에서 오랜 세월 시간강사를 하다가 근자에 그 절망적인 '보따리 장사'를 괴간히 그만두고, 1인 출판사 사장으로 변신한 허경식 박사가 전화를 걸어온 것이었다. 어딘가 원한과 가벼운 비아

냥 같은 것을 늘 숨기고 있는 듯하던 평소의 그 삐딱하던 태도에서
많이 벗어나서 요즘 와서는 허 박사가 제법 마음을 열어주는 듯했
기 때문에, 동민은 반가운 마음에 서둘러 장수마을의 내리막길을 내
려가서 큰길에서 택시를 잡아탔다. 동민이 그 음식점으로 들어가니,
허사장이 웬 노신사 한 분을 모시고 저녁 식사 중이었는데, 식사하
던 두 사람이 일어섰다.

　"선생님, 갑자기 와 주십사 해서 대단히 죄송합니다."하고 허사
장이 말했다. "보시다시피 저녁 식사를 하다가 문득 선생님 생각이
났습니다. 소개해 드리고 싶은 분이 계셔서요. 이분은 박선준(朴善
焌) 선생님이신데, 운동권의 대선배님으로서……"

　"처음 뵙겠습니다. 박선준입니다. 오늘 여기 허박사와 저녁 식
사를 하던 중에 안 선생님 존함을 전해 듣고 꼭 한번 뵙고 싶었습니
다."

　"아, 반갑습니다!"하고 동민이 말했다. "안동민입니다. 앉으시지
요. 우리 앉아서 편히 이야기하십시다. 식사도 계속하시고요!"

　"여기 이 박 선생님으로 말씀드릴 것 같으면,"하고 허사장이 말
했다. "S대 상과대학 경제학과 재학시절에 친구들과 함께 카를 마르
크스의 『자본론』을 읽으셨다는 혐의로 체포되셔서 무려 13년 6개월
동안이나 복역하신 분이십니다."

　"아, 그러시군요! 박 선생님의 옥바라지를 하신 H 여사님의 가
화(佳話)를 어디선가 감명 깊게 읽은 기억이 납니다만……"하고 동
민이 말했다. "오늘 이렇게 선배님을 직접 뵙게 되니 참으로 반갑고,
또 갑자기 죄송스러운 생각이 드네요! 지금 생각하면, 마르크스의
『자본론』을 읽은 것이 무슨 큰 죄가 될 것도 없는데, 당시 군사독재
에 의해 꽃다운 청춘을 탈취당하셨습니다! 제도권에서 교수로 편안

히 지내다가 무사히 정년 퇴임해서 이렇게 편안히 살아가고 있는 저로서는 이렇게 박선배님을 뵙기가 정말 죄송하네요. 말하자면, 우리 한반도 분단상황 하에서 저희들 대신에 희생양이 되신 셈인데……"

"아, 별말씀을!"하고 박 선생은 얼굴에 미소를 띠고서 담담히 동민을 쳐다보았다. "이제는 모두 다 잊었습니다."

"그래, 지금은 어떻게 소일하고 지내시는지요?"하고 동민이 물었다.

"아, 참! 제가 좀 설명해 드린다는 것이 그만 늦었네요!"하고 허 사장이 나서면서 둘의 대화에 끼어들었다. "박 선생님은 서촌(西村)의 옥인동에서 길담서원이라는 일종의 북 카페를 운영하고 계시는데, 독일식으로 말하자면, 일종의 시민 교양 대학이라고나 할까요, 사설(私設) 문화사업 같은 것을 하고 계십니다. 낮에는 책이나 음료를 파는 주민 휴식공간이기도 한데, 저녁 시간에는 요일별로 여러 종류의 시민 교양강좌를 마련하고 계십니다. 그중에서도 특히 박 선생님 자신이 지도하고 계시는 독어반 스터디그룹이 유명하답니다."

"무슨 지도라 할 것은 없고,"하고 박 선생이 말을 받았다. "강사님도 모시지 못한 채, 각자가 자습해 와서 서로 토론을 통해 독어 텍스트를 공동으로 해석해 보는 조그만 모임이올시다. 최근에는 니체의 『차라투스트라는 이렇게 말했다』를 공동으로 읽어 보았습니다만……"

이 말을 듣자 동민은 갑자기 가슴이 뜨거워지는 듯한 감동을 느꼈다. 동민의 전공인 독어독문학이 부당하게도 교육부 당국의 표적이 되어 오랫동안 대학 개혁의 일차적 대상으로 지목되곤 하였다. 그 결과, 지금 이 나라 고등학교에서는 중국어와 일어가 제2외국어를 완전히 분점하게 되었고, 독일어와 프랑스어 등 서구어 교육이 완전 궤멸 상태였다. 이런 사태가 서구 문화의 본원으로서의 유럽 정신에의 접근을 어렵게 만들 것이 불을 보듯 뻔했고, 또 이것이 앞으로 우리 한국문화의 균형 있는 발전을 위해서도 바람직하지 못하다는 확신 때문에, 동민은 고등학교에서의 서양 제2외국어의 궤멸을 어떻게든 막아 보고자 자신의 미력을 다해 분투해 보았지만, 아무런 효과도 거두지 못한 채, 이제는 그 자신도 정년퇴임을 해서, 모두 잊고 도동재에서 만년을 보내고 있었다. '날은 저물고 갈 길은 먼데, 마음에는 아직 지극한 아픔이 남아있었단(日暮途遠, 至痛在心) 말인가?' — 아닌 게 아니라, 퇴임해서 낙산 꼭대기에 은거하면서 조선(祖先)들의 이른바 안빈낙도(安貧樂道)의 길에 간신히 진입해 있다고 스스로 믿어오던 독거노인 동민의 속마음 어딘가에 아직도 그 어떤 '지극한 아픔'이 남아 있었던 것 같기도 했다.

"그것참, 놀라운 일이올시다!"하고 동민이 말했다. "아. 이 나라 어느 한 곳에서 아직도 독일어 스터디를 하는 분들이 계셨다니! 전혀 상상하지 못했던 일이네요. 그 사실을 듣기만 해도 저는 벌써 가슴이 뜁니다. 혹시 제가 길담서원을 도울 길이 있을까요? 예컨대, 그 독일어 스터디그룹에서 강사로 자원봉사 같은 것을 할 수 있을까요?"

참으로 드문 일이 일어났다. 동민이 이심전심으로 그런 제안을 했던 것인지, 아니면, 허사장과 박 선생이 그런 부탁을 하고자 미리 입을 맞추고 동민을 불러내었던 것인지는 나중에도 확인해 보지는 못했다. 아무튼, 그날 동민은 길담서원에서 독일어반 특강을 해 주기로 그만 덜컥 약속을 하고 말았다. 여기서 이상하다는 것은 당시의 동민이 결코 할 일이 없고 한가로운 사람도 아니었는데, 자신도 모르게 얼결에 그런 큰 약속을 해 버린 것이었다. 동민이 나중에 생각해 보니, 그것은 무엇보다도 죄없이 13년 6개월 동안의 옥고를 치렀다는 S대 경제과 선배님한테 최소한의 예의라도 표하고 싶었기 때문이었다. 물론, 아무도 그런 예의를 동민한테서 기대하지도, 요구하지도 않았겠지만, 동민이 그때 혼자 얼핏 생각하기에, 그 자신은 그런 예의를 꼭 지켜야 할 사람이었다. 1960년 2월 28일, 기마경찰대의 말발굽에 크게 다쳤을 수도, 1964년 3월 24일 굴욕적 한일회담 반대 시위 때 연건소방서 앞에서 경찰의 곤봉에 맞아 사망했을 수도 있었던 그가 무사히 살아남아 제도권의 교수로서 정년퇴임까지 하고, 지금까지 아무 탈 없이 살고 있는 데에 대한 미안한 마음을 어떻게든 표현하고 싶었던 것이었다. 물론, 그 이전에, 이 나라 고교 교육에서 제2외국어로서의 독일어를 지켜내지 못한 죄책을 이런 식으로라도 조금 갚고 싶은 마음이 들었던 것도 사실이었다.

아무튼, 동민은 곧 강의를 시작하기로 하고, 괴테의 『젊은 베르터의 괴로움』을 텍스트로 정했다. 동민은 이 강의가 단순한 독일어 수업만이 아니라 시민들을 대상으로 하는 일종의 인문학적 교양강좌가 되어야 하겠다고 생각했다. 하지만, 수강자 중에는 독일어를 조금 아는 사람도 있었고 독일어라면 완전 초보자도 있어서, 수강생이 불균질적이었다. 그래서, 동민은 독일어 완전 초보자를 기준으로 해서 발음과 문법을 처음부터 가르치고, 그런 가운데에도 그것이 인문학적 강좌가 될 수 있도록 세심하게 계획해서, 정성껏 강의해 나갔다. 그는 매주 공부할 텍스트를 미리 공지하고, 그 대목의 번역문에다 거기에 나오는 주요 문법 사항들을 곁들인 예습지를 만들어 수강생들에게 미리 이메일 첨부파일로 배포했다. 그러므로, 당일 강의 시간에는 주요 대목만 독일어 텍스트로 강독하면서 인문학적 코멘트를 곁들일 수 있었다.

이제부터 길담서원 강의 준비가 그의 일과의 반 이상을 차지하게 되었다. 그가 이 강의에 바친 노력과 시간에 비례하여 수강생들 또한 동민의 열성을 따라와 주었다. 모두 자신의 바쁜 일상을 할애하여 예습을 해 오고 시간 중에는 진지한 질문을 하곤 했다. 부득이한 사정으로 강의에 불참하게 될 때는 아주 미안해하며 모두 그에게 이메일 또는 메시지로 미리 사과의 뜻을 표했다.

정년퇴임을 한 이래로 그는 때때로 특별 강연은 해 왔지만, 후진들의 일자리를 뺏지 않기 위해 대학강의는 일절 맡지 않았다. 그래서, 길담서원에서의 이 자원봉사 강의는 그에게 있어서는 특별한 의미를 지니는 것이었다. 즉, 그는 좀 더 잘할 수 있었으나 그렇게 못했던 지난날의 대학강의를 길담서원에서 다시 한번 시도해 보는 소중한 기회를 얻은 셈이기도 했다.

길담서원에서 『베르터』를 강의한 지 8개월 만에 ─ 강의는 아직 약간 덜 끝났지만, 예습지(豫習紙)를 위한 번역을 먼저 해나가다 보니 ─ 2019년 정월에 『젊은 베르터의 괴로움』이 곽우출판사에서 출간될 수 있었다. 특히, 허경식 박사의 곽우출판사에서 이 책이 나오게 된 것이 낙산 도동재의 은사(隱士) 동민에게는 큰 위로가 되었다. 이 일로 인해, 그는 젊은 날 Y대에서의 자신의 강의 때문에 첫 번째 '구덩이'에 처박혔던 불행한 제자 허경식과 생전 처음으로 마음을 합쳐서, 한 가지 공동 작업을 해낸 기분이 들어서 진심으로 행복했다.

* 아, 이 못난 허경식이 이 자리에서 또 언급되고 있다! 여기서 안 선생님이 자기 "강의 때문에" 내가 첫 번째 '구덩이'에 처박혔다고 말씀하시는 것은 아마도 토마스 만의 소설 『요젭과 그의 형제들』에 나

오는 요젭의 첫 번째 '구덩이(Grube)'를 가리키는 것일 테니, 안 선생님은 늘 자신의 젊은 날의 '구업(口業)'을 의식하고 계셨던 것이 틀림없다. 승이에게는 헤어나지 못할 '구덩이'가 되었지만, 그래도 나는 그 첫 '구덩이'에서 간신히 헤어나왔으며, 이제는 또 두 번째 '구덩이'였던 S대 시간강사 생활로부터도 잘 빠져나왔다. 그 결과 지금은 이 출판사 일이라도 하고 있으니, 안 선생님 말씀마따나 '장하다'라고도 할 수 있겠다.

지금 생각하니, 안 선생님과 내가 곽우출판사의 일로 다시 함께 만난 것이야말로 Y대 강의실과 S대 강사 시절의 '악연'을 넘어 마침내 도달한 소중한 '동맹'으로 볼 수도 있을 것 같다.

"불행한 제자 허경식과 생전 처음으로 마음을 합쳐서, 한 가지 공동 작업을 해낸 기분이 들어서 진심으로 행복했다"는 안 선생님이 더는 이 세상에 안 계신 지금, 나는 내 그 뻐딱해 하던 언행에 대해 선생님께 진심으로 사죄드리고 용서를 빌고 싶다. 하지만, 유명을 달리하신 분을 두고 이런 생각을 하는 것 자체가 다 부질없는 짓이다. 이 작품이나 잘 정리해 드려야 할 것인데, 못된 옛 생각을 버리고 도와드리고 싶은 마음을 내기는 했지만, 막상 능력이 모자란다.

2

2019년 3월이 되자 동민은 드디어 길담서원에서의 『베르터』 강의를 끝낼 수 있었고, 종강 기념으로 수강생들에게 곽우출판사에서 막 출간된 『젊은 베르터의 괴로움』을 한 권씩 선물할 수 있었다.

수강생들이 이대로 헤어지기는 너무 아쉽다며, 이번에는 괴테의 『파우스트』를 강의해 달라고 매달렸다. 이런 경우에 과감히 작별을 고하는 것이 피차를 위해 좋을 때가 많다는 것을 동민이 모르는 바아니었다. 하지만, 어딘지 마음 약한 구석이 생겨 있었던 것인지는 몰라도, 그는 어물어물하다가 그만 다시 그 간청을 수락한 꼴이 되고 말았다. 실은 지난 9개월 동안 많은 시간을 함께 보내며 서로 깊은 인문학적 교감을 나누었기 때문에, 강사와 수강생들 사이에 꽤 깊은 정이 들어있었던 까닭이었다.

동민은 자신에게도 아직 간절히 하고 싶은 일이 남아 있다며, 이번에는 『베르터』 강의 때처럼 번역을 미리 해 드리지는 못하고 『파우스트』 제1부와 제2부의 핵심적인 부분의 원문을 읽고 인문학적 해설을 해 드릴 테니, '민음사'의 정서웅 번역본이나 '책세상'의 김수용 번역본을 미리 참고해서 강의에 임해 달라고 부탁했다.

나중에 동민이 회고하건대, 이 『파우스트』 강독이야말로 진정한 인문학 강의라 할 만하였다. 수강생들은 중세로부터 현대에까지 내려오는 서양 정신사를 한번 훑어본다는 의미가 있었겠고, 동민 자신에게는 평소에 알고 있던 그 지식이 오늘날의 현실에서 볼 때 어떤 실천적 의미가 있을 것인지 다시 한번 생각해 보는 소중한 계기가 되었다.

'시작이 있으면 끝도 있다'라는 말도 있지만, 2019년 연말 무렵에 마침 박선준 선생의 개인적 사정으로 길담서원이 부득이 발전적 해체를 하게 되었는데, 때마침 동민의 『파우스트』 강독도 거의 끝나가고 있었다. 그래서, 12월 중순이 되자, 『파우스트』 강독의 종강 파티가 열렸는데, 이 모임이 그동안의 인문학적 성취를 자축하는 기쁜 자리였지만, 또한 동시에 마치 길담서원의 해체 모임 같은 다소 슬픈 분위기를 띠기도 했다.

3

정년퇴임을 하고 난 이래 동민은 자신이 근무하던 S대 독문과를 방문하는 것을 삼갔다. 그런데, S대 독문과 O 교수가 한국괴테학회장이 되자 괴테 독회가 한동안 S대 독문과의 세미나실에서 열리게 되었는데, 그때마다 동민은 학과사무실에 잠간 들러 우편물을 챙겨 나왔을 뿐, 바쁜 후배 교수들의 연구실을 노크하지는 않았다. 학과를 떠났으면, 후배 교수들을 믿고 모든 것을 맡겨놓을 일이지 자칫 쓸데없는 참섭을 하게 될까 봐 지레 염려한 탓이었다.

2019년 늦여름이었으니, 동민이 정년퇴임을 한 지도 어언 10년이 가까워 오는 시점이었다. 학과장 J 교수한테서 전화가 왔다. 8월 27일(화) 저녁 6시에 시간을 좀 내어달라는 부탁이었다. 그 사연인즉, S대 O 총장이 그날 독일의 전 총리 슈뢰더 박사(Dr. Gerhard Schröder) 부처(夫妻)를 위해 총장공관에서 만찬을 베풀게 되어 있는데, 독문과에서도 누군가 한 사람이 그 자리에 참석해서 독일 귀빈을 함께 영접해 달라는 것이 총장님의 부탁이라고 했다.

"글쎄, 총장님 말씀이 의미 있는 것 같긴 하네!"하고 동민이 말했다. "그런데, 그렇게들 하시지 왜? 설마 퇴임한 지도 오랜 나한테 거기에 참석해 달라는 건 아니겠지?"

"선생님……"하고 J 교수가 머뭇거리며 말했다. "죄송합니다만, 저희가 학과에서 의논해 봤는데, 슈뢰디 총리님의 연세도 있고 하니, 아무래도 그분의 동년배이신 선생님께서 좀 상대해 주시면 좋겠다는 의견들이었습니다."

동민은 일순 이런 부탁은 거절해야 학과가 발전하지 않겠는가 싶은 생각이 들었다

"아, 이 사람들아, 그런 일도 해 봐야 자신감이 생기지 처음부터

잘하는 사람이 따로 있겠나?"

"선생님, 다음부터는 저희가 맡아 하더라도, 이번만은 선생님께서 좀 감당해 주셨으면 합니다. 꼭 좀 부탁드립니다. 다들 그런 의견만 내어놓고는 슬금슬금 빠지는 바람에, 자칫하다간 제가 그 자리에 참석하게 생겼어요. 제가 아직은 그런 일까지는 좀 서툴러서요."

동민은 자신이 아끼는 제자 J 교수가 그 일을 좀 '감당'해 달라는 표현을 쓴 바람에 마음이 조금 흔들렸다. 하긴, 후배들이 자신을 믿고 꼭 좀 '감당'해 달라고 하는 부탁을 매정하게 거절하는 것도 좋지 않을 듯했다. 그래서, 그는 그 만찬에 참석하겠다고 그만 승낙하고 말았다.

그 이튿날 당장 S대 국제협력본부에서 확인 전화가 오더니, 만찬회 며칠 전에는 "만찬 중 적당한 시간에 독일어로 테이블 스피치를 좀 해 주시면 좋겠다"는 총장님의 특별 부탁이 다시 첨가되었다.

일이 점점 커진다는 느낌에다 약간 귀찮다는 생각까지 설핏 들기도 했다. 하지만, 그로서는 이번의 이 '단역(端役)'이 아주 싫은 것만은 아니었다. 왜냐하면, 슈뢰더 전 총리는 사민당 출신인데, 한때 사민당 계통의 장학재단인 프리드리히 에버트 재단의 장학금을 받고 공부한 적도 있는 동민으로서는 슈뢰더야말로 평소에 아주 가깝게 생각해 오던 독일 정치인 중의 한 사람이기도 했다. 그가 보기에, 슈뢰더는 총리 재임 시절에 통일 독일의 달라진 새로운 국제적 위상과 역할을 잘 감당해 낸, 배포가 크고 훌륭한 세계적 정치인이었다. 슈뢰더의 잦은 이혼과 새로운 결혼 소식이 보도될 때마다 동민은 묘한 양면 감정을 느끼곤 했지만, 그건 어디까지나 그의 사생활 문제로서 동민이 무슨 감정을 섞을 처지가 아니었다.

그런데, 근자에 그의 다섯 번째 부인이 되어 국내외의 화제가 된 김소연 여사로 말하자면, F대에서 독어학을 공부한 재원으로서 번역연구소 국제 심포지엄 등에서 동시통역을 훌륭히 해내곤 했기 때문에, 동민은 학계의 선배로서 평소 그녀에게 남다른 신뢰감과 유대감을 느끼고 있었다. 그래서, 그는 슈뢰더 부처를 잘 대접해 보내야 하겠다는 마음을 내었고, 당일 오후 내내 정성을 들여 미리 테이블 스피치를 준비했으며, 그 연설문 한 부를 출력해서, 그 말미에 자신의 서명까지 한 다음, 그 종이쪽지를 안주머니 속에 넣었다. 그러고는 평정심을 유지하기 위해 일부러 운전을 하지 않고 대중교통을 이용하여 총장공관으로 갔다.

O 총장은 지난 1990년대 말에 S대 '21세기 발전위원회'에 자연대를 대표해서 나온 위원이기도 했었는데, 당시 인문대 대표 위원이었던 동민으로서는 그와는 많은 조찬(朝餐) 회의를 함께하며 S대 장기 발전계획을 공동으로 입안했던 인연이 있었다. 그래서, 동민이 총장공관에 들어서자, O 총장이 반갑게 맞아주었고, Y 부총장 등 S대 본부의 간부들도 동민을 정중하게 영접해 주었다. 주스 한 잔을 마시며 잠시 담소하고 있자니, 주한 독일대사관의 빈클러(Peter Winkler) 공사가 슈뢰더 부처를 모시고 들어왔다.

원탁 테이블 위에 참석자 성명이 적혀 있어서 동민이 그 표시대로 앉고 보니, O 총장의 오른쪽으로 슈뢰더 총리와 여성인 Y 부총장, 그리고 빈클러 공사가 자리를 잡았고, 총장의 왼쪽으로는 소연 슈뢰더-김(Soyeon Schröder-Kim) 여사와 동민, 그리고 N 전(前) 경기지사가 앉았으며, K 국제협력본부장 등 본부 보직교수 여러 명이 나머지 자리에 나누어 앉게 되었다.

O 총장이 영어로 간단한 환영사를 했고, 슈뢰더 총리의 독일어 답사가 있었는데, 소연 슈뢰더-김이 유창하게 통역을 했다. 거기서

동민이 비로소 듣고 알게 된 사실이지만, 슈뢰더 총리가 이번에 S대
에 온 것은 O 총장이 그에게 S대 후기 졸업식에서 졸업생들을 위한
축하 연설을 해 달라는 공식 초청을 했기 때문이라고 했다.

국제협력본부장 K 교수의 제의로 N 전 경기지사가 짤막한 건배
사를 했고, 연이어서 식사가 나오기 시작했다.

가벼운 대화 중에 식사가 거의 끝나고 화제도 제법 궁해진 듯한
시점이 되자, K 국제협력본부장이 "우리 S대 독문과의 명예교수이
시며 한국과 독일을 잇는 중요한 가교 역할을 많이 해 오신 유명한
독문학자 안동민 명예교수님"을 소개한다면서, 동민에게 오늘의 귀
빈을 위해 간단한 독일어 테이블 스피치를 부탁했다. 동민은 준비해
온 독문(獨文) 쪽지를 품에서 꺼내어 그것을 조용히 읽기 시작했다.
이런 외교적 의전(儀典)이야말로 동민이 번역연구소에서 고(故) 김
병석 선생님한테 익히 배운 바였다.

"경애하는 O 총장님,
존경하는 슈뢰더 전 독일총리 내외분,
이 자리에 참석하신 여러분,

이 대학의 명예교수로서 이 자리에서 잠깐 말씀드릴 기회를 얻어
무척 기쁘고 큰 영광입니다.

우리 한국의 동시대 시인 정현종의 '방문객(Besucher)'이라는 제목
의 시에는 다음과 같은 시구가 나옵니다.

사람이 온다는 건
실은 어마어마한 일이다

[……] 한 사람의 일생이 오기 때문이다.

오늘 독일연방공화국의 제7대 총리이시며, 현재 생존해 계시는 유일한 전직 독일 총리이신 게르하르트 슈뢰더 박사께서 우리 S대에 오셨습니다.

존경하는 슈뢰더 총리님, 총리님과 함께 정말이지 독일의 과거 극복의 현대사가 우리 S대로 온 것입니다. 빌리 브란트 총리가 폴란드 바르샤바의 유대인 묘소에서 무릎을 꿇은 것을 정점으로 하는 그 과거 극복, 즉 현재 일본의 정치인들이 유감스럽게도 아직도 졸업하지 못하고 있는 듯 보이는 바로 그 과거 극복 말입니다.

총리님한테 저는 남다른 친근감을 느낍니다. 제가 독일사회민주당(SPD) 산하의 '프리드리히 에버트 재단'의 전 장학생이었기 때문만이 아니라, 총리님이 무엇보다도 독일 민주주의의 대표자이시며, 동·서독이 통일된 이후의 세계에서 통일 독일이 감당해야 할 새로운 책무와 그 새로운 나아갈 길을 밝히고, 여러 국내 정치적 난관에도 불구하고 그 길을 몸소 개척해 주신 선구자이시기 때문입니다. 그 선구자적 역할을 제대로 하시다 보니, 그 결과 총리님 개인으로서는 잠시 정치적 고배를 마시기도 하셨습니다. 말하자면, 사적인 희생이 뒤따를 것을 뻔히 내다보시면서도, 시대가 요청하는 통일 독일의 새로운 세계사적 역할을 과감하게 감당해 내신 것입니다.

진실로, 우리 S대 교수 및 졸업생들한테는 총리님께서 현명한 부인과 함께 오늘 우리 S대로 오신 것이 "어마어마한 일"입니다. 왜냐하면, 우리는 서울과 베를린, 한국과 독일 사이의 민주적 협업의 새로운 시발점 위에 서 있기 때문입니다.

이런 의미에서, 자, 우리 다 같이 건배하십시다!

건배(Zum Wohl)!"

동민의 짧은 연설이 슈뢰더 총리 내외의 기분을 고조시키고 그 자리에다 상당히 깊은 의미를 부여했다. 지금까지 비교적 수동적 자세로 앉아서 미소를 띤 채 가만히 듣고만 있던 슈뢰더 전 총리가 갑자기 기분을 내면서 동민을 보고 말했다.

"독문학자이신 선생에게 제가 지금부터 세 수(首)의 시를 읊을 테니, 누구의 시인지 그 시인의 이름을 알아맞혀 보시기 바랍니다."

혹시, 동민의 명예에 누가 되지나 않을까 염려하여 부인이 애써 말리는 눈치를 주었지만, 거기에는 전혀 개의치 않고서 슈뢰더는 이미 첫 번째 시를 낭송하기 시작하고 있었다. 아마도 동민이 자신의 테이블 스피치에서 정현종 시인의 시를 앞세운 것이 이런 빌미를 제공한 듯했다.

동민이 가만히 들어보니, 청년 괴테의 「5월의 노래(Mailied)」였는데, 상당한 품격을 갖춘 우아한 시낭송이었다. 이윽고 낭송을 끝낸 슈뢰더가 어땠느냐는 듯이 동민을 쳐다보았고, 슈뢰더 부인과 총장 이하 S대 보직자들은 다소 곤혹스러운 표정이 되어 다들 눈길을 아래로 내리깔고 있었다. 동민은 약간 미소를 머금은 채 말했다 — "정치가이시지만, 시인 괴테의 풍모를 보이는 참으로 우아한 시낭송이셨습니다. 젊은 괴테의 「5월의 노래」입니다!"

"그렇습니다. 괴테입니다. 작품 이름까지는 필요 없고, 다만 시인 이름만 말씀하시면 되겠습니다. 그럼, 그다음의 시를 들어보시기 바랍니다."하고 슈뢰더는 동민이 미처 안도의 숨을 쉴 틈도 주지 않고, 또 한 수의 시를 암송하기 시작했다. 동민은 뜻밖에도 슈뢰더에 의해 실력 테스트를 당하는 꼴이 된 것 같아서, 다소 난처한 기분이

들기도 했다. 하지만, 기왕에 벌어진 일이니만큼 그는 슈뢰더가 읊는 시를 주의 깊게 듣는 것이 먼저였다. 슈뢰더 자신 이외의 다른 사람들은 이 예기치 않게 벌어진 상황이 흥미진진하면서도 다소는 민망하기도 해서 모두 경청하는 자세를 취하고 있었다. 동민은, 자신이 처하게 된 현재 상황이 난처할수록, 이 순간을 슬기롭게 넘겨야한다는 당위성만은 잘 인식하고 있었기 때문에, 그저 차분한 심정으로 낭송되고 있는 시를 유심히 들었다. 슈뢰더의 낭송이 이번에는 격정에 휘말려 들고 있었다. 동민의 옆에 앉은 부인은 집게손가락으로 식탁을 약간 두드리며 시의 운율을 따라가는 시늉을 하고 있었지만, 실은 동민에게 미안한 마음을 그런 식으로 감추고 있는 듯했다. 한국에서 독문학을 공부해 본 사람은 다 아는 일이지만, 독일어로 낭송하는 시를 알아듣는다는 것은 어학적 재능과 폭넓은 문학적 지식을 요하는 일로서, 그 작품을 쓴 시인을 알아 맞춘다는 것이 결코 쉬운 일은 아니었다. 그런 사이에 시 낭송이 끝나서 다들 박수를 치고 있었다.

"격정이 실려 있는 프리드리히 쉴러의 담시인데, 아마도 「인질 (Die Bürgschaft)」인 것 같습니다."하고 동민이 말했다.

"그렇습니다. 쉴러입니다."하고 슈뢰더가 말했다.

좌중에서 누군가가 동민에게 67점은 이미 따놓은 셈이니 안심하시라는 격려의 말을 해 주기도 했다.

"이제 마지막 시를 낭송하겠습니다."하고 슈뢰더가 말하고는, 금방 또 다른 시 하나를 읊어나가기 시작했는데, 그 어투가 또 쉴러의 담시(譚詩) 같았다. 동민이 가만히 듣고 있는데, '종(Die Glocke)'이라는 단어가 툭 튀어나왔다. 『한국 교양인을 위한 새 독일문학사』의 저자인 동민에게는 이것이야말로 쉬운 퀴즈였다. 그것은 프리드리히 쉴러의 유명한 담시 「종에 대한 노래(Das Lied von der Glocke)」가 틀림없었다. 슈뢰더의 낭송이 끝나자 잠시 박수갈채가 있었지만, 이윽고 좌중은 쥐죽은 듯이 고요해졌다. 총장 이하 거기에 앉아 있던 사람들 모두는 동민이 제발 이 어려운 관문을 무사히 통과하기를 빌지 않을 수 없는 상황이었다. 이윽고 동민이 말했다.

"이번에도 프리드리히 쉴러입니다!"

"아, 맞아요!"하고 슈뢰더가 말했다. "역시 훌륭한 독문학자이십니다. 내 고국의 시인들을 이렇게 다 알아보는 선생에게 경의를 표합니다!"

이 순간 좌중의 모든 사람이 자신도 모르게 환호하면서 동민에게도 큰 박수갈채를 보냈다. 동민이 낭패를 볼까 조마조마해 하던 O 총장과 슈뢰더 부인이 특히 더 기뻐하는 것 같았다.

"아, 안 교수님, 정말 대단하십니다!"하고 K 국제협력본부장이 기뻐하면서 낮은 소리로 말했다. "세 문제를 다 맞추셨으니, 백점이네요, 백점!"

"아, 별것 아닙니다."하고 동민 역시 낮은 소리로 대답했다. "시의 분위기를 파악해서, 대강 때려 맞춰야 하는 상황인데, 운 좋게 맞춘 것뿐입니다."

나중에 동민이 다시 생각해 보니, 그가 세 문제 모두 다 맞춘 것은 슈뢰더의 입장에서는 아주 당연한 일에 불과했다. 실은 슈뢰더는 동민을 테스트하려던 것이 아니라, 동민이 정현종의 시를 읊고 나왔으니, 슈뢰더 자신도 좌중에다 자신이 단순한 정치인에 그치지 않고 시도 낭송할 줄 아는 교양인임을 보여주고 싶었던 것 같았다.

아무튼, 그다음부터는 슈뢰더 전 총리의 말문이 터져서, O 총장 이하 좌중의 모든 사람들은 그저 맞장구나 치며 듣고만 있으면 되었다. 부인이 잇달아 명통역을 해 주었기 때문에 모두들 편안한 마음으로 슈뢰더의 유머에 찬 갖가지 세계사적 회고담을 즐길 수 있었다.

시간이 너무 빨리 흘러서 금방 헤어질 시간이 된 것을 다들 아쉬워해야 하는 그런 화기애애한 만찬이었다.

동민은 조금 전에 자기가 낭독했던 그 테이블 스피치 쪽지를 슈뢰더 부인에게 건네주면서 나직하게 말했다. "내 서명이 들어있는 연설문입니다."하고 그가 말했다. "혹시 나중에 기념이 될까 해서 드립니다." 이렇게 뒷마무리를 짓는 것도 실은 그가 고(故) 김병석 선생님한테서 보고 배운 바였다.

그는 O 총장과 슈뢰더 전 총리 부처, 그리고 빈클러 공사 등에게 작별 인사를 하고는 급히 총장공관을 빠져나와 마을버스와 전철, 그리고 또 하나의 마을버스를 갈아타 가며 도동재로 되돌아왔다.

그것은 혼자 쓸쓸히 돌아오는 제법 먼 귀갓길이긴 했다. 하지만, 도중에 동민은 자신이 그래도 의미 있는 단역 하나를 해낸 하루였다며 자신을 위로했다. 도동재에 도착하자마자 그는 겉옷을 대강 벗어던지고 금방 쓰러져 잠이 들었다. 그가 정신을 차리고 보니, 어느덧 아침 햇살이 동창을 뚫고 방 안 가득히 들어와 있었다.

'어제는 이 독거노인이 단역을 한 건(件) 제법 잘 해내었지?'하고 동민은 아침 커피를 끓이며 생각했다. '무슨 역이든지 제대로 감당해 내어야 그래도 베테랑이라 할 수 있지 않겠어? 하지만, 내가 뭐 할 일 없는 사람은 아니지! 오늘은 또 오늘 할 일이 있었지, 아마?'

4

아닌 게 아니라, 동민에게는 아직도 해야 할 일이 많이 남아 있어서, 장편소설을 쓰는 일은 자꾸만 중단되거나 미루어지고 있었다. 토마스 만 독회의 회원들과 공동 번역한 『토마스 만 단편 전집(全集)1』을 내려고 번역 원고들을 모아 곽우출판사에 넘겼었는데, 그 교정쇄가 도착해 있었다. 그것을 확인차 한번 죽 훑어보는데, 오역이나 비문(非文)이 꽤 자주 눈에 띄었다. 각 역자들을 믿고 원고 검토를 찬찬히 해 보지도 않고서 그냥 출판사에 넘긴 것이 큰 잘못이었다. 이렇게 되기 전에 미리 면밀한 교열 작업이 있어야 했었다. 역자 본인들의 자기 교정은 이미 여러 차례 거친 원고였다. 늦었지만, 누가 나서서 교열 작업을 좀 해야 하겠는데, 모두들 현직에 바쁜 터에 누가 이 보수도 없는 일을 할 것인가? 결국, 동민 자신이 해야, 일이 깨끗하게, 그리고 빨리 마무리될 수 있을 것이었다. 동민은 허경식 사장에게 전화를 걸어, 예기치 않았던 교열 작업이 필요하니, 일이 다소 늦어지겠다며, 조금만 더 기다려 달라고 부탁했다.

그런데, 동민은 이 교열 작업조차도 바로 시작할 수가 없었다. 이번 9월에는 괴테 독회에서 동민 자신이 발표할 순서였기 때문에 우선 그 발표 준비부터 해 놓아야 할 것 같았다.

괴테독회에서의 발표 준비를 한창 하고 있는데, '국제비교한국학회'(회장: 홍정선)라는 곳에서 "한국에서의 외국문학 연구와 한국문학"이란 주제로 학술대회를 개최하기로 했다며, 동민에게 "한국에서의 독문학연구와 한국문학"이라는 주제로 발표해 달라는 부탁이 왔다. 그 학술대회 개최의 취지문에서는 "정지용, 최재서, 김환태 및 해외문학파의 제 인물들로부터 시작하여 해방 후의 김동석, 이양하, 송욱, 김우창, 정명환, 김현, 김주연, 유종호, 백낙청, 염무웅, 오생근,

안동민 등으로 이어지는" 외국문학도들에 의한 한국문학 연구와 비평의 특성을 들면서, 한국문학과 외국문학 연구의 관련성에 관한 발표와 토론을 진행하고자 함을 밝히고 있었다. 비록 말석이긴 하지만, 동민 자신의 이름이 그 취지문에서도 언급된 데다가, 더욱이 이 문제라면 평소 그의 관심사이기도 했기 때문에, 동민은 그 발표를 수락하지 않을 수 없었다. 차라리 『토마스 만 단편 전집(全集) 1』의 출간을 조금 늦추더라도 이 발표는 꼭 맡아서 '감당해내고' 싶었다.

여기까지가 아마도 노경의 그가 '감당할' 수 있었던 업무의 최대치였을 것이었다. 그런데, 동민이 막상 그 발표문을 준비하려다 보니, 한국문학에 관한 그동안의 그의 온축이 빈약하다는 사실이 드러났을 뿐만 아니라, 또 최근에는 김사량(金史良, 본명: 金時昌, 1914~1950)이란 1930년대 말의 재일 동경 유학생 작가 겸 후일의 북한 작가가 당국에 의해 최근에 해금(解禁)되었는데, 이 작가가 동경제대 독문과 출신이라는 사실까지 새로 알려졌기 때문에, 동민이 이 발표를 제대로 해내자면, 최소한 김사량과 독문학의 관계에 대해서는 새로운 연구가 선행되어야 했다.

동민이 근자에 다섯 권으로 출간된 김사량 전집을 구해다가 막 읽으려는 참인데, 그의 K고 동기생 박성옥 거사한테서 전화가 왔다. 3·24 때 중앙도서관에 앉아 책을 읽고 있는 동민에게 시위 참여를 독려했던 바로 그 친구였다. 박 거사는 그동안 파란만상한 인생 궤적을 뒤로 한 채 몇 해 전에는 불교 공부에 심취하는가 싶더니, 또 근자에는 어느 문학잡지에 수필가로 등단해서, 바로 그 잡지의 운영과 편집에도 적극 참여하고 있다는 소문이 들려왔었다. 박 거사의 용건인즉, 잡지사에서 "노벨문학상과 한국문학, 무엇이 문제인가?"라는 심포지엄을 계획 중인데, 동민의 발표가 꼭 필요하니, 부디 연사로 좀 나서 달라는 부탁이었다.

동민은 자신이 지금 다른 중요한 발표를 앞둔 사정을 털어놓으면서, '노벨문학상'이란 테마는 이미 많이 다루어진 주제이어서, 다른 연사를 구하기가 그다지 어렵지 않을 것이라며, 자신의 바쁜 처지를 좀 양해해 달라고 했다. 다행스럽게도 박 거사는 동민의 사정을 잘 알았다며 순순히 전화를 끊어 주었다.

그런데, 한 일주일 뒤에, 동민이 1940년도 아쿠다카와 상(賞) 후보작에 오른 토쿄의 청년 독문학도 김사량의 소설 『빛 속으로』(1939)를 한창 읽고 있는데, 박 거사가 다시 전화를 걸어왔다.

"여보게, 안 교수!"하고 박 거사가 말했다. "내 자네의 사정을 잘 이해하고 내 일에서 그만 면해 주고자 한 것은 자네도 알고 있잖나? 하지만, 심포지엄 준비위원회에서 결국 다른 연사를 못 구했어요. 다들 자네한테 다시 한번 간곡히 청을 해 보라고 공이 다시 내게로 넘어왔으니, 이걸 어쩌겠나? 나로선 다른 방도가 없네! 품앗이를 꼭 좀 해 주시게. 심포지엄의 준비위원장을 맡은 나로서는 여기서 이 일로 내 섭외 능력을 입증해야 할 입장이라네. 자네가 부디 나를 좀 도와줬으면 하네. 간곡히 부탁하네!"

오랜 친구인 박 거사의 이 간청을 차마 뿌리치기가 어려워 동민은 그 부탁을 수락하지 않을 수 없었다.

결과적으로 『토마스 만 단편 전집(全集) 1』의 교열 작업을 더 미루어야 했지만, 동민은 짧은 기간 안에 세 발표를 모두 잘 끝내었다. 괴테 독회에서의 발표, "한국에서의 독문학연구와 한국문학"이라는 강연, 그리고 "노벨문학상에 관하여 ─ 우리 국민과 정부에 바란다!"라는 강연을 모두 무사히 끝마친 것이었다.

세 강연 중 동민이 비교적 쉽게 할 수 있었던 것은 노벨문학상에 관한 강연이었는데, 뜻밖에도 이 강연이 가장 큰 반향을 얻었다. 여기서 그는 우리 문학 작품의 외국어 번역의 중요성을 강조하되, 앞으로는 한국문학을 정식으로 공부한 외국인으로서 문학적 재능까지 갖춘 원어민에 의한 번역이 주가 되어야 함을 특히 강조하였다. 동민이 이 강연을 할 때, 국제PEN 한국본부의 S 이사장과 한국PEN 번역원의 C 원장도 노벨문학상과 관련된 다른 주제의 발표자로서 그 자리에 함께 임석해 있었는데, 그들이 동민의 발표와 견해에 크게 찬동하는 코멘트를 해 주었다.

2019년도 어느덧 12월에 접어들었다. 국제PEN한국본부 K 사무총장으로부터 전화가 왔다.

"안동민 교수님이십니까?"하고 K 사무총장이 물었다. "혹시 교수님께서 최근에 번역하신 작품이 있는지요? 있다면, 그 제목이 무엇인지, S 이사장님께서 여쭈어보라고 하셔서, 전화드렸습니다."

"아, 그래요? 제가 시간에 쫓겨서 번역을 많이 못했습니다. 아, 참! 그런데, 지금 생각하니, 한 권 있긴 있네요. 지난 1월에 곽우출판사에서 나온 괴테의 『젊은 베르터의 괴로움』이란 책입니다."

"예, 잘 알았습니다."하고 K 사무총장이 말했다. "이사장님께 그렇게 보고드리겠습니다. 감사합니다. 안녕히 계십시오!"

이런 전화 통화가 있은 지 며칠 지나서 K 사무총장이 다시 전화를 걸어 와서, PEN번역문학상 심사위원회에서 동민이 제49회 PEN 번역문학상 수상자로 선정되었음을 통보해 주고는, 축하드린다는 인사를 했다. 이런 경과를 통해서 동민이 대강 추측할 수 있었던 바로는 그날 그 문학잡지사의 심포지엄 자리에서 동민의 발표를 함께 들었던 S 이사장과 C 번역원장이 아마도 PEN번역문학상 심사를 앞두고 문득 동민을 상기하게 된 듯했다.

시상식이 12월 27일(금) 오후 4시에 여의도 중소기업중앙회 건물 그랜드 홀에서 개최된다는 PEN의 후속 이메일을 막 읽고 난 참인데, 마침 바로 그 순간, 독일 하노퍼의 소연 슈뢰더-김 여사로부터 온 이메일이 떴다. 그들 부부가 이번 성탄절을 한국에서 보낼 예정인데, 혹시 12월 26일(목) 저녁 시간에 만나 뵐 수 있다면 기쁘겠다는 내용이었다. 실은, 소연 슈뢰더-김과는 지난 8월에 S대 총장 공관에서 만난 이래 소식이 끊겼다가, 그사이에 소연 슈뢰더-김이 독일 베스트팔렌 주의 국제경제협력처의 대표 자격으로 한국 중소기업 사장들을 초치하여 독일의 강소(強小) 기업 사장들과 업무협조 및 친교 관계를 맺어주는 등 한독 양국 경제인들 간의 가교 역할을 열심히 하는 것을 페이스북 포스팅을 통해 알게 된 동민이 "우리나라 경제발전에 큰 보탬이 될 일을 해 주시네요. '슈서방'과 함께 한국 오시거든, 부디 연락 주십시오. '친정 오빠' 비슷한 기분으로, 두 분을 저녁 식사에 초대하고 싶습니다."라는 댓글을 단 적이 있었다.

'얼마나 다행인가!'하고 동민은 생각했다. 이 만찬회와 그 이튿날인 PEN번역문학상 시상식의 일시가 중복되지 않은 것만도 큰 다행이라 여기면서, 그는 12월 26일 저녁 6시에 돈화문 근처의 한정식점 '용수산'에 슈뢰더 부부를 초대하겠다는 이메일 회신을 보냈다. 혼자서 그들 부부를 대접하는 것보다는 이쪽에서도 동행이 있으면 분위기가 한결 좋을 듯하다며, 동민은 대전의 지평(至平) 선생과 장수마을의 이웃인 하성연 박사도 함께 초대하겠다는 양해를 미리 구해 놓았다.

12월 26일 저녁이 되었다. 결과적으로 5명의 만남이 되었다. '슈서방'과 동민은 구면이라서 아주 반갑게 인사를 나누었다. 지평 선생과 하성연 박사도 김 여사와는 독문학을 통한 인연으로 이미 구면이었기 때문에, 5인은 서로 포도주 잔을 부딪히며 한껏 송년 분위기를 내었다. 특히, 지평 선생과 하성연 박사는 둘 다 유창한 독일어로, 통일 독일의 국제적 위상을 높이고 당시의 독일 사회복지 정책을 시의적절하게 잘 정비한 슈뢰더 전 총리의 — 정치인으로서는 개인적 몰락을 초래한 — 공평무사한 사회보장 정책과 통일 독일의 새로운 국제적 역할의 재정립에 대하여, 크게 존숭하는 의견을 말하자, 슈뢰더 전 총리가 매우 기분이 좋아졌다. 그는 동민 일행을 향해서로 말을 놓자며, '우정의 건배'를 제의했다.

이윽고, 만찬 회동이 끝날 무렵이 되자, 동민은 『젊은 베르터의 괴로움』 한 권을 김소연 여사에게 선물로 건네었다. 옆의 슈뢰더 전 총리가 부인에게 무슨 책이냐고 물었다.

"괴테의 『젊은 베르터의 괴로움』인데, 안 선생님께서 최근에 번역하신 책이네요!"하고 김 여사가 대답했다.

"그 책이 내일 PEN번역문학상을 받게 되어 있습니다!"하고 지평 선생이 독일어로 보충 설명을 했다.

"그래요?"하고 슈뢰더 전 총리가 되묻더니, 동민을 보고 직접 물었다. "시상식이 몇 시에 어디서 있지요?"

"오후 4시에 여의도 중소기업중앙회 그랜드 홀입니다."하고 동민이 짤막하게 대답했다.

"그렇다면,"하고 '슈서방'이 부인을 보고 말했다. "우리가 갈 수 있지 않을까? 내일 우리 약속이 6시 아니던가?!"

"아!"하고 동민이 급히 끼이들면서 부인에게 말했다. "그럴 필요까지는 없을 듯합니다!"

"입장이 제한된 모임인가요? 그건 아니지요?"하고 '슈서방'이 물었다. "친구가 상을 받는데, 독일에 있다면 몰라도 여기 서울에 와 있으니, 당연히 참석해서 축하를 해야지요. 당신, 그 장소 다시 여쭈어서 잘 기억해 둬요!"

이런 대화를 끝으로 그들은 '용수산'을 나와 서로 인사를 나누고 헤어졌다. 그들 부부는 주한 독일대사관에서 제공한 듯한 승용차를 타고 호텔로 돌아갔고, 뒤에 남은 동민 일행은 돈화문 방향으로 걸어 나왔다. 적어도 동민 쪽 일행 셋은 그들이 정말 내일 시상식에 나타날 것으로는 아무도 생각하지 않고 있었다. 지평 선생과 하성연 박사도 — 동민이 시상식에 여러 축하객이 모이는 것을 꺼려서 아무도 초대하지 않았다고 말하는 바람에 — 내일 그 자리에 참석할 생각은 전혀 하고 있지 않았다.

그 이튿날 거행된 PEN문학상 시상식은 시, 소설, 희곡 …… 시조, 수필, 비평, 번역 등 9개 분야에 걸쳐 있었고, 또 마지막에는 특별장려상까지 덧붙여져 있었다. 전통에 빛나는 'PEN번역문학상'은 PEN문학상 10개 부문의 하나로 축소되어 있었다. 동민은 연말 단대목이라 학계의 선후배를 초청하지 않은 자신의 처사가 역시 옳았다고 생각하면서, 9번째 수상자 좌석에 조용히 앉아 있었다. 아동문학을 하는 작은딸 현애와 PEN의 회원이기도 한 K고 동기생 B 시인, 그리고 문학잡지사에 관계하는 그 박성옥 거사, 이렇게 셋만 시상식에 부른 것이었다.

시상식은 시 부문부터 시작되었는데, 각 부문의 심사평과 시상, 수상자 소감 발표, 수상자가 그의 친지 및 가족과 함께 사진 촬영을 하는 시간의 순서로 아주 느리게 진행되고 있었다. 각 수상자 본인에게는 영광스러운 시간이겠지만, 축하객들에게는 벌써부터 지루해지기 시작할 듯했다. 동민이 답답해서 무심코 식장을 한번 휘 둘러보았는데, 저만큼 멀찍한 곳에 자리를 잡고 나란히 앉아 있는 '슈서방' 내외가 눈에 확 들어왔다. 동민은 놀라운 마음에 남의 눈을 의식하지도 못한 채 자리에서 일어나서 그들 내외한테로 다가갔다. 그러고는 그들을 모시고 자기 좌석 쪽으로 되돌아와서, 그들에게 자신의 바로 뒷자리에 앉도록 권했다.

이윽고, 시상식 사회를 맡고 있던 K 사무총장이 때마침 소설 부문 수상자와 그의 가족 및 축하객들의 사진 촬영으로 분주한 단상으로부터 잠깐 동민에게로 내려와서 귓속말로 물었다.

"안 교수님, 뒷자리에 계신 외국인이 어디서 많이 뵌 분 같은데, 누구시지요?"

"아, 예! 슈뢰더 전 독일총리 내외분인데, 오늘 저의 수상을 축하하러 와 주셨네요."

"예에? 그렇군요!"하고 K 사무총장이 깜짝 놀라면서 말했다. "매스컴에서 사진으로 뵌 적이 있는 것 같습니다. 잘 알겠습니다. 이따 안 교수님 순서에 특별 축사를 부탁드려야겠군요!"

그런데, 시간이 5시가 지났는데도 시상식은 이제 겨우 희곡 부문 수상자가 축하객들과 사진 촬영을 하고 있는 순서까지 진행되고 있었다. 동민은 '슈서방' 내외가 6시에 약속이 있다는 말을 들은 바 있었기 때문에, B 시인에게, K 사무총장한테 가서 사정을 설명하고, '슈서방'에게 축사를 시키려거든, 그가 미리 축사를 하고 자리를 먼저 뜰 수 있도록 주선해 달라고 부탁했다.

"자, 여러분, 이제 시나리오 부문의 시상으로 넘어가기 전에,"하고 사회자 K 사무총장이 말했다. "한 가지 놀랍고 영광스러운 사실을 여러분에게 알려드리고자 합니다. 우리 PEN회원과 한국 문인 모두에게 정말 영광스럽게도 깜짝 놀랄만한 귀빈께서 이 자리에 참석해 계십니다. 오늘 PEN번역문학상을 수상하시게 될 S대 독문과 안동민 명예교수님의 축하객으로 오신 분인데, 바로 독일연방공화국 전 총리 슈뢰더 박사 내외분이십니다. 다른 중요한 일정 때문에 곧 이 자리를 떠나셔야 하겠기에, 특별히 순서를 앞당겨 슈뢰더 전 총리님의 축사부터 청해 듣도록 하겠습니다. 여러분, 큰 박수로 총리님을 맞이해 주시기 바랍니다."

놀람과 찬탄의 소리, 그리고 큰 박수가 터져 나왔고, 슈뢰더 전 총리가 단상으로 올라갔으며, 부인이 통역을 하기 위해 그의 옆에 섰다.

"국제PEN 한국본부 S 이사장님,

오늘의 수상자 여러분,

그리고 친애하는 신사 숙녀 여러분,

안녕하십니까? 반갑습니다!

우리 독일에도 PEN이 있어서 문인들의 창작을 지원하기 위해 많은 활동을 하고 있기에, 저는 PEN의 중요성을 잘 알고 있습니다. 오늘 제가 한국PEN의 귀한 행사에 이렇게 참석하게 되어 저로서도 큰 기쁨이며 영광입니다.

오늘 저는 두 가지 이유로 이 자리에 왔습니다.

첫째는 제가 태어난 나라의 위대한 시인 괴테의 불후의 작품이 한국어로 번역되었고, 바로 그 번역 작품이 PEN번역문학상을 받게 되었다는 소식을 들었기 때문에, 그 시인의 나라 정치인으로서 이 시상식에 참석하는 것이 저의 의무라고 생각했기 때문입니다.

둘째는 오늘의 번역문학상 수상자 안동민 교수가 저의 친구이기 때문에, 이 자리에 축하객으로 온 것입니다. 저의 아내가 독문학을 공부했고 번역에도 종사하고 있기에, 저는 번역이란 것이 얼마나 고되고 또 얼마나 중요한 작업인가를 잘 알고 있습니다. 안 교수는, 문외한인 제가 보더라도, 탁월한 언어 감각을 지닌 독문학자요, 훌륭한 번역가이십니다. 그의 수상을 진심으로 축하하면서, 그가 앞으로도 더 많은 번역작품을 내어 한독 문화교류에 크게 이바지하기 바랍니다.

또한, 오늘 이 자리에 와서 보니, 다른 장르의 문학상 수상자 분들도 많이 계시네요. 오늘의 모든 수상자님께도 충심으로 축하드리고 부디 건필하시기 바랍니다.

감사합니다."

슈뢰더 전 총리의 축하 연설은 짧고도 명확했기 때문에, 그리고 그의 부인의 통역이 '부부 일심동체'라는 말을 새삼 실감케 해 주는 데가 있었기 때문에, 그야말로 우레와 같은 박수갈채가 터져 나왔다. S 이사장이 단상을 내려오는 슈뢰더 전 총리 부처에게 다가가 감사의 뜻을 표했다. 슈뢰더 전 총리가 자리로 되돌아와, 일어서서 감사의 뜻을 표하는 동민에게 우정의 포옹을 해 주고는, 부인과 함께 총총 홀을 떠났다. 슈뢰더 전 총리의 축사와 그의 포옹과 떠남이 너무나 큰 감동과 깊은 인상을 남긴 나머지 한동안 K 사무총장이 시상식 순서를 다시 다잡는 데에 애를 먹었고, 동민으로서도 이 뜻하지 않은 영광의 순간이 기쁘면서도, 그렇지 않아도 지루한 시상식이 또 지연된 데에 대해서는 다소 미안한 마음이 들기도 했다. 이러는 중에 시간이 흘러 드디어 동민이 상을 받고 수상소감을 말할 순서가 왔다.

〈희수에 받는 격려와 위로〉

저의 은사님이신 고(故) K 교수님께서 PEN번역문학상을 수상하신 것이 1965년이었습니다. 당시 저는 대학 4학년 재학생으로서 시상식 현장에 참석해 있으면서, 언젠가는 저도 이 상을 받을 수도 있겠다는 생각을 잠깐 한 적이 있었습니다.

하지만, 지난 50여 년 동안 저는 PEN번역문학상은 까마득히 잊은 채, 연구하고 가르치는 일에 몰두하며 그냥 바쁘게 살아왔습니다. 2019년 세모에 국제 PEN 한국본부에서 저에게 수상 소식을 알려 온 때에야 1965년의 이 기억이 되살아나 참으로 감회가 컸고 무척 기뻤습니다.

대개 상(賞)을 주는 데에는 '장려'와 '위로'라는 두 가지 의미가 있을 듯합니다. 희수(喜壽)를 앞둔 저에게는 앞으로 좋은 번역 작품을 더욱 많이 내라는 '장려'나 '격려'의 의미가 좀 희박할 것 같아서 다소 겸연쩍고 미안한 마음이 앞섭니다. 앞으로 저에게 남아 있는 시한이 몇 년인지는 알 수 없지만, 충무공께서 "아직도 신(臣)에게는 열두 척의 배가 있습니다"라고 하시던 심정으로, 저에게 남아 있는 몇몇 해를 잘 활용하여 좋은 번역을 더 내도록 노력하겠습니다.

그다음에, '위로'의 의미를 생각해 본다면, 그런 의미가 전혀 없지는 않을 듯합니다. 지난 50여 년 동안 제가 해 온 일들이 거의 모두 독일어 번역의 문제, 크게 보자면, 우리나라와 독일과의 문화교류 및 '문화전이'(文化轉移, Kulturtransfer)와 관련되는 사안들이었습니다.

두 언어 사이를 서로 소통시키고 두 나라 문화를 서로 이해시키는 일을 하기 위해서는 그야말로 무주상(無住相)의 헌신, 두 언어에 대한 무조건적 사랑이 그 중재자에게 체화되어 있지 않으면 안 됩니다. 출발어와 그 문화에 대한 깊은 이해, 그리고 도착어(대개는 모국어)에 대한 지속적인 탐구를 해오면서, 출발어와 도착어를, 즉 작가와 독자를, 똑같이 존중하고, 출발문화와 도착문화를 꼭 같이 섬기는 겸허한 '문화 번역자' 역할을 해야 합니다. 그래서, 이 중개자는 이러한 자신의 실천 행위가 두 언어권에 다 같이 평화와 발전을 가져다줄 것이라는 데에 대한 굳건한 신념을 지니고 있어야 합니다. 또한, 이런 확고한 인문학적 믿음과 그 실천의 전후와 도중에, 자기 자신을 철저히 낮추고, 가능하다면 자신을 완전히 감출 줄 알아야 할 것입니다.

낙산 꼭대기의 우거(寓居)에 숨어서 조용히 만년을 보내고 있는 저를 발견하셔서 이렇게 위로해 주시는 국제 PEN 한국본부에 깊은 경의와 감사의 뜻을 표합니다. 그리고, 번역작업이 응분의 대접을 받지 못하는 우리나라의 열악한 여건하에서 독일어권 문화의 수용을 위해 분투하고 있는 동학(同學) 여러분들과 이 기쁨을 함께 나누고 싶습니다.

— 감사합니다.

시상식이 끝나고 연이어서 만찬회가 있었다. 동민이 작은딸과 친구 B 시인 그리고 박성옥 거사 등 세 명과 함께 한 테이블에 앉아서 식사하고 있는데, 한국PEN의 S 이사장이 잠시 다가와 감사의 뜻을 표했다.

"아, 오늘 참 감사합니다. 안 교수님 덕분에 전 독일총리님까지 우리 PEN의 행사에 오셔서 축하 연설을 해 주시니, PEN으로서는 참으로 큰 영광이었습니다!"

시를 쓴다는 또 어떤 여류 문인이 잠깐 다가오더니 동민에게 말했다. "교수님은 이렇게 그런 높으신 분을 다 알게 되셨어요? 참, 독일 정치인이 다르긴 다르더군요. 우리나라 정치인들이 이런 자리에 올 줄이나 알겠어요, 어디? 그런 격조 높은 축사도 못할 테고요!"

식사가 끝나자 작은딸 현애가 자기는 그만 일찍 귀가하겠다고
해서 혼자 보냈지만, 동민으로서는 함께 기뻐하면서 자못 감격해 있
는 두 친구 B 시인과 박거사와는 그냥 헤어질 수 없을 듯했다. 그래
서, 그들은 전철을 타고 다시 시내로 들어가, 청진동에 있는 독일식
맥주집 '옥토버페스트'에서 한잔 더 하기로 했다. 도중에 B 시인이
핸드폰으로 시내의 다른 저녁 식사 모임에 참가해 있던 동기생들 둘
을 더 불러서 일행이 모두 다섯이 되었고, 제법 근사한 2차 자리가
벌어졌다.

"거 참, 희한한 우연이지?!"하고 박거사가 말했다. "안 교수, 자
네가 『젊은 베르터의 괴로움』의 역자 서문에도 썼더라만, 그 책이
자네의 그 자원봉사인지 재능기부인지 덕분에 덤으로 생긴 번역이
아니었던가 말이지! 그 덤이 결국 이렇게 번역문학상까지 받게 되
었으니, 이게 다 기막힌 우연이 아니고 무엇이겠나?"

"그런데 말이야, 박거사!"하고 B 시인이 말했다. "자네의 그 잡
지사 심포지엄이 없었더라면, PEN의 그 양반들이 번역가로서의 도
동을 발견이나 할 수 있었을까? 내 생각으로는 그분들이 그 행사에
서 비로소 우리 도동의 진면목을 알게 된 것 아닌가 싶은데……"

"그런 것 같기도 하네그려!"하고 박거사가 말했다. "여보게, 도
동! 자네가 그때 내 두 번째 전화 부탁을 그래도 뿌리치지 않고 결국
우정의 품앗이를 해 주었지. 생각하면, 오늘의 이 수상이 자네의 그
우정 덕분이기도 하군그래! 자, 우리 모두의 우정을 위해 축배를 드
세! 우정 만세!"

"그런데, 말이야!"하고 뒤늦게 합류한 화가 김정택이 단숨에 쭉
마신 맥주잔을 탁자 위에 소리 나게 놓으면서 말했다. "슈뢰더 전 독
일총리가 나타났다는 건 또 무슨 소린가? 도동이 상 받는 데에 그

양반이 왜 나타났다는 것인지? 전화로 사연을 얼핏 들었네만, 난 너무 복잡해서 아직도 완전히 못 알아들었네!"

"아, 설명하자면 길어요. 자넨 그만 몰라도 될 듯하네!"하고 박거사가 말했다. "술이나 마셔! 아, 독문학자가 독일 정치인 하나쯤 친구로 가질 수도 있지, 안 그런가? 다만, 독일의 정치인은 문학하는 친구를 제대로 대접할 줄 안다는 게 눈에 확 띄는 점이었어! 감동적이야! 내 일찍이 정치학을 전공했지만, 자기 조국의 시인 작품이 번역되어 상을 받게 된 자리에 참석하는 것이 정치인의 당연한 의무라는 말까지 할 줄 아는 정치가가 이 세상에 존재하리라곤 상상도 못했어! 아, 여기서 그만 우리 한국 정치인들의 수준이 드러나는 듯해서, 참 한심하다는 생각이 드는군!"

"아, 이 사람아!"하고 B 시인이 말했다. "그래서, 자네가 이 땅에서 정치인으로는 대성하지 못하고, 그 대신에 오늘의 이 박거사로까지 정신적 고공비행을 해 온 것 아니겠나!"

"아무튼, 도동, 축하하네!"하고 김화백과 함께 뒤늦게 합류한 사업가 출신의 박병순이 조용히 말했다. "도동과 내가 3학년 2반으로 한 반이었어. 이 친구가 법대에 안 가고 독문과에 간다기에, 그때 우리 반 친구들은 모두들 이 친구의 실력이 독문과에 가기에는 너무 아깝다고들 말했지. 그때 벌써 나는 이 친구가 자기 갈 길을 바르게 찾았다는 걸 알아 봤다네!"

"여보게, 친구들!"하고 박거사가 이미 약간 혀 꼬부라진 소리가 되어 말했다. "우리들이 그저 보기에는, 도동 이 친구한테 오늘 갑자기 행운의 단비가 쏟아져 내리고 잇달아 영광의 무지개가 뜬 것 같단 말이야! 그런데, 이 친구의 평소 처신을 유심히 살펴보자면, 모두가 이 사람이, 이 영천 도동 촌놈이, 혼신의 힘을 다해 구름 조각들을 불러 모은 결과지! 우리가 언뜻 보기에 오늘 이 사람에게 갑자기 영광이 돌아온 것 같지만, 실은 그게 다 이 촌놈이 정성을 다해 살아온 결과야! 필연이지, 필연! 자네들 내 말 알아듣겠나? 말만 '영남의 수재들'이지, 자네들이 어찌 이 대붕(大鵬)의 깨달음을 알아듣겠나? 어이, 도동! 그래도 유가(儒家)의 후예인 자네는 내 이 말 무슨 뜻인지 알 거 아닌가?! 중요한 건 오직 정성 성 짜 한 글자야! 성(誠)이지, 성!"

2. 독거노인과 세상사

1

동민의 번역문학상 수상 소식이 뒤늦게야 알려지자, 2020년 연초에는 축하 전화와 축하 메시지가 넘쳐났다.

"선생님, PEN번역문학상 받으신 것, 축하드립니다!"하고 Y대의 부박사가 전화를 했다. "소식 주지 않으셔서 시상식에 못 가 뵈었습니다. 한국PEN에서 선생님을 너무 늦게 발견한 감이 있지만, 그래도 발견은 했으니, 참 다행이지요! 선생님, 진심으로 축하드려요."

"고마워요! 그동안 내가 번역을 많이 못 한 탓이지, 뭐! 이번에는 그게 마치 무슨 파친코의 구슬처럼, 평소에는 잘 안 들어가게 되어 있는 구멍에 요행으로 툭 떨어져 들어간 셈이지!"하고 동민이 웃으면서 말했다. "시상식 있던 날이 마침 연말 단대목이라 바쁜 사람들한테 폐가 될 듯해서 연락을 하지 않았어요. 축하, 고마워! 부박사도 새해 복 많이 받고 좋은 번역 많이 내어요!"

이런 식으로 여기저기서 축하 인사를 받으면서도, 동민은 작년 가을에 불가피하게 미루어 두었던 『토마스 만 단편 전집(全集) 1』의 교열 작업을 하고 있었다.

동민이 한창 그 교열 작업에 열중하고 있는 판인데, 중국 우한(武漢)에서 발생한 '코로나19'라는 전염병이 국내에도 들어와 창궐한다는 보도가 연일 뉴스를 가득 채웠고, 갖가지 공공 행사나 친구들과의 약속들도 무기 연기되기 시작했다. 동민은 이 기회를 이용하여 그 어렵고 지루한 교열 작업을 끝낼 수 있었다. 그는 교열이 끝난 원고를 각 역자에게 다시 보내어 그 자신이 부득이하게 손을 본 부분들이 더러 생겼으니 역자로서의 최후 확인을 해 달라는 이메일을 보냈다. 마지막으로, 그는 머리말 격인 "『토마스 만 단편 전집(全集)』 제1권을 펴내면서"에다 다음과 같은 대목을 추가로 적어넣었다.

"한국토마스만독회 회원 여러분, 사랑합니다! 처음에는 외람되게도 내가 여러분을 도와드린다고 생각하고 이 일을 시작했습니다. 하지만 결국에는 여러분들이 나를 도우신 것을 깨닫습니다. 여러분의 우의, 사랑, 격려와 성원이 없었던들 이 독거노인이 어찌 이 어려운 작업을 마칠 수 있었겠습니까? 고맙습니다!"

동민이 이런 글을 쓸 수 있기까지는 많은 수고와 끈질긴 인내가 필요했고, 그런 다음에도 자기 자신이 불러온 그 난처한 교열 상황에 대한 자기반성을 거쳐야 했으며, 게다가 이 모든 괴로운 시간을 살아낼 수 있는 평정심이 필요했다.

이것이 2020년 3월 초의 일이었는데, 동민이 정신을 차리고 보니, 코로나19로 세상이 온통 뒤바뀌어 있었고, 3월 제2주 목요일에 열리게 되어 있던 토마스 만 독회도 무기 연기되었으며, 제4주 목요일에 열리게 되어 있던 괴테독회까지도 무기 연기한다는 이메일이 왔다. 인류 역사가 B.C.와 A.D.로 나누어졌던 것과 같이 앞으로의 세계는 '코로나19 이전'(Before Corona)과 '코로나19 이후'(After Corona)로 나누어질 것이라는 예언까지 나오고 있었다.

이런 판국에 동민은 『토마스 만 단편 전집(全集) 1』의 최종 원고를 이메일로 곽우출판사의 허경식 사장에게 보냈다. 그러고는 도동재 안방의 요 위에 그만 쓰러져 누웠다. 그는 너무 피곤했던 고로 오히려 금방 잠들지 못했다. 그러고는 생각했다 — '아, 너무 오래 살고 있구나! '코로나19 이전' 사람으로 그만 끝나도 좋았으련만! 하지만, 내일부터는 그동안 써 오던 글을 마무리해야지! 드디어 아무 다른 일도, 아무런 약속도 더는 없게 됐네. 그야말로 이젠 그 어떤 핑계도 더는 댈 수 없겠구나! 드디어 글을 쓰지 않을 수 없게 되었군! 그래, 내일부터야!'

2
독일의 친구들에게

한 독일 친구가 메일로 저의 안부를 물어왔습니다. 고맙게도 제가 이 코로나 사태에도 무사한지 걱정을 해 주었습니다.

이 메일을 받고 저는 매우 기뻤습니다. 우선 그 친구가 제 안부를 물어준 것이 기뻤고, 그다음에는 제 안부를 묻는 그 친구도 독일에서 이 고약한 바이러스에 걸리지 않고 잘 지내고 있음을 확인할 수 있어서 반가웠습니다.

그래서 저는 그 친구에게 방금 답장을 보냈습니다.

그러고 나서 곰곰이 생각해 보니, 저에게는 그 친구 말고도 많은 선생님, 지인들 그리고 친구들이 독일에 살고 있다는 데에 생각이 미쳤습니다. 그래서, 방금 보낸 메일을 조금만 고쳐서, 저의 다른 독일 친구들에게도 회람 형식으로 한꺼번에 안부 메일을 보내는 것이 좋겠다는 좀 엉뚱한 생각을 하게 되었습니다. 실례가 되는 편지 형식일 수 있겠다는 생각도 하지 못한 건 아니지만, 통상 이런 회람 형식의 메일의 수신자는 따로 답장을 쓰지 않아도 되기 때문에, 이런 형식이 오히려 부담을 줄여 드릴 수도 있겠다는 생각도 들었습니다. 먼저 이 메일의 회람 형식에 대해 너그러운 이해와 용서를 구합니다.

그동안 안녕하신지요?

오랫동안 소식 전하지 못했습니다.

미디어를 통해 다 알고 계시겠지만, 그사이에 코로나19(Covid-19)라는 바이러스 전염병이 중국에서 발생하여 한국과 일본으로 급속히 전파되었습니다. 더욱이 이 유행병이 최근에는 이탈리아와 스페인을 강타했고 프랑스도 더는 안전하지 않으며, 제가 사랑하는 제2의 조국 독일까지도 범접하고 있는 것으로 보도되고 있습니다. 독일대학이 저에게 학자로서의 자질을 길러주었고, 독일의 민주적 정치제도가 저에게 민주적 시민의식을 배양해 주었습니다. 그래서, 독일까지도 위험에 처해 있다는 소식에 저의 마음이 몹시 아픕니다.

저는 잘 있습니다. 이런 '비루(鄙陋)한 시절'에 '비루스'에 걸리지 않고 제가 아직 살아있다는 표시를 보내 드립니다.

저의 근황을 말씀드리자면, 요즘 한 편의 장편소설을 쓰고 있습니다. 장편소설을 쓰겠다는 것이 대학의 독문학과 입학생일 때부터의 저의 꿈이었는데, 그동안 독문학이란 망망대해 위를 항해하다 보니 소설 공부에 그치고 직접 소설을 쓰지는 못했습니다. 이제, 마지막으로 꼭 한 편의 소설을 쓰고 제 삶을 마감하고 싶어서, 드디어 장편소설을 쓰는데, 제가 살아온 삶의 궤적이 워낙 단조로우니까 자꾸만 자서전 비슷하게 되려고 하네요. 괴테의 『시와 진실』이 생각납니다. 어디까지가 '진실'이고 어디까지가 '시'이어야 할 것인지는 참으로 어려운 문제입니다. 하지만, 지금 제가 쓰고 싶은 것은 결코 자서전이 아닙니다. 제가 살아온 발자취를 기록함으로써 저 자신의 공과(功過)를 밝히는 그런 과거 지향적 자서전을 원하는 것이 아닙니다. 제가 쓰는 이야기가 이 한반도에서 앞으로 살아갈 사람들의 미래와 관련될 수 있으려면, 그건 소설이어야 되겠다는 생각입니다. 한반도의 분단상황 아래에서 불행하게 살아가는 제 고국의 독자들이 제가 지어낸 이 이야기에서 ― 에른스트 블로흐가 그의 책 『희망이라는 원칙』에서 말한 ―저 시대적 '예조(豫兆, Vor-Schein)'로서의 희망을 설핏 엿볼 수 있기를 간절히 기대하기 때문입니다. 물론, 작가가 무슨 예언 같은 것을 미리 할 수 있는 선지자(先知者)는 전혀 아니지요. 다만 그가 비록 허구적 이야기라 할지라도 실화보다 더 성실하게 작품을 구성해 놓는다면, 그 이야기로부터, 또는 그 이야기의 대수롭잖은 한 장면으로부터도 어느 독자가 문득 어떤 희망의 '선현(先顯)'을 인식할 수도 있겠다는 생각이지요. 작자 자신도 이런 '예조'나 '선현'을 미처 모르고서 작품을 쓰는 것이지만, 그런 것을 알아보는 것은 어디까지나 독자의 몫이 되겠습니다.

최근 저는 여러분과 제가 본(Bonn), 바이마르, 에어푸르트, 빌레펠트, 라이프치히, 베를린, 프랑크푸르트, 튀빙엔, 슈투트가르트, 아우크스부르크, 뮌헨, 빈, 그라츠 등지에서 함께 보낸 공동의 시간과 그때의 그 유익한 대화들을 자주 회상하곤 합니다.

우리 인문학자들의 담론과 우려에도 불구하고, 이 범세계적 전염병이 우리 지구상에 나타난 것이 제 생각에는 결코 우연이 아닌 듯합니다. 아마도 우리 인류가 지구와 자연에 대해 범한 많은 무례하고도 잔인한 행위에 대해 지금 벌을 받는 것 같기도 합니다.

텔레비전 방송에서 이 범세계적 전염병을 대수롭지 않게 여기며 자신만만한 제스처를 취하는 어느 강대국의 대통령이 저에게는 야비한 장사꾼처럼, 우스꽝스럽고 비열한 어릿광대처럼 보입니다. 그는 아름다운 푸른 별인 우리 지구의 신음과, 생존을 위한 북극곰의 절규에 대한 민감성을 지니고 있지 못한 지도자로서, 이 사태에 약간의 책임이라도 통감해야 할 위치에 있음에도 불구하고, 니체적 자기비판 따위는 결코 한 번도 배운 적이 없는 듯하네요.

그 강대국이야 어쨌든, 제가 깊은 유대감을 느끼고 있는 독일까지도 ― 기후 변화에 올바르게 대처하고 지속 가능한 자연을 위해 늘 세계 각국의 선봉에 서서 노력해 온 몇 안 되는 선진국임에도 불구하고 ― 이 범세계적 전염병에 고통을 당하고 있다는 보도를 접하자니, 저의 가슴이 심한 괴로움에 아려옵니다. 하지만, 이것은 아마도 인류 전체에 대한 단체 징벌인 듯해서 어느 나라도 피해 갈 수 없는 대재앙인 듯합니다. 그렇지만, 저는 독일과 녹일인들이 이 부당한 징벌로부터 곧 빗어날 수 있기를 진심으로 빕니다.

여기 한국에서는 오늘 현재로 사태가 약간 수그러드는 듯한 기미가 보이는 듯합니다만, 방역 당국은 너무 이른 시기에 긴장의 끈을 놓는 것은 절대금물이라고 강력히 경고하고 있습니다. 다행스럽게도 현재 한국은 정보를 완전히 공개하는 비교적 민주적인 정권하에 있고 관과 민이 핸드폰으로 신속하고도 효율적으로 서로 소통할 수 있는 디지털 사회에 진입해 있습니다. 우리 한국인들은 아직까지는 개인 신상 정보 노출 및 유출에 대해 유럽인들만큼 민감하지는 않습니다. 그래서, 개인 신상 정보에 대해서는 한국 방역 당국과 한국 국민이 서로 적절한 선을 잘 지키며 협조하고 있습니다. 또한, 상당수의 한국인들이 몽골의 고비사막과 중국 베이징에서 날아오는 황사 및 미세먼지 때문에 이미 오래전부터 일상적으로 마스크를 쓰고 다녔던 사실도 이번 바이러스와의 전쟁에서는 되레 큰 도움이 되고 있습니다.

친애하는 친구분들, 오늘은 여기까지 쓰겠습니다.

저는 여러분과 가족이 이 미증유의 범세계적 전염병에 걸리지 않고 늘 옥체보존 하시기를 빌겠습니다.

부디 하느님께서 여러분과 저를 어떻게든, 어디서든, 다시 한번 만날 수 있도록 섭리해 주시기를!

홍금에서 우러난 인사를 보내며

2020년 3월 26일

상춘객도 없는데 봄꽃들만 흐드러지게 피어 있는 서울의 어느 산 위에서

선생님의[그대의]

안동민 올림[미니로부터]

- - - - -

회람 메일이어서 회신이 불필요하다는 언급을 했음에도 불구하

고 동민의 이 메일에 많은 회신 메일들이 왔다.

아우크스부르크의 코프만 선생님이 정답고 감동적인 회신을 보내왔고, 빌레펠트 대학의 클라우스-미햐엘 복달 교수도, 뒤셀도르프 대학의 폴크마르 한젠 교수도 회신을 보냈으며, 에어푸르트 대학의 실비아 브레젤 박사, 튀빙엔 대학의 카린 모저 박사도 회신을 보내왔다. 그중에서 특히, 베를린 훔볼트 대학의 에른스트 오스터캄프 교수의 회신 메일을 아래에 옮겨보겠다.

친애하는 미니,

자네 편지를 받으니 정말 기쁘군! 일순 나는 코로나에 고마운 생각마저 들었어. 어쨌든, 이 위기 때문에 자네가 살아있다는 징표를 받게 됐잖아. 그 징표를 받고서 울리케와 나는 진심으로 기뻐했어. 정말이지 우리 둘은 지난 몇 주 동안 자꾸만 중국과 한국 쪽을 바라보면서, 중국과 한국의 친구들이 어떻게 지내는지 궁금해했거든! 그래서 자네가 무사하고 건강하다는 소식을 보내줘서 정말 고마워!

울리케와 나는 — 자네도 와 본 적이 있는 — 베를린 첼렌도르프의 우리집에서 정부의 지침대로 자발적 격리 중이야. 우리는 건강하고 괜찮아. 울리케는 그녀의 '재택 사무실'로부터 매일 한두 개의 기사를 써서 자기 직장인 '북독일 라디오'로 송고하고 있어. 대개는 코로나 위기에 대한 기사들이지. 그리고, 나는 만년의 괴테에 대해 책을 쓰기 시작했는데, 이게 어떤 책이 될 것이고 내가 어떤 독자층을 겨냥해야 할 것인지 아직도 확실하지 않네. 하지만, 그게 뭐 그렇게 중요할까? 자네도 지금 그 소설을 쓸 때 그렇겠지만, 중요한 것은 무엇이든 일을 하나 계획하고 있다는 사실, 거기에 자신의 정신적 에너지를 집중할 수 있다는 사실 아니겠어?

아마도 난 유감스럽게도 자네가 지금 쓰고 있다는 그 한국어 소설을 읽을 수 없겠지만, 그것이 부디 한국인들에게 그들의 과거를 돌아보고 그들의 찬연한 미래를 향해서 나아갈 수 있는 '등대 역할'을 할 수 있기를 빌겠어. 자네가 블로흐의 '희망'을 언급하고 있는 것도 아마 그런 의미일 테지.

우린 오랫동안 서로 보지 못했구나! 울리케와 나는 자주 한국을 생각하게 돼. 그리고, 많은 우정을 경험한 아름다운 너희 나라로 최소한 한 번은 더 가서, 전번처럼 배낭을 메고 너희 나라의 강산을 두루 유람하고 다닐 계획을 세우고 있지. 그래서, 우리 둘이 다시금 한국의 여러 도시와 마을을 답사하면서 어떤 한식당에서 식사할 때는, 그 식당 주인한테 괜히 친구 안 교수를 들먹이면서, 한식 요리에 대해 조금 아는 체도 해 보고, 서툰 영어로나마 그와 일상적인 대화를 나누어 보고 싶다네! 한국 사람들은 참 개방적이고 손님들을 잘 대해 주니까 말이야!. 그럴 때가 어서 왔으면 좋으련만!

울리케는 아직도 직장 일을 하고 있지만, 나는 2016년에 이미 정년퇴임을 했어. 그러나, 나한테 일이 완전히 없어진 것은 아니야. 많은 프로젝트가 아직도 진행 중이지. 그리고, 나는 지난 2017년에 뜻밖에도 '독일 언어 및 문학 아카데미'의 이사장으로 선출되었어. 이 기관에서 수여하는 '게오르크 뷔히너 상' 때문에 자네도 아마 이 기관의 이름 정도는 들어서 알고 있을 거야. 이 기관의 이사장이란 자리는 정말 많은 수고를 요하는 명예직이야. 하지만, 이 직책으로 인해 생기는 업무가 내게 큰 기쁨을 안겨 줄 때도 많다네.

현재 이 세계의 상황이 여러 가지로 걱정스러운 것은 사실이야. 그러나, 이런 일을 겪으니까, 나는 지금까지의 내 인생의 외적 조건들에 대해 감사해야 마땅하다는 사실을 나 자신에게 고백하지 않을 수 없군. 나는 지난 70년 동안 — 그래, 난 다가오는 5월에 70세가 돼! — 평화와 자유 속에서, 그리고 유복한 처지에서 잘 살아왔거든! 독일 역사에서 이런 복을 누린 세대가 지금까지는 없었다네. 하기야 나는 이 인생에서 정말 많은 일을 해내어야 했지. 하지만, 아주 양호한 조건들하에서 일할 수 있어서 정말 다행이었어!

친애하는 미니, 우리 부부는 한국의 다른 친구들이 어떻게 지내는 지도 궁금해! 자네와 꼭 마찬가지로 우리가 아주 친하게 여기는 대전의 안 교수는 어떻게 지내나? 또한, S대 독문과의 숨은 일꾼, 겸허한 리더 임 교수의 근황은 어떠한가? 그리고, 우리 둘에게 다 제자가 되는 홍 교수가 어떻게 지내는지도 궁금하다네.

울리케와 나는 현재 아주 조용한 베를린으로부터 자네에게 충심의 인사를 보내네.

2020년 3월 27일
베를린 첼렌도르프에서

자네의
에른스트.

3

코로나바이러스 때문에 온 나라가 방역에 여념이 없고, 국민들은 보이지도 않는 미물인 바이러스 때문에 마스크를 쓰고 사회생활에 큰 제약을 받고 있으며, 항공 산업과 호텔숙박업, 영화관, 음식점 등이 경영난에 봉착하는 바람에 경제 위기가 코앞에 닥쳐온 상황에서 토마스 만 독회의 책 『토마스 만 단편 전집1』이 허경식 사장의 곽우출판사에서 출간되었다.

사람이 죽어도 제대로 조문도 못하는 시절인데, 실생활과 직결되어 있지 않은 독문학 계통의 번역 책 한 권이 나왔다고 해서 축하해 줄 사람도 없었다. 동민은 애초에 영업이익을 기대하지 않고 이 책을 맡아서 출간해 준 허경식 사장에게 ─ 코로나 사태까지 겹쳤으니 ─ 미안한 마음이 클 수밖에 없었다. 그래서, 그는 이른바 프로모션을 한답시고 친구와 제자들에게 메시지를 보내면서 도움을 청했다. 새로 나온 책의 사진을 찍어 보내면서, 1만 원을 이체해 주면 정가 1만 2천 원인 책을 우송해 드리겠다며 SNS를 보냈는데, 독거노인이 안 하던 짓을 하니까 가엾게들 생각했는지는 몰라도, 다행히도 이틀 만에 100권 판매라는 목표를 무난히 달성할 수 있었다.

그런데, 그중에는 성원해 주고 싶은 마음이 컸거나 공감을 조금 더 표현하고자 두 권에서 열 권 값까지 다양하게 금액을 이체해 오는 사람들이 있었기 때문에, 동민이 그 금액을 일일이 기록하고 그 금액에 상응하는 책 권수를 포장해서 우송하기가 꽤나 번거로웠다. 하는 수 없이 그는 허사장에게 포장과 발송을 좀 도와달라고 했다. 동민이 이체되어 온 일백만 원을 모두 허사장에게 이체했고, 소기의 목적을 일단 달성했으므로 프로모션을 마감한다고 애초의 SNS 수신자들에게 ─ 감사의 말과 함께 ─ 알렸다. 마침 주말이 끼어 있었던 탓으로 뒤늦게 참여하겠다고 연락을 해 온 사람들도 있었지만, 동민은 프로모션이 일단 마감되었으니, 이제는 개별적으로 구매하시고, 가능하다면 학교 도서관에서 책을 주문하도록 추천해 주시면 고맙겠다는 회신을 보냈다.

간단할 줄 알고 시작했던 일인데, 뜻밖에도 많은 시간과 수고를 요하는 행사였다. 허경식 사장한테도 별로 실속도 없는 일을 벌여 오히려 미안한 생각이 들기도 했다. 이 일로 많은 사람과 메시지를 주고받다가 보니, 동민은 코로나 사태 속에서 얼결에 4.15 선거일을 맞이하게 되었다.

야당이 문제인 정부의 경제 실정을 정치 이슈화하는 것은 그런 대로 인정할 만했지만, 아직도 촛불 민심을 완전히 인식하지 못하고 있는 듯한 야당 인사들의 지나치게 보수적인 정치의식이야말로 동민에게는 너무 낡은 것이었다. 투표를 마친 동민은 지난 며칠 동안 책 프로모션 관계로 신경을 많이 쓴 탓인지 피로감을 느껴 그대로 잠자리에 들고 말았다.

동민이 눈을 뜨고 보니, 이미 새날이 밝아 있었다. 그가 일어나 아침 커피를 끓이면서, 텔레비전을 켜 보았더니, 벌써 선거 결과가 보도되고 있었는데, 광주와 전남, 전북은 거의 모두 민주당 일색이 되었고, 대구, 경북, 부산, 경남, 울산에서는 반대로 미래통합당이 우세를 보였다. 또다시 동과 서가 서로 갈리는 구태를 답습하고 있었지만, 수도권은 민주당이 압도적 우세였다. 고질적 지역감정이 아직도 그대로 남아 있다는 사실이 드러났기 때문에, 영남과 호남 사람들의 철저한 반성이 필요할 듯했다.

동민은 우리 국민의 정치의식이 아직은 많은 문제점을 지니고 있다고 느꼈다. 오늘 이렇게 압도적 다수 의석을 얻은 민주당이 앞으로 한국 민주주의를 한 걸음 더 잎딩거 줄 깃인지 지켜볼 일이지만, 당선 축하 꽃다발을 목에 건 채 좀 지나치다 싶을 정도로 환하게 웃고 있는 당선자들의 표정과 몸짓, 그리고 그 지지자들의 환호하는 모습을 텔레비전을 통해 보고 있자니, 동민으로서는 어쩐지 그들한 테서도 큰 신뢰감을 느낄 수 없었다. 거기에는 이제 새로운 시대를 열어가겠다는 엄숙한 다짐 같은 것은 전혀 찾아볼 수 없었고, 전승 자들의 '환호'만 들끓고 있었다. 동민은 그 전승자들한테서 이제 곧 '약탈'에라도 나설 듯한 기세까지 설핏 엿본 듯했다. '아, 무슨 이런 불길한 생각까지!'하고 그는 정치인들에 대한 자신의 뿌리 깊은 불 신을 자책하면서, 일단 텔레비전을 껐다. 그러고는, 컴퓨터의 전원 을 켜서 자신이 써 오던 글이나 계속 써나가기로 했다.

4

어느 유튜브 방송의 보도에 의하면, H 전(前) 총리가 9억 원의 정 치 자금 공여를 받았다던 10년 전의 그 확정판결 사건이 검찰의 '위 증교사'에 의한 희대의 날조라고 한다.

H 전 총리에게 9억 원 뇌물을 준 것으로 증언한 고(故) 한만호 씨의 옥중비망록이 최근 어느 기자에 의해 발굴되었는데, 이 비망록 에서 한만호 씨는 2010년 4월 1일 검찰이 당시 별건으로 구속돼 있 던 자기를 서울 검찰청으로 불러서, 자기에게 "H 전 총리에게 뇌물 을 줬다는 내용의 조서"를 건네주고는, 장차 법정에서의 진술에 대 비해서 그 조서의 내용을 미리 외우게끔 했다는 것이다.

만약 이것이 사실이라면, 대한민국 검찰은 한만호 씨에게 H 전 총리를 모해(謀害)하기 위한 '위증(僞證)'을 '교사(敎唆)'한 것이 된 다. 이건 정말 상상하기 힘든 무서운 일이다.

동민이 이해하기로는, '검사'란 '국가의 변호인(Staatsanwalt)', 즉, 국가를 대표해서, 형사 사건을 수사하고 기소하는 국가공무원을 의미한다. 만약 이 유튜브 방송이 사실이라면, 국가를 대리하여 공권력을 행사해야 할 검찰이 뇌물공여 사건을 날조해서 한 야당 정치인의 앞길을 막고, 그녀를 다시는 재기할 수 없는 죄인으로 주저앉힌 희대의 폭거가 된다.

'아, 국가를 대변해야 할 검찰이 국민의 신망을 받고 있던 한 여성 정치인에게 죄를 뒤집어씌울 기획을 하고, 결국 죄인으로 조작하여 정치적 생매장을 했다. 그런데, 이 나라의 주요 매체들은 왜 이 사실을 중요하게 보도하지 않고 있는가? 이 나라의 기자들은 심층 탐색 보도 같은 것은 아예 잊어버렸단 말인가? 유튜브 이외의 다른 매체들은 모두 검찰의 편일까?' — 동민이 이런 생각에 잠겨 있는데, 마침 텔레비전에서는 광주에 내려간 문재인 대통령이 광주민주화운동 40주년을 맞이하여 기념사를 하고 있는 화면이 나오고 있었다. 입술이 부르튼 채 문 대통령은 40년 전에 광주의 민주시민들에게 발포 명령을 내린 책임자를 반드시 가려내겠다는 굳센 의지를 표명하고 있었다. 동민은 대통령의 입술이 부르튼 것이 보기에 딱하긴 했지만, 한편으로는 이것이 바로 코로나 사태 속에서도 검경 개혁 등 여러 정치적 당면 문제 해결을 위해 분투하고 있는 대통령의 속마음이 겉으로 드러난 표징이기를 바랐으며, 부디 문재인 정부가 한국 사회의 민주화를 한 걸음 더 앞당겨 주기를 간절히 염원하였다.

광주의 민주시민들에게 발포하도록 명령을 내린 책임자를 가려내는 일이니 II 전 총리를 모해하기 위해 다른 일로 수감 중이던 죄수에게 위증을 교사한 검사를 찾아 처벌하는 일은 동민이 생각해도 그리 쉬울 것 같지는 않았다. 그의 생각으로는 그런 일을 저지른 당사자 자신이 언론과 국민들 앞에 자신의 잘못을 공적으로 고백하고 진심으로 뉘우침으로써 그 희생자와 가족들에게 용서를 비는 것이 가장 바람직할 듯했다.

'사람이 살다 보면, 그 어떤 연유로든지 잘못을 범할 수 있다. 그런데, 그 잘못을 고백하고 회개하면서 용서를 비는 것은 지난 시절의 죄과를 덮고도 남을 만큼 사회발전을 위해 유익할 수도 있을 것이고, 보기에 따라서는 무척 아름다운 장면이 될 수도 있을 것이다.' ― 동민은 자신의 생전에 이 나라에서 이렇게 진실이 드러나는 '아름다운' 장면을 단 한 번만이라도 보고 싶었다.

* '가재는 게 편'이라는 속담도 있지만, 검사들과 판사들이 은근히 한 편이 되어 '법치주의'라는 이름으로 검찰 개혁을 저지, 또는 지연시키고자 하는 경향이 있어 왔는데, 요즘에는 이런 검사와 판사의 관계를 두고도 이런 속담이 사람들의 입에 오르내리곤 한다. '전관(前官) 예우' 등을 통한 법조 카르텔과 그들만의 갈라먹기는 요즘에는 많은 국민이 이미 다 알고 있는 뿌리 깊은 부패이며, 이에는 대형 언론사의 기자들도 이미 한통속이 되어 있는 것으로들 인식되고 있다.

여기서 나 허경식은 역사의 죄인들이 스스로 고백, 회개하고 용서를 비는 장면을 보고 싶어하신 인문학자 안 선생님께 심한 답답함을 느끼지 않을 수 없다. 단언하거니와 이 나라에서 그런 일은 당분간은 일어나지 않을 것이다. 안 선생님은 인문학적 유토피아에서의 이상적인 한 장면을 꿈꾸고 계시는데, 권력과 돈, 그리고 그것들을 좇는 율사들과 자본의 충견이 된 기자들이 지배하고 있는 지금 이 나라에서 어떻게 갑자기 그런 '아름다운' 장면이 일어날 수 있단 말인가?

그래서, 나는 안 선생님의 이 시사적 언급을 이 소설에서 그만 빼

버리고 싶은 충동마저 느꼈다. 하지만, 나는 지금까지 한 번도 그런 월권을 한 적이 없었을 뿐만 아니라, 지금의 내 역할로서는 아무래도 너무 심하고 무례한 개입 같아서 일단 자제하기로 했다. 다만, 여기서 분명히 말해 두거니와, 나 허경식은 역사의 죄인들이 반드시 공적인 장에서 응분의 벌을 받아야 한다고 믿고 있으며, 안 선생님의 이런 이상주의적 생각이 자칫 우리 사회가 과거를 청산하고 새로이 앞으로 나아가는 데에, 안 선생님의 본의와는 달리, 오히려 어떤 역기능까지 할 수 있음을 경계해 두고 싶다.

3. 고향을 떠난 아들

1

동포야 보아라

어제 보내준 네 이메일을 참 반갑게 잘 읽었다.

어머님께서 고령에도 건강이 그만하시다니 얼마나 고마운 일이냐!

네가 이제 아들 재민의 뜻을 받아들여 주유소 사업을 정리하고, 동 강포의 우리 옛 과수원 터를 다시 사들여서 만년에 농부로 되돌아왔다니, 이 형은 그게 참으로 잘한 일이리 생각하고, 진심으로 축하하는 마음을 보낸다. 특히, 재민이가 "농사를 크게 지어서 기업체처럼 큰돈을 벌려고 하는 것이 아니라, 자신이 먹을 것보다 조금 더 많이 재배해서 이웃과 나눠 먹겠다는 소박한 마음을 내었다" 하니, 그 말이 참으로 기특하고 귀하게 들리는구나! 그래, 그것이 바로 동강포에 과수원을 일구시고 농사를 짓고 사신 우리 아버님의 뜻이 아니었겠느냐! 금호강이 아름답게 굽이쳐 흐르는 그 동강포 과수원 터야말로 우리 아버님의 한 맺힌 옛땅이라 너와 재민을 따라 거기로 다시 들어가신 어머님의 감회가 정말 남다를 것으로 짐작된다.

또한, 재숙이가 경정으로 승진해서 영천경찰서의 간부가 되었다니, 그것도 참 반가운 소식이다. 우리 집안에서 고위직 경찰관이 다 나오다니! 참으로 격세지감이 든다. 억울하게도 경찰에 의해 두 번이나 쫓김을 당하셨던 우리 아버님께서도 지하에서 기뻐하실 일이다. 예전처럼 힘없는 백성들을 억압하고 괴롭히는 경찰이 아니라 국민에 봉사하는 민주 경찰로 거듭나야 하는 시대에 접어든 만큼, 이 또한 나로서는 기쁘기 한량없다. 재숙의 승진으로 우리 집안이 마침내 설분을 하고 도동 사람들이 자연스럽게 새 국민 공동체의 품안에 행복하게 안겨든 듯한 기분이 드니 말이다!

동포야, 며칠 전에 내가 책장과 서랍들을 정리하다가 문득 우리 집안에 내려오던 서찰과 여러 기록물과 마주하게 되었다. 이것들은 화민 형님이 동강포 과수원을 정리하고 서울 올라오실 때 챙겨 오신 문서들인데, 몇 년 전에 내가 집안 내력을 좀 자세히 공부하고 싶다며 형님께 청해 잠시 빌려온 것이었다. 이제 이 문서들을 두고 어떻게 처리할까 망설이다가, 큰형님은 작년에 돌아가셨기 때문에, 누님과 화민 형님께 의논드린 결과, 두 분 다 그 문서들은 동포 네가 맡아서 간수하는 것이 좋겠다고 하시고, 내 뜻 또한 그래서, 오늘 오후에 그 문서들을 네게 등기로 부치고 나서 이 글을 쓴다.

네 외조부님의 유언에 따라 어머님이 하양에서 동강포로 가져오셨던 서찰들도 그 소포 안에 함께 들어있다. 그 서찰들이 이제 또다시 동강포로 되돌아가는 셈이니, 어머님께서도 그 서찰들을 다시 보시면 감회가 크실 것이다. 그것이 우리 광주 안가와 창녕 조씨의 오랜 세의를 반영하고 있는 귀중한 문서들일 뿐만 아니라, 동포 네가 출생한 사연도 바로 그 문서들을 둘러싸고 전개되었으니까 말이다.

동포야, 예로부터 고향을 지키는 아들이 고향을 떠난 아들보다 조상님으로부터 더 큰 축복을 받아 왔다. 성경에도 고향을 떠나 이집트에서 크게 된 요셉이 있지만, 그에게는 중대한 특별한 역사적 소명이 부여되었을 뿐, 결국에는 고향을 지킨 유다가 아버지 야곱으로부터 가문의 대통을 이어받지 않더냐!

고맙다, 동포야! 나는 네가 ― 재민, 재숙과 더불어 ― 고향을 지키고 있어서 참 든든하고 크게 안심이 된다.

어머님께 말씀드려 다오 ― 고향을 떠난 아들이, 길러주신 어머님 은혜에 깊이 감사드리면서, 사랑하는 마음 가득히 담아 어머님의 무병장수를 기원한다고! 정말 우리 어머님이야말로 그 아름다운 금호강 변에서 장수와 복락을 누리실 자격이 충분하신 분이지!

부디 코로나 전염병에 걸리지 말고, 어머님 모시고 고향과 집안을 잘 지켜나가기 바란다.

2020. 6. 3.

서울 낙산 '도동재'에서

형 동민 씀.

2

작은딸 현애가 도동재로 아버지를 찾아왔다. 그녀는 코로나 사태로 도동재에 칩거하는 아버지를 위해 각종 밑반찬과 음료들 그리고 영양제 등을 가득 담은 쇼핑백을 두 개나 들고 낙산까지 올라왔다.

하지만, 작은딸이 놓고 간 물건들 중 가장 큰 선물은 그녀의 새 창작동화집 『엄마별에게 들려주는 이야기』(느티나무와 새들, 2020)였다. 동민이 책을 집어 들고 표제가 된 작품을 읽어보니, 그것은 아이 어른 할 것 없이 누구나 읽어도 좋을 듯한 쉬운 산문시 비슷한 동화였는데, 독자를 시적 이미지와 자유로운 상상력으로 가득 찬 어떤 별천지로 인도하고 있었다. 현재 대한민국 국민들의 삶의 모습에 대한 가벼운 비판과 앞으로 다가올 바람직한 새 생활의 방식을 언뜻언뜻 보여주는 이런 담박(淡泊)한 작품을 창작한 작은딸이 무척 대견스러웠기 때문에, 그는 속으로 아내 화진을 불렀다 — '현애 엄마! 우리 작은딸이 어느덧 두 번째 창작동화집을 내었네요. 언젠가 독일에서 덕애가 해바라기 그림을 잘 그렸다고 무척 자랑스러워하던 당신이 생각나오! 현애가 속삭이듯 들려주는 이 이야기는 아주 맑고 경쾌해서 멀리 엄마별한테까지도 닿을 듯하니, 부디 기뻐해 주오!'

그때 핸드폰 벨이 울렸다. 누구한테서 온 전화인가 보자니, '내 동생'이란 세 글자가 얼핏 보였다.

"웅! 동포냐?"

"아, 나다! 목소리에 왜 그렇게 힘이 없느냐!?"

"아, 어머님이시군요! 반갑습니다! 목소리가 참 정정하시네요, 어머님!?"

"그래! 난 괜찮다. 이 어려운 시기에 혼자 그 산꼭대기에서 무얼 챙겨 먹고 어떻게 사는지 늘 걱정이다! 동포한테 보내준 서찰들과 문서들을 보자니, 옛 생각이 많이 나는구나! 부디 뭣이든 잘 챙겨 먹고 건강해라! 네 동생 바꿔 주마!"

"아, 형님이세요? 동포입니다!"

"아, 그래! 어머님께서 정정하신 듯하니, 참 고마운 일이다! 그래, 재민이도 잘 있지?"

"예! 그 녀석이 저의 주유소 일을 몇 해 거들더니, 어느 날 갑자기, '돈이 돈을 낳는 이런 무기질적(無機質的) 일'은 지겹다며, 기어이 농사를 짓겠다고 고집을 부리대요. 자식 이기는 부모 없다는 식으로, 저도 그만 어쩔 수 없이 아들 따라 이렇게 동강포로 다시 들어왔네요. 저는 새로 하는 밭일이 그런대로 좋고, 어머님도 아름다운 금호강 변에 다시 와서 참 좋다고 하십니다!"

"그래, 참 잘한 일이다! 우리 집안이 다시 옛터로 되돌아온 셈이니, 난 듣기만 해도 참 반갑고 기쁘다. 재민이가 했다는 그런 말도 참 믿음직스럽고……"

"형님, 코로나에 걸리지 마시고 건강을 지키십시오. 또 전화 드릴게요."

"그래, 고맙구나! 노모를 모신 몸이니, 너도 늘 건강 조심해라! 이만 끊는다."

동생과의 전화를 끝낸 동민은 기력이 좀 달리는 듯해서 탁자 앞에 앉은 채 잠시 가쁜 숨을 몰아쉬었다. 근자에 몸이 많이 오그라들어서 그런지 이제는 비좁은 도동재 안도 꽤 널찍하고 텅 빈 듯 느껴졌다. 그는 동포와 재민 부자(父子)가 동강포에 다시 들어온 사실이 몹시 기뻤고 소가가 아주 믿음직스럽게 느껴졌다.

이제 그에게 아무것도 다른 걱정은 더 남아 있지 않은 듯했다.

문득 그는, "소설 쓰기는 어려울 것 같은데?!"하고 예언해 주던

붊무과의 김형이 생각났다. 지금 와서 결과를 보니, 그의 예언이 적중하였다. 하지만, 동민 자신은 그동안 나름대로 다른 의미 있는 길을 걸어왔으니, 이제 와서 새삼 크게 한스러울 것은 없을 듯했다.

'Y형도 지하에서 만나면 나를 반겨 주실까?' 하고 동민은 생각했다. '세밀한 인과관계로 잘 짜인 완결된 이야기를 만들어 내지 못한 채, 마침내는 처치 곤란해진 잡동사니를 허경식 박사한테 떠넘겨 놓고 내빼 온 나를 보고는, 글쓰기의 엄중함을 뒤늦게라도 깨달았으니 다행이라고 한 번쯤 좋게 말해 주실 법도 한데?!'

'아버님은 또 어떤 표정으로 나를 맞이해 주실까?' 하고 그는 자문해 보았다. '아버님, 6대 독자에게 시집간 누님은 아들 형제를 낳았고, 그 아들들이 또다시 각각 아들 둘씩을 낳아 정씨 집안은 자손이 번성하는 큰 가문을 이루었습니다. 위민 형님의 외동딸 재희는 유능한 국어 교사로 근무하고 있는데, 어제도 저한테 의미가 불분명한 한문 해석을 핸드폰으로 의논해 왔답니다. 화민 형님의 아들 재성은 법학을 전공하더니 변호사로서 어느 환경 단체에서 시민운동을 하고 있네요. 동포의 아들로서 농과대학을 나온 재민이가 아버님의 옛땅 금호강 변의 동강포에서 유기농을 시작했고, 동포의 딸 재숙은 민주 경찰의 간부로 승진했답니다. 또한, 소자의 큰딸 덕애는 북 디자이너로 활동하고 있고, 작은딸 현애는 동화작가가 되었습니다. 제가 지난날 아버님의 기대를 저버리고 독문학을 선택한 이래, 지금까지 많은 시련, 뼈아픈 실패들이 있었고, 자질구레한 성취들도 아예 없지는 않습니다. 이 시련, 실패, 그리고 성취들의 모든 과정을 통해서 저는 늘 아버님의 가르침을 따르고 아버님의 뜻을 미루어 헤아려 도동 사람으로 살고자 애써 왔습니다. 그건 아버님도 다 지켜보셨지요? 결과적으로 보자면, 그때 제가 법학을 선택하지 않은 것은 참 잘한 일이지요? 이제 저도 그만 때가 된 듯해서, 야단스럽게 병원 신세 질 것 없이 조용히 이 도동재에서 그만 끝내고 싶습니다. 이제 불초 소자를 그만 거두어 주시옵소서!'

이 순간 동민의 머릿속에는 뜬금없이, 동강포 과수원 뒤를 유유히 굽이쳐 흐르는 그리운 금호강이 떠올랐는데, 그것은 그야말로 유행불식(流行不息)의 아름다운 강줄기였다. 문득 그는, 흐르는 시냇물을 바라보며 읊었다는 공자의 저 '천상지탄(川上之嘆)'이 생각났다.

'흘러가는 모든 것은 이 냇물과 같도다!(逝者如斯夫)
밤낮없이 그칠 줄 모르고 흐르는구나!(不舍晝夜)'

* 아, 안 선생님의 이야기가 이렇게 끝이 나고, 여기서 나 허경식의 할 일도 그만 갑자기 끝나버렸다. 지금까지 읽어주신 독자님께 감사드린다. 방금 나는 '독자님들'이라고 복수로 썼다가 '들' 자를 지우고 단수로 바꾸었다. 여기까지 참고 읽어주신 독자님이 드물 것 같다는 생각 때문이다.

하지만, 나는 안 선생님의 이 이야기가 이 세상의 그 많은 이야기 중의 하나로서, 간혹 '곽우(藿友)'의 주의를 끌 것으로 생각한다. '곽우(藿友)'가 많진 않아도, 늘 그 씨 정도는 이 세상에 남아 있을 것이기 때문이다.

** 문득 나는 승이를 한번 만나야겠다는 생각을 한다. 우선, Y대의 부인선을 만나서, 시간강사의 고달픔을 좀 위로해 주고 싶다. 그러고 나서는 그녀가 그동안 변함없는 친구로서 보듬어 온 승이의 안

부를 물어서(이 소설 안에도 승이의 이메일 주소 정도는 이미 들어와 있지만 말이다), 부인선과 함께 장승이를 꼭 한번 만나봐야겠다. 안 선생님의 '걱정거리 자식들'인 우리 셋이서 스타벅스 같은 곳에서 버젓이 만난다 해도, 이제는 아무도 염탐이나 추적 따위는 하지 않는 시대가 도래하였다. 정계에서는 검찰 개혁과 고위공직자범죄수사처 설치를 두고 시끄럽지만, 우리가 염탐이나 추적 없이 서로 만날 수 있는 꼭 그만큼만 우리 사회는 진보했는가 보다.

하지만, 문제는 이젠 우리도 그만 늙어버렸다는 사실이다. 안 선생님에 대한 나의 '적개심'이나 '복수심'도 이제 그만 아득하고 희미해 졌다. '코로나-19' 이후의 세상에는 또 새로운 주인공들이 등장하리라. 그들한테는 안 선생님의 분투와 그의 '걱정거리 자식들'의 좌절에 관한 이 이야기가 너무 고리타분한 옛이야기로 느껴질 것 같다. 유감스럽지만, 모든 이야기는 금방 옛이야기로 바뀐다. 괴테의 유명한 말이 생각난다 ― "죽어서 되어라!"

(2020. 9. 17)

곽우 허경식의 후기

이제 9월도 며칠 남지 않았다. 올해는 10월 1일이 추석이니, 이제 곧 중추(仲秋)의 창공이 더욱 높아갈 것이다.

지방대학의 시간강사로서 곽우출판사와 번역 계약을 해놓고 현재 페터 슬로터다익의 『분노와 시간(Zorn und Zeit)』을 번역 중인 후배 N이 전화를 걸어왔다. "곽우 선생님, 추석을 앞두고 형편이 좀 궁해서 그러는데, 미안하지만 계약금 조로 50만 원만 더 생각해 주실 수 있을까요?"

나 자신이 시간강사라는 '구덩이'를 헤어나온 사람이다. 명절을 앞둔 시간강사! 여기에 무슨 다른 설명이 더 필요할 것인가? 나는 두말없이 그렇게 하겠다고 했다. 그러고는, 막상 돈을 부칠 때는, 50만 원을 더 얹어 일금 100만 원을 N의 계좌로 이체해 주었다. 물론, 50만원은 되받지 않을 요량으로 그렇게 한 것이었지만, 다시 생각해 보니, N한테는 괜한 부담감을 안겨줄 수도 있는 쓸데없는 짓을 저질러 놓은 것 같았다. 그래서, 후일 N에게는 직접 계약서를 보여주면서 50만원만 보내준 것으로 기재되어 있다며 그냥 웃어넘기자면, 번역계약서에도 오늘 날짜에 50만원만 보내준 것으로 아예 기록까지 해 놓아야 되겠다는 생각이 들었다.

N과의 번역계약서를 찾느라고 이 서랍 저 서랍을 뒤지다 보니, 5만 원권 돈다발이 가득 차 있는 서랍이 하나 나왔다. 지난여름에 안 선생님이 두고 가신 봉투 안에 꽉 들어차 있던 그 돈다발이었다. '부

탁'도 귀찮던 판에, 평소 꼿꼿한 성품 그대로 '출판 비용' 운운하시던 게 얼핏 생각나서, 그때는 괜한 '반감' 같은 것이 와락 솟구친 나머지 못된 내 성깔을 다스리지 못하고 돈다발들을 그냥 서랍 속에다 다시 쓸어 넣어 버렸던 기억이 되살아났다.

그런데, 이 돈을 다시 보자, 내가 느낀 감정은 이상하게도 더는 '반감'이 아닌 듯했다. 원래 자랄 때부터 버르장머리 없다는 말을 더러 들어온 이 허경식 자신도 정말 놀랐는데, 그것은 천만뜻밖에도 '감사의 마음'이었다. 이것은 마침 예산 밖의 계약금이 더 지출된 터에 안 선생님이 다른 요량으로 미리 넣어 주신 큰돈이 생광스럽게도 그 지출을 보충하고도 남겠다는 그런 얄팍한 계산에서 연유한 '감사'는 분명 아니었다.

'감사'란 말이 나온 김에 고백하건대, 안 선생님의 '미완성 소설'을 다 읽고〔정리하고〕 나서, 나는 별생각 없이 며칠을 그냥 허허롭게 보냈었다. 어딘가 허전한 마음이긴 했으나, 아직도 나는 그 마음의 정체를 제대로 파악하지는 못하고 있었다.

그런데, 그렇게 약간 허한 마음으로 며칠을 그냥 보내 버린 어느 날 문득, 내가 안 선생님을 그다지도 원망해 왔던 이유가 대체 어디에 있었던가 하고 자문해 보게 되었다. 그것은 내 젊은 날의 심한 '상실감' 때문이었겠는데, 나는 그때 내가 잃었던 게 대체 무엇이었던가 하고 다시 자문했다. 설령 내가 순전히 안 선생님의 말씀 때문에 운동권 학생이 되었다고 치자. 만약 내가 정상적으로 무난히 대학을 졸업했더라면, 나는 무엇이 되었을까? 공무원? 외교관? 내 고향 화천 시의 어떤 자영업자? 또는, 내 그 불성실한 태도와 뻣뻣한 성격을 갖고서 웬 대학교수까지? 이렇게 자문해 본 결과, 나는 내가 상실한 것이 그렇게까지 대수로운 것도 아니었으며, 그 당시, 그리고 그 이후에 내가 안 선생님 근처를 맴돌면서 터득한 것, 인식한 것이야말로 내 인생에서 훨씬 더 가치 있고 소중했다는 결론에 도달하지 않을 수 없었다. 하찮은 정보들과 쓸데없는 지식의 파편들에 에워싸여 있었던 나는, 나 자신의 인생 좌표를 대국적으로 조감하여 그 상황을 총체적으로 성찰해 보는 과정을 한 번도 제대로 거치지도 않은 채, 무슨 엄청난 '상실'을 지레 슬퍼하면서 안 선생님과의 '악연'을 끊임없이 원망만 해 온 것이었다.

희한한 일은 나 자신의 S대 박사논문 속에 이미 내가 진작 인식해야 했던 절절한 진실이 적혀 있었다는 사실이다. 소설가는 그의 독자로 하여금 인간 세사의 수많은 파편적 지식과 불완전한 경험을 우선 유기적, 총체적 관련성 속에서 종합적으로 이해하게 한 다음, 거기서 어떤 의미망을 발견해 낼 수 있게끔 작품을 써 놓아야 한다 — 이것이 루카치의 '총체성(總體性)'이란 개념의 영향을 받긴 했지만, 더는 미래에의 '전망성(展望性)' 따위를 미리 요구하지는 않고, 독자 스스로가 에른스트 블로흐 류의 희망의 '예조(豫兆)'를 발견하게끔 작품을 써야 한다고 주장했다는 점에서, 루카치의 소설이론보다 한 걸음 더 진보했다고 자부하는 내 신(新) 소설론의 요지가 아니었던가 말이다!

나 허경식이란 인물은 지금 이 소설 속에서도 두 번이나 '구덩이'에 처박힌다. 두 번 다 나는 '구덩이'에서 빠져나와 지금은 곽우출판사 사상으로 '신장'하였다. 나의 그 일량힌 '상실'은, 안 선생님의 지도를 받은 내 수설론에 의하면, '성장통'에 불과한 것이 아니던가! 이 '성장'의 도정 위에서 내가 도대체 무엇을 그렇게나 '상실'했다고 안

선생님께 왜 걸핏하면 '적개심'이니 '복수심', 또는 '반감'을 일으켜
왔단 말인가?

결국, 나 허경식은 안 선생님의 이 소설을 읽음[정리함]으로써 —
내가 내 학위논문에서 썼던 — "소설 독자의 바로 그 형형한 인식"을
얻었고, 드디어 '곽우'의 길을 찾아내어, 후배들한테는 요즘 아주 '곽
우(藿友)'라는 호(號)로까지 불리고 있지 않은가 말이다! 이래도 '감
사'할 줄 모른다면, 이 소설의 최초의 독자인 나는 안 선생님의 이 이
야기를 잘못 읽은 게 아니겠는가! 혹은, 나 자신의 학위 논문이 문학
적 실천과는 무관하게 허공을 떠도는 공염불이 아니겠는가 말이다!

한편, 독자님들께 제법 '분기(憤氣)'를 뿜으면서 이 글을 읽기 시
작했던 나 허경식이 마침내 깨달았다는 것이 고작 이런 '감사의 마음'
에 귀착했다는 진부한 보고로 이 이야기를 마무리하자니, 지금까지
이것을 참고 읽어주신 독자님들께 정말 부끄럽고 송구스럽다. 그러나
어쩌랴, 원효 대사님도 '한마음 바깥에 또 다른 진리 없다(一心之外 更
無別法)'고 하시며, 이미 잘 아시던 바를 다시 깨달으신 것인데, 나 허
경식이란 유정(有情)이 제 마음속에 이미 들어있던 그 마음을 이제야
비로소 '형형하게' 인식하게 된 것을! 곽우님들의 너그러운 이해를
바랄 뿐이다.

이제 이 곽우출판사 사장이 해야 할 일은 — 오랜만에 '출판 비용'
걱정할 필요 없이 — 장편소설『도동 사람』을 멋진 책으로 출간해 내
는 작업이겠다.

(끝)

격동의 시대를 헤쳐온 학자의 길

임홍배 (문학평론가, 서울대 독문과 교수)

필자는 안삼환 선생님보다 17년 늦게 같은 대학 같은 학과를 다 닌 까마득한 후배로, 1991년에 선생님이 서울대로 부임하신 이래 30년 가까이 선생님을 지근거리에서 보아왔다. 선생님은 서울대에 오신 이래 거의 매 학기마다 후배 강사들에게 회식 자리를 마련해 주시면서 힘들게 시간강사 생활을 하는 후배들에게 따뜻한 위로와 격려를 해주셨는데, 정년 퇴임을 하신 후에도 그 모임은 지속되었 다. 필자 역시 30대 중반 강사 시절부터 그 모임에 빠짐없이 참석했 고, 모임의 구성원들이 대부분 대학 시절부터 잘 아는 선후배들이어 서 나 자신은 강사 신분을 면한 후로도 계속 동석했다. 그런데 작년 에는 코로나 사태의 재앙 때문에 20년 넘게 지속해온 모임이 끊어 지고 말았다. 그래서 아쉽던 참에 마침 작년 9월 19일 한독문학번역 연구소가 주최하는 학술행사에 갔다가 안 선생님을 뵙게 되었다. 안 선생님 자신이 이 연구소의 창립과 근간을 세우는 일을 도맡아 하셨 으니 아무리 코로나 사태가 위중해도 몸소 행사에 참석하신 것이다. 그 자리에는 한국의 독문학계는 물론 독일의 독문학자들 사이에도

'안 브러더스'(!)로 두루 알려진 충남대 안문영 선생님도 오셨다. 바로 이날 안삼환 선생님에게서 그새 한 편의 장편소설을 썼다는 말씀을 처음 들었다. 안 선생님이 일찍이 대학 시절에 문학청년의 꿈을 품고 소설을 쓰려고 했고, 군대에 가기 전에 『사상계』 신인문학상에 단편소설로 응모했다는 얘기는 처음 뵙던 무렵부터 들어온 터였다. 그런데 수십 년 동안 누구보다 치열하게 학자의 길로 정진해 오셨고, 십여 년 전에 정년 퇴임을 하시고서 이제 팔순을 바라보는 연세에 장편소설을 쓰셨다니! 오로지 학문에만 매진해오시면서도 그렇게 오랜 세월 동안 소설의 꿈을 속으로 갈무리해왔다는 사실이 놀랍고 신선한 충격이었다. 그래서 어떤 작품일지 자못 궁금하고 기대가 되어서 책이 출판되기 전에 첫 독자로서 한번 읽어드리겠다고 선뜻 자원했다. 그러고서 며칠 후 원고 파일을 보내주셨는데, 파일을 열고 보니 A4 용지로 400장이 넘는 (200자 원고지로 2500매가 넘는) 방대한 분량이어서 한 번 더 놀랐다. 우선 목차만 훑어본 다음, 언제 날을 잡아서 처음부터 끝까지 단번에 통독을 해야겠다고 마음먹었다. 마침 9월 말부터 추석 연휴가 시작되어, 연휴 중 하루를 잡아 이른 아침부터 밤늦게까지 작품을 다 읽었다. 이렇게 방대한 작품을 쉬지 않고 처음부터 끝까지 몰입해서 읽기는 정말 오랜만이었다. 읽는 내내 가슴이 뭉클하고 떨렸다.

교양소설의 확장과 학자소설의 탄생

이 소설은 주인공 안동민—이 작품은 자서전이 아니라 엄연히 장편소설임을 작품에서도 누차 밝히고 있고, 필자도 이에 공감하므로 이제부터 안삼환 선생님의 존함 대신에 소설 주인공의 이름을 부르도록 하겠다―의 선친이 유년 시절을 보낸 1910년대부터 최근까지 100여 년 동안의 이야기이다. 작품 초반에는 동민의 조부도 잠시 등장하지만, 주로 선친의 인생사와 동민 자신의 평생 역정이 이야기의 기본골격을 이루는 가족 서사라 할 수 있다. 물론 이 가족사에는 일제 강점기와 6·25 전쟁, 4·19와 5·16, 유신독재와 5·18 광주항쟁, 1987년 민주화 투쟁 등으로 이어지는 한 세기 동안의 한국 현대사의 파란이 함께 교직(交織)되어 있으며, 그런 점에서는 시대소설 내지 역사소설에 근접하는 측면도 있다. 또한 이 소설은 주인공 동민의 성장 과정과 평생에 걸친 수기치인(修己治人)의 인간적 연마를 이야기 전개의 줄기로 삼고 있으므로 교양소설(Bildungsroman)의 전통을 계승한 것이라 볼 수도 있다. 그런데 서양에서 교양소설의 효시로 꼽히는 괴테의 『빌헬름 마이스터의 수업시대』(1796) 같은 작품에서 보듯이, 전통적 교양소설은 대개 주인공이 성장기를 거쳐 사회에 진입하고 결혼을 하는 등의 과정을 거쳐 사회의 일원이 되는 데서 끝나는 것이 상례이다. 다시 말해 사회로 진입한 다음에 겪는 갈등과 인간적 성숙의 과정은 다루어지지 않는다. 그런 전통적 교양소설과 비교하면 『도동 사람』은 주인공 동민의 평생에 걸친 분투와 정진의 과정을 다루고 있으므로 매우 큰 폭으로 확장된 교양소설이라 할 수 있다. 괴테가 살던 시대와 비교하면 세상살이가 훨씬 복잡해졌고 평생 내내 공부를 해야 시대에 뒤처져 도태되지 않는 이른바 '평생학습' 시대에 살다 보니 교양소설도 시대의 요구에 부응하여 그만큼 쇄신된 면모를 보이는 것이리 하겠다.

그런데 『도동 사람』이 소설의 역사에서 정말 새로운 것은 '학자소설'이라는 새로운 장르를 개척한 까닭에서다. 필자가 아는 한, 예술가 소설이라는 용어는 있어도 학자소설이라는 용어는 사전에 나오지 않는다. 범박하게 말하자면, 학자의 삶은 소설의 소재로는 어울리지 않기 때문일 것이다. 어느 분야에 종사하든 간에 학자라는 존재는 '개념'을 가지고 사고하고 가르치며 평생 그런 생활을 반복하다 보니 개념과 반복적 일상의 틀에 갇혀서 소설의 소재가 될만한 파격을 경험하기 어렵다. 도대체 소설거리가 생기기 힘든 단조로운 환경에서 살아가는 것이다. 『도동 사람』을 보면 이와 관련된 에피소드가 나온다. 소설의 2부에서 동민은 대학 시절에 불문과 김형(소설가 김승옥)에게 동민이 너무 모범생이어서 소설가가 되기는 어렵겠다는 말을 듣는다. 요컨대 소설가보다는 학자의 길을 택하라는 조언을 해주었던 셈이다. 실제로 동민은 대학원에 진학하고, 독일 유학을 가고, 대학교수로 자리 잡는다. 동민은 그사이에도 몇 차례 중요한 고비마다 소설을 쓰고자 하는 충동이 되살아나긴 하지만, 학자의 길을 끝까지 고수했다. 『도동 사람』을 끝까지 다 읽고서 필자는 역설적이게도 동민이 초지일관 학문의 길에 정진했기 때문에 그 공력에 힘입어 『도동 사람』이라는 소설이 탄생할 수 있었다고 확신하게 되었다. 만약 학자로서 연구하고 학생들을 가르치면서 동시에 소설도 썼더라면, 당연히 심신의 에너지가 분산되어 어느 한쪽도 온전한 경지에 이르기 힘들었을 것이기 때문이다. 더 근본적인 이유는, 동민이 교수가 된 후로도 대학강단에 편히 안주하지 않고 시대의 아픔을 치열하게 겪고 고뇌했으며, 그가 선택한 학문인 독문학이 인문학과 더불어 세인의 관심 밖으로 멀어지는 위기 상황을 타개하고자 누구보다 지극정성으로 분투했기에, 그런 지공무사(至公無私)의 헌신이 그의 삶에 한편의 감동적인 '서사'가 될 수 있는 품격을 부여했기 때문이다. 이 대목에서 대학 시절에 Y형(소설가 이청준)이 동민에게 들려준 조언을 떠올리게 된다. 그는 소설가로 등단한 직후 동민에게 조언하기를, 소설을 쓰려거든 억지로 지어내지 말고 고향을 떠나 살아온 이야기를 진솔하게 써보라고 권했다. 그렇게 조언해준 이청준이 어느덧 유명을 달리한 지금, 동민은 수십 년 전의 조언을 충실히 되새겨 자신이 살아온 삶을 한편의 이야기로 풀어낸 것이다.

이야기의 발원지 ─ '정자'와 '과수원'

발터 벤야민(Walter Benjamin)은 감동적인 이야기가 오래도록 사람들의 심금을 울리는 비결을 일컬어, 마치 이집트 피라미드의 깊은 석실에 보관되어 있던 곡식 씨앗이 수천 년이 지난 후에도 싹을 틔우는 놀라운 생명력과 같다고 했다. 달리 말하면, 사람들에게 감동을 주는 이야기의 흡인력은 마르지 않는 샘물처럼 끊임없이 물이 솟아나는 어떤 원천에서 발원한다. 장편소설이 길어질수록 작품 어딘가에서 그런 샘물 같은 것이 흘러나와야 이야기의 흐름이 막히거나 중단되지 않는다. 『도동 사람』에서 그런 샘물이 솟아나는 발원지가 바로 소설 1부의 제목이기도 한 '정자와 과수원'이다.

16세기 중엽에 이 정자에 완귀정(玩龜亭)이라는 이름을 지은 이는 이 마을의 입향조(入鄕祖)인 안증(安嶒)이다. 주인공 동민의 15대 선조인 안증은 세자시강원의 설서(說書)로서 세자 시절의 인종(仁宗)을 가르치다가, 인종이 즉위 9개월 만에 서거한 후 명종이 12세의 나이로 대를 잇고 문정왕후가 수렴청정하면서 을사사화의 흉조가 엿보이자 과감히 벼슬을 버리고 처가가 있는 이 고을로 낙향했다. 정자 앞으로 흘러가는 금호강 상류 호계천에서 서식하는 '자라를 구경한다'는 뜻의 '완귀'는 안빈낙도의 청렴한 선비정신을 담은 이름이다. 그 정자 옆에 서 있는 향나무 고목은 당시 남명 조식(曺植) 이 안증을 찾아온 것을 기념하여 심은 것이라고 한다. 따라서 이 정 자는 이 고을 후손들에게 안빈낙도와 깨어 있는 선비정신의 표징으 로 기억되었을 것이다. 특히 이 정자에는 살림채가 딸려 있고 작품 의 주인공 동민의 선대와 유년 시절의 동민 자신도 그 집에서 살았 으니, 안증과 조식의 선비정신이 전승된 유서 깊은 집에서 태어나 자란 것이다.

일제 강점기에는 이 정자 옆 서당에 도창(道昌) 학교를 열어 한문 과 영어를 비롯하여 신학문을 가르쳤으니 배움의 터전이기도 했다. 그리고 동민의 부친 안병규는 이 학교 학생 겸 급사로 있다가 바로 이 학교에서 동료 학생 이만이(李晚伊)와 결혼식을 올렸다. 그 혼례 에서 주례를 맡은 조영섭 선생님도 훗날 동민의 집안과 더 깊은 인 연으로 맺어진다. 동민의 모친은 슬하에 네 남매를 두었으나 해방 직후 마을을 휩쓸어간 콜레라로 쓰러져 유명을 달리했다. 홀로 남은 동민의 부친은 나중에 조영섭 선생님이 돌아가신 후에 그의 따님 조 순주와 재혼을 하게 되는데, 조순주는 도창 학교에서 만난 금자 언 니의 손에 이끌려 도동마을로 오는 길목에 있는 금자의 집에서 어 린 동민을 처음 만난다. '하양 아지메'(조순주)가 새어머니임을 알아 본 동민이 '새어머니'라 하지 않고 '어머니'라 불러주고, 국민학교 3학년의 어린 동민이 그렇게 깊은 속을 열어 보인 것에 고마워하면 서 새어머니가 달밤의 강변에서 어린 동민을 안아주는 장면이 처연 히 아름답다. 어린 나이에 여읜 어머니가 얼마나 그리웠으면 새어머 니를 보자마자 어머니라 불렀을까. 게다가, 당시 동민은 미처 몰랐 겠지만, 조순주는 시댁의 시아버지와 남편이 6·25 전란의 와중에 인민군 부역의 누명을 쓰고 처형당하는 비극을 겪고 나서 친정집으로 돌아와 있는 기구한 처지였다. 그런가 하면 동민의 부친도 해방 직후 여운형의 건국준비위원회 조직과 닿는 면단위 인민위원회 부위원장이라는 직책을 친구의 권유로 덜컥 맡았다가—실제로는 아무 일도 한 것이 없음에도—나중에 6·25가 터지자 그 때문에 경찰과 우익세력의 체포령이 떨어지고, 검속을 피해 다름 아닌 완귀정의 마루 밑 너머에 있는 '비밀의 방'에서 숨어 지내면서 목숨을 보전하게 된다. 동민의 성장 과정에 직간접으로 깊은 영향을 주었을 이 모든 사연을 고스란히 간직한 터전이 바로 완귀정이다.

과수원은 동민의 부친이 새로 일군 살림터이다. 부친은 대구의 명문 D고보에 합격했으나 가난 때문에 입학을 포기한 후 청도군 농산물검사소에서 급사로 일했는데, 3년 동안 집에 오지 않다가 가친이 돌아가시고서야 처음으로 집에 돌아온 것으로 묘사되어 있다. 가난 때문에 공부를 포기해야 했던 상심에다, 비록 말단 관청일지언정 일본 사람 밑에서 일한다는 자괴심 때문에 집에 오지 않았을 거라고 동민은 추측한다. 그런 좌절을 겪은 부친이 나중에 동민이 대학에 진학할 때 법학과를 가지 않고 독문과를 선택할 때 처음에는 주저하다가도 결국 안빈낙도의 선비정신을 지킨 조상의 유훈을 상기하며 동민의 선택을 지지해주는 대목도 감동적이다. 현대소설에서 부자 관계가 이렇게 두터운 정의(情誼)로 맺어지는 경우는 정말 희귀하다.(현대소설의 주인공으로 등장하는 아들들은 거의 예외 없이 아버지 세대의 가치와 규범을 깨고 자신의 길을 가기 때문에 부자 관계는 대개 결별의 수순을 밟게 되는 것이다.) 또한, 열아홉 살에 모친을 여의고 처녀 가장이 된 누님 현숙과 큰형님 위민과 둘째 형님 화민도 평생 의좋은 형제로 그려지고 있으니, 그분들 모두에게 동민 같은 동생을 둔 것이 큰 축복이 아닐 수 없다.

'도동'의 깊은 뜻

앞에서 언급한 정자와 과수원을 아우르는 동네 이름이자 이 작
품의 제목에 들어간 도동(道東) 또한 깊은 뜻을 함축하고 있다. 이
동네를 도동이라 부르기 시작한 것은 입향조 안증이다. 그러므로 안
증이 불의에 휘둘리는 벼슬을 버리고 안빈낙도의 청렴한 선비정신
을 지키고자 이 고을로 들어온 행보 자체를 가리키는 말이지만, 좀
더 넓게 보자면, 도가 동쪽으로 이동한다는 말은 동방의 나라에서
도를 바로 세우고 실천하겠다는 뜻으로 해석할 수도 있겠다. 이런
뜻을 지닌 도동을 소설의 제목으로 뽑은 것은 언뜻 생각하면 아이
러니해 보일 수 있다. 동민은 독문학이라는 서양학을 공부했고 평생
그 학문에 매진했기 때문이다. 그렇지만 이 작품을 찬찬히 읽어보
면 '도동 사람'이라는 제목은 동민의 평생 역정을 동반하는 일관된
정신적 지향과 닿아 있음을 알 수 있다. 대학 시절, 굴욕적인 한일회
담 반대시위에 참여했다가 쓰러져 머리를 다치는 고초를 겪은 것도
'도동'의 정신을 실천한 것이고, 유학 시절에도 조국의 민주화라는
시대적 대의를 잊은 적이 없다. 귀국 후 대학교수가 되어서도 학생
들에게 공부와 민주화의 요구를 일치시키는 덕목을 강조해서 가르
쳤고, 1987년 민주화 투쟁 당시에는 교수시국선언에 참여했다. 그
런 '도동'의 실행이 뒷받침되었기에 동민이 50대에 접어들어 뒤늦
게 불교 공부와 한문 공부를 시작해서 십 년 넘게 계속한 것도 단지
만년의 여유가 아니라 '도가 동쪽으로' 온 수행 정진의 과정이었던

것이다. 그런 맥락에서 『도동 사람』은 아시아적 전통에서 벗어나 서양의 문물을 받아들인 탈아입구(脫亞入歐)의 과정을 거쳐 근대화를 이룬 우리가 다시 우리 자신의 근본을 찾아가는 정신적 귀향의 서사라 할 수 있다.

동민이 대학에서 퇴직한 후 낙산의 조그만 집으로 이사하여 '도동재'라는 이름을 붙인 것은 일찍이 그의 선조가 영천 고을로 낙향하여 도동이라는 이름을 지은 것에 비견된다. 동민의 인생역정에서 처음과 끝이 하나로 합쳐지는 원융(圓融)의 경지로 접어들었음을 알리는 뜻깊은 행보다. 우리 현대사처럼 격동이 심했던 난세에 초심(初心)을 잃지 않고 산다는 것은 참으로 어려운 일이다. 동숭동 뒤편의 낙산은 동민이 대학 시절을 보낸 곳이기도 하고, 나중에 그와 결혼하는 화진이 그의 하숙집을 찾아왔던 기억이 서린 동네이기도 하다. 그러므로 그의 도동재 행은 일찍 세상을 떠난 부인과 생사의 경계를 넘어 해후하는 것이기도 하다. 돌이켜 보건대, 동민이 멀리 독일로 유학을 떠나고 화진은 부모님을 따라 미국으로 갔다가 십수 년이 지난 후에 두 사람이 재회하고 결혼에 이르는 머나먼 여정도 따지고 보면 도동행이었다. 그리고 상처한 후에도 동민이 새삼 다른 여성의 요구에 맞추는 새로운 삶은 받아들이지 않겠다며 끝까지 고인에 대한 절의를 지킨 것도 훗날의 해후를 기약하는 아름다운 동행이었다. 큰딸 딕애는 디자이너로, 작은딸 현애는 동화작가로 자립을 했으니 돌아가신 모친도 이제 다른 세상에서 편히 쉬실 수 있을 것이다.

시대의 아픔과 학자의 길

동민이 교수 생활을 회고한 내용 중에는 작품을 통틀어 소설적 허구의 밀도가 가장 높은 축에 드는 제자 장승이 양 이야기가 간혹 나온다. 동민은 장승이 학생이 데모를 하다가 잡혀서 경찰서에 갇혀 있을 때 지도교수로서 계도 서약서에 서명을 하고 풀려나오게 한 적이 있다. 그때 장승이는 '선생님 말씀대로 운동화를 신지 않고 하이힐을 신었다가 잡혀서 죄송하다'라고 말한다. 동민이 강의 시간에 학생들에게 언제라도 민주화 시위에 참여할 준비태세로 운동화를 신고 다니라고 했던 말이 그렇게 되돌아온 것이다. 나중에 장승이는 공장에 위장취업을 했다가 체포되어 1년 6개월의 실형을 선고받고 지방 교도소에서 복역을 한다. 그런데, 그를 면회하고 온 또 다른 제자의 전언에 따르면, 장승이는 안동민 선생님이 사준 운동화를 '안기부 개새끼'한테 빼앗겼고, 그 '개새끼'가 안 선생님도 해치려고 하니 부디 조심하시라고 당부의 말씀을 전해달라고 했다는 것이다. 아마도 수사 과정에서 어떤 가혹행위를 당한데다 체포당한 좌절감이 겹쳐서 심한 트라우마가 생긴 것으로 짐작된다. 그런데 학생에게 사준 적도 없는 운동화 얘기가 다시 나오는 것은 동민이 수업 시간에 민주화의 당위를 역설한 가르침이 이 학생에게 깊이 각인되어 민주화운동에 뛰어들게 하는 중요한 계기가 되었을 것임을 시사한다. 따라서 장승이 이야기에는 학생들에게 민주화의 대의를 역설했지만, 막상 험한 길로 뛰어든 젊은이들을 지켜주지 못한 안타까움 내지 가책이 깊이 배여 있다. 아마도 동민과 같은 위치에 있던 대학 스승에게 이것은 피할 수 없는 고뇌였을 것이다. 나중에 2017년 시점에도 이젠 육십이 다 된 장승이가 '안기부 개새끼' 운운하는 똑같

은 내용의 메일을 동민에게 보내오고 있는 것을 보면, 대학교수 초
년의 열성에 찬 스승과 사회의 부조리에 온몸으로 저항한 젊은 제자
사이의 이야기가 아직도 완치되지 않은 지난 시대의 상흔으로 인식
되기도 한다.

장승이 이야기는 학자로서 실천적 지성인의 길을 간다는 것이
절대 쉽지 않음을 보여준다. 그렇기에 동민은 학자로서 다해야 할
본분을 엄중히 되새기고 자신을 준엄하게 다그쳤던 것으로 보인다.
그가 개인적인 연구의 차원을 넘어 독문학계 내지 인문학을 위해 분
투한 행적들은—다시 잠시 소설 바깥의 현실로 돌아오면—필자가
가까이서 지켜보았기에 누구보다 생생히 증언할 수 있다. 가령 그
가 독어독문학회장으로 제2외국어 교육 정상화 추진위원회를 이끌
며 애쓴 일이나 인문정책위원회 위원장을 맡아 인문진흥법을 만들
기 위해 힘쓴 일은 그런 노력을 기울인 만큼의 성과를 전혀 기대할
수 없는 상황에서 온몸을 던져 헌신한 대표적인 사례이다. 그런 헌
신은 당장에는 무슨 성과를 내지 못하더라도 주위 동료들에게 음양
으로 격려가 되고 좋은 기운을 북돋아 주게 마련이다. 그러니 2012
년에 독일 정부가 그에게 명예로운 '야콥 및 빌헬름 그림 상'을 수
여한 것은 그가 독문학자로서 사심 없이 정성을 다한 헌신에 합당한
명예를 인정해준 것이라 믿는다.

마지막으로 작품의 형식과 관련하여 몇 마디 부연하고자 한다.
이 소설은 크게 5부로 나뉘어 있는데, 1부는 이미 언급한 대로 선친
의 유년기부터 동민의 유년기까지 고향 도동마을에서 벌어지는 이
야기가 주를 이룬다. 2부는 동민이 대구에서 보낸 고등학교 시절과
상경해서 서울에서 보낸 대학 시절, 그리고 독일로 유학 가서 학위

를 마칠 때까지 이어지는 이야기이다. 3부는 대학교수 시절의 활동상이 주된 내용이다. 그런데 3부의 마지막에서 정년 퇴임 후 도동재에 은거하는 이야기 다음에 16세기 중엽에 선조 안증과 남명 조식이 만난 이야기가 '육장'(六藏)이라는 제목으로 삽입되어 있다. 독자의 입장에서는 어째서 이 위치에 그 이야기가 삽입되어 있는지 의아할 수 있겠는데, 이미 언급한 대로 동민이 도동재로 들어가는 것은 선조 안증이 도동마을로 낙향했던 행보와 연결되는 것이기에 도동재 이야기 바로 다음에 안증과 조식이 만난 이야기가 들어가는 것이 자연스럽다. 4부와 5부에 나오는 이야기들은 워낙 최근의 경험을 서술하기도 했거니와, 메일을 주고받은 문통이나 언론보도 내용 등이 수시로 삽입되어 있어서 허구의 이야기라기보다는 실화의 느낌을 강하게 불러일으킨다. 이런 형식을 통해 이 작품은 소설 속의 이야기와 소설 바깥의 현실 사이를 넘나드는 길을 트고 있다. 마치 스냅 사진 같은 수십 편의 짧은 장면들로 이야기를 구성한 것도 그런 신축자재한 개방성을 확보하기에 적절한 형식이다. 또한 장면식 구성은 개인사와 얽혀 있는 시대사의 다양한 층위를 다채로운 형태로 보여주기에 적합한 형식이다.

그런데, 그렇게 수많은 장면들을 펼쳐놓다 보면 서사의 얼개가 흐트러질 우려가 있다. 이를 방지하기 위해 일찍이 괴테가 '반복적 투영'(wiederholte Spiegelungen)이라 일컬었던 서술기법을 원용하고 있다. 괴테가 말한 '반복적 투영'이란 문자 그대로 어떤 사물을 다양한 각도에서 거울로 비춤으로써 사물에 대한 다각적이고 심층적인 이해를 도모하는 것이다. 누차 언급한 대로 일찍이 안증이 도동마을로 낙향한 행보와 안동민이 도동재로 은거하는 행보가 그러하다. 또한 동민의 부친이 스승 조영섭의 서찰에서 딸 조순주를 거두어달라는 유언으로 당부했음에도 조순주에게 청혼을 하지 못하고 머뭇거렸듯이, 동민 역시 화진에게 청혼하기까지 십수 년 동안 속으로 마음을 삭였던 셈이다. 어린 동민이 조순주를 새어머니가 아닌 어머니라고 불렀듯이, 훗날 동민은 화진에게서 결혼 승낙을 받기 전에 그녀의 모친을 어머니라고 부른다. 비단 인간사의 인연만이 아니라 세상이 돌아가는 이치도 이런 반복의 리듬을 타게 마련이다. 동민의 부친이 우익세력의 검속을 피해 완귀정 마루 밑 건너의 '비밀의 방'에 은신했듯이, 대학 시절 동민 역시 비상계엄령 치하의 살벌한 시국을 피해 주문진으로 피신한다. 그런가 하면 해방 직후 모친의 목숨을 앗아간 콜레라의 창궐은 지금 코로나의 재앙이 닥친 사태와 닮은 데가 있다. 그때나 지금이나 이런 재난은 특히 가난한 민초들에게 견디기 힘든 가혹한 시련을 안겨주는 것이다.

작품 마지막 즈음에 이르러 동민은 자신이 보관해온 집안의 문서와 조영섭 선생의 서찰 등을 주유소를 하다가 다시 도동마을 동강포에 유기농 농원을 일군 동생 동포에게 보낸다. 입향조 안중에 관해 기록해둔 선친의 유품과 동민에게 새어머니를 점지해준 조영섭 선생님의 서찰은 동민이 이 소설을 쓰게 된 씨앗의 역할을 했던 소중한 전승물이다. 따라서 새어머니가 낳은 동생 동포가 도동마을로 들어가서 농원을 일구어 '도동'의 뜻을 남다르게 구현했으니 그 기록들을 동생에게 보낸 것이 이치에 합당한 귀결이다. 다른 한편 이렇게 동민이 선친의 기록과 동생의 외조부의 기록물들을 고향 도동마을을 지키는 동생에게 보낸 것은 그가 소설로 서술한 집안 이야기가 그 후손들에게 길이 전승될 미래를 에김게 한다. 그런 뜻에서 이 소설은 후대의 독자들에게 어떤 희망을 언뜻 비춰주는 예조(豫兆, Vor-Schein)의 상서로운 기운을 담고 있다.

작품의 마지막에서 동민은 공자가 흐르는 시냇물을 바라보며 읊었다는 '천상지탄(川上之嘆)'을 떠올린다. '흘러가는 모든 것은 이 냇물과 같도다! 밤낮없이 그칠 줄 모르고 흐르는구나(逝者如斯夫 不舍晝夜)!' 소설의 마지막 문장인 이 시구는 호계천이 도동마을을 감돌아 흐르다가 동강포에서 금호강에 합류하고, 금호와 하양을 거쳐 마침내 낙동강 본류와 합류하는 도도한 강물의 흐름을 떠올리게 하면서, 유장하고 아름다운 대미를 장식한다. 공자의 이 시구는 세월의 무상함을 탄식한 것이라는 해석도 있지만, 이 작품의 맥락에서는 그 어떤 고난에도 굴하지 않고 도도하게 흘러가는 역사의 흐름과 그 역사를 만들어가는 사람들의 간단(間斷) 없는 정진을 일깨우는 탄성으로 봐야 할 것이다.